LE GUÊPIER

Le récit de la guerre d'indépendance

JIMMY CARTER

Traduit de l'américain
par Mathieu Fleury

Copyright ©2003 Jimmy Carter
Titre original anglais : The hornet's nest
Copyright ©2004 Éditions AdA Inc. pour la traduction française
Cette publication est publiée en accord avec Simon & Schuster, New York, NY

Traduction : Mathieu Fleury
Révision linguistique : Colène Bergeron
Révision : Nancy Coulombe
Typographie et mise en page : Sébastien Rougeau
Graphisme de la page couverture : Sébastien Rougeau
Illustration de la couverture : Jimmy Carter
Photographie de l'auteur : Rick Diamond / Wireimage

ISBN 2-89565-187-6
Première impression : 2004
Dépôt légal : quatrième trimestre 2004
Bibliothèque Nationale du Québec
Bibliothèque Nationale du Canada

Éditions AdA Inc.
1385, boul. Lionel-Boulet
Varennes, Québec, Canada, J3X 1P7
Téléphone :   450-929-0296
Télécopieur : 450-929-0220
www.ada-inc.com
info@ada-inc.com

Diffusion

Canada :   Éditions AdA Inc.
France :   D.G. Diffusion
              Rue Max Planck, B. P. 734
              31683 Labege Cedex
              Téléphone : 05-61-00-09-99
Suisse :   Transat - 23.42.77.40
Belgique :   D.G. Diffusion - 05-61-00-09-99

Imprimé au Canada

Participation de la SODEC.
Nous reconnaissons l'aide financière du gouvernement du Canada par l'entremise du Programme d'aide au développement de l'industrie de l'édition (PADIÉ) pour nos activités d'édition.
Gouvernement du Québec - Programme de crédit d'impôt pour l'édition de livres Gestion SODEC.

Catalogage avant publication de la Bibliothèque nationale du Canada

Carter, Jimmy, 1924-

Le guêpier
Traduction de : The hornet's nest.
ISBN 2-89565-187-6

1. États-Unis (Sud) - Histoire - 1775-1783 (Révolution) - Romans, nouvelles, etc. I. Fleury, Mathieu.
II. Titre.

PS3553.A78144H6714 2004   813'.54   C2004-941246-9

*À la mémoire de
mes parents, Earl et Lillian,
et de Billy, mon frère ;
à mes sœurs, Gloria et Ruth.*

À propos de l'auteur

Jimmy Carter fut le 39ième président des États-Unis. Il naquît en 1924 dans la ville de Plains en Géorgie. Après avoir quitté la Maison Blanche, il fonde, en compagnie de sa femme Rosalynn, le Centre Carter à Atlanta. Cet organisme à but non lucratif a pour mission de prévenir et résoudre les conflits mondiaux, de promouvoir des valeurs de liberté et de démocratie et d'améliorer la santé dans le monde. Il est l'auteur de nombreux ouvrages dont un best-seller, ses mémoires, *An Hour Before Daylight*. Jimmy Carter est le lauréat du prix Nobel de la paix 2002.

Remerciements

L'idée de réaliser ce roman a germé en moi il y a sept ans. À cette époque, je m'affairais à la rédaction de trois manuscrits, sans pouvoir oublier ce nouveau projet. Je travaillais alors à recueillir diverses informations sur mes ancêtres et sur les grands acteurs de la guerre de l'Indépendance. La plupart des événements majeurs, ceux qui se déroulèrent en Floride, en Géorgie et dans les Carolines, demeurent pour le moins méconnus ; une idée devint une obligation : je me fis un devoir de dresser un compte rendu précis des relations complexes entre colons, représentants de la Couronne britannique et tribus indiennes durant les vingt années qui menèrent au dénouement victorieux de la guerre, à la victoire d'un peuple en l'an 1783.

Je voudrais ici exprimer mes remerciements aux biblio-thécaires de l'université Emory et à d'autres bibliothécaires en Géorgie et en Caroline du Nord : ils m'ont fourni de précieuses cartes et plus d'une douzaine d'essais biographiques ou historiques d'auteurs anglais et américains. Ils m'ont également aidé à comprendre comment les gens de l'époque voyageaient, menaient des campagnes militaires, cultivaient et récoltaient les denrées et confectionnaient des souliers. Enfin, ils m'ont aussi permis de me familiariser avec le langage et les expressions utilisés au dix-huitième siècle.

Ma femme, Rosalynn, fut ma première éditrice. Les inter-rogations perspicaces qu'elle souleva sur les interrelations des personnages historiques et fictifs me furent d'une aide remar-quable.

La grande inspiration de Michael Korda et d'Alice Mayhew, éditeurs en chef chez Simon & Schuster, m'a donné la motivation et le courage de réorganiser le texte selon une logique plus rigoureuse et, avec une petite pointe de regret et une certaine peine, de réduire sa longueur originale.

Tout comme par le passé, Faye Perdue s'est évertuée à entretenir des relations cordiales entre les éditeurs, les bibliothécaires et moi, tout en jouant un rôle maternel durant la naissance de ce nouveau livre.

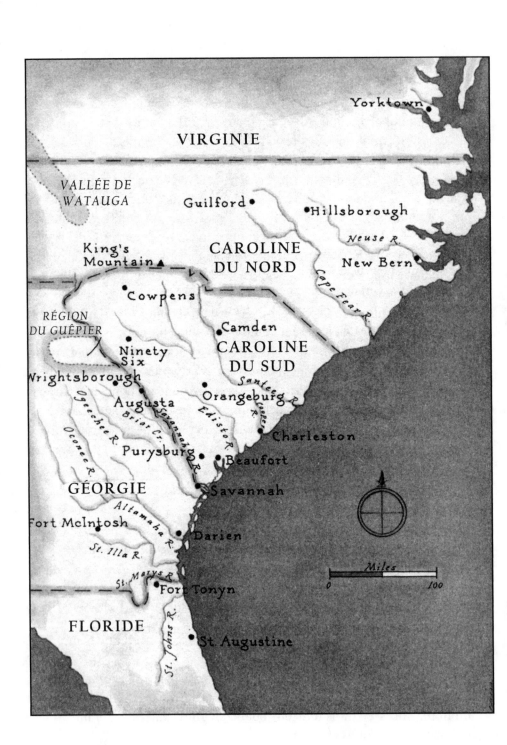

Table des matières

Livre III : 1778-1785

Personnages principaux

Ethan Pratt, mari d'Epsey : habitant de la *frontier*, il s'enrôlera dans la milice géorgienne.

Henry Pratt, mari de Sophronia : le frère d'Ethan, il est membre des Régulateurs de la Caroline du Nord.

Joseph Maddock : leader des Quakers.

Kindred Morris, mari de Mavis : naturaliste, il est le voisin d'Ethan Pratt.

Newota : jeune Indien, il habite la région des Pratt et des Morris.

Elijah Clarke, le mari de Hannah : inspirateur et chef de la milice géorgienne.

Aaron Hart : le bras droit d'Elijah Clarke.

Thomas Brown : organisateur et chef des Rangers de la Floride.

Lachlan McIntosh : commandant de l'armée géorgienne.

Button Gwinnett : chef politique de la Géorgie.

Quash Dolly : femme esclave.

Autres personnages

Les chefs miliciens de Géorgie : James Jackson, John Dooly, William Few.

Les chefs des milices de la Caroline du Sud : Andrew Pickens, Francis Marion, Francis Sumter.

Les commandants de l'armée continentale : George Washington, Charles Lee, Benjamin Lincoln, Robert Howe, John Ashe, Horatio Gates, Nathanael Greene, Daniel Morgan, « Cheval-rapide Harry » Lee, « Anthony le Fou » Wayne.

Les commandants militaires de la Couronne britannique : Thomas Gage, William Howe, Henry Clinton, Charles Cornwallis, Augustine Prevost, Alured Clarke, Benastre Tarleton, Patrick Ferguson.

Les gouverneurs royaux : William Tryon (Caroline du Nord) ; James Wright (Géorgie) ; William Campbell (Caroline du Sud) ; Earl Dunmore (Virginie).

Les chefs élus de Géorgie : le président du Conseil de sécurité, Archibald Bulloch et les gouverneurs John Adam Treutlen et John Houstoun.

Les assistants de Thomas Brown : Alonzo Baker, le chef Sunoma, Daniel McGirth et James Grierson.

Chesley Bostick : un Fils de la Liberté, le persécuteur de Brown.

Emistisiguo : un éminent chef indien.

Herman Husband : le chef des Régulateurs de la Caroline du Nord.

John Stuart : le surintendant aux Affaires indiennes.

William Bartman : un naturaliste et un explorateur.

William Henry Drayton : un Patriote convaincu de la Caroline du Sud.

Le comte d'Estaing : vice-amiral de la flotte française.

Livre I

1763-1773

CHAPITRE 1

Les cordonniers de Philadelphie

1763

Derrière le tronc d'un grand noyer dont un côté, feuilles et branches, avait été détruit lors d'un récent incendie, se cachait une jeune fille. Son attitude ainsi que son habillement indiquaient qu'elle était une jeune fille de famille modeste à la vie rangée. Ce n'était pas par gêne qu'elle se tenait là ; sa personnalité exprimait au contraire une grande assurance. Ses bottines vernies, bien qu'unies et simples, et sa robe noire étaient de bonne qualité, mais sans aucun apprêt. Elle portait un bonnet qui n'arrivait pas à cacher une chevelure qu'on avait eu peine à discipliner ; un chignon ramenait lâchement sa crinière vers l'arrière. Ses vêtements s'apparentaient beaucoup, sans leur être tout à fait identiques, à ceux des Quakers de Philadelphie.

De l'endroit où elle se trouvait, en bordure d'une petite rue transversale bordée d'habitations modestes et d'échoppes, elle avait tout le loisir d'observer un petit lotissement depuis peu laissé vacant : la jeune fille y distinguait les décombres d'une maison incendiée, dont une raie d'herbages roussie traçait encore les contours. Les flammes n'avaient pu détruire la cheminée, qui s'érigeait maintenant en solitaire dans les restes des fondations émergeant à peine du sol, des roches plates partiellement soutenues les unes aux autres par du mortier noirci. Quand cette maison inoccupée s'était embrasée, un mois plus tôt, la réaction rapide des voisins avait permis de limiter les dégâts à cette seule structure qui, par chance, était un peu à l'écart des autres habitations.

Sur ce terrain abandonné, un garçon travaillait. Elle ne savait que peu de choses de lui, mis à part son nom, Ethan, et celui de son père, Samuel Pratt, le fabriquant de chaussures du voisinage. Elle s'était récemment proposé d'apporter les souliers de son père à la cordonnerie pour les faire réparer, mais fut déçue de ne trouver là que M. Pratt. C'était la troisième fois qu'elle se rendait au pied du noyer pour observer Ethan ; elle en ressentait une certaine culpabilité. Ses parents auraient d'ailleurs été surpris de savoir qu'elle était capable d'agir de manière détournée ou clandestine. Ce n'était pourtant pas la peur qui la pressait, pas plus que l'embarras. Eelle se trouvait simplement peu disposée à aller à la rencontre d'une personne de son âge, surtout vers ce garçon qu'elle épiait.

Les jours précédents, elle l'avait vu utiliser une barre de fer pour extraire les clous restés enfoncés dans des planches et des poutres carbonisées ; il les détordait ensuite avec minutie à l'aide d'un marteau et les conservait dans un seau vétuste. Il avait également emporté des débris de bois dans un tablier de cuir, qui allait du haut de son torse jusqu'à ses cuisses, dont il rangeait laborieusement les morceaux en piles ordonnées. Après avoir ratissé et nettoyé le sol dans l'enceinte des fondations, le garçon entreprit la réalisation d'un petit jardin dans un coin de la propriété, qui tenait lieu auparavant d'arrière-cour. Il avait coupé les mauvaises herbes à la faux, travaillé la terre au pic et à la pioche, râtelé le sol et préparé des rangs à la houe. Il utilisait deux piquets et une corde tendue pour s'assurer que chaque sillon fût tracé parfaitement droit. Il plantait maintenant de petits tubercules de pommes de terre blanches qu'il disposait à intervalles réguliers sur des buttes distancées d'exactement trente-trois centimètres. La jeune fille était fascinée par toute l'attention qu'il portait à ce dur labeur, accompli avec persévérance et précision ; il était complètement absorbé par son travail. Elle avait remarqué que ses mains agiles n'effectuaient aucun mouvement superflu, chaque geste étant précis et calculé.

Elle prit délibérément l'initiative de se déplacer de quelques centimètres pour quitter la protection ombrageuse des feuilles du noyer. Le garçon leva les yeux et l'aperçut, présuma-t-elle, pour la première fois. Quelques secondes s'écoulèrent dans un malaise apparent, sans qu'aucun d'eux ne trouvât quelque chose à dire. Elle articula finalement une remarque qu'elle avait soigneusement préparée : « Il est intéressant de savoir que les pommes de terre et les tomates sont de la même famille. »

Ethan, quelque peu agacé de constater qu'il avait été épié, répondit froidement : « C'est idiot ! Les pommes de terre poussent dans le sol et les tomates, elles, sur un arbuste. »

La jeune fille réfléchit un moment avant de répondre : « Alors, c'est que le livre de mon père est inexact. »

— Quel genre de livre est-ce ?, l'interrogea Ethan.

— Il répertorie les différentes plantes potagères cultivées en Europe, s'entendit-elle répondre.

Bien qu'il fût intrigué par cette réponse, Ethan n'avait pas envie d'étirer la conversation avec cette étrangère. Un petit rictus narquois sur les lèvres, il mit ainsi fin à cet étrange échange : « Vous devriez retourner à votre bouquin. »

Il se remit immédiatement au travail et, lorsqu'il releva la tête, son regard ne trouva plus trace de la jeune fille. C'était là une des rares fois où il avait adressé la parole à une personne de sexe féminin, exception faite de ses deux sœurs. Il supposa qu'elle avait à peu près son âge et conclut que, en comparaison, elle était plus plantureuse que ses sœurs. Son physique n'était pas déplaisant, mais ses sourcils foncés lui donnaient un air renfrogné. Content d'avoir pu corriger son erreur, il espérait néanmoins ne pas l'avoir vexée. Puis, Ethan l'oublia complètement. Aucun pressentiment n'aurait pu lui faire croire que le destin les unirait et qu'ils partageraient bientôt leur vie.

Tard dans l'après-midi du jour suivant, alors qu'il arrosait de jeunes plants d'oignons, il vit la jeune fille traverser une rue voisine et se diriger vers lui. Un livre à la main, elle s'approcha sans ambages du jardin. Arrivée aux abords du petit lot, elle s'arrêta et attendit qu'il parlât le premier.

— Eh bien, qu'avez-vous découvert sur les légumes ?, finit-il par demander.

S'appliquant à ne pas mettre la moindre note de supériorité dans son ton, elle plongea le nez dans son volume et en cita un passage : « La tomate et la pomme de terre sont toutes deux de la famille des morelles qu'on appelle en latin ' solanaceae ' et qui s'épelle comme ceci : *s-o-l-a-n-a-c-e-a-e*. Elles sont originaires de l'Amérique du Sud. » Elle fit une pause de quelques secondes, puis ajouta : « Mon père a un intérêt marqué pour les noms et les origines des plantes ; tout comme moi, d'ailleurs. »

Elle retourna le livre ouvert, le tendit vers Ethan qui s'approcha d'elle et, sans en toucher les pages, lut l'extrait. Il s'essuya ensuite les mains sur sa culotte, prit le volume et le feuilleta, s'arrêtant périodiquement pour lire quelques lignes sur le maïs, les pois, l'okra, les carottes, les patates douces et d'autres légumes de sa connaissance.

Tandis qu'il feuilletait l'ouvrage avec intérêt, elle déclara timidement : « J'ai parlé à mon père de votre jardin et il m'a proposé de vous prêter ce livre, si vous le souhaitez. »

Ethan approuva d'un hochement de la tête et referma l'ouvrage. Sans plus attendre, la fille se détourna et s'éloigna de l'apprenti jardinier, qui l'interpella aussitôt : « Merci mademoiselle. Au fait, je ne connais même pas votre nom ! »

« Epsey Nischman », lui répondit-elle. Après une courte hésitation, elle ajouta : « Mon père est un pasteur morave qui enseigne à la pension de notre Église. Nous vivons à environ deux cents mètres d'ici et je vous ai vu travailler à votre jardin. Mes grands-parents sont de Savannah, en Géorgie, mais ma grand-mère habite maintenant ici, avec nous. »

Ils firent ensuite plus ample connaissance. Epsey lui décrivit son logis, une demeure « qui ressemblait davantage à une bibliothèque qu'à une maison », d'après ses propres mots. Ses parents nourrissaient l'ambition d'éveiller chez les tribus indiennes le désir d'une vie meilleure ; pour parvenir à ce but, ils prêchaient l'Évangile et leur enseignaient de meilleures techniques de cultures. Ce bref échange leur apprit qu'Ethan avait dix-huit ans et qu'il était donc de deux ans l'aîné d'Epsey.

— Il m'a été possible, l'informa-t-il, de travailler la terre, ces années passées, sur un tout petit terrain derrière notre habitation, bien qu'il n'eût que de l'ombre à offrir. La semaine dernière, M. Parvey est venu à l'atelier pour faire réparer ses souliers. Il m'a aperçu en train de jardiner dans la sombre arrière-cour et m'a offert ce terrain à cultiver ; en échange, je dois nettoyer le lot, en sauvegarder les planches et les clous et lui donner un tiers de ma récolte de légumes.

— Pourquoi n'avez-vous pas opté pour le dégagement qu'offrait le lieu des anciennes fondations pour votre plantation ?

— Mon père m'a dit que les ravages d'un incendie tuaient le sol pour un an ou deux, et que rien n'y pousserait d'ici ce temps.

Epsey lui offrit alors son aide, proposition qu'Ethan refusa poliment. Elle lui expliqua le chemin pour se rendre chez elle et il promit de lui remettre le volume le samedi suivant.

Comme la nuit enveloppait tranquillement les alentours, Ethan s'engagea dans un sentier derrière les échoppes et les maisonnettes, le menant ainsi à la porte arrière de la résidence des Pratt. Il pénétra dans la cuisine. Son père et ses sœurs étaient déjà attablés et sa mère allait servir le repas du soir.

« Encore en retard, dit-elle d'un ton de reproche, nous allions manger sans toi. »

— Je travaillais au nouveau jardin. Je ne peux y consacrer que bien peu d'heures entre la fermeture de l'atelier et la tombée de la nuit, avança-t-il sans croire que cette excuse le sauverait.

Son père ne put s'empêcher de lui faire un sermon : « Tu devrais prendre exemple sur ton frère, Henry. Lui ne se sauve pas de l'atelier dès qu'il en a la possibilité. »

Ethan préféra ne point répondre.

L'atelier n'était pas un lieu déplaisant. On y trouvait quatre établis éclairés par une chandelle unique qui brûlait au milieu de quatre globes remplis d'eau. Ces sphères agissaient en prisme et concentraient la lumière de la chandelle sur les différents établis. Le cuir tendre, servant à la confection du haut des chaussures, devait être étiré pour obtenir la forme adéquate ; les cordonniers y perçaient des trous à l'aide d'une alêne et utilisaient un tressage solide de lin pour assembler les pièces. Aux aiguilles en fer courantes, les artisans préféraient des soies de porc rigides à l'aide desquelles ils guidaient la fibre dans les trous. Les semelles épaisses étaient généralement assemblées avec de petites chevilles d'érable. Les bouts des chaussures étant carrés, elles pouvaient donc se porter aux deux pieds.

Samuel Pratt, le père d'Ethan, était né dans une famille d'origine irlandaise et écossaise de religion presbytérienne. Il avait quitté Ulster très jeune pour s'établir à Philadelphie. La plupart de ses amis d'enfance étaient partis pour l'ouest de la Pennsylvanie, mais, pour le métier auquel il croyait et pour lequel il vivait, il avait fait le choix de rester en ville. Membre d'une guilde d'artisans, la *Guilde des Cordwainers*, ancienne institution anglaise de la profession de cordonnier, M. Pratt s'enorgueillissait de son atelier et de son art. Il n'hésitait jamais à faire remarquer la grande valeur de ses services dans la communauté et se perdait souvent en éloges pour son métier qui, selon ses dires, avait le grand avantage d'être aussi nécessaire aux gens du peuple qu'aux membres les plus éminents de la société philadelphienne. Il n'oubliait jamais de souligner que les fonds assemblés par la *Guilde des Corwainers* avaient servi à financer la première expédition de John Smith vers les Amériques en 1607, bien avant l'arrivée des premiers Pèlerins au Massachusetts.

La famille habitait au cœur de Philadelphie, où M. Samuel Pratt gagnait suffisamment bien sa vie pour prendre soin de sa femme et de ses quatre enfants. Ils devaient toutefois vivre dans un logis exigu : deux modestes chambres au-dessus de l'atelier composaient leurs aires de repos. Deux vieilles étoffes tendues avec de la corde séparaient la plus vaste pièce du haut, offrant ainsi un semblant d'intimité entre les deux lits qu'elles cachaient. Les garçons occupaient l'espace près de la porte tandis que la chambre des filles offrait une vue sur la rue par la grande fenêtre. Au rez-de-chaussée, une pièce étroite derrière l'atelier s'étendait sur toute la largeur du bâtiment ; une longue table, ceinturée de deux bancs latéraux et de deux chaises aux extrémités, y occupait la plus grande partie de l'espace. Près du foyer qui procurait chaleur et confort, situé à un bout de la salle, se trouvait la cuisine. Des stocks de cuir s'empilaient sur des tablettes le long des murs. L'avenir ne paraissait pas toujours réjouissant aux yeux de M. Pratt, mais sa famille ne semblait pas pouvoir imaginer que quelque chose puisse un jour manquer à sa subsistance.

Encore que l'intérêt d'Henry pour le métier de son père fût le plus marqué et qu'il aimât se retrouver devant l'établi de cordonnier, la confection et la réparation de chaussures et d'autres maroquineries n'étaient qu'un moyen de s'adonner à sa véritable passion : se laisser entraîner par la camaraderie et participer aux discussions politiques avec les clients et les habitués du lieu. Henry n'était pas d'une forte stature pour son âge. Doté d'une nature de philanthrope, il entretenait cependant plusieurs amitiés d'enfance. Très jeune, il s'immisça dans les discussions sur la vie politique trépidante de Philadelphie, celle-ci portant autant sur les affaires économiques que culturelles. Il exécutait le travail rapidement et avec une grande habileté, mais cachait mal son aversion pour la paperasserie et l'autorité.

À cette époque, une compétition féroce régnait parmi les cordonniers de la cité. Son père ne démontrait aucune envie de se retirer et de concéder l'atelier à ses fils. Cette attitude incita très tôt Henry à nourrir l'ambition de quitter le nid familial, de fonder son propre foyer et de connaître l'indépendance. Influencé par le contenu des tracts apposés sur les murs de la cité par la *Guilde des Corwainers*, Henry avait caressé le rêve de voyager vers Norfolk, en Virginie, pour s'installer plus tard dans l'ouest de la Caroline du Nord, où un certain nombre de Quakers avait fondé, avait-il lu, une petite communauté. N'ayant jamais désobéi à ses parents et ne voulant surtout pas les inquiéter, Henry ne leur glissa mot de ses projets, ses plans n'étant connus que de son frère.

Ethan, le benjamin, était né en 1745, deux années après la naissance d'Henry. Il n'avait pas plus de penchant pour le travail à l'atelier que pour les conversations qui s'y tenaient. En revanche, son intérêt pour les outils et les machines était indéniable, bien qu'il fût bien plus passionné par les plantes et leur culture. Dès son jeune âge, Ethan s'était replié sur lui-même, préférant souvent la solitude à la compagnie d'autrui. D'un naturel silencieux et réservé, il décevait grandement ses sœurs qui voyaient dans son refus d'affection un manque de sensibilité. Sous ses dehors quelque peu rudes, Ethan était un beau grand garçon élancé et blond. À une époque, le gabarit d'Henry imposait le respect à son frère, mais Ethan le supplanta en stature avant même qu'ils ne parviennent à l'adolescence. Après un premier combat à bras-le-corps, ils apprirent à se respecter comme égaux de force. Dès qu'Ethan obtint la permission de sa mère, il déplaça son tapis de couchage au rez-de-chaussée, dans un coin de l'atelier, non pas que l'endroit lui plut durant le jour, mais bien parce que l'intimité nocturne lui convenait.

Il nourrissait une fierté mêlée d'embarras en observant son frère lors des heures de grande affluence à l'atelier. Les conversations y étaient régulièrement très animées. Par ses déclarations subversives, Henry se permettait de remettre en question la pensée établie sur les affaires politiques et il critiquait même ouvertement certaines personnalités bien en vue de Philadelphie, dont Benjamin Franklin et quelques Quakers influents. L'âge et le statut des hommes présents dans l'atelier ne l'empêchaient pas d'exprimer ses opinions provocatrices. Ethan réalisa très vite que son frère était prêt à défendre des positions diamétralement opposées aux siennes dans le seul but d'enflammer le débat. Leur père ne s'exprimait que rarement sur les sujets débattus dans la cordonnerie, sauf, bien sûr, si ceux-ci touchaient de près ou de loin à sa profession. Il savait que la prospérité du commerce était due en partie à Henry et à ses efforts pour faire de l'endroit un lieu de discussions.

Ethan réalisa que, dès le départ de son frère aîné, son père lui demanderait de prendre le flambeau de l'apprenti, un engagement qui lui coûterait au bas mot six ou sept années de sa vie. Fuyant, l'instant d'un moment, la proximité d'autrui et sachant que la seule présence d'Henry dissimulait sa propre absence, Ethan s'éclipsait de la cordonnerie dès qu'il en avait l'occasion. Lors de ses escapades, il se rendait chez un forgeron ou un menuisier ayant pignon sur rue dans le quartier. Il y offrait ses services comme apprenti et observait avec soin les artisans à l'œuvre. Sans fournir d'explications, il supplia Henry de lui trouver des outils pour travailler le bois. Bien qu'il ne pût envisager d'endroit où son frère aurait pu les utiliser, Henry en dénicha un petit jeu en vente à un prix abordable, liquidé dans la succession d'un vieil ami de leur père.

Des années durant, Ethan avait pris plaisir à s'occuper, derrière l'atelier, de son petit jardin, qui ne dépassait guère en superficie le double de la table qui réunissait la famille Pratt à l'heure des repas. Il y avait expérimenté différentes méthodes de culture et fait germé une grande variété de semences. Le jeune homme était très fier de pouvoir poser sur la table familiale des légumes fraîchement récoltés. Que les autres enfants l'appellent « le fermier » ne l'offusquait en rien ; il en était même content.

Le samedi matin venu, tout juste après l'ensemencement du nouveau lot, Ethan se dirigea vers la demeure des Nischman. Une étrange excitation l'envahit ; il eut tôt fait de l'attribuer à l'idée d'explorer la grande collection de livres des Nischman. Il frappa timidement à leur porte, qui fut aussitôt ouverte d'un geste brusque. Epsey lui apparut, souriante. Elle l'invita à entrer, le présenta à ses parents et à sa grand-mère. Son père, Georg, s'enquit tout de suite des impressions d'Ethan sur le volume mis à sa disposition. L'avait-il aimé ?

« Oui, beaucoup monsieur », répondit le garçon. « Il contient des renseignements que j'ai toujours voulu obtenir, sans jamais penser qu'ils pouvaient être réunis dans un ouvrage. »

Ils passèrent à la bibliothèque : une petite pièce aux murs tapissés d'étagères garnies de périodiques, de vieilles presses et d'ouvrages soigneusement rangés.

« La grande majorité de ces documents sont le legs de mon père. L'Église m'en a fourni quelques autres et j'en ai moi-même acquis plusieurs. La plupart traitent de religion et d'autres sujets tout aussi pratiques », expliqua-t-il en jetant un coup d'œil en direction d'Ethan. Georg fut content de voir que le garçon ne répondait pas, mais qu'il saluait sa plaisanterie d'un sourire sincère.

« Sache que tu seras le bienvenu dans cette bibliothèque chaque fois que tu le désireras et que tu pourras même emporter certains volumes chez toi. »

Dans les semaines qui suivirent, Ethan se rendit plusieurs fois à la demeure des Nischman, où Epsey et lui examinèrent les ouvrages de la bibliothèque. Ethan réalisa bien vite que les opinions du père d'Epsey avaient grandement marqué sa fille. En effet, elle abordait même les questions les plus banales dans une perspective religieuse. À ses yeux, c'était la main de Dieu qui avait décidé, dès la Création, des semences et de la plante qu'elles produiraient ; Dieu avait également déterminé leurs méthodes de culture et leurs différents usages. Pour sa part, Epsey dut vite conclure que les intérêts de son nouveau compagnon étaient plutôt restreints, se limitant uniquement à des sujets relatifs à l'agriculture, à l'élevage, aux travaux d'artisanat et à la vie dans d'autres régions du Nouveau Monde. Bien que leurs aspirations ne fussent pas de la même envergure, leur passion pour la terre les unit. Il faut savoir que la communauté morave, dont faisaient partie Epsey et sa famille, s'était occupée de faire connaître son savoir agricole aux populations de l'archipel des Caraïbes et des régions plus occidentales des colonies.

Epsey épaula bientôt Ethan dans ses travaux jardiniers, tandis que M. Nischman se fit un devoir d'aider à l'identification des différentes variétés de semences et de jeunes plants méconnus d'Ethan. Le jeune homme découvrit une certaine solennité dans ce qui lui semblait être, au départ, de la bouderie chez Epsey. Contrairement à ses parents à lui, les parents d'Epsey étaient désireux de satisfaire tous ses vœux, bien qu'ils fussent modestes. Elle ne parlait guère et cela ne troublait aucunement Ethan, lui-même peu bavard. Par ailleurs, ils ne se refusaient jamais à débattre de la meilleure manière d'exploiter le coin des légumes.

Ni Ethan ni Epsey ne pouvaient se vanter d'avoir beaucoup d'amis et leur amitié naissante était bien accueillie au sein des deux familles. Ils s'étaient fait très simplement la cour : une série de petits pas vers l'autre faits d'expériences partagées, une rencontre entre deux êtres dans l'étude de la botanique, de la géographie et dans la culture d'un jardin. L'annonce du mariage n'étonna personne. Longtemps après, lorsque leur relation serait devenue formelle et établie, Ethan ne se souviendrait même plus de la première fois où leurs lèvres s'étaient jointes ni de leur première balade main dans la main.

Cet été-là, Henry Pratt fit part de ses intentions de quitter le foyer après les fêtes de Noël. Ethan et Epsey convolèrent en justes noces dans la quinzaine suivant son départ et s'installèrent dans la résidence des Nischman. Ethan continua d'aider son père à l'atelier de cordonnerie, un travail qui offrait un salaire suffisant pour satisfaire les besoins de sa nouvelle union.

Un jour, M. Pratt provoqua la surprise de son fils en lui donnant une plus importante partie des profits, prétextant qu'il deviendrait éventuellement propriétaire de la cordonnerie. Ethan lui répondit cependant qu'Epsey et lui envisageaient sérieusement de rejoindre Henry, une fois qu'il se serait installé en Caroline du Nord. Les Pratt ne virent point d'un bon œil cette éventualité ; ils étaient déçus, voire furieux. Cette décision ravit par contre les parents d'Epsey. Les Nischman étaient obsédés par l'idée d'évangéliser des Amérindiens et ils étaient enchantés du fait que leur fille et leur beau-fils puissent jouer un rôle de missionnaires dans une région reculée des colonies.

CHAPITRE 2

Les Fils de la Liberté à Norfolk

1765

Lorsque Henry Pratt quitta Philadelphie, il n'emporta avec lui que ce qu'il pouvait transporter sur son dos : ses vêtements, quelques outils, des articles de cordonnier et quarante-trois pièces d'argent espagnoles épargnées durant les cinq dernières années. La Caroline du Nord constituait sa destination finale, mais rien ne pressait pour lors. Il emprunta une route en assez bon état qui traversait le Delaware et le Maryland, fit une pause de deux jours à Annapolis, traversa la Chesapeake Bay sur un ketch qui servait de ferry et atteignit enfin la Virginie. Après s'être promené au hasard des rues de Norfolk et avoir observé les échanges agités des commerçants de maroquinerie, Henry décida de rester quelques mois dans la cité.

Très tôt le lundi matin, il se rendit dans le plus gros et, vraisemblablement, dans le plus prospère atelier de cordonnerie, où il insista pour rencontrer le propriétaire en personne.

Quand M. Carlyle fit son entrée, peu avant midi, Henry put se faire une première idée du personnage : c'était sans aucun doute un homme d'affaires sérieux. Après de brèves présentations, il lui expliqua qu'il avait pratiqué le métier de cordonnier à Philadelphie et qu'il souhaitait maintenant exercer cette même profession à Norfolk. Il ajouta, pour éviter toute forme de malentendu, qu'il n'était pas un apprenti et que plusieurs années d'expérience lui avaient valu de développer un certain talent.

Le propriétaire affirma qu'il avait justement un poste à combler et qu'il était prêt à le lui offrir, à titre d'essai. Après quelques échanges, ils se mirent d'accord. Henry prouverait son talent en confectionnant deux paires de chaussures : un modèle pour homme et un autre pour femme. Ils s'entendraient ensuite sur les conditions d'embauche. Henry choisit d'assembler un modèle de la dernière mode de Philadelphie, qu'il fabriqua rapidement de sa main exercée. Il le présenta ensuite à M. Carlyle, un sourire aux lèvres. Ce dernier dut reconnaître l'habileté hors pair d'Henry et lui offrit un emploi régulier dans son atelier, lui proposant un salaire hebdomadaire, à l'instar de tous les autres artisans sous sa gouverne. Le jeune homme déclina poliment cette offre et ajouta qu'il préférait être payé à la pièce. Au terme de certains calculs prudents des honoraires qu'il versait à ses employés pour chaque paire de chaussures produite, M. Carlyle acquiesça à sa demande sous certaines réserves : il paierait Henry pour chaque pièce dont la qualité aurait préalablement été vérifiée et à la condition que cette entente ne fût point ébruitée dans l'atelier.

Cet arrangement satisfit pleinement Henry, car, tout en le libérant du contrôle strict de son employeur, cela lui offrait un horaire de travail des plus flexibles. Ces conditions lui permettraient d'aller à la découverte de la cité durant le jour pour se familiariser avec des techniques artisanales qui lui étaient encore inconnues.

Pour minimiser ses frais de subsistance, Henry prit des dispositions avec une famille habitant non loin de l'atelier pour qu'on lui prépare, chaque jour, deux repas simples mais substantiels. Il obtint également la permission de son employeur pour installer, la nuit venue, un lit de fortune dans la réserve de la cordonnerie, prétextant qu'il assurerait ainsi la garde nocturne des installations, bien que la raison évidente fût l'économie. Lorsque cela était nécessaire, Henry travaillait à la lueur d'une chandelle pour maintenir un rythme de production acceptable. Il gagna la faveur de son employeur en confectionnant des chaussures de bonne qualité à une vitesse stupéfiante : parfois plus de deux paires par jour.

Malgré cette production intensive, il trouva le temps de travailler à mi-temps dans une grande tannerie, où il apprit les techniques de traitement, de teinture et de finition des cuirs de vaches, de cerfs, de chevaux et des peaux de moutons et de chèvres. Il dressa une liste exhaustive des articles nécessaires à la production de cuirs assez résistants pour fabriquer des courroies, des selles, des harnachements divers et des bottes de travail. Il s'intéressa également aux articles nécessaires à la production de peaux plus raffinées pour la confection de vestes, de chapeaux, de chaussures élégantes et d'autres articles vestimentaires plus légers.

Allongé sur son lit à la tombée de la nuit, saoulé par l'odeur rassurante du cuir traité et parfois même indisposé par celle plus fétide de la tannerie qui imprégnait ses vêtements, Henry songeait à son avenir en Caroline du Nord. Au travail, il se faisait un devoir de recueillir des informations auprès des clients qui connaissaient la situation politique et le climat social dans l'ouest des colonies du Sud.

Un jour, Henry se rendit chez un couturier spécialisé dans la fabrication de bourses en cuir, de vestes et d'autres vêtements. Après avoir fait l'acquisition d'une paire de gants relativement dispendieux, il obtint la permission de visiter les aires de travail. Il put y observer plusieurs femmes affairées à découper et à coudre des cuirs tendres et malléables. Elles demeurèrent concentrées sur leur travail tandis que ce curieux observateur descendait l'étroite allée centrale, s'arrêtant à l'occasion pour observer de plus près leur travail. La dernière travailleuse de la rangée de droite, une femme assez jeune, délaissa un instant sa tâche et leva les yeux vers Henry, qui la regardait déjà depuis un certain temps. Leur regard ne se quitta plus ; ils échangèrent un sourire. Cet après-midi-là, il l'attendit sous le porche du commerce jusqu'à ce qu'elle en sorte.

Elle se nommait Sophronia Knox, mais elle préférait qu'il l'appelle par son surnom, Sophie. Il était clair qu'elle avait très envie de mieux connaître Henry. Ils se rendirent donc dans un lieu public, y trouvèrent un banc et firent plus ample connaissance. Elle lui apprit qu'elle vivait chez son oncle et sa tante, qu'elle n'avait jamais fréquenté l'école, mais qu'elle savait lire, écrire et compter. Travaillant depuis l'âge de douze ans, elle avait commencé à toucher un petit salaire dès l'année suivante. Elle était satisfaite que ses rétributions soient versées directement à ses tuteurs, car ils la traitaient bien et lui donnaient depuis un an quatre shillings par semaine qu'elle pouvait, à sa guise, épargner ou dépenser. À dix-sept ans, Sophie ne gardait aucun souvenir de ses parents, tous deux décédés durant une épidémie de fièvre alors qu'elle était toute jeune.

Cette jeune femme aux yeux pétillants, aux cheveux bouclés, aux dents étincelantes et aux lèvres voluptueuses, éveillait chez Henry un intense désir. Son habitude, en apparence inconsciente, de le toucher lorsqu'ils discutaient le mettait dans tous ses états : il était de plus en plus fréquent qu'un de ses doigts vînt lui frôler le torse ou descendre le long d'un de ses biceps. Sa sincérité impressionnait Henry, qui était frappé par le bouillonnement de ses opinions sur les sujets les plus variés et sur des réalités qui échappaient même souvent à son entendement. Bien que ses expériences de vie fussent limitées, Sophie se révélait fine observatrice et avide de connaissances. Elle était intarissable lorsqu'il était question de son employeur, de ses compagnons de travail, de sa tante et de son oncle, de leurs voisins immédiats et des gens qu'elle rencontrait à l'église. Même les conversations ou les événements les plus banals provoquaient une foule de souvenirs qui méritaient, dans son esprit, d'être partagés.

Elle s'intéressait à tout ce qu'Henry pouvait dire et, comme le jeune homme lui-même aimait avant tout discuter, ils s'entendirent à merveille dès leur première rencontre. Les sujets de conversation ne manquaient jamais et ils étaient toujours impatients de se retrouver pour converser de nouveau. La famille de Sophie venait d'Écosse. Son oncle travaillait pour la même maison de commerce qui avait engagé son propre père. Les activités principales de cette compagnie consistaient à acheter du tabac, à en contrôler sa qualité, à le mettre dans de grosses barriques et à l'expédier vers Glasgow. Une profonde animosité semblait ronger les relations entre les marchands écossais et anglais à Norfolk ; cette ambiance tendue expliquait certainement pourquoi Henry n'entendait que des commentaires peu flatteurs sur tout ce qui concernait Londres.

Henry était impatient de faire la rencontre de l'oncle de Sophie et il se vit bientôt invité dans sa demeure, où il se sentit tout de suite à son aise. M. Knox était fier de son métier ; il se réjouit donc de pouvoir discuter avec Henry des progrès de sa compagnie et de sa dominance sur les compétiteurs anglais dans le lucratif marché du tabac. M. Knox s'était vu donner la responsabilité de multiplier les échanges commerciaux avec les fermiers de Virginie, lesquels dépendaient de plus en plus de la compagnie pour se procurer tous les produits dont ils avaient besoin pour leur production, mais aussi pour passer l'hiver. Il n'avait pas du tout honte des méthodes de sa compagnie dont la politique de crédit forçait les producteurs de tabac ou de blé à l'assujettissement : invariablement endettés, ils étaient soumis à des emprunts rarement remboursables par les seules recettes d'une culture. Ainsi, les familles qui trouvaient leur subsistance dans l'agriculture se voyaient soumises aux compagnies qui s'emparaient de leurs récoltes et de leur bétail en échange de quelques outils, de denrées de base et d'un montant d'argent minime pour le réensemencement des champs. Par ses croyances religieuses, M. Knox se disait contre l'esclavage, mais ses obligations d'affaires le rendaient moins intransigeant sur le sujet. Certaines familles de la région refusaient d'acheter des esclaves et insistaient pour travailler elles-mêmes leurs terres, mais M. Knox avoua à Henry que la majorité des producteurs de tabac en Virginie possédait au bas mot vingt esclaves.

Il lui expliqua également que les marchands de Norfolk s'abstenaient de se concurrencer entre eux ou de traiter avec des familles déjà obligées envers une autre compagnie. Puisqu'ils représentaient la seule source fiable de crédit dans la région, les marchands s'assuraient des achats à bon marché et des reventes aux profits substantiels. Ils partageaient ainsi un maximum de bénéfices entre eux tous. Les régisseurs et les banquiers de Glasgow comme ceux de Londres finançaient, entre autres, la compagnie de M. Knox, qui accordait des prêts annuels aux colons fermiers. Ainsi, les intérêts étaient élevés et les risques de pertes, minimes. Le danger de voir des dettes impayées était largement compensé par des cautions sur la terre, sur la propriété et sur les esclaves, dont la valeur couvrait généralement plus que les sommes dues. Les marchands et les régisseurs devenaient souvent les propriétaires de plantations et de petites fermes lorsque les agriculteurs ne pouvaient plus payer et qu'ils étaient contraints de voir leurs biens saisis. D'ordinaire, les familles ainsi ruinées abandonnaient simplement leur propriété et partaient sans mot dire vers la *frontier* dans l'espoir d'une nouvelle vie.

Les Knox, des Presbytériens dévots, invitèrent Henry à assister à leur service religieux qui le surprit par son caractère non formaliste. Il pouvait cependant sentir qu'une fervente obéissance liait les fidèles aux sermons matinaux. Leur pasteur n'était aucunement réticent à exprimer ses vues sur l'état présent des choses et à relier toute question d'ordre politique ou social à un passage approprié des Saintes Écritures. Ces séances étaient marquées par la critique ouverte de l'Église anglicane, de sa domination et de sa collusion manifeste avec les autorités politiques. On prônait également la totale liberté de culte pour tous les fidèles. Les membres de la congrégation revenaient constamment sur ces sujets. M. Knox et Henry passèrent ainsi de longs après-midi dominicaux à discuter de ces sujets, allant même parfois jusqu'à la prise de bec.

Si certains commentaires à saveur politique exprimés à l'église firent sursauter Henry, M. Knox allait encore plus loin en privé :

« J'ai toujours été un sujet loyal de la Couronne, mais le roi George III est si ignorant et incompétent qu'il a ébranlé jusqu'à ma confiance en la monarchie elle-même. »

Henry n'avait jamais entendu de commentaires de cette nature dans sa propre famille. Toute référence négative à la famille royale aurait été aussi improbable que d'entendre un parent critiquer Jésus Christ. De manière à se dissocier des opinions de M. Knox et, par le fait même, de manière à nourrir la controverse, Henry répondit en ces mots : « Vous savez, monsieur Knox, nous avons eu, à travers l'histoire, des monarques qui ne jouissaient pas d'une très bonne réputation. En fait, quelques-uns furent célèbres pour leurs comportements scandaleux, certains même n'avaient pas toute leur tête. »

Knox se renfrogna : « Mais celui-ci a violé un principe respecté de longue date, depuis la vaine tentative de Charles I d'imposer le service religieux anglais en Écosse, il y a une centaine d'années. Depuis lors, le Roi reconnut que le Parlement avait le pouvoir de gouverner. D'ailleurs, dès la ratification de la Grande Charte de 1215, les citoyens eurent l'assurance qu'il n'y aurait pas de taxation sans représentation politique. Autrement, nous, les Écossais, n'aurions jamais joint l'Angleterre, il y a soixante ans déjà. »

Henry réalisa qu'il se trouvait désavantagé dans la discussion. M. Knox avait une grande connaissance de l'histoire britannique et plus particulièrement de celle de son peuple.

— Je croyais que c'était le Parlement et non George III qui avait donné force de loi au *Stamp Act*, la loi sur le timbre fiscal, fit remarquer Henry.

— Le problème, répondit M. Knox, c'est que le Roi s'ingère maintenant dans le détail de l'administration des colonies et qu'il se lance dans des entreprises tout ce qu'il y a de plus abusives, voire tyranniques. Plutôt que de jouer le rôle de stabilisateur et de modérateur pendant que les parlementaires considèrent soigneusement la législation, il se trouve au premier plan de décisions stupides et irréfléchies. Sa voix et son influence attisent la colère de ses sujets coloniaux et forcent le Parlement à agir contre nous.

Henry chercha à faire valoir son opinion : « Mais la décision finale revient au peuple et aux dirigeants qu'il a choisis pour le représenter à Londres. »

— Henry, ce que tu ne sembles pas comprendre, c'est que dans toutes les colonies, la Géorgie mise à part, nous avons développé des systèmes politiques qui surpassent grandement en valeur démocratique tout ce que l'Angleterre a fait jusqu'à présent. Bien que la Couronne désigne les gouverneurs et leur conseil, toutes les colonies ont leur forme de parlement ou d'assemblée pour traiter des affaires internes. Des conseils des habitants du Massachusetts aux corps législatifs dans les Carolines, les colons ont obtenu le droit de prendre des décisions pour leur propre vie, ce qui inclut la perception des taxes. Avant la montée sur le trône de George en 1760, ces droits furent pratiquement incontestés, mais depuis lors, il encourage le Premier ministre Grenville à soumettre les colonies. Ils se sont évertués de toutes les manières possibles et imaginables à interrompre la navigation, à l'exception du trafic qui profite à l'Angleterre ou qui navigue en carène britannique. Nous, les Écossais, ne lui pardonnerons jamais. Qui plus est, le *Stamp Act* imposé par Londres est une violation directe de nos libertés et une entorse à l'ancien principe de non taxation sans représentation.

— Monsieur Knox, reprit Henry, je vous comprends fort bien, mais je ne vois pas en quoi le *Stamp Act* est un si grand problème.

— Fils, en écartant tout l'aspect légal, il n'en demeure pas moins qu'il accable d'un fardeau insupportable mes affaires et celles de quiconque ayant besoin de contrats, d'actes notariés, d'effets de vente, d'actes de succession ou de tout autre document légal. Cette taxe est même imposée sur les jeux de cartes, la publication des bans, la presse quotidienne et les pamphlets. C'est là une chose que nous ne pouvons accepter.

— Je ne m'explique pas comment cela a pu survenir. Pourquoi était-on insatisfait, à Londres, des tractations avec les colonies ?, demanda Henry.

Knox hésita un moment avant de poursuivre : « La réponse à cette question n'est pas simple. Avec la fin des guerres contre les Français et les Indiens, l'Angleterre a su mater tous ses ennemis historiques ; elle constitue aujourd'hui la force majeure en Amérique du Nord et sa flotte étend sa domination sur les mers du monde entier. Cependant, cette suprématie militaire a été atteinte au prix fort et l'appétit de l'empire a généré une énorme dette. Par ailleurs, les colons sont, pour elle, un fardeau financier, car ils ne paient pas ou peu de taxes pour remplir les coffres de l'Angleterre.

— Mais pourquoi donc viser les colonies ? N'avons-nous pas tout fait pour aider à combattre les Français ?, questionna le jeune Pratt.

— Pour parler franc, la réponse est non. La plupart des gouvernements coloniaux, à la demande de Londres acceptèrent de donner une contribution financière, bien que cet argent ne couvrît même pas les frais de base de fonctionnement des colonies. Par ailleurs, beaucoup de marchands, dont ceux de ma propre compagnie, n'interrompirent point les échanges commerciaux avec les Français, et ce, même durant le conflit. C'était très lucratif pour nous, et les Britanniques semblent s'indigner davantage de ce comportement maintenant qu'au moment où la guerre faisait rage. C'est là l'argument principal soulevé par le Roi contre nous. Il demeure aujourd'hui sur le continent encore dix mille soldats qui prirent part aux combats contre les Français et les Indiens, et certaines têtes brûlées au Parlement prétendent que nos taxes devraient couvrir leurs dépenses.

— Monsieur Knox, j'ai cru comprendre que nous ne devrions pas accepter le *Stamp Act*. Laissez-moi vous dire que si vous ne payez pas cette taxe, je vois mal un jury composé de vos voisins vous punir pour cela.

Knox lui signifia son accord d'une inclinaison de tête et dit : « Cela nous amène à un autre problème, tout aussi grave que la taxe en elle-même. Le Parlement impose que tout contrevenant à la loi soit jugé devant un tribunal maritime britannique désigné et contrôlé par Londres et non par ses pairs. Plusieurs hommes d'importance, dont Patrick Henry et George Washington, se sont élevés publiquement contre ces atteintes à la liberté dans toutes les colonies. »

— Dans ce cas, avec tous ces soldats britanniques postés dans les colonies, que pouvons-nous faire ?

— Des actions ont déjà été prises et je sais que vous-même en avez eu vent. Des émeutes ont éclaté dans les cités portuaires, surtout plus au nord, en Nouvelle-Angleterre, et plusieurs marchands de la côte refusent maintenant d'acheter les produits britanniques. Je sais de source sûre que leurs actions sont devenues un inquiétant problème pour la maison mère de ma compagnie en Écosse et qu'elles affectent encore plus les dirigeants financiers et les commerçants de Londres, au point où ils exigent l'abrogation du *Stamp Act*.

Henry n'ajouta rien. Cette conversation eut un grand impact sur lui. À la cordonnerie et à la tannerie, il répéta et broda même sur les points soulevés par M. Knox. Il remarqua néanmoins que très peu de ses compagnons s'indignaient du *Stamp Act*, puisque aucun d'eux n'avait eu besoin de documents légaux depuis l'adoption de la loi. Henry en incommoda plus d'un lorsqu'il étendit ses critiques au-delà du Parlement et du Premier ministre pour s'attaquer directement au Roi. Il se forgea rapidement une réputation : on l'étiqueta comme un dissident du gouvernement d'Angleterre.

Un certain après-midi, alors qu'Henry quittait la tannerie, deux jeunes hommes l'interpellèrent à la grille d'entrée :

« Es-tu Henry Pratt ? », questionna le plus vieux des deux.

— Oui. Qui le demande et pourquoi ?, rétorqua-t-il sèchement.

— Nous avons entendu dire que tu es contre le *Stamp Act*. Est-ce bien vrai ?

— Voyez-vous cela ! Je ne vois pas en quoi cela vous regarde et si vous espérez une réponse, vous allez devoir me dire pourquoi vous vous intéressez à moi.

— Nous appartenons à une petite organisation qui s'est donnée pour mission de combattre cette loi injuste et tyrannique. Nous cherchons des sympathisants. Accepteriez-vous de discuter avec nous autour d'une chope de bière ?

— Eh bien, j'ai en effet grand soif, après une dure journée de labeur. Je serai bienheureux de partager un verre avec vous.

Assis dans une taverne non loin, les deux hommes se présentèrent sous les noms de Shelby Somers et Daryl Gethers. Ils déclarèrent provenir de familles de grands propriétaires terriens. Henry devina bientôt que ses nouvelles connaissances avaient reçu une bonne éducation et étaient très au fait des affaires politiques au sein du Commonwealth. Ces deux jeunes hommes voulaient qu'il se joigne à un groupe appelé *Les Fils de la Liberté*, également connu sous le nom de *Garçons pour la Liberté*.

« Nous ne sommes pas une organisation des plus formelles, lui expliquèrent-ils, mais nous nous dévouons à deux activités fondamentales : la première est d'encourager et de mettre en application un accord entre tous les marchands pour la ' non-importation ' et la ' non-consommation ' des marchandises en provenance d'Angleterre ; la seconde activité consiste à persuader les officiels britanniques de ne pas utiliser les documents anglais qui doivent être attestés par le timbre onéreux. »

Henry garda le silence un temps, prit une grande lampée de bière et y alla d'une question : « Comment vous serait-il concrètement possible d'arriver à ces fins ? »

— En premier lieu, commença Somers, nous avons le soutien de la gentry, autrement dit de la plupart des dirigeants politiques et commerciaux de la Virginie. Nos propres pères sont des gens bien en vue et influents. Le point de départ de nos actions est simple : nous sommes des citoyens loyaux envers la Couronne qui demandons simplement de jouir des droits qui nous ont été garantis en Angleterre depuis des générations et qui ont toujours été accordés aux colons. Nous ne jetons aucun blâme sur le Roi. Le Premier ministre Grenville, l'instigateur de tous ces troubles, a été démis de ses fonctions et nous croyons que George III tentera de trouver une solution afin d'éviter toute confrontation avec les colonies. Notre but ultime est que tous les citoyens d'Angleterre réalisent la terrible erreur commise par le Parlement.

— Pourquoi auriez-vous besoin de moi si, comme vous l'affirmez, toute la petite noblesse est unie dans son opposition au *Stamp Act* ?, demanda Henry, fort à propos.

— Tes fermes opinions sur le sujet ont été portées à notre connaissance et il nous serait très utile d'avoir dans nos rangs une personne de ta condition, connue des braves gens qui œuvrent dans la cordonnerie, la tannerie et les autres métiers d'artisanat. Et pour être tout à fait francs avec toi, nous sommes au courant de ta relation privilégiée avec M. Knox. C'est un homme bon, un Presbytérien et un Écossais ; il peut user de sa grande influence auprès des marchands qui ne sont pas directement liés avec Londres. La tentative de bloquer le commerce avec l'Angleterre peut nuire à sa compagnie. Cela nous serait d'une aide considérable de voir ces commerçants se joindre à nous et tu pourrais nous aider à éviter de causer préjudice aux marchands de Glasgow pour nous concentrer sur ceux de Londres. Car c'est exactement là que la pression doit être exercée.

— Je suis prêt à vous prêter main-forte, mais j'aimerais d'abord en débattre avec M. Knox. Il respecte mes vues et je le sais aussi opposé au *Stamp Act* que je le suis. Il nous sera de bon conseil.

Sur ce, les jeunes hommes se mirent prestement d'accord et se séparèrent.

Henry attendait avec impatience sa prochaine séance de conversation avec M. Knox, qui prenait lui-même un grand plaisir à la compagnie d'une oreille aussi attentive. Cette fois, Henry prit l'initiative et fit la description de son entretien avec Somers et Gethers, sans toutefois lui divulguer leur nom. Sa réponse fut aussi immédiate que claire : « Je suis au courant depuis des mois déjà de l'existence des Fils de la Liberté et j'adhère à leur cause. Tous les dirigeants de notre compagnie, ceux d'Écosse y compris, sont fermement opposés au *Stamp Act*, loi qu'ils considèrent abusive et contraignante pour le commerce. Plusieurs parmi nous croient que le but inavoué de cette loi est non seulement de développer un monopole du commerce pour l'Angleterre et d'augmenter ses revenus, mais aussi, et surtout, de maintenir les colonies dans une condition financière qui les affaiblisse. Certains régisseurs ont délibérément encouragé les propriétaires terriens en Amérique à accumuler des dettes qu'ils ne pourront jamais rembourser. »

Après une brève pause, M. Knox poursuivit : « Cependant, il faut avouer que l'embargo est inquiétant, car nous craignons que les affaires de nos marchands de Glasgow en souffrent autant que celles des financiers de Londres. Plusieurs de nos navires chargés de riz à destination de l'Europe sont présentement cloués dans les Carolines et en Géorgie. Il est donc raisonnable de croire que l'embargo nous coûterait très cher. Encore que nous soyons prêts à essuyer certaines pertes, nous aimerions évidemment voir une pression maximale être appliquée là où elle serait des plus persuasives, ce qui aurait comme effet de convaincre rapidement Londres de repenser ses politiques. »

Sans l'articuler explicitement, M. Knox lui faisait comprendre qu'il approuvait son association éventuelle avec les Fils de la Liberté et il lui expliquait même comment maximiser les effets d'un blocus commercial sur les marchands, les manufacturiers et les armateurs anglais. Henry écouta attentivement et partagea bientôt ces conseils avec les Fils de la Liberté.

Dans les jours qui suivirent, Henry maintint un rythme de production de chaussures acceptable, mais dut couper des heures de travail à la tannerie. Il passait le plus clair de son temps libre au sein du groupe. Il apprit que Somers en était le chef et que son père, propriétaire terrien de vastes terres près de Norfolk, siégeait à la Chambre des représentants, le Parlement de la Virginie coloniale. Comme on l'avait expliqué à Henry, les membres des Fils de la Liberté se divisaient en deux groupes, dont l'un s'occupait surtout d'obtenir des informations sur le commerce dans la ville portuaire, groupuscule dans lequel Henry était principalement impliqué. Ils élaboraient une liste de toutes les marchandises importées et notaient l'origine de chaque item. Certaines de ces importations, comme le rhum, provenaient des Caraïbes. D'autres biens, comme la peinture, la verrerie et les armes à feu arrivaient le plus souvent d'Angleterre. Pour éviter ces échanges, les Fils de la Liberté trouvèrent d'autres pays disposés à traiter avec eux. Si l'Angleterre était le seul fournisseur du bien, ils exhortaient les colons de Virginie à éviter son achat, une ligne d'action préconisée par George Washington, un membre important de la Chambre des représentants. Encore que la seule voix écrite du Commonwealth, la *Gazette* de Virginie, refusa de publier tout texte critique envers le Gouvernement de la mère patrie, les listes furent largement diffusées sous forme de tracts et d'affiches. Leurs effets se firent vite sentir dans la colonie.

Le second groupe, auquel Henry se joignit en quelques occasions, organisait des manifestations réunissant des opposants aux officiels chargés des timbres ; ces techniques d'intimidation visaient à persuader les hommes de la Couronne de ne plus percevoir la taxe prévue par la *Stamp Act*. Quoique des nouvelles relatant des émeutes et des actes de violence envers des officiels britanniques résolus aient émané d'autres colonies, la majorité des représentants de l'autorité à Norfolk promirent de ne plus percevoir la taxe des timbres si les foules massées autour de leur résidence et de leur bureau se dispersaient. Sophie aurait vraiment voulu participer à ces manifestations, mais Henry et M. Knox s'objectèrent en affirmant que ce n'était pas là le rôle d'une femme.

Les activités des Fils de la Liberté étaient bien connues du public, mais Henry rendait M. Knox heureux en l'informant à l'avance de la plupart de leurs plans. En conséquence, Henry recevait des contributions financières qu'il pouvait partager avec l'organisation pour couvrir les dépenses engagées pour la production de brochures et d'affiches.

Les conversations dominicales chez les Knox se déroulaient comme à l'habitude et elles touchaient un nombre toujours plus vaste de sujets. Avec son intérêt grandissant pour les affaires politiques, Henry donnait une place de choix à ses entretiens avec le vieil homme aux opinions inflexibles et aux priorités bien établies. Henry était un homme arrêté dans ses opinions et, en compagnie de Knox, il se permettait rarement d'admettre son ignorance sur certains sujets tandis que Sophie, elle, posait sans ambages une question après l'autre. Henry entreprit un après-midi de débattre d'une question fondamentale, que toute personne éduquée, croyait-il, se devait de comprendre :

« Monsieur Knox, lança-t-il, quelle est la différence entre les hommes qui vivent en Angleterre et nous, qui nous sommes installés de ce côté-ci de l'océan ? Comment est-il possible que nos idées soient aussi incompatibles alors que nous partageons la même histoire et que nous sommes loyaux envers la même famille royale ? »

— Henry, une différence élémentaire sépare ceux qui sont restés à la maison, en Angleterre, en Irlande, en Écosse ou au pays de Galles et leurs compatriotes qui ont décidé de quitter la mère patrie pour voguer vers l'Amérique. Chacun de ces deux groupes se croit supérieur à l'autre. Les colons pensent que ceux qui sont restés en Europe manquent d'initiative, qu'ils n'ont pas eu le courage de se lancer dans une aventure pleine d'imprévus ou qu'ils n'ont pas la clairvoyance de tirer avantage de nouvelles opportunités. Ils les trouvent dociles, disposés à accepter les empiétements faits sur leurs libertés politiques et religieuses et prêts à s'accommoder, sans trop poser de questions, des politiques mises en place par leur gouvernement. De ce côté-ci de l'océan, nous avons trouvé la liberté, en particulier la liberté de culte, nous commençons de nouvelles vies, nous devons relever les défis que présente un continent inconnu et affronter de dures épreuves pour atteindre ces buts. Voyez-vous cela dans l'attitude de la majorité des gens de votre connaissance ?

Sophie répondit la première : « C'est là certainement ma vision de la situation. Mais comment les gens en Angleterre peuvent-ils ne pas voir les choses ainsi ? »

— Les opinions diffèrent. Certaines gens dans la mère patrie reconnaissent la légitimité de nos vues, tout comme sont nombreuses les personnes de la gentry, particulièrement ici, en Virginie, qui considèrent toujours que tout à Londres est supérieur, même les gens. Cette classe forme ce que nous pouvons appeler les réprouvés de la noblesse. En effet, plusieurs d'entre eux sont les deuxièmes ou les troisièmes fils de la lignée et n'eurent point droit à la succession. On peut les voir à Norfolk où ils tentent opiniâtrement de reproduire le mode de vie de Londres, se considérant eux-mêmes comme supérieurs à nous. Ils pensent que ce sont surtout des inadaptés qui ont quitté la patrie, parmi lesquels ils placent les Pèlerins, les Quakers, les Baptistes, les Mennonites et même les Presbytériens ; tous inférieurs, selon eux, aux yeux du Tout-Puissant. En fait, nous devons admettre que bon nombre de colonisateurs étaient pauvres lors de leur arrivée sur le nouveau continent : ils fuyaient une pauvreté qu'ils n'avaient pu vaincre dans la vieille Europe. Et en bas de l'échelle, si l'on peut dire, nous retrouvons un large groupe de criminels libérés sur parole destinés à fournir une main-d'œuvre dans les colonies, encore que leur unique crime fut le plus souvent le non-paiement de dettes.

« Qu'importe les raisons qui motivent son départ, lorsqu'une personne quitte la mère patrie, c'est la marque d'un rejet ou d'une séparation, que ce soit volontaire ou non. Cette rupture brouille en quelque sorte les relations humaines. »

Henry prit le temps de bien considérer ces nouvelles informations et demanda : « Mais les colonies ne sont-elles pas très précieuses à l'Angleterre ? Ne lui fournissent-elles pas le coton, le bois d'œuvre, le riz, l'indigo et le tabac, tout en lui permettant d'écouler ses biens manufacturés ? »

— Pour ma part, je le crois, mais certains Anglais qui jouissent de positions importantes pensent différemment. Ces gens croient qu'il n'existe dans le monde qu'une quantité limitée de richesses et qu'il est impératif de faire converger, autant que possible, ces richesses vers la mère patrie. Contrairement au commerce dans les Caraïbes, dans les Indes et en Afrique, les échanges au sein des colonies d'Amérique n'ont pas été des plus lucratifs. N'oublions pas en outre que les colonies d'Amérique coûtent très cher. J'ai récemment eu l'occasion de lire que certains des élus au Parlement condamnaient la décision prise à la fin de la guerre contre les Français et les Indiens de garder le Canada, qu'ils qualifiaient de « milliers d'hectares d'étendue déserte, stérile et inutile ». Ils affirmaient qu'une minuscule île dans l'archipel des Caraïbes s'avère bien plus profitable. Un autre problème, c'est l'explosion de notre population qui a décuplé en ce dernier siècle uniquement ; elle représente aujourd'hui presque un tiers de la population de l'Angleterre et il devient de plus en plus ardu de nous diriger d'une si grande distance.

Un point demeurait obscur aux yeux de Sophie. La jeune femme posa la question suivante : « Pardonnez-moi, je peux comprendre les avantages qu'offrent l'empire des Indes et les Caraïbes, mais je ne vois rien de très attrayant en Afrique. »

M. Knox hésita un moment avant de répondre : « Nous entrons dans un sujet qu'on préfère taire, mais la traite d'esclaves, un commerce dont Liverpool est la plaque tournante, fournit des entrées d'argent considérables à l'Angleterre. Les colonies dans les climats tropicaux doivent trouver de la main-d'œuvre qui s'accommode des climats torrides, et les Britanniques ont bien compris que quelques postes de traite le long de la côte occidentale de l'Afrique valaient autant que des mines d'or. L'élite anglaise prétend se dissocier des négriers, mais elle empoche les profits de cette traite. »

M. Knox venait pour la première fois d'aborder une question qu'il évitait généralement. À l'exception que cette fois-ci, il arrivait à mettre en corrélation ses idées politiques et son interprétation des Saintes Écritures. Tout homme dévot et honnête qu'il était, il ne pouvait consciemment défendre l'implication de sa compagnie dans la traite d'esclaves. Il rationalisait donc ces pratiques dans lesquelles il trempait :

« Nous n'achetons jamais d'esclaves, expliqua-t-il, mais parfois, nous en devenons propriétaires, bien malgré nous, lorsque nous saisissons les biens d'un mauvais payeur qui possède des Noirs. Ainsi, quand vient le temps de revendre un esclave qui est devenu nôtre, nous usons de précaution pour nous assurer qu'il soit revendu à un marchand responsable. »

Sophie ne put réprimer cette question empreinte de désapprobation : « Mais n'est-il pas exact d'affirmer que, avec l'argent que vous leur prêtez, les fermiers achètent des esclaves ? »

L'inconfort de M. Knox devenait évident lorsqu'on le confrontait à la logique boiteuse des ses explications. Comme il ne pouvait pas accorder ses actions blâmables à ses principes religieux, il tentait de les excuser en les comparant favorablement avec celles des autres marchands :

« Cette situation est inévitable quand les Noirs sont nécessaires aux opérations d'une plantation. Si de plus grandes superficies de terre sont exploitées, il devient impossible pour le propriétaire de produire du riz ou du tabac, par exemples, sans un important apport en travailleurs autre que la main-d'œuvre dont sa famille dispose. Nous serions poussés à la faillite si nous étions les seuls à refuser d'accorder des prêts pour de tels besoins. Nous tentons cependant d'user de notre influence pour minimiser les abus des propriétaires avares et cruels. Il n'est donc pas faux de croire qu'il est probablement mieux pour les esclaves que ce soit notre compagnie, et non nos compétiteurs, qui accorde le prêt. Même s'ils refusent de l'admettre, certains de nos compétiteurs britanniques possèdent des négriers sous des prête-noms et amènent ici des Noirs d'Afrique pour les vendre. »

M. Knox continua ses explications en affirmant que des Anglais prospères dominaient le gouvernement du Commonwealth à Williamsburg et qu'ils amendaient astucieusement des lois presque toujours intéressées, souvent au détriment des classe inférieures de Virginie et des Écossais qui se font concurrence dans les échanges entre Londres et les colonies. Étant un homme sévère et strict mais modeste, M. Knox condamnait surtout les familles fortunées qui organisaient leur vie sociale sur le modèle de l'aristocratie d'Angleterre et qui, disait-il, la surpassaient même en frais d'ivrognerie et de frivolité. Henry fut surpris de percevoir l'intensité de l'animosité de son ami envers l'aristocratie terrienne, cette classe sociale qui comptait parmi ses rangs certains des plus importants clients de sa compagnie.

Plus tard ce jour-là, Henry et Sophie convinrent d'un certain manque de logique dans les explications de M. Knox : il semblait être du côté des métayers tenanciers, des francs-tenanciers et des petits fermiers, tout en avouant que, marchand de son métier, il était forcé de partager le sort de l'élite dominante sur les questions qui concernaient sa propre compagnie.

Le dimanche suivant, Henry posa sans grand enthousiasme une question qui dévoila son ignorance relative aux alignements politiques et à l'histoire de la mère patrie : « Monsieur Knox, quelle est la différence entre les Whigs et les Tories ? »

Son interlocuteur rit doucement avant de répondre en ces mots : « Eh bien mon ami, ces deux noms trouvent leurs origines il y a environ un siècle, de l'autre côté de l'océan. Ils nous suivent depuis comme une malédiction, si je puis me permettre. À cette époque, on appelait ' Whig ' celui qui volait des chevaux et on attribue aujourd'hui ce mot à des personnes comme moi, des Écossais presbytériens portés à questionner les politiques d'un roi. Le ' Tory ', quant à lui, était un hors-la-loi dont la première loyauté allait au Pape. Plus tard, la tendance fut de nommer Whigs ceux qui plaçaient leur foi dans les affaires et le commerce, tandis que les Tories représentaient les membres de l'Église anglicane et les personnes promues à des postes décisionnels, ces derniers étant tous liés par les faveurs dont la Couronne les gratifiait. De nos jours, je dirais que les Tories et les Loyalistes ou les Conservateurs partagent les mêmes idées tandis que les Whigs sont ceux qui ont le courage de questionner certaines des décisions prises par George III. Comme vous vous l'imaginez, on retrouve des radicaux au sein des deux groupes. »

Sophie et Henry dirent presque en même temps : « Je suppose que cela fait de moi un Whig. »

— J'en suis peut-être un moi-même !, répondit M. Knox.

Sophie avait l'habitude des préjugés de son oncle et était peu disposée à les examiner directement, mais une fois seule avec Henry, elle analysait leurs conversations avec plaisir, humour et objectivité. Bien qu'elle fût généralement en accord avec les opinions de M. Knox, elle pouvait tout de même comprendre les aristocrates pompeux, les propriétaires d'esclaves, les marchands anglais et les travailleurs traînards de l'atelier de couture. Henry, quant à lui, avait des opinions tranchées et soigneusement définies sur presque tous les sujets ; ainsi, il était rare de trouver un terrain d'entente avec lui s'il devait lui coûter un compromis. Inévitablement, ces dispositions donnaient lieu à plusieurs différends entre eux, mais ils s'accordaient au moins sur une question : ils partiraient ensemble lorsque Henry serait prêt à s'en aller à l'ouest de la Caroline du Nord.

Sophie aida Henry à la rédaction de la lettre qu'il voulait envoyer prochainement à sa famille à Philadelphie. Exception-nellement longue et plus affectueuse qu'à l'habitude, la lettre voulait donner la meilleure impression possible. Il y décrivit ses nouvelles connaissances sur la traite du cuir et remercia son père pour la bonne formation de cordonnier qu'il avait reçue. Il informa Ethan de son départ pour la Caroline du Nord dans la première semaine d'octobre et lui demanda s'il planifiait toujours de le rejoindre à la *frontier*. Henry espérait que ses deux sœurs avaient trouvé des galants et qu'elles fonderaient bientôt leur propre famille. Il révéla la surprenante nouvelle de son mariage prochain avec Sophronia Knox. Henry et sa future promirent d'écrire à nouveau à leur deux familles lorsqu'ils arriveraient dans leur nouvelle terre d'accueil.

Henry et Sophie étaient impatients de se marier et de commencer leur nouvelle vie. Le jeune Pratt annonça qu'ils se rendraient au tribunal pour demander qu'un magistrat local célèbre la cérémonie. Sophie pensa avec joie à son coffre de mariée et à certains vêtements de fantaisie qu'elle et les Knox avaient accumulés depuis son enfance. Après quelques hésitations, ils informèrent M. Knox de leurs plans au moment de se mettre à table pour le repas dominical. Henry aperçut Sophie et M. Knox se murmurer quelques mots à l'oreille et fut heureux de les voir sourire, apparemment enchantés par l'idée d'une cérémonie expéditive.

Durant l'après-midi, comme les deux hommes se retrouvèrent assis sous le porche pour converser des affaires du jour, M. Knox dit à Henry : « Fils, comme tu dois le savoir, Sophie m'a donné une partie de son salaire depuis qu'elle travaille, et cette somme rondelette vous sera utile pour emménager en Caroline du Nord. »

Henry, tout à sa surprise, lui répondit : « Monsieur Knox, Sophie m'a affirmé que c'était là sa contribution pour aider à payer les dépenses de la maison. »

— Voyons, c'est absurde ! Vous aurez certes des frais imprévus et Mme Knox et moi-même sommes bien en mesure de vous aider. Nous la considérons comme notre fille et nous contribuerons même de notre poche à sa dot. De plus, nous ferons l'acquisition des timbres nécessaires à la publication des bans.

Cette dernière phrase fit sursauter Henry qui ne put contenir sa colère : « Non, monsieur ! Je veux bien être pendu si on appose un tampon anglais sur quoi que ce soit qui m'appartienne ! »

C'était la première fois que M. Knox entendait de la bouche d'Henry une exclamation aussi sentie. Le visage d'Henry s'était empourpré de honte et il s'excusa de son emportement. Aucun d'eux n'osa prendre la parole pendant un certain temps, jusqu'à ce qu'Henry dise : « Je sais que nous ne pouvons nous rendre au tribunal et que même une cérémonie publique dans une église pourrait poser problème. »

— Peut-être que Sophie accepterait d'organiser un joli et modeste service ici, dans notre demeure. Je suis persuadé que notre pasteur n'insistera pas pour voir un certificat de mariage tamponné, proposa M. Knox.

À l'intérieur, debout à la fenêtre juste derrière eux, cachée par un rideau, Sophie sourit, alla dans sa chambre et commença l'essayage du bonnet, du voile et de la robe de dentelle qu'elle porterait lors de la cérémonie dans le petit salon à l'avant de la maison, comme elle l'avait prévu dès le premier jour où elle avait rencontré Henry Pratt.

CHAPITRE 3

Un gouvernement royal corrompu

M. et Mme Henry Pratt s'installèrent dans le comté d'Orange en Caroline du Nord et s'occupèrent de leur ménage dans une communauté en plein essor appelée Childsburg à l'hiver de l'an 1765, une année avant que ce nom ne soit changé pour Hillsborough. C'était une zone artisanale et commerciale pour une communauté établie sur les contreforts de l'ouest de la Caroline du Nord, à égale distance des rivières Neuse et Haw. Plusieurs fermiers de Pennsylvanie y débarquèrent, soit pour fuir l'oligarchie restrictive des Quakers, soit pour cultiver l'une des grandes étendues de terres disponibles. Certaines familles avaient perdu leur travail ou leur propriété alors que d'autres étaient insatisfaites de la situation socio-économique qui s'avérait moins bonne dans les régions côtières. La population de Childsburg n'avait rien d'homogène ; on y trouvait des colons d'origines diverses venus d'Angleterre, d'Écosse, d'Irlande, d'Allemagne, de Suisse et même de Scandinavie. Ces gens ne prêtaient guère attention aux organisations religieuses, à l'exception de certains, établis non loin dans une communauté de Quakers. Tous les nouveaux arrivants se considéraient comme des pionniers établissant une nouvelle société sous les bannières de la liberté et de l'individualisme. Par choix et par nécessité, ils étaient presque totalement auto-suffisants : ils n'importaient que quelques produits de base tels que le fer, le rhum, la poudre à canon ainsi que le sel. Par ailleurs, ils exportaient principalement du bétail, des fourrures et des peaux. Dès que les familles vivant de l'agriculture pouvaient combler leurs besoins grâce aux cultures vivrières de céréales et de produits maraîchers, elles défrichaient des terres additionnelles pour la culture commerciale du tabac, surtout, mais aussi, parfois, pour celle du lin et de l'indigo.

Quand Henry apprit aux officiels de la communauté qu'il était un cordonnier expérimenté, ils l'accueillirent avec enthousiasme et lui offrirent sur-le-champ le choix entre plusieurs parcelles de terrains restés vacants au centre de la ville. Cependant, connaissant les particularités d'une tannerie, Henry demanda plutôt un site à l'entrée du village, près d'un petit ruisseau, où il pourrait y nettoyer ses peaux et où la brise dominante de l'ouest emporterait les odeurs nauséabondes causées par le séchage du cuir loin des autres résidants. Sophie et lui bâtirent un petit atelier avec logis à l'étage, une construction très similaire à ce qu'Henry avait connu à Philadelphie.

Une fois la construction achevée, Sophie choisit une large planche, soigneusement aplanie et y inscrivit, en haut à la peinture, « ATELIER DE CUIR DE SANDY CREEK », et « HENRY PRATT, PROP. », au-dessous. Henry alla ensuite clouer l'enseigne sur leur porte avant. À l'arrière de la propriété, il érigea une remise ouverte sur les côtés destinée au séchage des peaux. Les Pratt n'avaient pas à craindre la moindre concurrence dans les environs, sauf peut-être un cordonnier quaker opérant à plusieurs kilomètres de là et dont la clientèle se résumait principalement à sa communauté. Henry fut donc bientôt très occupé à raccommoder et à vendre des chaussures, des selles, des harnachements, des sacoches de selle et même des seaux en cuir enduits de poix destinés à la lutte contre les incendies. Sophie fut quelque peu déçue de constater que la plupart des ménagères effectuaient elles-mêmes leurs travaux de couture, mais la communauté comptait assez d'hommes non mariés pour qu'elle puisse écouler ses gants, ses vestes et ses tuniques, dont un article, une longue chemise non ajustée nommée « wamus » était particulièrement populaire. Elle s'occupait également de satisfaire quelques commandes de chapeaux et de coiffes en cuir.

Comme ils provenaient tous deux d'une région côtière plus chic et qu'il avaient œuvré dans la production de vêtements, ils s'intéressaient à ce que portaient les gens de la *frontier*. Tous les vêtements ici étaient faits à la main, dans un cuir robuste ou avec des étoffes solidement tissées. Quelques fermiers et certains hommes des bois possédaient des chaussures en cuir, mais les mocassins indiens étaient beaucoup plus répandus, souvent rembourrés avec de la mousse ou du pelage de bison pour assurer un meilleur confort ou pour se prémunir contre le froid. Ces pionniers arboraient, en guise de couvre-chefs, des chapeaux de feutre mou à larges bords ou, en hiver, des toques en fourrure de raton, d'ours, de renard ou d'écureuil, souvent ornées à l'arrière de la queue de l'animal.

Les femmes de la *frontier* portaient des robes appelées Mère Hubbards. Faites en lin ou d'un mélange de laine et de lin, elles tombaient droites ou ajustées à la taille par une ceinture de tissu, pour donner plus de style. Les seuls sous-vêtements portés étaient des jupons confectionnés dans le même matériau. Les ménagères portaient des tabliers pour protéger leur robe. Des capes en lainage ou matelassées offraient plus de chaleur, mais la plupart des femmes leur préféraient le châle. Leurs chaussures étaient souvent similaires à celles des hommes, mais certaines femmes portaient des sabots.

À l'instar de l'atelier de son père, Henry fit en sorte que sa cordonnerie devienne un lieu de discussions, où les clients pouvaient traînasser et profiter du repos que proposaient deux longs bancs disposés près de sa table de travail. Cela permettait à Henry de discuter des affaires du jour tout en effectuant son travail. Pour que les hommes puissent s'adonner sans gêne à leurs discussions masculines, Sophie travaillait à l'étage, dans leur logis. De là, elle pouvait tout de même, à sa guise, écouter leurs conversations et leurs paillardises.

Bien qu'ils aient goûté aux délices de leurs aventureuses relations sexuelles, ce n'est qu'après s'être installés à Hillsborough qu'Henry et Sophie réalisèrent l'amour profond qui les unissait. Le dimanche, ils partaient à la découverte de la région et, en d'autres temps, quand la boutique restait fermée, ils partageaient allègrement leurs pensées intimes. Dans les moments de séparation, la nostalgie de l'autre leur emplissait le cœur. Henry trouva même l'inspiration, à l'occasion, de composer des vers pour sa douce compagne où il pouvait enfin exprimer les sentiments qui ne trouvaient pas le chemin de la parole.

Durant les premiers mois en ces lieux, Henry et Sophie concentrèrent leurs efforts pour bâtir une solide réputation à leur commerce. Ils demeurèrent prudents, voire plutôt effacés, dans les discussions qui animaient l'atelier. Henry choisit l'attitude de l'écoute, en attendant d'avoir une meilleure connaissance des vues de ses clients. Mais, de caractère très loquace, il ne put retenir ses remarques très longtemps. La vie près de la *frontier* différait fortement de ce qu'il avait connu à Philadelphie et à Norfolk. Même si un clivage clair séparait les familles riches des familles pauvres du comté d'Orange, les deux groupes semblaient relativement satisfaits du statu quo. Les divisions sociales et politiques semblaient secondaires : c'était la lutte commune pour se bâtir une nouvelle vie dans cet environnement étranger qui l'emportait.

Ces impressions se révélèrent cependant fausses. Depuis peu, un petit groupe d'habitués demeurait une heure après la fermeture de l'atelier et c'est là que les discussions devinrent plus franches et incisives. C'est autour de quelques pichets de bière qu'Henry se retrouva baigné dans les controverses et les intrigues de la région. Il s'aligna bientôt aux côtés des petits propriétaires, des travailleurs qui ne possédaient aucun commerce, des familles fermières et des commerçants ; bref, aux côtés de tous ceux qui revendiquaient la liberté de gérer leur propre destinée. Aucun d'eux ne jouissait d'un statut social élevé ou de l'autorité dont les marchands prospères, les grands propriétaires terriens et les politiciens jouissaient auprès du gouvernement et dont la fortune et l'influence découlaient de relations étroites avec leurs confrères des régions côtières.

La grande qualité de conteur d'Henry était très appréciée par ses clients. Ils adoraient qu'Henry évoque ses implications avec les Fils de la Liberté à Norfolk et ses opinions politiques qu'avaient forgées ses discussions avec M. Knox. Un certain Richard Pyle, un de ses clients, remplissait les fonctions de greffier au tribunal. Bien que cela eût pu lui faire perdre son poste, il partageait volontiers avec Henry et d'autres bonnes gens les informations couchées sur testament, les rapports de taxe et les actes de transfert des propriétés. Il paraissait évident que, comme dans d'autres communautés, les familles puissantes usaient de tous les moyens disponibles pour accroître leur fortune et leur pouvoir. Dans le comté d'Orange, leurs méthodes n'étaient pas toujours légales ni même morales.

Ethan avait planifié de suivre les pas de son frère en Caroline du Nord dès que celui-ci s'y serait installé. La maladie frappa cependant leur père lorsque Henry entra à Hillsborough et Ethan se sentit obligé d'assurer tout le travail dans la cordonnerie. Quoique l'état de santé de M. Pratt s'améliora et qu'il fut assez remis pour se permettre des promenades en ville et des visites amicales, il ne semblait toujours pas prêt à reprendre du service derrière l'établi. Ethan et Epsey soupçonnèrent bientôt que l'attitude de M. Pratt n'était qu'un prétexte pour empêcher leur départ. Ils insistèrent donc pour que Samuel Pratt prenne un jeune apprenti sous son aile. Durant la formation, le jeune couple retarda ses projets et se contenta de relire les lettres de plus en plus éloquentes que leur envoyaient Henry et son épouse. Tous deux se montraient extrêmement désireux de partager le détail de leur vie.

À l'occasion, Epsey répondait aux lettres de Sophie, mais sans jamais s'attacher à décrire la monotonie de la vie à Philadelphie. Au lieu de cela, elle lui soumettait les questions qu'Ethan et elle se posaient au sujet de leur future terre d'accueil et de la communauté en constante évolution qui deviendrait la leur. Ils apprirent que cette colonie avait connu une grande expansion de population depuis que les premiers marchands et commerçants s'y étaient installés. Même les fermiers vivant dans les régions plus reculées, là même où Ethan prévoyait s'établir, pouvaient échanger, dans des postes de traite ou dans les magasins généraux des grands propriétaires terriens, le fruit de leur culture contre des produits de première nécessité. Hillsborough demeurait cependant le centre majeur des activités commerciales et le chef-lieu du comté d'Orange où toutes les affaires légales devaient être conduites dans le tribunal.

Il n'y avait que peu de relations suivies entre les familles de la *frontier* et celles qui occupaient les régions côtières depuis plus d'un siècle. L'arrière-pays se situait dans les contreforts de la chaîne montagneuse à l'ouest et les forts courants des cours d'eau en amont rendaient impossible la navigation : seuls les rondins pouvaient traverser les nombreux rapides et les chutes, à l'exception des petites embarcations qui permettaient le portage dans les passages difficiles. Pour le transport, les fermiers utilisaient des chevaux de charge qui acheminaient les marchandises vers le plan d'eau où mouillaient les plus proches barges, moyen incontournable pour le transport, étant donné le développement lent et sporadique des voies terrestres. Il existait donc une différence de richesses entre les plaines côtières et les régions accidentées à l'intérieur du continent.

Epsey fut soulagée d'apprendre que l'esclavage n'était pas une pratique très populaire dans la région. Ainsi, en 1763 dans le comté d'Orange, moins d'une famille sur dix possédait des esclaves. La plupart d'entre elles en possédaient moins de trois et travaillaient à leurs côtés dans les champs et dans les terrains de coupe ; une réalité qui était toute autre dans les plus vieilles colonies de la côte où la moitié des ménages n'avait pas moins de vingt esclaves.

Henry, dans ses lettres, écrivait qu'on avait peu d'argent à l'intérieur du continent et que les possessions, elles, étaient minimales. Ainsi, il faisait part de l'information de Richard Pyle qui évaluait, selon les homologations testamentaires attestées par le tribunal d'Hillsborough, à moins de £200 la fortune moyenne des familles, qui recouvrait la valeur de leurs terres, leurs équipements, leurs récoltes engrangées et leurs effets personnels. Ces révélations soulagèrent Ethan, qui put en conséquence prévoir ses besoins financiers avant même de quitter Philadelphie.

Inévitablement, la région d'Hillsborough connut un essor économique qui chambarda sa population. Les terres de l'ouest étaient productives et, avec la flambée du prix du tabac et le peu de nouvelles terres disponibles, la valeur des propriétés augmenta rapidement. Plusieurs premiers arrivants, particulièrement ceux établis à moins de quinze kilomètres du chef-lieu, découvrirent que leur petite ferme se vendrait maintenant à un prix bien meilleur qu'ils ne l'auraient cru. Leurs voisins, plus aisés et ambitieux, étaient avides d'acquérir la terre des fermiers en situation financière difficile ou de ceux prêts à poursuivre leur route plus à l'ouest. Il y eut de ce fait une augmentation radicale de transactions qui nécessitaient le concours des officiels au tribunal : titres de propriété, actes de vente, privilèges hypothécaires et garanties de paiement, établissement des taxes, droits de gages, etc.

Toutes ces activités légales attirèrent bon nombre d'avocats. Ils s'occupèrent d'interpréter la masse des nouvelles lois et des directives énoncées par le gouverneur royal et son conseil. On sentit bientôt, chez les dirigeants et les personnes les plus nanties, une volonté de légaliser toutes les transactions, terriennes ou autres, dans la Caroline ; ces gens désiraient tirer profit des nouvelles opportunités d'enrichissement. Ainsi, des lois punitives virent le jour et furent appliquées contre les contrevenants qui, par ignorance ou au contraire en toute connaissance de cause, manquaient de se conformer aux nouveaux règlements complexes.

Henry Pratt connaissait de mieux en mieux la situation politique de la Caroline du Nord. Il savait que le gouverneur William Tryon était loyal envers la Couronne et que, sans toutefois y réussir, il utilisait tous les moyens, hormis peut-être la violence, pour étouffer la voix des détracteurs du *Stamp Act* britannique. Habile stratège, il avait apparemment pour seule ambition de consolider son pouvoir sur le gouvernement en prenant soin de maintenir à sa botte le conseil colonial. L'ombre de sa main dominatrice s'étirait sur bon nombre d'officiels et de Loyalistes dans toutes les colonies. Tryon avait renforcé son contrôle dans les régions reculées de la colonie en y désignant lui-même les shérifs, les juges, les percepteurs de taxes et les commis. Il s'assurait de leur loyauté par la corruption, l'intimidation ou par des accords tacites permettant leur enrichissement au détriment des colons.

Encore qu'elles fussent critiquées sur la côte, c'est à l'ouest, dans la région d'Hillsborough, qui comprend les comtés d'Orange et d'Alamance, que les politiques de Tryon s'attirèrent les plus grandes protestations. Connaissant cette situation, Tryon divisa les comtés de l'est en de plus petites unités administratives, augmentant ainsi le nombre de représentants en faveur de ses politiques. Il était presque impossible de faire renverser ces décisions, puisque les tribunaux britanniques se trouvaient à des centaines de kilomètres et que Tryon était apparemment l'un des délégués royaux les plus en vue à Londres. Ces développements obsédèrent bientôt Henry Pratt et d'autres avec qui il partageait ses frustrations.

La majorité des clients préférés des Pratt étaient fermiers ; ils leur rendaient visite, durant leur expédition mensuelle vers le chef-lieu, pour acheter de nouvelles chaussures, pour se procurer des harnachements et parfois même des vêtements ainsi que des peaux traitées qu'ils utilisaient comme matières premières dans la confection de leurs propres objets artisanaux. D'autres encore, des citadins, fréquentaient plus assidûment la cordonnerie ; ils y achetaient quelquefois un article, mais appréciaient surtout l'endroit pour les conversations sympathiques qui s'y déroulaient. En plaisantant, ils se donnèrent un nom, l'Association de Sandy Creek, et faisaient référence à leurs discussions en tant qu'« assemblée de l'association ».

Henry était le membre le plus agressif du groupe dans ses propos. Il pressait ses camarades de passer à l'action : « Nous ne pouvons pas nous permettre d'être timides, car personne ne fait entendre sa voix pour nous défendre. Nous devons accaparer l'attention de tous et la meilleure façon d'y arriver, c'est par l'audace et la force »

Richard Pyle fut le premier à répondre : « Au tribunal, j'entends plusieurs plaintes et aussi certaines de leurs réfutations. Les gens sont confus ; ils ne savent pas sur quel pied danser devant les officiels. Le simple fait de porter nos critiques à la connaissance publique nous permettra de récolter bien peu d'appui. »

Henry n'aimait pas que ses opinions soient mises en doute si ouvertement dans sa propre demeure. Il durcit donc le ton : « Richard, nous ne sommes pas là pour protéger tes supérieurs au tribunal ou pour leur épargner des critiques qu'ils méritent par ailleurs. Tout le monde sait ce qui se trame là-bas, alors pourquoi ne devrions-nous pas dévoiler cela au grand jour ? »

D'autres s'en mêlèrent, bien qu'avec prudence : « Nous devons miser sur la simplicité », proposa l'un d'eux ; « Peut-être qu'il nous faut voir à plus long terme », suggéra un autre ; « Devrions-nous signer nos noms au bas de la pétition ? », s'inquiéta un troisième ; « Nous devons critiquer, mais faire également de bonnes recommandations », fit remarquer le dernier.

Après une longue discussion, Henry trouva le moyen de ronger son frein sans pour autant perdre la face : « Pourquoi ne me laissez-vous pas rédiger une ébauche de pétition, qui mettrait à profit mon expérience à Norfolk ? Je sais ce qui a fonctionné là-bas et j'essaierai de rassembler les opinions de chacun. Nous sommes d'accord pour que le texte soit simple et clair et qu'il expose une prise de position ferme. Quand j'aurai terminé, dans un jour ou deux, nous le réviserons tous ensemble et y apporterons les changements voulus ; nous travaillerons jusqu'à ce que tout le monde soit d'accord. »

Avec l'aide et les précieux conseils de Sophie, Henry travailla consciencieusement à faire le brouillon de cette déclaration. Ils échangèrent toutes sortes d'idées, ce qui amena Henry à cette proposition : « Pourquoi ne pas organiser une réunion publique, où les gens pourraient exprimer leurs griefs et où nous demanderions tous ensemble d'obtenir le droit, en tant que citoyens, d'être entendus et écoutés par les hommes du tribunal ? »

Sophie s'exclama : « Excellente idée ! C'est simple, clair, réalisable et cela fait appel au respect de nos droits fondamentaux. »

Le jour suivant, Henry présenta fièrement leur travail et eut d'autres raisons d'être fier lorsque la déclaration fut acceptée à l'unanimité. Après quelques changements mineurs, on fit la première impression de ce document signé par « les membres de l'Association de Sandy Creek ».

Leur demande était légitime, mais nombre d'entre eux durent admettre plus tard qu'ils avaient été naïfs de croire qu'elle serait bien reçue ou même appliquée par les milieux politiques. Leur déclaration s'adressait presque exclusivement aux institutions locales et prévoyait des réunions publiques régulières où les citoyens pourraient faire connaître leur point de vue et proposer des directives à ces instances. Si elle avait été adoptée, la proposition aurait transformé l'ensemble du système politique dans les colonies. Elle suscita un certain intérêt, mais fut vite tournée en ridicule par des citoyens influents. Surtout, elle fut complètement ignorée par les autorités locales. Après quelques jours, Henry et les autres hommes se réconfortèrent à l'idée qu'ils avaient du moins levé le voile sur une partie du problème, mais durent tout de même avouer qu'une assemblée publique, sans la participation active de l'ensemble de la communauté, n'avait que peu de poids.

Étant le seul à travailler le cuir à Hillsborough, Henry vivait bien et travaillait fort. Sophie fut bien vite submergée de commandes diverses et avait peine à les remplir. Pour cette raison, Henry demanda à ses clients s'ils connaissaient une personne intéressée à aider sa femme. Quelques jours plus tard, l'épouse de l'apothicaire, Josephine, surprit les Pratt en leur offrant ses services tandis qu'elle passait à l'atelier pour faire des emplettes. Elle ne pouvait travailler que quatre heures par jour, mais était disposée à coudre le cuir pour un salaire minime, considérablement moins élevé que ce que Sophie gagnait à Norfolk. Elle disait ne pas avoir besoin d'argent : elle n'avait pas d'enfants, mais son mari n'avait pas besoin d'aide au dispensaire, vu les quantités restreintes de médicaments à sa disposition, et elle ne supportait plus d'être seule à la maison.

L'apothicaire, le docteur Railston, s'occupait des malades avec Miss Norma Hume, une sage-femme d'expérience qui en connaissait plus long sur la médecine générale que quiconque dans la colonie. Bien qu'ils ne possédassent aucune licence pour préparer et prescrire des médicaments, ce qui n'était d'ailleurs pas obligatoire, le Dr Railston et Miss Hume s'étaient bâti une solide réputation dans la région. Ils consacraient plusieurs heures par semaine à la cueillette ainsi qu'à la préparation de racines, de plantes ou d'herbe indigènes, tels le sassafras, l'aubépine, la sanguinaire et l'orme rouge. Ils ajoutaient à leurs concoctions du miel, de la réglisse, du camphre, de l'alcool, de l'élixir parégorique, de l'opium, de la salpêtre et du calomel pour donner du goût et accroître les effets thérapeutiques, mais toujours en respectant le principe qui veut que, dans ce domaine, plus la mixture est infecte, plus grandes sont ses vertus curatives. En équipe, ils gagnaient bien leur vie, traitant à la fois les patients de sexes masculin et féminin. Tantôt ensemble, tantôt séparés, selon les situations, ils diagnostiquaient les maux, saignaient les patients, prescrivaient les médicaments et arrachaient même des dents.

Durant les périodes d'accalmie, Miss Norma rejoignait les deux femmes à l'atelier pour s'adonner à ce qu'elles appelaient « leur séance de trico-bavardages ». Elles s'entendaient bien et trouvaient le travail beaucoup plus agréable en l'agrémentant de discussions variées. Norma n'était pas d'un grand secours pour la couture et l'artisanat, mais sa connaissance des affaires publiques et privées tant de la ville que des environs ruraux était très appréciée de ses compagnes.

Miss Norma se rendait deux fois l'an chez un cousin à Norfolk. En prévision de son prochain voyage, elle proposa de prendre des commandes pour les articles introuvables à Hillsborough. Sophie écrivit une note à l'intention des Knox que Norma promit de remettre en main propre.

Durant son absence, Sophie sentit ses forces s'amenuiser peu à peu. Elle n'avait jamais été aussi épuisée et amorphe. De plus, elle prenait du poids et devenait irritable ; l'activité dans l'atelier l'exaspérait. Elle se plaignait auprès de Josephine pour des broutilles et devait ensuite s'en excuser. Elle rechignait à la vue des nouvelles commandes, des casseroles à nettoyer ou de la poussière à chasser dans la maison et l'atelier.

Miss Norma revint de la côte, où elle avait dû traiter un de ses parents atteint d'une maladie virale. Elle informa les Pratt que Mme et M. Knox se portaient bien. M. Knox voulait qu'Henry sache que le gouvernement britannique désavouait lentement mais sûrement les droits des colons.

Ce message de M. Knox inspira à Henry ce commentaire : « Cela ne fait plus aucun doute dans mon esprit depuis longtemps. Je croyais que l'on s'en sauverait en s'établissant dans ces collines si reculées, mais notre situation est peut-être encore pire ici qu'au Massachusetts ou en Virginie. »

Grâce à ses connaissances médicales, Norma diagnostiqua rapidement l'origine des nausées chroniques et de l'apathie de Sophie. Elle était enceinte et les trois femmes s'en réjouirent. Ce n'est que deux mois après ses dernières règles que Sophie en fit l'annonce à son époux. Henry se montra euphorique et proposa qu'ils n'aient plus de rapports sexuels pour protéger le bébé. Sophie, amusée, éclata de rire et affirma que, au contraire, c'était un événement digne de célébrations, particulièrement de celles qui se font sur la couche. Cette nuit-là, ils se laissèrent transporter dans un monde de délices qui leur était jusque-là inconnu.

Une semaine plus tard, le docteur accourut auprès des deux femmes qui travaillaient au-dessus de la cordonnerie. Il dit à sa femme, qu'il appela étrangement « Madame Railston » : « Je reviens de chez Miss Norma. Je devais la prendre en boghei et elle m'a dit se trouver trop mal pour sortir du lit. Ce n'est pas du tout dans ses habitudes ; elle doit être gravement malade. Elle ne voulait pas me laisser l'examiner, prétextant qu'une femme devait d'abord l'aider à se vêtir et à nettoyer sa chambre. »

Sophie se proposa d'accompagner le docteur Railston et Josephine. Ils arrivèrent bientôt devant une petite cabane aux abords de la ville. Après s'être identifiés, ils perçurent une voix faible donner aux deux femmes la permission d'entrer. Elles trouvèrent la sage-femme dans son lit, des vomissures souillant sa robe. Norma leur indiqua que le « gâchis ne se limitait pas qu'à l'avant ». Comme les femmes s'affairaient à nettoyer le lit, elles

virent que Miss Norma cherchait péniblement sa respiration, que
sa gorge était très enflammée et qu'elle brûlait de fièvre.

— Je... ne sais pas... ce qui m'arrive, des coliques... pe... peut-
être. Le docteur Railston... lui, saura, leur dit-elle avec peine,
tandis que les femmes quittaient la cabane et que le docteur y
pénétrait.

Le Dr Railston ressortit peu après, l'air sombre, et il s'adressa
aux femmes : « Dès que je l'ai vue, j'ai su que Miss Norma avait
contracté la variole. J'ai déjà vu d'autres cas. J'ai eu une peur bleue
en apercevant les taches rouges sur son corps, sachant comment
vous avez toutes été exposées de près. J'ai essayé de me protéger
autant que faire se pouvait. Vous me pardonnerez, mesdames, mais
je dois maintenant faire tout le nécessaire pour votre sauvegarde et
la protection de la communauté. Elle m'a dit que vous avez touché
à ses draps souillés. Nous devons brûler vos vêtements. Et lavez-
vous les mains et les bras à fond ; ils ont probablement traîné cette
saleté hors de la maison. »

Il fit une longue pause et se tourna vers Sophie en ajoutant :
« Nous devons convaincre votre mari d'accepter que vous
demeuriez dans ma maison pour quelques jours, ou du moins,
jusqu'à ce que nous voyons comment l'infection progresse. »

Cette suggestion n'enchantait pas Sophie : « Je veux rentrer
chez moi et lui en parler d'abord. » Mais le docteur Railston
insista : « Il serait inconscient d'exposer votre mari à la variole ; il
vaut vraiment mieux que vous ne vous voyiez pas pour l'instant.
Laissez-moi aller lui expliquer la situation. »

À l'atelier, Henry finit par accepter l'arrangement et se dirigea
à l'étage pour rassembler quelques-uns des effets personnels de sa
douce épouse. Sophie s'installa dans la maison des Railston. Le
docteur relut un pamphlet qui expliquait les symptômes de la
maladie et les traitements que les spécialistes anglais avaient
testés. On y expliquait que toutes les personnes présentes dans une
maison ou un navire contaminés devaient être mises en
quarantaine et que les gens qui avaient survécu dans le passé à la
terrible maladie n'étaient pas susceptibles d'être infectés de
nouveau.

La nouvelle de l'infection se répandit dans le grand Hillsborough en deux heures à peine. La communauté accepta de soutenir le Dr Railston lorsqu'il décréta que Miss Norma et tous ceux qui avaient été en contact avec elle depuis son arrivée de Norfolk, trois jours auparavant, soient mis en quarantaine. Sophie demeura dans la maison du docteur qui connaissait trop bien les conséquences possibles de l'exposition des deux épouses à la maladie. Le matin suivant, l'état de Miss Norma s'était encore aggravé. Le Dr Railston devait faire vite s'il voulait sauver Sophie et son épouse. Après s'être nettoyé et avoir enfilé des vêtements propres, il se dirigea vers le magasin de cuir pour parler à M. Pratt :

« Monsieur, depuis que j'étudie la médecine, j'ai vu plusieurs cas de variole. Les progrès médicaux ont bien avancé depuis les dernières années. Avant tout, laissez-moi vous dire que ce n'est pas là un cas désespéré : plusieurs personnes se rétablissent après l'infection. Même s'il est vrai que des tribus indiennes entières ont été décimées par cette plaie et qu'en Islande et au Groenland, plus d'un tiers des populations ont péri durant ces épidémies dévastatrices, de nos jours, en Angleterre et dans le reste de l'Europe, plus de huit personnes sur dix se remettent de la maladie. Ces gens ont été exposés toute leur vie et ceux qui n'en sont pas morts ont peut-être eu des infections bénignes. En fait, j'ai peut-être moi-même été en contact avec la variole étant jeune.

Je ne l'avais pas soupçonné avant, mais il est maintenant clair que Miss Norma a été contaminée durant sa visite sur la côte. En effet, les premiers symptômes n'apparaissent que quelques semaines après l'infection : maux de tête, fièvre sévère et même vomissements, après quoi le patient se sent mieux. Mais c'est par la suite qu'apparaissent, semblables à des piqûres de puces, des rougeurs sur le visage, les paumes, la plante des pieds. Ces plaies deviennent de plus en plus grosses et finissent par s'étendre sur tout le corps en s'infectant de pus. Dans certains cas, les plaies se recouvrent d'une croûte et guérissent ; c'est cela qui cause les cicatrices que nous voyons sur les visages de tant de gens dans les colonies. Mais si les plaies forment des escarres qui se généralisent ou que l'infection progresse à l'intérieur du corps, attaquant le cerveau, le cœur ou les poumons, alors elle ne peut plus être guérie. »

— Alors, à quel stade la maladie se transmet-elle ?, s'inquiéta Henry.

— Eh bien, je n'en suis pas vraiment sûr, mais il est possible qu'une personne soit contagieuse durant une courte période seulement, après y avoir été exposée, c'est-à-dire bien avant que n'apparaissent les premiers symptômes. Il ne fait aucun doute que nos femmes ont été en contact direct avec Miss Norma. Que nous le voulions ou non, elles peuvent maintenant transmettre la maladie à d'autres.

— N'y a-t-il pas quelque chose que vous pouviez faire pour nos épouses ?

— Écoutez-moi bien M. Pratt, ces dernières années, certaines personnes ont reçu une petite injection de variole, dans l'espoir qu'elles pourraient ainsi combattre une plus violente infection, mais l'efficacité de cette méthode n'a jamais été prouvée. Ils nomment cette procédure la variolisation ou l'inoculation. C'est un sujet débattu avec passion dans le monde médical et très controversé au sein de la population en général. La technique est même illégale dans plusieurs villes côtières, exception faite de Philadelphie. La variole a frappé là l'année dernière et certains payaient jusqu'à trois livres pour se faire inoculer. En 1760, la maladie a sévi à la fois en Caroline du Sud et en Géorgie. Un docteur exerçant à Savannah a vu sa maison et son comptoir apothicaire incendiés après avoir testé la variolisation et fut même chassé de la colonie, car les dirigeants l'accusaient de donner la variole à des gens déjà exposés à la maladie. J'ai un pamphlet à la maison que je viens de relire et, considérant le sérieux de l'exposition à la maladie, je recommande vigoureusement que nos épouses et moi-même soyons inoculés.

Lorsque Henry s'objecta, le Dr Railston lui rappela que, comme ils étaient fort probablement déjà infectés, l'inoculation n'empirerait pas les choses et qu'elle pourrait bien au contraire prévenir une attaque plus sérieuse.

— Comment procéderez-vous, docteur ?, demanda Henry.

— Ce qui semble donner les meilleurs résultats est de recueillir un peu de pus sur un fil, de le laisser sécher et d'en mettre une infime partie dans le corps de la personne que nous voulons protéger. Cela devrait donner une infection bénigne et non fatale et assurer à la personne une immunité contre la variole.

— Comment allez-vous mettre ce pus dans votre corps ?

— J'ai pris connaissance des expériences de plusieurs confrères. Il suffit de faire une petite incision dans le bras, de placer le fil dans la coupure, de l'envelopper de bandelettes pour prévenir sa chute et le tour est joué. L'incision n'est pas plus importante que lors d'une saignée normale, ce qui ne devrait pas entraîner une trop grande douleur.

Henry accepta finalement. Le Dr Railston alla recueillir un échantillon du pus de Miss Norma et pratiqua l'inoculation sur leur femme et sur lui-même. En quelques jours, Sophie et, par la suite, Mme Railston développèrent une légère infection, mais non le docteur. Le jour où Miss Norma rendit son dernier souffle, le Dr Railston dut informer Henry que Sophie faisait beaucoup de fièvre et que des éruptions d'un rouge intense s'étaient développées sur son visage et sur son cou.

— Qu'est-ce que cela signifie ?, demanda Henry très inquiet.

— J'ai peur qu'elle ne souffre de la forme la plus sévère de variole. Je crois que ma femme réagit bien à la variolisation et que je l'ai déjà contractée étant jeune garçon, ce qui expliquerait l'absence de symptômes sur ma personne. Tout ce que nous pouvons faire, c'est donner à Sophie le plus grand confort possible et prier pour qu'elle se rétablisse. En jugeant l'étendue de l'infection, il est assez évident que sa maladie provient de son premier contact avec Miss Norma et non de l'inoculation.

Henry désirait plus que tout être auprès de son amour, mais le docteur le persuada de se contenter de lui parler derrière la fenêtre de la chambre où elle était étendue. Elle luttait pour parler, pour survivre et pour conserver le moral d'Henry, mais son énergie la quittait. Les quelques mots qu'elle adressait à son époux ne semblaient plus très cohérents. Il transporta une chaise de la maison et s'y assit sous le porche, refusant de retourner chez lui, même pour se nourrir. Le docteur lui amenait quelques biscuits, des restants de viande et du lait. Il lui faisait des rapports périodiques sur l'état de Sophie, lequel empirait de jour en jour.

Elle fut mise en terre rapidement après avoir rendu l'âme. Henry ferma alors la boutique et s'y enferma durant trois jours, pour n'en sortir qu'une fois pour la brève cérémonie funéraire à laquelle n'assistèrent qu'une poignée de ses clients et lui-même. Il refusa d'adresser la parole au docteur Railston, bien que ce dernier partageât son chagrin. Il finit cependant par pardonner au docteur et se lança dans une véritable orgie de travail, mais les discussions légères et enjouées autour de son établi ne revinrent pas. Ses commentaires révélaient une amertume sans précédent. Il était de plus en plus obsédé par les forces gouvernementales, ces ennemis qui désiraient contrôler sa vie, ou du moins une partie de cette existence. Il écrivit une lettre plutôt décousue pour informer sa famille de Philadelphie des malheurs des derniers temps, sans vraiment se soucier qu'elle se rendît ou non.

CHAPITRE 4

La révolte des Régulateurs

AUTOMNE 1766

Bien qu'Ethan ne reçût aucun courrier de la part d'Henry pendant une période prolongée, il envoya tout de même plusieurs missives à son frère pour lui demander quand il pensait opportun de se retrouver à Hillsborough. Après réception de la brève lettre annonçant la mort de la regrettée Sophronia, Ethan décida de quitter Philadelphie. Sans plus attendre et malgré les objections persistantes de son père, Ethan partit pour la Caroline du Nord en compagnie d'Epsey.

Henry les accueillit à leur arrivée à Hillsborough et leur proposa de demeurer avec lui dans l'atelier. Ethan perçut le désespoir et l'amertume qui rongeaient son frère ; il n'affichait plus l'exubérance qui l'avait habité depuis son mariage avec Sophie. Il vit qu'Henry avait grandement besoin de lui, tant pour le travail que pour la compagnie. Bien qu'Epsey et lui eussent voulu acquérir sur-le-champ une propriété et s'y installer, ils décidèrent d'un commun accord de rester aux côtés d'Henry durant six mois, avant de se diriger vers la campagne un matin du printemps de 1767. Mme Railston, qui n'avait cessé de travailler à l'atelier, apprit à Epsey à exécuter les travaux de couture et, bientôt, la vie à la boutique de cuir reprit son cours normal.

Dans leurs moments seul à seul, Henry répondait du bout des lèvres aux questions d'Ethan sur la communauté en expansion de la *frontier*. Il était évident qu'il ne désirait aucunement discuter de ce qui leur était arrivé, à Sophie et à lui, depuis leur arrivée, il y avait plus d'une année maintenant. Ainsi, les frères ne passèrent que de brefs moments à se remémorer le temps jadis à Philadelphie et des anecdotes familiales. Mais Ethan restait sur sa faim. Aussi était-il constamment à la recherche de nouvelles informations concernant les habitants locaux et la structure du gouvernement de la colonie. Il s'interrogeait sur la manière dont les autorités réagiraient à sa demande en vue d'acquérir une propriété. Henry connaissait les réponses à la plupart de ses questions et le conseillait judicieusement, mais sur le sujet des fraudes et de la corruption au tribunal, il se montrait intransigeant :

« Deux criminels contrôlent nos vies dans le comté d'Orange : le gouverneur Tryon et Edmund Fanning. Ce salaud de Fanning est simplement censé enregistrer les actes légaux, mais c'est lui qui prend toutes les décisions finales au tribunal et qui décide qui occupera les différents postes officiels. Aucun avocat ne peut pratiquer ici sans l'autorisation de Fanning ! »

Ethan demanda, quelque peu choqué : « Mais n'avons-nous pas le droit d'élire les membres de l'Assemblée où les lois doivent être écrites ? »

Henry rit amèrement en ajoutant : « La plus haute Chambre est formée par les membres du Conseil, qui sont soigneusement choisis par le gouverneur. Quant aux représentants de la plus basse Chambre, ce sont nous, les propriétaires terriens, qui les élisons mais les candidats sont proposés par Fanning et les autres grosses têtes du comté, avec l'aval du gouverneur, bien entendu. Il ne faut pas oublier que c'est le shérif qui s'occupe de la tenue des élections. Même quand il y a des opposants parmi les candidats, personne ne sait ni combien de votes ont été mis dans la boîte, ni si le décompte est juste. »

Ethan garda quelque temps le silence et tenta ensuite de nuancer la position de son frère : « Henry, dit-il, le gouverneur ne peut être aussi mauvais, sinon le Roi ou le Parlement le destituerait de ses charges. »

La réponse se fit entendre avant presque la fin de sa phrase : « C'est un homme habile et pernicieux qui n'a que deux désirs : garder la paix dans les colonies et enrichir sa bande et lui-même. Il y a beaucoup de gens riches et influents sur la côte qui entretiennent des liens très serrés avec Londres. Tryon doit être plus prudent là-bas et la situation y est meilleure même pour le citoyen moyen. La grande population de l'intérieur du continent demande d'avoir un plus grand droit de regard sur les affaires des colonies, ce qui constitue une menace pour l'empire de Tryon. D'ici, il ne veut que l'argent, le contrôle absolu du gouvernement et la terre. »

— La première charte des colonies fixe la manière de distribuer les terres de la *frontier* et elle est bien respectée lorsque de nouveaux colons comme toi débarquent, mais le problème réside dans ce qui se passe après leur arrivée.

Henry était convaincu qu'Ethan trouverait son avertissement des plus justifiés lorsque viendrait le moment d'adresser un octroi de concession et il le pressa d'étudier toutes les facettes du processus avant de faire une demande officielle. Il lui fournit des réponses de plus en plus détaillées, apportant des descriptions révélant des vues très personnelles sur les dirigeants de la communauté, sur ses propres expériences, ses inquiétudes relativement au gouvernement, et quelques commentaires prudents sur l'Association de Sandy Creek. Le temps fit son œuvre et, après quelques semaines, Henry retrouva sa vivacité d'esprit, sans aucune de trace de cynisme. Il rit même à certaines occasions et ses anciens clients recommencèrent à se rassembler à l'atelier pour débattre des questions d'actualité. Ethan ne participa que rarement à ces séances, mais cela ne l'empêchait pas d'écouter Henry avec grande attention.

Epsey et Ethan visitèrent des familles dans les zones rurales voisines et recueillirent un maximum d'informations sur les procédures d'acquisition d'une concession, sur les prix des équipements et des stocks, sur leurs fournisseurs et sur les méthodes agricoles. Les rigueurs évidentes de la vie à la *frontier* ne faisaient que renforcer leur détermination à entreprendre le travail dans une propriété qui leur serait propre.

Le dimanche, Epsey restait dans l'atelier tandis qu'Ethan et Henry parcouraient souvent une vingtaine de kilomètres, surtout à l'ouest de la ville. Ils exploraient les régions les plus reculées du comté, là où des concessions étaient encore disponibles, et firent la connaissance des fermiers qui s'y étaient récemment installés. Ils apprirent que la plupart des voisins d'Ethan seraient des Quakers, des fidèles de la Société des Amis, qui avaient quitté la Pennsylvanie et le New Jersey pour s'établir dans la région. Ces hommes étaient pour la plupart des fermiers expérimentés et semblaient enchantés de pouvoir donner des conseils à Ethan. Ils lui firent même la description des quelques terrains restés vacants par respect de la loi sur les nouveaux arrivants ; et les deux frères les examinèrent avec grande minutie.

Enthousiasmé à l'idée de construire une nouvelle maison, Ethan ignora les mises en garde d'Henry sur la vie dans une région aussi isolée et choisit finalement la terre qu'il croyait la plus convenable. La fin de semaine venue, Ethan et Epsey se rendirent seuls à la *frontier* et, deux jours durant, parcoururent leur future terre, imaginant le meilleur site pour la maison et la grange, les endroits susceptibles d'être défrichés pour la culture et les régions boisées où le bétail pourrait paître. Les premiers colons avaient opté pour les terres moins accidentées et plus productives, là même où s'était développé le centre de traite. Du reste, on se retrouvait aux limites nord-ouest du comté et, bien que les terres cultivables y fussent vallonnées et bordées de marais, on y trouvait des sites favorables à la construction de bâtiments où des sources et des ruisseaux combleraient à l'année longue les besoins en eau potable.

Ethan se rendit plus tard au tribunal, quelque peu inquiété par la méfiance d'Henry envers les autorités et leurs méthodes pour accéder aux demandes de concessions terriennes. Mais dans les faits, il ne sentit aucune résistance de leur part à lui accorder les droits sur la terre choisie. Ils se proposèrent même de rester en retrait sous prétexte de ne pas compliquer la procédure. Les seules exigences se résumaient à fournir un accord écrit, signé de la main d'un clerc du tribunal, et un petit plan de la terre où seraient indiquées les limites définies par l'emplacement de gros arbres, de ruisseaux, d'une roche affleurée et de certains pieux de coin. Ethan devrait aussi défricher une portion du terrain, construire une habitation et cultiver la terre, ce qui était exactement dans ses plans.

Aussitôt que cela leur fut possible, Ethan et Epsey chargèrent leurs possessions sur deux chevaux et deux bœufs récemment achetés qu'ils amenèrent sur leurs terres. Au sommet d'une petite butte, ils bâtirent un abri sommaire sous des pins et entreprirent de défricher une partie du terrain. Comme il aurait été trop laborieux d'abattre les grands arbres, Ethan les fit mourir en coupant l'écorce tout autour du bas des troncs. Ces arbres ne survivraient pas à la blessure et, bien que restant toujours debout, leur feuillage n'ombragerait plus les cultures et ils ne saperaient plus l'humidité et les nutriments de la terre. Il abattit des arbres droits, de vingt-cinq à trente centimètres de diamètre, et les traîna à l'aide de ses bœufs vers le lieu d'habitation choisi, pour ériger les murs de leur cabane. Toutes les autres broussailles et les grosses branches d'arbre furent empilées et brûlées. Ethan réalisa bientôt que, pour quelques années, le labour serait ardu et que la terre devrait être travaillée à la houe. Epsey et lui travaillèrent dur sur la ferme, appréciant la solitude de leur nouvelle vie et ne visitant que rarement leurs voisins. À l'exception faite des clients d'Henry et des marchands qui deviendraient bientôt les acheteurs de leur production, ils fréquentaient très peu de gens d'Hillsborough.

Maintenant âgé de vingt et un ans, Ethan était d'une grande stature, plutôt maigre et peu soucieux de son apparence : ses longs cheveux blonds, tirés négligemment vers l'arrière, étaient attachés d'une lanière de cuir en une natte et lui descendaient le long du dos. Les regards se posaient fréquemment sur ses mains robustes et sur ses longs doigts effilés, qui appuyaient souvent en petits gestes ses paroles. Il n'était pas d'un naturel très rieur, mais il souriait souvent et affichait généralement sur son visage une expression plaisante. Son gabarit et son apparence inspiraient de la jalousie parmi les hommes, mais son attitude modeste et réservée apaisait cette inclination. Enclin à ne pas s'immiscer dans les affaires d'autrui, mais au contraire à vivre dans une relative solitude, il investissait toutes ses énergies au bon développement de sa ferme et de sa propriété. Ethan était bien dans sa peau ; il ne se sentait pas menacé par les autres et ne faisait pas une obsession d'acquérir une fortune égale à celle de ceux qui l'entouraient.

Ethan portait un intérêt indéniable aux outils, aux armes à feu, aux couteaux et à presque toutes les sortes d'équipement. Adroit cordonnier, habile ébéniste et forgeron, il était toujours disposé à offrir des conseils ou son aide à tous ses voisins, dont la plupart étaient membres de la Société des Amis, c'est-à-dire de foi quaker, mais déclinait poliment leurs invitations lorsqu'ils l'invitaient à aller au culte.

Epsey était plus grande que la majorité des femmes et son corps alliait subtilement la vigueur et la grâce. Elle paraissait sérieuse et pensive, mais elle n'était pas pour autant malheureuse et n'avait pas tendance à critiquer les autres. Ses mouvements semblaient lents, mais étaient très efficaces : elle exécutait les tâches avec une facilité surprenante. À l'instar d'Ethan, elle était intimement convaincue de pouvoir vaincre les épreuves de la vie dans la *frontier*.

Durant ces mois passés ensemble, Epsey observa Ethan en silence mais avec une grande attention. Elle apprit à le comprendre et à le respecter en dépit de ses déceptions passées, lorsqu'elle avait découvert en lui un homme obstiné, voire fermé, peu enclin à exprimer ses pensées et nostalgique de ses moments de solitude. Il considérait les problèmes avec prudence, écoutant ses opinions lorsqu'elle les émettait, et prenait ensuite la décision finale pour la famille. Comme couple, ils étaient bien assortis et ne se disputaient jamais. Ethan et elle trouvaient tout naturel de séparer clairement les responsabilités en trois catégories : celles qui incombaient à Ethan, celles qui revenaient à Epsey et celles qui demandaient un travail en commun. Elle appréciait grandement les heures où elle pouvait être seule à travailler dans son jardin ou à accomplir les travaux ménagers. Epsey avait beaucoup d'estime pour les douces manières d'Ethan, pour sa capacité à exécuter presque toutes les tâches, pour son respect méticuleux des lois et parce qu'il faisait toujours ce qu'il croyait bon et juste. En fait, Ethan et elle se ressemblaient de bien des façons ; la seule différence étant qu'Epsey était profondément religieuse et étudiait chaque jour les Saintes Écritures, à un moment ou à un autre. Elle n'avait jamais parlé à Ethan des espoirs d'évangélisation de ses parents et, bien qu'elle fût déçue après leur mariage qu'il n'ait pas la flamme religieuse, elle dut admettre son soulagement de constater qu'Ethan n'avait pas l'esprit missionnaire et qu'il ne tenterait pas des aventures périlleuses chez les Indiens.

Des versets dans le Cantique des Cantiques lui rappelèrent ce désaccord qui les avait affectés au début de leur union, mais qu'ils avaient pu résoudre sans miner leur relation. Epsey, ayant vécu une vie à l'abri du monde dans une famille stricte et religieuse, n'avait pas été préparée aux rapports intimes qui la mettaient mal à l'aise. Elle n'avait jamais goûté aux plaisirs des sens et voyait les rapports sexuels comme une lourde obligation et un devoir embarrassant envers son mari, une bizarrerie masculine qui se devait d'être exécutée dans le consentement et la retenue. Elle fut d'abord craintive à l'idée qu'il serait déçu de sa réticence, mais vit très vite que cela ne déplaisait pas à Ethan. Elle conclut donc, vu la rareté de ses avances, qu'il considérait son attitude correcte.

En dépit de leurs différences d'intérêts, Henry et Ethan avaient des personnalités compatibles et leur amitié devint assez solide pour permettre les confidences et le partage de conseils lorsque des décisions importantes devaient être prises. Ethan et Epsey s'arrêtaient toujours à l'atelier d'Henry lors de leurs passages en ville et passaient la nuit sous son toit. Mais lorsque Ethan voyageait seul, il préférait regagner sa demeure, même tard la nuit. Une ou deux fois par mois, d'ordinaire tard dans l'après-midi dominical, Henry allait en visite à la ferme, où il appréciait de pouvoir les aider à terminer les corvées et de pouvoir exprimer ses inquiétudes politiques. Ethan, qui avait clairement indiquer son désintérêt pour les affaires politiques à moins, bien sûr, qu'elles n'aient un effet direct sur sa famille et sur sa ferme, ne comprenait pas les raisons qui poussaient son frère à se préoccuper à ce point des événements politiques de Londres, de New Bern, la ville du siège du gouverneur, ou même d'Hillsborough. Les mois passant, Ethan devint de plus en plus inquiet au sujet de la colère et de l'affliction grandissantes de son frère. Malgré tout, Epsey et lui demeuraient les auditeurs polis de ses opinions intransigeantes.

Un après-midi où les deux frères s'étaient assis sous le porche de la cabane et conversaient comme à leur habitude des affaires de la colonie, Henry relança un sujet pourtant rebattu : « Le *Stamp Act* britannique fut une scandaleuse aberration et nous croyions que le Parlement avait compris la leçon lorsqu'il fut abrogé l'an dernier. Même lorsqu'il était appliqué, il n'a jamais été trop désastreux pour les fermiers, l'artisan moyen et pour les petits marchands de notre classe, parce que nos métiers ne nécessitent pas beaucoup de documents tamponnés. C'était aux riches de payer et cela ne me gênait pas trop, mais j'ai tiré une grande fierté de voir les Fils de la Liberté et beaucoup d'autres colons se lever et s'opposer publiquement à cette loi. J'ai la ferme conviction que c'est l'embargo que nous avons organisé contre l'Angleterre qui a finalement forcé le roi George III et le Premier ministre Grenville à revoir leur décision. »

Ethan répondit poliment : « Je suis heureux qu'ils aient compris la leçon et qu'ils ne nous marchent plus sur les pieds… »

— Voilà justement le problème, l'interrompit Henry. Je viens de recevoir une lettre de M. Knox de Norfolk qui m'annonçait que le nouveau Premier ministre, dont le nom est Townshend, veut instaurer une taxe sur des produits nécessaires à tous comme le plomb, le verre, le thé, la peinture et le papier. Et le Parlement a peut-être déjà voté la loi au moment où l'on se parle. Si c'est le cas, il y aura le même genre de problèmes que du temps du *Stamp Act*.

— Eh bien, cela ne changera rien à ma vie. Laissons aux gens de Boston et de Philadelphie leurs soucis. Et d'ailleurs, nous n'avons qu'à acheter le verre et la papeterie aux Français, conclut Ethan.

— Cela semble chose facile, mais les Anglais contrôlent les mers et imposent déjà les arrêtés sur la traite qui donne l'exclusivité du transport des marchandises aux navires à pavillon britannique.

Après un moment de silence, Ethan demanda à son frère : « Henry, que dit M. Knox sur le droit de l'Angleterre à percevoir une taxe sur ses propres produits ? N'en a-t-il pas toujours été ainsi ? »

Henry fut surpris, comme il l'était souvent, de remarquer l'étendue des connaissances de son frère qui affirmait pourtant ne pas s'intéresser aux affaires publiques. Il décida de répondre brièvement et d'en venir à un sujet qu'il maîtrisait bien et dans lequel il se considérait expert : « Le Parlement peut régir son commerce intérieur et extérieur, mais Townsend semble résolu à cibler les colonies américaines pour ses taxes spéciales, qui seront perçues par des officiers britanniques fraîchement débarqués pour nous en imposer. »

Ethan avait l'habitude des emportements de son frère, d'où sa réponse posée : « Eh bien, Henry, les Tories ont toujours tenté de tirer avantage des gens moins bien nantis. Nous l'avons bien vu à Philadelphie avant de nous installer ici. »

— Je ne te parle pas des Whigs et des Tories, mon frère, mais bien de tous ceux qui ont le contrôle des marchés et de la situation politique. Certains d'entre eux sont pires que les autres : les Whigs, notamment, ont bien le mérite d'alimenter les plus vives critiques envers Londres, mais ils sont les premiers à utiliser leur fortune ou leur pouvoir afin de nous détrousser !

— Henry, je crois que ta colère est excessive et que, de toute façon, nous ne pouvons pas grand-chose à cette réalité.

— Tu as raison : je suis en colère. Mais tu te trompes si tu penses que nous sommes impuissants. Certains d'entre nous, membres de l'Association de Sandy Creek, avons rejoint d'autres hommes du comté d'Orange comme d'autres colonies de l'ouest, pour former un groupe connu sous le nom des Régulateurs. Des réunions ont déjà eu lieu et si nous réussissons à vraiment nous organiser, nous apporterons certains changements au système politique.

Ethan fit une pause avant de répondre : « T'entendre dire cela ne me plaît pas du tout. Tu gagnes bien ta vie à l'atelier de cuir, personne ne te dérange et la plupart des gens d'ici veulent simplement qu'on les laisse tranquilles. »

Henry n'avait jamais aimé recevoir des avis contraires à ses propres intentions et, en s'éloignant du porche pour se hisser sur son cheval, il répliqua sèchement et âprement : « Tes voisins quakers t'ont bien trop influencé. Tant que vous êtes bien entre vous, vous ne vous souciez aucunement des autres colons. Je suis content que certains d'entre nous soient prêts à prendre la parole et à tenter d'améliorer les choses, surtout s'il est question de protéger nos droits et notre liberté. »

Il fit faire volte-face à son cheval et s'éloigna, laissant Ethan avec le regret amer de cette première dispute entre adultes causée par des différences de point de vue qui semblaient irréconciliables. Son frère exagérait-il les problèmes ? Les familles de la *frontier* et lui-même étaient-ils trop égoïstes ou timorés ?

Epsey sortit de la maison, attirée par le chahut. « J'ai entendu Henry élever le ton devant toi. Quelle mouche l'a donc piqué ? », s'indigna-t-elle.

— Ah, rien de bien nouveau : il est en colère contre le gouverneur et les gens du tribunal. Il croit que nous, les fermiers, n'en faisons pas assez pour l'aider à changer les choses.

Le développement de la ferme des Pratt allait bon train et ils eurent une bonne saison de culture. Lorsque Epsey n'était pas occupée par les travaux ménagers, elle aidait Ethan dans la plantation. Elle trouvait toujours à faire autour de la cour, de la grange et des mangeoires ; elle participait à l'ensemencement et à la récolte ainsi qu'au sarclage des mauvaises herbes. Ethan réalisait tous les labours, les constructions, les réparations, les travaux de forgeron et il appréciait particulièrement prendre soin des porcs et des vaches qui, d'ordinaire, erraient librement dans les zones boisées de leurs terres. Ethan surveillait attentivement leurs déplacements tandis qu'ils se nourrissaient de feuillages, d'herbes et de glands, leur donnant au besoin des suppléments à leur diète. Les animaux sortaient des sous-bois et venaient vers lui lorsqu'il les appelait, une fois par jour.

La majorité des voisins d'Ethan étaient membres de la Société des Amis, que plusieurs gens nommaient les Quakers. Leur venue remontait à dix ans auparavant ; ils descendaient alors de Pennsylvanie et du Delaware et plusieurs s'établirent près des rivières Eno et Haw, dans la partie au centre-nord de la colonie.

Bien qu'ils fussent en faible nombre et de nature indépendante, le groupe demeurait lié et l'on pouvait y trouver un soutien mutuel. Leur foi paraissait étrange aux yeux de certains, mais leurs croyances fondamentales semblaient admirables. Vêtus fort simplement, ils abhorraient toute forme de violence, parlaient dans un langage élémentaire, qu'on aurait cru être un mélange d'allemand et de vieil anglais, et se réunissaient au moins une fois par mois pour célébrer leur foi.

Leur histoire était bien connue des personnes habitant la région de Philadelphie et donc, bien connue des Pratt. Ces gens croyaient qu'une forme de Dieu existait dans toutes les personnes et qu'aucune autorité supérieure, pas même un pasteur, n'était nécessaire pour guider l'humanité vers la découverte de la vérité ou pour lui dicter la bonne voie, et encore moins pour départir à sa place le bien du mal. Refusant de payer les dîmes, de prêter serment ou de se décoiffer même en présence du Roi, les Quakers furent sévèrement persécutés par les officiels du gouvernement, par l'Église d'Angleterre et, en Amérique, par les Puritains ainsi que par les adeptes de diverses autres religions. Certains membres de cette société avaient trouvé refuge à Rhode Island, là où Roger Williams instaura une colonie fondée sur la liberté absolue de religion, mais leur premier répit s'était présenté en Pennsylvanie, où William Penn adopta une charte leur offrant une pleine protection et un traitement juste et équitable devant la loi.

N'ayant lui-même aucun engagement religieux profond, Ethan avait accepté sans gaieté de cœur d'accompagner Epsey à une réunion de Quakers, aux premiers jours de leur vie dans la communauté. Il fut sous le choc en constatant la teneur de ces rencontres : tous étaient assis, sans bouger un seul muscle, dans la demeure d'un fermier. Dans un silence complet, ils attendaient apparemment qu'une sorte de « lumière intérieure » se manifeste dans les tremblements d'un des membres et le pousse peut-être à prendre la parole. Parfois, la totalité du service se résumait en une longue méditation silencieuse. En d'autres temps, le commentaire d'un des fidèles donnait lieu à une discussion générale, concernant d'ordinaire l'application des enseignements du Christ dans la vie communautaire, la criminalisation de l'esclavage, l'inquiétude portée tant aux traitements qu'aux comportements des enfants, la consommation d'alcool ou les actions abusives du gouvernement. Puisque tous étaient bienvenus aux réunions, les leaders du mouvement réalisèrent rapidement que certains visiteurs allaient pour sûr rapporter tout commentaire sévère à l'endroit des autorités du gouvernement royal.

Le leader reconnu de cette communauté était un homme nommé Joseph Maddock. Il dirigeait un moulin à blé aux abords d'un ruisseau à environ huit kilomètres de la demeure d'Ethan. Toutes les familles transportaient leur grain au moulin de Maddock, sachant qu'il était honnête homme (chose plutôt rare pour un meunier) et que ses prix respectaient toujours les promesses faites. À l'instar d'autres Quakers, il affichait ses tarifs pour les divers services qu'il offrait et considérait comme une violation de la vérité le fait de marchander ou de modifier les prix pour tel ou tel client. Tout fermier de la région qui préférait ne pas ajourner ses travaux sur sa terre pouvait en toute confiance envoyer un jeune garçon ou un esclave au moulin, sans craindre que ne lui revienne la mauvaise quantité de farine de blé, de seigle ou d'avoine. Bien que le silence prévalût dans les rassemblements religieux en semaine, Maddock adorait les discussions ; c'est pourquoi plusieurs fermiers préféraient apporter leur propre grain au moulin pour se tenir au courant des nouvelles locales.

Pour Ethan, la meunerie était un endroit fascinant. Le système de puits, les poulies et les courroies en cuir actionnant l'immense meule de pierre l'émerveillaient, sans parler de l'atmosphère créée par un travail productif. Les clients de passage au moulin avaient toujours l'impression d'être utiles et pleinement investis dans un travail important, même lorsqu'ils se détendaient ou s'amusaient. En ce lieu, le dur labeur était fait par la généreuse force de la nature, accompli non pas au prix de l'effort d'un homme ou d'une bête, mais par la puissance de l'eau en mouvement sous la meunerie. Tous observaient attentivement la pesée et le partage entre le fermier et le meunier, que ce soit du grain entier ou du produit fini moulu. Dans l'ensemble, les visites au moulin étaient de plaisantes aventures, un sursis dans la monotonie du travail à la ferme, une occasion de socialiser et d'apprendre les dernières nouvelles. Et, sur le chemin du retour, l'on pouvait presque déjà humer l'alléchante odeur des biscuits, du pain et du gruau de maïs qui seraient cuisinés à partir des sacs encore chauds de farine embarqués sur le chariot.

CHAPITRE 5

Les Régulateurs

Ethan entendait de plus en plus parler des Régulateurs, surtout par le biais des Quakers qui manifestaient leurs inquiétudes : ils croyaient possible que certaines têtes brûlées dans ce groupe finissent par avoir recours à la violence. Même dans l'isolement de sa ferme, il pouvait sentir les nouvelles divisions qui déchiraient la communauté en deux groupes : les fermiers prospères, les marchands, les avocats et les bureaucrates condamnaient vigoureusement le nombre croissant d'hommes moins nantis et, selon leurs dires, plus aliénés qui se joignaient au groupe.

Ethan garda ses distances par rapport à toutes ces agitations et, depuis leur entretien plutôt enflammé, Henry avait diminué la fréquence de ses visites et ne semblait plus disposé à débattre de questions politiques avec Ethan.

À une certaine occasion, deux hommes aux allures frustes s'arrêtèrent devant sa ferme. Ils avaient manifestement abusé de l'alcool et s'étaient égarés chemin faisant. Ils dirent à Ethan avoir assisté à une réunion des Régulateurs à Hillsborough et, après les présentations qui s'imposaient, ils lui demandèrent s'il était parent avec Henry.

— Oui, Henry est mon frère, répondit Ethan.

— C'est un homme bien, assura fièrement l'un d'eux, l'un de nos leaders les plus respectés ; il connaît mieux que quiconque ce qui se machine dans le tribunal du comté d'Orange. Il n'a pas peur de parler franchement et il nous incite sans relâche à poursuivre et à étendre nos actions, à ne pas nous contenter de simples réunions.

Après leur départ, Ethan se mit à s'inquiéter pour son frère et décida d'en apprendre davantage sur les événements en cours. Lors de la visite suivante de son frère, Ethan lui fit la description de ces deux hommes et lui rapporta certaines de leurs paroles.

« Ethan, affirma-t-il, je connais ces deux-là. Ils viennent d'un petit village en amont de la rivière Haw et ont effectivement tendance à chahuter de temps à autre. À la base, ce sont des hommes bons qui semblent être d'accord avec la plupart de mes idées. Je ne tente pas de les excuser pour leurs manières rustres, mais bien de te faire savoir qu'il se trouve parmi nous des hommes intelligents et responsables qui savent comment faire les choses dans la légalité et avec prudence. Herman Husband est notre chef et c'est un homme pacifique, un Quaker d'ailleurs, qui a reçu une bonne éducation et qui possède une ferme prospère. Notre approche prône la non-violence. Une pétition signée par plus de deux cents hommes a circulé, ici, dans le comté d'Orange et cette même pétition fut envoyée pour signature dans les comtés de Rowan et d'Anson. Nous avons ensuite fait parvenir des copies à New Bern et à Londres pour que nos griefs soient connus et entendus. »

— Cela me semble être la meilleure des voies, le félicita Ethan, mais je serais surpris que vous arriviez à quoi que ce soit. Si rien ne bouge, quelle sera votre prochaine initiative ?

— Cela ne peut pas échouer, car notre cause est juste et parce qu'une grande partie de la population nous soutient. Comme tu le sais, nous, dans les colonies de l'ouest, sommes devenus une trop grande population pour continuer d'être ignorés plus longtemps, et il existe quelques législateurs honnêtes qui approuvent notre démarche. S'ils ne font rien à New Bern, nous devrons nous adresser aux représentants que le Roi nous envoie depuis Londres.

— Eh bien mon frère, j'estime que nous, colons, avons le droit d'avoir recours à la pétition et je suis rassuré de t'entendre dire que les Régulateurs ont choisi d'éviter la violence. Combien d'hommes comptez-vous maintenant dans vos rangs ?

— Tu serais surpris. Encore que nos réunions ne se limitent qu'à une vingtaine de participants, plus de la moitié de mes connaissances d'Hillsborough nous appuient, sans parler d'un bon nombre de fermiers. Il se tiendra une réunion au moulin de Joseph

Maddock durant l'après-midi du premier samedi du mois et j'espère bien t'y retrouver.

— J'y réfléchirai, mais rien n'est sûr. Je ne peux d'ailleurs pas croire que le leader des familles quakers supporte publiquement les Régulateurs.

— Tu as tout à fait raison à son sujet : il n'est pas impliqué, même s'il a accepté que nous tenions notre rencontre chez lui. En fait, un des hommes du gouverneur a été invité pour s'assurer que tout sera fait de manière légale. Je t'ai apporté une copie de notre pétition et je doute fort que tu y trouves des requêtes qui te poseront problème.

— Bon, j'y jetterai un œil et déciderai ensuite si je désire prendre part à un rassemblement quelconque.

Après le départ d'Henry, Ethan étudia le document et analysa la situation à sa manière, c'est-à-dire rigoureusement, prudemment et méthodiquement. Bien que cela ne le dérangeât point personnellement, Ethan avait conscience du besoin d'une plus grande représentation des petits fermiers, à la fois à l'Assemblée coloniale et au sein des sièges de comté. Il était d'accord avec Henry sur le fait que les autorités locales s'alignaient sur le gouverneur et sur son Conseil et il estimait que ces personnes devaient rendre des comptes aux colons du comté d'Orange. Une loi l'indignant plus que tout était celle qui utilisait l'argent de ses taxes pour dédommager de leurs pertes les propriétaires dont un esclave commettait un crime grave et devait de ce fait être emprisonné, voire exécuté.

Cette dernière éventualité ne se présentait pas souvent, car les esclaves étaient une main-d'œuvre précieuse et leurs propriétaires jouissaient d'une influence assez forte pour faire épargner celui qu'ils désiraient réellement garder. Mais la peur d'un soulèvement des esclaves planait toujours et il fallait donner l'exemple. À plusieurs occasions, après avoir pendu l'un d'eux, on lui coupait la tête et on la plantait sur un pieu, l'exposant ainsi des jours durant. En outre, à quatre reprises en Caroline du Nord, pour des actes particulièrement odieux, des esclaves furent brûlés sur le bûcher.

Ethan ne pouvait pas ignorer, devant autant de faits, que la situation allait en s'aggravant. Jusqu'alors, il avait pu payer ses taxes à temps, mais, comme c'était le cas dans toutes les régions rurales, l'argent sonnant se faisait rare, au point où on ne l'utilisait que rarement. Dernièrement, Maddock lui avait appris que d'autres taxes allaient être votées et perçues seulement en argent sonnant. Cela était difficile à croire puisque la majeure partie des échanges commerciaux se faisait par troc, les certificats des produits engrangés ayant cours légal.

Après mûre réflexion, Ethan se trouva plus disposé à assister à la réunion pour jauger les actions des Régulateurs. Il ne trouva aucune raison d'en discuter avec Epsey, car c'était là, avant tout, une affaire d'hommes. Le samedi suivant, il sella son cheval, avertit simplement sa femme qu'il s'absentait pour quelques heures et partit pour le moulin de Maddock, situé à environ une heure de leur ferme.

Epsey, de la porte d'entrée, le regarda s'éloigner au trot. Ce départ la rendit perplexe et inquiète. Voir son mari s'engager dans une entreprise qui semblait contre nature ne l'apaisait en rien. Elle avait surpris une partie de sa conversation avec Henry, mais ne croyait vraiment pas qu'il participerait à une quelconque rencontre publique, surtout celle-ci qui pouvait, bien entendu, mener à la violence. Depuis qu'elle le connaissait, il entretenait une obsession pour la solitude, fuyant la compagnie des autres, s'occupant de ses propres affaires. Il ne se sentait jamais concerné par les événements ou les questions d'intérêt public, qui semblaient pourtant intéresser au plus haut point la majorité des autres hommes. Il lui parlait rarement de son frère, mais avait quelquefois émis certains commentaires subtils quant à son désir de voir son frère se concentrer sur son commerce et de se trouver une nouvelle épouse, puisque le décès de sa femme remontait maintenant à plus de deux années. L'influence d'Henry sur Ethan semblait prendre en force et Epsey sentit naître en elle une appréhension en voyant son mari chevaucher vers le moulin.

À son arrivée à la meunerie, Ethan alla et vint d'un côté à l'autre du barrage peu élevé devant la retenue du moulin, puis se rendit sous la meunerie pour observer la grande roue à eau, présentement immobile en raison de la fermeture des vannes dérivant l'eau normalement acheminée au bief d'amont du moulin vers le ruisseau. Ayant passé plusieurs heures dans la meunerie en attente de la mouture de son grain, il était maintenant familier avec le mécanisme de courroies plates, de puits et de poulies. Un treillis ceinturait l'espace sous le moulin et le meunier avait installé un petit portail fermé d'un loquet pour s'assurer que les porcs et les autres animaux ne viennent tomber dans le ruisseau et coincer les parties amovibles de son moulin. Ethan s'était toujours refusé à demander la permission à M. Maddock d'ouvrir le portail, mais cet après-midi-là, il n'était pas fermé. Ethan se courba et pénétra dans l'espace clos. Il se sentait mieux ici, seul, qu'au milieu de la foule réunie derrière la maison. Par les ouvertures dans le treillis, il put apercevoir plusieurs douzaines de chevaux attelés dans la cour et quelques petits groupes d'hommes qui discutaient calmement plus loin. Certains colons présents affichaient un visage tendu et les échanges, d'ordinaire paillards, manquaient au tableau. Sans en connaître l'exacte raison, Ethan pressentit l'imminence de troubles.

Quelques hommes jetèrent un regard en sa direction lorsqu'il sortit de sa retraite provisoire et ceux qui le reconnurent furent surpris de sa présence. Certains amis d'Henry s'étaient toujours sentis mal à l'aise en compagnie d'Ethan, lui dont les mots étaient brefs et peu nombreux et qui ne s'était jamais occupé de politique, pas plus, d'ailleurs, que des autres affaires de la communauté. Dépassant de plusieurs centimètres les autres hommes présents, Ethan était vêtu à la manière des gens de la *frontier* : des culottes de cheval en cuir, des mocassins de style indien et une longue chemise filée fort simple. La plupart de ces hommes ne l'avaient jamais vu, mais ils se passèrent rapidement le mot qu'il s'agissait du frère d'Henry Pratt, le cordonnier d'Hillsborough. On lui adressa plusieurs signes de tête en guise de bienvenue tandis qu'il se frayait un chemin dans la foule pour atteindre un petit groupe de quatre hommes qui entouraient son frère aîné. À en juger par leur habillement, ils étaient tous des habitants de la ville et il en reconnut deux, des clients rencontrés alors qu'il travaillait à la cordonnerie. Henry fut de toute évidence heureux de voir arriver Ethan.

— J'espérais te voir ici, mais je pensais que tu ne voudrais pas quitter la ferme. Comment se porte Epsey ?

Ethan sourit : « Elle va bien, mais elle ne serait pas très contente à l'idée de me savoir ici. Bonjour à vous, messieurs Milton et Ramsey. »

Henry lui présenta les deux autres hommes. Comme Ethan s'y attendait, l'un était ouvrier et l'autre possédait un petit commerce. Ethan jeta un regard à la foule réunie dans la cour ; on y dénombrait maintenant plus d'une centaine d'hommes. Bien que le meunier fût un Quaker et que plus de la moitié des familles en campagne partageât sa foi, il n'y avait aucun chapeau plat noir visible. De plus, ni officiel du tribunal, ni avocat ni même de gros marchands étaient du nombre.

Henry expliqua à son frère que les hommes attendaient l'arrivée de leur chef, Herman Husband, qui s'adresserait bientôt à eux. D'une famille de Quakers, il était l'un des rares personnages relativement fortunés à participer ouvertement au mouvement des Régulateurs. Il était de notoriété publique que les paroles et les actes de M. Husband n'étaient pas toujours fidèles à la ligne de conduite prônée par la Société des Amis, à l'exception peut-être de ses comportements au moment de leurs réunions mensuelles, mais il s'opposait farouchement à toute forme de violence. Selon les dires de certains, il tentait par son action d'aller chercher des appuis pour une future carrière politique, mais on acceptait son leadership, car il n'avait pas de concurrents et était respecté pour sa fervente conviction que des changements s'imposaient en Caroline du Nord.

Curieux d'entendre ce qu'Husband allait leur dire, Ethan ne voulait cependant pas lancer lui-même l'initiative de pénétrer dans la meunerie. En fait, il doutait encore de la sagesse de sa décision : était-ce bien raisonnable de s'être laissé convaincre par Henry ? Vers deux heures, Henry proposa finalement qu'ils rejoignent la foule entassée à l'intérieur, où ils s'adossèrent contre le mur du fond, tout près de la porte d'entrée. C'est à ce moment qu'Ethan remarqua la présence de Joseph Maddock.

Il entendit peu après un brouhaha à l'extérieur et un bruit de pas se dirigeant vers la meunerie lui fit présumer qu'Husband était arrivé. Ethan n'eut aucune difficulté à apercevoir, au-dessus de toutes les autres têtes, le chef des Régulateurs faire son entrée, accompagné de plusieurs hommes. C'était un homme trapu, ne dépassant pas de beaucoup le mètre soixante-cinq mais dont le poids devait avoisiner les quatre-vingt-dix kilos. Son visage avait un teint rougeaud et ses yeux étaient perçants ; il s'arrêta après avoir franchi la porte pour que sa vue s'habitue à l'intérieur plus sombre et regarda autour de lui pour trouver des visages familiers. Dans le lot, il reconnut Henry.

Durant cette trentaine de secondes, la foule se comprima pour créer un passage de la porte à la plate-forme, qui se trouvait directement sous la meule principale. Puis, Husband s'avança à pas mesurés et, tout en gardant le silence, salua d'un bref signe de tête d'autres hommes qu'il semblait connaître. Sans hésiter davantage, il grimpa les trois marches et se retourna pour faire face à la foule. D'un mouvement lent et délibéré, il retira son chapeau à larges bords, laissant ainsi apparaître un front blanc comme neige et une tête garnie de cheveux roux. Il s'essuya le visage d'un foulard à pois et replaça son couvre-chef. Lorsqu'il prit enfin la parole, ce fut d'une voix étonnamment basse, ce qui obligea l'assistance à être exceptionnellement silencieuse. Il semblait quelque peu timide et mal à l'aise, mais il ne fit aucun doute qu'il était en charge de cette réunion :

« Je suis heureux de vous voir réunis aussi nombreux cet après-midi et j'en profiterai pour remercier le frère Maddock de nous avoir permis d'utiliser sa meunerie pour notre rassemblement. Laissez-moi vous présenter Charles Robinson du comté d'Anson et Christopher Nation du comté de Rowan. Ce sont des fermiers prospères et des hommes bons, comme pourront vous l'assurer tous ceux qui les connaissent. De plus, je voudrais souligner la présence de M. Edmund Fanning, un délégué bien connu de la région, qui, si je ne me trompe pas, est ici pour représenter le gouverneur Tryon à titre de secrétaire. »

Toutes les têtes se tournèrent d'un coup vers M. Fanning, un homme riche qui possédait une grande maison à Hillsborough et dont l'influence sur le tribunal ne pouvait être ignorée. Ethan et Henry n'avaient pas remarqué jusqu'à ce moment l'homme sans traits distinctifs, mais le distinguaient maintenant dans un coin, tentant d'avoir l'air à son aise, adossé à un montant du mur. Il inclina doucement la tête et ouvrit non sans prétention un carnet, pour indiquer qu'il prendrait des notes tout au long de la rencontre, y inscrivant apparemment le nom et une quelconque description de chacun des participants.

Husband poursuivit : « Nous n'avons rien à cacher et considérons qu'il est avantageux pour le gouverneur d'être mis au fait de ce que nous avons à dire. J'ajouterai que la plupart des sujets qui seront abordés ici ont déjà été rapportés dans une pétition écrite, laquelle fut signée par des centaines de citoyens de cette région et des comtés attenants et dont vous êtes, pour la majorité, déjà signataires. Jusqu'ici, nous n'avons reçu aucune réponse à nos requêtes, ni de New Bern ni de Londres, mais nous avons espoir que nos représentants à l'Assemblée nous aideront à faire passer notre message et que M. Fanning rappellera au gouverneur la teneur de nos demandes. »

Husband se tourna quelques minutes pour parler en aparté avec deux autres hommes présents sur la plate-forme, puis il reprit son discours : « J'ai fait la liste de certains sujets qui nous préoccupent et je les énoncerai à nouveau, surtout pour ceux d'entre vous qui ne sont pas familiers avec notre pétition. Il ne fait cependant pas l'ombre d'un doute que vous avez, tous autant que vous êtes, été touchés par ces questions. »

Tout au long du discours d'introduction d'Husband, les hommes tapèrent du pied et certains opinèrent du chef, mais aucun ne répondit à ses remarques.

Husband, d'un bref coup d'œil, regarda un papier qu'il tenait plié dans sa main et poursuivit : « Premièrement, nous voulons que les colonies soient représentées au gouvernement, proportionnellement à leur population. Malgré certaines améliorations récentes portées à l'Assemblée, la plupart des décisions qui nous touchent sont encore prises par le Conseil du gouverneur, composé de personnes riches et puissantes qui semblent s'intéresser davantage aux comtés de l'est qu'à nous, ici, dans la région de Piedmont. Les propriétaires de grandes fermes sur la côte, ceux-là mêmes qui possèdent beaucoup d'esclaves, semblent jouir d'une attention toute particulière. Je ne sais pas si vous en avez entendu parler, mais il existe une nouvelle loi qui prévoit que notre argent, à nous, les payeurs de taxes, doit servir à compenser les pertes des riches fermiers lorsqu'un de leurs Noirs est inculpé de crime et pendu ou s'ils peuvent certifier que leur mort est prématurée ! »

Ethan entendit Henry pousser un juron et la meunerie bondée s'emplit de murmures. La compensation versée ne s'appliquait pas lorsque l'esclave devait remplir une longue peine d'emprisonnement ou être pendu pour un crime capital. Certains hommes jetèrent des regards noirs à Fanning, qui les ignora et continua d'écrire dans son carnet.

Husband attendit quelques secondes avant de continuer : « En second lieu, je voudrais être clair sur un point : nos plus graves problèmes ne se trouvent pas à New Bern, mais bien ici, dans chacun de nos trois châteaux politiques. Nous voulons avoir un droit de regard sur le choix des officiels locaux qui dirigent les affaires aux tribunaux. De plus, nous exigeons de pouvoir surveiller et corriger la manière dont ils remplissent leur devoir. Nous n'en pouvons plus d'être floués et de payer des prix excessifs aux shérifs, aux percepteurs de taxes, aux chargés du recensement et aux juges, bref, à tous ces gens dont la plus grande aspiration est l'enrichissement personnel. Nous insistons sur le fait que c'est par le biais d'assemblées publiques que nous, les citoyens, devons décider pour nous-mêmes des politiques qui affecteront nos vies. »

Henry murmura à Ethan : « Ces demandes constituent les points saillants soulevés par l'Association de Sandy Creek, il y a plus d'une année de cela. »

La voix d'Husband prenait en force à mesure que son discours avançait, si bien qu'on n'avait plus aucune peine à l'entendre. Dans la foule, un silence quasi mortel régnait toujours lorsqu'il fit une pause pour s'humecter le gosier, peut-être avec de l'eau contenue dans une flasque qu'il sortit de sa poche revolver. Il parla ensuite avec mesure, séparant chacune de ses phrases d'un bref silence : « Et dans certains cas, pis encore sont les avocats de mauvaise foi qui s'interposent maintenant entre nous et l'obtention des licences, l'achat de propriétés, l'enregistrement des actes et même le paiement des taxes dont on nous charge. Lorsqu'ils ne peuvent trouver de cas honnêtes à défendre, ils encouragent l'engagement de poursuites contre nous pour qu'ensuite, toute la clique du tribunal bâfre les honoraires et les amendes comme des porcs affamés devant une auge pleine de soupe ! »

Comme son ton devenait plus insistant et qu'il découpait ses derniers mots avec intensité, pour la première fois, les hommes poussèrent des acclamations. Il s'ensuivit un brouhaha général dans la meunerie, alors que les gens se tournaient les uns vers les autres pour raconter les injustices commises par les mandataires officiels qui, ayant obtenu leur licence par corruption, avaient afflué dans la gestion publique. On retrouvait maintenant plus d'une douzaine d'avocats dans la petite ville. Le tribun attendit une bonne minute avant de lever la main et d'obtenir un silence suffisant pour continuer. La glace maintenant rompue, chacune de ses déclarations se voyait appuyée par des expressions bruyantes d'approbation et de soutien.

« Permettez-moi maintenant de vous parler de la taxation. Nous sommes bien prêts à payer notre part, mais les lois changent d'année en année pour soulager l'élite dirigeante tout en grevant de taxes et de frais de toute sorte les paysans, les petits fermiers et les honnêtes travailleurs. La plupart de ces coûts additionnels sont les mêmes pour les plus pauvres et pour les plus nantis, tels la capitation, le prélèvement sur les salaires et les taxes et autres frais sur les produits de première nécessité. Je dois admettre, comme vous le savez presque tous, que je possède une ferme de bonne dimension et que je gagne bien ma vie ; je la gagne même sûrement mieux que plusieurs d'entre vous. Mais je ne vis pas pour m'enrichir ou pour me dérober à mes devoirs de citoyen aux dépens de mes voisins moins fortunés. Les lois sur les taxes sont criminelles, elles sont une honte pour tous les citoyens munis d'un tant soit peu de bon sens ! »

Bien peu des auditeurs présents comprenaient vraiment le système de taxation. Ils l'avaient accepté comme une charge immuable qui leur était et leur serait toujours imposée, mais évidemment, ils appréciaient les propos d'un homme de la trempe d'Husband qui osait souligner ses injustices. Il aborda ensuite un sujet qu'ils pouvaient mieux comprendre et qui constituait un point délicat pour tous les fermiers :

« De plus, rares sont ceux ici présents qui possèdent de l'argent sonnant et nous méritons de conserver notre droit de payer les frais et les taxes avec les produits de nos fermes, comme nous l'avons d'ailleurs toujours fait. Les représentants officiels et les percepteurs se servent toujours de la valeur de la monnaie à notre désavantage, et nous estimons que cela représente une augmentation de vingt-cinq pour cent lorsque nous troquons nos produits pour des pièces d'or ou d'argent de manière à payer nos dettes. Plus nous sommes loin de la côte, plus il nous en coûte cher d'acheter de la monnaie pour payer les taxes et les frais à notre propre gouvernement.

Si nous accusons le moindre petit retard dans le paiement de nos dettes, nous nous voyons prendre une quantité de plus en plus importante de nos récoltes, de notre cheptel, voire même de notre ferme entière, sans que la procédure soit dûment respectée. En conséquence, nos fermes sont vendues par le shérif, souvent en secret et à un prix bien en deçà de la valeur marchande. Encore plus scandaleux, nous remarquons que presque tous ces biens liquidés se retrouvent dans les mains des mêmes représentants officiels en charge de protéger nos droits. Dans certains cas, les montants attribués pour la valeur de nos propriétés confisquées ne sont même pas suffisants pour réduire nos dettes ! »

Quelques applaudissements hâtifs furent étouffés quand Husband leva la main, indiquant ainsi à la foule qu'il n'avait pas tout dit sur ce point : « Il est également clair que les licences pour exploiter des meuneries, que les contrats pour construire des routes et des ponts et que les permis pour opérer des ferries sont toujours octroyés à des membres de la clique qui dirige le tribunal et manipule les résultats des élections. Ce sont ces mêmes officiels qui contrôlent les procédures de nominations électorales et qui utilisent la corruption et l'intimidation lorsque cela est nécessaire pour se faire élire eux-mêmes à l'Assemblée... et qui poussent même leur incursion malhonnête jusqu'au conseil paroissial dans nos églises ! »

Ethan se laissa entraîner par les applaudissements et les acclamations qui résonnèrent dans la meunerie. Henry le regarda, un petit sourire en coin.

Husband ne freina pas sa lancée : « Encore que ce point soit le dernier que je voulais aborder, son importance me pousse à l'étayer et à aborder le sujet de votre sécurité et, surtout, de celle de ceux qui vivent encore plus loin à l'ouest, le long de la frontière. Pour assurer cette sécurité, nous demandons que les membres de notre réserve territoriale aient le droit de choisir leurs propres officiers et nous voulons qu'ils sortent de leur caserne à l'est et viennent là où ils se doivent d'être, c'est-à-dire ici, pour nous protéger des bandits et des satanés Indiens. »

Cette dernière remarque provoqua une ovation soutenue et retentissante. Tous les hommes présents dans la pièce se joignirent à la ronde d'applaudissements, à l'exception certes d'Edmund Fanning.

Husband se trouvait maintenant tout à fait à son aise et il se tourna vers le représentant du gouverneur et demanda : « Monsieur Fanning, désirez-vous émettre un commentaire ? »

— Oui. Vous avez ma parole que le gouverneur recevra un rapport complet de cette réunion.

Husband survola du regard la foule enflammée et affirma avec grande vigueur : « Messieurs, si vous êtes d'accord avec mes propos d'aujourd'hui, j'espère que vous et vos voisins donnerez votre soutien total aux Régulateurs. Par des moyens pacifiques, notre intention est d'apporter des changements en Caroline du Nord. »

Husband descendit de la plate-forme et bon nombre d'hommes se groupèrent autour de lui pour trouver réponse à certaines questions. Ethan et Henry, quant à eux, marchèrent vers la sortie et se retrouvèrent à l'extérieur, près du cheval d'Ethan. Henry parla le premier : « Eh bien, qu'en penses-tu ? »

— J'approuve dans l'ensemble et je crois que Tryon et l'Assemblée vont corriger la situation. Et en ville, quelle a été la réponse à cette initiative ?

— Mis à part la bande du tribunal et les gros marchands, presque tous les citoyens semblent donner leur soutien aux Régulateurs. C'était là notre première rencontre avouée et nous voulions qu'elle se déroule dans la région rurale du comté. Et quelle réussite !

— J'en conviens. Mais pour ma part, je ne veux m'associer à aucun groupe ; Epsey et moi voulons être laissés en paix et nous occuper de nos propres affaires. Par contre, j'espère que tu nous rendras visite de temps à autre pour nous communiquer les développements à Hillsborough et à New Bern quant aux solutions apportées aux divers problèmes.

Quelques jours plus tard, l'un des Quakers nommé Thomas Whitsett se rendit à la cabane des Pratt, descendit de cheval et s'approcha d'Ethan qui s'affairait à débiter à la scie du bois de chauffage. Ils échangèrent des salutations polies et l'arrivant posa cette question : « Avez-vous eu des nouvelles de frère Joseph Maddock ? »

— Non, répondit Ethan. Pas depuis le samedi de la réunion à sa meunerie.

— Des troupes sont venues au moulin, l'ont mis à l'arrêt et il se trouve actuellement dans une prison à Hillsborough, en attente de procès.

— Sous quelle accusation ?, demanda Ethan, interloqué.

— On l'accuse d'incitation à la trahison envers la Couronne, en raison de la réunion des Régulateurs.

— Ça n'a pas de sens. J'y étais et je sais qu'il n'a jamais prononcé un mot, soit contre la Couronne et le gouverneur, soit en faveur des Régulateurs, s'étonna Ethan.

— À cette rencontre, aucun de nous n'y était. Alors il nous est possible de témoigner de sa personnalité, mais non de ses actes. Nous avons grand besoin de témoins pour renseigner la Cour sur ses actions. Bien qu'étranger à notre foi, on te connaît comme un homme honnête et pacifique. Tes témoignages concernant Maddock seront d'une importance capitale.

Les Quakers de la région réunissaient quelque cinquante familles et se partageaient un peu plus de cinq mille hectares de terres autour de la ferme des Pratt. Ethan respectait ses voisins pour la qualité de leur pratique agricole, pour leur honnêteté et pour leur dévouement au dur labeur ; c'est pourquoi il accepta sans hésiter de leur prêter main-forte en tant que témoin pour Maddock. Whitsett devait l'informer ultérieurement de la date du procès.

Le jour venu, Ethan partit à cheval vers le château du comté, où il trouva rassemblés plus d'une centaine de membres de la Société des Amis, hommes et femmes, plus ou moins jeunes, tous manifestement affectés par le sort de leur leader. Quelques Régulateurs étaient également présents. Ethan était l'un des rares n'étant pas un Quaker à témoigner. En tant que témoin listé, on le plaça à l'avant de la salle de tribunal. Il vit alors qu'on faisait entrer Herman Husband. On le fit asseoir dans la stalle des défendeurs. Maddock refusa de prêter serment, statuant simplement qu'il dirait la vérité. Après avoir consulté les avocats, le juge ordonna que l'interrogatoire commençât. On demanda alors à Maddock de s'identifier et de décliner devant la Cour son statut et son métier. Il répondit ensuite, aussi succinctement que possible, aux questions du procureur de la partie plaignante.

— Avez-vous organisé une réunion à votre meunerie en date du premier samedi de ce mois ?

— Non.

— Une telle réunion a-t-elle pourtant eu lieu ?

— Oui.

— Pour quelles raisons s'est-elle déroulée sur votre propriété ?

— C'est un endroit commode, bien connu, et plusieurs groupes l'ont utilisé pour des réunions par le passé.

— Qui a demandé la tenue de la réunion ?

— Je ne le sais pas, mais M. Herman Husband et deux autres gentlemen m'ont demandé s'ils pouvaient utiliser ma meunerie pour une réunion.

— Saviez-vous que la dite réunion se tenait au nom d'un groupe appelé les Régulateurs ?

— Oui.

— Étiez-vous au courant que leur but visait à perturber la bonne tenue des procédures du gouvernement de ce comté et de la colonie ?

— Non.

— Avez-vous entendu ce qui a été dit lors de l'événement ?

— Oui.

— N'avez-vous pas entendu de remarques traîtresses proférées par M. Husband et d'autres ?

— Non. Je savais que leurs commentaires étaient ceux-là mêmes qui furent exprimés, sans grande différence, dans les pétitions envoyées l'an dernier au gouvernement continental et au Parlement à Londres.

— Avez-vous été témoin d'appels à la violence ou à commettre des actes illégaux ?

— Non.

— Y a-t-il eu vente de spiritueux sur votre propriété ?

— Non.

Le juge appela vers lui le procureur et, après cinq minutes de délibération, ce dernier retourna s'asseoir. Le juge fit alors cette annonce : « La Cour proclame que le défendeur n'est pas coupable d'avoir incité d'autres citoyens à commettre des actes illégaux ou de trahison, mais qu'il a permis que sa propriété devienne le lieu d'une réunion où des hommes ont suscité la dissension dans la communauté. J'ai ici une déclaration écrite sous serment de la main de M. Edmund Fanning, actuellement présent en ces lieux, qui certifie que des déclarations incendiaires furent faites et que M. Maddock, propriétaire de statut, n'a nullement tenté de mettre un terme à cette séance, pas plus qu'il n'a demandé aux gens présents de quitter sa propriété. Pour cette raison, je juge le défendeur coupable d'avoir participé à troubler la paix et je le condamne à payer une amende de cinquante livres. » D'un coup de marteau, le juge suspendit la Cour.

Dans l'assistance, on considéra cette amende, égale à la valeur totale de la ferme et de l'équipement agricole d'un Quaker moyen, à la fois injustifiée et excessive. Pourtant, en moins d'une heure, les fidèles rassemblés avaient réuni assez d'argent pour la payer et Maddock fut relâché par le huissier. En quittant le tribunal, il passa devant Fanning et plusieurs des officiels locaux. Fanning l'interpella en des termes lourds de menace : « Maddock, vous n'avez pas fini d'entendre parler de cette histoire. »

Durant les mois qui suivirent, Ethan apprit des Quakers qu'ils étaient harcelés par les agents du gouverneur et par les officiels du comté. La presque totalité des fermes voisines furent visitées à maintes reprises par les adjoints du shérif et les percepteurs de taxes. À chaque fois, ils inventoriaient le bétail et leur nourriture ; l'évaluation de la valeur de leurs terres et de leurs propriétés augmentait constamment et on leur demandait immédiatement le paiement des taxes courantes et rétroactives et ce, en argent seulement. Les contrôleurs surévaluèrent la meunerie de Maddock jusqu'à atteindre un montant exorbitant.

Lorsque Ethan transporta du grain au moulin, il trouva le meunier seul, occupé à moudre et à peser de la farine dans des petits sacs d'un demi-boisseau. Il accueillit Ethan d'une poignée de main chaleureuse et lui dit : « Je dois vous témoigner ma gratitude pour vous être mis à ma disposition en tant que témoin. C'est de la part d'un voisin un bien noble geste et mon souhait est que cela n'ait pas causé préjudice à votre personne et attiré sur vous la hargne des hommes du gouverneur. »

— Non, on ne m'a pas ennuyé, mais j'ai ouï dire que les membres de votre communauté n'ont pas eu cette chance avec les contrôleurs de taxes. »

— C'est juste, en effet, deux des fermiers ont déjà vu leur demeure condamnée. Elles seront vendues après trois semaines d'avis public. Beaucoup d'autres courent le même risque et, moi, tout ce que j'ai pu faire est de vendre mes maigres réserves de grains pour pouvoir payer ce qu'on me demande afin de conserver la meunerie.

— Mais que peut-on faire ?, se révolta Ethan.

— Le gouverneur Tryon nous a fait clairement savoir qu'il nous considérait, nous, les membres de la Société des Amis, comme une menace pour la stabilité politique de la Caroline du Nord. En outre, notre opposition à l'esclavage nous vaut l'animosité des propriétaires fortunés. Parce que nous sommes pacifistes, nous passons pour des faibles et sommes objets d'abus. Fort heureusement, nous trouvons en cela des raisons de nous tenir les coudes. Je tiens pour sûr que le gouverneur et ses associés lorgnent avidement nos terres et que, par voie de vente publique, ils pensent les acquérir à bas prix.

Ethan, surpris d'entendre Maddock lui parler aussi franchement, trouva étonnant de le voir critiquer ouvertement les officiels et considéra que recevoir de telles confidences était une preuve de respect et de confiance.

Ethan put sentir que le meunier hésitait, mais il chassa cette hésitation après un instant : « Les gens qui partagent notre foi ont l'habitude de s'attirer l'animosité d'autrui et d'être victimes de leurs abus, mais nous avons toujours exhorté les fidèles à ne pas riposter et à trouver protection dans la solidarité. Un marchand compatissant, cependant, m'a informé la semaine dernière que nous allions subir des pressions accrues, par voies légales ou non, pour nous forcer à liquider nos propriétés. Je ne tiens pas à ce que la nouvelle s'évente, mais, dans quelques jours, mes pas m'amèneront en Géorgie à la recherche de nouvelles terres. J'ai cru comprendre que le gouverneur, James Wright, est un honnête homme et qu'il accueille avec chaleur les colons désireux de refaire leur vie dans les régions au nord de la colonie. »

— En effet, le rassura Ethan, j'ai lu les avis publics à ce sujet, mais je sais, par ailleurs, que c'est là des régions isolées et exposées aux attaques des Indiens. On n'y trouve aucune protection et elles ne sont desservies par aucune route. De plus, les marchés et les postes de traite sont inexistants ou fort éloignés. La situation y est bien plus désavantageuse que celle que nous avons connue lors de notre arrivée dans cette partie de la Caroline du Nord.

— Vos informations sont peut-être exactes, mais j'ai le désir de m'en assurer par moi-même.

CHAPITRE 6

L'exode des Quakers en Géorgie

SEPTEMBRE 1767

Quelques semaines s'étaient écoulées lorsque Joseph Maddock rendit une visite surprise à Ethan. C'était la première fois qu'il venait jusqu'à la ferme.

— Avez-vous déjà commencé à planifier votre voyage en Géorgie ?, questionna Ethan après l'avoir salué.

— Oui. J'y ai même obtenu des droits provisoires sur des terres, environ six mille hectares, situées à l'ouest d'Augusta et de la rivière Savannah. Le gouverneur Wright jouit d'une bonne entente avec les Indiens Creek et Cherokee et il a obtenu d'eux un accord ferme qui l'autorise à céder des terres. Un traité avec les Indiens a été signé en 1763, au terme d'une rencontre où les leaders des Carolines et de Virginie, réunis à la demande du gouverneur, ont échangé leur point de vue avec toutes les tribus indiennes de la région. Plus de sept cents personnes ont joué un rôle dans la conclusion de l'accord, aussi avons-nous confiance de ne pas créer la discorde en prenant possession de ces terres. Vos informations sur les routes et les marchés étaient justes, mais nous sommes déterminés à développer la région pour répondre à tous nos besoins. J'avais prévu d'emmener toutes les familles de la Société des Amis, mais seulement quarante d'entre elles souhaitent partir. Les autres tenteront soit de demeurer ici, soit de retourner dans le nord, vers le lieu d'où elles viennent. Je suis venu vous rendre visite pour vous faire une proposition : auriez-vous envie de nous suivre vers l'ouest ?

Ethan fut surpris par cette invitation, mais son hésitation fut d'un court instant : « Non, je pense qu'Epsey et moi-même resterons ici. Tout est presque terminé sur notre terre et nous n'avons pas été davantage embêtés par les autorités que n'importe quel autre fermier de la région de Piedmont. Nous espérons toujours que le gouvernement répondra aux demandes des Régulateurs et que les choses iront en s'améliorant. »

— Eh bien, acceptez nos souhaits de réussite. Nous sommes convaincus qu'une fois que leurs yeux se sont posés sur une ferme, ils ne reculent devant rien pour l'acquérir. Jusqu'à maintenant, dans cette région, nous sommes les seules victimes de leur avidité, mais votre terre est enclavée dans les nôtres et vous pourriez être l'un des prochains à subir ce sort.

Les pressions des officiels sur les Quakers continuèrent et, aux derniers jours de l'automne 1767, la majorité d'entre eux s'était résolue à quitter la région, une fois les récoltes terminées. Ceux qui étaient encore solvables s'acquittèrent de leurs dettes auprès des marchands locaux et vendirent leur maison, leurs terres et leurs autres biens à rabais. Ethan assista à la vente forcée d'une ferme jouxtant la sienne, mais ne fit d'offre d'achat sur aucune propriété, lesquelles semblaient discrètement passer de main en main parmi les autorités publiques, les avocats et les grands propriétaires terriens selon des opérations fixées d'avance.

Peu après, Ethan passa par la meunerie de Maddock et découvrit que le meunier avait emporté les poulies, les courroies et les équipements, mais avait laissé derrière lui l'énorme meule. Quelques jours plus tard, les Quakers qui espéraient gagner la Géorgie chargèrent leurs possessions sur des traîneaux et des chevaux de charge. Ils suivirent en aval les rives de la rivière Cape Fear vers la côte en une longue caravane. Trois familles ne voulurent pas quitter la région d'Hillsborough et les autres retournèrent vers leurs anciennes terres d'accueil, en Pennsylvanie et au New Jersey.

Durant l'année suivante, la plupart des terres défrichées par les Quakers restèrent en jachère et Ethan n'aperçut que rarement âme qui vive sur ces propriétés auparavant très bien tenues, à l'exception peut-être de quelques gardiens à la solde des nouveaux propriétaires qui y demeuraient pour prévenir le vol. La saison des récoltes fut le théâtre d'un soudain accès de spéculations sur les terres. En définitive, la plupart des fermes tombèrent aux mains de grands producteurs qui semblaient tous très proches du gouverneur. Ces gens, à leur tour, achetèrent de nouveaux esclaves et engagèrent des vigiles pour gérer le travail sur plusieurs propriétés dispersées dans tout le comté.

Les Pratt furent bientôt l'une des rares familles propriétaires d'une petite ferme à y travailler sans main-d'œuvre payée ou achetée. La saison fut bonne, les récoltes, abondantes et ils semblaient avoir été oubliés par ceux dont les efforts avaient chassé les Quakers du territoire. Henry venait souvent leur rendre visite. Il leur apprit que les Régulateurs jouissaient maintenant d'une force et d'une influence grandement accrues dans la région de Piedmont. Il estimait à six mille le nombre d'habitants de l'ouest à soutenir leur cause parmi les huit mille familles qui payaient des taxes sur le territoire. Herman Husband avait été élu à l'Assemblée où il défendait avec acharnement les points soulevés tant dans les pétitions qu'à la réunion du moulin de Maddock. Henry et Ethan convinrent que les perspectives étaient plutôt bonnes de voir s'opérer certaines réformes dans la colonie et Ethan décida de défricher davantage de terrains, d'acheter d'autres vaches et truies pour l'élevage et d'étendre les pâturages dans les secteurs boisés.

À la fin de l'automne, un jour qu'Ethan réparait des clôtures, un régisseur vint le voir pour lui remettre une sommation officielle lui demandant de se rendre au tribunal du district. Sa première idée fut d'ignorer l'ordre et de voir venir, mais lorsque la pluie rendit impraticables les labours, il décida de chevaucher vers Hillsborough. Pour ne pas inquiéter outre mesure Epsey, il ne lui dit qu'une partie de la vérité, à savoir qu'il partait simplement troquer du tabac contre des fers à cheval, des clous et des barres de fer pour ses activités de ferronnerie. Lorsqu'il arriva au chef-lieu du comté, il fit d'abord un détour chez son frère pour lui montrer le papier administratif.

Après en avoir fait une lecture attentive, Henry dit : « Plusieurs gens, surtout des fermiers, sont venus à l'atelier avec ce genre de document. Puisqu'ils ne demandent que de se présenter au bureau des taxes, il est impossible de connaître le but de cette convocation.

C'est parfois pour clarifier des informations sur les registres ou pour revoir l'évaluation de ta propriété. »

Il ajouta en riant : « Peut-être les as-tu trop payés, alors ils veulent te donner un juteux remboursement ! Si c'est le cas, assure-toi de revenir ici pour partager un peu avec ton frère avant de retourner chez toi et de tout donner à Epsey. »

Aucune des possibilités énoncées par Henry ne lui semblait dramatique. Ethan s'occupa donc de ses affaires avant de se rendre au tribunal pour constater ce que les officiels pouvaient bien lui vouloir. Sans se presser, il descendit de cheval et pénétra par la porte principale, assuré que la demande qu'on lui avait adressée résultait d'une erreur. À l'intérieur, pour la première fois de sa vie, il fut confronté à deux hommes en uniforme, armés de fusils.

— Qui êtes-vous ?, demanda l'un d'eux.

— Mon nom est Ethan Pratt, et on m'a demandé de me présenter ici, répondit Ethan en montrant le document.

Le soldat parcourut rapidement le papier, se dirigea vers le bureau des taxes et dit sèchement : « C'est là. »

— J'ai payé mes taxes, protesta Ethan.

— La ferme !, aboya l'un des soldats. Vous vous adresserez à l'intérieur à M. Langhorn.

Ethan était décontenancé. « Je n'entrerai pas dans ce bureau », objecta-t-il en quittant le bâtiment par la porte avant. Alors qu'il chaussait l'étrier pour remonter à cheval, il entendit des pas qui s'approchaient rapidement derrière lui et un ordre sévère retentit : « Halte-là ! »

Il se retourna et vit qu'on lui pointait, à la hauteur du torse, deux fusils dont les silex n'étaient pas au cran de repos. On lui donna l'ordre de descendre de cheval et de mettre les mains derrière la tête.

La colère faillit emporter Ethan et lui faire commettre l'irréparable. Il faisait presque le double de chacun de ces hommes et il n'aurait pas hésité à les attaquer si sa raison n'était pas intervenue. Il réalisa alors qu'il était sans arme, sans défense et que sa vie était en jeu. Il acquiesça d'un signe de tête, baissa les mains, rattacha son cheval, marcha avec raideur vers le bureau des taxes, frappa bruyamment à la porte et entra dans la pièce. Un homme, qu'il n'avait jamais vu, prenait place derrière un petit bureau. Il leva la tête pour l'observer tandis qu'il entrait. Ethan demeura immobile alors que l'homme fouillait dans sa paperasse. Après une minute environ, il finit par ouvrir la bouche : « Êtes-vous bien Ethan Pratt ? »

Ethan répondit d'une inclinaison de tête.

— Pourquoi ne payez-vous pas vos frais et vos taxes ?

— Je les ai toujours payés et sans retard.

— Pourrais-je voir le reçu pour les timbres de votre certificat de mariage, une copie de vos titres légaux sur votre terre, l'inventaire de vos équipements et des produits de votre ferme en date de la fin de l'an dernier ainsi que votre licence pour opérer un atelier de ferronnerie ? Nous estimons que vous devez une somme substantielle au gouvernement, monsieur.

— Vous savez que je n'ai pas les papiers timbrés. Je me suis marié en Pennsylvanie il y a presque quatre ans, avant que le *Stamp Act* ne soit passé pour être ensuite abrogé. Quant à l'évaluation de tous mes équipements et produits, je l'ai faite en décembre dernier comme tous les fermiers ; cet inventaire a même été approuvé par les contrôleurs, si vous l'ignoriez. Pour ce qui est de ma forge, elle ne sert qu'à mon propre bénéfice, ou parfois pour faire une faveur à l'un de mes voisins. Je n'ai jamais fait payer personne pour le travail que j'ai accompli. Je ne dois aucune taxe en arrérages et je ne paierai certainement pas une licence pour opérer une forge dont l'unique usage est personnel.

Langhorn retourna brièvement à ses papiers avant de dire : « Monsieur Pratt, considérant l'accumulation de vos dettes, qui frisent aujourd'hui les dix livres, et votre présente attitude, je me vois dans l'obligation d'ajouter une pénalité de deux livres à ce que vous devez déjà. Rendez-vous à la deuxième porte à droite en descendant et payez immédiatement le trésorier du comté. »

— Vous ne recevrez pas le moindre argent de moi !, protesta Ethan en se retournant sans prendre congé. Mais les Tuniques rouges se trouvaient toujours aux abords de la porte d'entrée. « Arrêtez cet homme », cria Langhorn.

Ethan se retrouva ainsi en prison où il passa le reste de la journée et la nuit entière, ne sachant quoi faire. L'après-midi suivant, on ouvrit la lourde porte de sa cellule et on lui fit signe de sortir.

— Vous êtes libre de partir, affirma son geôlier. Vos taxes et frais sont payés.

Lorsqu'il franchit la porte avant du tribunal, il aperçut Henry, tenant en bride leurs deux chevaux, aux côtés d'Epsey qui démontrait un malaise peu habituel. Le regard d'Ethan passa de l'un vers l'autre avant qu'Epsey ne lui explique : « Henry s'est offert de nous prêter l'argent, mais j'ai préféré vendre des vaches pour payer notre dû. »

— Nous ne devions rien à ces gens, se renfrogna Ethan. Tu n'avais pas à leur donner d'argent.

— C'était la seule façon de te faire rentrer à la maison. Les hommes du gouverneur sont venus me voir pour me dire que tu te trouvais derrière les barreaux et qu'ils allaient bientôt s'occuper de ton cas sur la place publique. Ils disaient que tu étais un fauteur de troubles et qu'ils mettraient rapidement la main sur notre ferme. J'ai accouru chez Henry et il m'a conseillée sur la marche à suivre.

Ethan réalisa que son épouse avait opté pour la seule solution s'offrant à eux et il ne fit pas d'autres commentaires sur son arrestation. Il se tourna vers son frère : « Henry, allons chez toi où nous pourrons discuter avant que je rentre à la ferme. »

La porte avant de l'atelier de cordonnerie était verrouillée et Henry évita de l'emprunter même si, à cette heure, elle n'aurait pas dû être close. Il choisit de se rendre directement à sa résidence par l'escalier extérieur. « Prenons une tasse de thé. Cela nous permettra d'y voir plus clair », proposa-t-il. Alors qu'Epsey mettait de l'eau à bouillir, Ethan raconta ses déboires au tribunal, expliquant qu'on l'avait traité comme un vulgaire criminel. Henry ne l'interrompit point avant que le thé ne fût servi. Il prit ensuite la parole : « Laissez-moi vous exposer les rumeurs qui courent. Vous ne l'ignorez pas, ces gens possèdent toutes les anciennes terres des Quakers et ils voudraient maintenant s'approprier la vôtre. Cette convocation au tribunal n'était que la première étape, un

avertissement, et ils ne s'arrêteront pas avant de vous avoir jetés
hors de votre ferme. »

— Eh bien, Henry, sache que je ne quitterai pas ma terre. J'ai
encore confiance que le gouvernement me rendra justice.
D'ailleurs, nous allons recevoir bientôt la réponse de l'Assemblée
à la pétition des Régulateurs.

Henry leva les yeux sur son frère. Il le trouvait naïf et
excessivement confiant. Il décida de jouer la carte de l'optimiste
plutôt que de décourager davantage Ethan : « Forts de tous nos
nouveaux élus régionaux à l'Assemblée cette année, nous avons
une chance de constater des changements s'opérer à New Bern.
Nous avons destitué presque la moitié des anciens représentants de
la colonie et, des huit qui ont obtenu un siège dans les comtés
d'Orange, de Rowan et d'Anson, cinq ont donné leur soutien aux
Régulateurs et seulement deux sont de vieux membres dirigeants
du comté. La plus grande victoire est cependant celle de Herman
Husband sur Edmund Fanning, l'ancien bras droit de Tryon dans la
région. Tous ces changements devraient pouvoir contrer la voracité
de ceux qui s'efforcent de vous dépouiller de votre propriété. »

Ethan ne s'était jamais retrouvé dans une position aussi
fâcheuse, où son propre sort se retrouvait dans les mains de
personnes qu'il connaissait à peine.

Une volonté ferme eut été de mise, mais nulle trace de fermeté
ne se fit sentir lorsqu'il reprit la parole : « Qu'importe, je vais leur
tenir front. »

— Ethan, je te déconseille de t'impliquer personnellement. Les
Régulateurs projettent des actions directes pour exprimer leur
colère vis-à-vis de la situation. Je suggère qu'Epsey et toi
retourniez à la ferme et que vous vous teniez tranquilles pour un
temps. Laissez-nous voir ce qui peut être fait.

— Henry, je ne veux pas que tu aies d'ennuis.

— Ne te fais pas de mauvais sang pour moi ; trop de gens sont
impliqués. Nous n'accepterons jamais que Tryon fasse la sourde
oreille à notre pétition. Une longue année s'est déjà écoulée dans
une attente pacifique. Nous avons compris maintenant que les

Régulateurs ont peu de poids à New Bern et que la solution à nos problèmes se trouve ici, au tribunal d'Hillsborough.

Le couple chevaucha en silence vers sa demeure. Une sorte de malaise s'était installé entre eux. Pour la première fois, Ethan s'était trouvé dans une position de vulnérabilité devant son épouse ; jamais auparavant il n'avait été incertain quant à la marche à suivre. Discuter d'une décision importante avec sa femme, c'était pour lui un aveu de faiblesse. Sa mise à l'arrêt lui causait un grand embarras et son ressentiment envers elle pour avoir payé la caution l'avait amené à réaliser son tort. Il décida finalement de lui faire part de ses réflexions en signe de reconnaissance pour son bon jugement : « Epsey, je connais mes obligations de citoyen anglais et je m'en suis toujours acquitté, mais je connais également mes droits. Il est manifeste pour chacun d'entre nous que Tryon n'est pas un honnête homme et que ses gestes ont été commandés par sa haine des Quakers et son désir de s'approprier leurs terres. »

Il ajouta, après un temps d'arrêt : « En fait, nous, qui avons quitté la Pennsylvanie pour nous établir ici, n'avons jamais eu un droit de regard ou de parole sur les affaires publiques. Un homme doit posséder deux cent cinquante hectares de terre et vingt esclaves pour avoir un siège à l'Assemblée, ce qui ne concerne que les deux ou trois plus riches personnes de la région. Herman Husband est le seul à l'Assemblée à voir les choses comme nous. Les juges et les autres officiels du comté à Hillsborough ont obtenu leur poste en payant des pots-de-vin et ils ne cherchent qu'à s'enrichir et qu'à rester dans les bonnes faveurs du gouverneur. J'ai la ferme conviction que le roi George III et nos représentants au Parlement n'ont pas conscience de ce qui se trame ici, en Caroline du Nord ; et je crois que la situation sera corrigée lorsqu'ils l'apprendront.

J'ai rencontré à une ou deux reprises les Régulateurs. Je sais qu'ils ne réclament qu'un gouvernement simple et juste et une réponse pacifique aux problèmes. Il nous faut donc nous accrocher à ce que nous avons et éviter de nous mêler de ce qui ne nous regarde pas jusqu'à ce que Londres agisse. »

Tant de paroles sortant de la bouche d'Ethan impressionnèrent Epsey et elle les approuva, ayant pleine confiance dans le jugement et les moyens de son mari. Elle le regarda et remarqua un air sombre sur son visage ; il serrait les dents. En vérité, les soucis le rongeaient, mais il croyait pouvoir le cacher à son épouse. Il ne pouvait oublier les mots de Maddock : « ... mais votre terre est enclavée dans les nôtres et vous pourriez être l'un des prochains à subir notre sort. »

Henry se rendit à la ferme le dimanche suivant et fit à Ethan un rapport plus complet et plus encourageant des événements dans la capitale coloniale : « Husband et son groupe ont fait du bon travail à l'Assemblée coloniale. Ils ont mis de l'avant toutes les propositions légitimes énoncées par les Régulateurs ces dernières années. »

— Est-ce que tu sais quels projets de loi ont été proposés ?, demanda Ethan.

— Bien entendu, répondit Henry, non sans fierté. Nous, les Régulateurs, avons participé à leur ébauche avant qu'Husband ne les achemine à New Bern. Chacun de ces projets de loi s'attaque à un problème bien précis. L'un d'entre eux prévoit ainsi de payer un salaire fixe aux juges et aux clercs et de recueillir directement, par la trésorerie de la colonie, les frais et les amendes. Un autre prévoit de remplacer les shérifs par des contrôleurs de contributions. Nous proposons également d'instaurer une limite aux honoraires des avocats et de former un jury de six hommes qui jugera des affaires mineures, si l'un des plaideurs le demande. Le plus important des projets vise à fixer le cours légal des produits agricoles pour le paiement des frais et des taxes, et à remplacer la *Head Tax* par une taxe sur la propriété établie en fonction de sa valeur réelle. Notre proposition la plus populaire est d'interdire aux avocats de siéger à l'Assemblée, en raison du conflit d'intérêts manifeste. En effet, parce qu'ils ne pensent qu'à s'enrichir, ils ont tendance à ignorer les intérêts des citoyens pauvres et des travailleurs.

— Quelle a été la réaction jusqu'à présent ?, l'interrogea Ethan.

— Il est trop tôt pour savoir exactement ce qu'il en est, mais nos hommes croient que nous jouissons d'un appui assez fort pour faire accepter la quasi totalité de ces projets de loi. Toute personne raisonnable est en mesure de les comprendre et ne peut que les appuyer, même s'il s'agit des hommes qui étaient jusqu'alors à la botte du gouverneur Tryon.

Quand Henry s'en alla, Ethan partagea avec Epsey ces nouvelles fraîches qui leur redonnaient confiance en l'avenir, sentiment qu'ils n'avaient plus connu depuis le départ des Quakers. Même si la moitié seulement des propositions se voyaient adoptées, la vie des petits fermiers dans la colonie s'en verrait transformée pour le mieux.

Henry ne revint pas la fin de semaine suivante, mais un mercredi, ce qui ne manqua pas d'étonner Ethan. Son frère semblait troublé. Ethan se permit donc une plaisanterie : « As-tu finalement décidé de fermer boutique et de ne plus jamais travailler ? »

Henry mit pied à terre et répondit : « Malheureusement, je devrai peut-être arrêter pour de bon. As-tu entendu ce qui est arrivé à New Bern ? »

— Non, nous ne recevons aucune nouvelle ici, sauf celles que tu nous apportes.

— J'aurais préféré ne pas venir cette fois-ci. Je t'explique : nos projets de loi recevaient de plus en plus d'appuis à l'Assemblée et plusieurs citoyens, même dans les régions côtières, parlaient en leur faveur. Mais quand l'Assemblée commença sérieusement à débattre de nos griefs et que le soutien de la majorité devint clair, cette garce de gouverneur décida tout simplement de dissoudre la Chambre législative. Il annonça ensuite que son Conseil et lui-même prendraient toutes les décisions gouvernementales jusqu'à ce que des élections puissent avoir lieu et qu'un nouveau corps légal soit constitué.

— Je ne peux pas y croire. Qu'adviendra-t-il maintenant ?, demanda Ethan, consterné.

— Nous pouvons maintenant compter sur une plus grande force d'appui, non seulement à l'ouest mais dans toute la colonie.

Le pouvoir que Tryon exerce à New Bern a ses limites, surtout si une grande majorité des gens n'approuve pas ses politiques.

Durant des mois, l'activité politique fut, pour ainsi dire, paralysée dans la capitale et les Régulateurs entreprirent de consolider leurs forces. Au même moment, Tryon et ses tenants mirent en branle la machine électorale en vue d'élire, en 1770, une Assemblée plus favorable à leurs politiques. Ils adoptèrent certaines des propositions les plus populaires des Régulateurs, tout en s'en arrogeant la paternité pour regagner leur popularité auprès des fermiers. De plus, il apparut, en ces temps troubles, que beaucoup d'argent changeait de mains. Les Régulateurs, quant à eux, étaient trop confiants, tournant au ridicule les nouvelles tactiques de leurs rivaux et fondant leur confiance de remporter les élections sur le succès remporté l'année précédente.

Lorsqu'on dépouilla les votes, on s'aperçut vite que le vent avait tourné en faveur du gouverneur. Même dans le comté d'Orange, deux membres élus à l'Assemblée sur quatre étaient soit des marchands, soit des représentants officiels. Tryon annonça que la nouvelle Assemblée allait promouvoir des réformes, mais les Régulateurs condamnèrent cette déclaration qu'ils considérèrent comme une tentative déloyale d'affaiblir leur cause.

Durant l'été de 1770, Henry reçut l'une des rares missives de M. Knox, envoyée de Norfolk. Après en avoir discuté avec ses amis d'Hillsborough, il l'apporta à la ferme de son frère. Avant même qu'on l'ait invité à entrer, il prit la parole : « Ethan, je sais maintenant pourquoi les pétitions envoyées à Londres n'ont servi à rien. Le Parlement est aussi pourri que le Conseil de Tryon. Comme tu le sais, ils ont déjà suspendu les Assemblées de New York et du Massachusetts. Ils nous forcent même à payer pour l'hébergement des troupes anglaises et le *Townshend Act* nous impose une taxe sur presque tous les biens de première nécessité provenant d'Angleterre.

— Henry, objecta Ethan, nous avons déjà eu cette discussion : ces taxes ne sont perçues que sur de rares biens dont nous pouvons nous passer sans trop de peine.

— Qu'à cela ne tienne, les gens du Massachusetts ne l'entendent pas ainsi et M. Knox affirme qu'à Boston, certains leaders ont fait appel à toutes les colonies pour qu'elles se joignent à la résistance contre cette force oppressive. Parce que les bonnes gens avaient chassé les contrôleurs de taxes de cette colonie, Londres a dépêché quatre cents soldats pour assurer leur retour en toute sécurité. Et comme certains citoyens manifestaient leur désaccord, les Tuniques rouges ont ouvert le feu et tué cinq innocents. Dans sa lettre, M. Knox dit que presque tous les citoyens de Norfolk respectent un boycott des produits britanniques, même les gens qui ont toujours tout acheté de Londres.

— Le Parlement reculera peut-être lorsqu'il verra que ses politiques minent le commerce anglais, suggéra Ethan.

Déçu mais non surpris par son optimisme indéfectible, Henry ajouta : « La seule raison qui m'a poussé à faire tout ce chemin, Ethan, c'est que je tenais à t'apprendre qu'il ne faut plus rien espérer de Londres. Nous devrons nous-mêmes régler son compte à cette crapule de gouverneur. »

Sur ces paroles, Henry enfourcha son cheval et partit au galop, sans attendre la réponse d'Ethan.

Les gens qui s'interrogeaient sur les intentions de Tryon virent bientôt leurs inquiétudes confirmées, à mesure que ses actions abusives s'intensifiaient dans les divers chefs-lieux. L'une des décisions les plus difficiles à avaler fut celle du shérif d'Orange qui annonça son intention de percevoir les taxes en cinq lieux seulement, à des dates précises, en monnaie exclusivement. Ces nouvelles obligations dérangeaient particulièrement les fermiers qui effectuaient toujours leurs paiements en date et lieu de la vente de leurs produits.

Les Régulateurs affichèrent un avis qui encourageait les membres et les autres colons à ne rien changer dans leur méthode de paiement. En réponse à cette annonce, le juge Edmund Fanning ordonna au shérif de saisir le cheval, la selle et la bride de l'un des Régulateurs qui habitait le chef-lieu et qui avait signé la proclamation. Lorsque ces biens furent mis en vente pour non-paiement de taxes, un groupe d'hommes entra à Hillsborough et s'empara du cheval, non sans tirer plusieurs coups de feu devant la maison de Fanning. À son retour d'une visite dans un comté voisin, le juge ordonna de capturer trois des hommes suspectés d'avoir repris la monture. L'influence des Régulateurs devint évidente quand Fanning ne put mobiliser un détachement assez important pour l'opération.

Les autorités coloniales répliquèrent en affichant des avis qui proclamaient la mise en effet d'une nouvelle loi à Hillsborough : le *Riot Act*. Par cette loi, quiconque refusant d'honorer une convocation en Cour se verrait passible de pendaison pour trahison. La loi autorisait également le gouverneur à recruter et à armer une milice, dont chaque recrue recevrait un salaire de quarante shillings, pour faire respecter l'ordre dans la région. Tryon annonça que, dès la première semaine du mois de mai 1771, il dirigerait sa force militaire vers Hillsborough, qu'il considérait être le fief des activistes illégaux.

Chapitre 7

La bataille d'Alamance

Mai 1771

Les leaders des Régulateurs étaient bien au fait des activités de Tryon. Ils s'étaient en effet assurés que certains des leurs infiltrent sa milice en s'y portant volontaires. Leurs discussions portaient essentiellement sur la façon de contrer cette force de répression. Un groupe d'hommes modérés, dont Husband faisait partie, prônaient l'inaction temporaire qui, selon eux, forcerait le gouverneur à libérer ses miliciens. Henry et d'autres croyaient, pour leur part, qu'il était temps de faire la démonstration du soutien public écrasant dont ils jouissaient et de forcer le gouvernement colonial à accéder à leurs demandes de réforme qu'ils considéraient tout à fait légitimes.

La dispute cessa lorsque l'on annonça que Tryon avait entrepris sa marche sur Hillsborough. Les Régulateurs décidèrent d'organiser un vaste rassemblement qui démontrerait pacifiquement leur force à la fois sur les plans politique et militaire. Celui-ci se tiendrait le troisième samedi de mai, à midi, sur les rives de la Big Alamance Creek, à vingt-quatre kilomètres à l'ouest d'Hillsborough. Le gouverneur Tryon condamna ce ralliement, affirmant qu'il constituait une violation du *Riot Act*. Les Régulateurs imprimèrent des tracts et s'en allèrent aux quatre coins du comté, invitant tous les hommes à se rassembler pour « aider à protéger, par des moyens pacifiques et légaux, les justes droits des paysans travailleurs, des familles honnêtes et des habitants infortunés ».

Henry alla voir Ethan le matin du jour prévu pour le rassemblement. Epsey servit le petit-déjeuner aux deux frères. Une fois bien repus, ils sortirent de la maison, puis Ethan lança la conversation : « J'ai entendu parler du rassemblement que vous planifiez de faire à la Big Alamance Creek. Henry, tu dois me dire ce que vous avez en tête. »

— Mon frère, Tryon se dirige au moment où nous nous parlons vers l'Alamance avec quelques-uns de ses miliciens, mais nous ne renoncerons pas pour autant à notre rassemblement. Je te donne ma parole que tout se déroulera pacifiquement. Nous nous attendons à ce que plus de deux mille hommes se joignent au groupe. Le gouverneur pourra enfin constater de ses propres yeux le phénomène de sympathie témoignée à notre cause.

Henry se complaisait dans une confiance excessive, tout convaincu qu'il était de l'invincibilité des Régulateurs. Mais manifestement, la gravité de la situation lui échappait.

Ethan se fit réaliste : « Une démonstration publique, c'est une chose Henry, mais un affrontement militaire en est une autre. On m'a dit que les miliciens étaient lourdement armés, qu'ils possédaient même des canons. Il ne faut pas non plus oublier qu'ils sont sous les ordres des meilleurs officiers de la Couronne britannique. Vous n'avez aucune chance si des combats éclatent. »

Henry sourit et répondit d'un ton assuré : « Eh bien, permets-moi de te mettre au courant des dernières nouvelles : Tryon nous a envoyé des éclaireurs sous les ordres du colonel John Ashe. Mais nous l'avons capturé, lui, ainsi que l'un de ses capitaines et plusieurs de ses hommes. »

— Qu'avez-vous fait d'eux ?, demanda Ethan, inquiet.

— Nous les gardons prisonniers, mais nous leur rendrons la liberté dès que Tryon retournera à New Bern. C'est là qu'il doit se trouver. Certains de nos hommes les ont quelque peu malmenés de manière à ce qu'ils n'oublient jamais leur aventure.

— Henry, je crois que vous commettez une grave erreur en organisant ce rassemblement ; vous surestimez votre force. N'importe quelle cause, à moins d'un miracle, ne saurait réunir deux mille hommes et surtout dans un endroit aussi reculé. Il ne faut absolument pas que la situation dégénère et tourne à la violence.

— Ethan, notre but est de réunir des gens que nous savons en faveur d'une solution pacifique. Tu as toi-même pu constater comment s'est déroulée la réunion au moulin. Sache que c'est grâce à de bonnes gens comme Maddock et toi que tout s'est bien passé. J'apprécierais que tu m'accompagnes à la Big Alamance Creek.

— Nous vivons ici plutôt isolés du reste du monde, Henry, et c'est là la façon dont nous désirons vivre notre vie, mais si tu me garantis que ce ralliement se tiendra dans la paix, je te suivrai.

La décision d'Ethan plut évidemment à Henry, qui promit à son frère que les Régulateurs ne s'engageraient pas dans une confrontation armée.

Ethan entra dans sa cabane pour en ressortir quelques minutes plus tard. « Partons immédiatement si nous voulons y être pour midi, annonça-t-il. Epsey ne veut pas que j'y participe, mais elle nous a préparé de quoi manger : des patates douces, des biscuits et des charcuteries ».

Sur le chemin, comme ils s'approchaient du lieu de rencontre, ils croisèrent un nombre surprenant d'hommes, pour la plupart armés de mousquets et de fusils, comme l'usage le voulait lors des longues chevauchées. Même lorsqu'on travaillait dans son propre champ, on préférait généralement garder une arme à portée de main, soit pour se prémunir contre la menace constante des groupes de bandits ou d'Indiens, soit pour ne pas manquer l'occasion d'un tir franc sur un cerf ou un dindon. En dépit des insistances d'Henry, Ethan refusa d'apporter un fusil pour être conséquent avec son désir d'éviter toute violence.

À la vue de tous ces hommes, Henry ne put taire cette remarque : « Tu vois bien que nous réunirons plus d'hommes que tu ne le pensais. Des discours seront tenus par deux ou trois des nôtres ; ils expliqueront la situation à New Bern et feront circuler une nouvelle pétition qui sera également présentée à Londres. Nous savons qu'il y a eu de grands changements au sein du gouvernement du roi George. Lord North est maintenant Premier ministre et il s'intéresse vivement aux questions coloniales. Il est particulièrement inquiet au sujet des dissensions qui règnent ici, sur le nouveau continent. Tryon le sait bien et il est prêt à tout pour empêcher que nos voix soient entendues au Parlement. »

Ethan examina brièvement la foule et dit d'un air soucieux : « J'aperçois beaucoup d'armes et certains des hommes semblent organisés en groupuscules. Chercheraient-ils la confrontation ? »

Henry pouffa de rire : « Bien sûr que non, mon frère. Aucun de ceux réunis ici ne cherche la provocation, mais que le diable nous emporte si nous ne montrons pas à Tryon que nous sommes prêts à nous défendre. Nous voulons qu'il n'ait même pas l'idée de lancer une attaque. Si notre rassemblement réunit deux mille hommes, ce qui est des plus probables, nous surpasserons du double le nombre de miliciens à sa solde. Nous nous sommes tous mis d'accord pour ne pas provoquer l'affrontement, mais il doit comprendre que la peur ne nous fera pas fuir. »

Comme ils se mêlaient à la foule, les frères Pratt entendirent des bribes de conversations marquées par l'animosité. Ethan pensa qu'Henry exagérait les intentions pacifiques des Régulateurs, sans parler de celles des forces du gouverneur. S'il admettait que leur cause fut louable, il croyait cependant peu probable que quelques milliers de fermiers insatisfaits puissent bouleverser l'ordre établi dans la colonie entière, et encore moins au sein du gouvernement de Londres.

Dans l'assemblée régnait une curieuse atmosphère où se mélangeaient le calme et la confusion : des hommes discutaient çà et là d'agriculture, de chevaux et d'autres sujets concernant la vie à la *frontier* tandis que d'autres plaisantaient et riaient de bon cœur. Ailleurs, un cercle s'était formé autour de deux hommes aux torses nus engagés dans une partie de lutte. Une annonce fut alors faite et la foule se pressa autour d'une plate-forme formée de portes de grange couchées sur de vieilles armatures de wagon. M. Husband s'adressa ainsi aux hommes : « Cet impressionnant rassemblement de citoyens est un spectacle réjouissant pour ceux d'entre nous qui souffrent de solitude à New Bern. »

Des éclats de rire fusèrent, témoins de la bonne humeur générale qui régnait.

« Je crois comprendre que le gouverneur, flanqué de quelques troupes, se trouve maintenant non loin d'ici, de ce côté d'Hillsborough. Le bruit court qu'il projette ensuite de marcher vers le comté de Rowan, là même où ses miliciens ont eu quelques petits accrochages avec certains de nos Régulateurs. Sachez que ces hommes ont pris la sage décision de retourner chez eux labourer leurs champs. »

Les hommes réunis s'esclaffèrent de nouveau. Husband changea alors de ton ; il devint plus sérieux : « Cela ne fait aucun doute : nous forcerons les autorités à effectuer des changements dans les colonies. Et nous le ferons pour trois raisons. Premièrement, parce que notre cause est juste ! Deuxièmement, parce que notre nombre est important et que notre détermination est inébranlable. Et troisièmement, parce que le Roi et le Premier ministre ont exprimé la volonté ferme de voir régner la justice dans les colonies.

Tryon prétend que nous sommes des rebelles qui veulent la guerre, mais le fait est que nous sommes des citoyens pacifiques, loyaux envers notre Roi, qui demandons simplement que la justice soit faite. »

Il parut évident à Ethan qu'Husband avait parfait ses qualités d'orateur depuis son discours à la meunerie de Maddock. Chacun des points qu'il présentait était accueilli par des applaudissements et des acclamations, et les intervalles laissés entre chaque déclaration étaient soigneusement calculés. Tout à coup, un messager s'approcha de la plate-forme et interrompit le discours.

Husband leva la main pour demander le silence et fit l'annonce suivante : « Messieurs, on vient de m'informer que le gouverneur Tryon et sa milice s'approchent de nous par l'est et qu'il a exigé que nous nous dispersions. Allons-nous lui obéir ? »

La foule répondit en chœur par un « non » fracassant.

— Croyez-vous qu'il peut mettre deux mille hommes à l'arrêt ?

S'éleva alors, pour cette réponse, une cacophonie de rires, de sifflements et de diverses remarques méprisantes. Puis le silence s'installa progressivement.

Husband ajouta : « Bien qu'il soit impératif d'éviter tout effusion de sang, il est grand temps d'avoir une bonne discussion avec notre gouverneur. Le pasteur Caldwell s'est porté volontaire pour être l'émissaire chargé de rencontrer Tryon. Il ira lui faire part de nos intentions pacifiques, mais, d'abord et avant tout, de notre détermination à voir nos droits respectés. »

Moins d'une demi-heure s'écoula avant le retour de Caldwell, porteur de la réponse de Tryon. Ce dernier refusait tout compromis et toute discussion avant que le « gang » ne se disperse et que tous regagnent leur habitation. Il avertit également qu'il donnerait ordre à sa milice de marcher sur Alamance Creek dans l'heure pour arrêter quiconque se trouverait encore sur les lieux.

Cette menace créa une division nette au sein des Régulateurs et de leurs sympathisants. Henry et douze autres se réunirent autour d'Husband près de la plate-forme. Ethan put voir qu'ils discutaient serré. La foule devint étrangement silencieuse et Ethan entendit Husband déclarer qu'il ne participerait à aucun acte de violence. Henry et la majorité des hommes, confiants en leur force, en appelaient à la résistance. La foule fut abasourdie de voir Husband enfourcher son cheval et quitter sans mot dire, après quoi Ethan tenta de rejoindre son frère pour l'avertir qu'il comptait lui aussi partir.

Mais avant qu'il n'arrive à sa hauteur, Ethan entendit le bruit des troupes qui approchaient. En quelques minutes, tous purent apercevoir Tryon et plusieurs officiers britanniques, suivis de leur force militaire. Les miliciens se déployèrent en un rang de front et encerclèrent partiellement les Régulateurs réunis.

« Regardez, cria Henry, ils ont deux pièces de campagne avec eux, pointés sur nous. Ils semblent très petits, probablement des canons d'une demi-livre. »

Tryon se tourna vers la plate-forme improvisée et cria : « C'est votre gouverneur qui vous parle. Votre rassemblement viole les lois en vigueur en Caroline du Nord. Je vous ordonne donc de vous disperser et de regagner vos maisons. »

William Butler, l'un des leaders des Régulateurs, lui répondit : « Monsieur le gouverneur, nous sommes des citoyens respectueux des lois, réunis ici pacifiquement pour décider de la meilleure manière d'exposer nos griefs dans des pétitions qui sont destinées à vous-même, monsieur, ainsi qu'au Conseil colonial, au Roi et au Parlement. »

— Je ne suis pas ici pour discuter avec vous, mais bien pour vous demander de dissoudre immédiatement cet attroupement séditieux. Ma patience ne saurait être plus longue.

L'un des fermiers au premier rang de la foule se mit à crier : « Gouverneur, nous n'irons nulle part. Nous resterons là où nous sommes. »

Un coup de feu fut tiré par un milicien et l'homme s'écroula, une balle dans la cuisse. Cette scène créa tout un émoi et la plupart des Régulateurs battirent en retraite pour trouver refuge dans un boisé de l'autre côté de la clairière. Derrière l'un des arbres, un fusil cracha ses flammes et un officier de la milice se saisit l'épaule en glissant en bas de son cheval. Le gouverneur et ses officiers reculèrent de quelques mètres dans le boisé, ce qui permit à la majorité de la foule de quitter le terrain à découvert. C'est alors que se fit entendre l'ordre de Tryon : « Ouvrez le feu ! »

Ethan et Henry allaient atteindre l'orée du bois. Il ne leur restait que quelques pas à faire pour y trouver refuge. Une fois en sécurité, ils se retournèrent au moment précis où les deux canons firent feu sur la centaine d'hommes encore à découvert, à une distance de tir de cinquante mètres à peine. Il s'ensuivit une volée de déflagrations produites par les mousquets et plus de douze hommes tombèrent, tandis que les autres s'enfuirent rapidement de la clairière. Un bon nombre de Régulateurs, dont Henry, prirent position derrière les arbres et amorcèrent la riposte, alors qu'Ethan, comme bien d'autres hommes sans armes, s'enfonçait davantage dans les bois. Durant plus d'une heure, des centaines de salves furent tirées d'un côté comme de l'autre. Les miliciens étaient d'abord demeurés en formation, ce qui faisait d'eux des cibles plus faciles que les Régulateurs, lesquels s'étaient prestement terrés dans les taillis et derrière les arbres. À présent, tous les opposants étaient bien cachés et les balles ne trouvaient plus de cibles. Seuls les morts et les blessés demeuraient à découvert et il semblait évident que le nombre de miliciens avait grandement été amputé.

Les coups de feu devinrent sporadiques et on entendit clairement la voix de Tryon qui criait : « Cessez le feu ! Cessez le feu ! » Quelques minutes s'écoulèrent avant l'arrêt complet des tirs. Les miliciens se mirent à avancer prudemment. La majorité des Régulateurs et de leurs sympathisants avaient pris leur cheval et s'étaient éclipsés, mais une centaine d'hommes se trouvaient toujours dans les environs immédiats. Ethan remarqua qu'Husband était revenu pour prêter main-forte aux autres Régulateurs. Commandés par des officiers d'expérience, les miliciens formèrent un cercle grossier dans la clairière, afin de mieux contrôler la zone.

Ethan alla trouver son frère et suggéra vivement qu'ils rentrent chez eux, mais Henry refusa : « Je dois demeurer aux côtés de mes compagnons pour protéger nos intérêts et soutenir nos leaders. »

Alors qu'Henry, Husband et d'autres affrontaient Tryon et ses officiers, visiblement excédés, Ethan rejoignit un groupe d'hommes qui s'occupaient des blessés couchés sur le sol ou adossés contre des troncs d'arbre. Dans la clairière, neuf hommes avaient rendu l'âme et une vingtaine d'autres étaient blessés. Ethan entendit l'un des officiers dire qu'ils comptaient dans leur camp le même nombre de morts et une cinquantaine de blessés. Le gouverneur ordonna aux miliciens qu'on ne laisse personne quitter la clairière et, geste étonnant, qu'on soigne les Régulateurs blessés.

Pour la première fois, Ethan remarqua la présence du juge Edmund Fanning. Le gouverneur et lui se consultaient, jetant un coup d'œil à l'occasion aux hommes qui leur faisaient toujours front. Enfin, Tryon fit l'appel de seize noms, dont ceux d'Henry Pratt, d'Herman Husband et de Silas Wythe, l'homme ayant reçu dans la cuisse la première balle tirée. Le gouverneur ordonna qu'ils soient mis à l'arrêt. Le groupe de Régulateurs protesta et se mit à serrer les rangs. Husband prit la parole : « Messieurs, nous n'avons rien à craindre de la loi et trop de sang a déjà été versé. Nous devons nous rendre pacifiquement. » Les captifs se firent attacher les mains dans le dos. C'est à ce moment que le gouverneur choqua l'ensemble des hommes présents en proclamant : « Silas Wythe est coupable de trahison et d'avoir fomenté cette action militaire tragique. Qu'il soit pendu ! »

Les hommes du gouverneur levèrent leurs armes en direction des Régulateurs, tandis qu'on amenait Wythe vers un arbre situé non loin de là. On lui noua la corde au cou, on en fit passer l'extrémité par-dessus une grosse branche raide et deux hommes le hissèrent dans les airs. Les pieds du pauvre homme pendillaient maintenant à un demi-mètre du sol. Ethan, révolté, regarda le fermier avec horreur jusqu'à ce qu'il ne se débatte plus. Au bout de la corde, son corps suspendu oscillait lugubrement comme une vieille pendule.

Tryon brisa ensuite le silence de mort qui planait dans la clairière : « Les prisonniers seront emmenés à la prison d'Hillsborough. J'ordonne à tous les autres hommes ici présents de regagner sur-le-champ leur habitation. »

Ce fut la fin du mouvement des Régulateurs. Mais sa mort, à bien des égards, sonna l'avènement de la grande guerre à venir.

CHAPITRE 8

Procès et exécutions

Ethan ne quitta pas sa demeure en ce dimanche, mais tôt le lendemain, il se rendit au galop à Hillsborough pour venir en aide à son frère. Un calme étrange pesait sur la ville. Il chevaucha vers le tribunal où il aperçut quelques miliciens postés près de l'entrée et plusieurs autres, non loin, entourant l'enceinte de la prison. Dans la cour ouverte jouxtant les deux bâtiments, il remarqua dans un frisson qu'on avait installé une rangée de piloris et une potence, conçus pour exécuter deux hommes en simultané. Ethan avait déjà été témoin de la mise au pilori d'hommes et de femmes coupables de crimes aussi mineurs que celui de « commérage malicieux ». Il savait que la peine de mort n'était pas qu'un châtiment réservé aux meurtriers, mais que les gens accusés de vols ou d'adultère l'encouraient également. Alors qu'il approchait de la prison, un sergent leva la tête et lui demanda : « Quel est l'objet de votre visite ? »

— Je viens voir mon frère mis à l'arrêt samedi, répondit-il. Il se nomme Henry Pratt.

— Mes ordres, dit sèchement l'officier, sont de ne permettre aucune visite. En revanche, je sais qu'une audience ou qu'un procès se déroulera au tribunal cet après-midi, à trois heures, et qu'un seul membre de la famille par prisonnier peut y assister.

— Je suis son seul parent et j'y serai.

L'après-midi venu, Ethan trouva une place dans le tribunal comme une vingtaine d'autres parents d'accusés. Toute la place restante était occupée par des miliciens armés, à l'exception de la section avant, séparée par une rambarde, d'où l'on menait les procédures de la Cour. Le procès ne fut qu'une parodie grotesque de justice : l'un des juges de la Haute Cour de New Bern avait manifestement décidé à l'avance de son issue.

On fit s'aligner les défendeurs, pieds et poings liés, devant le juge Fanning, lequel fit cette annonce : « Dans le cas qui nous occupe, nous disposons de centaines de témoins, dont le gouverneur lui-même et nombre d'officiers de la milice coloniale. J'ai en ma possession une déposition écrite du gouverneur Tryon, lequel a dû retourner à New Bern. Les officiers supérieurs de la milice, ici présents, ainsi que moi-même, juge de mon état, avons corroboré sa déclaration sous serment. Les preuves contre les défendeurs sont on ne peut plus incriminantes et ces mêmes gens ont troublé la bonne tenue de la présente instance l'an dernier.

Nous avons entendu les témoignages de plusieurs témoins qui affirment que le membre de l'Assemblée législative, Herman Husband, s'est objecté à toute violence et qu'il a même quitté la clairière avant le premier coup de feu. Nous avons rendu un non-lieu en son cas, mais un avertissement sévère lui a été servi. Il s'est vu ordonner de ne plus jamais participer à des rassemblements qui pourraient dégénérer en des comportements séditieux.

Les hommes nommés ci-après ont été trouvés coupables de violation du *Riot Act*, adopté l'an dernier, et sont condamnés au pilori pour deux jours complets. Ils ne recevront que de l'eau, sans aucune nourriture, en plus de recevoir quarante coups de fouet. »

Ethan fut soulagé de ne pas entendre le juge prononcer le nom de son frère, mais remarqua ensuite que certains leaders des Régulateurs n'avaient pas encore reçu leur sentence.

Les frères échangèrent un regard tandis que les huit hommes étaient escortés hors du tribunal. Le juge poursuivit : « Ces six derniers hommes ont été trouvés coupables de sédition, d'incitation à la violence ayant entraîné mort d'hommes, et je dois maintenant achever mon pénible devoir et ordonner que ces six hommes soient condamnés à la plus terrible peine prescrite par la loi : vous, Henry Pratt... »

Ethan n'entendit pas les autres noms, mais retint son souffle jusqu'à ce que le juge poursuive : « ...vous serez traînés à l'endroit de votre naissance, pour être, de là, tirés jusqu'au lieu de votre exécution, où vous serez pendus par le cou ; d'une lame on vous ouvrira l'abdomen avant votre mort, vous serez éviscérés et vos entrailles seront brûlées sous vos yeux, vos têtes coupées et vos corps dépecés en quatre morceaux. Vos restes seront mis à la disposition de Sa Majesté le Roi. Que le Seigneur ait pitié de vos âmes. »

Cette sentence sema l'émoi et l'indignation chez les proches des accusés. Les miliciens pointèrent leurs armes vers eux. Fanning martela la tribune à coups de marteau et cria pour demander que cesse le tapage. Lorsque le calme fut rétabli, le juge ajouta : « Ces sentences seront appliquées demain à l'aube. » Sous haute garde, on ramena les condamnés à la prison, qui ne purent éviter un regard vers la potence en traversant la cour extérieure.

Ethan ne savait que faire, c'est pourquoi il erra près du tribunal et trouva compagnie et réconfort parmi les parents des autres Régulateurs détenus. Plus tard dans l'après-midi, l'un des intendants vint le voir et lui tendit une clef en disant : « Votre frère m'a dit de vous remettre ceci. »

Rien n'avait bougé dans l'atelier de cordonnerie, ni dans la résidence au-dessus. Ethan dénicha de la farine de maïs, du porc salé et entreprit de cuisiner son premier repas de la journée. Puis, après s'être déchaussé, il s'allongea sur le lit de camp d'Henry. Après un repos des plus légers, il se leva bien avant l'aube, sella son cheval et se dirigea vers la place publique, où une centaine de personnes étaient déjà rassemblées. Il attacha sa monture à un arbre près de la place et s'approcha jusqu'à dix mètres de la potence, à mi-chemin entre elle et la prison. Quatre grands flambeaux étaient piqués dans le sol et l'on pouvait voir dans la lumière tremblotante des ouvriers travaillant sur la potence afin de pouvoir y pendre trois hommes à la fois. Les premiers rayons de soleil se mirent à pointer et, avec eux, les habitants qui arrivaient en masse sur la place. Ethan reconnut, dans la foule qui se comptait maintenant par centaines, plusieurs Régulateurs présents dimanche au rassemblement d'Alamance. Il sentit qu'ils partageaient le même état d'esprit, la même agitation, la même colère, la même morosité. Tous se demandaient, perplexes, comment empêcher l'exécution.

Il perçut bientôt le son d'un tambour et entendit l'aboiement d'ordres indistincts. Une troupe de miliciens marcha jusqu'à la potence, fit halte et forma un cercle autour de l'instrument funeste, face à la foule. Tous tenaient un mousquet à la main, certains étaient même munis d'une baïonnette. Un capitaine monta sur la plate-forme de la potence et cria : « Aucune arme à feu ne sera permise dans l'enceinte de cette place. Toute personne en possession d'un fusil ou d'un pistolet doit en confier la garde au tribunal. »

L'assistance devint silencieuse et toute l'attention se tourna vers les hommes dont les armes étaient visibles. En moins d'une minute, presque tous marchèrent vers le tribunal, mais quelques autres demeurèrent immobiles, dans une attitude provocante. Des petits groupes de soldats se déplacèrent alors parmi les spectateurs, entourant ceux qui ne s'étaient pas départis de leur arme, et les forcèrent ou à quitter la place ou à la leur remettre. Le ciel s'éclairait maintenant à l'est et tous les regards se rivèrent sur la prison, devant laquelle se tenaient le shérif, ses adjoints et un peloton de soldats. Bientôt, trois prisonniers en émergèrent, les chevilles enchaînées et les mains liées derrière le dos.

Ethan aperçut Henry parmi eux, la tête basse et le regard cloué au sol. Les trois condamnés avançaient en traînant les pieds, étroitement entourés d'une garde fortement armée. Ethan, dépassant en grandeur la majorité, se tenait en droite ligne avec la porte de la prison et la potence. Comme le cortège passait devant lui, il héla : « Henry ! » Son frère s'arrêta, son regard se tourna en sa direction et il lui sourit. Un des miliciens poussa Henry et gueula : « Ne t'arrête pas. » L'échange muet de leur regard sembla tourmenter la foule et un murmure de voix s'intensifia sur la place. Puis, un homme cria « Liberté ! » et, bientôt, ce mot devint un chant obstiné entonné par tous : « Li-ber-té, Li-ber-té, Li-ber-té. » Ethan joignit sa voix à celle de la foule. Il chanta aussi fort qu'il le put et durant un instant, il sentit sa colère s'affaiblir. Un sentiment vivifiant, bien que passager, l'emplit : le sentiment d'un grand accomplissement.

Une fois déjà, à l'adolescence, lorsqu'il habitait Philadelphie, Ethan avait été témoin d'une pendaison publique, mais les circonstances d'alors étaient bien différentes. L'homme avait été condamné pour meurtre et les spectateurs étaient là pour voir la justice rendue ou simplement pour le spectacle. Mais aujourd'hui, presque toute l'assistance s'était déplacée pour condamner l'injustice, et leur unique présence devenait une protestation. À l'exception des gardiens et des organisateurs de l'exécution, rares étaient les opposants à la cause des Régulateurs. Ils se démarquaient par leur habillement plus élégant, pour la plupart des marchands et des grands propriétaires terriens bien connus. Sans doute pour assurer leur propre sécurité, ils formaient un groupe un peu à l'écart de la foule.

La procession arrivait maintenant au pied de la potence. Les trois hommes gravirent les marches et prirent place les uns à côté des autres, face à la foule. Ils essayaient courageusement d'afficher un air impassible, mais sans grand succès. On pouvait lire sur leur visage tendu la fatigue et l'abattement, tandis qu'ils scrutaient la foule pour apercevoir une dernière fois leurs amis et parents. Trois bourreaux leur couvrirent la tête d'une cagoule noire et ajustèrent les nœuds coulants autour de leur cou. On n'entendait plus un son sur la place et la foule, dans un mouvement probablement involontaire, se rapprocha de la potence. Certains tentèrent d'initier un chant, « Non-Non-Non », mais il s'évanouit de lui-même. Il régnait un silence lourd et total lorsqu'on déclencha les trappes et que les hommes furent pendus.

Ethan se rappela la terrible sentence lue en Cour et se demanda un bref instant si l'on couperait en quatre et décapiterait ces hommes. C'est avec soulagement qu'il réalisa, embarrassé toutefois par le caractère anodin de sa réflexion, que cette sentence provenait d'une très ancienne condamnation et avait pour seule visée de remplir d'effroi ceux qui l'entendaient.

Ces pensées furent chassées en un éclair par une forte nausée. Il sentait monter en lui la colère et la haine. Son seul frère était mort et il n'avait rien fait pour empêcher cette injustice. Après un temps, il marcha vers la potence, alors que la place se vidait tranquillement. Un sergent l'interpella et lui ordonna de reculer. « Je viens pour le corps de mon frère », dit-il d'un ton qui ne tolérait aucune réplique. Le sergent lui permit d'aller auprès du corps et fit signe au bourreau, encore sur la plate-forme, de le laisser monter.

On avait prévu un wagon pour transporter les corps une fois descendus, mais Ethan fit comprendre qu'il serait le seul à toucher la dépouille d'Henry. Il souleva facilement le frêle cadavre, le transporta jusqu'à son cheval et le déposa pieusement en travers de sa selle. Plusieurs fois, on lui proposa de l'aider mais chaque fois il refusa. Lentement il chevaucha jusqu'à la cordonnerie, y récupéra une pelle et un pic et partit vers le cimetière. Il creusa une tombe à côté de celle de Sophie, la femme d'Henry, et y déposa son frère. À présent, son désir de solitude l'avait quitté. Il aurait tant voulu qu'Epsey soit avec lui alors qu'il récitait tant bien que mal les versets du psaume vingt-trois et le Notre-Père. Il revint plus tard avec elle, au moment d'ériger les pierres de tête pour ces deux tombes.

À la ferme, Ethan décrivit à son épouse en sanglots les tristes événements, cherchant ses mots, comme s'il n'y croyait pas lui-même. Il s'efforça de camoufler ses émotions mêlées d'affliction et de colère, mais un sentiment d'impuissance intenable le poussa bientôt à quitter la maison sous prétexte d'aller jeter un œil sur les vaches et les porcs. Il revint au crépuscule, salua Epsey de la tête et s'assit sur son grabat, s'adossant contre les rondins non dégrossis des murs de la cabane. Epsey s'approcha de lui et vit que des larmes mouillaient ses yeux et ses joues. Il était comme l'ombre de lui-même : l'homme robuste et indépendant qu'elle connaissait lui apparaissait maintenant aussi vulnérable qu'un enfant. Elle allongea le bras et déposa sa main sur la tête de son époux, ne sachant à quoi s'attendre. Mais au lieu de s'écarter, Ethan lui prit la main et serra ses doigts. Epsey s'assit à son côté. Ethan déposa sa tête sur l'épaule de sa femme qui l'étreignit. Elle fut alors submergée par le désir de consoler son mari. Elle dénuda sa poitrine et le blottit contre son buste invitant. Il répondit avec ardeur à cette offre d'intimité sans précédent. La passion qu'Ethan lui offrit ce soir-là n'avait rien d'habituel et elle se sentit soulagée de pouvoir alléger ses tourments.

Elle attendit qu'Ethan soit profondément endormi avant de regagner son propre lit. Epsey ne ferma pas l'œil de la nuit, embarrassée par ce qu'ils venaient de faire et inquiète de ce qu'ils feraient à l'avenir.

Au petit matin, leur relation n'avait pas changé, bien qu'Ethan fût plus enclin à exprimer ses opinions.

« Les Régulateurs ont tous un bon fond, Epsey, et leur cause était juste : défendre la liberté contre l'oppression. Mais ils s'étaient donné trop de chefs et, malheureusement, quelques têtes brûlées violèrent la loi en s'attaquant aux gens et à leurs propriétés. Aux yeux de la Couronne, leurs paroles et leurs actions constituaient des attaques qui ne menaçaient pas seulement les escrocs de l'administration locale. Cette façon de faire nous a mis beaucoup de personnes à dos. »

Epsey remarqua qu'il avait dit « nous ». « Que peux-tu y faire ? Que pouvons-nous y faire ? », lui demanda-t-elle.

— Je l'ignore vraiment. Personne ne croyait que Tryon irait jusqu'à tuer pour mater les Régulateurs. Il est évident que nos forces sont concentrées dans les comtés de l'ouest et que nos appuis sont beaucoup moins nombreux que nous le croyions dans l'ensemble des colonies. Espérons que le Roi et le Parlement réagiront aux actions du gouverneur et donneront une autre chance aux citoyens de se prononcer.

Il leur fallut peu de temps pour réaliser qu'ils s'étaient montrés trop optimistes. Quand le couple se rendit à Hillsborough pour s'occuper de vider la cordonnerie et de passer une commande au tailleur de pierre pour les épitaphes mortuaires, ils trouvèrent un groupe d'hommes réunis devant un tableau d'affichage public. Un avis officiel, signé de la main du gouverneur Tryon, déclarait que conformément à un jugement du Conseil colonial, tous les habitants mâles devaient prêter serment d'allégeance au gouvernement colonial et à la Couronne. Tous ceux qui ne se plieraient pas à ce jugement seraient arrêtés et risquaient un procès pour subversion. Les officiels du comté et de la colonie visiteraient toutes les habitations pour recueillir les engagements écrits dans les semaines à venir.

Ethan se trouvait devant un dilemme. Il s'était toujours considéré comme un bon citoyen anglais, loyal envers son Roi, mais devait-il se plier à la volonté de son représentant, le gouverneur Tryon, dont les actions était abusives et qui avait corrompu la majorité des officiels locaux ? Ne pouvant envisager la possibilité de prêter le serment imposé, des centaines de Régulateurs convaincus préférèrent quitter le comté d'Orange et se dirigèrent plus à l'ouest vers une petite agglomération du nom de Watauga Valley, une région presque complètement indépendante de New Bern. Ethan ne désirait aucunement les suivre, d'une part parce qu'il ne voulait pas quitter sa ferme et d'autre part, parce qu'il ne s'était jamais senti à son aise avec les Régulateurs les plus convaincus. Il déclara finalement à Epsey qu'il se joindrait aux autres citoyens qui se conformaient à l'obligation publique. Il attendit donc la venue des officiels qui collectaient la signature du serment.

Lorsqu'ils vinrent, Ethan se trouvait occupé à labourer un champ. À son étonnement, il vit venir à lui un des avocats locaux qui chevauchait en compagnie d'un milicien. Ethan ne craignit pas cette venue insolite : il était peu probable que son nom figurât sur la liste des Régulateurs actifs, bien qu'il fût présent à la réunion chez Maddock et à la confrontation d'Alamance. Aussi, quelle ne fut pas sa surprise d'entendre l'avocat lui demander de fournir l'acte de possession de sa terre et tous ses reçus de paiement de taxe.

Ethan détela son cheval, l'enfourcha et le groupe se rendit à sa cabane. Comme c'était le cas pour la majorité des familles de la *frontier*, la concession des terres d'Ethan avait été émise par des avocats du tribunal et cet octroi avait été enregistré par des officiels. Cependant, Ethan savait maintenant qu'on ne pouvait faire confiance à ces gens. Généralement, on considérait que la construction d'une cabane, le défrichement de la terre, la culture des champs et la reconnaissance des voisins des limites de votre terrain étaient les seules obligations vous donnant droit au titre de votre propriété. Pourtant, plusieurs officiels locaux avaient spolié certains Quakers de leurs terres, faute de documents légaux.

L'avocat examina les papiers d'Ethan et s'exclama : « Je ne vois ici aucun acte de concession. Il n'y a qu'une lettre, non timbrée de surcroît. J'ai étudié les registres du tribunal et il m'apparaît douteux que vous possédiez la terre que vous labourez. Tous les propriétaires des terres avoisinantes ont des titres en règle. Je vous prierai de bien vouloir régulariser votre situation. »

Le jour suivant, Ethan se rendit au tribunal et présenta une lettre signée par Edmund Fanning, qui occupait la fonction de clerc à l'époque, dans laquelle le représentant du gouverneur lui octroyait gratuitement cinquante hectares de terrain en 1766. Lorsqu'il demanda à voir les registres, on l'enjoignit d'abord d'attendre, puis de revenir plus tard dans l'après-midi. Lorsqu'il revint, le clerc du tribunal l'informa que les registres ne contenaient aucun titre légal pour sa terre. En revanche, on y trouvait l'historique des paiements de taxe de propriété et une inscription indiquant son incapacité à payer les timbres pour opérer un atelier de forgeron. Le clerc expliqua que ce qu'on avait délivré à Ethan, aux Quakers et à bon nombre d'autres fermiers était maintenant interprété par le gouvernement comme une permission d'examiner les terrains, mais non de les posséder. Deux avocats présents dans la salle lui confirmèrent que, légalement, les terres qu'il avait défrichées et labourées ne lui appartenaient pas. Le gouverneur octroyait maintenant de vrais titres de concessions sur ce territoire à raison de £16 par cinquante hectares. Il apprit en plus qu'un acheteur de Wilmington s'était porté caution pour £120 de terrain dans la région, dont la ferme d'Ethan et des terrains avoisinants toujours occupés par quatre familles de Quakers.

Ethan sortit de la pièce, abasourdi et furieux. Ne sachant que faire d'autre, il décida de retourner chez lui. Puisque cela ne lui coûtait pas un grand détour, il alla rendre visite à un des Quakers, du nom de Jonathan Mabry, pour lui raconter ses récents démêlés avec les autorités. Mabry lui répondit : « Tous les Quakers restants ont vécu la même expérience il y a plus d'un mois, mais nous ignorions que d'autres personnes connaissaient un sort semblable. »

— J'imagine que ma ferme est tout simplement au mauvais endroit, ironisa Ethan. Avez-vous décidé de ce que vous alliez faire ?

— Nous quittons la Caroline. Je reviens de Géorgie où j'ai rendu visite à Joseph Maddock. Nos gens là-bas se portent bien et frère Maddock vient d'obtenir une plus grande concession non loin du lieu de leur première implantation. Ma famille et moi ainsi que deux autres frères avons décidé d'aller là-bas le mois prochain. Quant aux autres membres de la Société, ils s'en retournent en Pennsylvanie où ils ont de la parenté.

Cette nuit-là, Ethan et Epsey restèrent debout très tard à discuter de leur avenir. La perte d'Henry occupait toutes leurs pensées. Mais Epsey, par des manières douces et subtiles, répétait à son époux qu'il ne devait pas se blâmer pour sa mort et qu'il n'aurait rien pu changer. Ce soir-là, tous deux réalisèrent un point important : les décisions politiques et financières dans le comté d'Orange seraient prises par des gens qui ne s'accommoderaient jamais de leur présence, du moins, pas sur cette terre.

Ethan proposa une solution : « J'estime que la cordonnerie nous revient de droit et les bonnes gens d'Hillsborough auront toujours besoin d'un bon cordonnier. »

Alors, Epsey, contrairement à ses habitudes, sortit de sa réserve et s'insurgea contre cette idée : « Ethan, rappelle-toi que tu as quitté Philadelphie parce que tu ne voulais pas passer le reste de tes jours enfermé dans un atelier. C'est l'agriculture et la vie au grand air, solitaire, qui te procurent ton bonheur. »

Après mûre réflexion, Ethan répondit gravement : « Cela ne nous laisse pas bien le choix. J'aimerais mieux demeurer ici, sur notre terre, mais je suis maintenant convaincu que c'est impossible. Même si je n'étais pas le frère d'Henry, notre terre se serait vue jumelée à celle des Quakers et vendue à des gens puissants. Nous pourrions envisager d'aller vers l'ouest comme certains Régulateurs, mais je ne me suis jamais senti bien en leur compagnie. »

« Cela nous ramène à deux choix : retourner à Philadelphie ou prendre le chemin de la Géorgie avec Mabry et ses gens. Je devine que ce sera la Géorgie. »

CHAPITRE 9

Les Pratt sur la route de Géorgie

1771

Le matin suivant, les Pratt commencèrent à planifier leur départ. Ethan partit de bonne heure pour Hillsborough afin de récupérer les biens d'Henry qui pourraient leur être utiles. Sur le chemin du retour, il alla voir Mabry pour lui annoncer qu'ils se joindraient à eux. Le Quaker en fut enchanté et lui exposa les grandes lignes du périple à venir. Ils convinrent de fixer leur départ à quatre semaines de là. Ils auraient ainsi le temps de finaliser leurs arrangements dans le comté d'Orange. Comme l'été tirait à sa fin, les Pratt firent la moisson des champs et récoltèrent les produits de leur jardin. Ils liquidèrent les récoltes, les bestiaux et l'ameublement qu'ils ne pouvaient amener avec eux et s'affairèrent à empaqueter le reste sur leurs animaux de trait, dont deux nouveaux chevaux de charge achetés pour la somme de £7.

Ethan réussit sans aucune difficulté à vendre la propriété d'Henry à un marchand avec qui il avait conclu la majorité de ses échanges passés. Cependant, comme Ethan n'était pas dans une bonne position pour marchander, le prix qu'il obtint ne dépassa pas la moitié de la valeur totale du terrain, du bâtiment et de l'ameublement. En retournant chez lui, il se sentit tout de même étonnamment soulagé et, quand il entra et embrassa son épouse, elle sentit immédiatement qu'il était redevenu heureux et détendu. De jour en jour, à mesure qu'ils terminaient les préparatifs de leur départ, la cabane et les champs leur paraissaient de plus en plus étrangers.

Un jour, alors qu'Ethan s'affairait dans l'atelier à réparer le rayon d'une des roues de leur chariot, il fut surpris, en levant les yeux, d'apercevoir Epsey qui l'observait dans l'embrasure de la porte. Elle ne l'approchait que rarement lorsqu'il travaillait et il attendit patiemment qu'elle prenne la parole.

Elle finit par dire : « Ethan, tu dois savoir quelque chose. »

Quelque peu abruptement, Ethan répliqua : « Eh bien, qu'est-ce que c'est ? »

— Je crois que je porte un enfant, répondit-elle timidement.

Epsey lut de la désapprobation dans le regard étonné de son mari et recula d'un pas, la tête honteusement baissée. Ethan lâcha son outil, s'approcha d'elle et lui tendit la main. Elle se glissa dans ses bras et il la pressa contre lui.

« Je suis reconnaissant, je suis reconnaissant », furent les seuls mots qu'il put prononcer, mais elle n'en fut point blessée.

Ils se rendirent ensemble dans la cabane où elle lui apprit qu'elle n'avait pas eu ses règles depuis plus de deux mois, qu'elle avait des nausées le matin et que sa poitrine était anormalement sensible. Ethan se réjouissait à l'idée d'avoir un enfant, un fils, espérait-il. Mais il craignait aussi que la longue chevauchée vers la Géorgie ne soit pénible pour son épouse. Elle l'assura de sa bonne santé et ajouta qu'ils seraient déjà bien installés dans leur nouvelle demeure au moment de l'enfantement. Elle sentit qu'il était préférable, pour eux, de pratiquer l'abstinence et cette volonté restée muette engendra un retour à leur précédent style de relation, plus platonique.

Ethan alla rencontrer les Quakers pour étudier les routes praticables vers la Géorgie. Mabry décrivit son voyage à cheval : il avait emprunté le sentier le plus direct à l'intérieur des terres, loin de la mer mais parallèle à la côte, traversé les rivières Haw et Deep, fait un détour par un sentier direction ouest et pointant ensuite plein sud pour franchir la rivière Savannah à Augusta. La localité où Maddock s'était installé se trouvait plus à l'ouest et se nommait Wrightsborough. Mabry estima la distance totale à 560 kilomètres et, pour les parcourir, douze jours lui avaient été nécessaires, bien qu'en voyageant léger, sans chargement, il eût mis neuf jours pour revenir.

« C'est un sentier risqué, avoua Mabry, il sillonne souvent les territoires des Indiens et les cavaliers qui l'empruntent doivent pouvoir se déplacer rapidement. En d'autres mots, il ne faut pas crouler sous les bagages. »

Il déroula une grande carte sur la table et continua : « Voici la route que Maddock nous recommande. »

Les hommes se rapprochèrent et tracèrent l'itinéraire à suivre, beaucoup plus au sud, le long de la côte.

Ethan posa quelques questions, mais ne contesta pas les conseils éclairés de Mabry concernant les arrangements du voyage. La première journée de route les mènerait sur les rives de la rivière Haw, qu'ils passeraient à gué au sud-ouest d'Hillsborough. Le sentier suivait en parallèle les rivières Haw et Cape Fear jusqu'à Wilmington et, de là, ils suivraient la route côtière jusqu'à Charles Town. Hormis certains déplacements sur des chemins bien établis de la côte, ils devraient, du reste, emprunter des pistes étroites utilisées à l'origine par les Indiens. Ils savaient d'expérience que celles-ci étaient souvent non balisées et juste assez larges pour permettre le passage d'un cheval et de son cavalier, mais qu'elles offraient néanmoins une route dégagée et les meilleurs emplacements pour traverser à gué les cours d'eau. Ils devraient fixer fermement toutes leurs possessions sur le dos de leur monture et de leurs bœufs. Sur les chemins plus larges et fréquentés, ils utiliseraient une charrette rudimentaire à deux roues, une plateforme en « A » faite de trois planches sur lesquelles on étirait une grande peau.

Fondant leurs estimations sur ce qu'ils avaient appris des Quakers qui les avaient précédés en Géorgie, ils prévoyaient parcourir entre vingt-quatre et trente-deux kilomètres par jour sur les bonnes routes et la moitié moins lorsque plusieurs cours d'eau devaient être franchis ou lorsque le bétail aurait tendance à errer ou que la pluie créerait des trous d'eau sur les pistes et inonderait les basses plaines. Ils espéraient faire le voyage en quatre semaines, si la chance leur souriait et si la température leur était favorable, et en cinq, s'ils étaient retardés.

Mabry prit la parole : « Je viens de recevoir un message de Maddock qui doit se rendre à Charles Town pour superviser l'expédition de produits agricoles vers les Bahamas et pour s'y approvisionner. Il projette de nous rejoindre là-bas. Nous pourrons le raccompagner jusqu'à Wrightsborough, soit directement par Augusta, soit en descendant vers Savannah pour ensuite remonter la rivière. Ce choix dépendra de notre capacité à prendre les arrangements pour la concession de terres avec les officiels de Géorgie à Augusta ou si nous serons obligés d'en faire la demande à Savannah. »

Une question tracassait Ethan : « Quelle distance sépare Charles Town d'Augusta par la voie directe et par le détour de Savannah ? »

— Selon Maddock, répondit Mabry, cela nous prendra environ de dix à douze jours par la route la plus directe et trois jours de plus si nous suivons la voie côtière.

— Et qu'en est-il des Indiens ?, demanda Ethan, préoccupé. Devons-nous redouter notre incursion vers le sud ?

— Les risques sont minimes si nous empruntons les pistes fréquentées près de la côte. Ce n'est que vers l'ouest, vers les nouvelles terres que les indigènes démontrent plus d'hostilité. Rester groupés et démontrer nos intentions pacifiques demeurent nos meilleures chances de sauvegarde.

Mabry sourit et ajouta : « Bien sûr, leur laisser voir nos fusils de chasse peut nous être d'une certaine aide aussi. »

Vers la fin septembre, les quatre familles formèrent une caravane, emportant avec elles leurs objets personnels, leurs meubles, des outils, de la nourriture et du maïs pour les animaux. Toutes ces marchandises furent attachées solidement ou suspendues à des bâts sur le dos des bœufs et des chevaux. Un cheval ou un bœuf vigoureux transportait une charge de 68 à 110 kilos, sur des sentiers parfois aussi étroits que 65 centimètres. On pouvait attacher ensemble jusqu'à une douzaine d'animaux, chacun d'eux étant relié par une corde au bât de l'animal devant lui. Le meneur, lui, était contrôlé par un homme ou une femme, à pied ou à cheval. La caravane s'ouvrait et se fermait toujours par un homme.

À contrecœur, les hommes avaient pris la décision de vendre leurs porcs, espérant se procurer des truies fertiles en Géorgie, et ils n'avaient gardé que leurs meilleurs bestiaux. Des entraves faites d'hickory minimisaient les chances qu'ils s'égarent en broutant durant la nuit. Les hommes, souvent aidés de leurs chiens et parfois d'autres membres de leur famille, remplissaient à leur tour de rôle leur devoir de conducteur de bestiaux. Progressivement, les animaux s'habituèrent à leurs présences respectives. Ainsi s'installa une routine journalière et les conducteurs apprirent à remplir leur tâche avec un minimum d'efforts.

Bien que Jonathan Mabry ait discuté de l'itinéraire avec Maddock, il était parfois peu sûr de la voie à emprunter. Les autres Quakers ainsi qu'Ethan l'aidèrent donc à prendre les décisions lorsqu'ils se retrouvaient devant un carrefour. Les pionniers transportaient généralement sur eux un petit compas, car il arrivait qu'ils deviennent confus quant à la direction à prendre, même tout près de leur habitation. Dans les régions marécageuses et planes, il était impossible de se diriger lorsque le ciel était couvert et qu'aucun corps céleste n'était visible.

Au cours du long périple, Ethan et Epsey s'occupèrent de leurs propres animaux et, comme toutes les autres familles, conduisirent à leur tour le bétail, chacun d'eux ayant la marque de leur propriétaire à l'oreille. Les Pratt possédaient deux chiens, un *bluetick hound* et un croisé berger et terrier. Le premier demeurait généralement dans le sentier, presque toujours en vue. L'autre, nommé Squire, était bien plus énergique et Ethan lui apprit très vite à rassembler les animaux. En quelques jours, Squire s'habitua à son travail et aida chacun des hommes à mesure qu'ils se succédaient à la tâche.

Ethan était extrêmement heureux de faire plus que sa part pour assurer la sécurité et l'ordre de la procession, ce qui n'était pas difficile lorsque le groupe ne s'éparpillait pas et qu'il restait sur des sentiers établis. Lorsqu'il ne conduisait pas la caravane ou qu'il ne chassait pas, Ethan marchait le long des pistes tandis qu'Epsey montait leur seul cheval sellé, menant leurs autres animaux de charge. Leur docilité était stupéfiante et c'est tout naturellement qu'ils suivaient l'animal devant eux. Ainsi, lorsque Epsey mettait pied à terre, elle n'avait qu'à tirer un coup sec sur le licou, s'ils traînaient la patte ou s'arrêtaient pour prendre une bouchée d'herbe. Ses nausées étaient plus fréquentes, mais la quittaient plus vite lorsqu'elle marchait et guidait.

Après dix jours de lente avancée, ils campèrent deux nuits durant près de Wilmington, où les hommes se rendirent pour se réapprovisionner et pour remplacer un cheval de charge qu'ils n'avaient pu retrouver après une de ses escapades nocturnes. Ils trouvèrent la route côtière beaucoup plus commode, car elle était souvent assez large pour que les gens et les animaux marchent côte à côte. Par contre, les traversées fréquentes en ferry étaient relativement coûteuses et demandaient beaucoup de temps.

À Charles Town, comme convenu, ils rejoignirent Maddock, qui exprima d'emblée son impatience à se mettre en route. Ils avaient en effet deux jours de retard sur l'horaire prévu. Il leur exposa ensuite ses plans pour la suite du périple. Ils apprirent qu'il serait possible de prendre les arrangements pour les concessions de terres à Augusta, mais qu'un détour serait tout de même nécessaire. Ils iraient d'abord en direction du sud-ouest, le long de la côte, à mi-chemin de Savannah, puis à l'ouest pour traverser à gué la rivière Savannah, au lieu-dit de Pallachucola, et enfin en amont sur la berge ouest de la rivière pour rejoindre Augusta. Une route plus directe existait, mais ni Maddock ni les autres Quakers ne l'envisageaient, puisqu'elle encourait des frais de ferry supplé-mentaires.

Ils n'avaient parcouru qu'une petite distance lorsque des problèmes survinrent. Ils savaient tous que Joseph Maddock était le chef reconnu des Quakers et qu'il avait fait les arrangements pour l'octroi des terres en Géorgie, et même s'il n'obtint pas l'accord unanime des voyageurs, personne ne s'objecta lorsqu'il voulut assumer la direction de la caravane. Ethan avait connu Maddock comme un meunier honnête et travailleur qui usait toujours de courtoisie avec ses clients, mais il semblait maintenant excessivement fier et autoritaire, sans aucune considération pour les familles qui ne partageaient pas sa religion. Un jour, alors qu'Ethan conduisait le troupeau, Epsey se retrouva seule en charge des animaux de trait. Elle les arrêta et marcha vers un arbre non loin, où des haut-le-cœur la paralysèrent durant quelques minutes, après quoi elle revint mener les bœufs. Maddock dirigea alors son cheval vers l'arrière de la cohorte, s'arrêta devant Epsey et lui cria : « N'as-tu aucune capacité pour le maniement des bœufs ? Remue-toi ou laisse ton mari s'occuper du troupeau ! »

Puis il fit volte-face et s'en alla ; Epsey avait le visage empourpré. On ne lui avait jamais parlé ainsi. À son retour, Ethan marcha à ses côtés sans mot dire, mais il pouvait sentir sa douleur.

— Tu ne te sens pas bien ?, s'enquit-il.

— Encore des nausées, mais rien de plus que d'habitude. Je suis simplement furieuse contre Maddock, lui avoua-t-elle.

Elle expliqua ce qui s'était passé. Ethan lui tendit son fouet et délia son cheval. Epsey le supplia d'oublier ces broutilles, mais il partit au galop et alla trouver Maddock.

— Qu'avez-vous dit à ma femme ? Elle est tout à l'envers.

— Rien qui ait pu la troubler. Je l'ai invitée à suivre de près le précédent wagon, répliqua Maddock.

— Ce ne sont certes pas les paroles que vous avez employées. Je ne peux tolérer votre langage, monsieur.

— Vous ne l'acceptez point ?, s'étonna le leader.

— Vous m'avez entendu, dit-il sèchement. N'adressez plus jamais la parole à ma femme.

— Monsieur Pratt, vous avez été invité dans cette caravane et vous y êtes le bienvenu. Mais il ne peut y avoir qu'un seul chef de tête et c'est moi qui remplis ce rôle.

Ethan lutta pour dominer sa colère. Il savait que toutes les familles n'avaient qu'une seule voix, celle de la collectivité et que s'il advenait une épreuve de force, les Quakers se serreraient tous les coudes. Il ne vit donc aucune nécessité d'impliquer quiconque dans cette histoire.

« Je ne remets pas votre statut en cause, monsieur Maddock, mais n'oubliez pas ce que j'ai dit. Si vous voulez parler à ma famille, adressez-vous à moi. »

Dès lors, malgré leurs tentatives de se pardonner l'un à l'autre, un froid s'immisça entre les deux hommes.

CHAPITRE 10

La vie sur la frontier

À Augusta, avec l'aide de Maddock, les quatre familles remplirent les papiers requis et obtinrent chacune ce qui semblait être un titre légal de concession pour une étendue de terre, mais sans que la localisation de celle-ci soit clairement spécifiée. On les avisa que six mille hectares de terrain avaient été octroyés à l'ensemble de la communauté des Quakers et qu'il incombait à Maddock de fixer pour chaque famille une étendue de terrain. Cela se ferait dès leur arrivée. Ils firent quelques derniers achats, puis campèrent une nuit aux abords de la petite ville, tous impatients de se rendre sur leurs nouvelles terres.

Le lendemain, ils s'engagèrent au nord-ouest et, après une soixantaine de kilomètres, s'arrêtèrent à l'endroit où Maddock affirmait avoir ses terres. Il avait bâti un moulin à grain au milieu de la concession. Sur la carte fixée à un des murs, il leur indiqua les limites des terres des Quakers, définies grossièrement à l'est par la rivière Little, au sud-ouest par le Briar's Creek, à l'ouest par la rivière Ogeechee et au nord par les territoires indiens tels que définis par le traité de 1763.

Arrivés au cœur de l'implantation des colons, les Pratt virent que les Quakers travaillaient à édifier la petite ville de Wrightsborough, nommée en l'honneur du gouverneur Wrigh qui avait délivré les titres de concession en 1767. Le temple des Quakers se situait à l'orée d'une plantation, propriété du gouverneur.

Depuis la venue du premier groupe que formait Maddock et les quarante familles, certains Quakers étaient devenus insatisfaits de la vie de pionnier ou craignaient l'omniprésence des Indiens Creek. Plusieurs d'entre eux avaient même déjà décidé de retourner vers les colonies nordiques. Jusqu'à ce jour, une dizaine de familles avaient abandonné leurs activités agricoles pour s'établir dans une communauté plus unie où les marchands pouvaient tirer profit de leur savoir-faire et où on leur offrait une meilleure sécurité ainsi que la possibilité de bâtir un temple permanent. Les quatre familles fraîchement débarquées n'eurent aucune difficulté à troquer leurs animaux de charge achetés pour le voyage. Ethan se procura ses premières truies auprès d'une famille en partance et acheta de nouveaux outils pour compléter sa quincaillerie de forgeron et d'ébéniste.

Maddock leur expliqua le fonctionnement des concessions : « Ici, en Géorgie, l'octroi pour les parents est d'un maximum de cinquante hectares et vingt-cinq de plus pour chaque membre additionnel de la maisonnée, libre ou esclave. Aussi, le gouverneur, s'il le veut, au coût d'un shilling par tranche de cinq hectares, peut donner jusqu'à cinq cents hectares supplémentaires de terres non revendiquées à un fermier compétent. »

En souriant, il poursuivit : « Comme cela semble être dans ses habitudes, le gouverneur Wright s'est approprié dix-sept hectares aux environs de Wrightsborough qu'il ajoutera à cinq autres dont il est déjà propriétaire plus près de Savannah, où travaillent plus de cinq cents esclaves. Son droit à la propriété ici pourra nous être utile dans le futur. »

Mabry interrogea Maddock : « À quelle distance sommes-nous de Savannah ? »

Maddock sembla heureux d'y répondre : « La distance qui nous sépare de Savannah frise les deux cent dix kilomètres, mais la majorité du voyage se fait par voie fluviale, doublant ainsi la distance. Un bateau ou un chaland à courant descendant met quatre jours, mais quinze jours pour revenir à contre-courant. Descendre à cheval prend facilement trois jours et cela atteint les huit jours si nous voyageons avec des bœufs ou avec d'autres animaux de ferme. Les premiers cent soixante kilomètres en amont de Savannah se font sur un terrain plat et sablonneux, généralement à l'abri de grandes pinèdes, mais le chemin comporte bon nombre de passages marécageux et de rivières à traverser à gué. Puis, comme vous l'avez vu, les terres vers Augusta deviennent plus riches, morcelées entre plusieurs collines et vallées. »

Maddock avait déjà attribué, avant leur arrivée, une propriété aux trois familles quakers, ce qui ne manqua pas de surprendre Ethan. Outre ces concessions attenantes aux terres déjà occupées, Ethan remarqua sur la carte une grande étendue de terrains libres à l'extrême ouest de la frontière établie en 1763. C'est dans cette région que Maddock désigna un lot pour Epsey et lui. Il se trouvait près des sources de Briar's Creek et l'on pouvait supposer que l'ensemble était marécageux. Maddock sentit le mécontentement d'Ethan, mais il l'avertit qu'il n'y aurait point de discussion possible à moins de trouver une autre famille consentante et d'échanger leur lot. Ethan choisit d'accepter l'offre sans protester. Jusqu'à présent, cinquante-sept familles habitaient la région. La concession d'Ethan s'étendait sur cent hectares de terre, en plus d'un autre vingt hectares plus près du Creek devant servir d'enclos à vaches. Les papiers légaux furent signés et Ethan s'assura qu'on y mentionne clairement son statut de propriétaire permanent, après avoir réglé les frais minimes relatifs à l'arpentage et s'être engagé à bâtir une cabane et à défricher une partie du lot.

Les procédures légales nécessitèrent plusieurs jours, durant lesquels Epsey décida d'évoquer à nouveau un sujet longtemps laissé de côté : leur vie religieuse. Depuis le tout premier jour de leur union, elle consacrait du temps à l'étude des Saintes Écritures. Elle en faisait la lecture à haute voix et, bien qu'Ethan l'écoutât en silence, il ne prenait jamais l'initiative de réciter une prière ou un quelconque passage de la Bible. Un de ses espoirs les plus intimes, se souvenait-elle, en s'installant à la *frontier*, était d'évangéliser les Indiens païens. Sa nouvelle situation lui semblait idéale pour réaliser l'ambition de son père, l'œuvre de sa vie. Elle avait soigneusement planifié ses arguments : elle suggéra à Ethan, puisqu'ils vivaient maintenant au sein d'une communauté de Quakers, d'assister aux rencontres hebdomadaires avec les autres familles de Wrightsborough. Si ces séances se déroulaient bien, ils pourraient peut-être envisager une conversion religieuse.

Ethan l'écouta respectueusement puis, après une réflexion de quelques instants, il lui répondit d'un ton décidé : « En toute franchise Epsey, je crois en Dieu, mais je ne pourrai jamais observer la foi des Quakers. J'approuve pleinement leur opposition à la violence et à l'esclavage. Leur volonté d'empêcher le gouvernement de s'ingérer dans leurs affaires personnelles est, à mes yeux, louable, mais je ne supporte pas le contrôle qu'ils exercent les uns sur les autres. Je les ai vus punir des hommes et des femmes pour commérage, pour un endettement élevé ou pour un mariage jugé trop hâtif après la mort d'un des époux. Je suis incapable de soutenir de telles actions et je n'en ferai pas partie. »

Une telle allocution n'était pas dans les habitudes d'Ethan et apportait la preuve qu'il s'était longuement penché sur la question. Epsey regarda son mari droit dans les yeux et répliqua : « Je pensais qu'il serait bon pour nous d'appartenir à un groupe, mais je dois avouer que j'adhère à ta vision et ne reviendrai plus sur le sujet. »

Ethan et Epsey quittèrent Wrightsborough dès qu'ils le purent. Grâce à des points de repère désignés, ils suivirent les sentiers qui les menèrent à leurs nouvelles terres. Ils trouvèrent le site sans difficulté, y établirent un petit campement durant l'après-midi et passèrent le reste de la journée à chercher les marques délimitant leur propriété. Leur satisfaction alla grandissante devant la richesse du sol qu'ils foulaient. Les petits vallons, sur plus de la moitié du terrain, rendaient la culture propice. De plus, ils se réjouirent du fait qu'aucun colon ne possédaient les terres avoisinantes. Au nord et à l'ouest s'étalaient les territoires indiens, au sud stagnait le vaste marécage du Briar's Creek et le lot de terre à l'est, originellement cédé à des Quakers, était vacant en raison du départ de la famille, pour un retour en Pennsylvanie.

Ethan avait déjà remarqué que les colons de Wrightsborough entretenaient une crainte bien plus grande des Indiens qu'en Caroline du Nord et il comprit bientôt que cette peur pouvait se justifier. Encore que les cartes britanniques plaçaient la frontière ouest de la Géorgie sur les rives du Mississippi, les tribus indiennes contrôlaient légalement toute cette région, à l'exception d'une bande étroite parallèle à la côte atlantique et à la rivière Savannah, commençant juste à quelques kilomètres de sa terre. Les accords du traité de 1763 entre les chefs indiens et le gouverneur Wright n'étaient pas reconnus par certains jeunes Creek et quelques braves tentèrent d'intimider les colons dont les habitations se dressaient près des limites du territoire cédé. Ils faisaient résonner leur tambour la nuit tombée et avaient dérobé en quelques occasions des têtes de bétail, allant même jusqu'à incendier des dépendances. Le surintendant royal aux Affaires indiennes, John Stuart, était connu pour sa compétence et respecté par la majorité des colons et des chefs indiens. Il fit tout en son pouvoir pour prévenir les altercations entre les Blancs et les Indiens, et les plus vieux chefs de tribus se joignirent à ses efforts pour préserver la paix.

Les quelques soldats britanniques sous les ordres du gouverneur Wright étaient postés à Savannah ou dans les environs et ne jouaient qu'un rôle mineur dans le contrôle des autochtones. Encore plus importante aux yeux des Creek et des Cherokee que toute menace militaire était celle d'une interruption du troc. Ces Indiens étaient fascinés par les biens des hommes blancs tels le sel, le sucre, le rhum, les couvertures et autres babioles sans grande valeur. Les couteaux en fer et les mousquets étaient de loin les biens les plus prisés. En échange de ces produits, ils troquaient des peaux de cerf, de castor, de raton laveur et de renard. Cependant, en raison des grandes différences de valeur et des astuces des marchands blancs, les Indiens accumulèrent progressivement des dettes substantielles. Ainsi, certains Indiens envisageaient déjà la possibilité de céder plus de leurs terres afin de rembourser leurs dettes et d'acquérir plus de biens.

Ethan n'avait point peur des Indiens. Il voulait apprendre à les connaître et il souhaitait leur faire comprendre qu'il les traiterait en bons voisins. Le village Creek le plus près, avait-il pu voir sur la carte de Maddock, se trouvait à peine à huit kilomètres d'où il prévoyait bâtir sa maison. Il savait d'expérience que son savoir-faire et ses outils, surtout sa forge et son enclume, pourraient grandement aider les Indiens. De plus, Epsey s'était familiarisée avec les médecines rudimentaires et était habitée d'un désir sincère, héritage de ses parents, de venir en aide aux Indiens. Encore que ces intentions d'établir une confiance et un respect mutuels fussent limitées, elles contrastaient de façon frappante avec l'attitude de plusieurs colons, qui considéraient les Indiens comme des sous-hommes dotés d'un caractère fondamentalement criminel. Une croyance presque unanime au sein des pionniers de l'agriculture stipulait que les Indiens devaient être repoussés plus à l'ouest, loin de la terre que Dieu avait destinée, croyaient-ils, à l'exclusivité des colonisateurs.

Comme Ethan et Epsey avaient déjà dû accomplir les mêmes tâches préparatrices en Caroline du Nord peu d'années auparavant, il ne leur fut aucunement difficile de choisir le meilleur site pour construire leur cabane. Le climat tempéré du mois d'octobre faisait en sorte qu'ils ne s'inquiétèrent pas pour le chauffage, même si leurs biens ménagers devaient être protégés. Leur première besogne fut donc de construire une cabane en appentis, faite de toiles goudronnées et de peaux tendues entre de jeunes arbres de manière à former un toit et trois murs latéraux. Elle se situait dans une châtaigneraie surélevée, parsemée d'énormes chênes, de pins et de noyers blancs d'Amérique. Non loin d'elle se trouvait une source, juste en bas de la butte. C'est dans ce secteur que se dresserait probablement la cabane permanente.

Ils décidèrent de l'emplacement de leur champ et du lieu de pâture, à l'endroit où se trouvaient, en rangs serrés, de nombreux jeunes arbustes qui avaient remplacé plusieurs vieux arbres déracinés lors d'un orage au moins trois décennies plus tôt. Tout en défrichant leur champ, ils accumulèrent une réserve adéquate de billots pour la construction de leur cabane. Même enceinte, Epsey était aussi forte que la plupart des hommes et voulait apporter son aide à plusieurs phases de ce travail, malgré les appels à la prudence d'Ethan. Ethan, quant à lui, travaillait de l'aube jusqu'au crépuscule, presque toujours sept jours par semaine, bien que sa femme ne travaillât jamais dans les champs ou dans le jardin le dimanche.

Il quittèrent leur abri pour emménager dans leur nouvelle cabane dès que le toit fut en place, bouchèrent de glaise les fentes entre les rondins, posèrent la porte et trois fenêtres et complétèrent l'antre et la cheminée du foyer. La porte, encadrée de part et d'autre par une fenêtre, s'ouvrait au sud et une autre fenêtre se trouvait en face d'elle. Ils avaient disposé l'antre et la cheminée du foyer à l'extrémité est de la maison. Dès qu'il le put, Ethan construisit un atelier ouvert à l'avant et fermé par trois murs à vingt mètres du bâtiment principal. Il y installa sa forge, sa meule à aiguiser et se fabriqua une tablette entre les deux murs latéraux pour disposer ses marchandises. Sa collection d'outils pour le travail du bois le rendait particulièrement fier, surtout qu'il en avait fabriqué lui-même plus d'un. Il entreposa son équipement pour la culture et une petite réserve de pièces en fer au sol, tandis que les semences et les items qui risquaient d'être dévorés par les rongeurs étaient entreposés dans des paniers en osier pendus aux solives du plafond. Une clôture entourait chaque côté de l'atelier pour former un petit corral, auquel on accédait par une barrière battante qui s'ouvrait vers la maison. Il couvrit un coin de ce corral de branches et de perches afin d'offrir un espace protégé aux animaux qui s'y blottiraient les uns contre les autres durant le mauvais temps. Tout près de la maison, Ethan entassa son bois qu'il fendait et coupait durant ses temps libres.

La cabane s'élevait au centre d'une aire carrée et déboisée sur environ 350 pas de chaque côté. Cette superficie comptait douze hectares et était entourée d'une clôture laborieusement édifiée. De son extrémité sud-ouest, partait un sentier étroit qui menait, par les bois, aux concessions des Quakers de Wrightsborough, à dix kilomètres de là.

La grossesse d'Epsey n'entrava en rien l'accomplissement de ses tâches habituelles, bien qu'elle fût inquiétée par une petite perte de sang. Ethan ignorait ce problème et ne discuta de sa maternité que lorsqu'elle lui demanda s'il avait des suggestions quant au nom du bébé. Il répondit : « J'ai pensé que, s'il s'agit d'un garçon, nous pourrions le nommer Henry. » Elle accepta et suggéra le nom d'Abigail si le bébé était une fille.

Quand elle sut que le grand moment approchait, Ethan s'en alla quérir à Wrightsborough une sage-femme et l'engagea pour qu'elle assiste la délivrance de l'enfant. Le petit garçon naquit en santé et dans les cris, mais Epsey perdit abondamment de sang malgré les efforts de la sage-femme et, après l'accouchement, se trouva faible et pâle. Aucun des deux parents ne se troubla lorsque cette femme leur dit : « Je doute qu'elle en ait un autre d'ici peu. »

Une semaine passa et Epsey insista pour que la sage-femme retourne auprès des siens. Ethan finit par se plier à sa demande et assuma le rôle de garde-malade pour elle et leur petit Henry. Epsey se désespérait à l'idée de ne pouvoir accomplir ses tâches. Malgré tout, elle avait du lait à profusion et fut rapidement assez forte pour, assise près du foyer, nourrir son bébé et guider son mari dans ses nouvelles fonctions de cuisinier et de gouvernant.

Avec une paire de bœufs et un seul cheval de charge, l'étendue de la culture des terres se limitait à une petite surface ; il n'était donc pas nécessaire qu'Ethan agrandisse ses champs. Le bétail, les moutons et les porcs pouvaient se nourrir librement de feuilles, de glands, de châtaignes et de noix d'hickory, mais Ethan trouvait nécessaire de garder un contact avec ses animaux pour détecter toute maladie et soigner au plus tôt leurs blessures. Il gardait un œil sur eux durant le jour et, tard en fin d'après-midi, il se rendait à l'orée du bois pour les appeler à lui, d'une série de cris aigus. Les bêtes n'avaient jamais assez de pâturages ; Ethan coupait donc des arbres pour augmenter l'étendue des terres où les herbages pousseraient. Il clôtura ces nouveaux défrichements, sachant qu'il pourrait ensuite y faire les cultures. Dans d'autres régions boisées, il fit des feux pour dégager le sol de l'épaisse couche de paille, d'épines de pin et de feuilles, permettant ainsi aux herbages naturels appréciant les milieux ombragés de s'épanouir. D'ordinaire, Ethan attendait avec impatience d'aller passer du temps dans les bois, mais, maintenant, il trouvait toutes sortes d'excuses pour revenir à la cabane et prendre le petit Henry dans ses bras, ne fut-ce que pour un bref instant.

Un jour, après de longues heures de travail, Ethan revint pour prendre un déjeuner sur le tard et s'adressa en ces mots à son épouse : « Epsey, maintenant que ta santé te permet de vaquer à tes occupations dans la maison sans difficulté, j'aimerais que tu prennes le bébé et que vous m'accompagniez dans les bois. Je vous emmènerai voir un petit lieu de pâture que j'ai défriché et clôturé pour les vaches à lait. Je suis persuadé qu'une balade hors de la maison vous fera le plus grand bien et je serai heureux de porter Henry. »

Epsey fut à la fois surprise et enchantée par la proposition de son mari. Ils commencèrent dès lors à multiplier les occasions d'être tous les trois ensemble. Cette relation inaccoutumée entre les deux époux leur apporta un sens de la famille et un désir de partage qu'ils n'avaient jamais connus auparavant. Ils étaient tous deux fascinés par leur petit et, à sa grande surprise, Ethan se sentait quelque peu froissé que sa femme retrouve ses forces, car elle reprenait maintenant la garde de l'enfant.

La plupart des saisons ne laissaient place au repos pour aucun d'entre eux. Epsey limita le temps passé dans les champs de maïs, de blé, de lin et de tabac, mais elle ne délaissait cependant jamais le jardin qu'elle faisait sien. Elle y cultivait des patates douces, des patates irlandaises, des haricots et des pois, de l'okra, des oignons, du maïs sucré et des légumes verts. Elle conservait soigneusement ses propres semences, plantait ses patates douces dans une butte alternativement formée de couches d'aiguilles de pin et de terre et entreposait les patates irlandaises et les oignons dans un espace frais, préférablement dans le grenier. Le sol y était bien amendé en fumier animal, en humus et était recouvert d'un paillis pour minimiser la présence de mauvaises herbes et les efforts du sarclage. Elle séchait ou fumait également certaines venaisons et quelques dindons qu'Ethan rapportait de ses expéditions de chasse et elle l'épaulait dans les travaux d'abattage des porcs et de tonte des moutons. Ensemble, ils tannaient les peaux de cerfs et des bovins, les brossant au sel et à la chaux et complétaient le processus avec des tannins, obtenus à partir d'écorces de chêne, de ciguë et de bois de châtaignier. Ces derniers produits prévenaient un trop grand rétrécissement et une décomposition plus avancée des cuirs.

Après avoir érigé tous les bâtiments et les clôtures nécessaires, Ethan creusa un puits dans leur cour, ce qui devait parer à l'inconvénient de se rendre à la source, située à une centaine de mètres de la cabane. Ce nouvel approvisionnement aidait grandement Epsey pour l'irrigation de son jardin durant la saison chaude et souvent sèche de l'été ; elle versait avec soin, à la louche, le contenu d'une tasse de son seau en bois à la base de chacun de ses jeunes plants. Epsey considérait auparavant que la coupe du bois de chauffage lui revenait en partie, mais Ethan insistait à présent pour dire que, avec le bébé, cette responsabilité ne lui incombait plus. Elle participait toujours aux soins donnés aux animaux lorsqu'ils se trouvaient dans le corral ou dans les enclos et trayait les deux vaches ou celle qui était due sur le moment.

Epsey tentait d'accomplir la majorité des ses travaux à l'extérieur durant les heures les plus fraîches de la journée. Elle portait souvent le petit Henry dans un châle noué dans son dos et Ethan fabriqua un petit berceau couvert, où le bambin pouvait être étendu à l'ombre pendant qu'Epsey travaillait aux abords du jardin. Ethan avait construit le berceau sur pilotis par crainte des serpents et des rongeurs.

Une de ses tâches les plus absorbantes d'Epsey était certainement la confection de vêtements, car il fallait se servir de fibres brutes de lin, de coton et de laine. Malgré sa nature ennuyeuse, Epsey appréciait ce travail qui s'accordait parfaitement avec la garde d'un enfant. Les processus répétitifs ne demandaient pas une grande concentration, ce qui la laissait libre de réfléchir à d'autres questions tout en reposant son corps des durs labeurs. Ethan et elle tondaient une seule fois l'an leur petit troupeau de moutons. La laine, environ un kilo par tête, était soigneusement nettoyée afin d'en retirer les huiles excédentaires et ensuite séchée avant l'entreposage. Ils faisaient se décomposer en tas les plants de lin qu'ils pilonnaient ensuite pour en retirer la fibre droite et solide. La fibre de coton, plus difficile de récolte et rarement utilisée, devait être laborieusement cueillie à la main, graine par graine. Ils entreposaient en ballots tous ces matériaux dans le grenier qu'ils descendaient ensuite pour la teinture, avant de les carder et de les filer.

Les pensées d'Ethan se tournaient souvent vers son fils et, dans ses fréquents moments de solitude, l'idée de la mort de son frère et de s'être vu spolier de sa terre l'emplissait autant de colère que d'humiliation. Il était déterminé à ce que cela ne se reproduise jamais plus pour que son fils puisse travailler ses champs plus tard. Lorsque le petit Henry deviendrait grand, ils commenceraient à agrandir ensemble les terres cultivables et Ethan demanderait une concession additionnelle de terrain. En dépit de l'apparente impartialité et honnêteté du gouverneur James Wright et de son gouvernement, la méfiance d'Ethan envers les officiels le poussait à se montrer toujours prudent dans ses tractations avec eux. En même temps, il avait été témoin du manque de respect envers la loi de quelques Régulateurs, ces gens qui violèrent les lois du Roi et endommagèrent les acquêts des fonctionnaires du tribunal d'Hillsborough. Tout cela renforçait son inclination pour la vie retirée loin du monde, se satisfaisant à développer sa ferme, à explorer les régions sauvages et y à chasser et à être seul avec Epsey et son petit Henry.

L'existence d'Ethan fut toujours marquée par le dur labeur et de rares moments de loisir. Deux activités le comblaient particuliè-rement. La première, la fabrication, souvent effectuée près du berceau de son fils, de ses propres outils et meubles, remplissait Ethan de fierté et d'orgueil. Il appréciait tout particulièrement les heures passées dans son atelier, surtout durant les jours pluvieux ou lorsque ses autres corvées ne pressaient pas. Il trouvait un plaisir tout particulier, assis devant son établi entouré de copeaux, à façonner, dans certaines parties d'un chêne ou d'un noyer récemment abattu, des petits râteaux, des fourches à foin, des herses en bois, des meubles et des équipements ménagers à l'usage de son épouse. Des chaises réalisées avec art l'enorgueillissaient. Le fendage finement accompli dans la verticalité du grain du bois, la taille des pattes et des barreaux au couteau à découper et aux vastringues, les soigneux pliages et assemblages des pièces et le tressage final des sièges lui apportèrent une indiscutable joie. Il percevait ces travaux comme des défis et cela lui procurait un sentiment d'accomplissement, sans parler des bénéfices. De ce fait, il chargea un matin six de ses chaises sur sa charrette et les apporta au centre de traite pour les y troquer contre des provisions ou quelques pièces qu'ils épargneraient, lui et son épouse, pour des dépenses futures.

La deuxième, ses longues promenades ou ses excursions dans les régions reculées, le satisfaisait énormément. Parfois, pendant une journée entière, il s'absentait avec ses deux chiens, son fusil et des pièges, poussé par l'intention d'explorer de nouveaux territoires de chasse ou des endroits propices à la pâture. Les réglementations concernant la chasse n'existaient pas, mais les habitants de la *frontier* connaissaient bien les habitudes de la faune et les cycles de vie qui la régissaient, puisque leurs revenus et une grande partie de leur alimentation dépendaient de la compréhension de cette richesse. Ethan n'abattait jamais de dindes à partir de la fin mars jusqu'à la dernière semaine de juillet, période durant laquelle ces volailles pondaient et élevaient leurs petits. Durant ce temps, Ethan savait que les dindons étaient toujours enthousiastes à l'idée de s'accoupler ; il se dissimulait donc soigneusement et imitait l'appel de la femelle en suçant un os creux. Lorsque le dindon s'aventurait à sa portée, Ethan l'abattait, recueillant ainsi une quantité suffisante de délicieuse viande pour nourrir pendant plusieurs jours sa famille. Pour le reste de l'année, il chassait autant de volailles qu'il pouvait et, lorsqu'il lui arrivait d'attraper plus de gibier qu'à l'accoutumée, Epsey fumait la viande pour la conserver. Il se demandait à quel âge son fils pourrait l'accompagner dans certaines de ses excursions et planifiait déjà comment il lui enseignerait le savoir-faire de l'homme des bois.

CHAPITRE 11

Les Pratt et les Morris

1772

Joseph Maddock était devenu un promoteur enthousiaste et comptait plusieurs amis au nord-est qui ébruitèrent la nouvelle de la grande disponibilité de terres en Géorgie. D'autres Quakers s'installèrent dans la région de Wrightsborough, faisant grimper, seulement deux ans après l'arrivée de Maddock, le nombre de familles à une centaine. La ville maintenant bien développée, beaucoup de nouveaux arrivants ne pouvaient s'adonner à l'agriculture en raison de la rareté grandissante de terres appropriées. Cependant, la communauté avait grand besoin de forgerons, de tanneurs, de selliers, de cordonniers et de commerçants.

Ethan visitait rarement Wrightsborough, seulement quand cela lui était nécessaire. Il s'y rendait surtout pour troquer ses chaises artisanales et vendre les produits de sa ferme. Maddock et Ethan n'avaient jamais reparlé de leur altercation durant le voyage vers le sud et leurs rapports demeuraient froids, mais polis. Lors d'une visite au moulin de Maddock, Ethan remarqua un jeune homme svelte qui pataugeait dans le cours d'eau, ramassant de la boue et des sédiments à l'aide d'une casserole pour en examiner attentivement le contenu. C'était une journée claire et étrangement chaude en cette fin d'hiver, mais encore trop froide pour la baignade. Après avoir observé un temps le curieux prospecteur, Ethan lui demanda : « Trouvez-vous des pépites ? »

Le jeune homme se redressa, sourit et dit : « Je ne cherche pas d'or, monsieur. J'examine les crustacés qui vivent dans ce cours d'eau. »

Ethan ne put réprimer sa curiosité : « Dans quel but, si vous me permettez ? »

— Je travaille à identifier et à répertorier toutes les espèces de la région, autant animales que végétales, répondit le garçon.

— Comment pouvez-vous savoir ce qu'elles sont ?

Apparemment, la discussion ne rebutait aucunement le jeune homme : « Voilà, je possède quelques ouvrages où est décrit ce qui pousse en Europe et si je ne trouve pas d'équivalence à mes observations, j'en fais la description accompagnée d'un croquis. Avant de quitter Philadelphie, l'automne dernier, je partageais ce genre d'information avec John Bartram, un botaniste envoyé ici à la demande du Roi. Son fils demeure sur les rives de la rivière Cape Fear en Caroline du Nord et il a l'intention de s'installer en Géorgie l'an prochain. Je lui ai suggéré de venir visiter la région de Wrightsborough. »

Il se présenta alors à Ethan. Il se nommait Kindred Morris. Ethan fut impressionné de le voir pointer chaque plante et d'en énoncer les noms communs et latins. Ethan, intrigué par certaines appellations étranges, demanda d'où elles provenaient. Kindred lui expliqua qu'un Suédois appelé Linnaeus, professeur à l'université d'Uppsala, avait classé et nommé des centaines d'espèces.

« Et quel était le prénom de ce savant ? »

Kindred lui donna simplement la réponse, « Caolus », et remarqua que son interlocuteur affichait un grand sourire, amusé que leur entretien prenne la forme d'une conférence scientifique. Kindred rougit et les deux hommes éclatèrent d'un rire sincère. Ethan dut admettre qu'il n'avait jamais porté attention à bien des plantes et remercia le jeune homme d'avoir parfait ses connaissances.

Il dit finalement : « Je me nomme Ethan Pratt et j'habite non loin d'ici. » Ethan se surprit, lui pour qui la solitude importait plus que tout, en ajoutant : « Vous serez le bienvenu si vous venez me voir un de ces jours. Vous pourrez jeter un œil à ce qui pousse sur ma terre. »

— Je viens d'obtenir les droits sur une parcelle de terrain juste à l'est de votre terre. Comme vous le savez sûrement, la famille à qui appartenait ma propriété n'y a jamais défriché ou construit de bâtiment. Ma femme et moi prévoyons nous y installer bientôt.

— Je connais très bien cette propriété, fit remarquer Ethan. N'hésitez pas à vous adresser à nous si vous avez besoin d'aide ; mon épouse et moi nous ferons un plaisir de participer aux travaux. Si cela ne vous gêne pas, j'aimerais également feuilleter vos livres un jour ou l'autre. Je connais assez bien les animaux, mais j'avoue avoir besoin d'améliorer ma connaissance des plantes et de leurs usages. » Il ne fit pas mention des ouvrages similaires lus dans la demeure d'Epsey à Philadelphie aux premiers jours de leur fréquentation.

De retour chez lui, Ethan raconta sa rencontre à Epsey, qui remarqua son enthousiasme surprenant quant aux découvertes faites durant ces quelques minutes en compagnie de Kindred.

— Il m'apparaît, souligna-t-elle, que de regarder des escargots et des écrevisses est une perte de temps, mais si c'est ce qu'il veut faire, soit.

— Epsey, n'oublie pas que, à ce temps-ci de l'année, les occupations sont plutôt rares pour une personne qui n'a point encore de terre. Avec sa femme, il viendra s'installer sur la terre jouxtant la nôtre. Je lui ai offert de les aider lorsqu'ils seront prêts à emménager.

Epsey demeura silencieuse un instant avant de conclure : « Je suppose que c'est là la moindre des choses. »

Quelques jours plus tard, Ethan entendit des coups de hache à l'est de sa ferme. N'étant pas de nature à prendre l'initiative dans les rencontres, il s'abstint d'aller voir ce qu'il en était, bien qu'il jetât chaque jour des regards en direction du sentier, se demandant quand Kindred y apparaîtrait. Un matin d'assez bonne heure, il se trouvait devant son établi, occupé à raboter, façonnant avec soin des douves qui, après le séchage et la finition, seraient fixées à une baratte à lait qu'il offrirait aux Morris. C'est alors qu'il entendit des voix provenant du sentier, de jeunes voix très enjouées. Il regarda en direction du bois au-delà de son champ de blé. À cette latitude, seuls les hêtres conservaient les feuilles brunes argentées de l'année précédente, qui ne tomberaient pas avant que de nouvelles feuilles les forcent à quitter leur tige. Ethan aperçut deux silhouettes se dirigeant dans sa direction et il s'en détourna, feignant de ne pas s'intéresser à cette visite. Il ne releva les yeux qu'au moment où ils atteignirent la clairière. Il se dirigea alors vers la porte de la cabane. Il l'ouvrit et dit doucement à son épouse : « Epsey, nous avons des visiteurs. » Elle se leva de sa chaise et le rejoignit sous le petit porche, tenant Henry dans ses bras.

La première chose qu'ils remarquèrent tous deux, c'est que le bonnet de la jeune visiteuse était orné d'une pièce de dentelle, ce qui n'aurait pas attiré l'attention dans un rassemblement social où tous sont bien mis, mais qui frappait l'œil lorsque porté dans les bois ou dans les champs. Ses cheveux safranés, un brin ébouriffés, s'échappaient par mèches de son bonnet.

Elle s'avança sans hésitation, par petits bonds plutôt qu'en marchant et salua les Pratt : « Bonjour ! Je me nomme Mavis. Je suppose que vous savez déjà que nous habiterons là-haut, sur le sentier qui mène à Wrightsborough. J'étais impatiente de rencontrer nos futurs voisins, surtout depuis que Kindred m'a parlé de l'intérêt de M. Pratt pour les arbres et les bêtes. Nous aurons beaucoup à échanger, n'est-ce pas ? »

Elle s'avança d'un pas ferme vers Epsey et étendit ses bras vers le poupon, qu'elle câlina bientôt.

Ethan fut quelque peu décontenancé par cette femme qui prenait l'initiative de la conversation, ne donnant pas la chance à son mari de parler le premier, et qui le regardait droit dans les yeux en lui parlant, expérience sans précédent pour lui. Après quelques secondes, il se tourna vers Kindred avec un signe de tête et un faible mot de bienvenue, tandis que les deux femmes échangeaient des politesses, en parlant surtout du petit Henry.

Kindred s'adressa à Ethan : « Nous ne voulions pas vous rendre visite avant d'être réunis tous les deux. Depuis une dizaine, je vis seul sous un appentis dans les bois, où je m'occupe de couper de petits arbres et de tuer les plus gros là où je prévois établir mes cultures. Cependant, Mavis est venue me rejoindre avant-hier pour choisir l'emplacement de notre future cabane. Notre choix s'est arrêté sur un petit tertre situé près d'une source, ce qui nous évitera de creuser un puits. Nous avons travaillé ensemble à ramasser des pierres plates de fondation et à transporter des rondins droits au site de construction, mais avant d'en encocher pour ériger nos murs, nous avons pensé qu'il serait mieux de venir voir comment vous vous y étiez pris pour les vôtres. »

Ces deux jeunes gens avaient déjà débité plus de mots que ceux que les Pratt échangeaient en une journée entière.

Epsey y alla finalement d'une invitation : « Eh bien, nous avions espoir d'avoir un jour des voisins et nous sommes heureux de vous voir ici. Venez, entrez et assoyez-vous avec nous un moment. »

Les Morris, surtout Mavis, n'allaient pas refuser une occasion de parler, et la jeune femme s'ouvrit bientôt et entreprit de présenter son couple à ses nouvelles connaissances, leur en apprenant beaucoup sur elle et son mari. Tous deux avaient grandi à Philadelphie. Kindred était né en 1752, s'était marié à l'âge de vingt ans, mais paraissait plus jeune que son âge ; homme de petite stature aux traits fins, il était svelte, mince et nerveux. À l'exception de la coiffe de Mavis, ni elle ni lui ne semblaient se soucier de leur apparence. Ainsi, les longs cheveux sombres de Kindred tendaient à tomber devant ses yeux d'un gris léger et il avait l'habitude de les ramener vers l'arrière toutes les deux minutes.

Les yeux de Mavis brillaient avec éclat. D'humeur loquace et d'une franchise surprenante dans ses commentaires, elle était d'une beauté certaine et on décelait dans ses formes généreuses un corps athlétique. Ses cheveux blonds bouclés se dérobaient sous son bonnet. Mavis leur apprit qu'elle avait à peine seize ans lors de son mariage et que ses parents avaient succombé à la fièvre du typhus lorsqu'elle avait douze ans. Après ces morts tragiques, une famille de Quakers l'avait prise en charge et placée dans la maison du Dr John Bartram où elle travaillait sous la supervision d'une gouvernante sévère et dominatrice. Un jour, relata-t-elle en riant, le Dr Bartram la surprit dans sa bibliothèque à faire des croquis de certains spécimens et il lui offrit une promotion « de balayeuse de planchers à dessinatrice de bestioles » Elle fit la connaissance de Kindred alors qu'il venait assister à des discussions sur la botanique.

Elle fit une pause pour reprendre son souffle et tous se tournèrent vers Kindred pour plus d'information, ce à quoi il répondit : « Depuis ma prime enfance, je me suis toujours intéressé aux animaux et aux plantes. J'ai donc épargné mon argent pour recevoir les enseignements de Bartram. Vous savez, c'est le botaniste du Roi et il est célèbre dans les colonies, mais aussi en Angleterre. C'est là que j'ai rencontré Mavis et nous nous sommes très bien entendus. J'aime à étudier et j'apprécie aussi de travailler à l'extérieur, ce qui inclut le travail de la terre. Mon idéal serait que ma ferme rapporte assez pour me permettre de me concentrer sur l'étude de la biologie, à la fois dans les livres et sur le terrain... »

Mavis l'interrompit, comme à son apparente habitude : « Je désirais trouver un mari qui prendrait soin de moi et qui nous permettrait de choisir en toute indépendance notre propre mode de vie. J'ai apprécié Kindred dès notre première rencontre et je l'ai convaincu de me marier. Le Dr Bartram n'a pas tenté de m'en dissuader lorsque nous avons planifié notre départ, mais il nous a fait promettre de poursuivre l'étude de la nature et de lui faire parvenir des copies de nos rapports d'étude. Comme ses voyages l'avaient mené en Géorgie et en Floride et qu'il connaissait le gouverneur Wright, il nous aida à obtenir la concession pour notre terre. »

En peu de mots, Ethan décrivit leurs antécédents, indiquant qu'ils venaient eux aussi de Philadelphie. Il omit cependant toute référence aux événements fâcheux durant leur séjour en Caroline du Nord, indiquant seulement qu'ils avaient décidé de suivre leurs voisins quakers en Géorgie. Il s'enquit ensuite de leurs projets d'avenir.

Kindred prit la parole : « Eh bien, avant toute chose, nous devons bâtir une cabane pour ensuite établir une exploitation agricole qui nous permettra de vivre. Nous défrichons déjà des espaces et nous disposons d'assez d'argent pour acheter un petit troupeau de bovins, de moutons et de porcs. Nos récoltes devraient suffire à les nourrir, nous aurons un jardin pour nos besoins personnels et nous développerons nos cultures commerciales pour nous procurer des équipements. »

Mavis continua : « Notre intérêt premier demeure la biologie et nous userons de nos temps libres pour cataloguer autant de spécimens que nous le pourrons. Le savoir de Kindred dépasse largement le mien, mais je m'occuperai des rapports et exécuterai les dessins. Le Dr Bartram nous a permis d'emporter quelques ouvrages que nous étudions présentement. Je ne sais d'où provient sa curiosité, mais Kindred s'intéresse beaucoup aux autochtones et nous avons entendu qu'une tribu indienne vivait non loin d'ici »

Epsey jeta un regard à Ethan et affirma : « Mes parents portaient grand intérêt à l'évangélisation des Indiens, mais nous n'avons pas entretenu jusqu'à présent des relations suivies avec eux. Certains viennent nous rendre visite à l'occasion, mais c'est principalement pour qu'Ethan les aide pour des travaux de forge ou de menuiserie. Nous faisons parfois la traite avec eux et n'avons jamais eu de problèmes. Il reste très difficile d'échanger des idées, car nous ne communiquons que par signes. L'un d'entre eux connaît un peu l'anglais, mais nous ne connaissons que de rares mots en Creek, ou je ne sais trop comment ce langage se nomme. »

Kindred répondit : « J'ai bien l'intention d'apprendre leur langage et tout ce qui touche leur mode de vie. Le Dr Bartram a fait la rencontre de quelques autochtones durant ses voyages, mais sa connaissance des indigènes demeura limitée, à cause de la courte durée de ses arrêts dans leur village. Il s'intéresse à tout ce que nous pourrions découvrir à leur sujet. Comme je l'ai indiqué à M. Pratt, son fils William viendra en Géorgie l'an prochain et nous espérons qu'il viendra visiter la région de Wrightsborough. »

— Pouvons-nous vous aider d'une quelconque façon ?, demanda Ethan

— Oui, affirma Kindred. Nous désirons voir comment vous avez construit votre cabane et vos bâtiments extérieurs, puisque la construction est notre besoin le plus pressant. »

— Sentez-vous libres d'examiner notre maison. Elle n'a rien d'élaboré, mais elle nous garde au sec et fut simple à bâtir. Nous avons corrigé certaines erreurs de construction commises dans notre première cabane en Caroline du Nord. Je crois avoir entendu à quelques reprises le son de votre hache et nous prévoyions vous rendre visite dans un jour ou deux, mais nous ne voulions pas déranger.

Les hommes discutèrent de manière générale des difficultés qu'Ethan rencontra dans la construction de sa présente cabane et de celle de Caroline du Nord, alors que les femmes allèrent à l'intérieur. Mavis, portant toujours le petit Henry, admira poliment l'ameublement, le rouet, le métier à tisser ainsi que l'installation du foyer et, après quelques minutes, remit le bébé aux soins de sa mère, s'excusa et retourna dans la cour. Elle rejoignit les hommes alors qu'ils examinaient la solide fondation en pierre sous le seuil de la porte et les rondins, aplanis dessus et dessous, formant les murs. Ethan expliqua, étape par étape, comment il avait édifié sa maison, tandis que Kindred et Mavis lui posaient diverses questions. Il apparaissait évident qu'elle se considérait l'égale de son époux dans ce projet de construction et qu'elle n'hésitait pas à remettre en cause les décisions prises par Ethan lors de la construction de sa cabane. Dans leur principale discussion, le couple cherchait à savoir comment entailler les rondins de coin et Kindred approuva la technique d'Ethan : il arrondissait chaque rondin pour qu'il épouse la forme de celui d'en dessous.

Ils allaient passer à un autre sujet lorsque Mavis dit : « Kindred, je crois qu'il serait mieux de tailler les rondins en queue d'aronde, comme pour la cabane construite par le Dr Bartram sur sa ferme près de Philadelphie. »

Kindred était embarrassé par cette insinuation critique qui attaquait la technique d'Ethan et dit : « Mais cette méthode est simple. L'assemblage à queue d'aronde est bien plus compliqué. »

— Bien au contraire, rétorqua son épouse. De cette manière, toutes les courbes sont différentes, selon la dimension des rondins, et il n'est pas chose aisée de tailler des formes rondes avec une hache. Avec les queues d'aronde, la taille des rondins se fait sur le même modèle et avec des coups de hache droits. Il suffit alors de les mettre en place. J'ai bien aimé la technique du Dr Bartram. J'ai même fait des croquis pour lui et je me souviens encore des modèles. Le plus grand avantage de cette méthode est qu'elle limite les travaux d'élagage lors de l'assemblage des rondins. Regardez, laissez-moi vous le démontrer. »

Elle se rendit au chariot, y prit un crayon, un carnet de notes et fit rapidement un croquis. Kindred ne parla point alors qu'Ethan examinait le dessin. Ce dernier finit par dire : « Je crois que cette méthode est meilleure, car les rondins seraient bloqués dans les deux directions. »

Mavis prit des notes des dimensions, fit des esquisses des détails de construction, compta les rondins et estima le nombre de pierres nécessaires aux fondations. L'argile rouge, abondante dans la région, servirait à colmater les interstices entre les rondins. La cabane n'aurait qu'une pièce et les décisions essentielles à prendre consistaient à opter pour un plancher en terre battue ou en moitiés de rondins, rendus lisses à l'aide d'une herminette, et à choisir l'emplacement de la porte ainsi que des fenêtres. Pour poursuivre cette discussion, ils entrèrent dans la cabane et s'assirent avec Epsey autour de la table. À l'instar des Pratt, Kindred et Mavis optèrent pour un sol en terre battue pour le moment, mais choisirent de laisser une trentaine de centimètres entre le sol et la porte ainsi que de bâtir le plafond plus haut pour que la maison soit adaptée à un futur plancher de bois.

Le flot de questions de Mavis ne tarissait pas et elle sut bientôt presque tout sur la vie des Pratt à Philadelphie, en Caroline du Nord et ici, dans la colonie quaker. Epsey ne voulait pas être indiscrète et poser des questions sur la vie privée des Morris, mais Mavis offrit de son plein gré l'information sans que quiconque n'ait à le demander : « Comme le Dr Bartram connaissait M. Maddock et quelques autres Quakers, il nous a suggéré de venir à Wrightsborough. À notre arrivée, tandis que nous attendions qu'une terre nous soit attribuée, nous demeurions dans une chambre au grenier chez une famille quaker du nom de Fleming et nous prenions nos repas en leur compagnie. »

— Êtes-vous, Kindred et vous, de la foi des Quakers ?, demanda Epsey.

Cette question fit rire Mavis.

— Oh non ! Nous n'assistions que rarement aux services religieux à Philadelphie et jamais à une réunion de Quakers. Ici, nous avons accompagné les Fleming à deux rassemblements, mais ces gens sont beaucoup trop stricts pour moi et plusieurs d'entre eux m'ont fait clairement comprendre leur désapprobation quant à mes manières frivoles, fit remarquer Mavis.

Epsey fut quelque peu déçue de cette réponse et décida de changer de sujet : « Avez-vous tout ce qu'il vous faut pour votre ménage ? »

— Eh bien, je n'ai pas apporté grand-chose avec moi, à l'exception de quelques ustensiles de cuisine, des édredons, des draps et de quelques linges de maison que toute jeune femme, si je ne me trompe, doit acquérir ou fabriquer avant le mariage. Nous nous en sortons pour l'instant, mais nous projetons de faire des achats une fois notre cabane construite.

Ethan et Kindred dirigèrent bientôt la conversation vers la construction. Epsey fit quelques suggestions en disant que leur foyer et leurs fenêtres pourraient être mieux disposés et tous furent d'accord avec elle.

Ethan prit la parole : « Je viendrai vous voir demain pour ramasser le reste du bois et des roches et nous pourrons alors ériger ensemble votre cabane. »

— Je préférerais, objecta Kindred, que nous rassemblions nous-mêmes les matériaux, ce qui nous permettra de dresser nos deux bœufs. Je viendrai ensuite vous quérir pour que vous nous aidiez à monter les murs.

Après leur départ, Ethan dit à son épouse : « Ce n'est pas le style d'homme que je voyais vivre dans une région aussi reculée. Il est encore un garçon aux manières livresques et ne m'apparaît pas avoir la force d'abattre un arbre. Je doute qu'il réussisse. »

Epsey remarqua qu'il n'avait pas fait mention de Mavis, mais ne lui en fit pas part. Elle répliqua : « Eh bien, je crois qu'ils feront de bons voisins. De toute manière, nous devons tout faire pour les aider. Je peux me départir de quelques affaires que je vais préparer pour les leur donner. »

Dans les jours qui suivirent, Ethan abandonna ses activités de chasse et fit la tournée de ses pièges aussi rapidement que possible pour pouvoir passer presque tout son temps dans l'atelier et à la forge. Puis, sans attendre l'appel de Kindred, Epsey et lui chargèrent sur leur charrette deux nouvelles chaises, une petite table, la baratte et des pièces pour le foyer, puis ils partirent à la rencontre de leurs voisins. Ils furent surpris de constater l'ampleur des travaux déjà accomplis ainsi que la précision avec laquelle les pierres de fondation avaient été placées et les rondins, coupés et entaillés. Même les solives et les chevrons pour le plafond étaient prêts pour l'assemblage. À leur arrivée, Kindred fendait des bardeaux de pin d'un mètre, tandis que Mavis taillait au couteau des chevilles en caroubier qui serviraient à fixer les solives et les chambranles de la porte et des fenêtres.

Ethan exprima sa surprise : « Je ne vois pas comment vous avez pu faire tout cela à l'avance. J'aurais moi-même dû mesurer et couper un à un les rondins en les assemblant. »

Kindred, visiblement heureux, répliqua : « Eh bien, Mavis a soigneusement pris en note les observations faites chez vous et cela n'a pas été sorcier par la suite de calculer les morceaux qu'il nous fallait. Mon épouse s'occupait de couper toutes les queues d'aronde, avec une scie et une herminette, tandis que je traînais jusqu'ici les rondins à l'aide de mes bœufs. »

Tous les jours suivants, Ethan enfourchait son cheval pour se rendre chez les Morris et travaillait avec eux à l'édification de leur petite cabane. En deux semaines, les travaux étaient terminés.

Ethan restait perplexe quant à la relation de Mavis et de Kindred qui ne ressemblait en rien à celle qu'il entretenait avec Epsey. Ils se traitaient davantage comme un frère et une sœur : désinvoltes et très à l'aise, ils échangeaient des plaisanteries et des commentaires en discutant d'égal à égal. À l'occasion, Mavis tendait son bras d'un geste plein de féminité et caressait la nuque de son époux ou déplaçait doucement ses cheveux vers l'arrière pour dégager son regard. Mais Kindred semblait ne pas prendre conscience de ces caresses délicates. Ces attentions avaient fait une profonde impression sur Ethan, car Epsey ne prenait jamais d'initiatives physiques de la sorte. C'était plutôt lui qui allait vers elle, même si les occasions se faisaient de plus en plus rares, et il n'avait jamais attendu qu'Epsey aille au-delà de son simple devoir conjugal, qu'elle remplissait avec un minimum d'émotions.

Ils se fréquentaient depuis seulement une semaine, mais Mavis se sentait suffisamment à l'aise pour avoir de mêmes égards envers Ethan. Elle semblait fascinée par le duvet épais et blond de ses bras et, à l'occasion, elle ne s'empêchait pas de passer la main dans cet intriguant pelage. Le bras se crispa nerveusement lors du premier toucher, puis Ethan tenta d'ignorer tout contact physique entre eux, que ceux-ci soient délibérés ou accidentels. Un jour, tandis qu'ils étaient tous trois assis près de la source des Morris, en bas de la cabane, pour la pause du repas du midi, elle surprit ses yeux sur elle. Mavis et Ethan ne purent se quitter des yeux durant un moment ; puis, Ethan détourna son regard, sentant son visage s'empourprer et son échine dorsale secouée d'une étrange vibration. Un petit rire s'échappa de la bouche de Mavis et Kindred demanda : « Qu'y a-t-il de drôle ? » Ce à quoi elle répondit : « Rien, c'était juste une pensée passagère. » Mais pour Ethan, la pensée fut tout sauf fugitive : elle ne le quitta plus.

Jusqu'à un point stupéfiant, Ethan était devenu le centre de l'inébranlable confiance et admiration de Kindred. Mavis présuma que c'était là la marque d'un respect naturel pour cet homme plus vieux qui était, pour eux, un professeur et un modèle dans leur entreprise d'établir un ménage et d'assumer la vie à la *frontier*.

La solitude fut toujours le délice d'Ethan, mais maintenant, il demandait souvent à Kindred de l'accompagner, ce qui tissa entre les deux hommes des liens serrés d'amitié qu'Ethan n'aurait jamais cru possibles. Ensemble, ils chassaient et s'occupaient des pièges pour se faire des réserves de viande et de peaux et pour recueillir des spécimens d'insectes et de menus animaux, dont ils faisaient l'étude minutieuse. Au tout début, Ethan démontrait une certaine impatience lorsque Kindred traînait derrière pour examiner quelque chose sur le chemin, mais il devint bientôt l'élève curieux de son voisin, qui partageait avec lui son savoir de la faune et de la flore environnantes. Les hommes discutaient des rapports génériques entre les formes de vie tandis que Kindred remplissait son carnet de notes et de croquis sur les différentes espèces apparemment inconnues jusqu'ici.

Avec le temps, ils se découvrirent un nombre accru d'intérêts communs. Ethan était familier avec les aspects pratiques de l'agriculture, de la menuiserie, de l'art de la forge, de la vie dans les forêts et dans les marécages et prenait plaisir à enseigner ce qu'il savait à Kindred. Leur relation était marquée par une aisance réciproque dans le partage des connaissances. Ethan emprunta bientôt l'un des plus précieux ouvrages des Morris, écrit par Linnaeus, chercheur mentionné par Kindred lors de leur première rencontre au pied du moulin. Ethan essaya d'en apprendre davantage sur la façon dont les animaux et les plantes étaient nommés et sur la relation directe qui les unissait.

Bien qu'elle n'en ait pas glissé mot, Epsey était impatiente de voir venir la saison des cultures, car elle savait qu'Ethan ne négligerait pas ses obligations dans leurs propres champs. À l'occasion, lorsque les hommes étaient partis, les femmes se rendaient visite, toujours à la cabane des Pratt. Elles trouvaient plaisir à ces heures passées ensemble, devant un petit feu éclairant l'âtre, qu'elles nourrissaient de plus de bûches durant les jours frais ou pluvieux. Sans s'annoncer au préalable, Mavis marchait sur une distance d'un kilomètre et demi, apportant d'ordinaire avec elle certains matériaux bruts pour la confection de vêtements.

Sachant qu'Epsey était experte dans le tissage et la couture, Mavis lui demanda de lui apprendre cet art.

— Ma mère, expliqua Epsey, possédait un métier à tisser dans notre maison de Philadelphie et elle tissait parfois jusqu'à trois mètres de textile par jour. Elle m'apprit à m'en servir dès que mes pieds purent atteindre les pédales et j'ai toujours apprécié ce travail. À l'exception d'une robe, j'ai tissé tous nos vêtements. Le plus gros du travail, c'est le cardage et le filage.

— J'espère que tu voudras bien m'apprendre. Quelles fibres préfères-tu travailler ?

— Je serai honorée de te montrer. La laine et le lin sont les plus commodes et j'y ajoute un peu de coton, mais la séparation des graines pour obtenir ce textile est très laborieuse.

Alors que le bébé rampait dans la cabane, elles s'asseyaient côte à côte pour le cardage des fibres. Mavis observait attentivement Epsey durant les travaux de filage et de tissage, posant des questions pour ensuite tenter de maîtriser les techniques. Mavis apprit à faire tourner le rouet en actionnant du pied une pédale, ce qui laissait les deux mains libres pour filer, carder et peloter les fibres.

La maîtrise du rouet et du métier à tisser demandait beaucoup de dextérité et Epsey était fière que ceux qu'elles utilisaient fussent construits par Ethan. Son mari aida d'ailleurs Kindred à en fabriquer pour Mavis, prenant ceux d'Epsey comme modèles. Les deux hommes avaient fendu une pièce mince de deux mètres cinquante dans un chêne blanc et l'avaient fait sécher en cercle, pour former la roue elle-même.

On colorait les fibres avant le cardage et Epsey expliqua ce procédé à Mavis, qui prenait des notes. Mis à part pour l'indigo, les couleurs demeuraient plutôt fades, mais cela s'avérait plus pratique pour l'usage quotidien que le blanc éclatant des fibres naturelles.

— Nous extrayons la plupart de nos teintures, commença Epsey, de la coque de noyer, qui nous donne des nuances de couleurs allant de l'ocre léger jusqu'au brun foncé, selon le temps de trempage. Je peux aussi obtenir des teintes encore plus sombres en ajoutant des racines de noyer. Pour le noir, j'utilise de l'écorce d'hamamélis. Le jaune s'obtient à partir de l'écorce d'hickory et de chêne, ou des épines de genêt. Le bleu vif provient de l'indigo, que presque tous les colons cultivent, et pour une teinte plus pâle, on peut utiliser la partie intérieure de l'écorce d'érable. Le rouge vient de la garance, du raisin d'Amérique, des mûres ou de l'argile rouge ; le violet, des racines du raisin d'Amérique et le vert, des feuilles de chêne. Lorsque je trouve le temps, j'obtiens le vert en teintant les fibres d'abord en jaune, puis en bleu. J'utilise finalement du sel pour fixer la couleur et la rendre permanente.

Parfois, on mélangeait la laine au lin en y ajoutant du coton pour obtenir un matériau plus léger mais toujours chaud et durable : la tiretaine. Les deux femmes finirent par se sentir à l'aise en compagnie l'une de l'autre. Même si elles demeuraient silencieuses de longues heures durant, cela ne les empêchaient pas de discuter à bâtons rompus de leurs affaires familiales, de leurs projets de jardin, du séchage, du fumage et de la salaison des viandes et d'un sujet privilégié entre tous : le petit Henry.

Bien que de peu d'années sa benjamine, Mavis se conduisait envers Epsey avec les égards d'une enfant envers sa mère et cette attitude était agréable à Epsey. Lorsque Epsey semblait d'humeur à la discussion, Mavis la bombardait de commentaires et de questions, principalement sur le passé d'Epsey, sur son mariage, sur sa grossesse et sur presque tous les aspects de la vie à la *frontier* qu'elles partageaient maintenant. Sans trop savoir pourquoi, Mavis s'empêchait de faire mention de ses excursions occasionnelles en compagnie des deux hommes.

Epsey prenait plaisir à répondre aux questions et, parfois, en posait elle-même, comme celle-ci, par exemple : « Mavis, pourquoi portes-tu toujours de la dentelle sur ton bonnet, même ici dans une région aussi reculée ? »

Mavis se mit à rire : « Je reçois beaucoup de commentaires ou de regards étranges à cause de mes bonnets. »

« J'avais douze ans lorsque mes parents furent subitement emportés par la fièvre du typhus. Après quoi, la cousine de mon père, qui était veuve, m'a prise en charge. Elle fut bonne avec moi, mais elle n'avait presque rien, pas même assez pour subvenir à tous les besoins de ses trois propres enfants. Elle brodait de la dentelle pour une boutique de Philadelphie et elle m'a appris ce passe-temps. »

« Deux ans plus tard, elle réalisa qu'elle ne pouvait plus s'occuper de nous tous et prit des arrangements pour m'envoyer travailler chez le Dr Bartram, un célèbre conférencier en biologie. Même après avoir quitté la maison et commencé ce nouveau travail, je n'ai jamais arrêté, dans mes moments de répit, de faire de la dentelle que j'apportais à ma bienfaitrice lors de mes visites, afin qu'elle puisse prendre davantage de commandes. »

« Lorsque je rencontrai Kindred et que nous décidâmes de nous marier, elle m'invita chez elle et m'offrit un présent fait de ses mains pour ajouter aux vêtements que j'avais confectionnés pour la cérémonie. C'était une boîte remplie des plus belles dentelles, à l'exception d'une bandelette, que je reconnus être la première pièce que j'avais fabriquée. Je fus surprise qu'elle l'ait conservée et lui promis que je porterais une de ses dentelles tous les dimanches. Elle me répondit que la dentelle ne devait pas être réservée aux occasions spéciales et qu'elle espérait que je me souvienne d'elle tous les jours. Je lui promis donc de porter ses dentelles dès que j'enfilerais mon bonnet. Ces pièces constituent mes seuls souvenirs de cette époque lointaine et de ma propre famille. J'en brode toujours de temps à autre et je me suis habituée à porter ce genre de bonnets fantaisistes. Ils durent aussi longtemps que ceux qui sont dégarnis de dentelles et ils ne semblent pas déranger outre mesure Kindred. »

— Peux-tu me parler un peu plus de Kindred ?, se risqua Epsey.

— Bien sûr, s'étonna Mavis. Le Dr Bartram donnait des cours magistraux dans sa vaste demeure, chargeant des frais minimes à ses élèves. L'un des participants les plus avides était Kindred, qui retenait tous ses enseignements et cherchait toujours des suppléments d'information sur la flore et la faune indigènes des colonies. Il remarqua que j'assistais le Dr Bartram en esquissant certains de ses spécimens et en préparant le matériel pour ses cours. Il commença alors à me poser des questions. Lorsque j'appris qu'il envisageait de trouver une terre pour y établir une ferme plus à l'ouest, j'ai vu là l'occasion d'une vie nouvelle et peut-être même celle de fonder une famille. En réalité, ce fut mon initiative, mais apparemment, nous avons tous deux décidé au même moment de nous marier et de partir ensemble.

Elle ajouta, pensant probablement que c'était nécessaire : « Je ne suis pas persuadée de vouloir des enfants, mais il est clair que nous passons du bon temps tous les deux. Nous adorons l'étude de la biologie et nous gardons des contacts suivis avec les Bartram. On vient d'ailleurs de nous confirmer la venue à Wrightsborough de leur fils William ce printemps même et nous participons aux préparatifs de sa visite. La ferme est un véritable défi pour nous, mais nous ne dédaignons pas le dur labeur. Kindred est déterminé à atteindre le niveau d'expertise d'Ethan, mais nous savons tous deux que cela est impossible. Personne n'arrivera à la hauteur d'Ethan. »

— Ne dis pas cela, vous vous débrouillez très bien, et Kindred en a appris autant qu'il en a enseigné. »

Un long silence s'ensuivit et le sujet qu'elles soulevèrent ensuite fut les obligations du ménage.

À regarder Mavis et Kindred avoir du bon temps, presque comme des enfants, Ethan considérait ses propres habitudes et ses priorités avec embarras. Epsey et lui avaient une relation fondée sur le respect mutuel, chacun appréciant les qualités de l'autre et étant prêt à pardonner ou à ignorer leurs petites manies respectives. En fait, ils vivaient en associés, s'occupant de la ferme et des tâches ménagères, tous deux plongés dans le dur travail de la vie sur la *frontier*. Lui passait le plus clair de son temps à abattre des arbres, à défricher de nouvelles surfaces, à ériger des clôtures, à entretenir ses ruches et à travailler sans répit dans les champs ou parmi ses porcs et ses vaches. Durant la période hivernale, il travaillait dans son échoppe à fabriquer et à réparer ses instruments, profitant de chaque occasion pour améliorer ses collets et chasser le cerf, le dindon sauvage et parfois même l'ours noir. Epsey maintenait la cabane et la petite cour dans une propreté presque immaculée et tirait une grande fierté de son vaste jardin. De plus, elle était toujours prête à sarcler dans les champs ou à soigner les animaux malades. Sa force physique lui permettait de faire tout cela, tout en transportant le petit Henry, mais bien qu'elle l'eût offert, Ethan ne lui permit jamais de faire les labours.

Ethan s'assurait toujours d'un surplus de production, que ce soit de maïs, de blé, de tabac ou de miel, pour le troquer à Wrightsborough ou à Augusta contre du sel, certains vêtements, de la poudre, des balles et du fer brut pour forger des outils. Il se permettait parfois des petites gâteries comme du rhum et du thé, lorsque les prix chutaient en raison d'un nouvel arrivage à Savannah.

Lorsqu'il travaillait, Ethan n'avait pas de remords de laisser Epsey et le petit seuls à la maison. Mais il ressentait une pointe de culpabilité lorsque, plusieurs heures par semaine, il rendait visite aux Morris et négligeait ainsi sa famille. Pourtant, après chacune de ses visites, il revenait vers les siens encore vibrant des merveilles d'une découverte de la nature, d'une nouvelle espèce identifiée ou même d'un fait troublant à propos d'oiseaux, d'animaux ou de plantes qu'il connaissait depuis longtemps. Il se trouvait dans un état d'effervescence provoqué par l'excitation de posséder un savoir nouveau. Cependant, son état ne plaisait guère à Epsey, qui, un brin jalouse, lui disait qu'elle n'avait aucun intérêt pour la botanique et la biologie. Après quelques tentatives de partager sa nouvelle passion, Ethan comprit qu'il créait un froid entre sa femme et lui.

Epsey posait néanmoins quelques questions sur ses expériences, par pure politesse, présumait-il. Elle lui demanda à quelques reprises si Mavis les accompagnait dans leurs excursions, mais Ethan se sentait mal à l'aise d'avouer qu'elle était toujours du groupe. Il parlait alors de chasse, des activités de trappeur et utilisait toutes sortes de stratagèmes pour que le bref récit de leurs excursions n'inclût en définitive que Kindred et lui.

Bien contre son gré, Mavis fut exclue de certaines de leurs expéditions dans la nature, mais elle se joignait toujours aux discussions à leur retour, où ils comparaient leurs notes aux textes et aux illustrations des livres. Ayant aidé John Bartram durant plusieurs années à préparer ses cours, Mavis était souvent plus familière que Kindred avec les différents spécimens et c'était elle qui classifiait les données recueillies, ajoutant le croquis final aux carnets de notes.

Comme le printemps avançait, Ethan dut consacrer la majeure partie de son temps à ses champs et à ses pâtures. Sa relation avec Epsey reprit à nouveau son cours normal, comme ils recommençaient à exécuter les corvées communes. Il y eut des moments de joie, comme celui où leur fils fit ses premiers pas et où il balbutia ses premiers mots. Mais durant la saison des semis et des récoltes, les deux familles devaient s'entraider et Epsey vit inévitablement son mari redevenir distant.

Les hommes s'étaient dotés d'un petit alambic, qui produisait un bourbon de qualité appréciable, et ils planifièrent de produire quelques litres de vin par été à partir de raisins sauvages qui abondaient dans la forêt. Ils travaillaient également ensemble à la forge, où Kindred actionnait d'ordinaire le soufflet tandis qu'Ethan, devant son enclume, s'affairait à accomplir les réparations des outils et des travaux rudimentaires de forgeron. Ils ferraient leurs propres chevaux, fabriquaient et aiguisaient des pointes de fer à installer sur le soc de la charrue, produisaient leurs outils et d'autres items, dont les charnières et les loquets pour les portes de leur habitation. Ils forgèrent deux paires de chenets pour leur foyer, où ils cuisinaient tous leurs repas, ainsi que des tisonniers, des crochets, des louches et des fourchettes en fer.

Lors de leurs rencontres, Mavis discutait volontiers et même avidement de tous les sujets avec Epsey, bien qu'elle réalisât rapidement la réticence de cette dernière à parler de sa vie personnelle.

Cet après-midi-là, cependant, alors que le bambin dormait à poings fermés, Mavis provoqua la surprise d'Epsey en lui demandant : « Epsey, est-ce que Ethan et toi dormez ensemble ? »

Epsey hésita, puis répondit : « Comme tu peux le voir, nos lits sont séparés. »

— Ce n'est pas ce que je te demande. Dormir, comme le font un mari et sa femme ?

Ne désirant aucunement discuter de ce sujet intime ou admettre la rareté de leurs rapports, Epsey posa cette question en guise de réponse : « Eh bien, comment crois-tu que le petit Henry est venu au monde ? »

— Tu as compris le sens de ma question, Epsey. Ce qui m'inquiète, c'est que je ne crois pas que Kindred et moi ayons un jour des enfants. Après notre mariage, j'ai tout essayé, dans les limites de la décence, cela va de soi, mais Kindred ne semblait jamais vouloir me trouver attirante. J'ai finalement réussi à le faire parler, et il m'a dit qu'il me voyait davantage comme une sœur. J'imagine que je ne l'attire tout simplement pas physiquement.

Ne souhaitant aucunement poursuivre davantage cette discussion, Epsey répondit : « Eh bien, je n'ai jamais vu d'époux s'entendre aussi bien que vous. Vous vous intéressez aux mêmes choses et je ne me rappelle pas avoir déjà senti de l'animosité entre vous. »

— C'est vrai et j'en suis reconnaissante. Nous communiquons librement. Qu'il s'agisse de décider comment encastrer une fenêtre ou d'identifier un oiseau, mon avis pèse toujours autant que le sien.

Tandis que la discussion s'orientait vers des sujets moins délicats, Epsey pensa qu'elle comprenait exactement ce que Kindred ressentait pour les ébats sexuels. Elle avait toujours senti qu'il y avait quelque chose de mal à « se connaître » de cette façon, comme la Bible le disait. Un sentiment honteux de culpabilité l'emplissait toujours après l'acte. Dieu les avait gratifiés d'un enfant, mais maintenant que la venue d'un autre était peu probable, il n'y avait plus de raison de recréer ce genre d'intimité. Elle vivrait donc, avait-elle décidé, selon les enseignements des Saintes Écritures.

CHAPITRE 12

Les Indiens voisins

Les Morris considéraient qu'ils menaient une bonne vie. Ils ne rechignaient aucunement aux durs labeurs dans les champs, se réjouissaient de l'isolement de leur propriété et ni eux ni aucun autre colon à Wrightsborough n'étaient injustement traités par les autorités établies à Augusta ou à Savannah. De plus, les familles blanches jouissaient d'une paix durable, due à l'apparente bonne volonté des Indiens de la région, dont la majorité vivait paisiblement sur l'autre rive de la rivière Ogeechee. Il existait un village voisin sur les berges de la rivière, situé sur des terres précédemment cédées, à moins d'une dizaine de kilomètres de leur ferme. Mais les familles Creek ne s'étaient tout simplement pas déplacées, car aucune demande n'avait été faite par des colons blancs pour cet endroit particulier.

Kindred entretenait une grande fascination pour les autochtones et, dès que leur cabane fut construite, il commença à visiter le village indien aussi souvent qu'il le put. Il mémorisa la presque totalité de ses deux ouvrages consacrés à leur culture et s'évertua à se montrer sensible et respectueux envers eux. D'un naturel généreux et aimable, il voyait ses amis indiens comme de sages professeurs. Ils répondaient à toutes ses questions sur leur mode de vie et lui apprenaient leur langage. Il fut vite en mesure de converser avec une aisance relative, utilisant une combinaison de signes et de mots. Il ajoutait à son vocabulaire lors de chacune de ses visites.

Kindred connut bientôt presque tous les habitants du village et certains autochtones manifestèrent en retour la même curiosité quant aux habitudes et aux motivations des colons blancs. Il parlait avec des hommes de tout âge, mais la plupart du temps, c'est avec la doyenne de la tribu qu'il s'entretenait. Elle se nommait Soyarna et était la sœur du chef. Les villageois s'en remettaient à elle pour les conseils médicaux et Kindred lui posait une foule de questions sur les plantes de la forêt et sur leur possible usage thérapeutique ; en échange de quoi, il partageait certaines de ses connaissances puisées dans ses propres livres et ses observations personnelles. Kindred désirait ardemment plaire à ses nouveaux amis et profitait de toutes les occasions pour leur apporter de petits présents, pour les aider à résoudre leurs problèmes et pour leur fournir de meilleures semences. Il fit aussi quelques travaux simples pour eux à la forge d'Ethan.

Kindred et Mavis tenaient un journal détaillé des informations ainsi recueillies, qu'ils partageaient au début, dans des envolées passionnées, avec Ethan et Epsey, mais Kindred se rendit bientôt à l'évidence que seule Epsey démontrait un certain intérêt pour les Indiens. Bien qu'Ethan ne proférât jamais de propos sévères à l'endroit des autochtones et qu'il fît de la traite honnête avec les rares Indiens qu'il connaissait, son attitude générale était froide : il les laisserait en paix s'ils ne l'offensaient pas. Il croyait que la tentative de rapprochement de son voisin avec les Indiens était une perte de temps et qu'elle l'empêchait d'accomplir ses corvées agricoles. En effet, Kindred passait maintenant plus de temps avec eux qu'avec Ethan. Ils ne chassaient plus ensemble, allaient rarement à la pêche et ne partaient plus en expédition. Kindred savait qu'Ethan désapprouvait ses nouvelles relations, mais il se consolait à l'idée qu'il pourrait être son interprète lors d'échanges avec les Indiens ou lorsque Ethan désirerait leur parler d'un intérêt commun.

Kindred et Mavis entreprirent de faire une étude comparative entre les colons et les Indiens avoisinants. Leur surprise fut grande de découvrir des différences marquées entre les conditions de vie. Kindred savait que certains Indiens, près des premiers développements coloniaux, avaient adopté les techniques agricoles des Européens et plantaient les mêmes variétés de maïs, de patate douce, de blé, de sarrasin, de tabac et de canne à sucre. Cependant, leurs voisins indiens en Géorgie utilisaient encore des pratiques traditionnelles de culture, que les Européens appelaient « swidden ». Ils défrichaient de petites surfaces de terre en tuant les gros arbres, déracinaient les plus petits pour en faire du bois de chauffage et brûlaient les débris au sol. Ils pouvaient alors semer librement entre les arbres morts et les souches. À l'aide d'un bâton, ils faisaient des trous dans le sol et y semaient plusieurs graines au même endroit ; il s'agissait surtout de semences de maïs et d'igname, mais aussi d'haricots, de tournesol et même de plantes rampantes telles les citrouilles, les courges et les gourdes. Cette petite surface était cultivée de la même manière durant quelques années, jusqu'à ce que les nutriments dans le sol viennent à manquer. Une nouvelle surface devait alors être défrichée et brûlée. Habituellement, en cinq années, le sol entourant la totalité du village était devenue impropre à la culture et, le gibier et le poisson n'étant plus aussi abondants, le village devait être déplacé. Ces mouvements incessants des villageois renforçaient l'opinion des Européens qui considéraient que les Indiens étaient des nomades et qu'ils pouvaient ainsi être déplacés à volonté plus à l'ouest.

À quelques exceptions près, c'est aux femmes qu'incombait tout le labeur de la culture. Les récoltes ne visaient qu'à répondre à leur propre consommation. Pour compléter leur diète, elles pratiquaient la cueillette de fruits, de racines et de feuilles comestibles. La chasse et la pêche demeuraient cependant le propre des hommes. Le tabac jouait un très grand rôle dans la culture autochtone et les Indiens le fumaient et pour le plaisir, et lors de cérémonies de paix.

La culture du maïs multicolore était très répandue ; on y consacrait d'ailleurs une des fêtes les plus sacrées, la cérémonie du maïs vert. À cette occasion, les hommes et les femmes se séparaient, le village était nettoyé et les feux existants étaient éteints. Ensuite, tous devaient prendre un bain, le chaman rallumait le feu sacré et tous les crimes, excepté le meurtre, se voyaient pardonnés. Le clan finissait par festoyer et allumait de nouveaux feux dans leurs wigwams respectifs.

Bien que Kindred rejetât l'affirmation d'Ethan qui jugeait les autochtones comme des êtres fondamentalement paresseux, il devait par contre admettre qu'ils étaient nonchalants en comparaison des colons blancs, lesquels déployaient, durant leurs longues journées de travail, des efforts constants en vue d'obtenir une production optimale de nourriture et de fibres. Les femmes s'occupaient de la culture, de la cuisine et des enfants, tandis que les hommes, eux, passaient le plus clair de leur temps à chasser, à piéger le gibier, à dormir et à s'entraîner au combat. Selon les critères des colons, les autochtones ne prêtaient guère d'attention au confort et à la sûreté de leurs habitations. Mêmes leurs habitations les plus permanentes étaient plus petites et moins solidement construites que celles des Blancs et ne constituaient rien de plus élaboré que des appentis faits de branches, d'herbages et de peaux de cerf. Kindred avait même remarqué que, plusieurs fois l'an, les demeures les plus avancées sur les berges de la rivière se voyaient inondées sous plus d'une trentaine de centimètres d'eau.

La société Creek était matriarcale. Ainsi, c'était la mère qui donnait à sa progéniture le nom de son clan. Les clans s'appropriaient le nom d'un animal, d'un élément de la nature ou même d'une plante, tels les clans Loup, Dindon, Cerf, Ours, Vent, Renard ou encore Pomme de terre. La loyauté envers le clan ou la famille surpassait en importance toutes les autres cellules d'appartenance, même l'appartenance à une tribu ou à un village. Les membres d'un clan vivaient à proximité, souvent au sein d'une même enceinte et l'on escomptait qu'un frère Loup visitant un autre village demeure avec ses parents du même clan, bien qu'il lui fût interdit de marier une fille de cette famille Loup. Les enfants des deux sexes étaient considérés comme la descendance de la mère et devenaient de ce fait membres de son clan ; ainsi ses fils se voyaient entraînés et éduqués par le plus vieux frère de la mère. Le mari, donc le père, n'étant pas membre du clan de son épouse, était destiné à offrir ce même service aux enfants de sa propre sœur.

Parmi les colons blancs qui avaient une vision neutre des Indiens, on considérait les tribus Cherokee, Creek, Seminole, Catawba et Choctaw comme les « cinq tribus civilisées » du sud-est. Cette opinion s'était forgée par l'attitude moins guerrière de ces tribus et par leur plus grande sédentarité. En comparaison, les tribus du nord et de l'ouest étaient nomades et beaucoup plus dépendantes des changements naturels, comme la migration du gibier. Peu de colons pouvaient différencier les Indiens, sauf par certaines particularités de leurs habitudes vestimentaires. Encore plus rares étaient ceux qui portaient un réel intérêt aux autochtones. Les voisins immédiats des Pratt et des Morris étaient les Upper Creek. Leurs terres s'étalaient le long d'une frontière plus ou moins définie dans une région à forte dominance Cherokee. Kindred apprit que cette région avait longtemps été disputée par les différentes tribus indiennes, mais qu'il y régnait aujourd'hui une paix relative depuis l'arrivée d'un ennemi commun : les colons blancs qui empiétaient constamment sur leurs territoires.

Un jour du début de juillet, alors que Kindred s'affairait à examiner les plantes aux abords de la rivière Ogeechee, il fut intrigué par une odeur fétide. Elle émanait d'une talle de petites plantes à fleurs pourpres. Il s'agenouilla parmi elles et découvrit qu'il s'agissait de trilles, caractérisées par leurs feuilles triples et leurs fleurs malodorantes. Alors qu'il les observait de plus près, il se sentit épié, mais, en balayant les environs du regard, il ne put voir personne. Il crut d'abord à un tour de son esprit, mais quelques minutes plus tard, il entendit clairement le craquement d'une brindille. Il se tourna prestement dans la direction du bruit, un bosquet de jeunes saules en amont de la rivière. Il demeura immobile, examinant avec circonspection les feuillages, mais sans rien distinguer. Il finit par se retourner. Il était sur le point de collecter un échantillon des plantes, lorsqu'une ombre se dessina sur lui. Il leva les yeux et découvrit un jeune Indien, un peu moins âgé que lui. Il s'était approché en silence et l'observait, un petit sourire aux lèvres. Plus grand que Kindred, il possédait une taille fine et de très larges épaules. Ses cheveux étaient séparés au milieu et attachés à l'arrière. Pieds nus, il portait pour seul vêtement une bande de cuir entre ses jambes, attachée autour de sa taille par une mince lanière.

Ils s'examinèrent sous toutes les coutures, intrigués. Kindred s'obstinait à ne pas briser le long silence. L'Indien semblait amical et prit finalement la parole : « Si j'étais un ennemi, tu serais déjà mort. »

Kindred répliqua, non sans quelque peu mentir : « Non, tu as brisé une branche et ainsi révélé ta présence. »

Après un court instant, l'Indien lui demanda : « As-tu une mauvaise blessure à soigner ? »

Cette question laissa Kindred perplexe, qui pensa que sa connaissance limitée du langage des Indiens lui avait fait mal comprendre les propos de son interlocuteur.

« Je ne comprends pas ce que tu veux dire », lui avoua Kindred.

— Cette plante sert à soigner la peau qui pourrit, car elle en a l'odeur.

— Si cela est vrai, je crois que *Trillium Erectum* est le nom qu'on lui donne. Cette plante indigène qui pousse dans les colonies du nord est aussi utilisée pour amoindrir la douleur de l'accouchement. Comment sais-tu ces choses ?

— Je me nomme Newota, fils de ma mère, Soyarna, qui utilise les plantes pour guérir les gens de mon village. Mon oncle et elle m'enseignent ces choses.

— Mon nom est Kindred et ma cabane se trouve à deux heures de marche à l'est d'ici. Je m'intéresse à tout ce qui vit dans la région, y compris les insectes, les oiseaux et les autres animaux ainsi que les plantes.

Le jeune Newota attendit un instant avant d'avouer : « Ma mère m'a parlé de toi. Tu as souvent visité notre village pendant mon séjour dans une tribu du nord avec mon oncle. À part les hommes de traite, tu es le seul à l'avoir fait. Ma mère dit que tu poses beaucoup de questions et pas seulement sur les plantes et les animaux, mais aussi, et surtout, sur notre histoire et nos coutumes. Pour quelles raisons t'intéresses-tu à nous ? Nous n'avons reçu que maladies, tricheries et mensonges de la part des hommes blancs qui ont pris nos terres. Et pourquoi examines-tu ces plantes si ce n'est pas pour guérir ou pour une cérémonie ? »

Ces questions ne trouvaient pas de réponses faciles ; Kindred ne les avait jamais étudiées. Il trouva enfin une réponse adéquate : « Je m'applique à apprendre des êtres et des choses vivantes pour mon propre plaisir et surtout pour partager de nouvelles connaissances avec des personnes comme moi, qui respectent la vie. J'espère pouvoir utiliser ces informations à bon escient et aider les hommes. »

Newota approuva d'un signe de tête et dit : « Je peux comprendre ton désir d'apprendre. Moi aussi, lorsque je serai assez vieux, j'enseignerai aux autres. Je veux devenir sorcier et utiliser les plantes pour apaiser les douleurs. » Non sans se surprendre lui-même, il ajouta : « Et un jour, peut-être, je serai chef de ma tribu. »

Les deux jeunes hommes furent contents de se comprendre suffisamment pour pouvoir partager leurs idées et leurs ambitions. Ils marchèrent jusqu'à un tronc d'arbre déraciné, s'y assirent et discutèrent davantage. Newota précisa qu'il désirait lui aussi mieux connaître les choses vivantes. Il s'intéressait à la culture et avoua que le langage des Blancs le fascinait.

« Cela serait bénéfique pour mon peuple d'apprendre votre langue », affirma-t-il.

Dès lors, les deux jeunes hommes se rencontrèrent fréquemment. De manière à mieux maîtriser les deux langues, chacun d'eux s'exprimait dans celle de l'autre. Ils tournèrent souvent ces échanges de mots à la rigolade. Kindred découvrit que son compagnon indien avait presque dix-huit ans et songeait déjà au mariage. Newota lui expliqua les coutumes des unions au sein des tribus Creek et Cherokee et les règles qu'il devrait suivre lorsqu'il déciderait de prendre une femme. Durant son plus récent voyage, on lui avait présenté une candidate au mariage qui demeurait dans le village de son oncle. S'il exprimait son accord, les tantes et les mères des deux clans tenteraient d'arranger un mariage.

Kindred l'interrogea sur le rôle du père dans cette union.

— Le père, expliqua-t-il, est tenu au courant, mais il n'a aucun rôle à jouer dans les préparatifs de l'union. Si la femme veut indiquer son consentement, elle pose un bol de maïs bouilli à l'entrée de son habitation à un moment préétabli. Puis, si je désire aller de l'avant, je lui demande la permission d'en manger. Elle peut alors accepter ou refuser. Si elle accepte, mon clan lui offre des présents et les relations sexuelles sont dès lors permises.

Il fit une pause, comme pour faire sentir l'importance de cette perspective, et Kindred lui demanda : « Quelle est alors la prochaine étape ? »

— Je dois alors prouver ma virilité et le sérieux de ma démarche en lui bâtissant une habitation et en tuant un animal pour notre premier repas. Lorsque nous mangeons la viande, qu'elle a fait cuire, nous célébrons notre mariage. Mais cette union est toujours réversible dans l'année. Si l'un d'entre nous après cette période considère que l'union est une erreur, je retourne dans mon clan, laissant femme et maison.

— Je ne crois pas que cela m'arrivera, renchérit-il, mais si le mariage s'avère bon, ma femme peut m'accorder la permission d'avoir d'autres épouses, souvent ses sœurs ou ses cousines. Si une autre femme est choisie, elle a droit à une nouvelle habitation.

Newota parlait sans gêne de ces coutumes étranges aux yeux de Kindred et cela l'étonna. Il poursuivit ses explications : « Les filles peuvent avoir des relations sexuelles avant le mariage, mais après coup, on s'attend à ce qu'elles ne couchent avec aucun autre homme que celui qu'elles ont marié. Agir autrement est un acte qui peut annuler le mariage. La femme qui brise cette règle gardera tout de même l'habitation, mais devra encourir une sérieuse punition de la part de sa tribu, comme celle de se voir couper une oreille. On demande à une veuve de pleurer la perte de son mari durant quatre ans avant de se remarier, mais un mariage plus hâtif est possible si elle obtient la permission du clan de son défunt époux. »

Après une hésitation sentie, Kindred lui demanda : « Et où en es-tu dans le processus de mariage ? »

Newota sourit et lança : « J'ai décidé de ne pas tremper mes lèvres dans son bol de maïs. »

Au cours de leurs rencontres suivantes, les deux jeunes hommes parlèrent de botanique et des affaires générales de la tribu. Kindred savait identifier la plupart des plantes mais connaissait mal leurs usages. Newota, lui, avait cette connaissance et ne se gênait pas pour l'étaler, au grand bonheur de son ami blanc. L'Indien ambitionnait de devenir à la fois un guerrier et un sorcier ; il avait étudié les plantes médicinales avec sa mère, mais avait aussi suivi les enseignements d'un grand sorcier, le *hillis haya*.

Ils se plaisaient à tester leurs connaissances en se posant des questions sur l'identification et la valeur médicinale de différents spécimens botaniques. Kindred mentionnait la fièvre et Newota citait l'aconit, le chèvrefeuille et l'écorce de saule, en ajoutant que ces éléments pouvaient également soulager la douleur de l'arthrite. « Les racines d'aconit », disait-il, « peuvent s'avérer vénéneuses. » La diarrhée pouvait être contrôlée par le pin terrestre, qui s'apparentait à un lierre garni d'épines, et les crampes menstruelles se traitaient avec de la cenelle noire et du nard indien. Les maladies des yeux se soignaient avec une variété de douce-amère, qui contenait également un narcotique puissant. Kindred connaissait déjà cette plante du nom de belladone. Les noms et les usages les firent parfois rire aux éclats. L'herbe à vomissure était un expectorant violent et la fleur de la passion, passiflore, était aussi efficace pour contrer la dépression que pour guérir les hémorroïdes.

Newota expliqua que, chez les Indiens, il revenait à l'homme de trouver la viande et que, très tôt, les jeunes Indiens se familiarisaient avec les techniques de la chasse traditionnelle et de la trappe. Même les jeunes garçons savaient comment piéger les oiseaux, les écureuils, les opossums, les ratons laveurs ainsi que les lièvres. Ils apprenaient également très tôt le maniement des sarbacanes, des petits arcs et des flèches pour tuer les proies. À l'âge adulte, ils devenaient membres à part entière de la tribu et on leur attribuait un nouveau nom. Ils passaient la majeure partie de leur temps à chasser le gros gibier, des cerfs à queue blanche, des dindons et des ours. Les bons chasseurs tentaient de s'approprier l'attitude et le caractère de leurs proies et d'imiter jusqu'à un réalisme presque parfait le cri des animaux.

Répondant à une question de Kindred au sujet des activités des femmes, Newota expliqua : « Nos femmes sont plus près de la terre que nous, les hommes. Elles entretiennent les cultures et font la cueillette des fruits, des noix et des racines comestibles. Au moment de l'accouchement, la femme est préparée dans son corps et dans son âme à demeurer seule durant ce moment sacré. Elle enfante à l'extérieur du village et, une fois l'enfant mis au monde, elle l'y ramène comme un présent. Le jeune enfant est sous son entière responsabilité. Le nouveau-né est roulé dans la neige ou trempé dans l'eau froide, frictionné de graisse d'ours. Il passe sa première année dans ses langes. Toujours près de sa mère, le nourrisson, surtout s'il est prématuré ou faible, bénéficie de soins constants, d'une alimentation riche et de la chaleur du corps de sa mère. Plus tard, elle inculque à son enfant les valeurs du silence et du respect des aînés. Bientôt, ses frères et ses sœurs participent à son éducation et lui apprennent la discipline. Il est entendu que les enfants ne doivent pas être tapageurs, ne doivent jamais interrompre un adulte lorsqu'il parle et sont réprimandés sévèrement s'ils marchent entre un feu et leurs aînés ou pour toute autre marque d'impolitesse. Enfant, on ne m'a jamais permis de me joindre à une discussion, à moins qu'un des adultes ne m'ait questionné directement. »

« Aussi loin que je m'en souvienne, je devais toujours apprendre des leçons. Tout jeune, on exigeait de nous que nous restions immobiles durant environ une heure, à observer attentivement l'action d'une colonie de fourmis, d'un essaim d'abeilles, d'oiseaux construisant un nid ou d'un poisson protégeant ses œufs dans le lit d'une rivière. Plus tard, nous devions étudier d'autres animaux et étions rongés de honte si nous ne pouvions répondre à des questions sur leurs habitudes. Mon oncle récitait une longue liste d'événements ou de choses que je devais mémoriser sans faute. Lorsqu'on m'envoyait à un endroit précis, je devais à mon retour faire une description détaillée de ce que j'y avais vu, relevant souvent les détails les plus insignifiants. »

Kindred parla ensuite de sa jeunesse, mentionnant ses timides tentatives pour protéger sa mère de la sévère discipline de son père. Il avait été travailler chez un marchand pour faire la livraison et sa vie changea lors de sa rencontre avec le Dr Bartram, qui l'introduisit à l'étude des plantes et des insectes. Bartram lui montrait des livres merveilleux et des spécimens fascinants. Lorsqu'il ne travaillait pas, il apprenait à lire et à écrire. Il se surprit à réaliser que la majeure partie de son apprentissage s'était faite dans les livres et non par ses propres observations pratiques.

En explorant la forêt, de jour comme de nuit, Newota apprit à Kindred à observer la voûte céleste. Même lorsque l'étoile polaire n'était pas visible, son compagnon trouvait avec facilité le nord en observant les constellations et, par la position de la lune, pouvait estimer l'heure. Newota avait une conscience aiguisée de la nature : il connaissait les courants des cours d'eau et la direction des vents prédominants. Il savait que certains insectes plaçaient leurs cocons sur la partie exposée au sud des arbres ou des roches, là où la chaleur du soleil les réchauffait davantage. Quand tout autre voyageur perdu aurait tourné en rond, revenant sans cesse au même point, Newota pouvait marcher en ligne parfaitement droite jusqu'à trouver des indices de sa localisation. Il appartenait à son environnement et avait pleine confiance en sa capacité à trouver son chemin dans les situations les plus déroutantes.

— En temps de paix comme en temps de guerre, avait-il un jour expliqué à Kindred, la victoire revient à ceux qui ne font qu'un avec les forêts et les marécages. Mon peuple a appris la patience, nous savons rester cachés à attendre, sans bouger durant des heures. Dès notre plus jeune âge, on nous enseigne à endurer la douleur et les froids extrêmes. À l'époque où j'étais encore un jeune garçon, mon oncle me forçait à m'immerger chaque jour dans un cours d'eau, et cela même lorsque sa surface était figée de glace.

Kindred avait en effet remarqué que Newota n'hésitait jamais à plonger dans une rivière, même par les plus grands froids, à nager jusqu'à la rive opposée et à continuer son chemin comme si c'était l'été.

Newota critiquait amèrement le désir cupide des colons de s'approprier sans cesse de nouveaux territoires et n'hésitait pas à en faire part à Kindred : « Mon peuple n'a jamais désiré posséder la terre sur laquelle il vit. J'aime la nature et toutes ses créations. Je m'y assois et m'y étends pour reprendre mes forces. J'aime le contact du sol ; je préfère être pieds nus que porter des mocassins. Certains des aînés de ma tribu considèrent même comme un sacrilège de labourer le sol. Comment quelqu'un ou même un peuple peut-il affirmer qu'il possède la Terre ? Pouvons-nous priver nos frères ou même nos ennemis du vent, des rayons du soleil ou du courant des eaux ? »

La sympathie de Kindred pour ces opinions était grande, mais il voulait faire remarquer à son compagnon que les Indiens aussi se battaient pour posséder un territoire : « Newota, les tribus réclament des droits de chasse et de pêche dans certaines régions, et elles se réservent des terres pour la culture. Est-ce bien différent de ce que font les Blancs ? »

— C'est là une lutte inévitable pour la survie, avoua Newota. Mais nous faisons maintenant face à un avenir inquiétant. Mon oncle explique ainsi ce qui se déroule aujourd'hui : le grand Roi au-delà de la mer a interdit toute nouvelle colonie sur les terres indiennes, mais votre peuple prête peu d'attention à ses dires. Notre peuple est avide des marchandises en provenance d'Europe mais est toujours perdant dans la traite. Certains ont même arrêté de cultiver leur propre nourriture, préférant échanger des peaux de cerf et des fourrures contre du maïs et de la viande. Le marchand qui vient à notre village collecte toutes les peaux et décide de leur valeur. Les hommes se font escroquer, mais s'ils peuvent obtenir des biens à crédit, ils acceptent l'injustice et se taisent. Je sais que vos chefs encouragent et vont même jusqu'à payer les marchands pour s'assurer que notre peuple est toujours endetté. Nous ne possédons que nos terres pour repayer et cela, ils le savent.

Kindred avait l'intention de poser des questions sur la traite avec les Indiens lors de sa prochaine visite en ville, mais il n'eut pas à attendre si longtemps. Un jour qu'il travaillait à la forge et qu'Ethan lui donnait quelques conseils sur le moment idéal pour battre le fer et sur la nécessité de le refroidir vite pour assurer sa solidité, ils aperçurent un cavalier qui venait vers eux. Ils virent qu'il s'agissait de Reuben Starling, l'agent responsable de la traite avec les Indiens. Il leur expliqua qu'il était en route pour les territoires indiens et qu'il était assoiffé : auraient-ils l'obligeance de lui offrir un peu d'eau ?

« Monsieur Starling, pourriez-vous nous dire comment vous êtes devenu négociant et nous parler de ce poste ? », demanda Kindred.

Starling sembla content d'avoir la chance de parler de lui : « Voyez-vous, messieurs, tout d'abord, ma licence ne put être délivrée que par le surintendant aux Affaires indiennes, John Stuart, le représentant direct du Roi. Je dus prouver que je connaissais leur dialecte, signer un contrat et prêter allégeance à la Couronne. Je fais partie intégrante du gouvernement, je rédige mes propres rapports sur la situation indienne et je fournis toutes les informations que je recueille. »

— Êtes-vous libre de faire la traite partout, avec qui vous voulez et comme vous le désirez ?

— Bien sûr, répondit l'agent en riant, tant et aussi longtemps que je m'occupe des villages qui m'ont été assignés et que je respecte le prix établi pour les peaux et les fourrures. Je suis responsable de garantir leur poids et leur qualité et de nommer un facteur pour chacun des groupes de villages pour qu'il fasse la cueillette des peaux, qu'il s'assure qu'elles soient bien traitées, qu'il les pèse et les attache en ballots d'une vingtaine de kilos chacun de manière à ce que je puisse en emporter trois ou quatre sur le dos de mon cheval. Je prends tout ce que je peux. Ainsi, à un bon chasseur, j'avance quatre kilos de poudre, cinq kilos de balles et quelques pacotilles pour l'équivalent d'environ treize kilos de peaux. Je possède également une liste de prix pour les biens que je troque et, croyez-moi, tout est troqué de manière honnête.

— Supposez qu'un autre agent prenne l'initiative d'offrir aux Indiens un meilleur marché ?, questionna Kindred.

— Tous les villages nous sont clairement assignés et personne ne peut faire la traite dans ceux qui ne lui reviennent pas. De plus, si l'un d'entre nous s'adonne à une traite illégale, le surintendant John Stuart révoquera sa licence et il sera mis aux arrêts.

— Qu'en est-il des gens qui travaillent pour vous ? N'ont-ils pas grand avantage à se sucrer en douce ?

— Nous ne pouvons engager de nègres, de métis ou même de Blancs qui auraient adopté le mode de vie des Indiens, réfuta Starling avec une pointe évidente d'arrogance.

Lorsque Starling s'en alla, Kindred s'exclama : « Bon sang ! C'est honteux d'escroquer ainsi les Indiens ! Nous devrions faire quelque chose. »

Ethan fut surpris de cette sortie. « Que veux-tu dire ? Ils ne sont pas forcés de traiter avec nous s'ils ne le veulent pas. Ce sont eux qui nous supplient de leur troquer des marchandises, en plus de massacrer tous les cerfs de la forêt pour se les procurer. Qu'y a-t-il d'injuste là-dedans ? »

— Mais ils sont trop ignorants pour marchander avec les Blancs !

— Kindred, tu as tout faux. Ils sont assez astucieux pour passer des accords et signer des traités qu'ils ne respectent pas. Tu me répètes sans cesse combien ton ami Newota est dégourdi. Du reste, ils peuvent toujours payer leurs dettes en se rendant à Augusta pour arranger une nouvelle entente et céder d'autres terres.

Kindred évita de répondre et retourna à sa cabane dès que ses outils furent réparés et aiguisés.

Dès lors, lorsque Kindred se trouvait en compagnie de Newota pour pêcher, chasser, piéger ou explorer, ils discutèrent davantage des relations entre les Indiens et les Blancs que de faune et de flore.

— Je sais, lui dit un jour Kindred, que des gens de ton peuple ont vécu parmi nous pour retourner ensuite dans leur tribu. N'apprennent-ils pas de cette expérience à voir tout ce qui nous rapproche, ce que nous avons en commun et comment nous pourrions mieux nous entendre ? »

— Oui, certains sont nés et ont été éduqués par l'homme blanc. Par la suite, ils sont retournés auprès des leurs, mais ne connaissent rien aux forêts et à la terre. Ces gens ne peuvent identifier la plus simple odeur, n'endurent ni la faim, ni le froid et ils sont incapables de se déplacer en silence, de tuer un cerf ou de survivre seuls. Ils désirent porter des vêtements soyeux et dormir sur plusieurs couches d'étoffe. Certains ont appris à devenir de bons fermiers, une activité normalement réservée aux femmes, mais ne sont pas endurants à la course et chassent mal. Ils sont impuissants devant l'ennemi et n'arrivent même pas à défendre leur propre village. Il n'existe aucun juron dans notre langage, mais ils rapportent des mots obscènes. Ils sont devenus obsédés par les jouissances d'une vie facile.

« Lorsque les marchands blancs les utilisent pour négocier les peaux, nous savons que leur loyauté ira à celui qui les paie. Nous n'avons pas confiance en eux et ils sont ridiculisés dans notre culture. Un vieillard a dit que l'agent de traite était si pingre qu'il transportait dans sa poche un chiffon blanc et qu'il se mouchait dedans de peur que le vent ainsi créé ne souffle un si précieux liquide ! »

Ils apprécièrent tous deux la blague et continuèrent leur marche dans les bois.

« D'autres habitudes nous apparaissent étranges, continua Newota. Lorsque nous recevons un hôte, nous mangeons en silence, nous allumons une pipe, puis nous nous saluons d'un signe de tête et nous nous quittons. Ainsi, honorons-nous notre hôte. Nos chefs qui se sont rendus à Savannah nous rapportent que l'homme blanc mange dans le vacarme et qu'il trouve nécessaire de parler constamment. Après avoir consommé la nourriture et les boissons, les invités se livrent à des commentaires idiots avant leur départ. »

Un jour, alors qu'ils discutaient de leur croyance en Dieu, Newota lui expliqua sa vision : « Nous avons observé votre religion et nous n'en voulons pas. Par exemple, nous considérons que toutes les journées sont saintes et non pas une seule sur sept, comme vous. Vos Églises semblent apprendre aux gens à se disputer quant à la volonté de Dieu. Nous ne nous querellons jamais sur la nature du Grand Esprit ou sur la manière de nous adresser à lui. Il nous arrive d'entendre parfois des opinions contradictoires, mais nous tentons de voir le bien chez la personne qui parle et de garder nos jugements pour nous-mêmes. L'Esprit ne nous donne aucune raison de querelles ou de dissensions, car il est une force vitale qui unit les humains les uns aux autres et qui nous unit aux animaux, aux oiseaux, au vent et même aux roches et à la terre. Tout est relié. Nous respectons même l'esprit des animaux que nous tuons pour manger et leur demandons pardon lorsque nous prenons leur vie. »

Kindred sentit qu'il devait défendre ses congénères et le fit : « Si vos croyances sont si supérieures et que vous considérez les Blancs comme inférieurs, pourquoi alors avez-vous peur des colons ? »

— Eh bien, tu sais déjà que votre population augmente très rapidement, que vos armes sont plus puissantes et que vos maladies ravagent nos tribus. J'ai entendu mon oncle et ma mère parler d'un autre aspect qui nous différencie et qui semble, à leurs yeux, être des plus importants. Vous, les hommes blancs, ou à tout le moins vos chefs, avez appris à voir loin dans l'avenir et à faire des plans à long terme. Vos idées sont mises par écrit de manière à les faire connaître d'un grand nombre de personnes. C'est ainsi que ces idées rassemblent les Blancs autour de buts communs. Nous ne pensons pas de cette manière : nous planifions nos activités pour l'heure suivante ou, tout au plus, pour quelques jours, lorsque, par exemple, nous voulons faire un jardin ou accomplir une opération guerrière contre une autre tribu. Nos chefs ne voient pas à long terme et sont ainsi incapables de pressentir les dangers futurs que comportent les traités de vos chefs.

— Je dois avouer qu'il y a beaucoup de vrai dans ce que tu dis, mais vos chefs signent volontairement ces accords et blâment ensuite les Blancs pour les conséquences de leurs décisions.

— En fait, tu dois comprendre que nos chefs ne peuvent parler avec autorité que pour un très petit nombre de villages. Vos leaders les élèvent à un rang d'honneur qu'ils ne méritent pas et les soudoient par des présents, ce qui les pousse à trahir leur propre peuple. Ils savent qu'à leur retour, ils n'auront aucun pouvoir pour faire respecter les promesses faites aux Blancs. Et encore, les leaders blancs ne respectent un accord que s'il demeure à leur avantage.

Kindred devint de plus en plus préoccupé par les abus commis contre le peuple de son nouvel ami. Son animosité grandissait envers les colons qui méprisaient les Indiens, les considérant comme des sauvages et des intrus sur les terres que Dieu avait octroyées aux hommes blancs. Une douleur le ravageait, lui qui était plutôt timide et qui s'exprimait avec difficulté parmi des étrangers, lorsqu'il entendait, sans pouvoir dire mot, des blagues cruelles sur la stupidité des hommes Creek et sur les habitudes sexuelles bestiales des squaws. Il observa également que les marchands de Wrightsborough, même les commerçants les plus réputés pour leur honnêteté, surévaluaient la valeur des marchandises troquées aux autochtones lorsqu'ils en avaient un besoin urgent.

Il se rappelait l'attitude des Quakers de Philadelphie, qui tiraient une grande fierté d'avoir traité avec justesse les Indiens du Delaware, déclarant que leurs accords n'avaient jamais été violés, bien qu'aucun papier n'eût été signé. Cependant ils gloussaient d'un exemple de traite habile : William Penn avait une fois conclu un accord qui lui permettait d'acquérir autant de terres entre deux rivières que pouvait en parcourir un homme en une journée et demie de marche. Il avait ensuite recruté un champion de course qui parcourut cent cinq kilomètres dans les temps alloués.

Un jour, en rentrant de la ville en compagnie d'Ethan, Kindred critiqua âprement l'un des marchands qu'il avait vu traiter avec un vieillard Cherokee. La réaction de son ami le choqua. Pleinement confiant dans son statut naturel de leader, Ethan s'exprima en ces mots : « Kindred, tu es l'objet de railleries chez les gens du coin. Ils pensent que tu t'es fait avoir par les sauvages et que tu ignores ce qui se déroule vraiment dans la région. Tu dois réaliser que ces

Indiens sont différents de nous. Je suis d'accord sur le fait qu'ils ne devraient pas subir d'abus, et tu sais qu'Epsey et moi les avons toujours aidés lorsqu'ils étaient dans le besoin. Mais nous savons tous qu'ils vivent sur des terres qui seront bientôt les nôtres et qu'ils devront se déplacer au-delà de la rivière Oconee dans quelques années. »

Kindred rugit de colère : « Tu as tort, Ethan. Les Creek et les Cherokee ont obtenu des engagements solennels des plus hautes autorités britanniques, dont le Roi lui-même. Et le gouverneur Wright et le gouverneur Campbell ont été des plus clairs à ce sujet. En ce moment même, nos troupes s'affairent à déloger certains colons qui ont défriché des terres sur le territoire indien.

— Allons, Kindred, tenta de le raisonner Ethan, les officiels britanniques ne sont pas de notre engeance. La plupart de ceux qui concoctent des traités sont des Anglais qui s'impatientent de retourner vers leur mère patrie. Ils n'ont que faire des terres du Nouveau Monde et donneront aux indigènes tout ce qu'ils voudront pour les voir se joindre à leurs côtés dans les guerres contre les Espagnols et les Français, tout en assurant l'enrichissement des marchands par la traite. Nous, les colons, sommes différents. Nous sommes coincés dans une minuscule langue de terre entre la Savannah et la rivière Ogeechee. Aussi, sommes-nous souvent victimes de troc injuste de la part des mêmes marchands. De vastes territoires s'étendent à l'ouest, où se trouve une poignée de villages indiens et où nous trouverons des parcelles de bon sol propre à la culture. Ils sont trop paresseux pour vivre d'une autre manière qu'au jour le jour, se vautrant dans des huttes faites de boue et de peaux, tout juste capables de survivre d'une saison à l'autre.

Ces propos inquiétèrent profondément Kindred. Cette conversation pouvait détruire leur amitié, mais ses convictions l'empêchaient de garder le silence.

« Les Britanniques ont raison et nous avons tort, martela Kindred. Je sais que certains Indiens sont mauvais, tout comme il existe des Blancs malveillants, mais la vaste majorité de ce peuple est composée de bonnes gens qui ne désirent que vivre en paix, en accord avec le style de vie qu'ils mènent depuis des siècles. Comprends que leur population a été quasiment anéantie par nos maladies et nos tromperies. Sais-tu combien ils doivent débourser pour un seau en métal ou un mètre d'étoffe ? »

D'un geste de main empreint de dédain, Ethan répondit : « Eh bien, on ne leur met certainement pas le couteau sous la gorge pour qu'ils les achètent. C'est leur gloutonnerie qui les forcera plus à l'ouest. J'ai trouvé dans les bois des carcasses de cerf dépouillées, dont la viande avait été complètement gaspillée et laissée en pâture aux renards et aux vautours. Tout ce qu'ils veulent aujourd'hui, c'est de plus en plus de peaux pour les échanger sous notre contrainte, d'après toi, contre nos marchandises. Lorsqu'ils auront décimé l'entière population de cerfs de ce côté-ci de la Ogeechee, ils devront s'en aller et nous avancerons d'un pas de plus dans leurs territoires. »

Kindred admit la justesse de cette affirmation, mais insista pour convaincre Ethan de la mauvaise foi des marchands : « Dans un ballot de peaux livré à l'agent, plus de la moitié d'entre elles servent à éponger les dettes existantes et le reste ne suffit plus à régler la valeur des nouveaux échanges. Les Indiens ne pourront plus tenir longtemps. »

— Tu as raison, et c'est le meilleur levier que nous pouvons utiliser contre eux. Lorsqu'ils manqueront de peaux ou de crédit, il ne leur restera qu'une seule richesse : leurs terres.

Ils devaient bientôt se séparer, étant arrivés près de la bifurcation du sentier menant à la demeure de Kindred. Ce dernier tenta alors de diminuer la tension manifeste :

« Si je comprends bien où tu veux en venir, la seule solution est de signer et de respecter les traités pour que la paix soit assurée. Si les Indiens acceptent de céder leurs terres, c'est leur choix. Nous devons tout de même être honnêtes avec eux. »

— Je ne peux pas être en désaccord avec la nécessité de tenir notre parole, mais notre tâche première est de prendre soin de nos familles ainsi que de nous-mêmes et, entre eux et ma famille, mon choix est fait.

Après y avoir songé quelques instants, Ethan termina leur échange ainsi : « Peut-être as-tu passé trop de temps de l'autre côté de la rivière, Kindred. Bonne journée. »

Kindred, assis en silence sur le dos de son cheval, blâma les rayons éblouissants du soleil couchant pour les larmes qui lui troublaient le regard, tandis qu'Ethan disparut dans un coude de l'étroit sentier. Une partie importante de sa vie venait d'être amputée. Il réalisa sa naïveté, tout au moins celle d'avoir cru Ethan à même de partager ses inquiétudes sur le sort des autochtones. Qui, parmi les colons, pouvait comprendre ses sentiments envers Newota et son peuple ? Il ne put même pas en imaginer un.

Après une journée environ, Mavis ne put ignorer l'égarement de son mari et lui demanda : « Kindred, es-tu malade ? »

Il secoua la tête en répondant : « Ethan semble avoir changé depuis notre première rencontre. »

— Je n'ai rien remarqué, admit-elle. Que veux-tu dire ?

— Eh bien, il semble avide de posséder plus de terres, alors qu'il m'apparaît évident que nous en possédons autant que nous pourrions espérer en cultiver.

— Kindred, lui dit-elle en guise de consolation, tu sais que nous sommes différents de lui et de tous les autres colons. Ici, tous calculent leur succès selon la taille de leur ferme. Ne crois-tu pas que l'idée d'Ethan est d'assurer à son fils et aux fils de celui-ci un avenir prospère en agrandissant sa ferme ? Et est-ce bien tout ce qui te tracasse, Kindred ?

— Je dois avouer que non. Je ne suis plus sûr qu'Ethan entretienne en son cœur la loyauté due aux officiels britanniques. Et chose plus grave à mes yeux, il paraît habité d'une animosité envers les Indiens. Il m'a même fait des histoires, reprit-il, parce que je visite leur village.

Mavis comprenait.

Bien que les deux familles entretinssent par la suite des rapports polis, elles ne connurent plus la complicité d'avant. Les excursions de Kindred et d'Ethan devinrent rares, ce qui plaisait à Mavis. Elle reprit la place principale auprès de son mari lors de leurs diverses discussions. Les époux accomplissaient les travaux nécessaires sur la ferme, mais n'essayaient pas d'agrandir leur propriété comme le faisaient les Pratt. Les escapades de Kindred le menaient maintenant presque invariablement vers le village Creek, où il retrouvait Newota, pour poursuivre ses recherches botaniques. Mavis l'accompagna à quelques reprises, ce qui l'amena à partager ses inquiétudes profondes quant aux tensions croissantes entre les Indiens et les colons blancs.

Les Morris résumèrent ce qu'ils avaient appris de Newota et firent parvenir l'information au Dr Bartram. Sans aucune demande de leur part, Bartram leur envoyait à l'occasion des sommes d'argent, selon les efforts déployés et la valeur des informations reçues.

Un jour, Kindred demanda à Newota comment son peuple se préparait à la guerre.

— Je n'ai vu qu'une seule préparation pour une campagne sérieuse et à cette époque, je n'étais pas encore un homme. Ce jour-là, je me souviens d'un groupe de guerriers menés en une seule file par un chef élu, qui était mon père. C'est là la dernière fois où je l'ai vu vivant. Lui et deux autres guerriers furent tués dans cette bataille, mais aucun de leur corps ne fut pris. On les ramena au village, où régnait une atmosphère de fierté, voire même un sentiment d'accomplissement, car leur scalp étaient intacts. L'issue de la bataille n'était pas claire, mais l'honneur de notre clan avait été défendu. Lors d'attaques contre des voisins bien connus avec qui nous n'entretenons pas de relations hostiles, l'enjeu est presque toujours de réparer une insulte faite ou de résoudre une dispute sur les territoires de chasse. Ordinairement, peu de sang est versé et les deux camps ont de grandes chances d'être satisfaits si leur intégrité est honorée.

— Les Européens, fit remarquer Kindred, opèrent de manière similaire dans les duels à l'arme blanche ou au pistolet. Le but, la plupart du temps, n'estt pas de causer la mort de l'adversaire.

L'Indien poursuivit ses explications : « Nous annonçons notre retour au village par des cris de triomphe et des chants. Les guerriers jeûnent alors durant trois jours pour se libérer de la souillure du sang humain versé. Les femmes chantent et célèbrent toujours leur admiration. Quelques tribus ont commencé à s'attaquer à d'autres tribus pour prendre des captifs, sachant que les Britanniques sont désireux de les acheter pour en faire des esclaves. Cependant, lorsque nous avons capturé un puissant guerrier que nous avons craint et respecté, il peut être scalpé vivant et torturé par le feu, lui permettant ainsi de prouver sa bravoure tout en entonnant un chant des morts. »

— Mon cher ami, explique-moi pourquoi votre peuple et les Européens ne pouvez pas vivre en paix.

— Mon oncle me dit que nous avons de bonnes relations avec certains étrangers. J'ai appris que, le long du Mississippi et dans le Nord-Ouest, les Français ont établi quelques rares colonies permanentes et qu'ils n'avaient que peu d'intérêt pour l'agriculture. Ce qui les intéresse, c'est la traite et surtout de dépasser les Britanniques dans le commerce. De plus, ces deux ennemis ont utilisé tous les moyens possibles afin de recruter nos braves pour aider leur armée à remporter la victoire sur l'autre. Certains des chefs indiens ont appris à tirer profit des divisions qui existent entre les différentes nations blanches, mais ce n'est jamais les villageois qui en sortent gagnants.

Kindred connaissait cette situation, à tout le moins ce qui s'apparentait à la présence britannique en Géorgie et en Caroline, mais il ne savait pas comment les Indiens considéraient les autres Européens :

« Comment voyez-vous les Espagnols, les premiers arrivants en Géorgie et en Floride ? »

— Je sais seulement ce que mon oncle m'en a rapporté. Les Espagnols ont été les pires de tous, regardant comme des animaux ceux qui ne partageaient pas leur foi. Ils ont été cruels et despotiques. Au moment de leur arrivée, vivaient en Floride et sur les côtes de la Géorgie plusieurs milliers de Timucuas. Par les maladies, les assassinats et la faim, les Espagnols anéantirent la presque totalité de la population. Lorsque la Floride fut perdue et passa aux mains des Britanniques, les Espagnols emportèrent avec eux en Europe tous les survivants Timucuas... dans un seul navire !

Il s'agissait de les convertir au christianisme et ils n'étaient pas plus nombreux qu'une centaine. Maintenant, nombre de mes compagnons Creek, des Cherokee, des esclaves fugitifs et des criminels se dirigent au sud pour s'installer dans les terres abandonnées. Ils se font appeler les Seminole, ce qui signifie « les sauvages » ou « les fugitifs ».

Grandement troublé par tout ceci, Kindred lui demanda : « Ton peuple ne voit pas que les Européens ne lui apportent que des tragédies ? Parmi vous se trouvent des braves guerriers qui connaissent les forêts et qui pourraient se grouper pour protéger vos terres et votre mode de vie. »

Avec un grand sourire, Newota dit : « Tu parles comme un Indien, mais comme un Indien idiot. Tu dois te rappeler que nous ne sommes pas unis et que nous ne le serons jamais. Notre nation est composée de petits villages indépendants et les clans n'accepteront jamais de recevoir des ordres de chefs éloignés. Malheureusement, la plupart de nos batailles se font entre nous et non contre un ennemi commun. Lorsque les chefs se réunissent, ils prennent toutes les décisions par consensus, après d'interminables délibérations. Cela signifie en général que les compromis balaient tout espoir d'action forte et concertée. En fait, le surintendant aux Affaires indiennes en connaît beaucoup plus sur les différentes tribus que nous tous et il paie des espions pour s'infiltrer parmi nous afin de prévenir toute surprise. »

« Nous avons toujours essuyé des défaites lors d'affrontements armés avec les colons. Les seules victoires sont remportées par de jeunes hommes qui, à la faveur de la nuit, attaquent les colons les plus isolés, et cela s'est surtout déroulé au nord d'ici. Ce sont là des actions de lâche, privées de l'honneur des guerriers, et elles nous font généralement beaucoup plus de mal que de bien. Les Blancs font payer des clans entiers, par des châtiments impitoyables, pour les méfaits de certains Indiens. De ce fait, les pertes en propriétés et en vies surpassent largement les torts infligés. Les anciens sont alors forcés de solliciter la paix, mais perdent presque toujours dans les pourparlers. »

Sans le réaliser, Kindred se plaçait du côté des Indiens : « Newota, je sais que certaines de ces choses ne peuvent pas trouver de solution, mais la situation n'est pas désespérée. Les officiels britanniques tentent de protéger votre peuple mais ce sont des colons que proviennent les menaces. Ils empiètent sans relâche en Géorgie et je les ai entendus dire qu'ils vous chasseraient par la force en détruisant vos villages et même en massacrant vos familles. »

Newota haussa les épaules d'impuissance : « Eh bien, nous ne pouvons pas y faire grand-chose. »

« Mais peut-être que si », répliqua pensivement Kindred.

Kindred décida d'aider ses amis indiens. Accompagné par Newota, il voyagea en passant par de nombreux villages à l'ouest de la Ogeechee, prenant note de toute propriété établie près des villages indiens et en rapporta secrètement la position aux autorités britanniques. Il apprit bien vite qu'il ne pouvait compter que peu de véritables alliés, soit le surintendant John Stuart et ses subordonnés, qui étaient déterminés à faire respecter les traités, à réfréner l'avidité des colons plus militants et à maintenir l'ordre et la paix, bien que leur but ultime fût d'assurer le plus haut niveau de rendement de la traite avec les autochtones. Grâce à ses contacts, Kindred était mis au courant à l'avance des incursions rarissimes des dragons montés en territoire indien. Ces miliciens s'occupaient de débusquer et de chasser les colons illégaux. Chaque information reçue par Kindred était aussitôt partagée avec Newota. En raison de ses gestes d'appui à la cause indienne et de sa maîtrise de leur langue, les Indiens commencèrent à venir vers Kindred pour demander conseil et soutien.

La rogne des marchands montait aussi à Londres. Dès 1772, la dette indienne était devenue si lourde que les Blancs menacèrent d'interrompre tout échange avec les autochtones. Une forte volonté naquit chez certains des chefs Cherokee de régler ces arrérages par la cessation de territoires, mais comme le traité de 1763 engageait toutes les tribus importantes à demander l'aval des gouverneurs royaux britanniques, les ententes ne pouvaient être conclues directement de chef à marchand.

En Géorgie, une division de plus en plus visible séparait les officiels britanniques des colons moins nantis et avides de nouvelles terres, qui commençaient à s'avancer dans les territoires indiens, surtout au nord de la rivière Little et à l'ouest de la Ogeechee. Lorsque le commandant Thomas Gage eut connaissance d'attaques d'Indiens contre les colons intrus de l'arrière-pays, il y répondit en ces mots : « Nous devrions remercier ces Indiens d'empêcher ces vagabonds d'errer là où ils n'ont pas d'affaires. »

Le gouverneur Wright se trouvait à Londres pour s'adresser au Parlement et se reposer au domaine familial lorsqu'on l'informa qu'une centaine de « familles Cracker », c'est-à-dire de très pauvres Blancs du Sud, s'étaient installées en territoire indien. Il décida d'effectuer promptement un retour en Géorgie. Arrivé à Savannah, le gouverneur et le surintendant aux Affaires indiennes, John Stuart, reconnurent qu'ils préféraient de loin parlementer avec les Indiens qu'avec les pauvres familles blanches et qu'ils devraient trouver une façon de n'approuver des concessions terriennes qu'« aux colons ayant suffisamment d'argent et possédant une famille et quelques nègres ».

Kindred se vit maintenant témoigner une attitude plus respectueuse de la part des officiels britanniques, qui semblaient apprécier ses informations sur les intrusions blanches en sol indien, mais il s'armait de prudence pour éviter qu'Ethan connût ses activités.

Le gouverneur Wright avait vivement à cœur de préserver l'harmonie dans sa colonie et de satisfaire aux demandes des marchands locaux ainsi que de leurs associés à Londres. Il pensa finalement avoir trouvé une façon de négocier un accord convenable. Il organisa une assemblée dans la ville d'Augusta pendant l'été 1773, où se réunirent les officiels royaux et les chefs des nations Creek et Cherokee. Après des jours de négociations, les chefs indiens furent largement récompensés de présents et d'honneurs, les marchands reçurent l'assurance du paiement des

dettes et les Britanniques promirent aux Indiens qu'ils empêche-
raient toute colonisation illégale sur leurs territoires restants. La
cessation visait environ 800 000 hectares s'étendant au nord et à
l'ouest des frontières fixées en 1763 entre les rivières Savannah et
Oconee et vers le nord à partir des sources du Briar's Creek. Cela
représentait au bas mot un millier de concessions individuelles, et
toutes les recettes de la vente des terrains, à un prix variant entre
deux et cinq shillings le demi-hectare, seraient appliquées à réduire
la dette indienne s'élevant à l'époque à environ £40 000.

CHAPITRE 13

La visite de William Bartram en Géorgie

MAI 1773

Mille sept cent soixante-treize fut une année mouvementée en raison du nouvel accord entre les Indiens et les Britanniques. Pour les Morris, elle fut marquée par une attente plaisante. Ils reçurent en effet une lettre de William Bartram annonçant sa visite prochaine en Géorgie pendant la première semaine de juin ; il demandait aussi que Kindred le rejoigne à Augusta. Mavis et lui mirent donc à jour leurs carnets de notes et croquis, les fourrèrent dans les sacoches de selle et chevauchèrent à la date convenue les soixante-quatre kilomètres les séparant du point de rencontre. Le jeune Bartram arriva à Augusta peu après la signature du traité et prit les arrangements pour se joindre au groupe britannique d'arpenteurs installé à Wrightsborough, dont la mission consistait à parcourir le nord pour en marquer les nouvelles frontières territoriales. Il fut enchanté de revoir les Morris. Il avait connu Mavis alors qu'elle habitait la maison de son père et avait rencontré Kindred alors qu'il y étudiait. Durant des heures, ils échangèrent leurs récentes découvertes en botanique. Les coutumes des autochtones semblèrent particulièrement piquer la curiosité de William. Ce dernier leur apprit que son père était maintenant âgé de soixante-quatorze ans, que sa santé était bonne et qu'il donnait toujours des cours à Philadelphie.

Mavis et Kindred furent impressionnés : Bartram avait commencé à Savannah les préparatifs de son voyage et il les compléta à Augusta en moins d'une semaine. Profitant de fonds alloués par un éminent botaniste d'Angleterre, il s'engageait maintenant dans une expédition longue de quatre années dans le sud-ouest, ayant réuni une vingtaine d'hommes, la plupart à cheval, en plus de dix bêtes de somme. Sa tâche première consisterait à observer la flore et la faune de la région et à envoyer à Londres des descriptions écrites, des croquis et des spécimens réels. En outre, il écrirait un journal, dont le contenu insisterait sur le mode de vie des habitants, à la fois des autochtones et des quelques Blancs qui vivaient parmi eux.

Après leur départ d'Augusta, ils eurent droit à un agréable voyage d'une journée et demie, au retour duquel personne ne se sentit pressé. Bartram s'exclamait de surprise en voyant la taille des arbres et s'arrêtait souvent pour mesurer les plus imposants spécimens. Il découvrit un chêne noir haut de neuf mètres et demi et insista pour le dessiner en entier, estimant la hauteur de sa première branche et l'étendue de son feuillage. Lorsqu'ils parvinrent à Wrightsborough, Joseph Maddock, devenu depuis septuagénaire, souhaita la bienvenue avec enthousiasme au célèbre botaniste. Kindred et Mavis se tenaient aux côtés de Bartram et décelèrent instantanément la joie émanant de la réunion de ces deux hommes dont les familles entretenaient des liens serrés et en Pennsylvanie et en Caroline du Nord. Bartram exprima sa fierté de voir une si belle communauté quaker et demanda à Maddock de lui en rapporter les progrès.

— Nous disposons d'environ vingt mille hectares au total, s'étendant surtout le long de la région cédée en 1763. La communauté compte déjà deux cent huit familles, pour la plupart de foi quaker. Et aujourd'hui, dix années après mon arrivée en ces terres, les termes du nouveau traité nous permettent d'ajouter près d'un demi à trois quarts de millions d'hectares à notre colonie, inclus dans une vaste région au nord et à l'ouest. Je me dois d'admettre que certains colons se trouvent déjà en territoire indien. Cela pourrait, dans le futur, provoquer des conflits, mais jusqu'à présent, nous nous entendons bien avec les Indiens. Notre conduite est bonne à leur égard et nos échanges n'ont cessé de se multiplier. Nous, les Quakers, avons tout fait pour garder nos échanges et nos paiements à jour et pour éviter l'accumulation de dettes.

Kindred garda le silence, bien qu'il sût que certains marchands quakers abusaient des Indiens. Il avait déjà informé Bartram de cette réalité et laissa Maddock parler ; peut-être faisait-il uniquement référence aux décision prises durant les réunions des Quakers.

Bartram félicita le leader des Quakers avant de lui demander : « Connaissez-vous personnellement un Indien et pouvez-vous nous présenter ? »

— Oui, certainement. Depuis la fondation de la ville de Wrightsborough, certains des chefs de clan y viennent pour la traite et ceux-ci connaissent assez de mots anglais, précisés par des signes, pour être en mesure de faire des affaires. Je dois vous avouer que très peu d'entre nous se sont donné la peine d'apprendre leur dialecte, qui me semblent personnellement presque incompréhensible. Je crois savoir, en revanche, que votre jeune ami Kindred est l'une des rares exceptions à avoir atteint une bonne maîtrise de la langue Creek.

Ils se tournèrent vers Kindred et celui-ci confirma : « Oui, je me suis lié d'amitié avec un jeune Creek. Nous nous sommes donné des leçons de langue et sommes maintenant capables de converser assez facilement soit en anglais, soit dans le dialecte Muskogecan de la nation Creek. Nous avons étudié ensemble certains mots Cherokee, lesquels, vous le savez, puisent leurs origines dans la langue des Iroquois. »

Kindred comprit que, à son grand embarras, cette réponse allait au-delà de ce qui lui était demandé, mais s'aperçut que Bartram était intrigué. Comme il devrait voyager parmi ces deux nations indiennes, en tant que scientifique, il voulut en apprendre autant que possible sur leur culture et leur dialecte. Il questionna Kindred : « Crois-tu que ton ami Creek accepterait de m'accompagner quelques semaines dans mon expédition, tout au moins le temps de traverser ce territoire ? Nous ne partirons pas de Wrightsborough avant quatre ou cinq jours, ce qui lui donne la chance de réfléchir à ma proposition. »

Kindred s'engagea à en faire la demande à Newota. Bartram se tourna de nouveau vers Maddock.

— Mes observations de toutes les plantations, autour de Savannah et, bien qu'en moindre nombre, le long de la rivière au sud d'Augusta, m'ont permis de remarquer que beaucoup de colons se sont mis à dépendre d'esclaves, autant noirs qu'indiens, pour exécuter et développer leurs opérations agricoles. Quelle est la situation dans votre région ?, questionna Bartram.

Mû par une fierté manifeste, Maddock répondit : « Nous, les Quakers, ne possédons aucun esclave et nous avons adopté une résolution unanime durant l'un de nos cultes qui prohibe la possession d'un autre être humain. Nous n'avons pas le pouvoir de faire respecter cette règle par ceux qui ne partagent pas notre foi, mais du moins, je ne connais aucun esclave sur les terres qui m'ont été accordées et que j'ai redistribuées. »

— Je suis heureux de vous l'entendre dire. Maintenant, permettez-moi de vous exposer mon horaire provisoire, qui se doit bien sûr d'être toujours flexible. Le but premier de mes voyages est d'accomplir des observations scientifiques, mais aussi de comprendre les aspects de la vie dans les colonies du sud-est. Je désire séjourner quelques jours à Wrightsborough, principalement dans les bois en compagnie de Kindred. Puis, le groupe d'arpenteurs doit se rendre ici et je me joindrai à ce groupe d'Indiens et de Britanniques, qui établiront les lignes frontières du territoire récemment cédé par les chefs indiens à Augusta. Je planifie ensuite un retour du groupe à Savannah, où j'effectuerai l'examen des régions côtières de Caroline et de Géorgie. Ensuite, nous poursuivrons notre avancée à l'intérieur de la partie septentrionale de la Floride et méridionale de la Géorgie.

— À combien estimez-vous la durée de ces études ?, demanda Maddock.

— À trois ans minimum, quatre peut-être. J'ai l'obligation d'envoyer des rapports et des spécimens vivants à Londres aussi souvent que possible. En conséquence, je devrai me rendre à l'occasion à un port de mer.

— Eh bien, soyez assuré de notre plaisir à vous avoir parmi nous. C'est pour nous un grand honneur, déclara fièrement Maddock. Nous vous fournirons l'hébergement et des marchandises nécessaires à votre expédition, mais y a-t-il autre chose que nous puissions faire ?

— Tout est bien, mais je demanderai une fois de plus à Kindred de prendre contact avec son ami Creek, afin que je sache si je peux compter sur ses services.

Assis sur les berges de la rivière, Newota était perdu dans diverses réflexions. Il fut soudain tiré de ses pensées par un éclat de rire, provenant de tout près, derrière un arbre. Il reconnut le rire de Kindred, qui sortit de l'ombre et dit : « Si j'étais un ennemi, j'aurais pris ton scalp avant même que tu aies deviné ma présence. »

Ils s'embrassèrent chaleureusement et Newota dut admettre sa vulnérabilité : « Eh bien, tu as trop appris de moi sur l'art de se déplacer en silence dans les bois. Il faudra t'attacher des clochettes aux chevilles. J'aurais été plus alerte si j'avais su que tu n'étais plus avec ton professeur de botanique et, je dois l'avouer, je ne m'attendais pas à ce qu'un aussi dangereux guerrier rôde dans les parages. »

— Je suis revenu plus tôt dans le seul but de te voir et de te faire une proposition. Le Dr Bartram veut te rencontrer et te demander de l'accompagner quelques semaines lors de son périple vers le nord-ouest, de Wrightsborough à la rivière Broad, puis vers l'est jusqu'à la Savannah.

— C'est là le territoire des Cherokee, affirma Newota, et je ne vois pas pourquoi il voudrait de moi, à moins que tu ne lui aies fourni des informations trompeuses.

— Il a besoin d'un homme, argua Kindred, qui lui servirait d'interprète. En plus, tu pourrais lui donner des informations sur les plantes dont il fera l'étude.

— Pourquoi irais-je ? Ici, je dois m'occuper de ma mère et remplir mes devoirs tribaux.

— Tout d'abord, tes services seront rétribués et je te donne ma parole que tu recevras un salaire de valeur, et pas seulement quelques babioles ou du rhum. Mais le plus important, c'est tout ce que tu pourras apprendre sur la forêt et ses créatures d'un homme des plus sages. Je te demande à tout le moins d'accepter de venir avec moi parler au Dr Bartram.

Ces arguments ne purent convaincre Newota qui secoua la tête et se retourna pour s'éloigner.

Kindred se servit de sa dernière arme : « Le grand chef Emistisiguo sera bien déçu. J'ai cru comprendre qu'il avait aussi mentionné ton nom à Bartram. »

Newota prit immédiatement sa décision : « Je serai à ta cabane demain aux aurores. »

Kindred se sourit à lui-même, ayant prévu que cet atout suffirait à convaincre son ami. Tous savaient qu'Emistisiguo était le chef incontesté des Upper Creek, qu'il était grandement respecté autant par la nation Cherokee que par sa propre nation. Il entretenait une aversion naturelle pour l'avarice des colons et il était habile à utiliser ses relations avec les Britanniques pour apporter le bien-être à son peuple. Honnête homme, on ne pouvait pas l'influencer par des pots-de-vin et il travaillait étroitement avec le surintendant John Stuart ainsi que divers officiers anglais. Le Roi lui-même avait demandé à Stuart qu'il fasse d'Emistisiguo un « Great Medal Chief »; il était ainsi devenu l'un des cinq Indiens à être honorés de ce titre dans toute l'Amérique.

Newota s'était toujours refusé à faire la traite avec les marchands blancs, aussi s'agissait-il de sa première visite à Wrightsborough. Avant d'y arriver, Kindred et lui avaient discuté d'un arrangement équitable et avantageux. Ils se mirent d'accord pour que Kindred lui prête sa voix devant le Dr Bartram. Newota préférait ne pas négocier, mais avant la fin de l'entretien, Bartram insista pour lui parler directement, afin de tester ses habiletés à communiquer en anglais et dans les dialectes Creek et Cherokee. Pour trois semaines passées à son service en tant qu'interprète et assistant, Kindred s'arrangea pour que Newota reçoive un généreux stock d'ustensiles en fer, des aiguilles, deux couteaux ainsi que d'autres outils et un compas. Bartram lui offrit aussi un petit livre illustré, dont Kindred possédait déjà une copie, portant sur les plantes trouvées dans les colonies. Newota ne pouvait le lire, mais espérait un jour apprendre.

Puis il se joignit au groupe formé par une vingtaine de biologistes et un nombre égal d'arpenteurs britanniques, en plus des chefs Creek, Cherokee et de leurs serviteurs. Sans discussion aucune, il fut établi qu'Emistisiguo parlerait au nom des Indiens. Après des consultations méticuleuses, les porte-parole des différentes factions décidèrent de se diriger au nord vers le lieu-dit de Great Salt Lick, situé à trois jours de route, un endroit bien connu de toutes les tribus, où se trouvait un important dépôt de ce qui semblait être de la craie. Couvrant plusieurs hectares, ce lieu était fréquenté par toutes sortes d'animaux. Les Creek comme les Cherokee s'y rendaient pour se procurer la terre blanche, qui, selon leur croyance, possédait des vertus nutritionnelles et médicinales. Bartram voulut en recueillir des échantillons et les Indiens arguèrent que c'était là le point où l'arpentage de la frontière devait débuter.

Les arpenteurs britanniques décidèrent aussi d'établir le Great Salt Lick comme premier repère géographique. Kindred s'intéressait à leur technique de cartographie et un jeune lieutenant nommé Craddock fut heureux de lui exposer son savoir-faire en la matière. Il était particulièrement fier de son nouveau sextant, grâce auquel il pouvait déterminer des angles parfaits entre les objets célestes.

— Pour déterminer notre latitude, ou la distance qui nous sépare de l'équateur, il nous faut simplement déterminer la hauteur entre l'horizon et l'étoile polaire, en faisant des ajustements minimes, expliqua-t-il.

— Je comprends ce calcul, mais comment déterminer notre emplacement par rapport à l'est et à l'ouest ?, demanda Kindred.

— Vous savez que notre soleil se déplace de quinze degrés vers l'ouest toutes les heures. Il nous faut donc l'heure exacte pour déterminer notre distance par rapport à Greenwich, en Angleterre. Cela est presque impossible en mer à bord de navires, mais nous y arrivons assez bien sur terre, où nos télescopes peuvent être pointés vers le ciel de manière très stable. »

Après une pause où Kindred lui fit signe qu'il suivait jusque-là, le lieutenant ajouta : « Nous savons approximativement à quel moment le soleil se trouve à certains endroits, mais cela ne nous donne pas l'heure exacte. Il existe deux horloges célestes dont nous nous servons. Depuis des siècles, les astronomes ont enregistré dans des tableaux élaborés le mouvement mensuel de la lune dans le ciel. Ainsi, en mesurant la distance entre cet astre et certaines étoiles, nous pouvons savoir l'heure, peu importe l'endroit où nous nous trouvons sur Terre. Une autre méthode consiste à observer deux des quatre lunes de Jupiter qui tournent autour de la planète à l'image d'un mécanisme extrêmement précis d'horlogerie dans les cieux. Par des observations exactes et en moins d'une heure de calculs, nous pouvons connaître l'heure précise et ensuite, utiliser le soleil pour déterminer notre distance à l'est ou à l'ouest de Greenwich. »

La position exacte du premier point fut connue après plusieurs jours d'observations au moyen d'astrolabes et de sextants. On érigea ensuite un monument en pierre sur le site, servant de point de départ à leurs mesures et à la cartographie. L'accord d'Augusta stipulait que les nouvelles frontières coloniales s'étendaient des sources de la rivière Ogeechee vers le nord jusqu'à la fourche supérieure de la rivière Broad, puis directement vers l'est jusqu'aux berges de la rivière Savannah. Les Britanniques possédaient de vieilles cartes de la région, un gros compas et d'autres instruments topographiques afin de déterminer l'endroit exact où tracer la frontière du nouveau traité. L'expert topographe, un colonel anglais, démontrait ouvertement son impatience quant à la lenteur de leur progression et s'était au tout début opposé fermement à tout arrêt à l'étendue de sable blanc. Une fois le marqueur en pierres érigé, il se montra déterminé à avancer rapidement vers la rivière Broad, d'où ses assistants et lui feraient d'autres calculs astronomiques pour fixer le coin du territoire cédé aux colons.

Lorsque la longue caravane fut enfin prête à partir, le colonel assembla avec ostentation son gros compas et indiqua la voie à suivre pour se rendre à la fourche de la rivière Broad. Après une brève conversation avec le chef Cherokee, en compagnie de Newota, Emistisiguo déclara sans plus attendre : « Tous connaissent ici l'étoile du Nord. C'est là la mauvaise direction vers l'autre point de référence et une violation des accords signés à Augusta. Nous n'irons nulle part avec vous si vous suivez cette aiguille possédée et menteuse. Elle ne peut servir qu'à nous tromper et vous permettre de prendre notre territoire. »

Après avoir appris la teneur de cette déclaration, le colonel se dressa : « Ce compas est un instrument utilisé de par le monde entier et depuis plusieurs générations, sur les mers comme sur la terre. Je connais les corrections à apporter, alors il indique toujours la bonne direction. Il ne peut nous tromper et nous suivrons la direction qu'il nous indique jusqu'au prochain point. »

Le chef s'approcha tout près du compas, tira son couteau à scalper de sa gaine et le tint proche de l'instrument, son aiguille allant balancer loin de son point nordique. Il tourna le dos et s'éloigna, adressant une brève remarque à Newota.

Newota en informa le colonel : « Les chefs de clan et tous leurs hommes s'en retournent à leur village et vous interdisent de poursuivre votre avancée sur leur territoire. »

Les Creek comme les Cherokee regagnèrent leur tente et se préparèrent à quitter le camp. Bartram et les topographes étaient bien embarrassés et demandèrent à Newota de les aider à convaincre les chefs indiens de continuer leurs efforts communs. Ce à quoi Newota répondit : « Ils ne changeront pas d'avis. Ils connaissent la bonne direction pour atteindre le deuxième point. »

— Que pouvons-nous faire alors ?

— Vous devez les suivre. Si nous n'arrivons pas à la fourche désignée, alors peut-être accepteront-ils de rebrousser chemin et de donner une autre chance à votre instrument.

— Tout ceci est une perte de temps lamentable, réprouva l'expert topographe. Nous errerons en vain dans les bois et les marécages durant des jours.

Bartram prit la parole : « Mais à quoi cela servirait-il de continuer sans les autochtones et de devenir des intrus sur leur territoire ? Il est évident qu'ils se préparent à nous quitter. »

— Ce n'est pas là leur seule exigence, les avertit Newota. Emistisiguo a désigné le chef Cherokee comme le leader pour cette partie de l'expédition, puisqu'il s'agit de son territoire. Le boîtier du compas ne doit en aucun cas être ouvert et des présents substantiels sont demandés, en compensation pour l'insulte faite, car l'instrument a servi à insinuer que les Cherokee ne connaissaient pas leurs propres terres. Si nous devons aller de l'avant, des éclaireurs Cherokee devront toujours être en tête de l'expédition.

Ce n'était pas une décision à prendre à la légère. Il faudrait quatre jours pour atteindre le cours d'eau, c'est-à-dire autant de jours avant de constater la possible erreur des Indiens. Mais ils se plièrent finalement aux demandes des autochtones et la caravane reprit sa route dans une direction septentrionale, menée par deux jeunes Cherokee qui avançaient avec grande assurance. La direction générale se trouvait à deux degrés plus à l'est que celle à l'origine sur le compas par le colonel. Le groupe se dirigeait maintenant en ligne relativement droite mais à un rythme affreusement lent, car les Indiens se savaient payés à la journée.

S'attendant à devoir revenir sur ses pas, le colonel ordonna qu'on marque leur avancée de balises discrètes. Il consultait son compas le soir venu, dans sa tente. Son instrument lui disait que la caravane faisait fausse route, il en était convaincu. Il partagea cette information avec Bartram et avec tous ceux qui voulaient bien l'écouter, mais aucun Indien ne voulu débattre du sujet. Avec une montée d'impatience tangible, les Britanniques furent forcés de suivre les deux jeunes hommes dans une direction, selon eux, erronée.

C'est avant que le soleil n'arrive au zénith, le sixième jour, qu'ils arrivèrent précisément à la fourche supérieure de la rivière Broad. Les Indiens se moquèrent des topographes anglais, qui, sur le coup, ne comprirent rien à ce qui s'était passé. Ils réalisèrent ensuite que le compas avait bien indiqué la bonne direction mais que leurs cartes, elles, étaient inexactes ; selon eux, les sources de la rivière Broad et ses affluents se trouvaient à plusieurs kilomètres à l'est de leur véritable position.

Les présents promis furent remis aux chefs et une fois le soleil couché, le calumet de la paix et quelques tasses de rhum circulèrent de mains en mains. Le matin suivant, les Indiens et l'équipe topographique se préparèrent à se diriger plein est vers la rivière Savannah, tel que prévu dans le texte du traité. Mais Bartram, ayant déjà largement vu cette région, décida de suivre les rives de la rivière Broad vers le sud, ce qui le mènerait à Augusta deux semaines en avance. Newota, impatient de revoir son village, fut ravi de cette décision.

Le groupe descendit la rivière Broad et la Savannah jusqu'à l'embouchure de la rivière Little, où les services de Newota furent récompensés. Kindred et lui retournèrent ensuite à leur habitation, tandis que la troupe de scientifiques regagnait Augusta, puis Savannah.

Livre II

1774-1777

CHAPITRE 14

Les débuts d'une révolte

Les Pratt et les Morris entretenaient toujours de bonnes relations de voisinage, mais une dispute éclata lorsque le nouveau traité permit la colonisation des territoires plus au nord et à l'est, repoussant ainsi la frontière jusqu'à la rivière Oconee. Ethan était impatient de vendre certaines de ses possessions pour acquérir des terres au-delà de la rivière, mais les trois autres adultes préféraient demeurer sur les lots initiaux, dans la région qui portait maintenant le nom de Sweetwater, à dix kilomètres au nord-ouest de Wrightsborough. Ethan se serait volontiers privé pour assurer l'avenir de son fils, mais il dut se contenter d'un compromis en acquérant des droits additionnels de pâturage, ce qui offrit aux deux familles le maximum de terres prévu par l'ancien système d'hectares fixes par tête. Leur nouvelle concession se trouvait dans les coteaux ondoyants juste à l'ouest de leur première ferme, dans cette même région où les eaux se drainaient dans la Briar's Creek. Ils n'eurent qu'à débourser les frais de relèvement en plus de trois shillings du demi-hectare. Comme le gouverneur James Wright et son conseil géraient bien la colonie, la spéculation et les fraudes étaient moins importantes qu'en Caroline du Nord. Cependant, il suffisait à Ethan et à Kindred d'observer les développements au sein de leur petite communauté pour comprendre qu'une tension de plus en plus palpable se dessinait entre les Britanniques, les colons et les autochtones.

Les objectifs des officiels anglais locaux étaient clairs : le plus grand contrôle des affaires politiques et militaires et leur enrichissement personnel, que ce soit dans le commerce avec les Indiens ou avec les colons blancs. La majorité des colons, c'est-à-dire les petits propriétaires terriens, n'approuvaient pas l'attitude des autorités, mais n'avaient pas l'esprit à la révolte. Leur plus grand désir était de vivre en paix sur leur ferme ou dans leur village. Ils aimaient l'Amérique plus que l'Angleterre, mais prétendaient, ouvertement du moins, être de loyaux sujets de la Couronne, tout en exigeant un minimum d'ingérence de ses représentants dans leurs affaires.

La grande majorité des autochtones, des officiels britanniques et des colons américains prônaient la bonne entente et des solutions pacifiques aux conflits. Mais il y avait aussi quelques hommes de tête à la colère grandissante, des gens pour qui la violence était préférable à la patience et aux compromis. Le mouvement constant des populations vers le sud et l'ouest des colonies provoquait une pénurie de terres qui atteignait maintenant un stade critique. Cette vague d'immigration, en provenance des colonies du nord et de l'Europe, venait se briser dans la région en y laissant une écume d'arrivants oisifs et indisciplinés. Ces nouveaux venus s'intégraient mal à la population locale ou refusaient parfois carrément de se plier aux règles d'une société organisée.

Hannah Clarke bougea, vaguement consciente que son sommeil venait d'être troublé. Elle demeura cependant couchée sans faire de bruit pour ne pas réveiller son mari. Les brumes du sommeil s'étant maintenant dissipées, elle tendit l'oreille et fut presque certaine d'entendre des mouvements dans la cour. Il n'y avait en cela rien d'anormal ni même d'inquiétant, puisque leur cabane et leurs champs étaient enclavés par la forêt et les marécages. Et sur cette petite parcelle de terre d'à peine vingt hectares, le cerf et l'ours noir n'étaient pas des visiteurs nocturnes exceptionnels. Soudain, elle aperçut une flamme qui dansait sur le papier huilé d'une fenêtre. Elle se dressa d'un coup sec en criant : « Elijah ! »

Il sursauta : « Qu'est-ce que... Par les enfers, femme, quel diable te prend de hurler ainsi ? ». Puis, il vit lui aussi les lueurs jaunes derrière la fenêtre. Il bondit hors du lit, s'empara de son mousquet et, d'un coup de pied violent, ouvrit la porte. Des flammes embrasaient déjà une extrémité de la grange et, à une centaine de mètres de là, se dessinaient sur l'écran feuillu de l'orée du bois les silhouettes vagues de deux hommes à cheval. Elijah sonda attentivement la pénombre et put entrevoir un autre homme juste derrière la grange, dans le petit corral où ses deux chevaux s'agitaient nerveusement. Il mit en joue la forme indistincte et fit feu. Mais, comme il avait craint de toucher un de ses précieux animaux, son tir manqua de loin la cible. Le temps de recharger son arme, les hommes avaient pris la fuite dans les bois. Elijah courut vers l'étable et libéra ses chevaux hors du corral. Malheureusement, il était trop tard pour sauver l'étable, le fourrage et les épis de maïs, bref tout le fruit d'une dure année de labeur dans les champs. Il ne pouvait que maudire amèrement cette douloureuse perte, ce qu'il ne s'empêcha aucunement de faire.

Il savait, bien qu'il n'ait pu les voir clairement, que ces voleurs incendiaires étaient de satanés Cherokee et que cette tragédie était prévisible. La semaine précédente déjà, quatre Indiens à cheval surgirent de la forêt alors qu'il ramenait vers sa cabane les derniers épis de maïs de sa récolte. Ils s'approchèrent de lui, descendirent de leur monture comme s'ils voulaient l'intercepter avant qu'il ne regagne sa demeure. Elijah lâcha les rênes de son animal de trait, prit son arme à deux mains et la pointa vers le sol à un mètre devant les Indiens. Le chef de la bande leva sa main droite, paume tournée vers l'avant, dans un geste signifiant des intentions pacifiques.

Il reconnut le groupe. Il venait d'un village situé à quelques kilomètres vers l'ouest. Elijah avait visité ce village à plusieurs occasions pour grossir son stock de peaux avant d'en faire la traite à Hillsborough. Habile marchandeur, il savait comment soutirer le maximum de peaux contre n'importe quel bien. Son ami, Aaron Hart, entretenait des liens constants avec les aborigènes et fournissait à Elijah des informations précieuses. Il lui indiquait, par exemple, quel village enregistrait des surplus et quel autre manquait de marchandises. Avec les Indiens, il exprimait par signes ses propositions d'échanges. Même si les aborigènes utilisaient quelques mots d'anglais, Elijah, lui, s'était toujours refusé à apprendre la langue étrange des Cherokee ; d'ailleurs, ce dialecte ne lui inspirait que du dégoût.

Le porte-parole des hommes qui lui barraient maintenant la voie était un vieil homme du nom de Lone Tree. Ses paroles furent empreintes de politesse et de dignité. L'Indien lui demanda s'il désirait troquer du maïs contre des peaux de cerf. Elijah ne s'était jamais montré amical avec les Indiens qui méritaient, selon lui, d'être exploités. Il devina le désespoir qui les avait amenés à sa demeure pour une visite aussi formelle. Même si cette année lui avait apporté une excellente récolte, il se savait capable de marchander dur ; il répliqua donc n'avoir aucun maïs à échanger. Lone Tree persista dans son attitude respectueuse, mais ses trois plus jeunes accompagnateurs lorgnaient avec insistance le large panier tressé qui regorgeait d'épis bien mûrs. Depuis longtemps déjà, leur village aurait dû être déplacé sur un autre site. C'est du moins ce que tout visiteur bien informé aurait suggéré à la vue du sol, épuisé par les cultures des années passées. L'hiver n'allait pas tarder et ces hommes ne cachaient pas leur besoin pressant en nourriture, ce que témoignait leur offre initiale qui surpassait de beaucoup la valeur normale d'un panier de grains. Elijah comprit qu'il pourrait tirer de meilleurs profits s'il attendait les temps plus froids et rejeta tout échange. Lone Tree avait même inclus dans l'une de ses offres un bon couteau de chasse, ainsi que son étui superbement décoré. Elijah avait déjà remarqué le bel objet lors d'une visite au village. C'était leur chef qui le portait alors fièrement à la ceinture.

Mais la présence de ces sauvages sur sa terre lui déplaisait fortement et il persista à leur refuser le moindre grain de maïs. Il leur répéta qu'il n'avait aucun épi en trop et prétexta que, cette année, ses champs avaient donné juste assez pour nourrir sa famille. Il savait pourtant, comme certains Indiens peut-être, qu'un de ses champs, jouxtant le marécage, avait bénéficié de pluies abondantes, donnant ainsi une moisson sensationnelle. Il en avait assez pour nourrir sa famille et bien d'autres, mais une fois son maïs engrangé, il pourrait le vendre à gros prix durant les périodes de pénurie.

Voyant qu'Elijah persistait dans son refus, l'un des jeunes braves, visiblement irrité, s'avança et exigea de l'homme blanc qu'il accepte l'offre d'une voix dure et cassante. Le jeune portait une balafre au visage qui partait de l'œil gauche et traversait la bouche jusqu'au menton, donnant ainsi l'impression qu'il avait quatre lèvres. Le jeune n'avait tenu aucun compte de la préséance. Elijah l'ignora complètement et répéta à Lone Tree que, tout comme eux, ses récoltes suffiraient à peine à nourrir sa famille. Tandis que les autres Indiens se détournèrent et prirent la direction de l'ouest pour gagner leur village, le jeune balafré fit face à Elijah et le fixa d'un regard vengeur pendant une minute entière avant de rejoindre le groupe dans les bois.

Maintenant que sa grange partait en fumée, Elijah revit ce visage défiguré. Cela ne faisait aucun doute pour lui : les coupables étaient les gens du village de Lone Tree. Cette catastrophe n'était pas la première à s'abattre sur eux cette année-là, la plus tragique étant la mort de leur plus jeune fils, âgé d'à peine deux ans. Hannah, vêtue d'une robe ample, sortit de la maison. Elle vit la colère entremêlée de désespoir dans l'expression de son mari et s'approcha timidement de lui pour le réconforter : « Nous avons encore une montagne de patates douces et trois boisseaux de farine ainsi que du gruau de maïs à la maison. », lui souffla-t-elle doucement. « Nous nous débrouillerons, tu verras. »

Elijah trouva la force de sourire et répliqua, non sans amertume : « Cela ne fait aucun doute, nous n'aurons qu'à manger plus de ratons laveurs et d'opossums. Peut-être aussi que notre petit Johnny aura plus de succès avec ses pièges à écureuil et à lièvre. Elijah était nu-pieds et ne portait qu'un simple et long chandail tissé à la main. C'est ainsi qu'il s'habillait le plus souvent lorsqu'il travaillait dans les champs ou s'occupait des animaux dans les bois. La plante de ses pieds était dure comme du cuir et il ne portait ses mocassins, ses sous-vêtements de laine et de lin et ses hauts-de-chausses en peau de daim que par nécessité, lorsque le temps était frisquet ou qu'il devait rencontrer des personnes autres qu'Hannah et son fils, John. Il appela ses deux chevaux et les attacha. Puisque rien ne pouvait être fait avant la levée du jour, qui arriverait dans moins d'une heure, Hannah et lui décidèrent de retourner à leur cabane et d'y allumer une chandelle. Ils n'avaient pas coutume de discuter d'autres choses que des préoccupations immédiates, mais il leur semblait maintenant impératif de parler d'avenir. Ils s'assirent à la table. Hannah attendit qu'Elijah brise le silence, ce qu'il fit sans tarder :

« Ma chère Hannah, je ne sais que faire. Nous avons tous les deux travaillé à la sueur de notre front, mais le fruit de ce travail n'est maintenant plus que cendres. Je me retrouve, à trente-huit ans, sans éducation digne de ce nom, bien que je sache être un bon fermier. Ces deux années de sécheresse et ce feu aujourd'hui m'ont porté le dernier coup, sans parler des lourdes taxes de ce damné gouverneur qui sont dues depuis un certain temps. Nous n'avons plus de quoi les payer. Tout ce que nous pouvons vendre se limite à quelques vaches et à des porcs qui sont pauvrement nourris de glands et de feuilles qu'ils dégotent dans le marécage et les bois. Nous ne pourrons pas en tirer grand-chose, car les fermiers n'ont ni fourrage ni maïs pour les nourrir et ils tentent tous de s'en départir en ce moment. »

Elle ne l'avait jamais entendu parler aussi franchement. D'ordinaire, il ne partageait pas ses vues concernant le futur.

— Mon mari, nous avons affronté de durs moments par le passé, mais le Seigneur s'est toujours occupé de nous. Ne crois-tu pas qu'on nous offrira un sursis pour les taxes et que le gouvernement nous offrira une certaine protection ?

— Jamais en cent ans ! Toutes ces idées n'ont plus cours depuis la disparition des Régulateurs ; ils étaient notre ultime espoir mais ils furent écrasés à Alamance et leurs chefs, pendus sur la place publique. Tous ont maintenant peur de dénoncer les pratiques de ce rapace de gouverneur qui trône à New Bern. Nous en sommes aujourd'hui réduits à quémander le droit de payer des taxes honteuses en vaches, en peaux, en grains ou en tabac, mais au tribunal, on n'accepte toujours que l'argent sonnant et tu sais bien que nous n'avons pas un sou. Tout ce que nous possédions, c'est cette baraque et une grange qui n'est plus.

Elijah se perdit un instant dans ses pensées avant de se lever debout et de dire : « Je cherche une solution, mais je ne trouve rien. James Few et quelques autres de nos voisins m'ont parlé de former une bande afin d'éviter, peut-être, de nous faire chasser d'ici. Pour lors, notre terre ne vaut pas un sou, même si, d'année en année, plus de colons s'entassent dans la région. Avec les taxes dues, sans aucune récolte, nous ne possédons, pour ainsi dire, plus la terre qui nous éreinte. Des parents à moi vivent en Caroline du Sud et ils m'ont offert une terre. Elle ne fait que vingt-cinq hectares, mais c'est suffisant pour se remettre en selle. Je pars un moment, le grand air aide à penser ; occupe-toi des chevaux et garde un oeil sur les vaches et les porcs. »

Hannah parla avec son cœur : « Je ne veux pas d'une autre terre, je ne veux plus fuir ! »

En passant la porte, Elijah lui répondit : « Moi non plus, ma chérie, mais nous serons peut-être forcés de quitter cet endroit. »

Hannah regarda son mari partir et une pensée fugitive traversa son esprit : elle n'aurait jamais dû lier son destin au sien. Son père, Anthony Reddick, avait été par le passé un excellent marin, mais il avait définitivement raccroché sa casquette de jeune capitaine quand il comprit que tous les profits de ses voyages se retrouvaient dans les mains des armateurs. Il prit ensuite un emploi dans une compagnie de navigation. Ses fonctions consistaient alors à harmoniser les transbordements entre les cargos et les navires côtiers pour ainsi réduire les coûts et les dépenses des déchargements. Il épargna ses gains et devint ensuite propriétaire de plusieurs navires. Sa seule fille avait grandi dans une prospérité certaine, mais était totalement soumise à lui. Son père, veuf depuis longtemps, voyait dans les jeunes hommes une influence néfaste, une vision qui n'était certainement pas dissociable de sa vie déjantée de jeune marin. Ainsi, il faisait tout en son pouvoir pour isoler sa fille du monde extérieur. Durant sa jeunesse, les relations de Hannah, même les amitiés féminines, furent quasi inexistantes. En effet, elles se limitèrent à ses tuteurs privés qui lui donnèrent une bonne éducation, celle réservée aux enfants des familles vivant dans le prospère port de mer de Norfolk.

À l'âge de seize ans, elle travaillait plusieurs heures par jour au bureau de son père et c'est là précisément qu'elle fit la rencontre d'Elijah Clarke. Il avait été engagé par un propriétaire d'écurie pour livrer, d'Hillsborough à Norfolk, des chevaux de trait destinés à être expédiés vers Newport. Il était manifestement confus en entrant dans le bureau. Hannah réalisa promptement que le garçon était incapable de lire les directives qu'il tenait à la main. Elle examina le papier, lui posa quelques questions et lui expliqua qu'il devait livrer les chevaux aux docks, prendre soin de recueillir la signature du débardeur en chef et revenir au bureau pour toucher la somme due. Elle fut quelque peu déconcertée par son regard qui ne quittait pas son visage ; ce garçon ne semblait par ailleurs aucunement embarrassé que l'on remarque son analphabétisme.

À son retour, Elijah entreprit de raconter à la jeune dame son périple de 240 kilomètres loin de la maison et son désir d'acquérir sa propre ferme lorsqu'il retournerait chez lui. M. Reddick sortit de son bureau sur l'entrefaite, interrompit la conversation, paya Elijah pour les chevaux et demeura silencieux et immobile, indiquant par cette attitude que la présence du jeune homme n'était plus requise. Cette soirée-là, tandis que son père verrouillait la porte du bureau, Hannah vit le jeune homme de l'autre côté de la rue qui la regardait. Comme leur attelage s'éloignait, il tendit la main et salua Hannah. Elle fut soulagée de constater que ce geste n'avait pas attiré l'attention de son père. Le jour suivant, quelques minutes après le départ de son père pour les docks, Elijah apparut dans le bureau et lui dit : « J'ai attendu pour vous voir une autre fois. »

— Quelle raison peut vous avoir poussé à pareil désir ?, demanda-t-elle, en toute connaissance de cause.

— J'avais espéré que vous m'accompagneriez dans mon coin de pays.

Hannah se détourna du jeune homme, troublée. Trois jours plus tard, pourtant, elle prenait place sur sa selle, derrière lui. Ils chevauchèrent à l'ouest vers leur future demeure, guidant un cheval chargé de sacs emplis de ses biens les plus précieux. Elle n'avait jamais confronté son père quant à ce projet ; une seule lettre laissée à son intention lui assurait qu'elle se portait bien, qu'elle était heureuse et promettait d'écrire après s'être mariée et installée.

Elle avait appris à aimer et à admirer son mari, bien qu'elle fût, comme dans la poigne de son père, sous sa complète domination. Elijah régnait en effet en patriarche sur la famille. Les livres dans la maison étaient les biens les plus chers d'Hannah, et elle regrettait amèrement qu'Elijah ne pût les lire. Quelques mois après leur mariage, elle suggéra à son mari de lui apprendre à lire. Mais mal lui en prit, car Elijah vit en cette proposition une insulte personnelle et se mit dans une colère noire. Hannah était également une femme courageuse et elle apprit à élargir ses responsabilités au sein du foyer sans en discuter avec son époux. Elle se fit autant d'amies que cela était possible chez les femmes de la région.

Ils avaient été choyés par trois naissances, mais Elijah n'avait d'intérêt que pour John, le plus vieux des trois enfants et le seul garçon. Hannah compensait le manque d'affection paternelle en élevant ses deux filles dans du coton. Elle considérait qu'Elijah redoutait sans justification les attaques éventuelles des Indiens, mais comprenait maintenant ses insistances pour que John et elle sachent manier l'arme familiale.

Deux semaines après l'incendie de la grange, leur plus proche voisin, John Dooly, leur rendit visite et ils discutèrent naturellement des événements d'Alamance et des pendaisons d'Hillsborough.

— Nous n'avons pas encore vu la fin, affirma Dooly, soucieux. Tryon a regroupé la majorité de sa milice dans la région et ils recherchent toutes les personnes qui se sont montrées actives au sein des Régulateurs. Tous les hommes vivant dans cette partie de la colonie sont sommés de se rendre à leur tribunal local pour prêter allégeance au gouvernement.

— Eh bien, que Dieu m'en soit témoin, je ne ferai rien de tel, affirma solennellement Elijah pour ensuite se tourner vers Hannah. Nous quittons cet endroit.

Ce départ pénible, cela faisait déjà un an qu'il avait eu lieu. Pourtant, la situation des Clarke ne s'était toujours pas améliorée depuis qu'ils vivaient sur leur nouvelle ferme de Caroline du Sud. Leur cabane exiguë faite de rondins mal dégrossis avait tout à envier à celle qu'ils avaient laissée. Les parents d'Elijah n'avaient pas fait preuve de grande générosité et lui avaient donné une terre sur un terrain accidenté au sol rocailleux. Le découragement avait gagné le couple qui parlait de temps à autre d'un retour en Caroline du Nord, plus particulièrement dans la région de la vallée de Watauga, à l'extrême ouest de la colonie ; plusieurs de leurs voisins s'y étaient d'ailleurs rendus.

Contrairement à sa femme, Elijah ne tissait pas aisément des liens d'amitié. D'une volonté de fer et sûr de ses moyens, il était rarement porté au doute une fois son idée faite et n'avouait pas facilement ses erreurs. Hannah avait appris à s'accommoder des traits de caractère de son mari, mais la plupart des hommes, trouvant son attitude trop dominatrice, préféraient l'éviter à moins qu'ils ne veuillent discuter à bâtons rompus avec lui. La seule exception se trouvait en la personne d'Aaron Hart, qui voyait en Elijah les caractéristiques qui lui faisaient précisément défaut.

Le travail d'Aaron, la traite, le poussait à se déplacer constamment dans une vaste partie des Carolines. Il s'était porté acquéreur d'une petite cabane sur les rives de la rivière Haw, au sud d'Hillsborough. Il établit bientôt un itinéraire de traite le menant loin au sud, à Savannah, et entreprenait régulièrement des excursions en territoire indien. Les chevaux qu'il montait étaient médiocres et ses quelques animaux de charge transportaient laborieusement ses marchandises du moment. Comme tous le savaient, Aaron était toujours prêt à troquer ses chevaux, harnachements compris, au même titre qu'il échangeait ses stocks de biens sans cesse renouvelés. Il n'aimait pas voyager seul, préférant, pour prévenir le vol, prendre un compagnon de route. Malgré un tempérament doux, il ne manquait pas d'astuce et il était tout à fait apte à se protéger lui-même. Les colons blancs dans les régions isolées appréciaient beaucoup ses services, et ses passages dans les villages Cherokee et Creek étaient toujours chaudement accueillis. Il représentait l'une des rares possibilités pour les marchands officiels de la Couronne qui souhaitaient multiplier leurs échanges, car leurs mandats de traite limitaient leur pouvoir d'action. Aaron parlait bien les langages indiens et semblait se sentir chez lui parmi les Indiens.

L'unique produit qu'Aaron distribuait gratuitement était l'information. Il adorait parler et s'enorgueillissait d'être au fait des événements dans les régions reculées comme des nouvelles publiées dans les périodiques à Charles Town et à Savannah. Bien qu'il n'en retirât que peu de profits, Aaron n'hésitait pas à se détourner de sa route pour s'arrêter chez Elijah dès qu'il passait dans la région. Le fermier corpulent prêtait une oreille attentive à toutes ses remarques, posait une foule de questions et exposait ensuite ses vues sur tous les sujets. Souvent dur dans ses jugements, il pouvait difficilement s'empêcher de prendre des positions fermes. Après leurs discussions, Hart, plus sûr de ses opinions, quittait les Clarke empli par le sentiment renforcé de sa propre importance. Il était trop malléable de nature pour s'engager dans la controverse avec Elijah ; aussi se contentait-il d'avancer des opinions contraires en citant autrui, puis il attendait la réaction du fermier.

Deux sujets nécessitaient une extrême prudence de sa part : l'analphabétisme de Clarke et les Indiens. En effet, dans la cabane d'Elijah, on parlait des autochtones en les traitant de « sauvages » ou par des nominations encore moins flatteuses. Aaron témoignait un grand respect aux Indiens et il leur faisait davantage confiance qu'à la majorité de ses acheteurs blancs. Il restait donc muet ou évasif lorsque Elijah leur attribuait des caractères d'animaux en les traitant, par exemple, de vipères. Il n'aurait jamais pu admettre devant Clarke tout le plaisir qu'il prenait à aimer leurs femmes et, plus particulièrement, celle qu'il fréquentait au terme de ses incursions au nord-ouest de la Géorgie. Bien qu'il fût lié par les liens du mariage à une blanche, cette Indienne avait déjà donné naissance à un enfant et en attendait un deuxième.

À la fin de l'année 1773, lors d'un passage à Orangeburg, Aaron vit des hommes attroupés, occupés à lire une proclamation signée de la main du gouverneur de Géorgie, James Wright. Cette annonce, il l'attendait depuis un certain temps. Elle donnait suite à un nouveau traité qui cédait une large bande de terres au nord-ouest d'Augusta et plus au sud, vers la Floride. Le gouverneur faisait appel à des colons qualifiés pour peupler ces nouveaux territoires, leur demandant uniquement de pourvoir aux frais de relèvement et de payer quelques shillings de l'hectare, destinés à rembourser les dettes que les Indiens avaient contractées auprès des marchands britanniques.

Lorsqu'il revit les Clarke, Aaron fit part de cette nouvelle possibilité à Elijah et à Hannah. Il ne fut pas surpris par la décision presque immédiate d'Elijah, un choix qui allait changer à jamais leur vie. Elijah fit sienne l'idée d'acquérir une nouvelle concession et se mit à exposer ses plans d'avenir à mesure qu'ils se formaient dans son esprit : « Cela me semble être l'occasion que nous attendions. Certains disent que la Géorgie a même un gouverneur honnête. J'irai voir nos anciens voisins en Caroline et peut-être même d'autres dans les environs pour les inviter à nous suivre. Nous devrons nous serrer les coudes pour nous protéger des sauvages. Leur langue est fourchue et ils ne respectent aucun traité signé de leur main traîtresse. Ces serpents perfides sont des voleurs et ils incendieront tout, comme ils l'ont fait en Caroline. »

Aaron trouva aimable qu'Elijah ajoute, après coup : « Aaron, j'espère que tu seras à nos côtés et que tu m'aideras à trouver les meilleurs compagnons pour ce voyage. »

Hannah avait de sérieux doutes quant à ce nouveau déracinement, mais elle voyait que l'idée de son mari était faite, alors elle n'ajouta rien. Elijah estima à vingt le nombre de familles disposées à joindre le groupe, mais Aaron et lui chevauchèrent d'abord les cent vingt-huit kilomètres les séparant d'Augusta pour s'assurer des détails de l'annonce. Ils apprirent, en lisant le placard, que des terres pouvaient être réclamées au nord-ouest de la ville. Aaron alla retrouver sa femme pour lui exposer ses plans tandis qu'Elijah revint chez lui et demanda à son épouse de dresser une liste des gens susceptibles de s'embarquer avec eux dans cette aventure en Géorgie. Tous les candidats furent bientôt identifiés et, après deux semaines à chevaucher de ferme en ferme, Elijah avait réussi à persuader une douzaine de familles de les suivre. Ils se mirent tous d'accord pour se rassembler chez lui durant la première semaine de novembre, après les moissons et la vente des surplus. Pendant ce temps, Aaron se rendit sur les terres récemment cédées par les Indiens en vue de repérer un coin qui répondrait à leurs besoins.

Non peu fier de sa campagne de prospection, il fit son rapport à Elijah : « Le régisseur des terres à Augusta m'a affirmé qu'une bande de terrain dans la partie à l'extrême nord de la région nouvellement cédée était encore disponible et il semblait pressé de la voir occupée. Je m'y suis rendu pour en faire l'examen et elle m'est apparue comme la meilleure restante. Elle s'étend sur environ deux mille cinq cents hectares, dont la majorité est vallonnée. Le régisseur nous permet d'en faire la division comme bon nous semble, du moment que les règles du gouverneur quant au nombre d'hectares par famille soient respectées. J'ai fait cadeau à sa femme de beaux objets et il m'a promis cette étendue pour nous, d'autant plus qu'il la sait plutôt isolée. »

Au début de l'an 1774, Elijah avait recruté pas moins de seize familles de la Caroline du Nord et du Sud pour prendre part au voyage vers la Géorgie. Il avait concentré ses efforts de persuasion sur des hommes qu'il savait courageux et qui se donneraient corps et âme pour la communauté lorsque leur liberté ou des vies se trouveraient menacées.

Certains des Creek les plus revendicateurs implantés au-delà de la Ogeechee furent outragés par la signature du traité de 1773, condamnant les Cherokee d'avoir lâchement renoncé à leur territoire. Lorsque, la même année, les colons élargirent l'ancienne piste indienne allant d'Augusta à Wrightsborough, les Indiens virent là la tentative de lancer une nouvelle vague d'empiétement sur leurs terres. Depuis que l'ensemble des zones cultivables dans les colonies avait trouvé preneurs, les Blancs se déplaçaient rapidement vers l'ouest, attirés par les terres non réclamées. Bien des lots demeuraient inoccupés cependant, car les officiels britanniques passaient les colons au crible pour identifier et rejeter les « voyous », mais également parce que les troupes militaires n'assuraient pas une sécurité convenable aux familles dites

« responsables ». L'inoccupation légale des terres posait un problème pour les Indiens : moins de concessions payées par les colons impliquait moins d'argent pour rembourser leurs dettes. De nombreuses tribus se trouvèrent donc bientôt forcées de céder de nouvelles terres, puisqu'on leur refusait désormais tout crédit jusqu'à paiement de leurs dettes et cela, même lorsqu'elles offraient leurs peaux à une valeur dérisoire. L'escalade de l'animosité entre les familles blanches et les Creek était inévitable et bientôt, certains guerriers organisèrent des raids contre les colons.

Les Indiens savaient que Kindred Morris était un fervent défenseur de leurs intérêts et qu'Ethan Pratt, son ami, les traitait correctement. Les deux familles ne furent donc jamais la cible de menaces ou de harcèlements. En conséquence, en 1774, malgré l'opposition des Quakers, certains colons décidèrent de construire un fort à l'ouest de Wrightsborough. Pour les besoins de cette construction, ils devaient amasser £50. Ces colons décidèrent que chaque famille devrait payer sa juste part et que ce montant serait fixé en fonction de la distance qui séparait leur habitation du fort, arguant que même les familles les plus éloignées n'auraient d'autre choix que de s'y réfugier en cas d'attaque générale. Kindred refusa toute contribution, qu'elle soit en argent ou en travail alors qu'Ethan, pour sa part, offrit quatre shillings et aida, durant une semaine, à l'érection d'une barricade.

Les Quakers ne représentaient qu'une mince majorité de la population blanche du nord-est géorgien, et cette majorité était en chute libre en raison de la généreuse politique d'accueil du gouverneur Wright. Contrairement aux Quakers, rares étaient les nouveaux arrivants à entretenir des convictions religieuses profondes. Ils venaient en Géorgie principalement pour les terres et pour la liberté que ses grands espaces offraient. La plupart des familles arrivaient par bateau à Savannah et s'installaient soit dans les régions fraîchement cédées à l'ouest de la rivière Savannah, soit dans les terres de la zone côtière méridionale. Plusieurs autres arrivants des Carolines, dont Elijah Clarke et ses compagnons, utilisaient la voie terrestre pour atteindre la Géorgie.

Bien que la loyauté du gouverneur Wright envers le Roi et le Parlement fût indéniable et qu'il tentât souvent de faire respecter des lois injustes, il jouissait d'une bonne réputation dans la colonie : les colons et les chefs des tribus Creek, Cherokee et Catawba le considéraient comme un homme honnête et respectable. De plus, il jouissait d'une attention tout spéciale du gouvernement londonien qui lui cédait des fonds intéressants pour le développement de sa jeune Géorgie, qui était considérée de grande valeur parce qu'elle servait de zone tampon entre la Floride espagnole et les colonies du nord. Dans l'ensemble, en Géorgie, les relations entre les officiels britanniques, les colons et les tribus indiennes étaient saines. Tous ces éléments positifs n'existaient nulle part ailleurs sur le continent américain.

Au début de l'an 74, Ethan et Kindred attelèrent leurs chevaux et partirent pour Wrightsborough afin de vendre des veaux et de se procurer des marchandises agricoles. Au magasin général, ils rencontrèrent Joseph Maddock.

— Auriez-vous eu vent des nouvelles du nord ?, demanda-t-il.

— Non, rien, avoua Ethan. Les nouvelles se rendent rarement jusqu'à nous. De quel événement s'agit-il, cette fois-ci ?

— Voici : des chefs de Boston se sont indignés du prix exigé pour le thé en provenance de l'Inde occidentale. Aussi ont-ils attaqué un navire britannique et jeté dans les eaux du port toute sa marchandise. C'était là un acte de pure rébellion envers la Couronne.

— La raison de cette insurrection est certainement la taxe spéciale sur le thé imposée aux colonies, fit remarquer Ethan. Les autorités l'ont-elles annulée ?

— Cette taxe est toujours appliquée, assura Maddock, mais la Compagnie anglaise des Indes orientales a réduit ses prix de manière à largement compenser la taxe. Le coût du thé taxé est ainsi plus bas que celui de contrebande.

— Je ne m'explique pas pourquoi des gens s'offusqueraient de payer moins pour leur thé, dit Kindred.

— Mon cher Kindred, répondit Ethan, je peux te donner au moins une raison : la majorité des marchands d'ici ont levé le nez sur le thé d'Angleterre et ils ont trouvé d'autres sources d'approvisionnement. Leurs stocks de thé de contrebande sont probablement considérables et le nouveau prix du thé anglais est celui payé par les marchands. On peut dès lors comprendre que les marchands de Boston veuillent voir disparaître le thé des Britanniques pour garder des prix de revente élevés. Tout cela, ce n'est qu'une question d'argent. Mais il existe peut-être une autre raison à ce saccage : depuis bien longtemps, quelques têtes brûlées se sont donné comme mission de démontrer, par tous les moyens possibles, leur déloyauté envers le Roi. Les années passées ont vu plusieurs colons s'organiser pour s'opposer au *Stamp Act* et au *Townshand Act*, qui impliquaient tous des taxes spéciales, et la loi sur le thé anglais est la dernière du genre à être encore appliquée. Ces entêtés ont besoin d'une cause pour leur croisade. Ils devraient être contraints de payer le thé détruit ; on mettrait ainsi un point final à toute cette histoire.

— J'ai bon espoir, déclara Maddock, témoignant une fois de plus de sa volonté pacifique, qu'aucune violence n'éclatera.

— Permettez-moi, monsieur Maddock, d'abonder en votre sens, fit remarquer Kindred, ce n'est là qu'une anicroche et bientôt, nous n'en entendrons plus parler.

Quelques semaines après cet entretien, les Pratt et les Morris apprirent que des échauffourées avaient eu lieu, plus au nord, entre des colons et les forces militaires du Roi. Ils virent en cela les gestes malheureux et injustifiables de citoyens britanniques déloyaux. Les lois adoptées à Londres concernant le commerce et la taxation avaient peu d'impact sur eux. En effet, la production de leur ferme comblait la majorité de leurs besoins et, comme la plupart des familles de la *frontier*, leur première aspiration était de se mêler de leurs propres affaires, de soutenir la Couronne comme elles l'avaient toujours fait et d'exprimer leurs opinions avec force, mais en préservant la paix.

CHAPITRE 15

Une colonie différente

La Géorgie n'était pas une colonie comme les autres. Ce furent d'abord les colons européens qui s'installèrent sur ses côtes, en 1565, presque un demi-siècle avant l'arrivée, plus au nord, des premiers aventuriers britanniques dans la région de Jamestown, qui deviendrait plus tard la Virginie. Les explorateurs, les marchands et les missionnaires espagnols vécurent prospères sur les îles près de la côte et sur les terres le long des rivières durant plus de deux décennies. Mais les attaques incessantes des Indiens Creek et Cherokee forcèrent en définitive les Espagnols à se replier au sud, en Floride. Les Britanniques, les Français et les Espagnols tentèrent tous de convaincre les guerriers indiens de servir leur cause dans la lutte pour le contrôle du territoire entre Charles Town et Saint-Augustine, mais tous échouèrent. Ils durent se rendre à l'évidence que la Géorgie était une étendue sauvage dominée par les Indiens et fondamentalement impropre à la colonisation.

En 1732, un groupe de trente-deux Anglais idéalistes et ambitieux se virent accorder une charte par le roi George II pour réaliser une soi-disant « mission sainte » dont le but était d'éveiller les autochtones au travail, à la liberté religieuse, aux droits démocratiques et à l'instruction, dans un environnement libéré des fléaux du rhum et de l'esclavage. En février de l'année suivante, James Oglethorpe arriva avec les 114 colons restants des 600 qui s'étaient portés volontaires pour le voyage. Ils débarquèrent près d'un vaste promontoire d'où on pouvait admirer en contrebas les flots d'une puissante rivière. Ils donnèrent à ce lieu le nom de Savannah.

Un homme, qui s'était embarqué dans cette traversée et dont les moyens ne lui permettaient pas de payer son périple, se voyait

allouer vingt-cinq hectares, en plus d'une allocation pour subvenir
aux besoins de sa famille durant la première année. On promettait
aux familles plus aisées deux cent cinquante hectares de terres, le
droit d'être accompagnées de dix domestiques et de ne payer
aucune taxe sur la propriété au cours des cinquante prochaines
années.

En tant que fidéicommissaire de la nouvelle colonie nommée
en l'honneur du Roi, Oglethorpe n'avait pas le droit d'exercer un
rôle exécutif ou de posséder de terres, mais il assumait toutes les
responsabilités : amadouer les Indiens, faire de Savannah une ville
digne de ce nom, repousser le vent de décadence soufflant non loin
de la Caroline du Sud, là où l'esclavage était encouragé et où le
rhum coulait à flots, ainsi que défendre la colonie des troupes
espagnoles postées en Floride.

Trois années plus tard, Oglethorpe retourna à Londres et fut
nommé « général et commandant en chef des forces de la Caroline
du Sud et de la Géorgie ». Ce titre lui conférait l'autorité nécessaire
pour recruter des hommes afin de défendre les deux colonies. À
cette époque, il pouvait compter sur huit cents hommes au bas mot,
venus du continent européen pour s'installer en Géorgie, poussés
par le désir de faire fortune ou de trouver la liberté de culte. Dans
cette population, qui foula le sol géorgien en 1773, il dénombra,
cinq mois après l'arrivée du premier groupe de colons, quarante-
cinq Moraves, cent dix Salzbourgeois germanophones et quarante-
deux Juifs, la plupart venus d'Espagne et d'Allemagne. Le général
fut critiqué pour avoir accepté une si grande communauté juive,
mais il devait une fière chandelle à l'un d'eux, le docteur Nuñes
Ribeiro, qui assura la lourde tâche de médecin de la colonie. Ces
colons des premiers jours étaient de grands pacifistes. Ils
appréciaient leur concession et étaient des sujets loyaux envers la
Couronne britannique. Oglethorpe accueillit également un groupe
d'Écossais des Highlands qui se portèrent volontaires pour
défendre la Géorgie contre les Espagnols de Floride. Ils furent
remerciés par des concessions terriennes fort intéressantes sur la
côte, à une centaine de kilomètres au sud de Savannah, dans la

paroisse de St. Andrews. De là, ils étaient bien placés pour parer à toute invasion des Espagnols.

Après la mort de sa mère, alors qu'il n'avait pas dix ans, Lachlan McIntosh vint en Géorgie avec son père, le capitaine John McIntosh, qui devint plus tard officier dans le régiment des Highland Scots de St. Andrews. Quatre années plus tard, le capitaine McIntosh fut capturé lors d'affrontements avec les Espagnols. On le déporta en Espagne où il fut incarcéré en tant que prisonnier de guerre. Dès lors, pour ainsi dire sans parents, Lachlan fut placé à l'orphelinat de Bethesda, une institution près de Savannah sous la direction du révérend George Whitefield. Le bon révérend croyait que seules une discipline stricte et des punitions sévères étaient garantes de la bonne éducation des garçons, traitement que le petit Lachlan endura deux ans avant de fuir et de rejoindre l'ancien régiment de son père. Il prouva qu'il avait l'étoffe d'un héros, peu après son assignation à un poste subalterne, lors de la bataille décisive de Bloody Marsh, dont la victoire affirma la mainmise de la Géorgie sur le sud du territoire. D'abord simple cadet, Lachlan finit avec les galons d'officier grâce à son courage extraordinaire. Il démontra un talent particulier pour l'élaboration de tactiques militaires.

Tout le monde savait que les Écossais, bien qu'ils servissent le général Oglethorpe dans sa lutte contre les Espagnols, ne portaient pas dans leur cœur le gouvernement de Londres. Bien avant d'entreprendre la traversée de l'Atlantique en quête d'une nouvelle vie, les Écossais témoignaient une animosité générale à l'égard de l'Angleterre. Ils étaient en effet opposés à l'union forcée des deux nations qui avait provoqué l'effondrement du système des clans et qui avaient amené de profonds changements culturels. Le *Highland Dress Act* leur interdisait le port du kilt si distinctif à l'Écosse. Par ailleurs, comme le Parlement britannique les empêchait désormais de payer leurs dettes en envoyant leurs enfants pour servir militairement un chef de clan, plusieurs familles écossaises n'eurent plus les moyens de louer des terres. On expulsa ainsi les métayers et leurs familles hors de leurs terres ancestrales et l'indépendance des différents clans s'en trouva amenuisée. Les Britanniques encouragèrent les Écossais les plus sympathisants de la cause anglaise à s'installer en Irlande, où plusieurs devinrent prospères dans le commerce de la laine. Le Parlement fit bientôt passer le *Woolen Act,* une mesure protectionniste pour l'industrie anglaise de la laine, qui eut pour conséquence de plonger l'Irlande dans la dépression. Ainsi se déversa en Amérique une nouvelle vague d'immigration, surtout dans les colonies du sud où les propriétés vacantes étaient nombreuses.

Août 1774

Il n'est pas surprenant que les Écossais de St. Andrews fussent les premiers Géorgiens à condamner la violation britannique de ce qu'ils considéraient comme étant leurs droits fondamentaux. Ils s'opposèrent en masse à la perception de taxes sans représentation, au blocus du port de Boston et aux procès des colons dans des cours de justice anglaise.

Lachlan McIntosh avait maintenant quarante-six ans. Chef prééminent de la paroisse, il était père d'une famille respectée. Un bon nombre d'hommes et lui s'étaient réunis dans la ville côtière de Darien, sur les rives de la rivière Altamaha. Le frère de Lachlan, George, était présent aux côtés de ses cousins et des membres d'autres clans dont ceux des Mackay, des Dunbar et des Cuthbert, qui formaient presque tous les descendants des hommes qui servirent dans le régiment des Highland Scots, quatre décennies plus tôt.

Lachlan était grand. De forte stature, il avait des épaules tombantes et possédait des bras plutôt longs pour son corps. Il avait l'allure martiale et était toujours bien habillé, même dans ses habits civils. Un trait distinctif rendait son apparence plus agréable : il avait l'habitude, avec un peigne, de centrer soigneusement sur son front ses cheveux qui poussaient en V, de sorte à former une boucle. Une étincelle brillait dans le fond de ses yeux et un sourire moqueur se promenait sur ses lèvres, mais cette expression pouvait s'envoler en un éclair et se transformer en colère si l'on jouait avec son tempérament chatouilleux. Même ses amis les plus proches et sa famille craignaient son humeur impulsive, mais cela ne minimisait en rien leur respect pour cet homme juste.

Lachlan survola du regard les hommes présents dans la salle avant de prendre la parole : « Nous avons tous été profondément blessés par les accusations de lâcheté des gens de la Caroline du Sud et nous avons souffert du blocus déclaré sur les échanges avec la Géorgie. Comme vous le savez tous, nos voisins de Midway, dans la paroisse de St. Johns, sont les seuls qui se lèveront avec nous pour défendre notre liberté. Ils sont prêts à renoncer, comme nous, à traiter avec cette colonie et à unir leur force avec les patriotes de la Caroline du Sud. Comme les Puritains du nord, ils entretiennent toujours des liens avec les colonies déjà en guerre. Cependant, on vient de m'informer que les membres du Conseil de sécurité à Charles Town nous remercient pour notre offre mais qu'après de longues délibérations, ils la rejettent en raison de la grande distance qui nous sépare, arguant que cette union fractionnerait notre colonie. Nous avons prévu une réunion à Savannah jeudi prochain, à la taverne Chez Tondee, où nous déciderons des actions à entreprendre. Nous savons qu'il est maintenant inutile d'envoyer des pétitions ou de boycotter quelques biens anglais. »

Une vive discussion typique s'ensuivit. Après quoi, le groupe décida que Lachlan poursuivrait ses opérations en vue de rassembler et de former les volontaires des deux paroisses les plus radicales, dont les préparations en vue d'un éventuel affrontement allaient déjà bon train. D'autre part, on décida que son frère aurait la responsabilité de parler au nom de la paroisse de St. Andrews à la réunion de Savannah. En effet, on s'accordait à penser que Lachlan ne possédait pas les qualités de diplomate nécessaires pour exprimer la pensée de la paroisse sans se mettre à dos d'autres groupes géorgiens, dont la loyauté envers la Couronne variait considérablement de l'un à l'autre. Néanmoins, il prit sur ses épaules la responsabilité de résumer les attentes de la communauté que la majorité connaissait déjà :

« La colonie est divisée, pas tant sur des questions de principe, mais parce que chaque groupe a des intérêts bien différents. La loyauté la plus forte envers la Couronne provient des ecclésiastiques anglicans, des politiciens qui ont obtenu du Conseil royal des postes de dirigeants, des marchands qui ont acquis des permis spéciaux pour la traite et des immigrants récents qui ont encore de solides attaches avec la mère patrie. On remarque aussi une faible volonté d'agir chez les familles de fermiers dans les provinces en amont de la rivière Savannah, où les colons ont été peu affectés par l'imposition des diverses taxes. Ils considèrent les troupes britanniques comme leur meilleure défense contre les attaques indiennes et beaucoup sont reconnaissants pour la terre que le gouverneur Wright leur a octroyée. Les Luthériens allemands d'Ebenezer qui, pour la plupart, ne parlent pas un traître mot d'anglais, ne désirent qu'une chose, soit qu'on les laisse en paix, et les Quakers de la région de Wrightsborough évitent toujours tout conflit. Plusieurs de ces gens plus ou moins neutres se trouveront, jeudi, à la taverne Chez Tondee. Et ceux qui assisteront à la réunion feront sentir leur penchant Tory et d'autres encore prendront immédiatement peur à l'idée d'un quelconque conflit. »

Lachlan omit d'expliquer la raison principale qui justifiait le manque de volonté ferme dans la colonie : le gouverneur Wright et son conseil, voulant éviter tout retard de développement de leur colonie sur celles du nord, avaient fait tout ce qui était en leur pouvoir pour combler les besoins légitimes des Géorgiens.

Lorsqu'ils se rassemblèrent à Savannah, la semaine suivante, George McIntosh put constater l'exactitude des prédictions de Lachlan : les groupes de détracteurs à leur cause étaient également divisés et seuls les représentants de l'Église du Christ de Savannah et d'une autre paroisse donnèrent leur appui aux délégués de St. Johns et de St. Andrews sur la majorité des points exposés. Chacune des questions fut chaudement débattue et les hommes réunis condamnèrent presque à l'unanimité le blocus portuaire de Boston, toute taxation sans représentation et la déportation d'Américains pour subir leur procès en Angleterre. Mais en dépit des efforts partisans des McIntosh et des autres représentants, les participants décidèrent de ne point envoyer de délégués lors de ce qu'on appelait maintenant le Congrès continental, qui devait se dérouler à Philadelphie le mois suivant, en septembre 1774.

Comme il était prévisible, les délégués des douze autres colonies se rencontrèrent et votèrent un blâme contre la Géorgie : ils « plaignaient le sort qu'avait choisi pour elle-même la Géorgie ». Ni à Savannah ni à Philadelphie, il ne fut sérieusement question de rompre les liens avec l'Angleterre. D'ailleurs, les délégués coloniaux semblaient plus près des sentiments quakers que des vues de tout autre groupe géorgien. À la grande déception des colons plus convaincus, les délégués choisirent presque à l'unanimité, dans une ultime tentative de réconciliation avec la mère patrie, de présenter à Londres la *Olive Branch Petition*, une pétition où les Américains réaffirmaient leur loyauté envers George III et le priaient de condamner les actions abusives du Parlement*.

Malgré les décisions mesurées prises au Congrès continental, la voie de la confrontation trouvait un grand nombre de partisans en Caroline et même quelques supporters à Savannah. Les Fils de la Liberté, ce groupe plus radical, firent savoir qu'ils n'hésiteraient pas à recourir à la violence. Quatorze Whigs géorgiens furent mis aux arrêts après avoir publiquement appuyé des actes isolés de rébellion commis au Massachusetts, et tout portait à croire que plusieurs hommes dans la communauté partageaient leur façon de penser. Dans un effort de grande envergure pour faire la preuve de la loyauté des colons envers Sa Majesté, le gouverneur Wright envoya des messagers aux quatre coins de la colonie pour demander aux Géorgiens de signer une pétition condamnant les Whigs déloyaux, c'est-à-dire les Patriotes. À l'exception de petits groupes de colons dissidents, tels ceux sous l'influence d'Elijah Clarke, peu de gens au nord de la Géorgie réprouvaient les agissements des Britanniques. Le respectable Joseph Maddock amena la quasi-totalité des Quakers à signer le papier et Kindred Morris, au mépris des avertissements d'Ethan Pratt de rester à

---

* Ce document portait la signature de presque tous les chefs qui, dans un futur proche, allaient signer la Déclaration d'indépendance.

l'écart de ces luttes politiques, signa le document, tout à fait inconscient des problèmes que cette encre versée lui vaudrait dans le futur.

Dégoûté par le manque d'aplomb des leaders provinciaux de la colonie, Lachlan McIntosh et d'autres Écossais convoquèrent une nouvelle rencontre à Darien, au début de janvier 1775. On put sentir dans leurs paroles, puisées à même celles de leurs ancêtres, qu'ils voyaient dans le présent conflit le sempiternel combat contre l'Angleterre : « Leurs oppressions, ni nous ni nos pères n'ont pu les tolérer ; c'est elles qui nous poussent vers le désert. » La communauté écossaise soutenait la pleine association de la Géorgie avec les autres colonies et le groupe tenta de faire balancer l'opinion des colons de Savannah en faveur de cette union, en faisant circuler une résolution qui approuvait la conduite des « braves gens de Boston et de la Massachusetts Bay pour la défense de leur liberté ». Cette résolution sanctionnait également « toutes les résolutions adoptées par le Congrès américain », condamnait la série d'actes séditieux votés par le Parlement britannique et recommandait vivement l'envoi de deux délégués géorgiens au Congrès continental qui devait se tenir à Philadelphie en mai.

Ils firent serment de ne jamais devenir les esclaves de l'Angleterre et déclarèrent leur « désapprobation et leur dégoût vis-à-vis de la pratique contre nature de l'esclavagisme en Amérique ». Ils exigèrent que tous les esclaves soient affranchis et que leurs propriétaires soient dédommagés. Lachlan fut le premier signataire de cette résolution et les autres y ajoutèrent leur nom sans tarder.

CHAPITRE 16

Le massacre des Indiens

Elijah Clarke et les familles voisines, ayant par le passé connu divers problèmes avec des titres douteux de propriété dans les Carolines, s'assurèrent qu'on leur fournisse des documents en bonne et due forme lorsqu'ils obtinrent le droit de s'installer près de la rivière Savannah, le long de la frontière nord établie en 1773. Elijah encouragea les autres hommes à construire leurs habitations de manière à ce qu'elles demeurent groupées. Toutes les cabanes furent bientôt reliées par un réseau de pistes. Elijah et Hannah s'accordèrent pour construire la grange tout près de leur nouvelle cabane. Ils préféraient vivre avec les bruits constants et les effluves des animaux que de risquer qu'un autre feu soit allumé par des intrus qui pourraient autrement passer inaperçus. Cette proximité des bâtiments rendait possible une mesure additionnelle de sécurité : ils travaillèrent de longues semaines à ériger une palissade avec des perches pour enclore la cabane, la grange et un petit jardin. À l'exception de quelques fentes laissées en guise de meurtrières et du portail d'entrée, la barricade coupait la vue sur les bois environnants, mais comme ils n'avaient aucune confiance en leurs voisins indiens qui vivaient à quelques kilomètres de là, cet inconvénient esthétique importait peu.

Aaron Hart et sa femme demeuraient à moins d'un kilomètre et demi des Clarke, non loin du croisement de deux principaux sentiers du secteur. Aaron n'avait aucune envie de vivre des travaux de la ferme et continua ses voyages de traite ; une vaste terre lui était donc inutile et il demanda le minimum, soit vingt-cinq hectares qui serviraient surtout de pâturage. Près de sa cabane, il construisit une remise pour l'entreposage de ses marchandises. Il dut réduire ses activités en Caroline du Nord, mais remplaça ce marché par un nouvel itinéraire en Géorgie. Sa femme, lorsqu'il partait sur les sentiers, était hébergée chez les Clarke.

Les Clarke furent confortés dans leur idée de la nécessité de se protéger lorsque Aaron vint leur rapporter qu'un groupe de Creek venait d'attaquer une famille de la région. À moins de vingt-cinq kilomètres au sud-ouest, ils avaient incendié une habitation, avaient assassiné et scalpé un dénommé William White, sa femme et leurs quatre enfants.

« Maudits soient ces bâtards ! », s'était exclamé furieusement Elijah. « Nous devons leur donner une leçon qu'ils n'oublieront pas de sitôt. Mettons-nous immédiatement en selle, Aaron »

Le temps qu'Elijah et Aaron arrivent sur les lieux du drame, une douzaine d'hommes étaient déjà sur place et regardaient avec indignation les ruines encore fumantes. Ils avaient creusé six tombes pour le dernier repos des pauvres corps scalpés et mutilés. Puisque personne ne prenait d'initiative, Aaron demanda à Elijah ce qu'il croyait bon de faire. Les autres voulurent bien entendre ce qu'il avait à dire. De la manière la plus naturelle, il s'octroya le rôle de chef et décida qu'il leur fallait pourchasser les meurtriers qui, selon toute probabilité, avaient déjà traversé la rivière Ogeechee.

Clarke insista pour qu'on scrute minutieusement les environs, à l'affût du moindre indice. Ils trouvèrent et suivirent des empreintes de chevaux non ferrés et, au terme d'une journée et d'une nuit de pistage, à aller de points d'eau en points d'eau et à examiner un site de campement, ils conclurent que le nombre des attaquants se chiffrait à une douzaine d'Indiens et qu'ils possédaient deux ou trois armes à feu. Ils se déplaçaient rapidement en un groupe uni, tout en s'assurant de ne point s'arrêter dans leur propre village. Ces indices donnaient à croire qu'il s'agissait de renégats. Leur piste bifurqua au nord puis à l'est ; les colons en déduirent qu'une autre attaque aurait lieu, quelque part au nord d'Augusta. Un à un, les colons annoncèrent qu'ils craignaient pour leur famille et abandonnèrent cette chasse. Elijah fut incapable de les en dissuader, ce qui força Aaron et lui-même à abandonner leur poursuite.

Deux semaines plus tard, aux environs de neuf heures du matin, une autre attaque indienne se produisit au lieu dit de Sherall's Fort, où se trouvait une petite intendance. Les autochtones avaient apparemment attendu que David Sherall et le plus jeune de ses trois fils quittent leur demeure. Peu de temps après, des coups de feu furent tirés en direction du fort. Mme Sherall, ses deux fils adultes et un esclave noir parvinrent à tuer trois des assaillants comme ils tentaient de gravir la palissade. D'autres Indiens mirent feu à une section du mur, puis se retranchèrent pour reprendre leur attaque, armes en main.

À ce moment, Sherall parlait à son plus proche voisin quand il vit une fumée blanche s'élever dans le ciel. Il comprit l'urgence et envoya son jeune fils chercher de l'aide à la porte d'Elijah Clarke, tandis que son voisin et lui se ruèrent vers le fort. Avant même d'arriver, ils virent les flammes au travers des arbres et stoppèrent leurs montures pour analyser la situation. Le feu semblait pour l'instant se limiter à une section de la palissade ; tout n'était pas encore perdu. Les hommes se précipitèrent. À ce moment, deux Indiens, embusqués en retrait du sentier firent cracher le feu de leur mousquet sur les colons et des flèches sifflèrent. À une distance aussi petite qu'une dizaine de mètres, aucun projectile ne rata sa cible et les colons s'effondrèrent bruyamment au sol. Les Indiens avancèrent alors sur eux, couteau à scalper tiré. Ils traînèrent les corps dans les buissons et regagnèrent leur cache.

Sur le trajet qui les menait au fort, Elijah Clarke, suivi de cinq hommes et du fils de Sherall, dressa soudain la main vers le ciel pour stopper le cortège et leur servit cet avertissement :

« Lorsqu'une attaque indienne dure un certain temps, les sauvages ne prennent pas le risque de se laisser surprendre. Ils attendent la riposte et laissent des guerriers embusqués le long des sentiers. Séparons-nous. Ne vous approchez pas à moins de cent mètres de la piste et continuez à avancer. Nous devons faire vite. Ne couvrez pas le bruit de vos pas puisque s'ils vous entendent venir, ils se retireront vers la palissade. »

Comme les hommes se précipitèrent dans la clairière autour du fort, le groupe d'Indiens prit quelques secondes pour étudier leurs adversaires. Un des hommes eut le temps, avant qu'ils ne s'enfoncent dans les bois, de reconnaître leur chef : « C'est Big Elk qui donne les ordres. Je le connais, il a l'esprit tortueux et les bois n'ont pas de secret pour lui. Sa perfidie n'a d'égale que la sauvagerie de ses actes. »

Après avoir enterré les morts, les hommes amenèrent la famille Sherall chez les Clarke. Ils se rassemblèrent le jour suivant pour décider des actions devant être prises. Cette réunion ne donna lieu qu'à bien peu de désaccords.

C'est Elijah Clarke qui parla le premier : « Messieurs, si les tribus voisines voient le succès de ces bandits et décident d'aller en guerre, nous n'aurons aucune chance de gagner, même si nous tous, ici présents, délaissions nos fermes pour chasser ces bâtards. Nos vies et notre sécurité seront préservées à la seule condition que ces maudits Indiens demeurent pacifiques. J'ai la ferme conviction que la seule manière d'éviter toute révolte est de punir sévèrement les bandits. »

— L'assistance des troupes britanniques nous sera indispensable, fit remarquer Aaron Hart. Le gouverneur Wright subit des pressions de Londres pour amener de nouveaux colons sur les terres de Géorgie et il se doit d'assurer la protection des colons.

— Bien sûr, mais la Géorgie n'est peut-être pas aussi importante que nous le croyons aux yeux de l'Angleterre, avança un des hommes.

— Pour ce qui est du commerce, confirma Aaron, vous avez raison monsieur, mais les Britanniques ont besoin de cette colonie. Nous sommes le dernier bastion de territoire entre les Espagnols de Floride et les Carolines. De plus, d'une certaine manière, nous gardons les Français à distance, plus à l'ouest. La meilleure solution, je le sais, est de mâter le soulèvement de ces renégats indiens avant qu'ils ne soient plus organisés, mais nous ne disposons pas de trois cents hommes prêts à se battre en Géorgie. Nous avons eu de la chance jusqu'à présent ici, mais dans les régions frontalières de Caroline, les Cherokee posent de sérieux problèmes aux colons et, apparemment, ces troubles nous gagnent.

Clarke et deux ou trois hommes désiraient pourchasser sans plus attendre les Indiens, mais la grande majorité pensait qu'il pouvait bien y avoir plus d'un groupe de maraudeurs et qu'ils devaient attendre d'obtenir de l'aide avant d'abandonner leur ferme à de possibles attaques. Aaron s'entêtait à penser que les officiers britanniques devaient assumer leur responsabilité quant aux bonnes relations entre les colons et les Indiens. Il partirait donc pour Savannah, accompagné de deux hommes, afin d'informer le gouverneur Wright de leur demande de protection. Il devait leur fournir quelques troupes, car, présentement, leur nombre dans les territoires cédés ne pouvait faire trembler de peur les Indiens. Les colons s'étaient installés dans la région avec l'assurance d'être protégés et Hart le lui rappellerait. Si la situation persistait, les familles retourneraient assurément dans une zone plus civilisée. Une aide militaire s'imposait.

Le gouverneur se plia à leur demande et, en moins d'une semaine, le capitaine James Grierson débarqua à Augusta avec cinquante hommes. Ils arboraient des uniformes neufs et, à l'exception de deux sergents britanniques, leur expérience militaire n'allait pas au-delà de l'entraînement. En grande pompe, ils établirent un campement à Sherall's Fort. Quelques jours plus tard, Grierson envoya vingt de ses hommes à la rencontre des Indiens des villages voisins. Ils avaient pour mission de recueillir les preuves nécessaires afin de rédiger un rapport officiel au gouverneur. Au terme du deuxième jour, ils furent pris en embuscade par quelques hommes de Big Elk. Trois d'entre eux périrent sous les flèches. Incapables d'évaluer la force et le nombre de leurs attaquants, les hommes de Grierson battirent en retraite vers leur campement. Ces militaires inexpérimentés refusèrent de demeurer plus longtemps dans cette région « infestée de sauvages » et il n'en fallut pas plus pour que le détachement entier retourne à Savannah.

Le gouverneur Wright fut embarrassé par cet événement mais profita de la situation pour exiger des renforts de Londres. Dans son message, il exagéra la menace indienne. Mais c'est en faisant condamner les chefs des tribus de la région par John Stuart qu'il obtint finalement satisfaction, car, comme il les fit accuser d'avoir violé le traité de paix, il réussit à interdire la traite avec les Indiens. Ainsi agacées et privées de revenus substantiels, les autorités d'Angleterre accédèrent à la demande de Wright. Cela prit cependant des mois avant que les nouvelles troupes ne mettent pied en Amérique. Elijah Clarke n'avait pas une telle patience.

Comme à Savannah on ne promettait pas d'agir dans un avenir rapproché, une deuxième réunion fut organisée chez les Clarke. À l'unanimité, les hommes décidèrent de mettre leur famille en lieu sûr et d'abandonner leur ferme le temps de punir les renégats. Il fut établi qu'Elijah serait leur chef. Un marchand, qui savait où se terraient Big Elk et sa bande, se proposa de les guider jusqu'à leur campement, caché aux limites du territoire Cherokee.

Elijah, connaissant mal la force de l'ennemi, joua de prudence et estima que cette mission, qu'il voyait longue et ardue, nécessiterait au moins une centaine d'hommes. Aaron suggéra d'envoyer des cavaliers chez les habitants de la région pour faire appel à des volontaires.

« Rien ne sert de se rendre à Wrightsborough, mon ami », assura Clarke. « Ces satanés Quakers redoutent la violence plus que le diable et, crois-moi, nous avons bien l'intention d'être violents, n'est-ce pas messieurs ? »

Les hommes exprimèrent leur approbation par un rire grinçant. L'un d'entre eux fit néanmoins cette remarque : « Ils ne sont pas tous des Quakers, par là-bas. En fait, je crois même que certains Régulateurs se sont réinstallés dans la région après avoir fui le comté d'Orange, en Caroline. »

Elijah donna ses derniers ordres : « Si cela est vrai, ces hommes nous seront précieux. Tentez d'entrer en contact avec eux et dites-leur que nous partirons d'ici trois jours, soit vendredi au lever du soleil. »

Ethan travaillait à sa forge lorsque Aaron Hart arriva dans la cour, le petit Henry jouant tout près. Après s'être salués comme de vieilles connaissances — leur rencontre remontait en fait aux jours vécus à Hillsborough — Aaron expliqua la raison de sa venue : « Ethan, je viens ici t'apporter un message d'Elijah Clarke. »

— J'ai entendu parler de lui. Il s'est installé, un peu plus au nord, avec un groupe d'amis, sur les nouvelles terres près de la Savannah.

— C'est tout à fait exact. Je vis moi-même aujourd'hui dans cette région. As-tu aussi entendu la nouvelle des attaques du groupe renégat de Big Elk contre un fort juste à l'ouest de nos habitations ?

— Oui, j'en ai eu vent et sache que nous sommes bien attristés par la perte de ces vies humaines. Nous espérons que les Indiens se sont enfuis dans leur village après avoir été confrontés à la milice.

— Non Ethan, en fait, ce sont ces lâches de miliciens qui ont pris leurs jambes à leur cou. Ils ont couru vers Savannah et les Indiens menacent toujours.

Aaron dévoila à Ethan les plus récents événements. Il l'informa que le commerce entre les Britanniques et les tribus indiennes était au point mort et, finalement, qu'un groupe de colons, dont Elijah Clarke était le chef, se préparait à riposter aux dernières attaques.

Ethan voyait clairement le tour que prenait la discussion et tenta une esquive : « C'est sûr que l'interdiction de commerce coûte beaucoup, mais si j'ai bonne mémoire, je crois que le groupe de traîtres a été sommé de se défaire. »

— Voilà ce que je suis venu te dire. C'est là un groupe de Creek réprouvés par leur propre peuple et condamnés à vivre du banditisme. Par ailleurs, des marchands ont rapporté qu'ils ont monté leurs tentes en territoire Cherokee et qu'ils savent où les trouver. Bien que tu vives parmi les Quakers, Clarke a pensé qu'un homme de ta trempe n'hésiterait pas à joindre notre campagne pour mettre un terme aux raids indiens. Tu pourrais bien être la prochaine cible, comme tu vis très près des terres cédées.

— Nous connaissons plutôt bien les Indiens du coin, Aaron, et ils n'ont jamais démontré d'hostilité à notre endroit. Je ne suis pas en faveur de l'affrontement ouvert et je préfère de loin demeurer ici pour protéger ma propriété. Du reste, j'ai entendu dire de Clarke qu'il était un homme impulsif, enclin à la violence.

— Écoute-moi, Ethan. Plusieurs douzaines d'hommes participeront à cette mission qui a pour seul but d'arrêter Big Elk et ses hommes. Nous voulons ainsi prévenir d'autres attaques visant nos familles et envoyer un message clair aux Indiens prêts à fouler le sentier de la guerre. Cette poignée de renégats se joue du traité signé il y a deux ans par les chefs Creek et par l'élite des Cherokee.

Ethan secoua la tête et avoua à Aaron son indécision : « Laisse-moi y réfléchir à tête reposée. Où est prévu votre rassemblement ? »

— Nous nous rassemblerons deux heures après le lever du soleil, à l'endroit où le sentier Cherokee du sud croise le ruisseau Rock Comfort.

— Je connais ce lieu. Je ne peux rien te promettre pour l'instant, mais ma présence n'est pas impossible.

— Une dernière question, Ethan. Je dois aller voir Kindred Morris pour solliciter sa participation. Sais-tu où je peux le trouver ?

— Tu feras un détour inutile, mon cher Aaron. Il refusera toute implication dans des actions contre les Indiens, je t'en donne ma parole.

Aaron savait qu'il ne pourrait jamais convaincre Kindred Morris. Il connaissait Newota pour avoir souvent visité son village et était au fait que son ami naturaliste se faisait le protecteur des tribus indiennes. Ethan lui offrit de se désaltérer, ce qu'il accepta, mais il refusa cependant l'invitation de rester à dîner.

En reprenant sa route, Aaron méditait sur le monde de différence qui séparait Ethan d'Elijah. Sa réflexion l'amenait à comprendre ce que ces deux hommes avaient en commun : une forte personnalité. « Il serait très intéressant », pensait-il, « que ces personnages se rencontrent ».

Durant ses voyages, Aaron s'était souvent arrêté à la cabane des Pratt. Il avait appris à connaître Ethan en goûtant à sa solitude qui, plus que tout, l'avait convaincu du pacifisme. Il aimait faire partie des rares fréquentations de cet homme franc et intègre qui ne voyait, mis à part lui, que ses voisins, les Morris. Aaron savait que si on laissait Ethan en paix, il ne tenterait pas d'imposer ses idées à quiconque et ne montrerait jamais le poing, même aux Indiens, ses voisins qui lui inspiraient pourtant une certaine crainte. Il était, de par sa situation, un colon américain, mais sa loyauté allait au Roi ; il était avant tout un citoyen britannique. Aaron l'avait toujours vu à l'aise mais effacé en public, préférant écouter et garder ses opinions pour lui. Il n'était donc pas surpris qu'Ethan se garde d'accepter son invitation sans considérer avec prudence la portée et les conséquences d'un tel engagement.

Hormis sa stature imposante et sa force de caractère, Elijah Clarke était tout le contraire d'Ethan : il ne pouvait pas s'empêcher d'asseoir son autorité sur autrui. Bien que son approche fût déplaisante à plusieurs, son commandement apportait succès à toutes ses entreprises. Elijah faisait grand bruit de ses idées et les imposait souvent. Il était sévère dans ses jugements et ses décisions le reflétaient. Depuis sa rencontre avec le gouverneur de la Caroline du Nord, Elijah avait renié son appartenance à l'Angleterre et ne voyait qu'une solution à l'impasse coloniale : la rébellion. Bien qu'il fût retors et autoritaire, sa grande vitalité lui conférait un charisme qui lui attirait la faveur et l'appui de beaucoup d'hommes. Il ne supportait pas d'être contredit, même par Aaron, qui devait souvent user de finesse s'il voulait exprimer des vues contraires aux siennes. Elijah méprisait tous les Indiens. Il ne voyait rien d'humain en eux et ne se cachait pas pour le dire. Sur ce sujet, Aaron n'exprimait jamais sa véritable opinion. Elijah aurait été dégoûté de savoir qu'Aaron avait aimé une autochtone, lui qui considérait que toute relation sexuelle avec une squaw, mis à part le viol, était impie.

Ethan regarda Aaron s'en aller, déposa Henry dans les bras d'Epsey, prit son fusil et marcha vers les bois, sentant qu'il devait considérer longuement la proposition de Clarke. Il était troublé à l'idée d'aggraver les violences dans la région et surtout à l'idée de participer à cette escalade de violence. Comme tous les colons qui vivaient à proximité des villages Creek et Cherokee, il était sensible au problème indien. « Ce serait une catastrophe », pensa-t-il, « si les chefs aborigènes sanctionnaient l'attaque d'habitations isolées ». Pourtant, il pouvait difficilement s'imaginer que les

Indiens violeraient le traité de paix, qu'ils renonceraient aux avantages de la traite pacifique en s'engageant dans des combats pour reprendre leurs anciennes terres. S'ils déclaraient la guerre, les Indiens goûteraient aux mousquets des troupes britanniques et, avec leur armement rudimentaire, seraient vite vaincus. La faiblesse des Indiens venait principalement de leur manque d'unité ; les Creek et les Cherokee étaient incapables de faire front commun. En définitive, Ethan fit confiance à Aaron et décida de participer à la répression du petit groupe de Big Elk. Ils étaient, après tout, des hors-la-loi. De plus, il était fort possible que ses voisins et lui-même aient un jour besoin de protection et les hommes d'Elijah deviendraient alors de précieux alliés. Avant de se mettre au lit, Ethan annonça à Epsey que, tôt le lendemain matin, il irait discuter de la menace indienne avec des voisins du nord.

Le lieu de rassemblement se trouvait à moins de vingt kilomètres et Ethan y arriva peu de temps après le lever du soleil. Ni Elijah Clarke ni ses plus proches amis n'étaient présents à son arrivée, mais un groupe d'habitants vivant sur les plus vieux développements près d'Augusta était déjà réuni. Ils échangèrent quelques propos, mais, ne connaissant pas le détail des derniers événements, ils ne s'apprirent que peu de choses. Plus d'une heure passa avant l'arrivée de Clarke, accompagné de deux douzaines d'hommes ayant visiblement fait le voyage ensemble.

Clarke compta le nombre d'hommes présents avant de leur adresser la parole : « Nous devrions être trois fois plus, mais cela devrait suffire. Nous sommes assez nombreux pour donner une sévère correction à ces fumiers d'Indiens. Et, croyez-moi, ils ne l'oublieront pas de sitôt. »

Il descendit de sa monture et les hommes se pressèrent autour de lui. Ethan examina Clarke. Il n'avait pas sa stature, mais il était tout de même imposant. Des cheveux denses et noirs lui tombaient sur les oreilles et sous son front droit s'allongeait un nez aquilin. Son menton saillant et de petites lèvres ajoutaient à l'image de sévérité et de force du personnage. Lorsqu'il parlait, sa large bouche laissait voir une dentition jaunie. Comme on expliquait la situation aux nouveaux venus, il sembla à Ethan que Clarke jouait trop bien son rôle de leader. En effet, il demeurait sourd à la voix des autres hommes et se perdait dans des discours aussi flous qu'alambiqués. Souvent, il cherchait ses mots et reprenait sa lancée sur une toute autre note. Un homme aux côtés d'Ethan lui dit dans un murmure : « Il ne sait ni lire ni écrire, mais il est terriblement intelligent. »

Quelques hommes donnèrent leur opinion, mais Clarke ne s'intéressait pas à des idées qu'il n'avait pas lui-même émises. Il leva la main pour demander le silence et il l'obtint : « Récapitulons messieurs : nous avons tous appris les tragédies qui ont touché les White, les Sherall et plusieurs autres famille. Nous connaissons leur sort : on les a tous tués et scalpés et on a incendié leur maison et leur étable. Nous avons affaire à une bande de poltrons, qui ont été rejetés par leur peuple. Pour trouver de plus lâches, on doit regarder et pointer du doigt les miliciens du gouverneur. Ils ont fait dans leur culotte et ont déguerpi en entendant les sauvages pincer la corde de leur arc. »

Il y eut un léger rire dans l'assemblée et Elijah attendit le retour du silence.

« Il est temps pour nous de mettre de l'ordre dans cette pagaille. Nous ferons le ménage. Big Elk et ses hommes se croient en sûreté et projettent d'autres attaques. Ils sont campés à environ trente-deux kilomètres d'ici. M. Moses, qui fait la traite avec les Cherokee, est parmi nous et dit qu'il sait où les trouver. »

Il pointa, près de lui, un petit homme visiblement nerveux avant d'ajouter :

« Je suppose que vous avez tous prévu une quantité suffisante de vivres, de poudre et de balles. J'espère que tous savent comment recharger leur arme. Vous aurez besoin d'un couteau pour les combats rapprochés. Je vois que certains d'entre vous ont apporté un tomahawk ; c'est bien. Nous ne renoncerons pas avant de les avoir trouvés et d'en avoir fini avec eux. »

Ces commentaires étaient superflus, mais personne n'en fit la remarque. Les hommes présents étaient, pour la plupart, des chasseurs aguerris, ayant l'habitude des armes. Avant même de mettre leurs chapeaux, ils empoignaient un couteau de chasse et leur carabine ; ensuite ils pouvaient penser quitter leur cabane. À cheval ou dans les bois, ils ne se séparaient jamais de leur arme. Dans les champs, certains fixaient ingénieusement leur carabine sur le manche d'une charrue laissée près d'eux, pour minimiser le temps de réaction lorsqu'un ennemi les assaillait ou lorsqu'ils apercevaient un cerf, un ours ou un dindon à portée de tir.

« Qu'allons-nous faire des Indiens lorsque nous les trouve-rons ? », demanda Ethan dans la foulée de questions des hommes.

Clarke remarqua sa présence pour la première fois, bien qu'Ethan fût le plus grand de l'assemblée.

— Comme je l'ai déjà dit, reprit Elijah, nous savons où ils se cachent. Nous utiliserons leurs propres tactiques : nous les encerclerons et fonderons sur eux à l'aube, alors qu'ils seront endormis.

— Et que ferons-nous ensuite ?, insista Ethan, sans démontrer d'impatience ou de gêne.

— Ils ne se laisseront pas capturer et ce sera probablement une lutte jusqu'à la mort. J'estime que nous devons traiter ces fumiers comme ils aimeraient nous traiter. N'est-ce pas ce que la Bible nous dit ?

Des rires d'approbation fusèrent et Ethan renonça à débattre davantage de la question.

Les hommes enfourchèrent leur cheval et formèrent une longue colonne derrière Clarke et le marchand, qu'on consultait de temps à autre au croisement des sentiers.

Tard dans l'après-midi, Clarke, d'un signe de main, arrêta le groupe dans une petite clairière. Lorsque les hommes furent près de lui, il annonça : « Nous pensons qu'ils sont tout près, à trois kilomètres. Gardez le silence, tenez votre cheval près de vous, ne faites aucun feu et reposez-vous si vous le pouvez. Tout à l'heure, quelques hommes et moi-même irons, à pied, en éclaireurs localiser le campement et évaluer la situation. La lune nous offre assez de lumière pour nous diriger. Nous reviendrons ensuite, puis nous choisirons des signaux pour communiquer. Enfin, je donnerai à tous des ordres précis pour l'attaque. »

Une fois la nuit tombée, Clarke choisit quelques-uns de ses amis les plus proches et, ensemble, ils se dirigèrent en direction nord-est, en se déplaçant lentement et silencieusement le long d'un sentier obscur, mocassins au pied. Ils revinrent au bout de trois heures à la clairière où les hommes se tenaient droit et discutaient en petits groupes.

Clarke demanda le rassemblement.

— Nous avons trouvé leur camp. Nous avons vu deux feux à demi éteints, mais aucun mouvement. Ils sont de ce côté-ci d'une rivière assez large qui rendra leur retraite difficile. Nous nous séparerons en trois groupes. Je mets en charge Aaron Hart de huit hommes qui donneront l'assaut par la droite. Micajah Williamson, que voici, amènera le même nombre d'hommes sur le front gauche. La position de chacun est décidée. Je serai à la tête du reste d'entre vous et nous effectuerons la première et la principale attaque au centre. Je commanderai donc douze hommes dont deux s'occuperont de garder les chevaux calmes et groupés. Ce n'est pas un grand camp et nous devrions être en mesure de nous voir, une fois en position. Lorsque je nous jugerai prêts, aux premières lueurs du jour, je donnerai l'ordre d'attaquer par un coup de feu. Après quoi, nous leur tomberons dessus aussi vite que la foudre. Si quelque chose bouge, tirez, mais assurez-vous que ce n'est pas moi, bon sang ! Faites attention, ne gaspillez pas votre premier coup, car après, vous devrez peut-être vous en remettre à vos couteaux et à vos hachettes. Je ne veux pas que l'un d'eux s'échappe, c'est bien compris ?

— Quel sort allons-nous réserver à ceux qui veulent se rendre ?, demanda Ethan.

— Je vous ai déjà dit qu'il n'y en aurait pas, répondit sèchement Clarke. Mais vous pouvez capturer un de ces meurtriers si vous voulez l'amener vivre avec vous dans votre cabane.

Ethan décida de tenir sa langue. Ce fut une bande d'hommes graves et craintifs qui s'engouffra dans l'obscurité des sous-bois. Plus loin sur le sentier, Clarke s'arrêta et pointa à gauche ainsi qu'à droite. Ils se trouvaient à trois cents mètres des Indiens. Ethan fut l'un de ceux qui accompagna Hart. Son groupe bifurqua à droite, laissant Clarke derrière eux murmurer des ordres pour diriger le restant des hommes vers leur position respective.

Hart semblait savoir ce qu'il devait faire. Lorsqu'ils furent assez près de la rivière pour entendre le bruit des flots, Aaron s'arrêta et invita ses hommes à se rapprocher. Il chuchota des instructions : ils devaient former une ligne perpendiculaire au cours d'eau, étudier les environs du campement indien et s'assurer que leurs armes fussent prêtes au combat.

Ethan prit position, vérifia la distance qui le séparait de ses compagnons les plus proches et décida qu'il s'occuperait de l'appentis droit devant lui. Il n'y eut aucune réaction immédiate des occupants lorsque le premier coup de feu retentit, mais avant que les colons n'atteignent leurs cibles, les Indiens à moitié endormis s'arrachaient de leur paillasse et empoignaient leurs armes. Des coups de feu épars furent tirés dans la périphérie du camp ; on entendit le cri des victimes mélangé aux grognements et aux imprécations des hommes qui s'engageaient dans des combats au corps à corps, tous conscients qu'ils jouaient leur vie.

La mêlée fut terminée en dix minutes. Big Elk et tous ses braves, sauf deux qui réussirent à se jeter dans les eaux, furent tués. Hart ordonna à Ethan et à deux hommes de poursuivre les fuyards. Ils parcoururent une centaine de mètres en suivant les flots de la rivière avant de perdre complètement la trace des deux survivants. Comme Ethan restait immobile et silencieux, à l'affût de tout bruit, il entendit Clarke crier l'ordre à tous les hommes de recharger leurs armes et de fouiller toutes les cachettes où pouvaient se terrer « ces lâches qui refusaient de se battre ».

Quelques minutes plus tard, les colons eurent la surprise de trouver un groupe de femmes et d'enfants, dont trois nourrissons, blottis les uns contre les autres, qui tentaient tant bien que mal de se cacher sous des peaux d'animal. On les amena au centre du campement. Ils tremblaient de tous leurs membres et tentaient d'apaiser leur frayeur en se serrant dans leurs bras.

Clarke, le visage tordu par sa soif de sang, ordonna : « Tuez-les tous ! »

« Non ! Non ! Arrêtez ! », cria Ethan en accourant vers eux.

Mais l'irréparable avait déjà été commis. Encore que la plupart des hommes soient restés en arrière et aient protesté, Clarke et d'autres se précipitèrent vers les malheureux et, à coup de hachettes, les massacrèrent. Lorsque Ethan arriva enfin sur les lieux de la triste scène, des hommes scalpaient les corps sanguinolents.

Il agrippa Clarke par l'épaule, le fit violemment tourner sur lui-même et hurla : « C'est un meurtre ! Tu ne vaux pas mieux que Big Elk ! »

Clarke se défit de son étreinte, recula et accota son arme sur la poitrine d'Ethan : « Ne me touche plus jamais, Pratt, si tu tiens à ta peau. Tous ces Indiens étaient coupables et méritaient cette leçon. Je te conseille de bouger ton cul d'ici et de retourner dans ta satanée communauté de Quakers. Tu n'as jamais rien eu à faire ici. »

Ethan était furieux. Il regarda le visage des autres hommes et comprit qu'au moins un tiers d'entre eux pensait comme lui, mais qu'ils préféraient se taire. Dégoûté, Ethan leur tourna le dos et quitta lentement le camp. Seuls deux hommes suivirent ses pas. Il fut bientôt en selle et, de toutes ses forces, il tenta de chasser de son esprit la scène sanglante.

CHAPITRE 17

Clarke forme une milice

Aaron Hart était au bord du sommeil, alors qu'il s'accrochait à sa selle. Chaque enjambée de sa monture hongre le faisait se balancer d'avant en arrière. Le jour se levait à peine et il chevauchait depuis plus d'une heure et demie. Il devait donner des coups secs contre les reins de sa jument baie pour l'empêcher de dépasser le cheval de tête. L'homme qui le montait, en effet, aurait vu en ce banal dépassement une provocation. Ce n'était pas discutable : il menait les six hommes sur l'étroite piste indienne. Elijah Clarke était connu pour sa propension à la domination et, comme le groupe avait fait de lui leur chef, il usait de son autorité en toute circonstance. La totale assurance qu'il démontrait rassurait les hommes, mais faisait aussi en sorte qu'ils avaient rarement droit au chapitre au moment de prendre des décisions. Clarke ne connaissait pas les compromis. L'opinion des hommes eut ainsi peu d'influence sur l'organisation de leur propre milice.

Aaron avait connu Clarke alors qu'ils étaient voisins en Caroline du Nord. Travaillant d'abord dans les champs, Aaron avait acquis quelques chevaux de charge qu'il vendit dans les régions en plein développement. Ses profits étaient bien maigres, mais il aimait rencontrer les gens, diffuser les dernières nouvelles et exposer ses opinions. En vérité, il voulait par-dessus tout fuir le travail pénible et ingrat de la ferme. Ses activités lui permettaient aussi d'oublier que le mariage l'obligeait exclusivement envers son épouse. C'était sa connaissance des nouveaux territoires qui avait incité son petit groupe d'amis à s'établir d'abord en Caroline du Sud puis en Géorgie, près des rives de la rivière Savannah, au nord-ouest d'Augusta. De là, il s'était tracé un nouvel itinéraire de traite qui passait par Wrightsborough, traversait la rivière Oconee dans les territoires indiens pour prendre ensuite la route du sud jusqu'à Savannah. Aaron était l'un des habitués de la cordonnerie de Henry Pratt à Hillsborough. Il connaissait donc Ethan et plusieurs Quakers, bien avant leur départ pour la Géorgie.

Aaron se sentait coupable d'avoir entraîné Ethan dans le raid contre Big Elk, trois mois plus tôt. Il n'avait pas avoué aux autres hommes que, comme Ethan, le massacre des femmes et des enfants indiens l'avait répugné. Il n'en parlait pas par loyauté envers Elijah et croyait qu'il saurait à l'avenir prévenir des actes d'une telle barbarie.

Aaron pensa avec fierté qu'il avait réussi à garder secrète sa relation avec l'Indienne qui venait d'accoucher de leur second enfant dans un village près de celui de Newota. Bien que ses séjours fussent brefs, il avait pu se familiariser avec plusieurs coutumes autochtones qu'il respectait parmi eux. Sa générosité avait fait de lui un homme blanc très apprécié des Indiens. Il avait aussi connu Big Elk, dont le village, plus à l'ouest, se trouvait à une journée complète à dos de cheval. Il connaissait les habitudes criminelles de l'Indien et sa haine pour les colons blancs, mais il le méprisait surtout pour la brutalité avec laquelle il traitait sa propre famille. C'était Aaron qui avait trouvé le marchand qui avait mené Elijah au camp de Big Elk et de son groupe de renégats vagabonds.

Hormis sa femme et sa famille indienne, Aaron n'entretenait pas de relation étroite avec ses congénères. Mais maintenant qu'il formait et entraînait sa propre section milicienne, tout cela allait changer. Il avait l'impression de commencer une nouvelle vie. Aaron devrait enseigner à ses hommes comment édifier des palissades, soigner les chevaux, troquer judicieusement et manier les armes. À l'insu de tous, il se pratiquait au commandement dans les bois derrière sa maison. Elijah lui délégua bientôt de plus lourdes responsabilités et, faute de temps, sa cabane et ses animaux en souffrirent.

Elijah Clarke était devenu une figure presque héroïque au nord de la Géorgie depuis le raid du camp de Big Elk, les récits de l'événement étant sans cesse enjolivés par les différents conteurs. Elijah n'avait pas eu à en donner l'ordre, mais personne du groupe ne parla du massacre et du scalp des innocents. Ce n'est qu'après cette opération que les hommes décidèrent de s'unir et de former une force milicienne, prête au combat. Au début, la milice n'était rien d'autre qu'une poignée de petits conspirateurs qu'Elijah rassemblait toutes les semaines. Ils échangeaient des idées sur les meilleures armes à transporter et sur les manières de perfectionner la tactique utilisée lors de leur première attaque.

Ils n'étaient alors que seize hommes, douze de moins qu'au camp de Big Elk. Clarke préférait admettre dans le groupe des gens qui demeuraient à moins de deux kilomètres de son fort. Dès leur retour des territoires indiens, Clarke avait scindé le groupe en deux factions, qui s'affronteraient dans des épreuves de tir, d'endurance et d'embuscade.

Sans consulter quiconque, Clarke avait fait cette annonce lors de la première réunion : « Nous pratiquerons des manœuvres militaires aujourd'hui et dans les semaines à venir dans la même voie que celle que nous avons utilisées pour frapper le campement de Big Elk. Aaron Hart et Micajah Williamson seront mes lieutenants ; chacun d'entre eux sera en charge de la moitié des hommes. » Sans demande ni ordre, tous les hommes s'adressaient maintenant à Elijah en l'appelant « capitaine Clarke » et, de manière frappante, ce titre changea la donne de ses relations : même ses plus proches amis ne pouvaient plus l'atteindre.

Il fut assumé que Hart serait l'aide de camp de Clarke. En plus d'acheminer les ordres du capitaine, Aaron était chargé d'une tâche ingrate : voir à ce que l'analphabétisme de Clarke ne soit pas connu de tous. Non sans difficulté, il réussissait à reproduire sa signature. Il était également de son devoir de lire la presse à son chef et de rédiger les ordres et même, à l'occasion, les messages privés adressés à sa femme, Hannah. Ce n'était pas là un secret très bien gardé, mais aucun des hommes qui servait dans la milice n'en discutait.

Tout comme l'aveugle développe une plus grande acuité des autres sens fonctionnels, Elijah Clarke possédait l'habileté extraordinaire d'analyser les situations les plus complexes et de concevoir le meilleur moyen d'en tirer profit. Elijah était un chef dur, mais juste et il se montrait particulièrement sensible aux besoins des familles de ses hommes. Son épouse, Hannah, devint en quelque sorte sa représentante et se fit un devoir de prendre soin des autres femmes et de leurs enfants.

Toujours chevauchant derrière le cheval de tête, Aaron pensa que les qualités de chef de Clarke seraient durement mises à l'épreuve ce matin-là. Le service militaire stimulait tous les hommes, qui étaient très fiers des progrès accomplis tant dans le maniement des armes que sur le plan des tactiques. Ces miliciens étaient prêts à mettre à profit ces habiletés pour défendre leur propriété et protéger leur famille. De plus en plus d'hommes venaient grossir les rangs de la milice dont l'engagement et les vues politiques devenaient de plus en plus uniformes sous la forte influence de Clarke. Elijah ne mâchait jamais ses mots et ne tolérait pas que l'on questionne son soutien aux décisions prises par le Congrès continental, dont la plus récente concernait l'imposition d'un embargo sur le commerce avec les Britanniques et les marchands tories à Savannah. Le capitaine se désintéressait de plus en plus des querelles et des combats avec les Creek et les Cherokee et il se passionnait maintenant pour l'organisation d'une insurrection contre les représentants du Roi. Certains des miliciens partageaient le mépris des colons de Caroline pour « les pacifistes et les lâches » Géorgiens.

Ce matin-là, les hommes s'étaient rassemblés loin au sud-est de leur demeure, près du confluent du Kiokee Creek et de la rivière Savannah. Ce lieu de prédilection pour leur réunion, un cap élevé donnant sur les eaux agitées, offrait l'avantage d'être à l'écart de la route fréquentée, ce qui évitait que le campement fût dérangé par les passants en direction ou en partance de Savannah. Cette rencontre préoccupait Aaron, car il avait su la veille que Clarke demanderait à tous de le suivre dans son engagement à soutenir les *Minutemen*[*] et leur opposition directe aux forces britanniques. Bien que la loyauté d'Aaron à Elijah Clarke fût indéniable et que ses idées fussent fortement influencées par celles de son chef, il lui serait très difficile de prétendre être déloyal envers la Couronne. Son père vivait à Liverpool avant qu'ils ne traversent l'océan et

---

[*] Les *Minutemen* sont des volontaires disposés à prendre les armes et à être prêt au combat sur le champ, en une minute.

Aaron n'avait jamais remis en question sa citoyenneté britannique et les responsabilités qu'elle entraînait. Homme de peu de foi religieuse, il avait toujours considéré d'abord sa loyauté envers le Roi. Il avait prêté serment à cet égard lors de la signature d'actes de concessions de terres et d'autres papiers officiels et il avait l'habitude de faire des toasts « à la santé de Sa Majesté le Roi ». Comme pour la majorité des Anglais, il n'avait pas peur de contester le Parlement — et bien des raisons le justifiaient — mais Aaron avait le pressentiment que le comportement de Clarke frisait la trahison.

Lorsque les hommes arrivèrent au camp du cap de Kiokee, ils attachèrent leur cheval, rangèrent leurs bagages dans des abris et se préparèrent à un entraînement de deux jours. Ce matin-là, plutôt que de séparer les hommes en deux sections, Clarke demanda qu'on les regroupe. Tous pensèrent alors qu'ils allaient assister à un exposé sur les tactiques militaires.

Lorsque les hommes furent réunis, debout en un demi-cercle devant leur capitaine, Clarke commença son discours : « Nous avons fait de grands progrès, ces dernières semaines. Nous pouvons maintenant traverser les bois sans perdre ou presque notre chemin et sans faire fuir tous les lièvres de Géorgie. Nous ne blessons plus nos compagnons de section en rechargeant nos armes. J'ai fait le décompte des hommes et vous êtes vingt-neuf réunis ici ce matin — trente si vous voulez bien de moi — et j'imagine qu'aucun d'entre vous n'a oublié sa nourriture, son arme, sa poudre et ses balles, et je ne parle pas ici de celles bien accrochées au creux de votre entrejambe. Pour tout cela, je remercie le Seigneur. »

Il fit une pause tandis que les hommes riaient de bon cœur. Mais le silence revient promptement lorsqu'ils virent le changement d'attitude de leur supérieur. Clarke poursuivit : « Jusqu'à maintenant, nous gardions l'image de Big Elk en tête et nous nous préparions à combattre ces fumiers de sauvages qui veulent brûler nos maisons, voler notre bétail et violer nos femmes. Je crois que ces pourritures de Peaux-Rouges n'oublieront jamais la leçon que nous leur avons donnée. De plus, Aaron et moi-même avons pris les dispositions pour qu'ils sachent et connaissent notre nouvelle force. Croyez-moi, nous avons déjà fait beaucoup pour protéger nos familles, sans livrer un combat digne de ce nom. J'ai entendu dire que le gouverneur allait rencontrer les chefs Creek pour les forcer à empêcher de nouveaux raids et pour les obliger à nous livrer les deux salauds qui se sont échappés du camp de Big Elk.

Toutefois, un autre problème me cause un plus grand tracas et j'espère que cela vous tracasse tous autant que moi. Personne n'ignore ce qui s'est passé là-haut, au Massachusetts : des troupes britanniques ont attaqué des gens comme nous et les autorités ont affamé les populations par des embargos et de lourdes taxes alors que leur seul soi-disant crime était de se protéger. Je suis fier de ces gens en Caroline qui ont supporté les *Minutemen* près de Boston, mais à l'exception de McIntosh et de quelques autres, j'éprouve de la honte pour les lâches de Savannah dont la peur prouve qu'ils sont contre la liberté, contre les droits des colons et qu'ils veulent passer le reste de leur vie à baiser le cul du gouverneur. Ma femme, Hannah, voulait aller vivre de l'autre côté de la rivière, mais je n'ai pas l'intention de prendre une autre ferme durant ma présente vie. Nous sommes en Géorgie pour y rester. »

Aucune réaction claire, ni d'approbation ni de désapprobation, ne se fit sentir au sein du groupe, mais tous, du regard, cherchaient à deviner la pensée de leurs compagnons. Clarke s'arrêta quelques secondes avant de reprendre : « Je ne prétends pas savoir ce que le futur nous réserve, mais je sais que, le moment venu, je serai prêt à me défendre contre ces satanés *British* et j'espère que vous êtes tous d'accord avec cela. »

Aaron ne fut pas surpris de voir que certains hommes commençaient à se sentir mal à l'aise en écoutant les propos de Clarke. Il connaissait bien les idées des hommes de sa section, pour avoir souvent discuté avec eux des problèmes controversés qui bouleversaient le nord. Il estimait que la quasi-moitié des hommes sous sa direction s'opposerait à toute action armée contre des troupes britanniques. Bien qu'un murmure d'approbation se fît entendre, Aaron décida qu'il devait prendre la parole pour faire sentir aux opposants qu'ils avaient voix au chapitre :

« Cap'taine, je partage votre dévouement à la cause de la liberté et pour notre droit à la protéger, mais il me semble que les troupes britanniques sont postées en Géorgie pour garder les Indiens sous contrôle. En outre, je crois que notre sort est beaucoup plus enviable, sous la direction du gouverneur Wright, que celui des colons des Carolines. Je suis prêt à combattre les sauvages, mais j'aurais un cas de conscience à braquer une arme et à abattre un soldat du Roi, à moins que je ne sois persuadé qu'il en veut à la vie de ma famille ou à la mienne. »

La veille, Aaron avait, en privé, informé Clarke de son point de vue. Clarke avait alors clairement averti Aaron et Micajah qu'il était prêt à bannir de sa milice tout opposant à sa pensée.

Il regarda Hart et lui dit : « Aaron, je t'entends, mais cela me déplaît. Nous savons tous que John Stuart monte les Creek et les Cherokee contre nous en leur disant que nous ne voulons que leur dérober plus de territoires. La division est bien réelle. Les relations sont irréconciliables entre les sauvages et les colons. Il nous faut choisir entre notre propre liberté et un destin imposé par les gens de Londres, entre les hommes de courage et les lâches. Je sais que certains d'entre vous ne voient pas les choses exactement comme moi, mais nous ne pouvons plus poursuivre une même route si nous ne marchons pas du même côté. Nous devons, tous autant que nous sommes, choisir notre camp. »

Clarke souhaitait limiter les dégâts et ajouta ces paroles, perspicace : « Nous n'en sommes pas encore à défier les Tuniques rouges ; vous aurez donc plus tard l'occasion d'agir selon votre conscience. Vous vous doutiez probablement de mes sentiments. Vous devez savoir que je veux voir notre milice unie. Je souhaite que vous poursuiviez tous l'entraînement militaire et que vous vous battiez en tant qu'un seul groupe, car il ne faut pas écarter la possibilité de devoir combattre les Indiens. Pour le moment, disons seulement que nous protégerons nos femmes et nos enfants contre toute personne qui leur veut du mal. Toute personne en désaccord avec cela est invitée à rompre les rangs. »

Les hommes se tournèrent vers Hart qui finit par dire : « J'espère ne jamais avoir à pointer mon arme contre un homme blanc, mais je dois admettre qu'on ne peut prédire l'avenir. Nous savons tous manier les armes, mais nous ne savons pas encore comment nous battre et nous devons l'apprendre. J'estime ma présence ici justifiée, du moins pour le moment. » Clarke approuva d'un signe de tête cette décision et attira ensuite l'attention de ses hommes sur les questions militaires du jour.

Aaron espérait avoir calmé les sentiments de dissension au sein de ses troupes, mais il pouvait identifier au moins cinq Loyalistes parmi les hommes qui rejetaient les idées du capitaine Clarke et qui se trouveraient inévitablement en conflit avec la majorité. Ces hommes ne confronteraient pas Elijah et son apparente trahison envers la Couronne, mais, Aaron le savait, ils ne se présenteraient tout simplement plus aux réunions de la milice. Néanmoins, même si l'appui de Clarke à la cause rebelle refroidissait certaines recrues, il était raisonnable de croire que l'idée d'un nouvel ennemi renforcerait la volonté des hommes et leurs efforts dans l'entraînement ; l'idée d'une confrontation avec les Britanniques compenserait donc pour la réduction de leur rang.

Deux des aînés de la milice avaient déjà servi dans l'armée britannique et Clarke les invita à utiliser leurs connaissances pour former leurs compagnons. Ils commencèrent leurs leçons par des exercices de discipline, puis de marche en ligne de front. Ils durent ensuite former un rang serré, s'agenouiller et faire face à l'ennemi. Clarke avait longuement préparé sa réplique et, pour ajouter à sa pertinence, il laissa ses hommes s'entraîner durant une vingtaine de minutes avant de la leur servir : « C'est peut-être là une bonne technique pour combattre l'armée française sur un champ de bataille, mais ici, dans les bois de Géorgie, c'est une façon rapide de se faire tuer ! Nous ne sommes pas une armée, mais une milice. Nom de Dieu, à quoi pensez-vous que ces arbres et ces bosquets servent, si ce n'est pour vous cacher et prendre les balles à votre place ? Nous nous déplacerons comme ces salauds d'Indiens, vite et en silence, et nous nous déploierons de manière à ce que tout le monde sache la position de l'homme qui le suit. Plus tard, nous apprendrons à manier la baïonnette, l'artillerie et des trucs du genre, et votre expérience nous sera utile alors. »

C'était une tactique typique d'Elijah : il provoquait une dispute, jouait sur la pertinence des conclusions d'autrui et avait ainsi le dernier mot sur la question. Et tant pis si cela écorchait au passage l'amour-propre des anciens soldats britanniques.

Sans s'être concertés, les hommes s'étaient vêtus d'une manière similaire. Presque tous portaient une chemise à manches longues qui leur descendait jusqu'aux genoux, portée à l'extérieur de leur pantalon. Plus tard, les Britanniques et les troupes continentales les nommeraient les « hommes en chemise ». Lorsqu'ils n'étaient pas nu-pieds, ils portaient des mocassins de style indien, surtout pour combattre le froid des mois d'hiver. Ils avaient, à la taille, de larges ceintures à nœuds ou en cuir, auxquelles ils fixaient un couteau ou un tomahawk. Ils traînaient à l'épaule une poche ample qui contenait du maïs séché et d'autres aliments, en plus de silex, de balles de rechange, de graisse et parfois d'un moule pour les balles. Les couvertures et le reste de leur matériel étaient transportés par les chevaux, dont ils ne se séparaient que rarement. Les miliciens qui vivaient dans les régions reculées étaient armés de longues carabines. D'autres, qui vivaient en communauté, transportaient des armes à feu diverses, dont des mousquets de petit calibre et des fusils de chasse.

Espérant démontrer leur expérience, les deux hommes qui avaient de l'expérience dans l'armée britannique firent la démonstration de leur mousquet et de leur habileté à attacher la baïonnette au canon de leur arme. Les hommes purent juger de l'efficacité de cette arme en combat rapproché contre des ennemis se démenant à recharger leurs armes, mais plusieurs d'entre eux, n'ayant jamais utilisé la baïonnette, crurent que leur carabine leur offrirait une meilleure défense.

Les hommes demeurèrent deux jours ensemble. Ils furent occupés, dans un premier temps, à discuter de manière générale des armes et à pratiquer leur tir, puis, dans un deuxième temps, les deux sections s'affrontèrent. Avant de retourner auprès de leur famille, Clarke rassembla les hommes pour faire le résumé des observations des deux derniers jours :

« Vous avez tous pu voir que nous ne sommes pas une compagnie de combattants très intimidante. La plupart d'entre vous, fusiliers, peuvent atteindre leur cible jusqu'à deux cents pas, mais dans les bois, nous ne pourrons pas voir d'ennemis à cette distance. Les mousquets ne sont pas très précis au-delà de soixante mètres, mais ils sont légers et plus courts. Les carabines prennent beaucoup plus de temps à recharger, peut être même une minute entière. Il ne faudra pas vraiment plus de temps à l'ennemi pour qu'il fonde sur nous, sa baïonnette plantée dans nos boyaux. Ce que j'ai vu de mieux, c'est lorsque les coups de feu sont tirés à différents moments ; ainsi, toute personne qui fonce sur nous doit toujours essuyer des balles. Nous devrons, pour l'instant, faire avec l'équipement que nous avons, mais nous l'améliorerons avec le temps. J'ai pu constater que la baïonnette est indispensable et je veux que tous en aient une. Une fois chez vous, taillez le manche d'un bon couteau de boucher pour qu'il s'insère ou s'attache au canon de votre arme. Vous pourriez l'utiliser pour faire face à un ennemi immédiatement après avoir fait feu. »

Avant de les libérer, il rappela à ses hommes l'importance d'avoir toujours plus de balles et de poudre et il leur ordonna de s'entraîner à la maison, tant au tir qu'à la recharge de leur arme. Bien qu'il y eût des exceptions, la plupart des hommes se plurent à utiliser les mousquets, cette arme de petit calibre dont les balles rondes faisaient un centimètre trois quarts. Avec beaucoup de pratique, ils réussirent à recharger leur arme deux fois en moins d'une minute et certains des plus compétents arrivèrent à décocher quatre tirs pendant ce même laps de temps. Chaque homme transportait ses propres cartouches, appelées « cottages », qui désignaient un projectile et une charge de poudre enveloppés dans du papier. Pour charger leur arme, ils déchiraient une extrémité du papier, versaient la poudre qu'il contenait dans le canon et le bourraient ensuite du papier et de la balle. Lorsque le temps était pluvieux, la poudre avait la fâcheuse tendance à prendre l'humidité, ce qui rendait le premier coup de feu de n'importe quel type d'arme incertain. Les hommes attendaient donc habituellement d'avoir besoin de faire feu avant de placer de la poudre sous la pierre à silex pour compléter la manœuvre de charge. Clarke insista pour que ses hommes utilisent le mousquet, arme de prédilection de toutes les milices coloniales, mais il conserva quelques fusiliers particulièrement habiles à la carabine dans chaque section. Leur précision de tir était inestimable, surtout à longue portée, puisque cette milice n'aurait probablement jamais de canons dans son arsenal. Clarke enseigna à ses troupes à faire feu en cadence de manière à ce qu'aucun homme ne recharge en même temps que son compagnon voisin.

Les deux vétérans apprirent aux miliciens comment réagir lorsqu'ils voyaient venir des obus ennemis, lesquels possédaient des amorces qui pouvaient brûler pendant plusieurs secondes, voire plus longtemps encore, après leur impact au sol. Ils devaient crier « Obus à terre ! » et se coucher sur le ventre ou derrière une barrière protectrice jusqu'à l'explosion de l'obus. Un des exercices les plus concluants de Clarke fut de faire combattre une section dans le style britannique, où les hommes, en ligne, faisaient feu simultanément contre une section qui utilisait la technique d'embuscade inspirée des Indiens. Ils comprirent vite que le combat à l'indienne assurait presque toujours la supériorité d'une section, mais que l'équipe des Tuniques rouges devenait incroyablement menaçante lorsque les baïonnettes entraient dans la danse guerrière. Les miliciens géorgiens conclurent donc que, dans une escarmouche militaire véritable, une attaque vigoureuse à la baïonnette constituait la manière la plus efficace de démoraliser et de mettre en déroute une force ennemie irrésolue et peu expérimentée. La lame menaçante, qu'elle soit fixée à l'extrémité d'un canon ou attachée fermement à une solide hampe de bois, était redoutable pour la sauvagerie des blessures qu'elle infligeait ; elle surpassait en effet la portée de l'épée et l'efficacité des autres armes de combat rapproché. Bien avant d'être dans le feu de combats réels, les miliciens apprirent à craindre la baïonnette. Ils expérimentèrent la peur de se voir transpercer par la baïonnette de l'ennemi tandis qu'ils tentaient désespérément de recharger leur arme sous la pression intense d'une lutte à mort.

Les hommes du capitaine Clarke décidèrent d'établir des points de rendez-vous qu'ils devaient gagner en cas d'égarement ou de séparations volontaires. Chacun d'entre eux savait quels compagnons informer s'il recevait l'ordre d'un rassemblement pour une simulation de combat ou pour une véritable opération. Ils utilisaient des signaux simples pour communiquer entre eux, surtout l'appel à la corne de vache qui pouvait être entendu à plus d'un kilomètre et demi lorsque les vents soufflaient peu. Leur point de rencontre pour l'entraînement changeait chaque mois. Elijah demandait donc à Aaron de préparer des cartes simplifiées des lieux des opérations, qui s'étalaient principalement à l'ouest de la rivière Savannah, dans cette région où ses affluents et les pistes indiennes étaient nombreux. Les hommes savaient que leur connaissance du territoire constituait un facteur crucial dans presque toutes les batailles. Ils apprirent à se déplacer rapidement à pied, à cheval et en canoë, ainsi qu'à converger vers le lieu de rencontre, qui était précisé d'ordinaire lors de la réunion précédente.

L'une des recommandations les plus difficiles qu'Hart ait eu à faire accepter au capitaine Clarke fut d'envisager les avantages de battre en retraite devant les feux d'une force supérieure. Il dut souvent rappeler au capitaine que sa milice serait presque toujours surpassée en nombre et qu'elle serait pratiquement toujours dispersée sur un vaste territoire. Il convainquit Clarke en lui disant qu'il n'y avait rien de honteux à abandonner une petite zone à l'ennemi, si cela épargnait la vie d'hommes prêts à reprendre le combat, une fois leur énergie recouvrée. Le succès des opérations miliciennes reposerait toujours sur la mobilité, sur la dissimulation et sur des tactiques flexibles. En définitive, avant même que ces principes ne soient prouvés au combat, ils firent consensus au sein des hommes.

Sept hommes ne se représentèrent plus après le dévoilement des intentions du capitaine de s'opposer aux forces royales, mais on ne compta aucun déserteur dans le groupe qui avait suivi Clarke de Caroline jusqu'en Géorgie. Aaron trouva intéressant qu'Elijah ne fasse jamais allusion à ces absents, ni en privé ni lors de discussions ouvertes, mais il ne faisait pas l'ombre d'un doute que leurs noms étaient gravés au fer rouge dans l'esprit du capitaine sous la mention de traîtres.

CHAPITRE 18

La paix en Géorgie, des combats au nord

Newota se tenait debout, adossé au fond de la cabane des clans, n'ayant pas le titre requis pour s'asseoir aux côtés des chefs. Il savait néanmoins sa présence aussi nécessaire que celle de tous ceux présents, exception faite d'Emistisiguo, leur grand chef. Puisqu'il serait l'interprète des Indiens si ces derniers décidaient de confronter les officiels blancs, Newota savait toute l'importance à donner aux nuances des paroles tenues dans les discussions qui lui semblaient maintenant interminables. Parce qu'il connaissait bien le chef des Upper Creek, Newota pouvait déjà prédire la décision qui serait prise, mais les pourparlers devaient se poursuivre jusqu'à ce que tout soit dit, car les petits chefs devaient sentir qu'ils avaient participé pleinement à l'adoption d'un consensus.

Newota regarda attentivement le grand chef et un sentiment de grande admiration l'envahit. Depuis plus d'une douzaine d'années maintenant, il se méritait le respect des Creek et des Cherokee en raison de son aversion innée pour la cupidité ambitieuse des colons blancs qui voulaient toujours plus de terres. En outre, il savait user de façon astucieuse de ses relations avec les Britanniques pour améliorer le bien-être de son peuple. Pour arriver à ce but, il travaillait en étroite collaboration avec le surintendant, John Stuart, et plusieurs autres chefs militaires. Le roi d'Angleterre avait donné les honneurs en 1765 à Emistisiguo et à quatre autres chefs indiens en les nommant *Great medal chiefs*, titres qui leur conféraient un statut spécial pour traiter avec les Britanniques et leur propre peuple.

Le jeune Indien faillit s'assoupir : les diatribes des petits chefs avaient sur lui un puissant effet soporifique, mais il se réveilla d'un coup sec en entendant la voix d'Emistisiguo : « Prenons le temps de revisiter l'histoire. Certains proscrits de nos villages ont bafoué notre décision et violé ma promesse qu'aucune attaque ne viserait les colons blancs pacifiques vivant près de la Oconee. Tous les hommes de ce groupe d'attaque, excepté deux hommes qui ont fui, ont été tués et leur famille massacrée. Depuis, Elijah Clarke, le meurtrier, a commencé à entraîner d'autres hommes pour poursuivre les attaques contre nous, en plus de convaincre le gouverneur Wright d'arrêter toute traite avec nos villages. Ainsi, la famine menace-t-elle certains de mon peuple ; nos braves ne chassent plus, car les peaux ne valent plus rien. »

Les chefs s'agitèrent et l'un d'eux fit comprendre qu'il voulait parler. Newota s'aperçut qu'il s'agissait de l'oncle de Big Elk, White Fox. Emistisiguo se tourna vers lui, l'air sévère, et lui dit : « Tu as clairement fait comprendre à tous, ici présents, les sentiments et les idées qui te tourmentent, mais le temps n'est maintenant plus à punir les Blancs. Nous avons perdu l'appui non seulement du gouverneur mais aussi celui de John Stuart, qui nous dit que la guerre doit cesser. »

White Fox leva la main, paume vers l'extérieur, signifiant ainsi qu'il n'avait pas tout dit : « J'en suis venu à accepter cela. Tout mon peuple insiste pour que la traite reprenne et il est sûr que les hostilités entre les Blancs et nous ne sont pas bonnes pour nos intérêts. Les renégats blancs s'unissent en bandes de guerriers et ils prennent ce fait comme excuse pour traverser la rivière et violer notre territoire. Même les troupes du Roi les protègent et nous nous brouillons avec nos amis. Nous devons exiger le châtiment de ceux qui ont tué nos femmes et nos enfants. Les Britanniques ont ignoré ce terrible crime. Il en va de notre honneur qu'il soit puni. »

Emistisiguo semblait manifestement impatient de voir cette discussion se terminer, mais White Fox était un chef influent et son village jouxtait le territoire Creek dont la frontière à l'est était occupée par les Blancs et celle au nord, par les Cherokee. D'un tempérament naturellement guerrier, White Fox n'en était pas moins connu pour son honnêteté ; on le savait embarrassé par les actions criminelles de son neveu.

« White Fox, dit Emistisiguo d'un ton calme, tes paroles sont pleines de vérité et de raison, mais pensons à nos besoins actuels. Voyons quelles sont les meilleures décisions à prendre aujourd'hui pour renforcer notre influence dans le futur. Je suggère que nous rencontrions les chefs britanniques, que nous tentions de négocier la reprise de la traite et de voir avec eux quelle punition serait souhaitable pour ceux qui ont détruit le village de Big Elk. Des officiers britanniques m'ont clairement dit que ces meurtriers blancs pourraient bientôt se retourner contre eux et que les Tuniques rouges auront besoin de nous pour les dompter. Ce sera peut-être bien là le moment propice pour sauver l'honneur et châtier les lâches. »

Newota vit que la décision était unanime et le Conseil des clans décida d'envoyer un message au gouverneur Wright l'informant qu'ils consentaient à se réunir pour résoudre l'impasse. Emistisiguo, qui avait pleine confiance en Newota, adressa la parole au jeune Indien : « Newota, tu as écouté nos paroles et tu as compris notre décision. Va voir le gouverneur et dis-lui que nous irons à Savannah pendant la pleine lune qui suit le jour de la danse du maïs vert. Nous sommes décidés à résoudre tous nos différends. »

Ayant eu Kindred pour enseignant depuis une année déjà, Newota était tout aussi éloquent en anglais que ses homologues britanniques. Même si certains marchands blancs parlaient avec aisance les divers dialectes autochtones, Emistisiguo savait que seul Newota communiquerait une version précise et honnête de leurs propos tenus lors des grands échanges et qu'il saurait rendre les nuances et observer les bienséances en livrant leurs opinions.

À la date convenue, les Britanniques et les chefs indiens avaient déjà pris les dispositions principales quant au déroulement des négociations. Newota et l'aide de camp du gouverneur s'étaient entendus au préalable sur certains points de détail : un minimum de trois heures par jour devraient être allouées à la rencontre des chefs et la réunion devait débuter à deux heures, chaque après-midi. Il y eut tout de même quelques débats sur le choix du parti qui lancerait les pourparlers : la préséance pourrait indiquer qu'un des camps dominait son vis-à-vis. Il fut finalement décidé qu'à la première session, le gouverneur accueillerait l'assemblée puis qu'Emistisiguo prononcerait un discours. Il mettrait l'emphase sur la prédisposition naturelle de la nation Creek au pacifisme et sur son désir de rétablir de bons échanges avec les Blancs. Il y aurait ensuite un échange officiel de présents. Le deuxième jour, le fond des questions litigieuses serait exposé. Ce serait au tour d'Emistisiguo d'entamer le dialogue puis à tour de rôle, deux partis s'exprimeraient sur le noeud du problème.

Vingt-deux chefs accompagnèrent Emistisiguo à cette réunion, en plus de Newota, l'interprète attitré, et de plusieurs hommes et femmes des différentes tribus, qui campaient aux abords de la ville, le temps de la rencontre. Le gouverneur Wright était à la tête du contingent britannique, qui pouvait compter sur la présence de trois officiers de l'armée, de quelques subalternes et du surintendant aux Affaires indiennes, John Stuart. Lors des présentations, on nomma également le nom de cet homme : « Elijah Clarke d'Augusta et son aide de camp, Aaron Hart ». Les Creek se jetèrent des regards incrédules. C'était la première fois qu'ils voyaient en face le leader milicien, encore que leurs éclaireurs les aient souvent observés, ses hommes et lui, durant leurs exercices d'entraînement.

À l'aurore du deuxième jour, Newota savait d'avance les propos que le gouverneur allait tenir, car l'un des chefs Creek, travaillant de concert avec le surintendant, lui avait servi un exposé très détaillé. Elijah Clarke avait présenté les demandes les plus importantes des colons : aucun village indien ne devait s'installer sur les rives de la rivière Oconee et les Indiens devaient livrer les deux fuyards de la bande de Big Elk aux colons pour qu'ils soient jugés et exécutés. Après que le gouverneur eut fait sien l'ultimatum des colons, les chefs indiens se retirèrent dans leurs quartiers jusqu'au lendemain pour discuter de la question. À deux heures, l'après-midi suivant, Newota livra la réponse d'Emistisiguo à l'assemblée, tandis qu'imperturbable, le grand chef demeura droit debout, les bras croisés sur sa poitrine :

« Nous honorerons l'accord conclu l'année dernière avec nos frères britanniques au sujet de la question des frontières territoriales. Il y a malheureusement eu, de la part des deux camps, des violations de cette entente, mais je garantis notre engagement à condition que le gouverneur donne l'assurance d'utiliser ses troupes pour empêcher la colonisation illégale de notre terre. Par contre, il sera impossible de livrer les deux braves de Big Elk aux hommes blancs pour fin de procès et d'exécution. Nous reconnaissons qu'ils se sont rendus coupables de crimes sérieux et, bien que vos gens eussent également perpétré les meurtres d'innocents parmi notre peuple, nous punirons nous-mêmes ceux de nos propres tribus. Je vous livrerai leur scalp avant la prochaine pleine lune. »

Newota se tut un moment. Il exposa ensuite la volonté de son peuple en ces mots : « Nous savons que les Britanniques doivent se procurer des peaux animales et nous sommes prêts à reprendre la traite de ces peaux sans plus de délais. »

Le gouverneur examina brièvement ses associés et tous les officiels britanniques, et d'un signe de tête, donnèrent leur aval à cette requête. Cependant, Elijah Clarke n'entendait pas fléchir sur la question.

Son visage s'empourpra et sa voix prit une sonorité inhabituelle et stridente, alors qu'il balayait du regard l'assemblée et s'écriait : « Nous n'accepterons aucun village près de l'Oconee. Nos gens ont enduré trop de meurtres, de viols et d'incendies criminels. Nous demandons le droit de traverser la rivière, pour la chasse et pour notre propre protection. C'est nous qui avons souffert des attaques du groupe renégat de Big Elk, et c'est notre droit de les punir de nos mains. »

Il y eut un silence embarrassé. Le gouverneur fit signe à Elijah et à Hart de suivre le surintendant et lui-même dans une pièce attenante. Ils y eurent un échange mouvementé. Aaron dut finalement aider le gouverneur Wright à convaincre son capitaine d'accepter la proposition dans son ensemble, y compris le fait qu'aucun campement indien ne serait toléré sur aucune des terres cédées en 1773, lors du traité d'Augusta et qu'en outre, si la promesse de livrer les scalps n'était pas respectée, les troupes britanniques se joindraient à sa milice pour trouver les fuyards du camp de Big Elk et les punir. Elijah accepta aussi que le gouverneur parle devant les Indiens pour l'ensemble des Blancs présents à l'assemblée, de manière à ne laisser paraître aucune dissension au sein de leur propre rang.

L'assemblée en vint rapidement à un accord et, après un deuxième échange de présents, les Creek rejoignirent leur campement et partirent, le lendemain, vers leur village. Ils approuvèrent la mise à mort des deux criminels et, trois semaines plus tard, Newota fut chargé d'apporter les scalps au gouverneur Wright ainsi qu'une déclaration solennelle d'Emistisiguo attestant qu'ils avaient bien été prélevés sur la tête des coupables.

Tous les chefs blancs virent qu'Emistisiguo avait la stature d'un chef incontesté parmi son peuple et qu'il était homme à respecter ses engagements. Les chefs indiens apprirent eux aussi une leçon dont les conséquences allaient se faire grandement sentir, à mesure que les tensions augmenteraient entre les Britanniques et les diverses milices : à long terme, il était indéniablement préférable de s'allier aux Tuniques rouges, mais ils ne devaient jamais oublier que, parmi les Blancs, une division tranchée à la hache de guerre existait. Les Indiens devaient s'attendre à ce que les deux factions, lors d'un conflit, recherchent leur appui et leurs services, lesquels pouvaient aussi bien se vendre à l'une comme à l'autre... ou même parfois aux deux.

Même si Aaron Hart s'investissait encore davantage dans l'entraînement militaire, les autres miliciens, en majorité fermiers, devaient travailler comme lui à leurs tâches normales. Comme marchand, il pouvait remarquer bien mieux que quiconque les changements qui s'opéraient dans la vision de ses nombreux acheteurs lors de ses rencontres journalières. Il voyait que de plus en plus de Géorgiens se rangeaient dans deux camps adverses : les Tories et les Whigs. Les premiers, les Loyalistes, étaient loyaux envers le roi George ; les seconds étaient ceux qu'on nommerait bientôt les Patriotes, ces gens en faveur d'une plus grande indépendance de la colonie face au Parlement anglais, du reste impopulaire. On vit aussi l'émergence d'une population grandissante plutôt neutre mais qui était plutôt hostile aux Indiens et qui croyait que les troupes du Roi ne faisaient que trop peu pour contrôler les aborigènes. Nombreux étaient les colons qui critiquaient le surintendant Stuart et certains l'accusaient même de monter les Indiens contre les Patriotes. Il ne faisait aucun doute pour les miliciens qu'Emistisiguo et d'autres chefs indiens astucieux profitaient de ces temps de troubles pour renforcer leurs relations avec les Britanniques, qui détenaient les stocks de marchandises destinés à la traite et qui ne s'intéressaient pas à leurs terres. Aaron entretenait des sentiments partagés sur la division qui séparait lentement mais sûrement les colons blancs. Il était cependant très fier de la nouvelle autorité qui tenait principalement de sa loyauté envers Elijah Clarke. Ce dernier se fiait à lui autant pour les informations qu'il détenait que pour ses conseils éclairés.

En juin de l'année 1775, il épuisa sa monture pour se rendre directement auprès du capitaine Clarke après une visite à Charles Town. Hannah lui dit que son mari se trouvait derrière leur cabane, probablement près du ruisseau, à la recherche d'une vache tardant à mettre bas. Les deux hommes se retrouvèrent nez à nez après quelques appels de corne et Hart put enfin lâcher à l'étourdie : « Cap'taine, des combats... ont éclaté dans le Massachusett. Et les colons... à Philadelphie ont décidé d'instituer une armée... de défense contre les Britanniques. »

— Cela me semble très bien, Aaron. Reprends ton souffle et dis-moi tout ce que tu sais.

— Eh bien, reprit Hart au bout de deux respirations, je vous apporte le journal qui relate toute l'histoire.

Plutôt que de tendre la publication à Clarke, Aaron se proposa de la lui lire, ce qui valait mieux, il l'avait presque oublié.

L'article décrivait comment les Britanniques avaient su que des *Minutemen* avaient emmagasiné et entreposé des munitions dans un dépôt dans le village de Concord, à environ trente kilomètres de Boston. Lord North avait donné l'ordre au général Gage, le chef des troupes anglaises postées dans les colonies du nord, de rassembler ses hommes et de saisir les munitions. Un orfèvre de la région, un dénommé Paul Revere, avait remarqué des mouvements de troupes et avait immédiatement sonné l'alarme dans la campagne environnante. Il y eut une confrontation armée à Lexington le 19 avril où huit *Minutemen* furent abattus. Cette tuerie déclencha une tempête de protestations et, lorsque deux cents Tuniques rouges marchèrent quelques jours plus tard vers Concord, des milices provenant de vingt-quatre villages s'allièrent pour les défaire. L'escarmouche fit 273 morts au sein des hommes du Roi et les força à battre en retraite jusqu'à Boston, où ils furent assiégés. Si aucun renfort n'était dépêché par l'Angleterre dans un délai raisonnable, ils devraient bientôt se résigner à évacuer la ville.

Clarke se montra très excité à l'écoute de ces nouvelles et dit : « Si les gens de Savannah n'ont toujours pas l'intention de prêter main-forte aux défenseurs de ses droits, j'irai au-delà de la rivière, là où les gens veulent être libres. »

Aaron ajouta, encouragé : « Eh bien, cap'taine, ils m'apparaît que la Géorgie sera bien représentée lors du deuxième congrès continental. Cet article, ici, dit que Lyman Hall et Archibald Bullocxh se rendront à Philadelphie et nous savons que Hall partage nos opinions. »

CHAPITRE 19

Dieu approuve-t-il la Révolution ?

JANVIER 1775

Lachlan et George McIntosh s'approchaient de Darien sur le sentier bordant la côte qui reliait Savannah à leur destination. Ils laissaient les chevaux avancer à leur propre rythme, au trot habituel. À l'occasion, un des hommes éperonnait subrepticement sa monture qui entraînait les destriers dans un galop nonchalant mais régulier. Ce voyage était routinier pour les deux frères ; ils avaient emprunté ce chemin des années durant. Devant eux, défilaient tantôt des horizons peuplés de pins et de chênes agités, tantôt des plaines et des zones marécageuses. Parfois, ils entrevoyaient des voies navigables vers l'intérieur des terres. Même durant cet après-midi de la fin de janvier, ils pouvaient apprécier le climat relativement doux de la région côtière du sud de la Géorgie et se faire bercer par la brise fraîche et nostalgique qui dérangeait à peine les feuilles et les herbages.

George brisa un long silence : « Lachlan, comment crois-tu que le Roi et le Parlement réagiront à la *Olive Branch Petition* du Congrès continental ? »

— Je ne sais pas. Leur réaction peut prendre différentes tournures, par exemple, s'ils reçoivent les nouvelles des pertes britanniques à Bunker Hill avant ce document. Tout dépend aussi de l'efficacité des Patriotes lors de cette bataille et des renforts dont ils disposent dans l'arrière-pays. Selon moi, George, je pense que Londres décidera de mâter la rébellion par la force, encouragée par le manque de résolution de nos délégués.

— Selon le rapport que Lyman Hall nous a fourni il y a deux jours, répliqua George, ils étaient fort résolus, nos délégués.

Son frère avait la fâcheuse manie de l'impatienter, Lachlan fut donc direct : « À quoi sert-il d'affirmer que nous sommes des

' colonies unies ' et de nommer George Washington commandant en chef des *Minutemen*, si, dans la foulée, nous rejetons toute action vers l'indépendance et témoignons notre éternelle loyauté envers la Couronne ? Leur déclaration finale aurait au moins pu inclure les demandes que nous, les Écossais, avons émises en Géorgie. »

George n'en rajouta pas et les deux hommes poursuivirent leur route en silence.

Peu avant de regagner leur demeure, Lachlan déclara à son frère : « Nous convoquerons notre propre congrès ici, en Géorgie, qui réunira quelques chefs détenant le pouvoir de prendre et d'appliquer des décisions. »

— Un congrès similaire à celui de la Caroline du Sud, avec un conseil de sécurité ?, l'interrogea George.

— Oui.

— En seras-tu membre, mon frère ?

— C'est possible.

Lorsque Aaron Hart informa Elijah Clarke des actions du Congrès continental, Elijah ordonna que les membres de sa milice se réunissent chez lui, le samedi suivant. Là, les hommes rapportèrent de plus amples nouvelles en provenance de Bunker Hill. Ils discutèrent des développements selon des attitudes différentes. Elijah, avec la verve épurée qu'on lui connaissait, commenta la situation : « Et merde, nous en avons pris plus qu'assez sur nos épaules et c'est maintenant le moment de sortir de dessous les jupons des Tuniques rouges. Tout ce que ces indécrottables à Londres veulent de nous, ce sont nos taxes et les profits de la traite avec les sales Indiens. »

Aaron Hart, qui ne voulait pas contredire Clarke, répliqua : « Comme nos délégués l'ont exprimé, la faute n'incombe pas au roi George, mais bien au Parlement et aux ministres en place. Ce que nous devons faire, c'est convaincre le Roi que notre insatisfaction repose sur des raisons on ne peut plus valables. Du reste, qui dirigera les colonies advenant le départ des Britanniques ? Les Français ? Les Espagnols ? Ils font déjà tout pour prendre le pouvoir et ils ne manqueront pas l'occasion d'envahir, si les navires de la Couronne reprennent la mer. Ce ne sont certes pas quelques *Minutemen* qui pourront les repousser. »

Le capitaine prit sa décision : « Miliciens, j'estime que nous pouvons donner une dernière chance au Roi, mais pour l'instant, nous devons nous préparer ici, en Géorgie, et dans toutes les colonies à apporter notre support aux Patriotes lorsque le moment sera venu. »

À Wrightsborough, les discussions se déroulaient sur un tout autre ton : la loyauté envers le Roi et le Parlement y était presque incontestable et on y condamnait les colons du Massachusetts qui avaient eu recours à la violence. Lors des cérémonies religieuses des Quakers, la coutume voulait que tout homme pouvait exprimer ses opinions sans être interrompu, sans contrainte de temps, et Joseph Maddock, en cette heure matinale, prêta sa voix à la vision générale de sa communauté :

« Tout comme nous, les gens du nord affirment devant Dieu que leur loyauté pour le Roi prévaudra et cette promesse vise l'ensemble du gouvernement d'Angleterre. Nous ne pouvons oublier que c'est par la main du gouverneur royal que ces terres sont maintenant nôtres et que les troupes britanniques ont pour mission de nous protéger des Indiens et des possibles invasions françaises à l'est. Le Roi a eu recours à nous, gens des colonies, pour quérir des deniers et payer les coûts de ses efforts de protection à notre égard, et personne n'ignore que nous n'avons pas donné toute la part qui nous revenait. Il n'existe aucun exemple dans l'histoire où une colonie a brisé les liens avec la mère patrie et en a retiré des bénéfices. Je suis d'accord avec ceux qui disent que le Parlement a commis une erreur en légiférant le *Stamp Act* et le *Townshend Act*, mais ce même Parlement les abrogea, une fois que des moyens de persuasions pacifiques poussèrent les ministres à réaliser la mauvaise voie qu'ils avaient empruntée. »

« Il est péché d'avoir recours à la violence. Cela ne peut qu'apporter souffrance et mort à trop d'innocents et à ceux qui aiment la paix. Les Saintes Écritures nous montrent la voie. Les textes sacrés nous disent comment agir devant l'autorité lorsqu'elle nous déçoit ou nous courrouce. L'apôtre Pierre, qui vécut les douleurs de la persécution romaine, l'a bien dit. J'ai trouvé son conseil et j'aimerais vous lire ce verset du second chapitre de Pierre 1 » :

« *Hommes libres, ne cachez pas de malices sous la cape de votre liberté, mais revêtez cet habit des serviteurs de Dieu. Honorez les hommes. Aimez la fraternité. Craignez Dieu. Honorez le Roi.*

Serviteurs de Dieu, soyez les sujets craintifs de vos Maîtres ; non pour les seuls bienveillants et les bons, car il vous faut aimer votre prochain. Il est digne de louanges celui qui, devant Dieu, endure à tort la peine et les souffrances. Quelle gloire, si devant la main qui vous frappe pour vos fautes, vous répondez ? Si en faisant le bien, votre patience sert à essuyer la souffrance, Dieu vous en rendra grâce.

Car le Christ a aussi souffert pour vous, vous donnant l'exemple. Suivez ses pas. Car chez qui n'a pas péché, aucune fourberie n'emplit la bouche : lorsque offensés, n'offensez pas ; lorsque blessés, ne menacez pas ; mais remettez-vous en Lui, le seul juge des hommes. »

Maddock demeura droit, mais il garda la tête penchée alors qu'il refermait la Sainte Bible. Il regarda ensuite autour de lui et dit :

« Il semble que Pierre s'adresse directement à toutes les personnes de toutes les colonies quand il dit : ' Honorez tous les hommes. Aimez la fraternité. Craignez Dieu. Honorez le Roi '. Pourrait-on être plus clair ? Dans ce passage, on nous dit de nous soumettre à la volonté de ceux qui nous gouvernent, et on fait même référence au Roi. »

Des murmures d'approbation s'élevèrent dans l'assemblée et aucune voix ne fit entendre d'objection. Dans les discussions qui s'ensuivirent, il devint évident que leur désir profond était d'éviter un conflit armé, non seulement avec les troupes britanniques, mais aussi avec les Indiens échaudés et les militants coloniaux.

À la même période du mois de juin, le révérend John Zubly, un ardent pasteur presbytérien de Savannah, s'inspira pour son sermon d'un texte différent de celui choisi par Joseph Maddock. Tirant un verset, Jacques 2 :12, tout à fait hors de son contexte, il lut : « Ainsi parlez-vous, ainsi agissez-vous et vous serez jugés par la loi de la liberté. » Bien qu'ayant des idées monarchistes très fortes qui prônaient une loyauté indéfectible envers le Roi, la population déforma ses vues comme s'il avait cité que Dieu élevait les lois de la liberté au-dessus de celles du Parlement. Son sermon fut repris des jours durant et imprimé aux quatre coins des colonies. Certaines personnes le voyaient même devenir délégué au Congrès continental.

Chapitre 20

Les grèves de la marine géorgienne

Mai 1775

Bien que le gouverneur Wright pût rassembler assez de Tories pour bloquer le vote de soutien de la Géorgie aux colonies du nord, les Fils de la Liberté et les paroissiens de la région côtière demeurèrent actifs dans leur opposition aux politiques britanniques. L'attention se porta alors sur Savannah, où la lutte pour le pouvoir allait se décider. Les Patriotes obtenaient de plus en plus d'autorité au sein du Congrès et du nouveau Conseil de sécurité, dont les membres étaient élus par le peuple. De mois en mois, le Conseil s'accapara de plus amples pouvoirs, comme celui de choisir les commandants militaires ou de négocier l'accord de traite avec les Indiens. Le gouverneur Wright présidait toujours son cabinet, mais il se plaignait à ses supérieurs de Londres de l'usurpation grandissante de son autorité par le Conseil. Son Conseil royal continuait de siéger à Savannah, mais leur activité principale se réduisait à condamner les mauvaises actions des rebelles. En secret, le gouvernement britannique avait donné la permission à Wright d'abandonner son poste s'il jugeait sa sécurité menacée.

Lachlan McIntosh sillonnait plus souvent les rues de Savannah, à la recherche de nouveaux appuis pour ainsi renforcer l'opposition envers Londres. George et lui sentaient qu'ils avaient la responsabilité de garder la dissidence active, mais ils déploraient les activités criminelles des Fils de la Liberté, qu'ils considéraient avec autant d'égards qu'un honnête homme juge les truands.

Un après-midi de mai, George se présenta, accompagné de Backmon, un homme de Charles Town, à la chambre de Lachlan à la taverne Chez Tondee. Il fit les présentations, à la suite de quoi les hommes échangèrent quelques plaisanteries. Backmon expliqua ensuite la raison de sa venue : « Messieurs, un navire britannique, le *Philippa*, mouille présentement dans le port de Charles Town. Nous avons appris qu'il sera chargé de poudre et de plomb destinés officiellement à la traite avec les Indiens de la région de Savannah, mais certains craignent qu'ils ne servent en fait à la lutte contre les opposants au Parlement. Il nous serait difficile d'interrompre le chargement, mais une fois terminé, nous pourrions sans trop de risques capturer l'équipage et sa précieuse cargaison. »

Il n'y eut aucune réponse immédiate. Backmon craignit alors la réaction des hommes à son audacieuse proposition.

Puis, Lachlan demanda avec calme : « Combien de temps avant que le bateau soit prêt à quitter le port ? »

— Au moins deux semaines, sinon plus, affirma Backmon.

— Êtes-vous bien certain que sa destination est Savannah ?

— Oui, nos sources sont fiables et nous saurons s'il y a un changement au programme.

— Pourquoi êtes-vous venu nous voir, monsieur ?

Backmon hésita. Il finit néanmoins par répondre : « Si nous prenons le navire à Charles Town, nous devrons transporter nous-mêmes les munitions à Savannah, avec les risques que cela comporte. Du reste, beaucoup de troupes britanniques se trouveront sur les lieux pour protéger le bateau. »

Après un instant, son regard passa de Lachlan à George : « Nous tenons, disons-le, à ce que des actions soient prises à Savannah. Elles doivent démontrer une forte opposition aux politiques abusives de Londres et, par le fait même, aider à renforcer la position des Patriotes en Géorgie. »

Il regarda Lachlan droit dans les yeux et ajouta : « Nous envisagions que vous pourriez prendre d'assaut le *Philippa* après son arrivée au port de Savannah. »

George prit la parole pour la première fois : « Mon frère, on m'a informé qu'un constructeur de bateaux sur l'Île Daufuskie avait terminé un navire de petite taille mais qui conviendrait parfaitement à l'opération. Ses propriétaires actuels sont des marchands qui craignent que, avec l'embargo, leur navire ne puisse être utilisé de façon rentable. »

Il fut bientôt convenu qu'une coopération étroite serait maintenue entre les hommes et que les Géorgiens feraient le nécessaire pour surprendre le bateau et le dépouiller de sa cargaison à son arrivée à Savannah, soit par voie terrestre, soit en empruntant et en équipant convenablement le navire marchand.

Le jour suivant, Lachlan et George se rendirent sur l'Île Daufuskie pour voir le navire et furent ravis de ce qu'ils découvrirent. C'était un schooner, bâti entièrement en chêne, sans grande finition mais solide, paré d'une quille de dix-sept mètres. Il pouvait transporter trois cents barils de riz. Ses deux mâts étaient déposés tout près, sur des chevalets de bois, prêts à être mis dans leur emplanture. Un petit écriteau accroché à la coque proclamait qu'*Elizabeth* était le nom donné à ce navire et le constructeur leur apprit qu'il s'agissait de la femme du propriétaire. Lorsque Lachlan posa des questions plus précises, il avoua que les marchands avaient eu des doutes quant à la valeur de son utilisation et n'avaient versé ni dernier paiement ni accepté sa livraison.

De retour à Savannah, Lachlan amassa rapidement les fonds pour acheter l'*Elizabeth*. Il revint ensuite sur l'Île Daufuskie, fit jurer au constructeur qu'il garderait la transaction secrète, demanda qu'il lui fasse cinq ouvertures pour des affûts de canon et de plus petites encoches pour les armes de poing. Il fit également changer le nom du navire pour *Liberty*. Ils engagèrent un équipage et l'entraînèrent aux bases du maniement des armes.

Il était inévitable que des rumeurs arriveraient aux oreilles du gouverneur. Il apprit en effet leur plan de mettre à l'eau un petit navire de guerre. En juin, Wright rédigea un rapport à l'intention du général Gage au sujet de cette activité suspecte. Il trouvait peu fiable d'envoyer ces messages de son propre port et les transmit donc par Charles Town. Ces envois furent interceptés et falsifiés. On n'y parla d'aucune menace importante, mais on évoqua que le gouverneur avait été averti que « deux ou trois canoës armés se déplaçaient en Caroline du Sud ».

Le HMS *Philippa* appareilla peu après la nouvelle des effusions de sang à Lexington et à Concord. Son capitaine, Richard Maitland, jeta l'ancre au large de l'Île Tybee. Il s'attendait à recevoir un chaleureux accueil des autorités britanniques pour la livraison de quatre mille cinq cents kilos de poudre, et trois cent cinquante kilos de munitions moulées, de plomb brut et de présents pour les Indiens.

Les Géorgiens peu expérimentés voguèrent vers le *Philippa*, mais décidèrent de le laisser entrer dans le port de Savannah avant de pointer leurs armes et de s'identifier par le fanion où étaient inscrits les mots « American Liberty ». Les deux bateaux accostèrent au port et le capitaine Maitland, pensant toujours que les Britanniques contrôlaient la colonie, décida de quitter son bâtiment pour rapporter la menace au gouverneur Wright. Les Patriotes arrêtèrent Maitland dès qu'il mit le pied à terre, attaquèrent le *Philippa* et déchargèrent ses cargaisons de poudre et de munitions. Le succès de cette attaque prouva que le Congrès provincial avait les quasi pleins pouvoirs à Savannah et que le gouverneur avait en quelque sorte les pieds et les poings liés. Quelques jours plus tard, on permit à Maitland de quitter Savannah, avec un navire beaucoup moins lesté qu'à son arrivée.

Enhardi par sa réussite, le Conseil de sécurité prit la décision de faire parvenir soixante-trois barils de riz et £122 en devis aux Bostoniens affaiblis par l'embargo. Quelques jours plus tard, le 4 juillet 1775, on organisa une réunion du Congrès provincial à la taverne Chez Tondee, où furent représentés tous les districts et les paroisses. Lachlan McIntosh et quatre membres de son clan basés à St. Andrews faisaient partie des hommes les plus partisans. Après la nomination de Archibald Bulloch au poste de président du Conseil de sécurité et de George Walton à celui de secrétaire, ils adoptèrent une résolution qui impliquait que la Géorgie ferait front commun avec toutes les autres colonies dans l'effort de rétablir les libertés des Américains. Ils statuèrent aussi que leur loyauté allait au Roi et non au Parlement. Ils établirent les structures d'un nouveau gouvernement pour la colonie, votèrent la création d'une armée et d'une marine militaire et décidèrent, pour ce faire, de lever des fonds. Ils adoptèrent également d'autres politiques pour aider la nation à recouvrer sa liberté. Ils nommèrent aussi quatre délégués qui représenteraient la colonie à Philadelphie et qui reviendraient informer leurs compagnons géorgiens des décisions et des recommandations du Congrès. Ces quatre représentants, dont le révérend Zubly, se virent offrir un siège au Congrès continental. Zubly fut bientôt forcé de quitter Philadelphie, dans une complète disgrâce, à cause de sa ferveur pour la Couronne, mais les autres restèrent. La colonie fut donc représentée en définitive par Lyman Hall, George Walton et Button Gwinnett.

Malgré quelques oppositions mineures, les chefs à Savannah approuvèrent toutes les recommandations du Congrès continental, en particulier celles qui préconisaient le boycott total des échanges avec l'Angleterre et l'Irlande et la fin de la traite des Noirs et de toute autre race. Cette dernière recommandation donnerait, selon eux, un grand coup à l'économie esclavagiste anglaise. Ils firent le serment de vivre très simplement, de manière à n'avoir aucun besoin des marchandises ou des services boycottés. En outre, cela impliquait de ne porter aucune parure lors de funérailles, hormis un petit morceau de crêpe noir ou un ruban, de renoncer aux courses de chevaux et à tous les autres jeux et de ne plus assister à des pièces de théâtre ou à des spectacles. Ils votèrent aussi des punitions sévères pour les marchands qui ne se plieraient pas à ces contraintes. Le boycott des biens anglais blessa la Géorgie plus que toute autre colonie. En effet, elle ne possédait même pas sa propre devise, ses seules ressources consistaient en la production de riz, de bois, d'indigo et de peaux ; on n'y manufacturait pratiquement aucun bien de première nécessité, si bien que cette colonie était très dépendante des importations anglaises depuis sa création.

Les Fils de la Liberté, eux, ne démordaient pas de leur idée : confronter les autorités, qu'elles soient d'allégeance Whig ou Tory, qui ne militaient pas en faveur de la pleine indépendance des colonies. Pour eux, c'était la seule approche possible. Les actions de ces jeunes hommes militants étaient souvent illégales, mais on connaissait bien leurs chefs et ils pouvaient compter sur l'appui considérable de la population et même de certains membres du Conseil de sécurité. Vers la fin juillet, un marin britannique du nom de John Hopkins leva son verre et proposa à ses compagnons un toast qui contenait les mots « Que l'Amérique soit damnée ! » La nuit suivante, on le sortit de son lit dans une auberge bon marché et on le transporta jusqu'à la place publique où il fut enduit de goudron, puis de plumes. Les passants le regardèrent, plusieurs applaudirent son triste sort et personne ne tenta d'intercéder en sa faveur. On le menaça de pendaison s'il ne portait pas un toast à « la damnation de tous les Tories et au succès de la liberté américaine ». Il s'exécuta et survécut au supplice, mais il dut être habité par la peur pour le reste de ses jours !

Le Congrès provincial des Géorgiens refusait l'autorité des gouverneurs royaux et des ministres anglais. Ils entreprirent eux-mêmes de traiter avec les Indiens, de contrôler la traite et de reprendre prudemment les rênes du pouvoir judiciaire.

En novembre, le Congrès continental vota la formation de trois bataillons pour la Caroline du Sud et d'un autre pour la Géorgie. Lorsque la nouvelle atteignit Savannah, le Congrès provincial élut Lachlan McIntosh au poste de commandant en chef des milices avec le grade de colonel, et le major Samuel Elbert comme adjoint.

Chapitre 21

Thomas Brown, un espion britannique

Le cavalier semblait peu à son aise alors qu'il s'approchait du village d'Orangeburg. L'après-midi touchait à sa fin et, bien qu'il fût extrêmement las de son voyage de deux jours en provenance de Charles Town, il s'efforçait de rester droit sur sa selle. Il tenait sa tête fièrement levée et droite, ne la détournant pas du sentier qui s'élargissait, mais ses yeux trahissaient son trouble en furetant nerveusement d'un côté et de l'autre. Ses habits, un mélange de gentleman anglais et d'officier militaire en permission — ce qu'il était en réalité — contrastaient nettement avec les chemises longues, les pantalons en cuir et les mocassins des hommes qu'il avait aperçus dans les champs ou près de petites cabanes. Tous l'avaient examiné du regard avec une attention qu'on ne réservait pas d'ordinaire aux étrangers qui arrivaient à Orangeburg du sud-est. Comme tous les villageois connaissaient relativement bien les armes, ils remarquèrent la bonne qualité de son mousquet et de l'épée à sa ceinture. Son destrier était superbe, un étalon rouan, et l'homme le montait avec aisance. Il sentait les regards sur lui et leur répondait par un « B'soir », en y ajoutant un signe poli de la tête.

Bien qu'il ne fût pas à moins de cent kilomètres à l'est de chez lui, il n'avait jamais emprunté cette route. Comme le village ne comptait qu'un petit fort et quelques habitations, il n'eut aucun mal à trouver la taverne, dont il s'approcha avec une nonchalance calculée. Un petit ruisseau, qui servait de source à la douzaine de familles du village, coulait à une trentaine de mètres devant l'établissement. Il stoppa son cheval, mit pied à terre, retira la selle ornée et la bride et amena l'animal par le licou vers le point d'eau. Après que son cheval se fut désaltéré, l'homme l'attacha à un buisson, prit une tasse d'argent dans la sacoche de selle et but plusieurs lampées de cette eau de source. Ce n'est qu'après qu'il se dirigea vers la taverne.

Six hommes se tenaient sous le porche. Leur conversation de tout à l'heure avait laissé place à des murmures depuis l'arrivée du cavalier. Ces habitants d'ordinaire frustres, peu accueillants envers les étrangers et enclins à la grivoiserie, changèrent d'attitude. Il y avait quelque chose émanant de ce cavalier qui forçait le silence et le respect chez ses observateurs, ou du moins, la méfiance. Bien que le mois d'août fût bien entamé et que leur chemise fût trempée de sueur, l'homme, lui, semblait insensible à la chaleur. Il mit le pied sur un rondin aplani, puis l'autre sous le porche bas et avait lancé un regard froid à chacun des hommes autour de lui, qui n'avaient apparemment pas l'habitude d'être défiés du regard. Tous virent l'étrange intensité dans son regard. Son visage était inexpressif, mais ses yeux, presque complètement lavés de toute couleur, avaient un effet déstabilisant ; on croyait se perdre dans leur profondeur.

Il salua d'une inclination de tête, sembla reconnaître un des hommes, et dit : « Bonsoir, messieurs. » Ils lui renvoyèrent, presque à l'unisson : « 'soir. » L'étranger pénétra par la porte d'entrée et ils l'entendirent parler au tavernier. L'un d'eux, un pâtre nommé Simon, fit signe aux autres de le suivre et ils quittèrent tous le porche. Une fois hors de portée de voix, les hommes se tournèrent vers leur compagnon, un visiteur venu d'Augusta, qui avait échangé un regard familier avec l'étranger. Il prit la parole : « C'est un homme du Roi. Il se déplace de village en village dans la région pour convaincre les colons de lécher les bottes du gouverneur. On entend toutes sortes d'histoires sur lui mais aucune n'est la bonne. Ce n'est qu'un satané lieutenant dans l'armée britannique, mais on dit qu'il est le bâtard de Lord North et qu'il a plus de pouvoir sur le gouverneur qu'un foutu colonel. Il y a quelques jours, mon cousin s'est rendu dans son domaine, une fois passée la rivière Savannah, où cet homme a reçu deux mille cinq cents hectares de terre qu'il exploite grâce à des hommes ramenés d'Angleterre, il y a un an. On dit qu'il a déjà dégainé son arme et tiré sur un de ses voisins. »

— Qu'est-ce qu'il peut bien faire ici, en Caroline ?, s'étonna l'un des hommes.

— Il est venu discuter avec un dénommé Drayton, qui milite apparemment pour la révolution, et il tente de convaincre les populations de demeurer fidèles au Roi. Il prétend parler au nom du gouverneur. Certains croient qu'il veut débusquer les traîtres à la mère patrie et savoir si les Fils de la Liberté ont des supporters ici. La plupart des gens d'Augusta lui rient au nez. Le gouverneur Wright a fait de lui un juge, mais jusqu'à présent, à ce qu'on dit, il n'a fait que signer quelques paperasses et errer sur les chemins de la Caroline.

— Quel est son nom ?, demanda un autre.

— Il se nomme Thomas Brown.

Sur ce, le tavernier sortit sous le porche et les héla : « Eh vous ! venez à l'intérieur. On vous paie un verre. »

Ils n'auraient jamais refusé une telle invitation. Ils entrèrent donc dans la salle qui leur était familière, jetèrent un regard à l'Anglais debout au comptoir, prirent leur place habituelle à une longue table bâtie dans un bois mal dégrossi. C'était leur territoire et ils s'y sentaient bien. Sans prendre de commande, le tavernier leur apporta sa plus grosse chope de bière, profitant de l'occasion pour faire une meilleure vente. Simon empoigna sa bière, se tourna vers le lieutenant, pencha presque imperceptiblement la tête en signe de remerciement au nom de tous et but à grandes gorgées. Les autres en firent autant et aucun mot ne fut échangé. Après une dizaine de minutes de silence, entrecoupées de remarques en aparté et de ricanements étouffés, ils entendirent Brown dire : « J'offre une autre tournée. » Lorsque les grosses chopes furent servies et bien entamées, Brown brisa le silence gênant en demandant poliment :

« Gentlemen, comment se portent les récoltes, cette année ? » Il parlait d'une voix grave, paisible et clairement compréhensible malgré les intonations typiques d'une personne récemment débarquée de Londres.

— Le maïs est très moyen, répondit Simon, mais la récolte de tabac est bien pire. Un gel tardif a tué la plupart des plants et nous attendons encore la pluie.

— En effet, j'ai remarqué que la sécheresse frappait durement le long du chemin de Charles Town. Peut-être que le tonnerre et les éclairs à l'ouest apporteront les averses. Avez-vous eu des problèmes avec les Indiens dans cette région ?

— Non, pas ici, à Orangeburg, mais des raids ont été perpétrés plus à l'ouest, au-delà de la Savannah en Géorgie, en mars dernier. » Simon attendit de voir si Brown parlerait de la région qui, croyait-il, était l'hôte de ses terres, mais il n'en fit rien.

Jusque-là, les questions étaient demeurées polies et prévisibles, mais la suivante mit les hommes sur la défensive :

« Trouvez-vous que John Stuart fait du bon travail, messieurs ? »

Tous savaient que le surintendant Stuart était le représentant direct du Roi dans les affaires impliquant les tribus indiennes de la côte atlantique. Dans cette même taverne, on avait amplement critiqué ses décisions. Le point de vue qu'un homme avait de Stuart était révélateur de son attitude envers les officiels de Charles Town et de Savannah, même si le surintendant, lui, représentait la Couronne. La veille, un jeune homme d'Augusta avait déclaré que Stuart attisait la haine des Indiens et qu'il les encourageait à attaquer tous les colons qui critiquaient publiquement les politiques de Londres ou qui approuvaient les actions rebelles des *Minutemen* à New York et au Massachusetts. Malgré certaines divergences d'opinion, la plupart des habitants locaux se considéraient comme des sujets britanniques ; leurs seuls désirs étaient de protéger leur famille, de travailler leurs terres, de vendre leurs récoltes et de vivre en paix en demeurant neutres dans les querelles de plus en plus violentes entre Patriotes et Tories. Ils se sentaient mal à l'aise, bien qu'intrigués, lors des passages dans leur communauté des Fils de la Liberté face à leurs prises de position radicales.

Simon, bien qu'il fût un des citoyens militants de la région, pensa préférable d'user de prudence et de donner à Brown ce qu'il voulait : « Il y en a certains qui pensent que Stuart excite les sauvages, mais les autres croient qu'il fait du bon travail. En tout cas, il nous aide pour la traite. »

Brown acquiesça en ajoutant : « La paix est notre plus cher désir. Nous souhaitons que les Cherokee et les Creek nous laissent en paix et que nous arrêtions de nous battre les uns contre les autres. »

Les hommes semblaient d'accord, mais ne le dirent pas à voix haute.

Brown décida de dévoiler davantage ses propres sentiments : « J'arrive de Charles Town et j'ai eu le plaisir d'apprendre que le Parlement est prêt à revoir ses actions dans les colonies. La fermeture des ports de mer dans le nord était une mauvaise idée. Le Roi souhaite ardemment que la traite reprenne et que tous ses sujets reçoivent un traitement égal. »

La bière coula de nouveau et les hommes, maintenant détendus, eurent davantage le cœur à la discussion et convinrent de la justesse des propos de leur généreux visiteur.

— Il est vrai, dit l'un des hommes, qu'un peu de riz fut envoyé, l'an dernier, de la Caroline du Sud vers le Massachusetts, lorsque Boston a été mis en quarantaine pour la destruction du thé, mais ce que nous voulons, ici, c'est être respectés et avoir la paix.

— Il faut comprendre, lança promptement Brown, désireux de remplir sa délicate mission sans dispute, que le problème provient d'un petit groupe de Whigs radicaux qui veulent résoudre une mésentente par la violence et même par le meurtre. J'ai ouï dire que certains jeunes truands ont attaqué leurs propres voisins dont le seul crime était d'être loyaux envers le Roi.

Les hommes se regardèrent, sachant tous que, dans les derniers mois, ils n'avaient pu exprimer librement leurs opinions dans cette communauté qui devenait de plus en plus polarisée.

L'Anglais poursuivit son propos : « J'ai espoir que les gens de la Caroline aident à maintenir la paix, à développer la traite avec les Indiens et à étendre le marché pour leurs productions. Le gouverneur veut améliorer le transport, en ouvrant des routes et en établissant de nouvelles lignes de ferry, et il veille à ce que nous obtenions plus de territoires à l'ouest pour la colonisation. Il m'a demandé de venir ici ainsi qu'à Augusta pour savoir si son conseil pouvait aider vos communautés. »

Ils continuèrent la discussion un temps, parlant principalement des cultures et des derniers prix du rhum, du sucre, du sel et d'autres produits de première nécessité qui arrivaient au port de Charles Town. Des gouttes de pluie se mirent à battre le toit et l'un des hommes lança : « Eh bien, peut-être nous avez-vous apporté une averse, mon bon monsieur. » Brown, un sourire aux lèvres, répliqua : « Je l'espère bien. Messieurs, à combien d'heures nous trouvons-nous d'Augusta ? »

— Il vous faudra une bonne journée à cheval, sans compter les rivières à traverser.

— Je resterai donc pour la nuit et partirai demain.

Aucune chambre n'était libre dans le petit bâtiment, mais le tavernier lui offrit une cabane derrière sa demeure où des invités s'installaient de temps à autre. Il lui avait aussi offert le couvert et un peu de fourrage pour son cheval.

Dans la pièce exiguë qui lui faisait office de chambre, Thomas Brown allait devoir s'efforcer de trouver le confort du sommeil, même si la cabane n'en offrait point. Il n'avait pas encore éteint la chandelle crépitante lorsqu'il vit l'eau s'infiltrer sous la porte, formant de petits ruisseaux sur le sol en terre battue. Mis à part un lit de camp et son matelas bourré de feuilles de maïs, un tabouret à trois pattes constituait la seule pièce d'ameublement de la cabane. Il marcha prudemment dans les endroits encore secs, posa ses bagages sur une tablette accrochée au mur du fond. Il souffla la chandelle, se glissa dans le lit, ajusta ses draps autour de lui et tâcha de s'endormir. Mais, en dépit de ses efforts pour penser à des choses apaisantes et anodines, les souvenirs des derniers jours défilaient en images kaléidoscopiques derrière ses paupières closes.

Le souvenir de sa visite à Charles Town n'était pas déplaisant. Le gouverneur l'avait accueilli chaleureusement et l'avait même invité à prendre le thé dans son cabinet. Brown réalisait bien les implications politiques de leur relation. Il savait qu'une rumeur courait à son sujet : on le prenait pour le bâtard de Lord North, maintenant Premier ministre, et on croyait que sa présence dans les colonies avait été décidée par les plus hautes instances de Londres. Il n'avait pas tenté de corriger cette méprise. Brown pensait que certains de ses ennemis avaient propagé le mensonge après qu'il eut obtenu une très grande parcelle de terres, mais il sentait qu'il était dans son intérêt de ne pas démentir la rumeur qui lui prêtait des liens étroits avec les personnages les plus influents de Londres, à l'exception du Roi lui-même.

Ce que le gouverneur de la Caroline du Sud, Lord William Campbell, savait de Brown, c'est qu'on lui avait donné le titre de lieutenant, sans qu'il n'ait accompli son service militaire, et qu'on avait envoyé le jeune homme en Amérique avec un grand nombre de travailleurs redevables. Ces familles devaient travailler trois ans pour payer le coût de leur transport avant de se voir allouer une terre assez vaste pour bâtir une petite ferme. Le gouverneur avait entendu et croyait que ce traitement de faveur visait à lui faire quitter l'Angleterre : soit qu'une famille riche ait investi dans l'avenir de leur fils, soit que Brown fût un élément embarrassant pour les politiciens les plus hauts placés du royaume.

Le jeune homme semblait ambitieux. Il offrit ses services aux gouverneurs de la Géorgie et de la Caroline du Sud pour « promouvoir la loyauté envers la Couronne », selon ses propres termes. À l'instar du gouverneur Wright, Campbell ne se fit pas prier pour lui consacrer quelques minutes par mois afin de profiter de cette source supplémentaire d'information.

Thomas Brown était né à Yorkshire, en 1750. Il était l'aîné des fils de Jonas Brown, un armateur prospère. Le grand-père de la mère de Thomas était Sir Isaac Newton. Profitant pleinement de l'influence et de la richesse de son père, Thomas put allier une bonne éducation à une vie de débauches, entouré de compagnons. Son père était un homme fier qui accordait beaucoup de valeur à son image et, voyant que les escapades de Thomas discréditaient la famille, il l'envoya faire un long périple en mer dans la région des Caraïbes, sur l'un de ses bateaux. Puis, grâce à un arrangement que

Thomas ne comprit jamais tout à fait, son père le mit en charge d'un groupe d'hommes et de femmes redevables à bord du *Marlborough*, un navire de cent tonnes, qui partait de Whitby, en passant par les Orcades, pour se rendre à Savannah. On promit à Thomas des terres et les services de six hommes de son choix, chacun d'eux lui devant trois années de travail sur sa ferme.

Sur le même bâtiment se trouvait un dénommé Michael Herring, qui avait payé la traversée et qui partait à la recherche d'un emploi dans le nouveau monde. Fermier irlandais, il avait quitté sa famille, car ses trois frères aînés avaient la priorité sur l'héritage de la terre familiale. Brown et lui firent connaissance très tôt. Comme ses connaissances en agriculture étaient très limitées, Thomas proposa à Herring de devenir le contremaître de sa nouvelle ferme. Il aurait un endroit pour vivre, un salaire annuel de £25 et la promesse d'obtenir dans l'avenir cinquante hectares de terrain. La première tâche d'Herring fut de choisir les six hommes qui travailleraient pour Brown, et, le temps qu'ils arrivent en Amérique, il fit son choix.

Quand Brown débarqua à Savannah, il livra une enveloppe scellée au gouverneur. Le message l'informait que l'homme devant lui avait une bonne éducation, qu'il venait d'être nommé lieutenant, qu'il était compétent dans le maniement des armes, sans qu'il n'ait toutefois suivi d'entraînement militaire et qu'il avait un léger problème avec l'autorité. Il faisait par ailleurs preuve d'une vive intelligence et d'une loyauté indéfectible envers le gouvernement britannique. On devait donc le traiter avec respect et considération durant son séjour d'au moins quatre ans dans les colonies.

Ne disposant d'aucune autre information, le gouverneur ne sut trop que faire de lui. Mais au terme d'une brève discussion, il comprit que Brown était très au fait des mesures prises par le Parlement pour répondre aux plaintes légitimes des colons et qu'il était un supporter enthousiaste des politiques du Parlement. Après mûre réflexion, le gouverneur Wright décida d'encourager Brown à vivre dans le nord-est de la Géorgie, où d'infinies étendues de terre étaient devenues disponibles après le traité de 1773. Il lui donna douze concessions contiguës totalisant 1300 hectares, situées pour la plupart au-dessus de la rivière Little et dont la possession était toujours contestée par certains jeunes Creek. Un fort adjacent en protégeait la portion sud et c'est à cet endroit que les colons vinrent d'abord s'installer, dans un développement qui serait nommé Brownsborough. Ses terres reposaient au confluent de Kiokee Creek et de Greenbriar Creek, à une trentaine de kilomètres au nord-ouest d'Augusta. En raison de sa bonne éducation et de son apparence distinguée, Wright décida d'en faire le représentant officiel du gouverneur en région éloignée et le nomma juge. Brown se proposa alors de lui faire des rapports confidentiels de temps à autre sur l'attitude des gens vivant en amont de la rivière Savannah. Brown était enthousiasmé par la nature plutôt clandestine de cette mission, mais il n'avait aucunement l'intention de semer le trouble ou de mettre sa personne en danger. Après avoir réclamé sa propriété, il confia à Herring et aux six hommes la tâche de déboiser et de labourer une centaine d'hectares de terrain ainsi que de s'occuper d'un petit troupeau de moutons, de vaches et de porcs. Brown vit très vite que son contremaître était un exploitant honnête et compétent et bien qu'il eût de l'intérêt pour son domaine, qui était pour lui un terrain de chasse et une source de revenus, il préféra prendre des appartements à Augusta, le temps qu'on organise les plantations. Il passa alors le plus clair de son temps à écumer les tavernes pour récolter des renseignements.

En Géorgie et en Caroline du Sud, les gouverneurs devaient maintenant négocier avec les Congrès provinciaux qui, tout en professant toujours leur allégeance à la Couronne, étaient bien connus pour appuyer la cause américaine qui s'exprimait parfois au nord de manière violente. Dans ces deux colonies, le pouvoir réel était détenu par les Conseils de sécurité.

Thomas Brown suivait de près ces développements, toujours à l'affût d'une occasion de toucher une promotion et de gagner les bonnes grâces des leaders britanniques. Il lui apparut très vite que ses chances étaient bien meilleures en Caroline du Sud, où le gouverneur avait déjà exprimé un intérêt marqué pour ses rapports.

La popularité du gouverneur Wright n'avait pas chuté et bien peu de Géorgiens étaient insatisfaits de la monarchie, mais le réel pouvoir politique, à Charles Town, était entre les mains de riches barons du riz qui voulaient étendre leur pouvoir tentaculaire sur toute la colonie. La loyauté de ces gens influents allait surtout à leur propre enrichissement. Encore qu'ils ne représentassent que la région côtière et qu'ils aient toujours méprisé et ridiculisé les colons de l'arrière-pays, l'appui de ces « roturiers » leur devenait indispensable dans leur lutte politique contre les monarchistes.

Lors de ses vagabondages dans la partie orientale de la Caroline, Brown eut connaissance des activités de William Henry Drayton, dont le principal but était d'attiser la rancœur contre le gouverneur Campbell et son conseil royal. Drayton propageait la fausse rumeur voulant que les Britanniques planifiassent le recrutement d'Indiens et d'esclaves noirs pour empêcher les colonies d'accéder à l'indépendance. La menace d'une guerre avec les Indiens était déjà assez grave, mais la perspective d'une insurrection des esclaves était bien pire, surtout dans le sud de la Caroline, où l'on retrouvait cinq esclaves noirs pour chaque personne blanche. Dès qu'il recueillit les informations voulues, Brown prit les arrangements pour être reçu chez le gouverneur.

Après avoir remis son rapport, Brown s'attendit à quelques félicitations, mais fut déçu de constater que le gouverneur Campbell s'adressait davantage à son aide de camp, un dénommé Knapton, qu'à lui : « Je connais depuis longtemps la nature des efforts de Drayton, dit-il, et j'ai tenté d'évaluer tous les facteurs qui feraient basculer l'opinion des familles de la région. Certains fermiers, particulièrement ceux qui viennent d'Europe centrale, ont peur que toute déloyauté ne leur coûte leur propriété à l'origine octroyée par le Roi. Un plus grand nombre méprise les grands propriétaires de plantations et les marchands de Charles Town, qui les escroquent dès qu'ils en ont la chance et les privent d'une représentation juste dans les affaires politiques de la colonie. La situation politique est complexe et ils ne savent pas qui est à blâmer pour l'impasse coloniale. Ils demeurent donc neutres. Il est important pour nous que cette situation demeure inchangée. »

« Comme tout le monde le sait, nos troupes sont dans l'arrière-pays, commandées par le colonel Thamos Fletchall, et leurs tâches consistent à protéger les *frontiersmen* des Indiens et à faire respecter la loyauté envers le Roi. »

Le gouverneur s'adressa alors directement au lieutenant Brown : « Votre rapport nous confirme ce que nous savions déjà, mais il nous indique que Drayton pousse l'audace jusqu'à l'effronterie. J'aimerais que vous suiviez Drayton et les membres de son soi-disant comité secret et que vous réfutiez ses mensonges. Allez voir M. Knapton à son bureau et, avec lui, préparez des textes qui démentent les fausses assertions proférées par Drayton. Après quoi, vous me fournirez des rapports réguliers par l'entremise de mon aide. Vous pouvez faire appel au colonel Fletchall en cas de besoin. Je l'informerai de la discussion que nous avons eue aujourd'hui. Merci à vous, lieutenant, pour vos bons services. »

Brown salua en marmonnant et suivit Knapton dans le couloir, où ils discutèrent des mensonges à réfuter. Brown devrait démentir toute déclaration douteuse au sujet du gouvernement royal de Charles Town et mettre l'emphase sur la grande force de l'armée britannique. Il devait également souligner que le commerce avec l'Angleterre était indispensable, qu'une guerre pourrait provoquer le soulèvement des esclaves et que le Roi était déterminé à résoudre ses différends avec les colonies de manière pacifique. Ils s'accordèrent pour dire que l'argument le plus efficace était que les bailleurs de fonds de Drayton, les marchands et les barons du riz de la côte, réduisaient les hommes de l'arrière-pays à l'esclavage. Si cela s'avérait nécessaire, ils pourraient même accuser Drayton de stocker des armes et des munitions et de planifier la formation d'une alliance militaire avec les Cherokee.

Sur le chemin du retour vers Augusta, Brown avait oublié que Campbell l'avait ignoré et ne s'était adressé qu'à son aide. Il se persuada également que toutes les bonnes idées étaient les siennes, que le gouverneur avait été grandement impressionné par son rapport et que sa nouvelle mission faisait de lui un homme haut placé et influent. Il eut des doutes passagers quant à sa sécurité, mais il les chassa en pensant à la présence des Tuniques rouges du colonel Fletchall dans la région.

Brown n'eut aucune difficulté à prendre les arrangements nécessaires pour participer à des débats avec Drayton. Son nouvel adversaire semblait tirer un malin plaisir aux joutes verbales. Les réunions devinrent de plus en plus enflammées et, à plusieurs occasions, Brown et Drayton en vinrent presque aux mains. Il n'était pas facile de savoir quel impact avaient ces débats sur l'opinion publique, mais indiscutablement, les lignes entre les militants Whigs et Tories se dessinaient avec plus de clarté.

Bien qu'il ne jouît d'aucune autorité véritable émanant du Conseil de sécurité, Drayton adopta une attitude de plus en plus fervente. À la fin de l'été 1775, il quitta Charles Town avec douze milices de Caroline. Il déclara que Brown devait être mis aux arrêts, au même titre que le gouverneur et ses officiels britanniques. Brown en appela immédiatement au colonel Fletchall et il fut escorté par des troupes britanniques au lieu de la prochaine confrontation avec Drayton, dans la ville de Ninety Six. Peu après midi se déroula un échange véhément, mais aucune action militaire ne fut rapportée. Par la suite, Brown entreprit le voyage de retour vers sa plantation en Géorgie, tandis que Drayton et ses acolytes invitèrent Fletchall à la taverne du coin. Durant la nuit, ils lui tinrent des propos flagorneurs, glorifiant ses qualités de chef ; ils n'avaient de cesse de remplir son verre de whisky et finirent par le persuader de signer un accord de non-intervention contre les Américains, où il reconnaissait l'autorité du Congrès continental.

Brown fut furieux lorsqu'il apprit la trahison de Fletchall. Drayton, quant à lui, revint glorieux à Charles Town, où il montra fièrement son « traité ». Il pressa le Conseil de sécurité d'ordonner l'arrestation du gouverneur royal et des autres qui supportaient encore publiquement la cause Tory. Les membres du Conseil, cependant, n'étaient pas prêts à endosser pareille action, mais donnèrent à Drayton des ordres écrits. Ils en choisirent la formulation avec une telle prudence que leur sens devint presque incompréhensible. Drayton, néanmoins, interpréta dans ces directives que le Conseil lui donnait l'autorité d'agir. Il travailla étroitement avec les Fils de la Liberté et insista pour qu'ils s'allient à la force de frappe contre Thomas Brown et les Tories de l'arrière-pays.

Brown était fier de ses récentes actions, les premières à avoir un poids réel, et il avait bon espoir que le gouverneur reconnaîtrait ses succès lors des réunions publiques. Durant ses premiers mois en Géorgie, il n'avait caché ni ses relations personnelles avec des hauts placés à Londres ni sa loyauté envers la Couronne. Le généreux octroi de terres du gouverneur de la Géorgie et la facilité avec laquelle il pouvait rencontrer les plus importants officiels dans les deux colonies semblaient une assurance assez solide de son statut et de sa sécurité. Mais maintenant, après les débats avec Drayton et l'apparente capitulation de Fletchall devant les pressions rebelles, Brown sentit qu'il se faisait emporter par une vague d'insécurité. Les congrès provinciaux devenaient l'autorité en Géorgie et en Caroline du Sud. Même les représentants du Roi semblaient contraints et forcés. Il ne fut pas surpris de recevoir une première lettre de menaces, manifestement écrite par une quelconque crapule ignorante.

Il avait trouvé une note rédigée dans un piètre langage et clouée sur la porte d'une cabane sur sa plantation, où on l'avertissait que son opposition à la liberté lui apporterait des « sirkonstances tarribles ». Cela le choqua de se savoir la cible de ces intrus, mais lorsqu'il informa le superviseur de la ferme de la teneur du message, Herring ne vit en cette note qu'une mauvaise blague et ne voulut pas reconnaître que son employeur pût être haï par qui que ce soit. Le dimanche suivant, durant la nuit, il entendit des chevaux dans sa cour et, quelques minutes plus tard, Herring ouvrit la porte arrière de sa maison en disant :

« J'ai bien peur que nous ayons des problèmes, monsieur Brown. Il y a un groupe d'hommes dehors et je crois reconnaître certains de ces cavaliers. Je les ai déjà vus rôder dans les environs. Ce sont peut-être les auteurs de la note. »

Brown enfila son pantalon et rassura son employé : « Je vais m'en occuper, Herring. Je suis sûr qu'il n'y a pas de raison d'avoir peur. »

Il vérifia que ses deux fusils de duel étaient chargés, ouvrit la porte avant, sortit, et fit un pas rapide de côté dans l'ombre, apercevant, à la lueur des chandelles de l'intérieur, cinq jeunes hommes au premier rang du groupe lui faisant face, assis sur leur cheval.

Ces cavaliers remuaient nerveusement. Leur chef, un homme à la forte carrure et aux cheveux roux, descendit de sa monture et avança de deux ou trois pas, tenant la bride de son cheval dans la main gauche et un long fusil de chasse dans l'autre. Il pointait le canon vers le sol. Il parla : « Monsieur Brown, je me nomme Chesley Bostick. Ces hommes sont mes amis et ils croient en la liberté. Nous avons entendu des choses troublantes à votre sujet, monsieur. On dit que vos terres en Géorgie vous ont été données directement par Londres, grâce à l'influence du gouverneur de la Caroline du Sud, et que vos attaches politiques sont à Charles Town et non à Savannah. Certains de vos hommes ont entendu que vous défendiez les lois injustes imposées aux colonies et que vous critiquiez ceux d'entre nous qui militent pour la liberté. Nous sommes venus nous assurer que vous voyiez bien les choses comme nous. Les Géorgiens devraient jouir des mêmes droits que les citoyens vivant à Londres. »

Brown fut surpris par l'éloquence de Bostick et soulagé par ses paroles plutôt modérées. La dernière chose à souhaiter était un affrontement physique avec ces jeunes durs à cuire, armés de couteaux, de hachettes et, d'après ce qu'il pouvait voir, d'au minimum deux mousquets. De plus, ils avaient bu. Tentant de paraître calme, il répondit que le gouverneur Wright à Savannah était celui qui avait approuvé sa concession en vertu des lois existantes et qu'il croyait que tous les citoyens britanniques jouissaient des mêmes droits. Il ne dévoila cependant pas le fond de sa pensée, soit que plusieurs colons ingrats se rendaient coupables de trahison en condamnant les politiques du Roi et en embrassant la cause d'établir leurs propres lois indépendantes.

Le chef semblait satisfait : « Eh bien, cela m'apparaît convenable, mais nous voulons que vous sachiez qu'il n'y a pas de place dans cette colonie pour ceux qui ne croient pas en cette liberté que nous demandons. »

Herring et d'autres hommes de la plantation sortirent de l'ombre, des deux côtés du porche, armes levées à la main. Cette compagnie armée donna du courage à Brown. Il sortit ses fusils à la vue des intrus et dit sèchement : « Vous êtes sur une propriété privée. J'ai entendu ce que vous aviez à me dire. Je vous suggère maintenant, petits vauriens, de déguerpir de ma cour. »

L'un des hommes prit son mousquet. Bostick lâcha la bride et empoigna son arme à deux mains. Brown fut aussi surpris que quiconque lorsque son pistolet de duel se déchargea, la balle allant s'enfoncer dans le sol tout juste devant le pied du jeune chef.

Les intrus regardèrent tous Bostick, qui garda son sang-froid et recula en boitant vers son cheval. Ce dernier avait rejeté sa tête en arrière lors du coup de feu, mais ne s'était pas déplacé. Bostick l'enfourcha sans tarder et tous s'en allèrent sans créer d'autres incidents. Brown décida de ne pas s'aventurer loin de sa maison et donna l'ordre que certains travailleurs montent la garde. Herring informa plus tard Brown que le pied de Bostick avait été gravement meurtri et qu'on parlait au village d'incendier les champs et les bâtiments de Brownsborough si leur propriétaire ne changeait pas d'attitude. Brown ne voulait pas de problèmes et sentit qu'il devait être conseillé sur la manière de réagir aux menaces physiques et au mécontentement que ses activités engendraient dans la région.

Quelques jours passèrent avant que Brown décide d'aller faire un rapport au gouverneur Campbell à Charles Town de ce qu'il considérait être l'aggravation du militantisme chez ses voisins géorgiens. N'annonçant ses plans qu'à Herring, il contourna Augusta, descendit la rivière jusqu'aux limites de Savannah et suivit ensuite le chemin côtier jusqu'à Charles Town. Il fut rassuré lorsque le gouverneur le reçut dans son cabinet et l'informa d'emblée que le roi George et Lord North entamaient des démarches importantes pour que les plaintes légitimes des colons ne demeurent pas sans réponse. Il réaffirma que la politique pour l'Amérique visait à préserver la paix avec les Indiens, à multiplier les échanges et à récompenser ainsi qu'à protéger les sujets dont la loyauté était indéfectible.

Le gouverneur ajouta aussi ceci : « Malgré ces bonnes résolutions, Drayton et le Conseil de sécurité nous posent encore problème ici, à Charles Town. Ils ont demandé le démantèlement de mon conseil et exigent mon départ de la colonie. En outre, certaines têtes brûlées organisent des insurrections armées dans les colonies du nord, mais nos troupes sauront les mater facilement. Je reçois des rapports de partout au sud et je peux vous assurer que ces troubles sont le fait de petits groupes isolés, principalement des bandes de lâches, dont les aboiements sont pires que les morsures. J'espère que vous ne vous laisserez pas intimider par leurs menaces. »

— Je n'ai pas peur d'eux, répondit Brown d'une voix qu'il espérait convaincante. Mais je me suis permis de vous faire part de ma rencontre avec ces brigands qui se disent des Fils de la Liberté. Je serai bientôt de retour chez moi où je continuerai à analyser les développements dans l'arrière-pays et à renforcer la détermination des sujets loyaux de Sa Majesté.

— Je vous demanderais de passer par Orangeburg sur le chemin de votre retour, si le temps vous le permet. C'est là une région où l'appui aux Tories est fort et j'aimerais savoir ce qu'il en est. J'ai envoyé mon propre représentant, William Thompson, en éclaireur, comme vous, plus au sud le long de la Savannah et son retour à Augusta est prévu pour le troisième jeudi de ce mois. Je lui ferai parvenir un mot lui conseillant de vous rencontrer. Vous pourrez alors partager vos informations. Vous verrez qu'il est un homme bien informé et prudent. Je voudrais recevoir une évaluation complète lorsque Thompson reviendra à Charles Town.

À Orangeburg, la pluie cessa et cette accalmie réveilla Brown. Les gouttes faisaient maintenant de légers clapotis au-dessus de sa tête. Il découvrit que ses draps et ses jambes étaient trempés en raison d'une fuite dans le toit. Une impression étrange lui vint alors à l'esprit et l'effraya : un des hommes de la taverne était présent lorsque les Fils de la Liberté l'avaient menacé. Il en était sûr, même si, cette nuit-là, les hommes se tenaient dans l'ombre dans son domaine. Mais après un instant, il se rassura en pensant à la discussion harmonieuse de la taverne. Il avait repris son calme lorsqu'il alluma la chandelle, se vêtit et ramassa ses effets personnels. Au lever du soleil, la pluie avait cessé et il était déjà sur le chemin d'Augusta, ressassant ses plans pour le futur.

Il avait eu du mal à réfréner son mépris pour les soûlauds de la taverne, cette bande de débraillés et d'ignorants. Il savait qu'ils n'avaient pas été honnêtes dans leurs commentaires mesurés et il suspectait même certains d'entre eux d'être des traîtres. Il avait reçu des rapports confirmant que plusieurs Fils de la Liberté avaient été vus sur la place publique d'Orangeburg. Son devoir était d'identifier tout citoyen qui appuyait des actes de rébellion et de les faire connaître de manière à ce que les officiels puissent juguler leur révolte. Brown s'était prêté au jeu de réciter un texte appris lors des débats publics avec Drayton, mais il devait admettre que, comme la veille, il avait tenté d'éviter les sujets spécifiques pour débattre de généralités. Il avait toujours cru que la prudence était la meilleure tactique pour recueillir de l'information et faire ce qu'il faisait, espionner. Il était, en effet, ce qu'on pourrait appeler un agent secret au service du Roi. Il avait vu cela comme un jeu, mais la partie devenait maintenant plus qu'un simple défi. La visite des militants sur sa plantation l'avait bouleversé. C'est pourquoi il fut soulagé d'entendre le gouverneur dire que les Fils de la Liberté n'étaient qu'un petit groupe de radicaux sans importance.

Cette aventure dans les colonies n'était pas du goût du lieutenant qui, d'ailleurs, y avait été contraint. Son but premier était de retourner en Angleterre, dès qu'il pourrait se défaire de ses concessions et que les autorités lui en donneraient la permission. Il était, après tout, un homme de la ville, un citadin. Il n'attendait qu'un mot de ses amis lui disant que les problèmes qu'il avait laissés en Europe étaient morts avec le temps — ce qui, dans les pires circonstances, ne prendrait pas plus de deux ou trois ans. Il voulait maintenant que ses rapports soient jugés sans valeur pour qu'il puisse se défaire de ses obligations qui devenaient de plus en plus dangereuses. Il ne voulait plus être le soi-disant protecteur des affaires du Roi dans ce trou perdu du monde.

C'était son premier périple le menant directement d'Orangeburg à Augusta, mais il avait confiance : il saurait suivre les indications obtenues à la taverne. Durant les premiers kilomètres, il vit à peine les alentours, mais comme le soleil montait dans le ciel, il comprit qu'il suivait une piste étroite dans une forêt très dense. Il avançait aussi rapidement que son cheval le pouvait, trottant à l'occasion ou maintenant une marche rapide pour qu'il se repose. Il lui était facile de suivre le sentier distinct, rarement plus large qu'un mètre, au milieu des bois et des broussailles, mais cela s'avéra beaucoup plus hasardeux lorsque le sentier devint mal tracé, à l'ombre d'arbres gigantesques qui empêchaient toute plante de pousser au sol, à l'exception du cornouiller et de quelques autres plantes que Brown ne reconnut point. Parfois, il devait s'arrêter pour repérer des encoches sur les arbres afin de demeurer sur la piste principale et il consultait souvent son compas pour s'assurer qu'il se déplaçait toujours vers l'ouest.

Il demeurait toujours à l'affût du danger, conscient d'attaques possibles des Indiens. Il n'avait jamais vu un de ces sauvages, mais il n'ignorait pas les assassinats perpétrés par des Peaux-Rouges renégats. On avait retrouvé à la frontière ouest des victimes scalpées, mutilées, avec des brûlures au corps. Mais Thomas se savait loin de cette région. Et il était bien content de n'avoir aucun témoin pour le voir bondir de sa selle et en perdre presque son chapeau lorsqu'une biche apeurée ou même un écureuil sursautait dans un buisson non loin. Plus que tout, Brown voulait sortir de ces bois avant que la nuit ne l'enveloppe et il avançait de plus belle, loin d'être tenté de faire halte dans les quelques cabanes qu'il aperçut sur son chemin. Il n'avait jamais passé la nuit sans matelas pour reposer son corps, sauf lors de quelques rares excursions de chasse en Écosse et en Irlande, alors que ses amis avaient décidé de dormir sur des draps repliés dans des tentes en toile.

Arrivée à une petite étendue sablonneuse près d'un ruisseau, il remarqua des traces de sabots dans le sable, ce qui voulait dire qu'un cavalier l'avait précédé sur le sentier, depuis la fin des averses. En poursuivant son chemin, il avança prudemment à l'approche de chaque courbe. Vers midi, il s'arrêta devant un petit cours d'eau pour manger du maïs et du bœuf séchés achetés à la taverne, mais reprit vite son chemin. Selon les dires du gouverneur, son rendez-vous avec William Thompson devait avoir lieu dans quatre jours et il voulait se rendre à sa ferme avant de revenir à Augusta.

Brown traversa Savannah au crépuscule et décida de passer la nuit dans l'auberge même où il rencontrerait Thompson. Il s'y était rendu à quelques reprises et savait que l'aubergiste, James Javis, avait la réputation d'être honnête et compétent. Par un généreux pourboire, il obtint une chambre pour lui seul. Avant de quitter, il prit les arrangements et réserva le gîte pour la nuit du troisième jeudi. Il chevaucha les trente-deux kilomètres le séparant de sa plantation. Il fut rassuré d'entendre Herring dire qu'aucune autre menace n'avait été proférée durant son absence. Bien que sa ferme entamât sa deuxième année de production, Thomas n'en savait pas plus sur l'agriculture et n'avait apparemment pas l'intention d'en apprendre davantage. Il ne se sentait jamais bien dans les bois ou dans les marécages, sauf sur les sentiers de chasse près de sa maison qui lui étaient bien connus. Il s'arrangeait d'ailleurs subtilement pour qu'Herring l'accompagne lorsqu'il devait s'éloigner des clairières.

Après deux jours de repos et une brève inspection de ses troupeaux et de ses cultures, Brown se rendit à Augusta et trouva Thompson à la taverne, comme le gouverneur en avait décidé. Après avoir échangé des salutations sobres, les deux hommes descendirent une rue étroite et boueuse jusqu'à la rivière, pour pouvoir discuter en privé de leur mission et de leurs observations. Là, ils remarquèrent une vaste demeure blanche et constatèrent avec dédain que la quarantaine d'autres constructions n'étaient que des mansardes et des remises en bois rond. L'auberge qui les accueillerait pour la nuit était la seule en ville, mise à part une bicoque glauque près de la rivière qui n'avait pas de permis officiel, mais vendait du rhum douteux et d'autres spiritueux bon marché à quiconque y mettait les pieds. La rumeur disait même qu'ils en servaient aux Indiens par une fenêtre située à l'arrière.

Thomas Brown présuma de sa séniorité et attendit le rapport de son compagnon sur les développements dans les communautés. Plutôt que cela, Thompson s'exclama, l'air choqué : « Je reviens de Savannah, où on trouve, sans trop chercher, au moins deux douzaines de tavernes licenciées, et j'en ai vu au moins six autres sur le chemin. C'est un vrai trou à rat ici ; ils n'ont aucun respect de la loi. »

Quelque peu abruptement, Brown voulut en venir aux faits : « Eh bien, nous devrons nous en accommoder pour cette nuit. Qu'as-tu appris de tes voyages ? »

— Durant les deux dernières semaines, je suis allé d'ici à la côte, sur les deux rives de la rivière, et je suis très découragé par ce que j'ai vu et entendu. Comme à Charles Town, le Congrès provincial a pris le contrôle. Des voyous, surtout ruffians, causent beaucoup de troubles à Savannah. Ils insultent le gouverneur Wright et appuient publiquement la révolution. Peu avant que je n'arrive à Savannah, un imposant groupe de criminels a failli tuer un marin anglais nommé John Hopkins, simplement parce qu'il avait levé son verre contre la déloyauté envers le Roi. Ils l'ont aspergé de goudron, puis de plumes, lui ont mis la corde au cou et il serait mort aujourd'hui s'il n'avait pas retiré ses paroles.

— Effectivement, dit Brown, d'un ton morose, j'en ai entendu parlé à Charles Town, mais je n'ai pas su ce que les autorités britanniques ont fait aux malfaiteurs.

— Rien ! Rien du tout ! Le gouverneur et son conseil n'ont presque plus d'autorité, car les Whigs la leur ont enlevée.

Brown resta muet et Thompson en profita pour continuer : « Ce sont ces vauriens de Fils de la Liberté. J'ai personnellement vu trois d'entre eux, la nuit d'avant la veille, dans l'auberge qui nous héberge, agresser physiquement un *frontiersman* de l'ouest qui refusait de les accompagner pour un toast à la liberté. Celui-ci a insisté pour dire qu'il ne s'intéressait qu'à ses propres affaires et voulait vivre en paix, mais il dut en définitive boire avec eux. »

— Personne n'est venu à sa rescousse ?, s'inquiéta Brown.

— Après le départ des radicaux, certains hommes ont dit qu'ils étaient comme lui, mais les gens ont peur ou ne veulent tout simplement pas prendre parti dans ce qui aurait bien pu mal tourner.

— Ces baveux de lâches !, s'écria Brown.

Voyant l'intensité des sentiments de son compagnon et sentant que cette remarque pouvait peut-être bien l'inclure lui, Thompson ne fit pas d'autres commentaires sur l'incident pendant qu'ils retournaient vers l'auberge. Il souhaitait que Brown eût été présent pour vivre l'intimidation qui lui avait cloué le bec et qui avait convaincu les autres de ne pas défier le groupe de radicaux ; il espérait d'ailleurs ne pas les rencontrer à nouveau.

À l'auberge, ils se firent servir des chopines de bière et un repas constitué de venaison et de pain sec, qu'ils mangèrent à une table dans un coin de la pièce. Huit ou dix autres hommes y étaient attablés, mangeant pour la plupart du poisson frit pêché à la rivière. Le long de l'extrémité la plus étroite de la pièce, s'étirait un comptoir à hauteur de coude derrière lequel se trouvait une porte, donnant apparemment l'accès au logement du propriétaire. Directement à l'opposé, s'élevait un escalier serré vers le deuxième plancher, où quatre chambres pouvaient accueillir des clients. Brown et Thompson se partageaient l'une d'entre elles. Au-dessus, il y avait un large grenier aux plafonds de moins d'un mètre vingt, où une rangée de lits vétustes loués à des gens qui devaient se satisfaire d'un demi-lit pour le prix régulier. Au rez-de-chaussée, où l'on mangeait, une porte au milieu du plus long mur donnait sur la rue et une fenêtre se trouvait à sa droite, volets en bois ouverts pour que le vent chasse l'air stagnant de la pièce. Une lanterne vacillante pendait du plafond et une chandelle brûlait sur toutes les tables pour pallier le manque de lumière.

Comme Brown et Thompson finirent leur repas et décidèrent de se retirer pour la nuit, cinq hommes franchirent la porte ouverte et dévisagèrent les clients de l'auberge. Brown vit immédiatement que quatre d'entre eux étaient venus, moins d'un mois et demi auparavant, lui rendre une visite nocturne à la plantation. Le cinquième était visiblement leur chef. C'était un homme costaud dont une petite étoffe de laine couvrait partiellement ses cheveux roux. C'était Bostick, l'homme qui avait probablement été touché par la décharge du fusil de Brown.

« Avez-vous vu ce fils de chienne qui était ici hier et qui était contre la Liberté ? », demanda-t-il à l'aubergiste.

« Non, il s'en est retourné chez lui, dans le comté de Wilkes, si je ne m'abuse. »

Ils demandèrent une bouteille de whisky, lancèrent une pièce de monnaie sur le comptoir et demeurèrent debout pour boire. Bostick aperçut Brown et Thompson attablés au fond de la pièce. Brown le fixa un instant, puis détourna le regard en feignant le désintéressement. Le costaud glissa quelques mots à ses compagnons et ils se tournèrent tous vers l'intéressé.

Un silence lourd régnait dans la taverne avant que ne résonne la voix roque de Bostick : Alors, monsieur Brown, comme on se retrouve ! »

Brown attendit un temps avant de répondre calmement : « Ça m'en a tout l'air. »

« Vous allez me dire ce qui vous amène ici, monsieur », décida Bostick.

Le sang lui monta à la tête et malgré ses efforts pour garder son calme, il se surprit à dire : « M'occuper de mes propres affaires et je vous conseille d'en faire autant. »

La pièce était silencieuse. Toute l'attention était tournée vers l'homme au chapeau de laine. Bostick leva son verre et proposa un toast : « Buvons aux Fils de la Liberté de Savannah ! » Ses compagnons et quelques autres clients portèrent leur verre de rhum ou de bière à leurs lèvres. Mais Brown et Thompson ne bronchèrent pas. Le malaise était général et quelques hommes quittèrent discrètement la taverne. Les clients restants étaient captivés par la scène qui promettait de mal finir.

L'inconfort de Brown était à son comble ; son échine ramollissait et son cœur battait la chamade. Mais il fit tout pour garder une apparence de sang-froid. La situation le dépassait et il en était l'acteur principal. Tout lui semblait irréel. Plusieurs pensées lui traversaient l'esprit. S'il avait été confronté à un tel adversaire dans un pub de Londres, il aurait pu miser sur le respect général de la loi ou sur l'appel au calme d'un des clients ou du propriétaire. Là-bas, quelqu'un aurait appelé les autorités pour qu'elles fassent régner l'ordre. Des tiers pouvaient aisément s'interposer entre deux gentlemen échauffés par un regard de travers ou par une petite insulte et ainsi éviter une bagarre ou un bain de sang.

Il demeurait prudent, rationalisait-il, car il valait mieux, pour des représentants tels que Thompson et lui-même, d'éviter les altercations en public avec des radicaux. Pour promouvoir la loyauté envers la Couronne, une bagarre avec une brute dans une taverne n'était pas la meilleure des tactiques. Par ailleurs, porter un toast aux Patriotes constituait un aveu de faiblesse et de lâcheté qui bouleverserait son image auprès des colons. De plus, Thompson signalerait ce geste au gouverneur Campbell, qui en informerait peut-être ses amis et ses bienfaiteurs à Londres. La meilleure approche était d'user de finesse et de désamorcer la confrontation. Il retourna donc à son repas, feignant d'ignorer ces agitateurs.

« Donnez un verre à ces hommes au fond de la part de Chesley Bostick », ordonna l'homme au chapeau de laine en s'adressant au tavernier. Ce dernier s'exécuta, plaça deux verres sur leur table et les remplit de rhum.

« J'aimerais maintenant lever mon verre à la liberté et, par le fait même, maudire les pauvres lâches ! », renchérit-il. Tous les regards fixaient les deux hommes au fond de la pièce et plus particulièrement Thomas Brown. Brown ne réalisa qu'après l'audace et même l'étourderie qui le poussèrent à se lever, à lever son verre devant lui et à en verser le contenu sur le plancher de la taverne. « J'achèterai mon propre rhum et je le boirai avec tous les hommes dont la loyauté est pour le Roi », répondit-il avec fierté.

Tous bouche bée, les clients ne remarquèrent pas immédiatement Thompson lorsqu'il se glissa hors de table et alla près de la
porte. Brown regardait un à un les cinq hommes à quelques pas de
lui. Ses poings seraient sa seule défense, car son épée et ses
pistolets étaient à l'étage, dans sa chambre. Il voyait briller à la
ceinture de ses adversaires les lames de leurs couteaux et de leurs
tomahawks. Il ne pouvait pas croire qu'ils l'attaqueraient dans une
taverne, devant autant de témoins. Tout lui semblait se dérouler
comme dans un rêve ; le temps s'écoulait au ralenti, un grain de
sable à la fois. Comme les hommes avancèrent sur lui, il fit
basculer sa table devant eux et tenta d'atteindre les escaliers. Il vit
alors, pendant une fraction de seconde, qu'une lourde chaise allait
lui fracasser le côté de la tête.

Lorsqu'il reprit conscience, il était couché, face contre le sol,
baignant dans son sang sur le plancher crasseux de la taverne, les
mains liées derrière son dos. Thomson et les clients avaient
disparu.

CHAPITRE 22

Le goudron et les plumes

Bostick était assis sur le coin d'une table. C'était un des visages flous que Brown pouvait apercevoir autour de lui. On avait vidé le contenu de ses poches sur la table. Bostick sourit d'un air méprisant et nargua l'homme à plat ventre sur le sol : « Eh bien, monsieur Thomas Brown, ce petit m'informe que vous êtes un lieutenant au service de Sa Majesté. Expliquez-nous, je vous prie, quelle est votre mission parmi nous et dites-nous donc dans quel patelin vous avez égaré votre uniforme. »

Ne recevant aucune réponse de Brown, Bostick donna l'ordre à ses hommes de le tirer par les pieds en lui répétant : « J'attends toujours que vous témoigniez de votre appui à la liberté et à la fin de la tyrannie de vos amis de Londres. »

Brown refusa d'ouvrir la bouche et, lorsque Bostick hocha la tête, un des hommes asséna un coup avec le plat de son tomahawk juste au-dessus de l'oreille du malheureux, qui tomba sur ses genoux. Son œil gauche ne voyait plus et le sang lui coulait d'un coin de sa bouche mais surtout de sa tête. Il ne voyait aucune issue ; la situation était désespérée. Son seul espoir, bien maigre en définitive, était de s'en remettre à l'espoir que l'ardeur de cette bande de brutes serait refroidie à l'idée des sévères châtiment auxquels elles s'exposaient.

Bostick déclara, probablement pour le bénéfice d'une assemblée imaginaire : « Messieurs, je déclare maintenant ouverte une séance officielle des Fils de la Liberté. À l'ordre du jour : le procès en bonne et due forme de ce vaurien qui a insulté la cause révolutionnaire. On m'a informé que le capitaine Elijah Clarke et quelques-uns de ses miliciens étaient en ville et nous l'avons envoyé quérir pour qu'il soit juge ici-même. Tandis que nous dégustons un autre verre, je demanderai à quelqu'un de bien vouloir asseoir l'accusé sur une chaise, pour qu'il ait une position bienséante devant cette distinguée Cour. »

Les associés de Bostick offrirent à leur chef des applaudissements pour le féliciter de son discours éloquent. Les quelques spectateurs retenaient leur souffle, complètement plongés dans le drame qui se déroulait devant eux.

L'homme fut placé sur une chaise, mais avait grand-peine à se tenir droit. Sa tête lui élançait terriblement. On pressa un mouchoir contre son crâne pour éponger des saignements abondants. Après qu'ils eurent tous vidé un verre, Bostick revint à la charge : « Monsieur Brown, nous savions depuis quelques jours que vous viendriez à nous, après une visite à Charles Town. Nos informateurs nous ont également signalé que, pour garantir l'appui du peuple à la cause Tory et pour brimer notre liberté, vous gaviez les gens de fausses promesses et que vous les menaciez. Nous avions prévu vous rencontrer sur l'autre rive de la rivière, en Caroline du Sud, mais vous êtes arrivé plus tôt que nous pensions. Nous sommes venus ici, ce soir, pour célébrer votre retour en Géorgie. Nous voulons vous voir réaliser que vous vous êtes trompé de camp et nous attendons ici que vous le reconnaissiez. »

Il y eut une agitation à la porte. Un homme costaud entra dans la pièce. Brown ne l'avait jamais vu auparavant, mais sut l'identifier par les nombreuses conversations qu'il avait entendues ces derniers mois. Le capitaine Elijah Clarke avait environ quarante-cinq ans et impressionnait par sa corpulence et son maintien. Il était manifestement respecté de Bostick et des autres voyous. Brown reprit soudain espoir ; Clarke allait certainement mettre fin à cette mascarade.

Le capitaine inspecta la pièce en silence puis se tourna vers Bostick. Ce dernier commença à parler à une vitesse surprenante : « Capitaine, comme vous le savez, voici Thomas Brown, un espion Tory au compte du gouverneur de la Caroline du Sud, mais qui vit sur une grande plantation où travaillent des esclaves, près de Kiokee Creek. Certains de ces travailleurs se sont plaints de leur traitement. Nous sommes allés le rencontrer la semaine dernière.

Nos intentions étaient tout ce qu'il y a de plus pacifiques. Nous voulions simplement qu'il comprenne ce que des gens comme lui et leur Parlement font endurer à des gens comme nous. Plutôt que d'écouter notre message, il a dégainé son arme et fait feu sur nous, me touchant au pied.

Les hommes pestèrent mais se turent lorsque Bostick fronça les sourcils et les menaça d'un geste sec de la main.

Clarke parla enfin : « Je suis au fait de ses activités et je connais l'homme en charge de sa ferme. Monsieur Brown, qu'avez-vous à dire pour votre défense ? »

Le silence dura un temps puis Brown se décida enfin à répondre : « Vous avez devant vous un citoyen de Géorgie, un propriétaire qui vit sur une concession tout à fait légalement octroyée par le gouverneur James Wright. Je suis également un ami du gouverneur William Campbell. J'exige d'être relâché immédiatement ou d'être remis aux autorités de cette colonie. »

Il eut vaguement conscience que le choix de ses mots était mal approprié et pensa que son erreur fut d'employer le verbe « exiger » plutôt que « demander ».

« Monsieur Brown, ce que vous avez devant vous est une instance légale, un jury composé de citoyens, et on vous accuse de renier la justice, d'abuser les citoyens libres et paisibles de la Géorgie et de la Caroline du Sud et d'avoir attaqué un de vos voisins », lui apprit Clarke.

Il délaissa Brown pour se tourner vers les accusateurs : « Monsieur Bostick, vous n'avez aucun besoin de ma présence ici et j'ai d'autres occupations qui méritent mon attention. Assurez-vous seulement que justice soit faite. »

Le capitaine quitta la pièce et tous les regards se tournèrent vers Bostick, qui consulta brièvement ses compagnons avant d'annoncer : « Que le premier témoin s'avance. Monsieur Leander, approchez-vous, s'il vous plaît. »

Brown reconnut un berger qu'il avait rencontré à la taverne d'Ornageburg. Il s'avança, se racla la gorge et prit la parole : « La semaine dernière, cet homme s'est assis avec nous, un groupe de bons citoyens, et nous a fait croire que seuls les Loyalistes pourraient dorénavant vendre leurs récoltes à Charles Town, que les autres pourraient même être ciblés par des attaques indiennes. Il nous a dit qu'il était l'ami de John Stuart, cet homme qui monte les sauvages contre nous. »

« Tout cela est faux », dit seulement Brown.

Visiblement très heureux de présider le déroulement des choses, Bostick demanda : « Avez-vous quelque chose à dire pour votre défense ? »

Comme l'accusé se bornait au silence, il ajouta : « Je vous déclare coupable de tous les chefs d'accusation et ce jury décidera maintenant de votre sentence. »

Après un bref échange avec ses compagnons, Bostick déclara : « Nous avons décidé de vous imposer la même sentence qu'a méritée un traître de Savannah, le mois dernier. Vous serez enduit de goudron, tiré dans les rues de la ville jusqu'à ce que vous avouiez vos crimes et promettiez de ne plus jamais récidiver. Un membre de cette digne assemblée a-t-il une objection à émettre ? »

Il n'y eut aucune réponse.

« Aucune objection ? Bien. Nous vous garderons à vue ce soir et la réunion reprendra au lever du soleil, alors que nous exécuterons la sentence. Pour le moment, M. Jarvis vous fera un bandage pour soigner votre petite coupure à la tête. »

Un des hommes s'écria soudain : « La plupart du goudron restera pris dans ses cheveux longs. Ne devrions-nous pas le scalper avant le goudronnage ? »

Tous rirent et Bostick répondit : « Non, mais prenez un couteau bien aiguisé et coupez-lui le fouillis ensanglanté qu'il a sur la tête ; le bandage sera plus efficace. »

Sa tête en partie chauve lui faisait atrocement mal. On lui avait mis un bandage et il était couché sur le côté, les mains toujours entravées, dans un coin de la pièce. Un homme avait toujours un œil sur lui tandis que les autres rentraient et sortaient de la taverne ; ils buvaient, blaguaient et riaient de bon cœur. Il maudit le jour où il était débarqué dans ce pays de hors-la-loi. Il ne pouvait pas croire qu'une telle chose puisse se produire et, la nuit durant, il crut que les autorités locales seraient mises au courant et viendraient le libérer.

Cependant, comme le jour se levait, il entendit l'arrivée d'une charrette dont les occupants riaient en disant que cela allait être une bien meilleure utilisation du goudron et des plumes que celle de calfater le fond des bateaux ou de bourrer des lits de plumes. Des mains brusques l'empoignèrent bientôt et l'amenèrent à l'extérieur. Les hommes le tinrent jusqu'à ce que ses jambes puissent le faire. Il vit sur la charrette un large récipient en fer rempli de goudron duquel sortait le manche noirci d'un balai. Il était placé juste à côté d'une poche en chanvre d'où quelques bouts de plumes sortaient.

Bostick était là, commandant le groupe. Brown l'entendit dire : « Le goudron est-il assez chaud ? »

— Assez pour qu'il coule, mais pas chaud au point de le tuer, répondit un homme penché sur le liquide visqueux.

— Monsieur Brown, êtes-vous prêt à vous confesser et à lever un verre à la liberté pour tous les colons ?, redemanda Bostick.

Espérant à moitié que c'était là qu'une farce des habitants du coin et que cette sentence ridicule ne serait pas exécutée, Brown secoua la tête. Il était mort de peur et aurait crié pitié si cela avait eu une chance de le sauver. Il regarda autour de lui. Jamais dans sa vie ses sens n'avaient été aussi éveillés. Il tenta de mémoriser chaque visage. Il voulut parler, mais fut incapable de trouver les mots.

« Que ses mains soient détachées. Arrachez-lui ses vêtements et exécutez la sentence. »

Le lieutenant fut rapidement dénudé. Les hommes sifflèrent et ridiculisèrent ses parties génitales ratatinées et sa peau presque blanche comme la neige. Puis l'un d'entre eux monta sur la charrette, sortit le balai du récipient et se mit à couvrir son corps de goudron brûlant, commençant par son torse et descendant vers ses pieds. La douleur était atroce, tout comme les affres de sa colère et de sa honte. Les hommes autour semblaient apprécier le spectacle. Ceux qui étaient auparavant silencieux se voyaient maintenant entraînés par l'enthousiasme de la foule. Seule une fine couche du goudron chaud collait aux parties verticales de son corps, mais il s'accumulait davantage sur ses épaules et dans ses bottes ; là, le goudron ne refroidissait pas et la douleur s'intensifiait.

Il gémissait, mais c'est au prix d'efforts surhumains qu'il ne hurla pas son martyre. Suivant les ordres de Bostick, d'autres hommes ouvrirent la poche, prirent des plumes à grandes poignées et les lancèrent sur Brown. Ils vidèrent finalement le fond du sac sur sa tête.

« Maintenant, nous voulons que tous à Augusta voient ce poulet grillé ! », cria Bostick, ce qui fit rire l'assistance. Il attacha lâchement une corde au cou de Brown et fixa l'autre extrémité au derrière de la charrette. « Faisons-lui faire un tour de ville », ajouta Bostick, enjoué.

Plusieurs hommes commencèrent à tirer la charrette qui se mit à avancer. Ils regardaient souvent derrière pour voir jusqu'à quelle vitesse le prisonnier pouvait marcher. Les cent mètres autour des quelques boutiques de la ville parurent une éternité pour Brown et lorsqu'ils revinrent devant la taverne, il entendit la voix de Bostick, comme si elle venait de très loin : « Es-tu prêt maintenant à avouer et à affirmer ta loyauté envers notre cause ? »

Brown resta muet, ne sachant comment répondre. Bostick ordonna qu'on lui fasse faire une autre « promenade ». À nouveau de retour à la taverne, le captif pouvait à peine marcher, mais il refusa ou ne fut point capable de répondre. Son cœur battait d'effroi et d'angoisse, mais son esprit se bornait, comme s'il ne pouvait croire que tout cela était réel. Comme le troisième tour commençait, il s'effondra de tout son long et la corde se resserra autour de son cou. Il perdit conscience.

« Il sera mort avant longtemps », dit un des hommes.

Bostick réfléchit puis affirma : « Ce n'est pas ce que nous voulons. Jetez-lui un peu d'eau. »

Lorsque Brown revint à lui, Bostick lui dit : « Tu es un homme mort si tu ne te confesses pas. Je te le demande une dernière fois : Admets-tu ton crime et approuves-tu la cause de la liberté ? »

Brown était résigné à son sort et pensait que l'inconscience qu'est la mort valait mieux que les souffrances présentes.

Puis, tel un miracle, il ressentit une profonde transformation aux tréfonds de son être. D'un seul coup, la haine remplaça sa peur et il ne voulut plus mourir. Devait-il donner sa vie maintenant et permettre à ses ignobles ennemis de triompher à tout jamais ? Ainsi, il comprit ce que son destin voulait de lui : une vengeance ultime. Il regarda autour de lui, son pouls battait à défoncer ses tempes. Il vit le visage de ses bourreaux se teinter de rouge, comme s'il les voyait derrière le voile de leur propre sang déjà versé. Sa décision était prise. Il fit un signe de tête affirmatif. « Je me confesse », dit-il en serrant les dents. Les spectateurs applaudirent. Il répéta alors les mots de Bostick qui fut satisfait.

« Enlevez-lui la corde du cou », ordonna-t-il. Il se tourna vers le tavernier : « Monsieur Jarvis, vous pouvez le nettoyer et lui redonner ses vêtements. Nous lui avons laissé son argent ; il pourra donc vous payer. »

Le tavernier alla chercher une bouteille de térébenthine chez un constructeur de bateaux et, quelques heures plus tard, Brown et lui avaient enlevé la majeure partie du goudron. Complètement exténué, Brown était couché sur un lit dans le grenier, le corps rougi du cou aux pieds, des cloques se formant là où le goudron s'était accumulé en une épaisse couche. Ses orteils étaient sévèrement brûlés et il ne les sentait plus. Le tavernier lui rendit sa bourse, où Brown, surpris, trouva tous ses papiers et son argent.

« Je dois rester ici jusqu'à ce que mes forces me permettent de voyager. Trouvez-moi de la graisse ou un onguent pour ces brûlures et prenez soin de mon cheval. Vous serez bien payé et je ne vous oublierai pas plus tard, lorsque je reviendrai. »

Le tavernier se contenta d'un hochement de tête, persuadé que l'homme demeurerait loin d'Augusta pour le reste de ses jours. Il ne pouvait voir qu'en l'homme meurtri et pitoyable se cachait une haine à la limite de l'obsession et la détermination de se venger de ses persécuteurs ; c'était maintenant là le but ultime de son existence.

Durant deux jours, sa tête le fit souffrir, sa vision s'embrouilla par intermittence et son repos fut des plus agités. La veille du troisième jour, Brown informa Jarvis qu'il partirait tôt le lendemain matin. Le tavernier lui suggéra d'engager quelqu'un pour le raccompagner chez lui, mais le lieutenant refusa, sans toutefois lui dire qu'il planifiait plutôt de se rendre à Ninety Six, où était posté le contingent de troupes britanniques le plus près. Malgré que ses blessures exigeassent des soins plus prolongés, sa priorité immédiate était d'entrer en contact avec les autorités britanniques. Il planifiait rassembler des troupes en prévision d'un retour musclé à Augusta. Même s'il fallait utiliser la force californienne pour agir dans une autre colonie, Brown était persuadé que les officiels de Géorgie approuveraient la répression des traîtres qui l'avaient attaqué et torturé.

Brown écoutait la pluie battre le toit, quelques centimètres au-dessus de sa tête, et le bruit des clients de la taverne au rez-de-chaussée. Il entendait d'ailleurs son nom de temps à autre, mais Jarvis respectait l'ordre qu'il lui avait donné à l'effet qu'on ne le dérange point.

Aux aurores, le lendemain matin, il enfila avec peine ses vêtements propres, les laissant le plus ample possible. Des taches de graisse apparurent rapidement aux endroits où se trouvaient ses brûlures les plus graves, mais il ne s'en soucia pas. Il ne pouvait marcher sur son pied droit ; la chair de trois de ses orteils avait tellement fondu qu'on voyait presque l'os. Il fit remplir de provisions ses sacoches de selle par le tavernier, qui lui procura aussi une béquille. La chevauchée serait pénible dans son état. Il tenta d'amoindrir ses souffrances en étendant un drap épais plié sur sa selle. Il mit sa botte droite dans un sac qu'il accrocha au pommeau et demanda l'aide de Jarvis pour monter son cheval. Il guida sa monture dans les rues désertes jusqu'à la rivière et réussit à réveiller le propriétaire du ferry, qui fut agité et nerveux lorsqu'il reconnut son client. Après l'avoir payé, Brown fit seul la traversée, toujours en selle, puis fit marcher son cheval vers le nord. Il devait trouver de l'aide s'il voulait se rendre à Ninety Six. Après une courte distance, il se rendit compte qu'il avait désespérément besoin de repos, mais que s'il mettait pied à terre, il ne pourrait jamais remonter sur son cheval. Avec peine et misère, il réussit à uriner, non sans mouiller ses pantalons et le flanc de sa monture. Quelques centaines de mètres plus loin, Brown réalisa qu'il devenait trop faible et qu'il tomberait s'il continuait son avancée encore longtemps.

Il entendit les gargouillis d'un ruisseau non loin à sa droite et décida de le suivre. Il trouva alors un tronc déraciné qui arrivait à la hauteur de ses étriers. Il se laissa glisser en bas de la selle, attacha les guides là où l'animal pourrait brouter des herbes et mangea près du ruisseau. Il se coucha sur le sol et s'endormit aussitôt, bien qu'il ne se reposât pas. Lorsqu'il s'éveilla, il but abondamment, approcha l'animal près du tronc d'arbre et se hissa sur le siège rembourré. La douleur était endurable, remarqua-t-il, et il poursuivit sa route quelques heures avant de déboucher sur une petite clairière. Au centre, il vit une cabane en rondins, un appentis derrière elle et, plus loin, quelques hectares de culture et de pâturages.

Avant d'arriver à la porte, un fermier sortit à sa rencontre, une carabine sur son bras plié. Brown décida d'aborder l'homme de manière franche et directe : « Bonjour monsieur, je suis grièvement blessé et il m'est difficile de me mouvoir, mais je dois au plus vite gagner le fort de Ninety Six. Je vois que vous n'avez pas encore fini vos récoltes, mais je serais extrêmement reconnaissant si vous pouviez m'accompagner sur ma route. Je vous dédommagerai pour votre dérangement et votre temps. »

L'homme aida Brown à descendre de cheval et l'amena vers sa cabane, où sa femme et ses enfants épiaient l'étranger de la porte. Le fermier se présenta : « Je me nomme Jason Turner et il me fera plaisir de vous accompagner dès cet après-midi au fort, puisque j'y ai des affaires à conclure. De plus, je ne pouvais pas travailler dans mes champs aujourd'hui, car ils sont trop trempés. Nul ne sert de rétribuer ma compagnie, mon bon monsieur. »

Les membres de sa famille étaient polis, voire timides. Ils observaient Brown avec une grande curiosité, tout en tentant de dissimuler l'intérêt qu'ils lui portaient. L'étranger était fiévreux et très faible. Apparemment, il ne désirait pas dévoiler les circonstances précises qui l'avaient amené dans cet état. Ses pensées semblaient l'obnubiler, surtout celle de reprendre son chemin. Il ne put refuser un peu d'eau chaude, ce qui lui permit de nettoyer et d'envelopper à nouveau son pied droit qui avait sérieusement enflé.

Plus tard cet après-midi-là, Turner remit Brown en selle et les deux hommes se mirent en route. Moins d'un kilomètre plus loin, le blessé se mit à tanguer sur sa selle. Il accepta, après une brève conversation, de regagner la cabane et d'y passer la nuit. Après avoir mangé quelques bouchées de pain de maïs et bu du lait, il s'allongea sur un grabat et put enfin dormir profondément, ne se levant qu'une fois avant l'aube pour se soulager à l'extérieur. Au matin, Brown et Turner se rendirent aussi vite que possible à Ninety Six, où ils franchirent l'immense porte du fort. Brown insista pour que Turner acceptât une pièce d'un souverain avant qu'ils ne se séparent. Brown boitilla jusqu'à l'entrée d'une guérite en bardeaux, fit fermer la porte par l'officier de service et demanda à voir le commandant, un certain capitaine Whiteman. Le capitaine savait que Brown était « l'homme du gouverneur », car il l'avait vu lors d'une rencontre avec Drayton et avait déjà reçu le rapport de l'incident à Augusta. Whiteman, un militaire de vocation et un loyal sujet de la Couronne, traita le lieutenant avec compassion et respect. Il lui réserva un lit caché derrière des rideaux et ordonna que l'apothicaire du fort lui donnât les traitements médicaux nécessaires. Brown demanda qu'on lui procure du papier et de quoi écrire. Il travailla à la rédaction d'un rapport détaillé de l'attaque scandaleuse dont il avait été victime. Il décida toutefois, après réflexion, qu'il noterait les grandes lignes et ferait un compte rendu détaillé de vive voix au gouverneur. Après deux jours de convalescence, le capitaine Whiteman affecta un homme sérieux pour raccompagner Brown à Charles Town, un voyage sur une distance de deux cent quatre-vingts kilomètres.

Cette expérience à Augusta, Brown le savait, était un indicateur extrêmement sérieux de la montée du patriotisme. Personne au gouvernement n'aurait pu imaginer ou n'aurait voulu reconnaître que les colons soient aussi décidés à l'insurrection. Le lieutenant était habité d'un seul désir : mener un large groupe de cavaliers à Augusta, arrêter les auteurs des crimes contre la Couronne et sa personne et de les voir pendus. Il décida de se rendre devant son propre commandant, le colonel Ezekiel Hawkins, à qui il rendrait son rapport abrégé, ne voulant donner tous les détails qu'au gouverneur lui-même, car seul lui pouvait décider d'une opération militaire de grande envergure. Il fut content d'être introduit sans attendre dans le bureau du colonel, qui était au fait de sa mission à travers la colonie et qui comprenait la nécessité de son habillement civil. Le colonel semblait déconcerté et Brown pensa qu'il s'inquiétait de la gravité de ses blessures apparentes. Son supérieur parla le premier :

« J'ai reçu un rapport de votre infortune, lieutenant, et j'espère que vos blessures ne sont pas trop sérieuses. »

— Non, mon colonel, mises à part ma blessure à la tête et de sévères brûlures au pied.

— De ce qu'il m'a été donné d'apprendre, ce fut un incident regrettable et je serai heureux d'attendre les explications de vos actions. Thompson m'a déjà fait un rapport.

— Thompson ! Cette crapule ! Il m'a abandonné à un moment critique. Il m'a lâchement laissé aux mains de truands et de traîtres dans la taverne d'Augusta. Il mérite d'être sévèrement réprimandé.

— Ce n'est pas à vous de prendre une telle décision, monsieur Brown. J'estime qu'il eut, lui, le bon jugement d'éviter une confrontation directe avec les ruffians et qu'il a usé de diplomatie. Il m'a aussi affirmé qu'il s'est assuré avant son départ que le tavernier prendrait bien soin de vous. Ce n'est qu'après avoir reçu cette assurance qu'il a quitté Augusta pour venir aussitôt m'exposer la situation.

Brown ne pouvait en croire ses oreilles et commença à répondre agressivement. Mais le colonel leva sa main, paume vers l'avant, lui ordonnant de se taire. Il prit place derrière son bureau et s'assit : « Le gouverneur est très préoccupé par ces événements et m'a demandé que ni Thompson ni vous n'en parliez à qui que ce soit. Il a pris connaissance du rapport de Thompson et désire maintenant votre explication complète des faits dans les plus brefs délais. »

— Mon colonel, je préfère m'adresser personnellement au gouverneur. Nous devons débattre la question en long et en large avant qu'on ne décide du châtiment que méritent les criminels qui m'ont attaqué.

— Je vous ai notifié de la requête du gouverneur ; il exige un rapport exhaustif. Demain matin, j'enverrai un courrier le quérir. Entre-temps, vous êtes confiné à vos quartiers. Un garçon de salle sera mis à votre disposition et mon médecin personnel vous visitera sous peu pour soigner vos blessures comme il se doit.

Brown se mit à protester, mais le colonel rafla ses papiers sur son bureau et démontra de ce fait que la conversation était terminée. Son bref rapport resta plié et non lu. Le lieutenant trébucha en quittant la pièce, il avait oublié un instant que son pied droit l'élançait terriblement. Qu'avait bien pu dire Thompson ? Que faisaient les officiels militaires et politiques ? N'allaient-ils pas venger l'affront fait à la Couronne elle-même ? Cela ne faisait aucun doute, il rédigerait un rapport complet, où il recommanderait des mesures de représailles vigoureuses. Il insisterait également pour demander un entretien avec le gouverneur de manière à étayer son rapport. « Les ordres étaient ridicules », pensa-t-il. « Pourquoi ce confinement ? » Peut-être avait-il surestimé la gravité de ses blessures.

Il ne vit, pour lors, d'autre alternative que celle de regagner sa chambre et d'attendre sa convocation chez le gouverneur. L'homme l'avait toujours traité avec respect et il pouvait croire que Brown entretenait des relations étroites avec le Premier ministre. Le médecin fut à son chevet dans l'heure. Il examina sa tête et les brûlures sur son corps, sans trop de commentaires ou de questions, et déclara finalement : « Je crois que vous avez subi une commotion cérébrale, mais il n'y a que peu à faire pour cela. À l'exception des orteils du pied droit et des brûlures sur les épaules, les autres blessures devraient guérir d'ici quelques jours, s'il n'y a pas infection, évidemment. Vous aurez des cicatrices, mais elles seront superficielles. Ne percez pas les cloques et ne les enduisez pas de graisse ou d'huile. Vous devez aussi toujours garder propres les surfaces brûlées. Je ferai de mon mieux pour traiter vos orteils, mais j'ai bien peur qu'on doive vous en amputer au moins deux, peut-être davantage. »

Brown l'écoutait, imperturbable malgré la dernière nouvelle peu encourageante. Sa colère et son indignation rendaient tout cela futile et, lorsque le médecin prit congé, il se mit à écrire furieusement, remplissant page sur page, décrivant les actes déshonorants dont la Couronne et lui-même avaient été victimes.

Cette nuit-là, Brown fut réveillé lorsqu'on frappa à sa porte. C'était le secrétaire du gouverneur, M. Appling. Brown l'invita à entrer et à s'asseoir.

« Quand pourrais-je voir le gouverneur ? », demanda-t-il, impatient. « J'ai des informations très importantes à lui transmettre. »

— Le gouverneur a déjà reçu le compte rendu complet de M. Thompson et ne désire de vous qu'un rapport écrit pour clore le sujet.

— Bon sang ! Vous déraillez complètement ! On m'a torturé et atrocement injurié alors que j'étais en service commandé par le gouverneur. J'insiste pour voir immédiatement Son Excellence. Il doit être informé des crimes commis contre moi mais surtout contre la Couronne. Nous devons pourchasser et punir de tels criminels.

Le secrétaire garda le silence un moment puis tenta d'apaiser Brown : « Lieutenant, c'est là un incident regrettable et, comme vous le dites, très insultant. Des blagues sur votre sort ont déjà commencé à se faire entendre dans la ville. Pire encore, M. Drayton et le Conseil de sécurité demandent votre arrestation. Ce sont là des atteintes à votre personne qui ne peuvent trouver réparation. » Appling prit alors un ton de voix plus discret, signifiant qu'il parlait maintenant pour lui-même, en tant qu'observateur objectif : « Le gouverneur est déterminé à minimiser les éclaboussures de cet incident qui pourraient souiller sa réputation et celle de Sa Majesté. »

Le secrétaire quitta la chambre, laissant Brown totalement outré. Il termina son rapport en ces mots : « En ne punissant pas ces crapules, en vérité, nous récompenserons leurs actions et gonflerons illusoirement leur importance. Ces Whigs radicaux et leur traîtrise ne sont que de minuscules cailloux sous la roue de la paix qu'il nous faut pulvériser sans attendre pour aller de l'avant. Il faut profiter de cette occasion pour démontrer l'autorité de la Couronne par une action vigoureuse et rapide. »

Tôt le lendemain, Brown attendit impatiemment qu'on lui apporte son cheval et se dirigea vers le cabinet du gouverneur. Seul un officier de service se trouvait à l'entrée du bâtiment dont la porte était encore verrouillée. Il descendit alors de cheval pour s'asseoir sur les marches. Après une heure d'attente qui lui parut bien longue, M. Appling arriva et sursauta en l'apercevant.

— Que puis-je faire pour vous ?, osa-t-il.

— Je suis venu rencontrer le gouverneur, monsieur.

— Le colonel nous a informés que votre rapport lui parviendrait par écrit et que vous resteriez dans vos quartiers quelques jours pour soigner vos blessures.

— Je suis en état de me déplacer, comme vous pouvez le voir. J'ai avec moi mon rapport, mais je désire compléter la pertinence de mes écrits en répondant moi-même aux questions que le gouverneur pourrait se poser. De plus, j'aimerais lui exposer en personne quelques suggestions sur les actions envisageables.

— Le gouverneur ne sera pas disponible ce matin, mais je lui transmettrai votre rapport et vous communiquerai sa réponse plus tard.

Brown était à bout de patience et refusa de quitter avant que le gouverneur n'arrive et ce, même s'il en recevait l'ordre du plus haut gradé de l'armée. Il attendit presque deux heures avant d'apercevoir le gouverneur Campbell. Lui aussi sursauta en le voyant. Il accepta son enveloppe puis disparut. Trente minutes s'écoulèrent avant qu'il ne fût convoqué dans son bureau. Le gouverneur attendit qu'on les laisse seuls et que les portes fussent closes avant de se tourner vers son visiteur :

« Assoyez-vous lieutenant. J'ai votre témoignage et des rapports provenant de diverses sources me sont parvenus. Je les ai tous lus avec stupeur et grande inquiétude. Je vous demanderais de ne pas m'interrompre pendant que je vous explique la situation très troublante qui secoue la Caroline du Sud. J'en appelle à votre maturité de jugement pour comprendre l'état général des affaires politiques de cette colonie. Pour le moment, je n'ai d'autre choix que de traiter avec un Conseil de sécurité qui est fortement sous l'influence de William Henry Drayton, que vous connaissez trop bien. Jusqu'à ce que le Roi puisse rétablir clairement son autorité, ils ont fait avancer l'idée d'indépendance jusqu'à convaincre une partie des membres du Congrès continental. Ici, à Ninety Six, ils ont réussi à séduire le colonel Fletchall... »

Brown l'interrompit : « Sir, je peux vous assurer que lorsque Fletchall nous a trahis, il était imbibé d'alcool comme un linge de tavernier ! »

Le gouverneur racla sa gorge : « Laissez-moi continuer. Vous devez comprendre que, lorsque Fletchall, disant parler au nom de tous les Tories, il signa le traité et promit que tout Tory venant en aide à l'armée britannique était passible d'un châtiment sévère. Depuis lors, Fletchall tente de rejeter la valeur de sa signature, mais Drayton a convaincu le Conseil de sécurité de mettre aux arrêts, comme violateur du traité, toute personne accusée de s'opposer aux soi-disant Congrès provinciaux. Ils demandent votre arrestation et celle de Moses Kirkland, qui s'est déjà réfugié sur un navire britannique. Le Conseil a même adopté une motion proposant que je sois moi-même placé en maison d'arrêt. La situation ne demeurera pas ainsi, j'en suis convaincu, car la popularité de Drayton est chancelante. Beaucoup de gens pensent que son approche est trop radicale et qu'il veut aller en guerre. Mais pour le moment, j'ai bien peur que dans votre cas, nous ayons les mains liées. Il serait donc mieux pour vous d'envisager un départ de la Caroline du Sud, du moins pour un temps. »

Le gouverneur leva à nouveau sa main, voyant que Brown ouvrait la bouche pour protester, et continua : « La situation en Géorgie n'est pas plus réjouissante. On vient de m'apprendre que tout Géorgien s'opposant à la Couronne sera considéré comme un traître et perdrait la protection du gouvernement de Sa Majesté. Sa propriété sera confisquée et il sera passible d'exécution. Le gouverneur Wright a cependant informé Londres que cette loi du Parlement était inapplicable et il m'a demandé d'appuyer sa requête au général Gage pour que soient envoyées à Savannah de nouvelles troupes britanniques. Il y a peu d'espoir de voir ces renforts débarquer et il est probable que le gouverneur soit sous la même contrainte que moi. »

Le lieutenant était dévasté et resta interdit. Il aurait pu contester l'évaluation du gouverneur, mais il se rappela rapidement ses propres observations et les informations qu'il avait recueillies ces temps derniers. Il devait admettre que les forces militaires du Roi postées en Géorgie et en Caroline du Sud étaient pour le moins insuffisantes. La majeure partie des soldats se trouvait maintenant soit au nord, pour servir le général Thomas Gage aux prises avec l'insurrection des colons du Massachusetts, soit au sud, à Saint-Augustine pour défendre la Floride des attaques géorgiennes éventuelles. Au même moment, le Congrès provincial de la Caroline du Sud venait de recruter trois régiments de volontaires qui n'étaient pas encore impliqués dans la rébellion, mais qui promettaient de « résister à la force par la force ».

Sans demander de plus amples précisions, il prit congé du gouverneur et regagna sa chambre pour faire le point sur sa situation. Sa propre frustration et son embarras étaient directement liés et prouvaient, en quelque sorte, la montée des sentiments rebelles dans les colonies de l'ouest. Il n'avait cependant pas conscience que la cause Tory était encore plus menacée sur la côte. Malgré tout, il avait juré de se venger et c'était là un engagement pour lequel il était prêt à laisser sa vie. Comment pouvait-il amener son projet à exécution dans les circonstances actuelles ?

Cet après-midi-là, le colonel Hawkins vint le voir, demanda des nouvelles de sa santé, puis lui dit : « Le gouverneur vous suggère de quitter la Caroline du Sud à l'instant même. Il vous suggère également que vous le fassiez dans la discrétion la plus complète. »

— Sir, c'est là une suggestion dont je n'ai pas l'intention de tenir compte. J'attendrai ici jusqu'à ce qu'il me confère une autre mission au service de Sa Majesté et je suis sûr de pouvoir me montrer très persuasif.

— Laissez-moi reprendre ses propres paroles : ' Ceci n'est pas une suggestion, mais un ordre bien formel '. En fait, un brick appareillera dans deux jours à destination de Saint-Augustine et votre traversée a déjà été préparée. »

— Mais, mon colonel, je ne connais rien de cette ville et je vois mal ce que j'irais y faire.

La seule raison qui motiva le colonel à user de patience avec l'officier de grade inférieur, c'est qu'il connaissait son absence d'entraînement militaire et ses liens possibles avec les hautes instances à Londres. Il lui offrit donc cette explication : « Nous contrôlons la Floride depuis deux années et demie, et nous considérons Saint-Augustine comme un important bastion de nos forces défensives à l'est. Aussi, le nord de la Floride est l'hôte d'une grande activité militaire, où nous travaillons étroitement avec nos alliés indiens. Le gouverneur croit que vous nous serez très utile dans la région. Je reviendrai demain, avec vos instructions, pour mettre la touche finale aux préparatifs de votre départ. »

Brown était bouleversé et décida de jouer ce qu'il croyait être sa meilleure carte dans cette discussion :

« Mon colonel, c'est mon honneur qui est en jeu, ici. On croit maintenant à Augusta et dans les environs, parce que j'ai fait une déclaration sous la torture, que je suis déloyal envers le Roi et que j'appuie l'insurrection. Je ne peux en aucun cas accepter cette situation, même si je dois subir des sanctions sévères. J'ai l'intention d'envoyer une copie de mon rapport à Londres, où, comme le gouverneur le sait, il sera reçu en haut lieu. Je ne m'oppose pas à être transféré en Floride, mais j'exige que mon nom soit lavé. J'espère que vous retransmettrez mon message au gouverneur. »

Le colonel opina poliment du chef et quitta la chambre.

Une heure passa avant que la colère de Brown ne s'amenuise et qu'il retrouve sa pensée rationnelle. Devant l'idée de son inévitable transfert, il lui vint à l'esprit que les ordres qu'il venait de recevoir avaient un rapport direct avec sa disgrâce à Augusta. Comme il tentait de s'expliquer la décision du gouverneur, il réalisa peu à peu qu'il était possible que les autorités supérieures britanniques sanctionnaient le choix du gouverneur, ayant calculé qu'une épreuve de force avec les révolutionnaires risquait d'avoir des conséquences désastreuses. Il valait mieux ignorer l'incident de la taverne plutôt que de reconnaître que les Fils de la Liberté pouvaient commettre un tel crime en toute impunité. En autant qu'étaient concernées les autorités, elles préféraient assumer que Brown était un naïf peu malin ou même un bagarreur porté sur la bouteille plutôt que d'avouer qu'il était au service de la Couronne. Il était évident que les officiels voulaient qu'on sache qu'ils ne s'intéressaient pas du tout à son cas.

Les questions qui défilèrent ensuite dans sa tête portaient sur l'avenir, sur son avenir. Qu'allait-il faire ? Allait-il garder son statut officiel de lieutenant ? À quoi servirait sa collaboration dans l'armée ? Cette dernière question était la plus difficile. Il s'allongea sur son lit et, chose qu'il avait rarement faite durant sa vie, il évalua sincèrement ses propres capacités. Qu'il ait obtenu son grade de lieutenant de manière détournée, par un don de son père qui souhaitait par là l'arracher aux mœurs dissolues de Londres, lui était difficile à admettre. Aujourd'hui encore, le territoire où il vivait lui était méconnu, tout comme ses habitants d'ailleurs, que ce soit les colons ou les aborigènes. Il savait pourtant que ces premiers habitants occupaient et contrôlaient toujours une grande partie de la Floride et toute la Géorgie, à l'exception d'une langue de terre s'étirant le long de l'océan Atlantique et juste à l'ouest de la rivière Savannah. Mais, en y pensant bien, il n'avait jamais vu d'Indiens, sauf autour des postes de traite et, en y pensant à deux fois, il n'avait aucune envie d'en rencontrer.

Brown décida de s'enfermer dans sa chambre le jour suivant, à la fois pour éviter d'autres situations gênantes, mais aussi pour se plier aux directives du gouverneur qui lui conseillait la discrétion. Le médecin, accompagné d'un assistant, vint examiner son pied et annonça que deux orteils devraient être amputés pour limiter la progression de la gangrène. Brown n'avait d'autre choix que d'accepter cette décision. Il endura une vive douleur durant la brève opération, mais cela n'avait rien de comparable à ce qu'on lui avait déjà fait subir. En fait, une fois le sang étanché et le bandage mis, il se sentit mieux qu'avant l'amputation.

Le secrétaire du gouverneur vint plus tard le voir : « J'ai apporté vos ordres et j'ai eu la réponse du gouverneur. Il est en total accord avec le fait que tout doute concernant votre loyauté doive être écarté et j'attends vos suggestions sur la manière dont vous voudriez que cela soit fait. Lord William pense cependant que cette affaire ne doit pas quitter l'Amérique, que vous et lui êtes parfaitement capables de résoudre le problème. Sur cela, il me faut votre parole. »

Brown opina à cette demande et lui tendit une nouvelle déclaration, où il condamnait les malfaiteurs et leur traîtrise et où il exprimait sa loyauté totale et indéfectible envers la Couronne. Il y faisait également la promesse de revenir à Augusta pour obtenir justice. « Je veux que l'on affiche cette déclaration à Augusta, à Ninety Six, à Fort Grandy et à Orangeburg », exigea-t-il sur un ton sévère.

Le secrétaire prit connaissance du contenu de la déclaration, la relut plusieurs fois et approuva : « Cela sera fait, mais il doit être clair que ce document vient personnellement de vous, que ce n'est pas un document officiel approuvé par le gouvernement. »

Brown accepta. Le secrétaire plaça deux paquets sur la table et annonça à Brown : « Le chargement du bateau vint d'être terminé et il quittera le port demain, au lever du soleil. Le capitaine a été informé que vous arriverez avec votre cheval à la fin du présent après-midi. »

Il quitta sans ajouter un mot. Brown ouvrit le premier paquet, qui n'était en effet qu'une enveloppe lui étant adressée. Elle contenait vingt livres et ses ordres, contenus sur une seule feuille : il devait embarquer sur le schooner *Moriah*, afin de se rendre à

Saint-Augustine puis se présenter au commandant supérieur. Le deuxième paquet, lui, bien plus volumineux, était adressé au colonel Augustine Prévost, avec la mention « personnel et confidentiel ».

Brown suivit les ordres et découvrit que le *Moriah* était bien différent du large bateau gréé carré qui l'avait emmené en Amérique. C'était un petit navire d'environ soixante-dix tonnes, à la poupe carrée, équipé de deux mâts, de gréements auriques et d'un long beaupré qui tenait un foc impressionnant par sa largeur. Son cheval fut placé dans la cale avec quelques bestiaux et on lui attribua une petite cabine qu'il partagerait avec le second du capitaine. Mises à part les présentations, ils parlèrent peu durant le court voyage. Il sembla évident à Brown que les officiers du navire étaient inconfortables en sa présence, probablement au courant de son aventure. Il n'aimait pas se servir d'une béquille, mais il était content que ses bandages cachent sa tête rasée.

Parmi les marchandises que Brown avait fait acheter par le garçon de salle avant de quitter Charles Town se trouvait un manuel utilisé pour l'entraînement au combat de l'infanterie britannique et, comme le bateau voguait dans la nuit en descendant la côte, il consacra son temps à étudier les complexités des tactiques militaires. Il fut plutôt déçu que les textes ne lui apprennent rien sur la Floride ou sur les autres colonies du nouveau continent. En fait, cette édition datait de 1730 et survolait uniquement le maniement rudimentaire des armes, les divers exercices et les tactiques d'attaques avec armes fixes et soldats en ligne de front, techniques qui étaient presque utilisés depuis les temps romains. Cependant, il apprit certains termes militaires et lut des petites perles de conseils qu'il mémorisa et tenta d'appliquer mentalement dans les marais et dans les forêts qu'il avait traversés sur la route entre Charles Town et la Géorgie. Il était satisfait de ses talents de cavalier et de pouvoir manier avec dextérité son épée, son mousquet et ses pistolets, mais il se rappela avec une pointe d'étonnement et d'inquiétude que les *frontiersmen* préféraient à ces armes les carabines, les tomahawks et les couteaux.

CHAPITRE 23

Une renaissance à Saint-Augustine

OCTOBRE 1775

Lorsque Brown débarqua à Saint-Augustine, il fut surpris et impressionné par ses fortifications, construites trente-cinq années plus tôt par les Espagnols pour protéger leurs troupes des attaques navales anglaises. Il apprit bientôt que, malgré ses 150 hommes bien entraînés et la présence d'une imposante flotte britannique, la meilleure défense du fort était sa position géographique. À l'ouest et au nord coulait la rivière St. Johns et encore plus au nord, la rivière St. Marys, avec son courant d'est, formait la frontière entre la Floride et la Géorgie. Saint-Augustine était presque protégée des attaques, à moins d'une frappe violente par la mer, mais les Français et les Espagnols ne disposaient pas d'une telle force navale. En fait, les Britanniques n'avaient pas pris la Floride aux mains des Espagnols en 1763 par une attaque militaire dans la région, mais par la signature d'un traité qui se fit à Paris et qui mit fin à la guerre de Sept Ans en Europe et à celle des Français et des Indiens dans le Nouveau Monde.

Ainsi, Saint-Augustine était devenue une base militaire permanente pour le gouvernement britannique, d'où la défense de l'est de la Floride était assurée et d'où des incursions au nord, en Géorgie, pourraient être organisées. Sa plus grande vulnérabilité venait du fait qu'elle était entourée d'eau et de sable fin, rendant ainsi difficile la colonisation et donc l'approvisionnement en nourriture pour les besoins de l'armée et des quelques civils y habitant. Récemment, avec la montée en force des Patriotes en Géorgie et dans les Carolines, un nombre croissant de familles Tory arrivait en Floride pour échapper au harcèlement des rebelles américains.

Brown découvrit vite que le gouverneur Patrick Tonyn et les commandants de Saint-Augustine jouissaient d'une grande influence à Londres, allant bien au-delà de celle des gouverneurs royaux à Charles Town et en Géorgie. Dans la constante lutte pour obtenir des troupes et du ravitaillement, le poste de Floride semblait toujours avoir priorité. Apparemment, à Londres, on avait relégué au deuxième rang l'importance des deux colonies du sud et les jours de Lors William Campbell et de Sir James Wright étaient comptés. À l'exception de quelques menaces sporadiques des Espagnols à Pensacola, à l'ouest de la Floride, le contrôle britannique de la colonie n'était pas en danger, même alors que des luttes avaient éclaté dans les colonies nordiques et que des groupes radicaux, auxquels Brown s'était un peu trop frotté, menaçaient la paix dans les colonies du sud.

Ici, les Britanniques entretenaient des relations d'entraide amicale avec les tribus indiennes de la côte, qui étendaient leur autorité tout au nord jusqu'en Virginie et à l'ouest jusqu'au fleuve Mississippi. Même si les colons de toutes les régions côtières attisaient l'animosité des Indiens en les poussant toujours plus à l'ouest, les officiels britanniques, eux, surtout ceux de Floride, n'étaient pas considérés coupables de cette obsession pour de nouvelles terres, puisque leurs obligations dans les colonies étaient de courte durée et que leur famille demeurait, en règle générale, en Angleterre.

Lorsque Brown se présenta au quartier général du colonel Augustine Prevost, le major Howard Furlong l'accueillit et apporta le paquet à son bureau. Brown était inquiet quant au contenu du paquet et attendit impatiemment jusqu'à ce que le major réapparaisse enfin. Ce dernier l'amena au fond d'un couloir et l'invita à entrer dans sa propre chambre. Brown espéra que le major connaissait la rumeur disant qu'il était le fils du Premier ministre.

Le major s'assit et lui fit signe de faire de même : « Lord William nous a fait parvenir un bref rapport de votre malencontreuse expérience à Augusta. Il nous a également informés de votre expérience militaire limitée et de votre ardeur à servir le Roi. Le colonel ne dispose pas de temps pour vous rencontrer, mais je me suis libéré pour entendre votre description détaillée de l'incident. »

Brown relata les événements d'Augusta, se contrôlant pour réprimer la colère qui montait en lui. Le major lui posa une série de questions et il surprit Brown par son intérêt sincère et son intelligence évidente. Il avait devant lui un homme qui possédait toutes les qualités d'un commandant compétent et s'avéra le première personne qui eut le respect d'avoir une discussion élaborée avec Brown.

Après avoir parlé longuement de l'incident, Furlong dit au lieutenant : « Vous devez comprendre que votre départ de Caroline du Sud était nécessaire et qu'il vous fallait user de discrétion à propos des événements d'Augusta. Nous ne disposons ni à Charles Town, ni à Savannah d'une force capable de mener à bien une opération dans l'arrière-pays. Un tel effort, aussi justifié et désirable qu'il fût, échouerait certainement. Il est préférable de taire la faiblesse de nos troupes et de l'ampleur du sentiment rebelle. Les autorités officielles ont fait un choix, le bon selon moi : celui que ce problème soit traité comme une affaire personnelle et non comme un incident officiel qui demanderait une riposte vouée à l'échec et coûteuse sur le plan politique. Aussi désagréable que cela puisse être, vous devez prendre sur vos épaules la responsabilité de ce qui est arrivé, mais je vous prie de croire que je sais que vous n'y étiez pour rien dans la confrontation. J'espère que j'aurais moi-même agi comme vous. La prochaine décision à prendre est de décréter ce que vous allez faire ici, en Floride. »

Brown prit de grandes inspirations en digérant ce que Furlong venait de dire, puis, avec une intensité qui surprit son nouveau supérieur, il répondit : « Major, je serai bientôt remis sur pied et prêt à remplir toute nouvelle fonction que vous me décernerez. Je n'ai jamais commandé d'hommes et mon expérience militaire est mince, mais je suis prêt à faire tout ce qui est en mon pouvoir pour corriger ce manque. Si vous voulez me donner l'occasion d'apprendre à devenir un soldat, en dehors de mon service régulier, je ne vous décevrai pas. »

« Revenez me voir demain, lieutenant. J'aurai quelque chose pour vous », promit le major Furlong.

Comme il sortait du quartier général, Brown se retrouva baigné dans le soleil éclatant de la Floride. Il hésita un instant, puis se dirigea vers ses quartiers assignés. Thomas Brown réalisa que, pour la première fois de sa vie, il nourrissait une ambition véritable. Il allait maîtriser l'art du combat, surtout celui qui lui permettrait de s'adapter aux particularités des bois et des marécages qui s'étendaient entre Augusta et lui. Durant la nuit, il tenta de ressasser ses souvenirs des étendues sauvages et fut dégoûté de sa propre faiblesse en s'apercevant que les images évoquées lui étaient inhospitalières et redoutables. Il pensa vaguement qu'il devrait allier les tactiques britanniques à celles des Indiens et dut s'avouer qu'il n'en maîtrisait aucune. Il ne réalisait pas à quel point tout changeait en lui : sa timidité et sa peur d'autrefois étaient chassées par la haine, par le besoin de vengeance et par une insouciance quant à sa propre sécurité.

Brown retourna le jour suivant au bâtiment militaire, tentant tant bien que mal de cacher qu'il boitait. Le major Furlong regarda un instant le jeune lieutenant et, ayant apparemment pris une décision, se laissa aller en arrière dans son fauteuil pour indiquer qu'il aurait une longue déclaration à faire :

« J'ai consulté le colonel Prevost et nous avons décidé de vous exposer d'abord notre situation avant de vous choisir une affectation. L'une de mes responsabilités est la collecte et le triage d'informations provenant du plus grand nombre de sources possible. Nous avons des problèmes au nord. Comme vous le savez, les Whigs et d'autres révolutionnaires ont fait beaucoup de pressions sur les responsables du port de Savannah, à tel point qu'ils ont cessé de nous ravitailler. Cela nous force soit à importer des ressources sur de bien plus longues distances, soit à nous rendre directement au sud de la Géorgie pour acheter du maïs, des pommes de terre, des bestiaux, des moutons et d'autres produits auprès des colons fidèles à la cause Tory ou qui n'ont pas de scrupules à faire de gros profits sur notre dos. De plus, nous devons maintenir notre ligne défensive de front au-delà, à la hauteur de la rivière St. Marys, car les milices de Géorgie tentent périodiquement des opérations mineures contre nous. C'est celles-là même qui expulseront peut-être bientôt le gouverneur Wright hors de Savannah.

Dans tous nos efforts ici, au sud, nous entretenons une coopération des plus étroites avec les Indiens Creek et les Séminoles. Les autorités de Londres permettent à John Stuart de demeurer cantonné à Saint-Augustine ou encore à Pensacola, pour qu'il facilite la traite et la collaboration militaire avec les autochtones. En fait, Stuart a tellement d'influence qu'il peut se permettre de refuser les instructions d'un gouverneur s'il est en désaccord avec celui-ci. »

Ces renseignements intriguaient Brown, car ils n'étaient pas accessibles à tous. Il vit en la franchise de son supérieur une preuve de confiance, mais il n'avait toujours aucune idée du poste où tout cela l'affecterait. Il se glissa sur le bout de sa chaise en entendant les paroles du major :

« Avec la permission du Colonel Prevost, j'ai décidé de faire de vous, lieutenant, mon assistant ou mon second, si vous me comprenez. Votre tâche première consistera à me représenter en dehors de ce bureau et à recueillir tous les renseignements que vous pourrez trouver. Mes autres obligations ne me permettent pas de quitter Saint-Augustine, sauf lors d'urgences militaires, ce qui est très rarement arrivé. J'ai besoin d'un homme dont la loyauté est certaine et, dans la note que vous m'avez apportée de Charles Town, le gouverneur insiste sur le fait que vous possédez cette loyauté à toute épreuve, en plus d'avoir une bonne connaissance de la Géorgie et de la Caroline du Sud, ce qui me fait défaut. »

Brown rougit, excité à l'idée de ce rôle important. Il l'accepta avec empressement : « Je ne vous décevrai jamais, major. J'ai acquis de l'expérience, durant l'année qui s'achève, à récolter des informations et à en faire le rapport au gouverneur Campbell. J'exécuterai ce rôle à votre satisfaction, je vous démontrerai ma totale loyauté à Sa Majesté le Roi et je me dévouerai pour que les traîtres et les criminels soient identifiés et traduits devant la justice. Pour parler en toute honnêteté, cependant, je dois vous réaffirmer que l'art du combat m'est méconnu et ce, dans tout type de terrain. Avec votre permission, j'aimerais en apprendre toutes les subtilités. » Puis il ajouta : « Tout en exécutant à la perfection mes tâches premières, cela va de soi. »

Sourire aux lèvres, Furlong ajouta : « Votre apprentissage est de votre ressort, lieutenant. Mais d'abord, il vous faut guérir vos blessures et, en attendant votre rémission complète, je veux que vous appreniez tout sur les réalités politiques et militaires qui affectent notre devoir de soldat. Plus tard, je désignerai un de mes sergents les plus compétents pour qu'il vous accompagne. Il vous recommandera peut-être aussi les enseignements d'un Indien. N'oubliez jamais cependant que la loyauté d'un aborigène va à qui lui sert le mieux dans le moment, vous pouvez par contre vous fier à leur courage et à leur connaissance de la nature. »

Dix jours passèrent, durant lesquels Brown étudia des cartes et des documents dans le bureau de Furlong. Ce jour-là, il lui dit qu'il avait une information qui pouvait l'intéresser : « Le brick *Hinchinbrook* est en direction de Saint-Augustine et il arrivera dans un jour ou deux, avec Lord William Campbell à son bord. Sous la menace d'être arrêté par la faction radicale des Whigs postée à Charles Town, il est parti pour Savannah où il s'est embarqué sur le navire. »

Brown fut à la fois surpris et déçu, mais il fut aussi habité d'un espoir immédiat. Il croyait en effet que de revoir cet ancien conseiller l'aiderait à atteindre ses buts. Il demanda à Furlong : « Major, si je peux me permettre cette question, comment un autre gouverneur peut-il servir à la situation vécue ici ? »

Son supérieur réfléchit avant de répondre : « Cela dépendra de la durée de son séjour parmi nous. De tous les chefs de la région, à ma connaissance, Lord William est celui qui a le plus d'influence sur le général Clinton. On m'a dit qu'il était un proche ami du gouverneur Tonyn, mais qu'il a déjà eu des différends avec le colonel Prevost. Il se peut que la simple raison de leur mésentente soit que le colonel est un Suisse ou que beaucoup de membres de sa famille détiennent des postes dans le commandement militaire. Comme vous l'avez peut-être déjà appris, deux de ses frères, son fils et plusieurs de ses cousins sont sous ses ordres. »

Peu après son arrivée à Saint-Augustine, le gouverneur Campbell demanda à voir Brown, qui s'étonna de la présence du gouverneur Tonyn à la rencontre. Campbell eut l'air agacé d'apprendre que son vis-à-vis n'avait pas pris connaissance du paquet qu'il lui avait adressé. Il lui fit donc un compte rendu bref mais substantiel des activités de Brown près de la *frontier*. Brown présuma plus tard que c'était sa façon de se racheter pour la manière péremptoire avec laquelle il avait traité la situation à Charles Town. Depuis qu'il était à Saint-Augustine, le lieutenant n'avait pas été présenté à des gens de grade plus élevé que le major Furlong et il fut ravi qu'on parle en bien de lui au gouverneur Tonyn, en évitant d'évoquer ses déboires à Augusta. Les deux hauts fonctionnaires feignaient de ne pas remarquer les ecchymoses que la corde lui avait faites au cou, ses cheveux si courts que c'en était embarrassant et même sa béquille. Brown fut bientôt congédié, après une brève discussion.

Le climat de Floride aida à accélérer la guérison des brûlures de Brown. Il prit l'habitude de bourrer sa botte de coton à l'endroit où ses orteils auraient dû se trouver et il délaissa sa béquille. Malgré la douleur, il était en mesure de marcher, bien qu'il continuât à boiter légèrement. Comme la plaie à la tête disparaissait, il se fit couper les cheveux proprement et obtint la permission du major Furlong de les laisser pousser jusqu'aux épaules. Cette apparence, pensait-il, éveillerait moins les soupçons et l'aiderait ainsi à la récolte de renseignements. Le premier mois, il le passa aux côtés du major, sous sa supervision, à synthétiser la situation militaire locale, à lire tous les ordres émanant de Londres, à mémoriser le déploiement de tous les hommes sous le commandement floridien, sans oublier les troupes de Pensacola, et à étudier les relations des marchands sous contrat pour le ravitaillement du fort.

Brown fut impressionné d'apprendre que la flotte britannique comptait plus de bâtiments que celles des Français et des

Espagnols combinées. Le major lui rappela que c'était par le contrôle des mers du Canada jusqu'à la Floride que surviendrait éventuellement la fin de la rébellion contre l'Angleterre. Cet impressionnant moyen de ravitaillement donnerait l'avantage aux forces terrestres et permettrait les échanges avec l'Europe. Si l'insurrection se prolongeait, il ne faisait aucun doute que les révolutionnaires pourraient recruter plus d'hommes que le Parlement ne pouvait se permettre d'envoyer en Amérique, même en comptant sur les mercenaires hessois ou autres. Cependant, il aurait été fou de douter de la puissante supériorité des soldats britanniques au combat.

Bien que Brown n'ait pas fait son service militaire, il savait que les fantassins britanniques, une fois enrôlés dans l'armée, devaient demeurer en poste jusqu'à ce que la Couronne décide de les libérer. Ces garçons, surtout d'origine écossaise ou irlandaise, venaient de familles pauvres. Ils faisaient carrière dans l'armée et étaient fiers d'appartenir à leur régiment, qui devenait en quelque sorte leur famille d'adoption. Par une discipline stricte et un entraînement intensif, on faisait d'eux une force cohésive de combat, et les conflits incessants en Europe fournissaient l'expérience straté-gique et tactique qui leur assurait une supériorité dans le théâtre de toutes les hostilités. Les unités d'infanterie, commandées par de jeunes officiers téméraires, étaient particulièrement redoutables. Ils devaient s'accommoder d'armes imprécises de loin, les mousquets standard, mais lorsque leurs rangs tenaient bon, malgré de lourdes pertes, ils savaient qu'ils pouvaient se fier à la lame meurtrière de leur baïonnette pour les engagements rapprochés.

Brown devait découvrir comment se rendre le plus utile, malgré son manque d'entraînement au combat. En examinant les registres des derniers achats, il prit bonne note des fermiers qui élevaient du bétail et produisaient du grain pour les Britanniques de manière à pouvoir, lorsqu'il lui serait nécessaire, traiter directement avec eux. Il fut surpris de constater l'immensité du territoire à parcourir pour subvenir aux besoins en nourriture d'un seul fort et de remarquer à quel point le prix des denrées était faramineux. La surenchère de la nourriture s'expliquait par le fait que les fermiers Whigs refusaient que leurs produits soient consommés par les Britanniques.

Il imaginait plus clairement de jour en jour une opération mixte à l'intérieur des terres, c'est-à-dire à la fois britannique et indienne. Sa première idée prévoyait d'attaquer les Whigs déloyaux par un mouvement massif des forces britanniques dans les colonies du sud coordonné avec l'avancée furtive des braves Creek, Cherokee et Coweta sur un vaste front. Son second plan était à l'opposé d'une attaque générale : de petits groupes de Tuniques rouges et d'Indiens seraient éparpillés de manière à couvrir l'ensemble du sud géorgien et seraient utilisés dans une vaste campagne d'intimidation des colons pour s'assurer le ravitaillement constant de Saint-Augustine.

Brown sortit très rarement du fort durant ses premiers temps à Saint-Augustine et fut soulagé de constater que personne de son grade ou de grade inférieur n'était au fait de son embarrassante expérience à Augusta. Il ne voyait presque jamais le colonel Prevost et cela valait mieux, car il n'était pas à son aise avec l'homme ; il le sentait étrangement contrarié par sa présence. Bien qu'on l'ait brièvement présenté au gouverneur Tonyn, ce dernier, lorsqu'il le croisa, avait pour toute réaction de jeter un regard momentané sur les cicatrices de ses brûlures aux doigts. Sa relation était bonne avec le major et il lui demanda bientôt quand commencerait son entraînement militaire. Furlong, qui semblait prendre goût à l'idée, lui avait répondu : « Vous vous embarquez dans toute une aventure, lieutenant. J'ai demandé au sergent Alonzo Baker d'aller vous voir, samedi matin. »

La veille, Brown envoya une note au sergent lui avouant qu'il préférait une rencontre dans un pub que dans les quartiers d'un officier ou au bureau du major. Il arriva donc tôt et prit une table dans un coin pour pouvoir observer les allées et venues des clients du pub. À l'heure convenue, la porte s'ouvrit violemment pour laisser le passage à une brute baraquée, de la taille de Brown, mais pesant au moins vingt-cinq kilos de plus. Son immense panse passait presque inaperçue tellement l'œil ne voyait, à prime abord, que ses épaules démesurées et son cou de taureau. Il sonda les alentours puis se dirigea gracieusement vers la table où le lieutenant était assis.

Il fit un salut et dit : « Sir, on m'a demandé de me présenter à vous. »

Brown retourna son salut sans se lever et l'invita à s'asseoir : « Ne restez pas debout, sergent, prenez vos aises et partagez une bière avec moi. »

Baker fut surpris par cette invitation débonnaire et s'assit avec raideur dans la chaise en face de Brown. Il n'avait pas l'habitude de se voir inviter de la sorte, bien que, comme tout militaire d'expérience, il avait la conviction d'être supérieur aux officiers juniors dont le grade excédait les capacités.

Lorsque leurs verres furent servis, Brown entama la conversation avec une déclaration qu'il avait longuement préparée : « Sergent, je me suis laissé dire que vous étiez le combattant le plus compétent et le plus expérimenté de ce poste militaire. Je dois affirmer que je suis plutôt tout le contraire de cela. Mon entraînement est minime, et je n'ai d'autre expérience que dans le maniement de l'épée et des pistolets, presque exclusivement dans des combats d'homme à homme. Mes fonctions premières sont de servir d'assistant au major Furlong et de recueillir des renseignements. Cependant, j'ai le désir, lequel a reçu l'approbation du major, d'apprendre tout ce que je pourrai sur l'art du combat. J'espère que vous accepterez d'être mon instructeur. Lorsque nous serons ensemble, ceci si vous acceptez, bien entendu, il n'y aura aucune considération de notre différence de grade ; vous me traiterez comme votre stagiaire qui désir obtenir son premier brevet. »

Le sergent garda le silence assez longtemps pour que cela devienne inconfortable puis demanda : « Ai-je la permission de parler franchement, mon lieutenant. »

— Oui, bien entendu.

— Alors laissez-moi dire que ni la proposition, sauf votre respect Sir, ni la demande ne m'enchantent. Pourquoi devrais-je assumer le rôle de sergent instructeur en plus de mes autres fonctions et quelle raison vous a poussé à faire une telle demande au major ?

La réponse de Brown ne se fit pas attendre : « Laissez-moi d'abord répondre à votre seconde question, en vous décrivant les circonstances qui m'ont amené jusqu'ici. J'ai certains liens avec le pouvoir à Londres, qui m'ont permis d'être nommé officier et d'être envoyé en Caroline du Sud puis en Géorgie, où l'on m'octroya un vaste domaine et assez d'hommes pour travailler ma terre. En tant que représentant spécial du gouverneur de Caroline, je fus chargé d'évaluer la loyauté des citoyens de la région en amont de la rivière Savannah. Une nuit, à Augusta, un groupe de brigands et de traîtres m'a encerclé, m'a humilié dans un simulacre de procès et m'a sérieusement maltraité — en fait, je fus couvert de goudron et de plumes — parce que je proclamais ma loyauté envers le Roi. Lorsque j'informai les autorités de ces événements tragiques, j'ai réalisé qu'elles ne reconnaîtraient pas publiquement le crime, probablement en raison d'un manque de moyens militaires et politiques qui les empêchait de s'opposer aux hommes qui m'ont molesté. C'est dans ces circonstances qu'on m'a demandé de quitter la Caroline. Depuis lors, je n'ai que deux buts dans ma vie : préserver l'autorité de la Couronne et assouvir ma soif de vengeance contre ceux qui m'ont traité injustement. »

Après une courte pause, il continua : « La réponse à votre première question est la suivante. Le major a décidé que je devais devenir très compétent dans l'art du combat. Il a donc suggéré que vous pourriez remplir le rôle d'instructeur. Laissez-moi ajouter que, si vous refusez, je lui demanderai de nommer une autre personne. »

Le sergent fut impressionné par l'intensité de l'attitude du lieutenant et par la simplicité de ses paroles qui prouvait qu'il disait vrai. Il posa plusieurs autres questions au lieutenant jusqu'à ce qu'il en sût assez sur l'incident pour sympathiser avec sa colère et sa détermination. Il fut particulièrement frappé par l'anxiété qui envahissait Brown lorsqu'il prononçait les mots « goudron et plumes » et se demanda s'il aurait pu, lui, avouer une telle expérience s'il l'avait vécue.

Brown précisa : « Cela n'ajoutera pas à votre fardeau de tâches puisque le major Furlong m'a donné l'autorité de vous démettre de certaines de vos fonctions et de les déléguer à d'autres. »

Le sergent hésitait toujours et Brown émit une dernière suggestion : « Mettons cette proposition à l'essai pour une durée d'un mois au terme de quoi, vous pourrez décider de prolonger ou non votre mandat. Qu'en pensez-vous ? »

Le sergent Baker hocha enfin la tête et Brown demanda immédiatement : « Par quoi commençons-nous ? »

Baker parla alors, presque d'égal à égal : « Il me faudra quelques jours pour transférer mes charges à d'autres. Entre-temps, je vous demanderai d'étudier les mêmes sujets que j'ai imposés aux officiers que j'ai entraînés, Sir. Outre les exercices de marche au pas, vous devrez maîtriser le maniement des armes, la transmission des ordres et les tactiques d'infanterie de base. De plus, comprenez que c'est la force physique et l'endurance qui sont importantes. Cela ne sera pas facile avec votre pied endolori. »

Brown ne lui dévoila pas qu'il avait déjà commencé l'étude des tactiques militaires, aussi se contenta-t-il d'approuver les premières suggestions du sergent. Une fois qu'ils eurent partagé un ragoût de bœuf et plusieurs autres chopes de bière, la tension entre les deux hommes s'était dissipée.

Durant les semaines qui suivirent, Brown poussa toujours son apprentissage au-delà des exercices que Baker lui imposait et il se remettait de ses blessures à une vitesse surprenante. En plus des exercices physiques qu'il effectuait dans l'intimité de ses quartiers, il remarqua que de longues marches dans le sable fin de la plage étaient bénéfiques pour son pied, qu'elles calmaient sa nature impatiente et augmentaient rapidement son endurance. Brown fut presque impressionné et certainement ravi que le sergent s'intéressât à la situation politique tant en Angleterre que dans les colonies. Ils comprirent vite que leur association était mutuel-lement avantageuse et, à la fin de la période d'essai, leur entente fut reportée, sans aucune question. Ils devenaient des associés dans un respect partagé et, en eux, germaient un sentiment de réalisation et des objectifs, bien qu'encore flous.

Brown était on ne peut plus occupé, comme il remplissait ses fonctions d'officier de renseignements et se donnait corps et âme à la pratique militaire. Au fur et à mesure que ses habiletés se développaient, il comprenait comment le renseignement et les tactiques allaient de pair. Le sergent Baker approuva la suggestion du lieutenant de recruter un instructeur indien pour familiariser Brown avec le combat de brousse. Il fallut plusieurs semaines d'interviews et d'essais avant qu'ils n'optent pour un Semiole d'un certain âge nommé Sunoma, qui maîtrisait la langue creek et qui pouvait relativement bien s'exprimer en anglais. Chef d'un village sur les rives de la rivière Ogeechee, Sunoma avait décidé de venir vivre en Floride pour des raisons qu'il refusa de donner. Son pagne, seul vêtement qu'il portait dans les bois, était ouvert à l'avant et laissait entrevoir une repoussante cicatrice qui lui traversait le haut de l'abdomen. Il affirmait qu'elle était le souvenir d'un coup de lance porté durant une grande bataille. Bien que souvent sceptiques quant au bien-fondé de ses dires, Brown et Baker furent bientôt étonnés par sa connaissance des forêts et des marécages.

Sunoma s'enhardit de l'autorité que les deux Blancs lui donnaient et leur montra qu'il était un meneur d'hommes. Il ne manquait pourtant pas d'humour. L'instructeur autochtone insista pour qu'ils enfilent des mocassins et des vêtements légers avant leurs expéditions. Il les critiquait sévèrement lorsque l'un d'eux faisait trop de bruit, devenait désorienté ou omettait de remarquer des signes avant-coureurs d'un événement ou d'une rencontre. L'un de ses exercices de prédilection était de laisser les hommes à un endroit précis, de s'éloigner et de les approcher à nouveau jusqu'à portée de son arc. Il décochait alors une flèche tout près d'eux avant qu'ils ne puissent détecter sa présence. Il renversait ensuite les rôles : il demeurait à un endroit connu des deux Blancs pour qu'ils voient comment leur approche était rapidement détectée. Lorsqu'ils bougeaient un arbuste, qu'il faisaient craquer une brindille ou qu'ils dérangeaient un oiseau, l'Indien s'esclaffait bruyamment en leur disant qu'ils seraient plus subtils en se déplaçant à dos de bœuf ou d'alligator. Sunoma avait en effet un côté arrogant et autoritaire et le sergent devait à l'occasion le rappeler à l'ordre, en prétextant que leurs erreurs prouvaient son incompétence. Peu à peu, les leçons de l'Indien donnèrent des résultats et les deux hommes apprirent à troquer leur attitude de soldats britanniques en terrain hostile contre celle d'aborigènes dans leur milieu naturel.

Brown commença à suivre de près les déplacements des équipes chargées du ravitaillement à l'ouest de la Floride et au sud de la Géorgie et il vit que ces tentatives coûteuses étaient généralement inefficaces. Lorsqu'il suggéra en aparté à son supérieur qu'un petit groupe, sous ses ordres, pourrait multiplier l'acquisition de nourriture et de marchandises diverses en sillonnant la région discrètement, le major lui donna vite son accord. Cette décision sonna le début d'une série d'expériences remarquables.

Le major Furlong n'avait jamais connu d'officier aussi zélé que son assistant. Durant les premiers mois, Brown appris à maîtriser la matière de volumineux documents historiques, géographiques et démographiques. Il en connaissait maintenant beaucoup sur les colons du sud de l'Amérique. Il avait accumulé une multitude de cartes de la côte sud de l'Atlantique, recueilli une foule de données sur les installations militaires et étudié les lois parlementaires et les ordres émanant de Londres, dont plusieurs signés de la main de Lord North lui-même. Il avait succinctement brossé un tableau des interrelations pertinentes entre toutes ces informations et déposa ensuite un rapport sur le bureau du major, qui, à son propre avantage, en exposa les grandes lignes à ses supérieurs.

Son aide, le sergent Baker, avait un respect grandissant pour le lieutenant et se confiait à lui. Brown apprit qu'il avait été posté en Géorgie, où il commandait un petit groupe de dragons. Leur mission consistait à patrouiller la région frontalière de la colonie à l'ouest de la rivière Savannah. Dégoûté par le sentiment révolutionnaire général, il avait tué un important colon Whig dans la paroisse de St. Johns, qui appuyait publiquement les actions du Congrès continental et qui résistait à son arrestation, ordonnée par le gouverneur James Wright. Bien que ses supérieurs aient conclu qu'il n'y avait pas eu faute de sa part et qu'il ne faisait que son devoir, il devint la cible à abattre des Patriotes de Géorgie et, après un laps de temps destiné à prouver que l'armée ne pouvait pas être intimidée, on le transféra à Saint-Augustine.

Le lieutenant Brown pouvait maintenant marcher et monter à cheval sans grand inconfort et il quittait de plus en plus souvent la base militaire. En civil, le sergent et lui s'entretenaient avec les chefs indiens et visitaient les petites communautés dispersées au-dessus et au-dessous de la frontière florido-géorgienne, troquant des marchandises ou échangeant la devise britannique contre des biens en demande à Saint-Augustine. Par son attitude amicale et des questions discrètes, Brown apprit bien des choses sur les familles qu'il rencontrait sur le chemin. Il notait scrupuleusement dans son carnet de route tout commentaire qui révélait les préférences politiques de chaque famille. Il prenait garde de ne pas exprimer ses opinions, mais adoptait celles d'un officier subalterne plutôt ignorant qui s'en tenait à remplir son devoir. Durant les longues heures que prenait leur déplacement, son esprit était constamment ouvert à de nouvelles connaissances. Il questionnait sans cesse ses compagnons indiens et britanniques sur l'environnement qu'ils traversaient et comment en tirer avantage militairement ; c'était surtout aux rivières et à leurs affluents que le lieutenant s'intéressait.

D'un officier de la marine à la retraite, Brown apprit les rudiments de la cartographie et à se servir d'un octant ainsi qu'à identifier les astres utiles à la navigation. Il ne se séparait jamais d'une pochette où il accumulait les cartes des régions visitées et il corrigeait les erreurs qu'elles comportaient.

CHAPITRE 24

Les Rangers de la Floride

Un jour de la fin décembre 1775, Brown demanda une rencontre en privé avec le major Furlong. Il lui apporta des nouvelles inquiétantes :

« Quelques-uns de mes hommes, revenant de Savannah, m'ont informé que les Whigs ont pris le contrôle des rues de la ville. Certains prétendent qu'ils veulent demeurer des sujets de Sa Majesté et que ces démonstrations publiques visent seulement à protester contre les injustices dont ils se disent les victimes. Cependant, ces maudits Fils de la Liberté en appellent carrément à l'indépendance et agissent en criminels en toute impunité. Je crois que le gouverneur Wright n'aura bien vite d'autre choix que de quitter l'Amérique pour retourner à Londres. »

Le major Furlong hocha la tête : « Oui, nous savions déjà depuis un certain temps qu'ils en viendraient là. Le port de Savannah nous a été complètement fermé et vous savez que nous dépendons maintenant des importations d'Angleterre ou des Indes orientales. Nous sommes en pénurie de nourriture à Saint-Augustine et nous ne parvenons plus à satisfaire aux besoins de nos cent cinquante soldats et à ceux des familles Tory de plus en plus nombreuses à fuir la persécution des Whigs. »

— Major, vous avez sagement identifié la source de nos problèmes. Plus les Whigs renforcent leur position à Savannah et dans d'autres parties de la Géorgie, moins les fermiers sont enclins à faire le commerce avec nous. Cependant, avec votre permission Sir, j'aimerais proposer une solution qui mérite d'être envisagée. Les Tories qui viennent se réfugier derrière nos murs ne savent pas quoi faire de leurs mains. J'émets l'idée de rassembler quelques-uns des hommes qui possèdent déjà des armes et des chevaux et de les mettre à l'entraînement, sous l'instruction du sergent Baker et de moi-même. Nous irons ensuite voir les colons, achèterons ce que les familles Tory veulent bien nous vendre et confisquerons le reste aux Whigs déloyaux.

La réponse de Furlong fut instantanée et négative : « Le gouverneur Tonyn ne permettrait jamais que de telles actions aient lieu sous sa juridiction. De plus, comment pourrions-nous être certains de ne pas usurper les biens de familles loyales envers notre cause ? Et d'ailleurs, il serait difficile de trouver des hommes prêts à quitter leur famille sans toucher un véritable salaire et sans pouvoir profiter des avantages offerts par l'armée. »

Ayant anticipé ces inquiétudes, Brown s'empressa de dire : « Sir, croyez en le respect que je vous porte et permettez-moi de répondre. Cette démarche serait détachée de tout statut officiel. Le sergent Baker et moi-même profiterions d'une permission prolongée et vous, le colonel Prevost, le gouverneur et toute autre autorité pourriez nier toute implication dans nos activités. Par ailleurs, nous mettrions à la disposition d'une personne que vous aurez désignée tous les biens et les renseignements récoltés lors de nos opérations. Je me porterais moi-même responsable de la bonne marche de la livraison. J'ai en main le dossier de chaque famille habitant dans un rayon de quatre-vingts kilomètres autour de la frontière géorgienne. J'y ai noté l'allégeance politique de ces familles, ou, dans certains cas, le manque total d'intérêt qu'elles dénotent pour la politique. Je laisse, avec votre permission, ce document sur votre bureau pour que vous puissiez l'examiner. Je me porte garant de l'exactitude de ces données. Il est également envisageable que nos actions soient ciblées et déterminées par vous. Le recrutement, l'entraînement et l'achat d'équipement seraient sous ma pleine responsabilité et je m'assurerais que leur récompense soit juste et qu'elle n'abuse pas des coffres de notre gouvernement. »

— Lieutenant, je vois que vous avez étudié exhaustivement cette possibilité avant de me soumettre votre proposition.

— Oui, major, mais je me suis contenté d'y réfléchir et d'en discuter les grandes lignes avec le sergent Baker.

— Cette proposition m'inquiète un peu, mais je la présenterai et au colonel Prevost et au gouverneur Tonyn. Attendez-vous à recevoir une réponse à notre prochaine rencontre.

Approuvant la suggestion de Sunoma, Brown organisa une expédition en territoire indien à l'ouest de la colonie, essentiellement en canoë sur les rivières Flint et Chattahoochee. Il avait accumulé quelques marchandises qu'il offrit en présents aux chefs de chaque village et tint un journal détaillé de chacune de ses rencontres. Il corrigea aussi les erreurs de cartographie de cette vaste région peu visitée. Selon ses attentes, les chefs étaient dans de très bonnes dispositions à l'égard des forces britanniques, circonspects et craintifs face aux colons avides de terres et assez astucieux pour prendre parti si cela s'avérait avantageux.

Au retour de Brown à Saint-Augustine, après une absence d'un mois, ce dernier fut convoqué par le major, qui, dans un langage d'une prudente diplomatie, lui donna sa réponse :

« Le colonel Prevost a de sérieuses réserves vu la liberté d'action que votre proposition implique et puisqu'elle vous donne l'autorité de négocier directement avec les aborigènes. C'est là le rôle exclusif du surintendant Stuart, qui est présentement occupé à Pensacola. D'ailleurs, Stuart a déjà formulé une sévère plainte à votre endroit, depuis vos récentes incursions en territoire creek sans approbation préalable. Le colonel se désintéresse complètement de votre proposition et n'est pas disposé à recevoir vos rapports. Cependant, je dois dire que le gouverneur Tonyn, quant à lui, a trouvé un quelconque mérite à votre proposition quant au recrutement de forces supplémentaires et au relâchement des politiques de traites actuelles qui donnent l'exclusivité en ce domaine au surintendant. Il semble s'intéresser aux renseignements que vous pourriez récolter, mais ne veut sous aucun prétexte être impliqué dans vos soi-disant opérations de traite. »

Le major fit une pause, sourit légèrement et lui fit presque un clin d'œil. Ils comprirent tous deux qu'ils traiteraient à l'avenir directement avec le gouverneur, mais de telle sorte que toute responsabilité officielle puisse être écartée.

« En résumé, vous pouvez continuer vos activités de traite et avez ma permission d'utiliser votre bon jugement pour décider du type de transactions à préconiser pour chaque individu. Il m'apparaît inévitable que les sujets loyaux jouiront d'un traitement de faveur. Bien que je désire être informé des renseignements importants pour notre commandement, vous ne serez pas tenu de rendre un rapport officiel et détaillé de toutes vos activités. Me comprenez-vous bien lieutenant ? »

— Oui, major. Je comprends la nature officieuse de mon travail et je me porte responsable du succès de cet effort.

— La requête pour permission prolongée a été approuvée pour le sergent Baker et pour vous-même. Aussi, avec l'expérience dont vous faites preuve et avec vos nouvelles responsabilités, il fut décidé, avant que vous ne preniez congé, qu'une promotion était de mise. Mes félicitations, capitaine Brown. »

Après un salut militaire et l'expression de sa gratitude, Brown demanda et reçut la permission de parler franchement : « Sir, je suis réellement honoré, mais n'est-il pas préférable d'éviter un grade spécifique pour une personne qui commandera une organisation totalement officieuse et qui comptera parmi ses rangs des hommes de différents horizons et même des aborigènes ? Le sergent et moi-même avions pensé qu'on pourrait simplement m'appeler le ' commandant du groupe '. Cependant, je m'en remets à votre jugement. »

« Capitaine Brown, ne croyez-vous pas que votre promotion devrait rester dans les documents officiels ? Permettez-moi de vous déconseiller de dévoiler votre nouveau grade en public. Puisque le sergent et vous-même êtes en permission prolongée, il serait également mieux d'éviter le port de l'uniforme, sauf si cela vous est nécessaire pour impressionner les aborigènes. »

Brown fit un autre salut et répondit : « Oui, Sir, je comprends. » Il n'ajouta pas que cela faisait déjà partie de ses habitudes.

Le major libéra Brown, mais lui servit ensuite un commentaire : « Comme vous le savez, nous sommes relativement isolés et nous ne recevons que très peu de nouvelles, ici, à Saint-

Augustine, sauf lorsqu'un bateau accoste. Et même là, la justesse des rapports reçus des mains du capitaine varie selon l'étendue de sa compréhension des différences politiques en Amérique. Ce qui nous manque le plus à Saint-Augustine, c'est des renseignements fiables. Je vous demanderai donc de me faire des rapports écrits et je transmettrai au gouverneur ceux qui risquent de l'intéresser. »

La réplique fut immédiate : « Major, je ferai tout en mon pouvoir pour vous fournir des renseignements collectés sur la plus vaste étendue possible. Je veillerai à élargir le cercle de mes informateurs, dont certains sondent déjà les territoires indiens à l'ouest de Pensacola, et j'entrevois de belles possibilités pour développer mon réseau jusqu'à la Nouvelle-Orléans. Il y a aussi un nombre indiscutable de personnes qui demeurent loyales tant à Savannah qu'à Charles Town. Par ailleurs, j'ai remarqué que nous ne disposons d'aucun service de courrier entre nos commandements au nord et Saint-Augustine et nous pourrions, moi et mes hommes, compléter les rapports que vous recevez par voie officielle. Avec votre permission, je peux mettre en perspective l'information officielle. »

Le major Furlong opina du chef : « Vous pourriez peut-être commencer par me résumer à ce jour les réactions des colons à la prétendue révolution, et il serait préférable que vous me fassiez parvenir vos conclusions sous un pseudonyme. » Il réfléchit un instant avant d'ajouter : « Ces rapports devraient être destinés au gouverneur, qui appréciera grandement que je les lui transmette. Sous ses conseils, j'en ferai un résumé que je présenterai aux chefs de l'armée. Je vous suggère, dans ces documents, d'affirmer que vous êtes ' l'agent du gouverneur '. »

Ayant obtenu bien plus qu'il ne l'espérait, Brown prit rapidement congé. Il était extrêmement ravi de la liberté d'action dont il jouissait maintenant. Le sergent Baker l'attendait à l'extérieur et le commandant de la force nouvellement autorisée lui dit tout bas : « Notre proposition a été acceptée dans son ensemble, mais si nous échouons, nous serons seuls devant le pire. Notre but premier sera d'agrandir notre réseau d'informateurs et de rassembler la plus grande quantité d'information possible. » La nouvelle de sa promotion était insignifiante pour lui et il n'en fit donc pas mention.

Il fallut compter moins d'une semaine pour rassembler dix cavaliers prêts à partir. Pour les convaincre, il suffit à Brown de leur promettre leur lot d'aventures, de leur donner goût à la fierté de servir et de leur prouver qu'il avait l'autorité nécessaire pour les récompenser convenablement. Ils se nommèrent les Rangers de la Floride et s'embarquèrent dans un périple qui débuterait, en réalité, par des raids contre les familles des colons qui avaient démontré une sympathie, fut-elle parfois minime, à la cause patriotique. On pouvait dénombrer des dizaines de milliers de bovins et de porcs, tous marqués à l'oreille pour identifier leur propriétaire, qui erraient dans des zones marécageuses et boisées s'étendant sur plus de seize mille kilomètres carrés au nord de la Floride et au sud de la Géorgie. Dans le meilleur des cas, les fermiers et les propriétaires de ranch d'allégeance Tory étaient ravis de faire des ventes à un prix raisonnable et Brown s'assurait qu'on ne les traitait pas injustement.

Comme prévu, Brown adopta trois approches différentes envers les colons, selon leur penchant politique. Ceux qu'il savait loyaux jouissaient d'un traitement respectueux : leurs ventes n'étaient jamais forcées et ils obtenaient de bons prix. Ceux qui, selon ses renseignements, étaient des supporters de la cause Whig apprenaient douloureusement que leurs idées n'étaient pas les bonnes. Les habitations dans la région étant très isolées, les colons se trouvaient incapables de refuser les demandes des Rangers, qui achetaient souvent leurs produits contre quelques sous. De plus, les éleveurs de bêtes remarquaient presque toujours après coup les déprédations des Rangers, lorsqu'ils constataient que leur troupeau avait décliné ou qu'on avait subtilisé des denrées dans leur grange. Certains confrontèrent ceux qui volaient leurs biens, mais c'était peine perdue et plusieurs des plus récalcitrants furent tués. Brown voulait que la nouvelle circule, que les colons comprennent en définitive que l'expression de leur allégeance politique jouait dans le traitement qu'on leur réserverait. Les révolutionnaires les plus convaincus abandonnèrent leur propriété et partirent pour

Savannah, mais avec les mois, d'autres devinrent transfuges et adoptèrent la cause Tory. Certains se portèrent même volontaires et vinrent grossir les rangs des Rangers.

Après un mois d'opération, Brown fit parvenir son premier rapport au major Furlong, qui comportait trois listes. La première répertoriait les noms des colons dont la loyauté était indéfectible et l'on y retrouvait « Les Tories » en guise de titre. Sur la deuxième, plus courte que la précédente, se retrouvaient les noms des Whigs qui, par leurs actions ou par des propos rapportés, appuyaient la révolution. La plus longue liste faisait état des familles neutres, qui portaient peu d'intérêt aux affaires politiques ou qui avaient émis des opinions équivoques sur les événements de Charles Town ou de Savannah. Bien qu'il gardât secrètes ses intentions, le commandant des Rangers était déterminé à réduire considérable-ment les deux dernières listes au profit de la première.

À Saint-Augustine, les résultats étaient impressionnants : le flot d'arrivées de denrées et de marchandises était sans précédent et les surplus venaient renflouer les coffres du gouverneur, surtout lorsque exportés vers les Indes. Même si Thomas Brown et son groupe furent d'abord l'objet de railleries, les Rangers de la Floride furent bientôt respectés ou craints et reconnus par les officiels britanniques comme une bienfaisance, du moins lorsqu'ils n'étaient pas en public. Le nombre de Rangers continua d'augmenter et leurs actions couvraient de plus en plus de territoire. Le major n'accepta jamais de recevoir un compte rendu détaillé des biens saisis, mais Brown gardait un registre précis au cas où on le lui demanderait. Il réussissait à contenter ses volontaires avec ce qu'ils pouvaient ramener chez eux. Lui-même ne démontra aucun désir d'obtenir davantage que son salaire de militaire et il interdisait le vol à ses Rangers.

Le commandant Brown était satisfait de diriger les opérations, d'assurer leur succès et de mettre sur pied d'autres missions à venir. C'était une personne stricte en matière de discipline ; il ne tolérait pas qu'on fût déloyal ou qu'on questionnât ses décisions, mais il comprenait la nécessité de consulter sérieusement ses subordonnés immédiats et spécialement les commandants des groupes au retour des missions. Il travaillait en étroite collaboration avec le sergent Baker et Sunoma, qui lui apportaient de constants conseils et partageaient leur vaste savoir. En effet, ils étaient familiers tant avec la campagne environnante qu'avec les familles qui l'habitaient. Le sergent Baker était particulièrement habile à extraire les secrets que gardaient parfois les groupes d'attaque et il ne lui était pas difficile d'évaluer ce qui avait été pris et ce qui était rapporté. Deux cas de vol résultèrent en une audience devant Brown, qui se déroula dans un de leurs avant-postes près de la rivière St. Marys et les hommes trouvés coupables furent pendus sans délais. Ces gestes établirent la réputation des Rangers de Floride et enracinèrent la détermination de leur commandant en chef.

Lorsque c'était possible, Brown laissait Baker en charge du ravitaillement de Saint-Augustine et se rendait parmi les Indiens. Là, il apprenait d'eux et leur offrait une part du butin dépouillé aux Whigs pour s'assurer de leur confiance et pour sceller leur amitié. Ainsi, en travaillant étroitement avec les autochtones des deux côtés de la rivière Chattahoochee et avec les sympathisants Tory partout en Floride et le long de la côte atlantique, Brown s'assurait-il un service de renseignements qui lui apportait l'information presque instantanément après qu'elle fût arrivée à l'oreille des commandants de la force continentale ou de la milice de Géorgie.

Saint-Augustine devenait donc le point névralgique du renseignement et de la stratégie britanniques, alors que les forces coloniales prenaient le contrôle de la Géorgie, des Carolines et de la Virginie. Thomas Brown savait que l'avenir de ses Rangers ne dépendait pas tant du ravitaillement de Saint-Augustine, mais plutôt des renseignements qu'ils pouvaient fournir au gouverneur Tonyn. Il fut intrigué par des développements en Virginie, qui apportaient une dimension nouvelle et excitante à son projet de longue date de faire combattre en tandem les troupes britanniques et les aborigènes. Il décida d'en faire un bref constat au gouverneur Tonyn :

« *Votre Excellence,*

Je m'enhardis à vous soumettre ce rapport de la situation révolutionnaire à ce jour, où je n'ai pu éviter de rapporter certains événements bien connus et quelques opinions personnelles. Vous n'ignorez pas la situation dans notre région. La cause des traîtres n'a fait que peu ou aucun progrès dans les colonies nordiques. En dépit de la prise de Montréal et du fort Ticonderoga au nord de New York par le général Benedict Arnold, ses forces ont dû se replier à Québec et sont destinées, dans un avenir rapproché, à se retirer complètement du Canada. Ses hommes n'étaient pas de taille à encaisser l'attaque soutenue de nos forces et ont soit fui, soit déserté après quelques semaines loin de leur famille. Le général Sir William Howe tient ferme à Boston et il nous est permis de croire qu'il prépare une opération d'envergure pour prendre New York et peut-être même New Port. Quelques escarmouches ont éclaté en Virginie aindi que dans les Carolines et un petit groupe de radicaux ont réussi à déloger Lord John Dunmore de son cabinet en Virginie. Il dirige maintenant une flotte qu'il commande dans le Chesapeake, d'où il a mené des attaques sur des positions côtières rebelles avec deux régiments. Il est intéressant de mentionner qu'un de ces régiments est composé d'anciens esclaves noirs, qu'il a récemment affranchis parce qu'ils avaient accepté de se battre au nom du Roi.

On vient de m'apprendre que Dunmore a réussi à libérer un nombre considérable d'esclaves et de travailleurs liés par contrat d'une vaste plantation appartenant à George Washington, qui a ensuite déclaré publiquement : ' Si cet homme n'est pas écrasé d'ici le printemps, il deviendra le plus terrible ennemi que l'Amérique aura. Ses forces prendront en poids comme boule de neige qui roule. ' Bien que ces nouvelles troupes fussent touchées par la variole ainsi que par d'autres maladies, et bien que Lord Dunmore devait prévaloir militaire-ment, le coup qu'il donna à l'esclavage fît frissonner les rebelles et constitua une atteinte au mode de vie établi dans les colonies méridionales, plus particulièrement dans les Carolines.

Cependant que nos efforts de la première heure ne nous apportèrent pas tous les succès escomptés, en raison des coûts initiaux et du temps nécessaire au transport des troupes jusqu'à cette vaste terre, laissez-moi porter à votre attention que l'avantage naturel est à nous. Nos neuf millions de concitoyens confrontent présentement deux millions de colons, dont moins de la moitié sont résolument en faveur de l'insurrection. Comme il est de notoriété publique, un héritage de courage et d'expériences suit notre armée et l'ennemi n'est que foule confuse et recrues de passage largement inexpérimentées. Notre domination des mers demeure incontestée et nous promet un avantage inestimable dans les affrontements qui se préparent le long de la côte atlantique.

N'oublions pas cette ressource peu exploitée que sont les aborigènes. Ils savent que leur bien-être se trouve auprès des forces de la Couronne et ils sont mûrs pour être ralliés à notre cause, un effort que je fais mien et dans lequel je demeurerai toujours impliqué.

L'agent du gouverneur soumet respectueusement ce rapport. »

Bien que la tâche première des Rangers fût de poursuivre l'achat et la confiscation de bestiaux et d'autres produits, Brown, lui, se pencha sérieusement sur les questions militaires. Il y eut des échauffourées avec des colons qui se groupèrent pour protéger leur propriété des Rangers et des affrontements beaucoup plus sérieux avec des détachements de Patriotes lancés au sud et à l'est depuis Savannah. Après chacun des engagements, Brown en fit une analyse minutieuse et tenta de peaufiner l'intégration des tactiques britanniques avec les habiletés des guerriers creek.

Certaines des victoires de Brown contribuèrent à créer une division au sein des décideurs britanniques. D'un côté, on retrouvait John Stuart et le colonel Prevost, promu depuis peu au poste de général de brigade : le premier était déterminé à préserver son rôle exclusif dans les négociations avec les Indiens et le second était désireux de conserver le contrôle sur toutes les troupes de l'armée régulière, méprisant et dédaignant les irréguliers volontaires et les aborigènes. C'est deux hommes puissants s'indignaient des activités des Rangers de la Floride et se battaient pour jouir d'une plus forte influence sur les gouverneurs Patrick

Tonyn et James Wright ainsi que sur le gouverneur déchu William Campbell. Les gouverneurs s'intéressaient aux idées de Brown, qui voulait la reprise du pouvoir britannique en Géorgie et en Caroline du Sud par des attaques coordonnées de troupes régulières et de recrues indiens ; ils avaient d'ailleurs mis le général Henry Clinton au fait de ce plan. Cependant, Stuart et Prevost utilisaient toute leur influence pour restreindre la participation des Rangers dans les affaires indiennes et militaires.

Malgré toutes ses activités et son pouvoir grandissant, Brown n'oubliait jamais plus d'une seconde l'humiliation vécue à Augusta et son ambition première d'assouvir sa vengeance. Au terme d'une année passée en Floride, il reçut une lettre de Micheal Herring, le contremaître de sa plantation, l'informant qu'il retournait en Angleterre pour retourner auprès de sa famille dans le Yorkshire. Il expliquait son départ de Géorgie du fait qu'on venait de nommer Chesley Bostick capitaine de la milice géorgienne et que son premier geste fut de piller Brownsborough. Il avait emporté les bovins, les porcs et les moutons à Augusta et avait donné un choix aux travailleurs : soit ils le suivaient en prison, soit ils s'enrôlaient dans les forces révolutionnaires. Herring avait réussi à s'échapper et à trouver son chemin jusqu'à Savannah. Il informait également Brown que la première mission permanente de Bostick lui donnait le commandement de Fort Howe, sur la rive nord de la rivière Altamaha. C'était là une information que Brown avait déjà reçue de ses propres sources.

Chapitre 25

« Le sens commun »

1776

Tous les récents bouleversements du monde extérieur n'avaient guère touché les Pratt. Ethan poursuivait sa vie tranquille et profondément satisfaisante de fermier et d'éleveur, ne s'éreintant pas à étendre ses champs, mais s'occupant plutôt d'améliorer le rendement de ceux déjà existants. Il faisait la rotation des cultures pour maintenir une fertilité appréciable et pour prévenir l'érosion du sol. Il profitait au maximum des occasions de commercialisation, surtout avec les marchands de Wrightsborough. Il limitait à dessein la taille de ses troupeaux pour améliorer la vigueur des bêtes destinées à la reproduction. À sa grande surprise, il découvrit, après avoir calculé ses ventes de l'hiver 1775, que les revenus découlant de ses créations de menuiserie et d'ébénisterie équivalaient presque à l'ensemble de ce que lui rapportait sa ferme. C'était d'ailleurs dans la création et la construction de meubles qu'Ethan prenait le plus de plaisir.

Ethan était très fier de son fils, Henry, qui avait maintenant quatre ans. Il lui avait déjà sculpté plusieurs jouets qui faisaient son bonheur lorsque Ethan était occupé à sa forge ou à son établi de menuiserie. Il était ravi que son fils veuille toujours l'accompagner dans les champs et dans les bois. Henry, malgré son jeune âge, apprenait les rudiments de l'agriculture et son père l'initiait à la vie de trappeur et de chasseur. Ses constantes interrogations mettaient parfois à l'épreuve la capacité de son père à expliquer la provenance de ses connaissances et la justesse de ses décisions. Pour une raison imprécise, Ethan était plus enclin à parler des questions les plus intéressantes d'Henry avec les Morris qu'avec Epsey.

C'était un dimanche du mois de mars 1776. Il était encore trop tôt dans l'année pour les gros travaux dans les champs, mais c'était l'occasion pour Ethan de s'adonner à des corvées qui étaient toujours à refaire. Ce matin-là, il fendait des bardeaux à partir de billots de chêne rouge, qu'il avait soigneusement sciés en bouts de quatre-vingts centimètres. Le grain était parfaitement droit et c'était un véritable plaisir de diviser chaque section en son centre d'un seul coup de hache puis, si nécessaire, de poursuivre le fendage avec son ciseau à bois. Il fendait ensuite les deux moitiés jusqu'à obtenir des planches de cinq centimètres d'épaisseur. Il extrayait ensuite le bois relativement mou, celui qui se trouvait avant le centre de l'arbre, puis, à l'aide d'une sciotte, il coupait les planches pour obtenir une impressionnante pile de bardeaux, de quinze centimètres de large et d'environ un centimètre d'épaisseur. Il aimait le rythme que ce travail créait jusqu'à ce que les bardeaux soient prêts à être posés. Cette fois-ci, ils étaient destinés à sa nouvelle étable. Avec sa force et son habileté, un tel travail ne lui était pas plus demandant que de respirer et son esprit profitait normalement de tout ce temps pour s'évader et pour sauter d'un sujet à l'autre en se moquant de la logique.

Mais aujourd'hui, Ethan était troublé, car il sentait que tout son mode de vie allait basculer. Epsey et lui avaient passé plusieurs heures, la veille durant l'après-midi, à lire un pamphlet intitulé « Le sens commun » qu'Aaron Hart leur avait laissé. Il avait dit que ce traité avait connu une vaste distribution dans la colonie et créé tout un tollé. Les militants américains en étaient ravis, les monarchistes condamnaient le tract comme de la propagande traîtresse et la majorité des citoyens s'étaient étonnés des propos incendiaires qu'il contenait. Aaron ajouta que presque tous les foyers à Augusta et Charles Town s'en étaient procuré une copie.

Ethan réalisa que la ligne modérée entre les détracteurs du Parlement et les révolutionnaires déloyaux n'existait plus. On attaquait la personne même du roi George III dans le traité en l'appelant « la Brute royale », on y dénonçait la monarchie en disant que c'était une forme de gouvernement déraisonnable, on en appelait à la liberté totale et au refus global des règles britanniques.

Ces propos choquèrent profondément plusieurs colons pour qui de telles idées étaient un sacrilège, au nombre desquels on pouvait compter Epsey et Ethan. Une impression déconcertante l'envahit, alors qu'il revoyait des hommes dans l'atelier de son frère à Hillsborough utiliser des discours similaires pour condamner le gouvernement et les politiques du gouverneur Tryon, et il ne put chasser l'image du corps sans vie d'Henry, se balançant au bout de la corde du bourreau.

Aaron s'était vite éclipsé pour aller voir d'autres familles, mais sa dernière remarque fut que plus jamais le Congrès continental ne pourrait envoyer un message conciliatoire à Londres, réaffirmant la volonté des colons de rester loyaux envers le Roi. Il ajouta que, d'ici quelques mois, tous les colons seraient mis devant un choix et qu'une décision tranchante devrait alors être prise. Ethan se rappela le commentaire qu'Epsey exprima alors, une réflexion à laquelle il adhérait tout à fait : « Nous n'aurons qu'à demeurer ici et à nous mêler de nos affaires. »

La majorité de la population pensait comme les Pratt. Sauf à Savannah et dans quelques villages sur la côte, le mouvement vers l'indépendance n'enflammait pas les familles qui, tout au plus, s'étaient installées dans la région moins de quarante-cinq années plus tôt et entretenaient toujours des liens étroits avec la mère patrie. Les premiers colons avaient toujours été de loyaux sujets de Sa Majesté et étaient reconnaissants que le gouvernement britannique leur ait octroyé une terre. La jeune colonie avait reçu l'aide financière la plus généreuse et l'ensemble des Géorgiens n'avait pas été déçu par l'administration honnête et bienfaisante du gouverneur James Wright. Le *Stamp Act*, le *Townshend Act* et l'*Intolerable Act* n'eurent que peu d'impact dans leur vie et, pour la majorité d'entre eux, les activités relativement violentes et parfois carrément brutales des Fils de la Liberté les déconcertaient. Certains colons étaient bien religieux eux-mêmes, mais tous fréquentaient souvent, par désir ou par nécessité, des Anglicans, des Quakers et d'autres groupes chrétiens qui proclamaient à voix haute leur loyauté envers l'Angleterre et condamnaient ouvertement tout acte de violence.

Le souci majeur pour les habitants de la *frontier* était celui des Indiens qui attaquaient leur ferme souvent isolée. Aussi, pour voir à qui leur loyauté allait, suffisait-il de savoir quelle force était à même d'offrir la meilleure protection contre ces maraudeurs. Au nord, plus les colons sentaient la guerre venir, plus leur sécurité les inquiétait. Les actions des séparatistes les plus militants attisaient l'animosité entre les autochtones et certains propres à rien qui rageaient de n'avoir aucune terre et qui ne reculeraient devant rien pour repousser les Indiens encore plus à l'ouest. Pour ces gens de peu de morale, tous les mauvais traitements qu'ils infligeaient aux Indiens étaient justifiés et lorsque, par représailles, ces derniers attaquaient des colons, les Tuniques rouges étaient facilement blâmées pour leur lâcheté ou parce que ces attaques avaient été directement commandées par le surintendant aux Affaires indiennes, John Stuart.

CHAPITRE 26

Les Géorgiens expulsent le gouverneur royal

MARS 1776

Le colonel Lachlan McIntosh avait suivi de près les progrès de l'armée continentale sous le commandement de George Washington, mais il était choqué que son rôle soit limité à la simple protection des droits des colons du Nord dans l'Empire britannique. Il fut enchanté lorsque, en 1776, Washington nomma le général de division Charles Lee au poste de commandant des départements du sud, donc de la Virginie, des Carolines et de la Géorgie. Les deux hommes s'étaient brièvement rencontrés à Savannah et savaient que Lee avait possédé une plantation en Floride durant plusieurs années et qu'il comprenait l'importance de protéger les colonies des poussées britanniques vers le nord. Lachlan espérait que des troupes continentales régulières soient envoyées en Géorgie et qu'une ultime offensive sur Saint-Augustine déloge enfin les Britanniques de la place forte. Lachlan avait une excellente connaissance de la région côtière et, dès son adolescence, avait participé aux conflits opposant la Couronne aux troupes espagnoles actives en Floride ; il connaissait donc toutes les difficultés inhérentes à une telle opération militaire. Seul le déploiement d'un large contingent de l'armée continentale pouvait assurer la réussite de l'attaque et l'influence de Lee serait nécessaire pour convaincre le général Washington de puiser à même ses forces, présentement cernées au nord, pour dépêcher un nombre suffisant de troupes en Floride. Une opération militaire officielle contre la Floride encouragerait le Conseil de sécurité à donner à McIntosh, le nouveau commandant de sa milice, l'appui qui lui manquait.

Le gouvernement provincial à Savannah avait maintenant lié sa destinée avec celle de la cause révolutionnaire en nommant Lynan

Hall, Button Gwinnett et George Walton comme délégués au Congrès continental. Seuls ou en groupe, ils étaient tous de francs partisans de l'indépendance et ils avaient carte blanche pour voter en ce sens. Ils reçurent une directive simple : protéger les intérêts de leur colonie assiégée et isolée.

La nouvelle la plus intrigante qui émana de Savannah fut que Gwinnett exprimât le désir profond de demeurer en Géorgie et qu'il fît clairement savoir que la nomination de Lachlan McIntosh au poste qu'il ambitionnait, celui de commandant de la milice, l'avait affligé et exaspéré au plus haut point. Il accepta finalement de se rendre à Philadelphie en mai après qu'on lui ait garanti le poste d'adjoint du président au Conseil de sécurité. De ce fait, il serait deuxième dans la hiérarchie du gouvernement de la colonie. Il était déterminé à annuler la nomination de McIntosh et il croyait que son poids politique lui ouvrirait les portes du commandement des troupes de la Géorgie. Lachlan McIntosh connaissait très bien les commentaires de Gwinnett à son égard et en était plutôt amusé. Il avait pleinement confiance que, vu son long cheminement militaire, son poste n'était pas en jeu et, pour l'instant, un défi bien plus pressant se présentait à lui : organiser une offensive militaire contre les forces britanniques.

Investi de sa nouvelle autorité, le Conseil de sécurité ordonna un embargo total sur le commerce qui pouvait bénéficier aux forces britanniques postées au nord. La flotte britannique, cependant, étendait toujours sa domination sur toutes les voies maritimes. Après s'être vu refuser du riz à Charles Town, les Britanniques dépêchèrent cinq navires à Savannah, dont quatre de guerre et un autre transportant un contingent de troupes régulières. La petite flotte jeta l'ancre en retrait de la ville et un émissaire fut envoyé pour conclure un achat. Le Conseil de sécurité ordonna le déplacement de seize barges de riz en amont de la rivière et l'arrestation du gouverneur Wright et de son Conseil pour les empêcher de prêter main-forte aux forces britanniques. Le colonel McIntosh ordonna à un jeune major, Joseph Habersham, de procéder à l'arrestation du gouverneur et ce jeune homme d'à peine vingt-quatre ans entra seul dans le manoir, récita les ordres du Conseil de sécurité et Wright le suivit sans opposer aucune résistance. Il fut placé en maison d'arrêt.

Au début de mars 1776, lorsque les Géorgiens refusèrent de vendre leur riz aux Britanniques, les vaisseaux de guerre commencèrent à remonter la rivière dans l'intention de prendre les grains par la force. Le Conseil de sécurité annonça qu'il brûlerait les barges de riz et même les entrepôts le long des rives « plutôt que de supporter la vue des grains dans les mains des Britanniques ». En Caroline du Sud, on applaudit cet acte héroïque et on envoya un petit détachement milicien pour aider à la défense de Savannah. Pour les Géorgiens, ce serait là le premier conflit armé de la guerre révolutionnaire. Des tirs sporadiques furent échangés durant les jours qui suivirent, tandis que les navires poursuivaient leur avancée en amont malgré des vents capricieux. Le Conseil ordonna finalement qu'on déchargeât le plus de grains possible et que le reste fût détruit. Le lieutenant James Jackson mit feu à de petits bateaux appartenant à des familles Tory, chargés de riz et de peaux de cerf, et les laissa dériver jusqu'aux barges. Deux d'entre elles brûlèrent, mais les Britanniques purent en saisir dix autres, sur lesquelles se trouvaient 1 600 barils de riz. L'un des vaisseaux de guerre s'échoua dans des hauts-fonds près de l'Île d'Hutchinson alors que les autres finalisaient leur manœuvre d'ancrage sur la rive face à la ville.

Le colonel McIntosh et 250 hommes érigèrent des parapets sur la rive et mirent en position trois canons de quatre livres en direction des navires. Ses fusiliers chassèrent les troupes britanniques du pont principal du navire échoué. Quelques Géorgiens furent faits prisonniers lorsqu'ils s'embarquèrent sur une des barges de riz pour attaquer les Tuniques rouges et les deux camps accusèrent plusieurs pertes durant ces échanges. Le commandant de la flotte britannique, le capitaine Barclay, invita alors trois délégués Géorgiens pour négocier une solution à l'impasse. Toutefois, il rusa et en fit ses otages.

Après avoir essuyé le refus des Britanniques de libérer les trois hommes, les Géorgiens décidèrent d'arrêter tous les membres du

Conseil royal se trouvant toujours à Savannah. Il fallut attendre trois semaines avant que l'impasse ne se dénouât, à la fin mars, alors que les Britanniques acceptèrent de libérer les Géorgiens et de payer le riz pris sur les barges. Les navires de guerre se retirèrent et le gouverneur Wright et les membres de son Conseil furent libérés sur parole, sous les conditions suivantes : les transactions futures entre les deux camps devraient se dérouler sans heurts, Savannah ne devait pas être endommagée et ils ne devaient pas quitter la ville.

Thomas Brown considéra que ces nouveaux développements méritaient un bref rapport :

> « *Votre Excellence,*
>
> *J'ai le regret de vous informer que, en raison des affronts, des abus physiques et des menaces actuelles sur sa vie, le gouverneur James Wright a dû quitter Savannah et s'est embarqué à bord de la frégate britannique Scarborough. Les traîtres ont pris le contrôle du port, de la traite, des cours de justice, de la milice et de toutes les autres instances décisionnelles. Le prétendu Conseil de sécurité a annoncé sa volonté de traiter de façon indépendante avec les Indiens, bafouant ainsi l'autorité du surintendant aux Affaires indiennes, John Stuart. Comme votre Excellence le comprend, c'est là l'acte de rébellion le plus éhonté à avoir été perpétré dans les colonies, mais je vous donne l'assurance que cette action traîtresse se limite aux environs immédiats de Savannah. La loyauté envers la Couronne est ferme dans les autres régions de la colonie et nos Rangers continueront à renforcer la cause loyaliste en Géorgie, tout en surveillant de près les développements.*
>
> *Pour donner conclusion à mon dernier rapport concernant la Virginie, des officiers britanniques ont rapporté que les troupes noires de Lord Dunmore ont servi héroïquement, bien que leurs services fussent de courte durée. En effet, ils furent décimés par la variole et par des fièvres. Le régiment dépérit peu à peu durant les premiers mois de l'année en cours. Les anciens esclaves qui désertèrent ou ceux qui furent rendus à la vie civile retournèrent vers leurs anciens maîtres et, tragiquement, étaient peut-être encore contagieux. On m'a informé que Lord Dunmore*

envisageait de quitter sa base sur l'Île de Gwynn pour, dans un avenir rapproché, lever les voiles vers Saint-Augustine avec certains des survivants. Je suggère fortement que, si ce plan se concrétise, son bateau soit mis en quarantaine, qu'on leur fournisse eau et nourriture et qu'on les envoie dans une quelconque île des Indes orientales.

Il peut être de votre intérêt de savoir que la menace de cette même maladie a joué un rôle important dans la décision du général Howe d'abandonner le port de Boston. La variole s'était répandue dans la ville et le général ordonna qu'on inocule toutes ses troupes. Il permit aussi le départ des citoyens infectés. Il semble que les soldats venus d'Europe soient moins sensibles à la maladie et qu'elle touche surtout les troupes originaires des colonies ; on s'explique mal cette distinction. Par ailleurs, il est permis de croire, avec un fort contingent de troupes maintenant postées à Halifax, qu'une attaque sur New York soit des plus profitables.

L'agent du gouverneur soumet respectueusement ce rapport. »

Les Géorgiens tiraient une immense fierté de leurs nouveaux acquis et n'accepteraient plus d'ingérences des autorités londoniennes. Le Congrès provincial fit parvenir de plus amples directives à leurs délégués envoyés à Philadelphie, où on leur demandait que les colonies ne soient plus considérées comme des provinces individuelles, mais bien comme un ensemble d'États sur une base continentale. Il déclara également que toutes les actions gouvernementales en Géorgie se feraient maintenant au nom du peuple géorgien et non en celui du Roi. Le colonel McIntosh reçut des éloges pour sa résistance ferme devant les navires britanniques et de plus amples honneurs lui furent faits lorsque le général Washington le somma d'aller faire un rapport sur l'état des forces militaires de la région au général Lee, à Charles Town.

Le colonel amena avec lui John Houstoun, un ami qui avait participé comme délégué au second Congrès continental de juillet 1775. Il était connu de Washington et de Lee. Chevauchant côte à côte le long de la route côtière, ils discutèrent de la réunion prochaine. Lachlan demanda à son compagnon : « John, que sais-tu au sujet du général ? »

— Eh bien, je peux te dire que Lee est le leader le plus intéressant de l'armée continentale. C'est un Anglais, mais il n'a aucune parenté avec les Lee de Virginie. Jeune officier, il fut capturé par les Français durant la guerre avec les Indiens et, alors détenu près de la frontière canadienne, il s'éprit d'une princesse Seneca et la maria. Il fut plus tard blessé à Fort Ticonderoga et retourna en héros à Londres. Pour ses loyaux services, on lui fit don d'une vaste plantation en Floride où il s'installa, quelques années plus tard. Il commença alors à condamner les décisions du Parlement et rédigea quelques traités fortement pro-américains. Lorsqu'il démissionna de l'armée britannique et acquit une terre en Virginie, l'année dernière, le Congrès continental lui offrit ses galons de général de division. Ainsi devint-il second en charge sous les seuls ordres de Washington. Il connaît les Britanniques, la culture indienne et il sait se battre.

Houstoun fit une pause, puis demanda : « Comment as-tu l'intention de lui décrire la situation en Géorgie ? »

« Voici mes notes pour le rapport », dit Lachlan en lui tendant une feuille de parchemin qui donnait une image plutôt désastreuse de la situation :

« *La Géorgie n'est rien de plus qu'une étroite langue de terre d'environ 65 kilomètres de large à l'ouest de la rivière Savannah et de 160 kilomètres de long en bord de mer. Huit rivières séparent un nombre équivalent d'îles. On y retrouve un maximum de 3 000 hommes aptes à prendre les armes (dont la plupart sont des Loyalistes) et la nation creek à elle seule compte plus de guerriers, sans parler des Choctaw et des Cherokee qui ont une force égale à celle de cette tribu. Les Indiens penchent davantage du côté des Britanniques, qui disposent maintenant d'un contingent de 580 troupes régulières à Saint-Augustine. Leur flotte demeure la reine incontestée des voies maritimes et ils l'utilisent pour organiser des raids sur nos côtes. Les 15 000 esclaves de Géorgie produisent au maximum de leur capacité quelque 35 000 barils de riz, indispensables à la colonie. La nourriture ne manque pas en Géorgie, mais les munitions font terriblement défaut.* »

Après avoir discuté de ce résumé, ils conclurent que Lee devait déjà en connaître beaucoup sur la Géorgie, du moins d'une perspective extérieure, et que leur discours de présentation pouvait être relativement bref.

Le général accueillit plutôt froidement les deux hommes et leur demanda de lui décrire sans plus attendre la situation militaire dans la colonie. Lachlan, en s'aidant de ses notes, lui fit un résumé puis ajouta : « Général Lee, je n'ai que très peu de bonnes nouvelles à vous offrir. Malgré mes efforts les plus obstinés, je n'ai pu recruter un nombre satisfaisant d'hommes pour défendre la colonie. J'estimais mes besoins à mille hommes, mais, jusqu'à présent, seulement deux cent trente-six volontaires se sont enrôlés, et la plupart pour une durée n'allant pas au-delà de six mois. »

Lee sembla surpris : « Comment expliquez-vous votre insuccès ? »

« Tout d'abord, très peu d'hommes sont enclins à quitter leur ferme et leur travail ; ils craignent qu'en leur absence, les Indiens pillent leur propriété. Aussi, comme vous le savez, le sentiment Tory est fort au sein de la population et les Whigs ont l'impression que les postes politiques ont été ravis par des hommes qui ne pensent qu'au pouvoir et non au peuple, qu'ils offrent des traitements de faveur à leurs amis au détriment des communautés. Nous faisons également face à un autre problème sérieux : le Congrès continental semble donner peu d'importance à la colonie. Laissez-moi illustrer mon propos d'un exemple : la prime au recrutement en Caroline du Sud est de vingt-cinq livres par recrue, mais on ne m'alloue que six livres, somme qui ne couvre pas les frais d'uniforme et d'équipement. Je dispose seulement de vingt-six officiers, et plus de la moitié d'entre eux sont affectés au recrutement des citoyens qui se montrent, pour les raisons énoncées plus tôt, peu enthousiastes. Ainsi, j'évalue à environ cent le nombre de mes hommes raisonnablement prêts au combat. Je ne fais pas état ici des quelques milices armées opérant sur la frontière à l'ouest d'Augusta, dont l'activité première est de combattre les Indiens et qui n'ont jamais démontré le désir d'accepter des ordres venant de l'extérieur. »

« Est-ce là le rapport que vous voulez que je transmette au général Washington », demanda Lee, perplexe.

« Non, Sir ; ce n'est pas tout. J'évalue à trois ou quatre le nombre de points que nous devons soumettre à son attention et vous êtes familier, je crois, avec ceux-ci. Le premier : la Géorgie est la plus vaste colonie et elle est littéralement le grenier du continent. On y récolte en abondance le riz et on y élève une quantité astronomique de bétail et de chevaux, animaux dont les troupes continentales ont plus que jamais besoin et qui seront d'autant plus en demande si l'agriculture est interrompue dans le nord et qu'un nombre supplémentaire d'hommes quitte les champs pour prendre les armes. Vous savez, général, vous qui vivez en Floride, que la plupart de ses ressources sont regroupées sur les côtes et sont vulnérables aux déprédations des forces navales britanniques ; les événements récents à Savannah en sont la preuve tangible. À l'exception du *Liberty*, qui mouille présentement dans le port de Charles Town, aucun bateau américain ne peut prétendre protéger nos ressources. »

Visiblement, Lee s'impatientait et ne répondit pas.

McIntosh continua : « Le deuxième point concerne la puissante présence britannique en Floride et plus particulièrement à Saint-Augustine. Jusqu'à présent, cette force demeure relativement dormante, mises à part les sorties pour assurer le ravitaillement qui semble s'intensifier ces derniers temps. Nos renseignements nous laissent croire que les Britanniques discutent en ce moment avec les aborigènes pour organiser une attaque conjointe, peut-être avec l'aide d'esclaves affranchis, contre Savannah, suivie d'une poussée dans les Carolines. Notre principale défense est géographique. En effet, les territoires britanniques sont séparés de Savannah par des terrains difficilement praticables, surtout des marécages et des rivières. Il est impératif de construire des fortifications à quelques endroits stratégiques, ce qui peut, selon mes estimations, se faire sans grands moyens.

Comme vous le savez peut-être, c'est dans cette région à forte dominance creek que j'ai toujours vécu et je sais comment ces Indiens peuvent être efficaces et actifs. Il serait dangereux de les voir se rallier aux Britanniques. C'est pourquoi nous avons besoin de marchandises à troquer pour au moins nous assurer de leur neutralité. »

Le général Lee regarda les deux hommes, réfléchit quelques instants puis prit la parole : « Colonel McIntosh, je suis au fait de la carrière militaire de votre père et que ses actions remontent à la fondation de la colonie. Je connais également vos exploits au combat. De plus, on m'a fait remarquer que vous avez été, dans la paroisse de St. Andrews, un ardent promoteur du droit des colonies à s'insurger contre l'oppression du Parlement. En fait, je vous ai cité dans plusieurs de mes traités sur la question. Votre rapport donne à réfléchir et vos demandes semblent raisonnables. Je n'ai qu'une question à vous poser : que peut-on faire pour aviver la flamme patriotique de vos concitoyens ? »

Lachlan fut heureux des commentaires du général et il décida qu'il était maintenant temps de lui exposer sa demande principale :

« Général, toutes nos inquiétudes seraient balayées par une attaque préventive contre les forces britanniques à l'est de la Floride. Cette offensive permettrait d'établir des avant-postes défensifs pour protéger nos côtes et nous prouverions ainsi le sérieux de l'engagement géorgien envers le Congrès continental, en plus d'offrir une puissante démonstration aux Creek des avantages de nous appuyer ou de demeurer neutres. De plus, cela motiverait nos citoyens patriotiques à s'enrôler dans le service militaire. Il nous faudrait bien sûr votre soutien le plus complet, donc à la fois votre expertise de commandement et vos troupes. Je suis convaincu que cet investissement saura récompenser amplement votre temps et vos efforts. »

Le général Charles Lee se sentait responsable de redonner confiance aux Géorgiens en leur Congrès continental. Il voyait aussi la nécessité d'empêcher tout avancée au nord des Britanniques à partir de Saint-Augustine, car il ne faisait aucun doute qu'ils voulaient pénétrer dans les Carolines et en Virginie.

Après des discussions plus poussées, il fut décidé que le général allait rassembler une force de 450 hommes et rejoindre McIntosh à Savannah, où ils prépareraient une opération contre les Britanniques en Floride. Ils décidèrent que cette expédition devait être lancée dans les trois mois.

À ce moment, aucun des trois hommes ne connaissait Thomas Brown et l'existence des Rangers de la Floride, mais quelques jours après la transmission de leurs premiers ordres, Brown connaissait tout de leur plan. Il en informa le gouverneur Tonyn et le colonel Prevost et prit immédiatement la décision de commander des attaques indiennes contre quelques villages, ce qui réduisit considérablement les espérances de McIntosh de recruter des *frontiersmen* géorgiens dans sa milice. Comme toujours, il fut en mesure de fournir un rapport complet à ses supérieurs des progrès de l'activité militaire à Savannah et prépara ses propres forces pour la confrontation. Un de ses agents de renseignements à Savannah obtint une copie d'un message de Lee adressé à ses supérieurs, dont la lecture amusa grandement le gouverneur Tonyn et ses commandants militaires :

> *« Les gens ici sont, qui l'eut cru possible, plus écervelés que dans la colonie jumelle de Caroline du Sud. Ils vous proposeront tout et découvriront eux-mêmes, après l'avoir proposé, qu'ils sont incapables d'accomplir le tiers de leurs promesses. Ils proposent de sécuriser leur frontière par des patrouilles constantes de rangers à cheval et, lorsque le plan sera approuvé, ils se gratteront la tête quelques jours pour, à la fin, vous annoncer qu'il y a un léger problème avec le plan : il leur a été impossible de trouver un seul cheval. Le projet suivant à l'agenda a pour objectif de libérer de toute embarcation les voies maritimes à l'intérieur des terres en déployant plusieurs garde-côtes armés. Lorsque le plan est approuvé, ils se rappellent soudain qu'aucun bateau n'est disponible. J'imagine que je ne devrai pas me surprendre s'ils décident de former un corps de sirènes montées sur des alligators... »*

Bien qu'encore sceptique, le général Lee se rendit à Savannah en août et, malgré la chaleur accablante et l'humidité tenace qui sévissaient, commença les préparatifs pour l'invasion de la

Floride, élaborée de manière à d'abord envahir les villages entre les rivières St. Johns et St. Marys, ceci pour punir les Rangers de la Floride et mettre un terme à leurs déprédations dans le sud géorgien, pour ensuite prendre Saint-Augustine. Mais après seulement quelques jours passés en ville, Lee fut à même de constater la vulnérabilité de la colonie et exprima de grandes inquiétudes en constatant la rivalité qui déchirait les leaders politiques. Il alla jusqu'à recommander l'abandon des terres au sud de la rivière Altamaha pour concentrer leurs efforts à la défense du reste de la colonie, mais les décideurs géorgiens rejetèrent à l'unanimité cette proposition et il dut finalement donner son accord pour l'attaque de l'est de la Floride. « C'est sur cette seule question que les leaders de Savannah peuvent s'entendre », comme le général le commenta.

En septembre, avant que ne pût être mis sur pied une force commune à Savannah, les Britanniques donnèrent l'assaut sur New York et les services de Lee et de toutes ses troupes furent réquisitionnées au nord, laissant ainsi la colonie sans défense, sauf celle des troupes géorgiennes et de quelques éléments de Caroline. Agissant de façon indépendante, McIntosh amena en septembre sa petite force au sud et fut en mesure d'atteindre la lointaine rivière St. Marys, mais ce qu'il pouvait faire avec si peu se résumait à dévaster quelques plantations appartenant à des Tories et à se retirer aussitôt avec des hommes blessés par les attaques surprises des Rangers de la Floride.

Thomas Brown fut amusé de cette opération infructueuse, qui ne gêna aucunement ses activités au sud et à l'ouest de l'Altamaha. Il ordonna à ses Rangers de gagner le plus d'appuis auprès des Indiens, d'encourager la loyauté des familles Tory et de contrer les efforts de recrutement de McIntosh et des autres milices. Il trouva gratifiant d'apprendre que les commandants de l'armée continentale et les chefs politiques d'allégeance Whig connussent les activités de ses Rangers et surtout que McIntosh donnât l'ordre à tous les Whigs, civils et militaires, de lui rapporter toute information sur l'organisation et tout particulièrement concernant son commandant.

Chapitre 27

La lutte pour l'allégeance des Indiens

Ne disposant pas d'unité de cavalerie digne de ce nom, McIntosh devait se contenter de patrouiller sporadiquement la région frontalière où la majeure partie des familles whigs était installée. Brown n'avait aucune intention de confronter ces troupes, mais il surveillait leurs déplacements, en obtenant l'information auprès des colons loyaux et des alliés indiens ou en la soutirant par l'intimation auprès des autres. Au terme de chaque patrouille géorgienne et après le retrait des troupes de McIntosh, les Rangers occupaient immédiatement la zone laissée sans surveillance. Brown travaillait comme un possédé : il organisait des raids sporadiques près de Savannah dans l'unique but de harceler les Whigs et il envoyait d'autres hommes en incursion dans le nord de la Géorgie, voire même au-delà d'Augusta et de l'autre côté de la rivière, en Caroline du Sud. La Chattahoochee et ses affluents devinrent ses voies maritimes de prédilection, car il pouvait, par eux, accéder à tous les villages indiens importants de la partie ouest de la colonie. Il étendit également ses activités de reconnaissance jusqu'à Pensacola et, à l'ouest, jusqu'au fleuve Mississippi. Le gouverneur Tonyn, son protecteur et son confident, triait l'information qu'il recevait de Brown avant de la transmettre au colonel Prevost. En Floride, tous savaient que ces deux puissants personnages se disputaient l'autorité ainsi que les faveurs de Londres. Brown jouait habilement sur ce manque d'harmonie en donnant au gouverneur tout le crédit des exploits de ses Rangers.

Malgré les constantes pressions de John Stuart pour que les autochtones évitent toute forme d'activité guerrière contre des colons blancs, il devenait évident pour les Whigs et les Tories que les Indiens, s'ils devaient choisir, opteraient pour un appui à la cause britannique. Stuart limitait ses déplacements aux frontières de la Floride, s'occupant surtout des affaires indiennes depuis Saint-Augustine ou Pensacola, mais son adjoint, Alexander Cameron, vivait dans un manoir dans l'ouest de la Caroline du Sud, non loin de la rivière Savannah. En l'absence de Stuart, Cameron agissait avec plus d'audace et d'initiative que ne le justifiait son poste. Son autre centre d'opération se situait à Tallassee, à l'ouest de la rivière Chattahoochee. Cette ville était traversée par la route de traite principale entre Mobile et Augusta. Cameron était probablement l'officiel britannique à avoir la plus étroite relation avec les Cherokee du sud-est.

Cameron avait pris comme maîtresse la fille d'un chef indien et ils vivaient sous le même toit, comme mari et femme. Plutôt que d'être embarrassé de l'exotisme de son épouse, il prenait grand plaisir à ce que sa « princesse indienne » préside des réceptions rivalisant d'apparat, habillée des robes les plus fines et les plus sophistiquées qu'on puisse trouver à Charles Town. Durant leurs années de vie commune, elle lui donna trois enfants, dont deux fils. Avec le temps, elle avait délaissé son attitude servile des premiers jours. D'une beauté frappante et d'esprit résolu, elle se nommait Blue Star. Le succès des entreprises et des missions de Cameron découlait en grande partie des relations de son épouse avec les chefs indiens. Pour accroître son influence et utiliser son magnétisme, on lui permettait des voyages dans des villages-clés, avec un encadrement jugé approprié, pour qu'elle distribue des présents — officiellement au nom de Cameron, mais évidemment rendus possibles par le gouvernement britannique (souvent à l'insu de celui-ci) — et s'assurer ainsi de la loyauté et du caractère amical de leurs relations.

Un matin d'août 1776, Blue Star pénétra dans la bibliothèque de leur manoir et dit à son mari : « Cameron, un éclaireur des Rangers de la Floride demande à te voir. »

Un guerrier creek fut introduit dans la demeure et transmit un court message à l'intention de Cameron : « Le commandant Thomas Brown viendra vous rencontrer, demain en milieu d'avant-midi. » Cameron fut intrigué par la nouvelle. Il avait connu Brown comme un homme plutôt timide et inepte à l'époque où il était l'agent du gouverneur de Caroline du Sud, puis comme l'homme en disgrâce qu'on avait surnommé « Burnfoot » Brown à cause de son pied brûlé au goudron auquel on avait dû amputer de deux ou trois orteils, il ne savait trop, et, finalement, depuis ces derniers mois, comme le leader audacieux et remarquablement efficace des Rangers de la Floride. Il ne s'imaginait pas les raisons qui pouvaient justifier une telle visite.

Le lendemain matin, Brown arriva à la demeure de Cameron à l'heure prévue, accompagné d'une douzaine d'hommes, dont trois Indiens. Cameron invita le groupe à entrer dans le vaste hall de son manoir, mais Brown s'objecta en affirmant qu'il voulait s'entretenir en privé avec leur hôte. Tandis que les hommes attachèrent leurs chevaux et furent invités dans les cuisines où ils prirent du café et des gâteaux, Brown et Cameron se retirèrent dans la bibliothèque. Cameron ferma les portes. Il remarqua que son invité marchait en boitant légèrement mais que l'homme respirait la confiance en soi, qu'il dégageait une aura de leader naturelle et qu'il parlerait assurément avec autorité.

Après un bref échange de politesse, Brown en vint au fait : « Je viens à vous directement de Saint-Augustine avec l'assentiment total du gouverneur Tonyn. Nous savons tous que Stuart conserve le titre de surintendant aux Affaires indiennes, mais qu'il limite ses déplacements à la seule colonie de Floride, que sa santé est vacillante et qu'il ne peut plus remplir son devoir avec la vigueur qu'on lui connaissait. »

Cameron, qui avait longtemps rongé son frein sous le commandement distant de son supérieur, trouva nature à contentement dans ces paroles, mais fut assez prudent pour ne pas exprimer le fond de sa pensée et hocha la tête pour signifier qu'il comprenait ce que Brown lui disait.

Brown continua : « Comme vous le savez, les Whigs rebelles ont remporté des victoires à Savannah et à Charles Town, ont ravi presque tous les pouvoirs aux officiels du Roi et tentent maintenant de persuader les familles des campagnes de les suivre dans leurs actions que je qualifierais de pendables. Mais il est important de savoir que les forces loyalistes dominent la Floride dans sa totalité et que mes hommes et moi contrôlons presque toute la région au sud et à l'ouest de Savannah, en Géorgie. Cependant, les colons autour d'Augusta semblent pencher en faveur de la cause Whig et certains chefs des groupes armés révolutionnaires ont récemment tenté des poussées en Floride. Nous devons prendre des mesures vigoureuses contre ces gens. »

Naturellement sur ses gardes, Cameron demanda : « Comment cela peut-il être fait ? »

— Des deux cents Indiens qui sont sous mon commandement, certains sont des Creek et des Cherokee natifs de cette région. Ils me parlent souvent de l'empiétement de ces colons sur leurs territoires ancestraux et ils semblent dire que plusieurs guerriers seraient prêts à se battre pour protéger leur famille.

— Après avoir essuyé une si terrible défaite lors de la guerre des Cherokee, que peuvent bien espérer ces guerriers ?

Malgré l'impatience propre à son caractère, Brown, plutôt que de s'emporter, se résigna à faire l'éventail de ses connaissances sur la situation des aborigènes. Il voulait ainsi démontrer à son interlocuteur qu'il s'intéressait au sort des Indiens, qu'il s'impliquait auprès d'eux, tout en faisant valoir un argument de poids.

« Il est très intéressant de constater le nombre d'Indiens qui vivent dans cette région des colonies méridionales : un total approximatif de quarante mille individus. Mon estimé le plus juste évalue les populations indiennes de la région à douze mille Cherokee, deux mille Chickasaw, douze mille cinq cents Choctaw, mille quatre cents Creek et un autre petit nombre d'Indiens de diverses tribus. Comme vous le savez, les chefs cupides des Cherokee, des Chickasaw et des autres tribus ont troqué la plupart de leurs terres de l'ouest virginien et des Carolines contre quelques charretées de marchandises. Pour les Indiens, il ne fait aucun doute que les Britanniques ont tenté de protéger leurs terres mais que les colons ont réussi à les repousser à l'ouest, convaincus de leur supériorité aux yeux de la loi et aux yeux de Dieu. Avec quelques hommes blancs prêts au combat à leur côté, ils savent qu'ils détiendront la balance du pouvoir. Sous un encouragement soutenu et un commandement responsable, ils peuvent former une force puissante qui ne peut rester dormante. »

Cameron fut concis dans sa question : « Que puis-je faire ? »

— Pour nous, vous êtes maintenant le vrai leader des tribus indiennes, celui qui représente les intérêts de Sa Majesté. Il est temps pour les Indiens de défendre leur propriété. Ils peuvent le faire en gardant les miliciens de Géorgie et de Caroline près de leurs habitations, pour qu'ils ne puissent rejoindre les rangs rebelles et saccager leurs villages. Ce que les Rangers leur offrent, c'est une manière de combattre les colons qu'ils méprisent sans faire encourir à leur peuple des représailles sanglantes. »

Cameron fut assez astucieux pour comprendre la subtile promesse d'une plus grande autorité personnelle s'il acceptait les vues de Brown, mais il connaissait aussi sa propre vulnérabilité dans la région. Si Elijah Clarke et sa milice venaient à apprendre qu'il fomentait ce qui pouvait bien devenir une guerre indienne, il ne ferait pas de vieux os. De plus, il savait que John Stuart détenait toujours la responsabilité légale de surintendant pour les Affaires indiennes et que la décision de changer ce fait ne pouvait qu'être prise à Londres ; le gouverneur Tonyn et Thomas Brown n'avaient certes pas cette autorité. Il voulait d'abord consulter son épouse, à la fois pour déterminer s'il était bon d'agir ou non et, si oui, pour savoir comment empêcher que cette réponse positive ne se rende à des oreilles hostiles. Seule Blue Star pourrait répondre à ses questions.

« Commandant Brown, je comprends votre message et suis d'accord avec sa teneur. Il me semble, par ailleurs, que la réussite de cette opération nécessite une attaque sur une large frontière et un effet de surprise de grande envergure. Je vous demanderais quelques jours pour sonder les réactions des Creek et peut-être même des chefs cherokee à l'idée de prendre les armes. »

Brown accepta cette proposition et promit d'envoyer subséquemment un éclaireur pour recueillir la réponse de Cameron. Sans même demeurer pour un repas, les Rangers repartirent. Puisque Sunoma s'était déjà entretenu avec Blue Star plusieurs jours avant cette visite, Brown avait tout à fait confiance que la réponse de Cameron serait positive.

Dans l'heure, Cameron et son épouse avaient examiné les tenants et les aboutissants de la proposition et décidèrent d'aller de l'avant.

Malgré la sévère désapprobation des Cherokee plus au nord, Cameron et Blue Star espérèrent recevoir une réponse plus enthousiaste auprès des Creek. Les seules représailles qu'ils encouraient, si la communauté blanche venait à apprendre leur implication, se limitaient à des raids par des groupes peu nombreux, peu armés et très peu expérimentés. Par précaution, néanmoins, ils décidèrent de déménager leurs enfants, leurs esclaves et leurs troupeaux à une centaine de kilomètres du manoir, au cœur du territoire creek, et de les remettre aux bons soins de la parenté de Blue Star. Ils demandèrent ensuite à rencontrer Emistisiguo et se virent invités, quelques jours plus tard, dans le campement de l'éminent chef indien. Ils furent étonnés de trouver le chef en seule compagnie d'un jeune autochtone du nom de Newota.

Blue Star et son époux décidèrent au préalable que Cameron livrerait leur message et que sa présentation réservée viserait à solliciter l'opinion du grand chef. Après les courtoisies d'usage, Cameron prit la parole : « Comme vous le savez mieux que moi, nos frères cherokee au nord ont beaucoup souffert après s'être insurgés contre les colons et le Roi. Mais ce roi, qui vous a décerné les plus grands honneurs, est déterminé à ce qu'une telle situation ne se reproduise pas en Géorgie. »

Emistisiguo ne répondit pas, mais hocha simplement la tête d'une manière qui laissait croire qu'il allait presque s'endormir.

Avec hésitation, Cameron poursuivit : « À l'époque, les Cherokee en Caroline agirent seuls, sans le concours de leurs amis britanniques. »

Le chef afficha le sourire d'une ironie désabusée et répondit : « Il serait plus juste de dire qu'ils ont été abandonnés par votre peuple et laissés pour compte. »

Cameron décida d'aller droit au but : « Une occasion se présente aujourd'hui à certains guerriers ; ils ont la possibilité d'aider à un effort commun. »

— Comment cela doit être fait ?, demanda le chef.

— Avec la participation des Rangers du Roi, répondit aussitôt Cameron.

Le chef jeta un coup d'œil à Newota qui échangeait un petit sourire avec Blue Star. Elle réalisa que Cameron était maintenant le seul à ignorer que cette proposition avait déjà été explorée en profondeur par Thomas Brown et Emistisiguo.

Le chef indien répondit solennellement : « Il semble que cette possibilité soit prometteuse à ce moment-ci. Je veillerai à ce que Newota lui donne suite. »

Après le départ de leurs visiteurs, Emistisiguo avoua à son jeune protégé : « C'est là une manière pour le commandant de me laisser savoir qu'il a reçu la permission d'élargir le rôle de ses Rangers et d'agir de concert avec nos jeunes braves. Va, Newota, discuter des conditions de leur enrôlement avec Sunoma et assure-toi de savoir combien de guerriers seront nécessaires, quelles seront leurs récompenses et les règles qu'ils devront respecter. J'aimerais approuver la proposition avant que les opérations ne débutent. »

Newota osa demander : « Pour quelles raisons le commandant Brown a voulu procéder de cette façon ? »

— Il veut s'assurer de l'implication des officiels du gouvernement britannique. Il sait que John Stuart s'oppose à toutes ses actions. De solliciter les services de son adjoint est un choix de deuxième ordre mais un choix judicieux vu les circonstances. Qui plus est, il sait que plusieurs jeunes Creek ne seraient pas libres de participer à cet effort commun sans mon accord tacite. Il peut maintenant exister une coalition fragile mais bien constituée dont les implications s'étendent de Londres par le gouverneur de Floride jusqu'à Brown, puis au chef Sunoma pour finalement inclure nos guerriers sans éviter de passer par moi.

— Et Cameron ?

— Désormais, il n'est plus nécessaire.

CHAPITRE 28

Les Rangers de Floride
contre la milice géorgienne

Une semaine plus tard, Newota se tenait devant Emistisiguo, assis, lui, sur une étoffe pliée dans son habitation. Ils étaient seuls et le jeune Indien venait tout juste de revenir de la visite auprès du chef Sunoma, où ils avaient discuté des détails de l'initiative du commandant des Rangers, transmis plus tôt au grand chef indien par Cameron et Blue Star.

« On semblait s'attendre à ma venue et je fus bien accueilli », commença Newota. « Le chef Sunoma était bien informé et prêt à satisfaire nos demandes... »

Le chef l'interrompit d'un léger signe de la main : « Il me sera utile de savoir précisément ce qui a été dit. Rien d'autre n'attire mon attention. »

Newota repensa un instant à ses conversations avec Sunoma et poursuivit lorsqu'il se sentit prêt : « Le chef Sunoma voulut d'abord me dévoiler sa vision de la situation. Il m'a fait remarquer que les Britanniques et même la majorité des rebelles désirent la paix et la reprise du commerce, mais qu'une poignée de *frontiersmen* n'ont rien à faire de traiter avec nous et veulent faire la guerre à toutes les tribus. Il m'a dit que, après quelques accrochages entre les colons et les Rangers, des habitants furieux en Géorgie et en Caroline ont exigé de leurs chefs politiques qu'ils déclarent une guerre punitive contre nous, comme ils l'ont fait pour nos frères cherokee en Virginie et dans les Carolines. Ils ont déclaré que tout Creek suspecté d'aider les Britanniques peut désormais être considéré comme un ennemi soumis et sa terre est susceptible d'être confisquée.

Il a également insisté sur les différences qui distinguent la Géorgie des autres colonies, où, depuis un siècle, nos frères sont repoussés à l'ouest par des pressions militaires ou convaincus de se retrancher par l'appât de gains futiles. Dans cette colonie, grâce à la générosité du Roi, nous occupons toujours la majeure partie de nos terres, sauf une petite bande sur la côte et dans la région à l'ouest de la rivière Savannah. Sunoma réalise qu'en respectant notre héritage, les Britanniques voulaient entretenir une confiance et un esprit de coopération avec les tribus. Il croit que les chefs creek et cherokee ont été sages de prêter leur allégeance là où leur profit se trouve. Il remarque, par ailleurs, que les Américains et les Britanniques se disputent l'appui des Middle et des Lower Creek depuis que la prise de Charles Town et de Savannah a donné aux rebelles un avantage temporaire dans la traite. Le chef Sunoma, par prudence je crois, a évité de critiquer John Stuart, qui tente présentement de rattraper les pertes d'échange en utilisant des voies terrestres pour amener des marchandises dans les colonies. »

Newota s'arrêta un instant, mais reprit rapidement le fil de son discours, voyant qu'Emistisiguo restait muet : « C'est à ce moment de notre réunion que Thomas Brown s'est joint à nous et a pris la parole. Il a dit que les chefs indiens devaient faire ce qui était le mieux pour leur peuple et se concentrer sur les enjeux présents, en ne tenant pas compte des obligations passées. Il a souligné que les Britanniques sont, comme toujours, prêts à offrir des échanges équitables et un approvisionnement fiable à notre peuple, à empêcher l'empiétement des colons sur nos territoires, à faire respecter tous les termes des traités antérieurs et à coopérer avec nous, dans un esprit de respect mutuel. Le commandant a aussi fait remarquer que plusieurs jeunes braves voulaient participer aux opérations des Rangers, mais qu'il est important, pour eux comme pour lui, que vous, notre grand chef, donniez d'abord votre approbation.

Lorsque je l'ai questionné sur le sujet, il a répondu que John Stuart n'est pas impliqué dans la démarche et la désapprouvera certainement si elle lui est proposée, mais que le surintendant était au fait de la possibilité d'une plus grande collaboration des Creek avec les Rangers. Dans l'ensemble, c'est le gouverneur Tonyn qui prend les décisions, alors que Stuart demeure relativement inactif et s'isole à Pensacola, loin des frontières contestées. Depuis le départ du gouverneur James Wright, la colonie est aux mains des révolutionnaires et le commandant donne l'exemple d'Elijah Clarke pour prouver qu'on tente de nous effrayer et de nous contrôler. Brown croit que toute proposition de paix avancée par les rebelles ne peut être que ' mensongère et trompeuse '. Il a conclu en disant qu'il désirait accroître la participation des Indiens et étendre ses actions sur un plus vaste territoire, qu'il nous garantissait des récompenses adéquates et qu'il serait heureux de vous rencontrer personnellement ou de négocier par l'entremise du chef Sunoma et de moi-même. »

Emistisiguo, après un hochement de tête, lui dit : « Les paroles du commandant sont sages et elles sont pour la plupart vraies. Il sait ce qu'il veut et veut ce que le gouverneur désire. Mais John Stuart demande également notre aide et les chefs britanniques et lui s'opposent à notre entente avec les Rangers. Aucun de ces Blancs ne mérite notre pleine confiance, car leurs promesses ne sont souvent que des promesses. Je continuerai les pourparlers avec Stuart, qui parle aussi au nom de Prevost. Quelle que soit ma décision, Brown continuera à grossir les rangs de sa force, en traitant directement avec les tribus locales, sur lesquelles je n'ai que peu de contrôle. Tu peux dire ceci au chef Sunoma : Emistisiguo exige que les villages de la région soient récompensés et défendus contre les représailles. Comme Brown le sait, c'est là la seule réponse que je puisse donner. »

Comme il s'en allait, porteur du message prévisible, Newota réalisa que l'influence de Brown sur les jeunes Creek avait dépassé celle du grand chef. Dans leurs relations avec les Blancs, c'est seulement parmi les Rangers que les Indiens se sentaient respectés et traités en égaux La discipline était bien sûr stricte dans l'organisation, mais le butin était généreux et les braves le partageaient avec les gens de leur village. Ses pensées se dirigèrent sur l'achèvement prochain de sa mission, sur son retour chez lui et sur ses retrouvailles avec Kindred.

Brown s'y attendait, la violence des combats connaîtrait bientôt une escalade. En quelques semaines, il réussit à s'assurer des services d'un nombre adéquat de jeunes Indiens, presque tous des Creek, capables de remplir les missions prescrites au sein des Rangers. Le commandant donna aux nouvelles recrues une grande liberté quant à leurs activités, mais insista pour que leurs attaques fussent d'abord approuvées par lui. Bien que certaines informations concernant la multiplication de leurs actions aient franchi la frontière, la majeure partie des familles locales crut à d'autres rumeurs sur la menace indienne qui, dans leur esprit, faisait partie du quotidien de leur vie.

Clarke et ses miliciens, quant à eux, comprirent que les rumeurs étaient fondées et qu'ils seraient certainement bientôt ciblés par les attaques. Puisque leurs habitations se trouvaient groupées dans une région plutôt restreinte, ils réussirent à placer les familles les plus vulnérables dans de petits forts, où les défendre était plus commode. Très vite, Clarke rassembla des miliciens de Géorgie et de Caroline du Sud. Il ordonna qu'on attaque méthodiquement tous les villages aborigènes sur une vaste région à l'est de la chaîne des Appalaches. Les Indiens attendaient une telle initiative et tous les éléments de l'organisation des Rangers firent de leur mieux pour surveiller les mouvements de la milice. Ainsi, bien des Indiens furent en mesure de quitter leur habitation avant l'arrivée des miliciens. La politique de Clarke sanctionnait que l'on brûle toutes les maisons et qu'on exécute cinq hommes dans chaque village, si leur capture était possible, en guise d'avertissement. Le message était clair : le pillage de la propriété des colons géorgiens n'allait plus être tolérée Bien avant que Clarke n'atteigne le village de Blue Star, Cameron et sa famille avaient déjà quitté les lieux pour rejoindre Stuart à Pensacola.

Ces escarmouches militaires firent, sur plusieurs mois, autant de ravages dans les deux populations, soit dans celle des colons et dans celle des aborigènes, mais elles permirent à Brown d'atteindre ses buts, c'est-à-dire de garder la milice occupée, de s'assurer que les colons demeurent sur leur propriété, loin des combats révolutionnaires, et d'amener les Creek et les Cherokee de plus en plus près des positions britanniques. L'efficacité des actions des Rangers de la Floride sema la consternation, non seulement au sud de la Géorgie, mais dans toutes les colonies du Sud.

Brown savait que le gouverneur Tonyn voyait ses réussites d'un œil très favorable. Sachant qu'il trouverait satisfaction, Brown exprima ses ambitions au gouverneur. Il lui fit savoir qu'il se trouvait en Caroline du Sud plusieurs majors en service sous les ordres du général Prevost et qu'il ne voulait pas être assujetti à leur commandement. Tonyn répondit à sa demande en lui donnant, de manière provisoire, des galons de lieutenant-colonel, qui furent acceptés aussitôt, Brown voyant maintenant des avantages aux grades militaires. Prevost fut furieux en apprenant la décision, mais comme son pouvoir était limité, par le règlement et par son propre choix, aux seules forces régulières britanniques, il ne put l'empêcher. Brown jouissait maintenant de l'autorité qui lui donnait toute latitude en tant que commandant des Rangers. Il élargit ses activités bien au-delà des buts initiaux qui cautionnèrent la création de la force irrégulière, mais Augusta restait toujours au centre de ses pensées.

Lorsque les Américains entreprirent de recruter des colons dont la sympathie à la cause Tory était vacillante, Brown l'apprit presque immédiatement. Il avait fait clairement comprendre aux colons plutôt neutres dans le conflit que les Rangers prévaudraient et qu'ils les récompenseraient ou les pénaliseraient selon leur penchant politique. Pour ajouter l'intimidation à la parole, il ordonna à ses Rangers, dont certains étaient d'origine creek, de commettre des vols et d'allumer des incendies chez des colons connus pour leurs idées révolutionnaires. Ces actes s'inscriraient dans les consciences.

En janvier de l'année 1777, Thomas Brown soumit ce rapport à ses supérieurs :

« *Votre Excellence,*
    Je réalise que, avec les vents favorables et les nombreux courriers qui vous arrivent du Nord, je ne peux prétendre à de meilleures informations concernant les colonies septentrionales.

Mais comme mes Rangers disposent de plusieurs sources de renseignements sur le terrain, surtout sur la côte et en aval du fleuve Mississippi, je vous ferai, à l'occasion, un bref résumé de ce qu'ils ont appris, même si je crains que ces nouvelles aient déjà été portées à votre attention.

Bien que Washington fût en mesure d'assembler une force de 30 000 hommes, une armée équivalente en nombre à celle des Britanniques, le général Sir William Howe, fort de la supériorité dans sa stratégie et de sa force de frappe, a prévalu contre l'ennemi et a pris New York. L'information dont je dispose me fait croire qu'il y a eu de grands désaccords entre les commandants rebelles, Charles Lee préconisant un retrait des troupes pour préserver leur force et Washington insistant pour défendre la ville sur le point d'être encerclée. Ce fut la décision de Washington et les rebelles perdirent 4 000 hommes avant de se replier dans le faubourg de New Jersey. La confrontation fut celle des généraux Howe, Clinton et Cornwallis contre les commandants rebelles Washington, Charles Lee et Nathanael Greene. Le général Clinton parvint sans grande peine à prendre le second port en importance au nord, soit Newport.

L'un des développements le plus divertissant est sans doute la capture de Charles Lee, qui fut surpris alors qu'il dormait à poings fermés dans une taverne de Jersey. Il fallut quatre officiers et moins d'une douzaine d'hommes pour accomplir ce fait d'armes. Il était commandant en second des forces rebelles, mais de loin le plus compétent. Il n'est pas exagéré d'affirmer que leurs troupes sont à la fois découragées et confuses ; les désertions ne sont d'ailleurs plus rares dans leurs rangs.

L'agent du gouverneur soumet respectueusement ce rapport. »

Jusqu'alors, plusieurs centaines de Géorgiens s'étaient portés volontaires pour combattre dans la milice dont d'Elijah Clarke supervisait l'ensemble des opérations. Ces volontaires se plaçaient par contre sous les ordres directs du sous-commandant de leur choix. Ils se connaissaient tous intimement et pouvaient ainsi consolider leur force et pallier leurs faiblesses individuelles. Pour la plupart fermiers, ces hommes, en servant dans la milice, voulaient avant tout protéger leur famille et ne s'engageaient pas pour de longues périodes ; les travaux dans les champs pouvaient difficilement attendre. Dans leur région respective, les miliciens avaient établi des réseaux de surveillance pour pouvoir anticiper les attaques des maraudeurs britanniques et indiens. En de rares occasions, ils réussirent à dérober aux mains britanniques certains vivres dont ils avaient, du reste, grandement besoin. Bien que les commandants de l'armée continentale reconnussent la légitimité et la valeur des milices, il était exceptionnel que les miliciens reçoivent un soutien matériel ou militaire. Ils fournissaient leurs propres armes, étaient vêtus simplement et ne s'attendaient pas à ce que leurs services fussent rétribués. Quelques familles du Nord géorgien avaient fui les violences pour s'installer dans la région plus pacifique de la Vallée Watauga, à l'ouest de la Caroline du Nord, mais les hommes qui décidaient de rester avec leur famille en Géorgie étaient des partisans très motivés. Souvent, leur ferme avait été saccagée et ils cachaient leur famille dans les bois ou au travers des marécages sur leur propre terre.

Vivre une vie normale et paisible devenait, pour les colons, de plus en plus impossible en raison des menaces constantes dont ils étaient la cible. Les hommes, à l'est comme à l'ouest de la rivière Savannah, allaient donc trouver dans la milice la sécurité et le sens de l'utilité qui leur faisaient gravement défaut sur leur terre. Ils étaient convaincus que la seule manière de se défendre des maraudeurs autochtones consistait à détruire des villages entiers et à massacrer sans pitié tous les Indiens soupçonnés de fricoter avec les groupes d'attaque des Rangers. Contrairement aux troupes de l'armée régulière, surtout composée de célibataires qui s'enrôlaient pour trois années de services, les miliciens ne s'engageaient pas pour une durée dépassant les trois mois et pouvaient, si leurs proches demandaient de toute urgence leur retour, rompre leur engagement ; certains le firent même à la veille de batailles très importantes. Ils n'étaient pas disciplinables, sauf par les officiers qu'ils avaient eux-mêmes choisis, et préféraient utiliser leurs pistolets et profiter de leur précision de tir plutôt que le mousquet et la baïonnette. Leurs commandants et eux-mêmes détestaient la rigidité des tactiques de la guerre rangée. Même si l'entraînement des miliciens comprenait des exercices de déploiement en rang droit à la manière britannique, on savait d'expérience qu'il valait mieux éviter les champs de bataille, préserver ses forces et attaquer lorsque l'ennemi était faible ou pris à découvert.

Le cœur de la milice d'Elijah Clarke en Géorgie et en Caroline du Sud se composait d'hommes dont l'intérêt pour l'agriculture avait fondu comme neige au printemps ou qui n'avaient plus rien à protéger, ni femme, ni enfants, ni propriété. Autour de ce noyau dur, venaient se greffer des volontaires de passage. La révolution dans les départements du Sud fut déclenchée par des politiciens riches et puissants, mais l'issue du combat reposait maintenant dans les mains de ces paysans de l'arrière-pays. Et certains d'entre eux ne céderaient jamais, même devant les circonstances les plus désespérées.

CHAPITRE 29

La montée au pouvoir de Button Gwinnett

1777

Assis dans la pièce principale de la cabane des Clarke, Aaron Hart et Elijah écoutaient avec attention leur visiteur venu de la Caroline du Sud. Ils étaient séparés par une table en bois brut, où étaient disposés trois verres droits et une cruche de whisky. L'homme se nommait William Henry Drayton et sa visite avait été très attendue. Allant droit au but, il présenta son cas, daignant tout de même avaler la moitié de son verre d'alcool de contrebande pour chasser la poussière de sa longue chevauchée matinale.

La réputation de Drayton n'était plus à faire au nord de la Géorgie. Personne n'ignorait qu'il était le militant radical de la Caroline du Sud à avoir débattu de la question coloniale avec Thomas Brown et qu'il avait par la suite réussi à contrôler le Conseil de sécurité de son département. Il ne fut pas surprenant que ce brandon de discorde, qui méprisait la neutralité de la Géorgie, engage un processus à Charles Town pour unir les deux colonies. Comme Elijah Clarke et d'autres colons vivant au Nord de la Géorgie étaient plus proches de leurs voisins de la Caroline du Sud que des marchands et des chefs politiques de Savannah ou même d'Augusta, plusieurs d'entre eux donnaient leur appui à cet effort pour « solidifier l'échine de la Géorgie ».

Le visiteur parlait déjà : « Il est temps de se bouger le cul et de dire aux Britanniques que la Caroline du Sud et la Géorgie travaillent et se battent ensemble pour la liberté et l'indépendance. Toutes les autres colonies ont déjà brandi le poing. Le problème réside ici, en Géorgie, où une bande de lâches ramollis agissent comme s'ils voulaient l'indépendance, un pays, mais que celui-ci fasse partie de l'Empire britannique. La situation ne changera jamais si les satanés Whigs de Savannah demeurent divisés et si le reste des représentants du peuple ont peur de prendre position. »

Aaron vit qu'Elijah opinait du chef et qu'il voulait parler : « Monsieur Drayton, beaucoup de Géorgiens, pas seulement ici, au nord, mais aussi à Savannah, ont clairement dit qu'ils appuient le Congrès continental. »

« C'est justement ce point qui m'intéresse. Le peuple est pour la liberté, mais trop d'hommes politiques riches à Savannah se disent les amoureux de cette cause mais la trompent en couchant encore avec le Roi. Contre eux, nous ne pouvons rien. Ils se bornent à protéger leurs richesses, à tirer les ficelles de leur gouvernement petit et égoïste et à laisser aux autres le sale travail : celui de combattre les Britanniques. Depuis la fondation de cette colonie, Londres achète la docilité de ses habitants géorgiens ; quarante années déjà de privilèges et de subventions que nous, dans les autres colonies, n'avons jamais reçus. La dernière solution est de réunir les gens de nos deux colonies par la formation d'un seul gouvernement. Nous pourrions alors parler d'une voix forte et assembler une force d'attaque enfin capable de chasser les Britanniques et de l'est et de l'ouest de la Floride. »

On sentit l'excitation dans la voix d'Elijah lorsqu'il répondit : « Je pense comme vous. Il n'y a plus aucune raison qu'une rivière sépare les deux populations. Les gens d'ici se sentent déjà plus près de Charles Town que de Savannah. Tout ce qu'ils font là-bas, c'est parler, parler, parler et éviter de poser des gestes qui demandent d'avoir des tripes bien accrochées. »

Aaron avait déjà entendu, à Savannah et dans plusieurs endroits, des Whigs et des Tories débattre de la proposition de Drayton et il savait que les Géorgiens, peu importe qu'ils soient d'un camp ou de l'autre dans la lutte coloniale, croyaient que l'idée d'une union avec la Caroline du Sud cachait une volonté d'annexer leur colonie. Il opta pour un discours prudent :

« Il est vrai que beaucoup de Géorgiens veulent une armée continentale forte et ils sont de plus en plus nombreux à se manifester à Savannah. Même si Button Gwinnett et Lachlan McIntosh sont à couteaux tirés, ils s'entendent au moins sur le choix que doit prendre la Géorgie. Je ne crois cependant pas qu'ils accepteraient de voir la Géorgie devenir une simple province de la Caroline du Sud. »

— Ce ne serait pas comme ça. Les deux États seraient des partenaires égaux. De toute manière, pour le moment, on se fout complètement de qui veut dominer les gouvernements. Une fois nos gens ralliés, nous ferons les choses à notre manière. D'ailleurs, nous n'avons qu'à regarder McIntosh pour voir notre faiblesse actuelle : il n'a même pas réussi à recruter assez d'hommes pour défendre un poulailler, imaginez pour combattre les Britanniques !

— Eh bien, vous pouvez compter sur les miliciens de cette région de la Géorgie, lança solennellement Clarke.

— Capitaine Clarke, je suis fier de vous entendre prononcer ces mots, avoua Drayton, car je sais que plusieurs personnes dans les environs vous voient comme leur chef. Je pars maintenant vers Augusta pour me rendre ensuite à Savannah, où je présenterai une pétition officielle, au nom de l'Assemblée de la Caroline du Sud, lançant un appel à l'union de nos deux États. Je suis plutôt convaincu qu'elle sera bien reçue.

Aaron ne parla pas davantage, mais il savait que Drayton allait connaître un revers décevant.

Le plus grand détracteur de l'« annexion » géorgienne par la Caroline du Sud était Button Gwinnett. Né à Gloucester, en Angleterre, il fit sa fortune à Charles Town et alla vivre en Géorgie en l'année 1765. Familier avec les sentiments des habitants des deux États, il vit une menace dans la tentative de la Caroline de se joindre à la Géorgie, soit une atteinte possible à son rêve de diriger un jour l'armée. La confrontation publique, par contre, lui faisait gagner en visibilité et donc en influence politique. Après avoir fait de piètres affaires à Savannah en tant que marchand, Gwinnett avait planifié dans tous les détails la vie politique qu'il désirait mener. Il avait fait l'acquisition de l'Île St. Catherines, au large des côtes de Géorgie, et s'était bientôt vu élu aux communes provinciales. Il représentait la paroisse de St. Johns, dont les citoyens à majorité congrégationaliste étaient, aux côtés des

Écossais plus au sud, aux premiers plans de l'opposition aux politiques britanniques. Gwinnett ne s'intéressait guère aux questions législatives, mais il se lia d'amitié avec tous les chefs de Savannah qui, selon ses espérances, allaient un jour prochain avoir l'autorité pour nommer le commandant militaire de l'État. Il avait acheté une ferme, mais cette entreprise fut un échec coûteux ; il croulait sous les dettes. Il put rembourser ses créanciers en vendant des parcelles de son île.

Button Gwinnett était injurieux dans ses critiques envers Lachlan McIntosh, cet homme originaire de Darien qu'il avait toujours considéré comme son rival principal. Les deux hommes étaient devenus des adversaires acharnés, même s'ils se battaient dans des arènes différentes. Gwinnett concentrait ses efforts sur la scène politique à Savannah tandis que les seules actions politiques de McIntosh s'étaient limitées à représenter ses compagnons écossais de la paroisse de St. Andrews. Confiant en ses lettres de noblesse et certain du soutien du général Washington, McIntosh s'évertuait maintenant à lever la plus puissante force militaire coloniale possible qui devait servir avant tout à écraser les Rangers qui poursuivaient leurs raids en Géorgie.

Gwinnett était un homme fort. De taille moyenne, il était légèrement bedonnant et large d'épaules. Il avait horreur de porter la perruque cérémonielle et peignait ses cheveux vers l'arrière, de sorte qu'ils tombent sous son col. Il était une personne plutôt solennelle. Malgré un menton fuyant et une légère moue permanente qui donnaient, à première vue, une impression de faiblesse, son esprit pénétrant, sa connaissance approfondie des courants politiques à Savannah et son sens aigu de l'observation faisaient de Gwinnett un politicien brillant. Il n'oubliait jamais un manque d'égards ou une faveur et attirait dans son entourage beaucoup de supporters, dont la loyauté frisait parfois l'obsession. Ses habitudes étaient celles d'un solitaire et, dans ses brefs moments de répit, il se retirait dans son pavillon isolé sur l'Île St. Catherines. Gwinnett était un tireur exceptionnel et il notait dans un journal les distances impressionnantes auxquelles il avait pu abattre tel ou tel animal. C'est sur l'intensité de ses engagements que son influence politique reposait. Cette détermination l'avait d'ailleurs placé au rang des premiers choix pour la délégation au Congrès continental.

Au retour des trois délégués en Géorgie, après qu'ils eurent signé la Déclaration d'indépendance, on les avait accueillis en héros. Gwinnett avait alors été appelé à devenir un des treize membres permanents du Conseil de sécurité, sous la seule autorité du président, Archibald Bulloch.

Lorsque Drayton arriva à Savannah, il fit sa présentation à un Congrès provincial relativement poli et fut ensuite exclu de la Chambre des débats alors que Gwinnett donna sa réponse. Il condamna sévèrement la proposition en affirmant que la Géorgie ne pouvait se laisser absorber ainsi par la Caroline du Sud. Il mit sérieusement en doute les motivations de Drayton et conclut en soulignant que cette union serait en violation avec les Articles de la confédération continentale que les deux États venaient de ratifier.

Après avoir appris le rejet unanime de son plan, Drayton poursuivit ses efforts d'unification lors de visites dans les villages géorgiens, où il condamnait les chefs de l'État, les comparant aux pires despotes dans leur oppression du peuple. Il accusa les Géorgiens de vouloir abandonner leur gouvernement colonial pour s'en remettre à l'autorité directe de Londres. Plusieurs mois plus tard, en Géorgie, après l'adoption d'une nouvelle constitution et l'élection du premier gouverneur de l'État, John Adam Treutlen, les officiels géorgiens émirent un mandat d'arrêt contre Drayton et mirent sa tête à prix, pour la somme de £100. Protégé par les miliciens d'Elijah Clarke et des amis en Caroline du Sud, Drayton ne fut jamais capturé et il revint en Caroline du Sud comme le promoteur principal de la cause rebelle.

Presque une année après que les treize colonies eurent déclaré leur indépendance, le lieutenant-colonel Brown se laissait tranquillement bercer dans son hamac accroché aux murs d'une minuscule pièce, autrefois une des cellules de la prison de Fort Matanzas. Cette place forte sur les rives de la rivière Tolomato, dont la construction fut achevée trente-cinq années plus tôt, servait à protéger Saint-Augustine des attaques par la mer. Il aurait dû apprécier la fraîche brise salée que soufflait l'océan Atlantique, mais son agitation ne le lui permettait pas. Il était maussade. Malgré que le périple de 720 kilomètres depuis Pensacola ait duré près de vingt heures, la veille, Brown n'avait pu trouver le sommeil durant la nuit. Ses éclaireurs l'avaient attendu à son dernier retour à Saint-Augustine. Ils lui avaient rapporté que des unités de cavalerie du général McIntosh avaient repris leurs activités au sud de l'Altamaha. Ils planifiaient selon toute vraisemblance une autre des incessantes excursions militaires de troupes continentales dans ce que Brown considérait être le territoire des Rangers. Avec ses six cents soldats postés à Saint-Augustine, toute incursion prévisible en Floride pouvait être repoussée, mais Brown était encore ulcéré et embarrassé qu'une force combinée de troupes régulières et miliciennes ait pu, en septembre dernier, franchir la rivière St. Johns et menacer des installations britanniques au sud. Le succès de son opération visant à repousser l'envahisseur avait, contre toute attente, augmenté la tension à Saint-Augustine entre les troupes régulières et les Rangers, car le gouverneur Tonyn avait félicité les forces de Brown et le général Prevost, lui, avait donné tout le mérite aux soldats servant sous les ordres de son frère, le major James Mark Prevost.

Le sergent Baker avait par deux fois averti Brown de l'étrange rivalité entre réguliers et miliciens, qui se terminait plus souvent qu'autrement en querelles d'ivrognes dans les tavernes locales ou dans des rixes autour des feux de camp. La discipline rigide imposée aux Tuniques rouges contrastait énormément avec la relative flexibilité qui existait au sein de l'organisation des Rangers et, en entendant des récits exagérés parlant des immenses richesses récoltées par les Rangers, les troupes régulières ne pouvaient qu'être jalouses et irritées. McIntosh et ses forces américaines avaient fait ravaler les grandes prétentions des Rangers qui se disaient invincibles. Les Continentaux avaient, sans rencontrer de résistance, occupé une région que les Rangers avaient proclamée « territoire britannique » sous leur complète protection. Brown avait de la difficulté à expliquer, même à certains de ses propres hommes, que la tactique en région boisée des Rangers consistait à se dérober devant une grande force militaire pour revenir à la dérobée et triompher d'elle par la surprise. Qui plus est, l'occupation des territoires au sud-ouest de la Géorgie n'était pas un objectif poursuivi par aucun des deux camps.

Certains des colons tories, qui étaient récemment venus du nord de la Géorgie en tant que réfugiés, apportèrent avec eux des récits dénaturés de l'humiliation de Brown à Augusta, mais aussi la vérité sur son manque d'expérience militaire. Il commença à remarquer que plusieurs officiers britanniques le fuyaient lors de rencontres en public et cela l'amena à se détacher plus encore du monde officiel pour renforcer ses relations avec le sergent Baker (qui refusait toute promotion), Sunoma et un nombre toujours croissant de miliciens indiens et tories, que ses subalternes prenaient en charge durant l'entraînement.

L'un des assistants-clés de Brown se nommait Daniel McGirth, un déserteur américain ayant offert des services inestimables aux troupes continentales en tant que guide et éclaireur dans sa région d'origine, celle de Darien. Il se passionnait, avant la guerre, pour l'élevage de chevaux de course et montait une superbe jument gris de fer nommée Gray Goose. À l'époque, un jeune et riche lieutenant de la milice posté à Fort McIntosh, Clarke Christie, s'entêtait à vouloir acquérir la jument, mais McGirth refusait de la vendre, peu lui importait l'offre ; il refusait même de l'échanger contre des galons de lieutenant. Christie commença à gendarmer l'éclaireur et une nuit, il l'insulta en le traitant de « stupide fils de garce ». Ils échangèrent des coups et McGirth eut le dessus durant la courte bataille, laissant Christie à l'infirmerie avec un nez cassé. Quelle ne fut pas la surprise de McGirth, quelques heures plus tard, d'être arrêté et traduit devant la Cour martiale pour avoir frappé un officier. On lui donna dix coups de fouet devant le tribunal de Darien et il fut enfermé dans la prison locale. Un gardien compatissant lui donna une vieille truelle et, après avoir défait ses barreaux, il trouva Gray Goose et s'enfuit pour Saint-Augustine. Son intense haine pour les rebelles américains fit de lui la recrue naturelle des Rangers de Floride et il devint vite l'un des éléments les plus précieux de Brown.

Penser à McGirth donna une idée à Brown. Il roula hors de son hamac, s'habilla en presse dans sa pièce froide et austère et, dans l'heure, se trouva auprès du sergent Baker, qui n'était jamais surpris de ces séances improvisées de planification.

« Je crois que le temps est venu pour une confrontation directe avec les forces rebelles de Géorgie », annonça Brown, résolu.

Le sergent réalisa immédiatement que cette déclaration impliquait un changement radical au sein de l'organisation, qui préconisait d'ordinaire des attaques éclairs devant les forces continentales et les milices organisées. Toutes les confrontations étaient normalement menées par les troupes régulières, mais Baker ne s'étonna pas de la décision de son supérieur, croyant lui-même qu'une action était nécessaire pour permettre aux Rangers de se venger et de pouvoir ainsi rétablir leur réputation. Il savait qu'à Savannah, on concoctait sans cesse de nouveaux plans pour l'invasion de la Floride. Il était aussi au fait que les chefs rebelles se louangeaient eux-mêmes d'avoir pu établir un avant-poste au cœur des territoires sous l'égide britannique, au sud de l'Altamaha.

— Oui, Sir, je suis d'avis qu'il nous faut leur montrer qui contrôle le sud de la Géorgie. Où croyez-vous que nous devrions frapper ?

— Cette fois-ci, nous nous attaquerons à une de leurs installations, et je ne parle pas ici de simples avant-postes de colons. Nos hommes doivent acquérir de l'expérience et, par le fait même, nous démontrerons au gouverneur Tonyn que nous sommes capables d'opérations militaires plus ambitieuses. Que savez-vous de Fort McIntosh, sergent ?

Le sergent sourit en examinant quelques notes inscrites dans un grand livre : « Pour une cible, je sais que le nom me plaît. Le général McIntosh est un des protégés de Washington et, en attaquant cette cible, nous servirons un retentissant coup de semonce aux Géorgiens. De plus, je suis convaincu que McGirth saluerait une occasion de reparler à un certain lieutenant. Trois des hommes de Sunoma se sont introduits dans le fort, la semaine dernière, prétextant vouloir troquer des venaisons contre des couteaux, d'ailleurs les seuls articles que les Continentaux avaient à troquer. Selon leur rapport, c'est le capitaine Winn qui assurait le commandement et il ne disposait que de quelques troupes sous ses ordres, tous des fantassins, dont le lieutenant Christie, un autre de même grade et trois sergents. On rapporte qu'ils semblaient plutôt bien entraînés, mais peu alertes dans le fort après la fermeture des portes pour la nuit. Je crois avoir entendu dire que ce capitaine Winn est le neveu ou un cousin du gouverneur Bulloch. »

— Envoyez quatre de nos bons éléments dans le fort, préférablement des colons qui peuvent se faire passer pour des Whigs convaincus. Qu'ils emportent quelques-uns des meilleurs produits de notre réserve. Ils diront être en route pour Savannah, mais demanderont de rester au fort pour la nuit, pour plus de sécurité. Ensuite ils offriront de troquer leurs marchandises avec les officiers du fort, ce qui, s'ils acceptent, sauverait un long périple à nos voyageurs. Faites-leur part des informations que nous voulons, mais ne leur parlez pas de notre plan.

— Quel serait, selon vous, Sir, le meilleur moment pour passer à l'action ?

— Eh bien, sergent, vous savez que je n'aime pas l'échec. Nous devons tout d'abord entraîner nos hommes à la prise d'un poste fortifié. Pensez-vous que nous pouvons, en un mois, préparer une centaine d'hommes et recueillir les renseignements nécessaires ? Cela nous mènerait vers la mi-février, je crois.

— Oui, Sir.

C'était décidé. Brown connut bientôt le fort sous tous ses angles. Sa superficie totalisait environ 33 mètres carrés et il était situé sur une petite colline près de la rive nord-est de la rivière St. Illa. Soixante-dix hommes le gardaient, surtout des recrues géorgiennes, mais il y avait aussi une douzaine de Continentaux réguliers qu'on disait bien entraînés et compétents. Le capitaine Winn était jeune, mais apparemment décidé à se faire un nom. Ses missions se résumaient à quelques incursions hors du fort, mais toutes étaient principalement liées à la défense des fortifications. Il faut dire que de maintenir une présence militaire permanente aussi avancée au sud de la Géorgie était déjà un exploit en soi, une victoire symbolique.

Brown ordonna une surveillance toute particulière des activités dans le fort et aussi, à Savannah, des décisions prises par le commandement continental. On ne remarquait aucune réelle tentative chez les Continentaux d'empêcher les fuites de renseignements. Dans les tavernes, par exemple, il n'était pas rare de surprendre les conversations des officiers et des soldats qui, en buvant de la bière, échangeaient des rumeurs et des informations parfois plus importantes qu'ils ne semblaient le croire. Ses agents lui apprirent que de la nourriture et des munitions devaient être livrées à Fort McIntosh par barges, lesquelles suivraient des canaux pour ensuite emprunter la rivière St. Illa jusqu'au fort.

Brown décida de laisser le sergent Baker et le lieutenant McGirth diriger l'expédition, tandis qu'il resterait derrière, à Saint-Augustine. Leur plan consistait à intercepter la cargaison à l'embouchure de la rivière, à remplacer l'équipage et leur escorte par des Rangers et à prendre le fort après que les Continentaux eurent ouvert les portes pour recevoir l'approvisionnement. Une force d'environ quatre-vingt-dix hommes serait déployée assez près pour entourer le fort au bon moment et pour assurer la réussite de l'opération.

Un courrier vint informer le commandant des Rangers dès que les lentes barges s'éloignèrent de Savannah et le plan fut mis en application. On l'exécuta sans anicroches et le fort fut soumis avec des pertes minimales des deux côtés. Comme le voulait la pratique, le capitaine Winn et les autres captifs furent libérés sous promesse de ne plus prendre les armes, mais McGirth insista pour que le lieutenant Christie soit fait prisonnier à Saint-Augustine, qu'il soit en quelque sorte garant de la parole de ses confrères. Deux volontaires tories expérimentés et quatre braves Creek s'occupèrent d'acheminer le prisonnier vers les fortifications britanniques. Il y eut apparemment confusion au sein du groupe lors de la traversée de la rivière St. Marys et Christie fut tué alors qu'il tentait — selon ses gardiens — de s'échapper. Avant que les Rangers blancs ne réussissent à les en empêcher, les Creek scalpèrent le corps inerte du Géorgien et, après une brève discussion, son corps fut mis en terre près de la rivière.

Brown confronta le lieutenant McGirth dans cette affaire, mais ce dernier nia avoir commandé ou même incité l'attaque. Bien que son déni ne fut pas des plus convaincants, le sergent Baker persuada Brown que la tentative d'évasion à défaut d'être crédible, demeurait la meilleure explication vu les circonstances. Il était impossible de camoufler la mort du lieutenant et la colonie fut plus que jamais secouée par la prise de l'un de ses rares forts et par l'« exécution » sans précédent d'un otage. Archibald Bulloch rapporta l'incident sauvage au général Robert Howe, à Charles Town, et lui demanda de déployer une force pour défendre la Géorgie. Des troupes furent envoyées, mais elles n'arrivèrent pas avant que les envahisseurs se soient évanouis dans les marécages et dans les bois à l'ouest de la Géorgie et au nord de la Floride. Les troupes géorgiennes découvrirent que leur fort avait été pillé, incendié et abandonné peu après sa prise par les Rangers.

CHAPITRE 30

Un duel à mort

AVRIL 1777

Les leaders politiques et militaires de Géorgie réalisaient que leur autorité réelle n'allait guère au-delà de l'enceinte de la ville de Savannah. En effet, la plupart des colons au sud subissaient l'intimidation des Rangers et ceux plus loin en amont de la rivière Savannah n'étaient pas disposés à appuyer la révolution. L'État était complètement fragmenté. Archibald Bulloch, en tant que président du Conseil de sécurité, était l'homme le plus vénéré en Géorgie et la seule personne capable d'unir à une cause les différentes factions politiques, autrement très divisées. Il fut investi de pouvoirs quasi dictatoriaux pour recruter et déployer une milice forte et unie, mais il mourut quelques jours après son entrée en fonction, d'une mort soudaine et mystérieuse. Le Conseil de sécurité promut Button Gwinnett pour lui succéder. Cette nomination suscita de vives inquiétudes, mais quelques-uns des tenants les plus fervents de Gwinnett refusèrent de considérer toute autre candidature.

L'un des premiers gestes officiels de Gwinnett fut de faire arrêter George McIntosh, le frère de Lachlan, sous l'accusation d'avoir violé la politique d'embargo sur la traite avec les Britanniques, et on le mit aux fers dans une prison locale. En fait, George n'était pas coupable : c'était un agent Tory qui avait falsifié les carnets de livraison d'un navire appartenant à George et l'avait ainsi envoyé à Saint-Augustine livrer sa cargaison de riz aux Britanniques. Les Écossais furent profondément indignés de cette insulte visant directement leur communauté. Dès qu'il le put, alors que Gwinnett visitait Augusta, le Conseil de sécurité libéra sous caution McIntosh et lui ordonna de se présenter à Philadelphie pour que procès lui soit fait. Le Congrès continental évalua le cas et décida qu'il y avait matière à juger dans cette affaire.

Button Gwinnett s'indigna à son retour à Savannah quand il apprit qu'on avait laissé sortir George McIntosh, mais il mit le plus gros poids de son blâme sur Lachlan et sur le clan des Écossais de St. Andrews. Après quelques jour à peine, Gwinnett décida qu'il était temps de donner vie à son ambition suprême : assumer le commandement de la force militaire de l'État et organiser une autre invasion de la Floride.

Thomas Brown ne tarda pas à apprendre l'existence de ces plans, mais il ne se sentait pas concerné. Avec ses 350 Rangers, Brown se sentait fort aise de confronter les 600 troupes continentales et les quelque 1 000 miliciens de Géorgie, car le commandement de ces deux groupes n'était pas unifié et que les premiers soucis du second groupe étaient de protéger leur famille et de travailler leur terre. Soutenu par plus d'un millier de réguliers britanniques en garnison à Saint-Augustine et par une puissante flotte contrôlant les mers, Brown ne s'inquiétait pas outre mesure des activités autour de Savannah. Il se plut même à en ridiculiser la portée dans un compte rendu adressé au major Furlong, qui commençait par une remarque de ses propres Rangers. Il présuma que ce rapport informel serait largement distribué :

> « Les leaders des rebelles sont comme des chiens à un concours de ' à qui lève la patte la plus haute '. Les Géorgiens se méprisent entre eux et les soi-disant commandants continentaux ont peu de contrôle sur eux. Le général Charles Lee, pouvons-nous le blâmer, fut dégoûté en voyant la Géorgie et demanda qu'on le transfère derechef hors du Sud. Le général Robert Howe le remplaça et est présentement en visite à Savannah. Mais sera-t-il capable d'arbitrer objectivement les relations entre le président Button Gwinnett, un traître ayant signé la Déclaration d'indépendance, et le général de brigade Lachlan McIntosh, qui est certainement le commandant militaire le plus capable de la colonie mais dont les forces et le pouvoir sont restreints ? Non seulement ces deux personnages se battent-ils pour le contrôle de leurs troupes incompétentes, mais ils se

haïssent profondément et luttent pour les pouvoirs politique et
militaire. La seule chose sur laquelle les deux leaders géorgiens
sont capables de s'entendre, c'est de ne pas se soumettre au
commandement d'un officier de bas grade des forces continen-
tales. »

Après un court séjour à Savannah, où il explora des pistes de plans pour une attaque éventuelle contre la Floride, le général Robert Howe retourna à Charles Town, dégoûté, laissant derrière lui quelques-unes de ses troupes. Après le départ de Howe, Gwinnett décida que son poste politique lui conférait l'autorité d'attaquer les Britanniques ; il planifia donc une autre excursion militaire en Floride. Malgré les recommandations répétées de ses plus proches associés, Gwinnett refusa d'informer le commandant continental Lachlan McIntosh de ses plans. Une poignée de volontaires se présentèrent lorsque Gwinnett tenta de créer une force milicienne et c'est un Conseil de sécurité exaspéré qui fit appel, en catastrophe, à l'aide de McIntosh pour réaliser l'expédition.

Au mois d'avril de 1777, les forces commencèrent leur marche vers la Floride, mais une autre querelle éclata avant qu'elles n'arrivassent à mi-chemin de la frontière Floridienne. L'intense animosité entre Gwinnett et McIntosh rendait impensable le fait qu'ils puissent recevoir un ordre de l'autre ou même qu'une infime collaboration puisse exister entre leurs subalternes. Gwinnett et McIntosh refusaient d'amener leurs forces plus au sud, à moins que McIntosh ne se soumette au commandement de Gwinnett et vice versa. En définitive, le Conseil ordonna aux deux chefs et à leurs troupes de regagner Savannah, où les deux hommes rassemblèrent le plus d'appuis politiques possible pour donner plus de poids à la justification de leurs actions.

En mai, Gwinnett fit campagne contre John Adam Treutlen pour le poste de gouverneur et perdit son élection, deux mois exactement après sa nomination au poste le plus élevé de l'État. Presque immédiatement, le général McIntosh déposa une plainte contre Gwinnett à l'assemblée générale du Conseil, affirmant qu'il était coupable de déloyauté et de refus d'obéir à des ordres légitimes, gestes impardonnables qui avaient, selon le général, amené la campagne militaire à un échec gênant. Comme prévu, Gwinnett réfuta toutes les accusations et affirma que le blâme revenait à McIntosh. Après de chauds débats, une faible majorité de l'assemblée très partagée décida que Gwinnett n'avait pas commis de faute durant la campagne. Lorsqu'il entendit cette conclusion, McIntosh insulta avec véhémence son adversaire en le traitant de « crapule et de sale menteur ». Et comme l'inévitable finit toujours par se produire, l'adjoint de Gwinnett, cette nuit-là, vint informer McIntosh que Button demandait réparation de l'offense par les armes.

Le soleil n'avait pas encore chassé toute la noirceur de la nuit, tôt le matin suivant, lorsque le général de brigade McIntosh et son témoin, le colonel Joseph Habersham, descendirent de voiture dans un pré aux abords de Savannah, dans une plantation appartenant anciennement au gouverneur James Wright. Une brume matinale enveloppait la campagne, mais les hommes pouvaient tout de même voir leur attelage à une trentaine de mètres. Habersham faisait les cent pas, mais McIntosh semblait tout à son aise, tandis que les oiseaux chanteurs leur offraient les premiers gazouillis de la journée. Le ciel commençait à s'illuminer à l'est. Un quart d'heure plus tard, l'ancien président Gwinnett et son allié politique George Wells arrivèrent. En tant qu'apothicaire pratiquant la médecine, Wells se proposa de soigner les blessures de l'un ou l'autre des combattants. Les deux témoins discutèrent avec les duellistes puis se consultèrent.

Le Dr Wells parla d'abord : « Le président Gwinnett a décidé de laisser le général décider de la distance. »

Lorsque Habersham alla auprès de McIntosh et lui présenta la question, sa réponse fut : « Je propose trois pas. »

Les deux témoins protestèrent vigoureusement en affirmant que cette distance ne laissait guère de chance de survie. Après un bref échange, ils se mirent d'accord pour quatre pas. Ces excellents tireurs voulaient que quelqu'un meure ce matin-là, cela ne faisait aucun doute.

Gwinnett accepta immédiatement cette proposition et, après avoir vérifié leur arme, les deux hommes s'approchèrent sans dire un mot et firent volte-face. Maintenant dos à dos, ils attendirent jusqu'à ce que le signal fût donné. Ils firent les pas prescrits, se retournèrent et firent feu. Ils furent tous deux blessés ; la cuisse de McIntosh prit une balle et l'autre alla se loger tout près de l'aine de Gwinnett. Button était au sol, mais McIntosh demeurait debout. Le général baissa les yeux sur son abject adversaire et lui demanda froidement : « Un autre coup ? »

Gwinnett, dont la hanche gauche semblait fracturée, répondit : « Oui, si quelqu'un pouvait seulement m'aider à me relever. »

Les témoins intercédèrent et Wells voulut examiner les blessures des deux hommes. La jambe du pantalon de McIntosh était trempée de sang, mais il refusa tout traitement du témoin de son adversaire, appliqua un garrot et fut en mesure de grimper dans sa voiture sans aide. Après le départ d'Habersham et de McIntosh, Wells et Gwinnett les suivirent jusqu'à Savannah. Trois jours plus tard, Gwinnett mourut de l'infection de sa blessure, probablement due à des traitements inadéquats. Mme Gwinnett blâmait pour la mort de son époux « l'incompétence de son docteur », mais Lyman Hall, l'ami et l'exécuteur testamentaire de Button, déposa une accusation officielle pour meurtre contre McIntosh. Le général se livra aux autorités, demanda immédiatement un procès et fut acquitté. Les tenants de Gwinnett orchestrèrent une campagne à l'échelle de l'État pour exhorter les Géorgiens à refuser de servir sous les ordres du « meurtrier ». Les attaques verbales rancunières persistèrent, si bien qu'en octobre, cinq mois après le duel, McIntosh quitta une Géorgie amèrement divisée, se présenta devant le général Washington et, sur les recommandations du général Charles Lee, prit le commandement des districts ouest de Virginie et de Pennsylvanie.

Malgré des nouvelles d'actions militaires dans les États du nord et des attaques sporadiques des Rangers de la Floride, la majeure partie des familles géorgiennes du Nord était peu dérangée par la guerre révolutionnaire. La Floride et l'extrême sud de la Géorgie étaient les dernières destinations hospitalières pour les Tories les plus militants, tandis que les familles whigs trouvaient la sécurité sur la côte près de Savannah et dans les environs d'Augusta. Même dans la région côtière, les Britanniques trouvaient de la sympathie et du soutien auprès des anciens membres du Conseil du gouverneur, du clergé anglican, de certains marchands fortunés de Savannah, des marchands indiens et des immigrants de fraîche date.

Les familles du comté de Wilkes étaient encore plus divisées que dans le reste de la colonie. Les combats plus au sud et sur la côte n'avaient eu qu'un impact minime sur la vie des Pratt et des Morris. Bien qu'Ethan ne partageât pas le pacifisme des Quakers, il espérait que les différences politiques puissent être discutées sans violence et il était déterminé à se tenir à l'écart de toute action militaire. Kindred était fermement opposé à tout combat qui causerait du tort à la Couronne ou à ses amis indiens. Les actions, les philosophies et les idées politiques des communautés à forte dominance quaker contrastaient violemment avec celles de leurs voisins immédiats, les militants qui entouraient Elijah Clarke.

Toutefois, Elijah Clarke était pris dans un dilemme. Il était un milicien fier, complètement investi dans la cause indépendantiste, mais il ne pouvait pas supporter de servir une autorité qu'il ne respectait pas. Ses voisins et lui ne se sentaient plus du tout impliqués dans le fiasco politique de Savannah, où les chefs n'apportaient qu'embarras et n'étaient pas dignes, selon eux, de leur soutien. La mort d'Achibald Bulloch et la nomination de Button Gwinnett avaient confirmé l'hypothèse des miliciens que Savannah n'était qu'un nid d'intrigues sans but et qu'un berceau pour la corruption. Elijah était familier avec la carrière militaire du général McIntosh et le respectait pour son courage et sa compétence. Avec lui, les miliciens avaient par deux fois célébré : d'abord à la défaite de Gwinnett et, par la suite, à la nouvelle de son duel fatal.

Avec l'élection de Treutlen au poste de gouverneur, les miliciens envisagèrent de changer le rôle de leur milice et de sa mission. Comme par le passé, leurs désirs étaient de préserver leur intégrité et leur indépendance, d'utiliser leurs propres armes, de faire passer leur famille et leur ferme avant l'entraînement milicien et de prendre en collectivité les décisions relatives aux opérations dans leur propre communauté ou en partenariat avec les milices de l'ouest de Caroline. Mais au même moment, ils voyaient, dans l'inefficacité des expéditions combinées contre la Floride et les succès des Rangers, une raison d'entrer de plein fouet dans la lutte pour l'indépendance.

En juin 1777, Aaron Hart apporta une invitation personnelle à Elijah Clarke de la part du gouverneur Treutlen pour qu'il se rende à une réunion à Savannah. Clarke se fit escorter d'Aaron, des chefs miliciens John Twiggs et John Dooly et quelques jours plus tard, ils furent introduits dans le bureau du gouverneur.

Après les bienséances d'usage, Treutlen prit la parole : « Gentlemen, je désire d'abord vous remercier pour l'aide que votre comté m'a apporté durant ma campagne pour le poste de gouverneur. Mon intention est de servir aussi bien que feu Archibald Bulloch et de rassembler les Géorgiens dans le même esprit d'harmonie et de coopération que ce grand homme a réussi à créer. »

Clarke ne put s'empêcher ce commentaire : « Eh bien, gouverneur, il ne fait aucun doute que vous ferez de bien plus grandes choses que l'homme qui s'est incliné devant vous et nous, qui vivons en amont de la rivière, sommes prêts à vous aider si nous le pouvons. Par ailleurs, j'imagine que ce n'est pas là la raison de notre convocation, gouverneur. »

Treutlen comprit que les paroles oiseuses n'étaient pas de mise et décida d'aller droit au but : « Messieurs, je veux voir durant mon court mandat les différentes milices se renforcer et s'organiser en une seule force de combat. Nous ne pouvons être sûrs du nombre de Continentaux que le général Washington nous enverra et il est impératif de montrer aux Britanniques que notre défense est forte. Je sais que vous pouvez frapper dans les Carolines et nous avons besoin de votre aide dans notre propre État. »

Elijah lui répondit : « Gouverneur, nous serons heureux de vous aider, mais nous ne sommes pas nombreux. Nous nous battons avec nos propres armes et nos seules montures sont souvent nos chevaux de trait. Nous nous sommes rendus à deux reprises dans la Vallée Watauga, mais nous concentrons nos efforts à protéger nos familles des attaques indiennes. Je pourrais tout au mieux vous envoyer quelques hommes lorsque vous aurez besoin d'aide. »

Dooly enchaîna : « Gwinnett ne semblait pas avoir besoin de nous, même s'il est certain que nous aurions pu aider à la campagne contre la Floride. Avec ce qui s'est passé dernièrement dans la région, il est très probable que ' Burnfoot ' Brown tentera de gruger du terrain plus au nord, et nous devons l'en empêcher. Mais comprenez que nous sommes en quelque sorte enchaînés à nos propriétés. »

Treutlen reprit les rênes de la discussion : « Eh bien, il semble que nous ayons beaucoup de choses en commun. Bien que nous ne puissions espérer des troupes supplémentaires du Congrès, des subventions nous ont été allouées pour la formation d'une milice. Je vous demande d'amener vos hommes ici et nous verrons comment nous pouvons vous fournir des équipements militaires. »

— Nous ne pourrions refuser une aide aussi inespérée, mais que voulez-vous en échange ?, questionna Clarke, sur la défensive.

— La seule obligation est que le commandant de la milice fasse personnellement serment que l'équipement sera utilisé à bon escient et qu'il servira seulement pour les besoins des troupes qu'il dirige. Nous avons des stocks de mousquets, de baïonnettes, de poudre et de munitions, quelques chevaux, des draps et des tentes. Nous disposons aussi de quelques paires de bottes.

— J'estime que je dois être le signataire de ce papier. Combien d'hommes pensez-vous pouvoir équiper ?

— De combien d'hommes disposez-vous ?

— Cent vingt se présentent d'ordinaire pour offrir leurs services lors de nos convocations, mais moins d'une centaine demeure pour l'entraînement. Nous pourrions probablement en rassembler quatre-vingts en ce moment même, si besoin est.

Clarke, Dooly et Twiggs échangèrent quelques mots en aparté avant que Clarke ne se ravise : « Peut-être deux cents hommes, tous ou presque du comté de Wilkes. »

Treutlen émit une restriction : « La limite est de vingt-trois livres par homme et vous devrez trouver les meilleures occasions pour vos achats. Aussi, vous devrez faire en sorte que ces montants vous suffisent pour au moins une année, et peut-être davantage. »

Clarke demanda si certains des équipements pouvaient être achetés à Augusta, plus près de leurs habitations et le gouverneur acquiesça.

Après deux heures de calculs et de considérations diverses avec ses trois acolytes, Clarke accepta finalement de signer le contrat du gouverneur colonial pour la somme de £4 560. Aaron dut assurer à son chef qu'il n'aurait pas à repayer cet énorme montant, mais que chaque homme serait responsable du bon usage de cet argent. Ce n'est qu'au terme d'un mois que tous les miliciens furent enfin équipés. Clarke fut impressionné de la facilité avec laquelle les volontaires s'enrôlaient lorsqu'on leur promettait des équipements adéquats.

Au début de novembre 1777, Brown crut bon de soumettre un autre rapport à ses supérieurs :

« Votre excellence,

Il m'afflige de vous rapporter la première victoire rebelle depuis le début de l'insurrection. On vient de m'informer qu'une force rebelle écrasante de 17 000 hommes, sous les ordres d'Horatio Gates, encercla le général Burgoyne qui disposait de moins de la moitié de cette force. Cinq mille hommes de nos troupes furent capturés. Antérieurement à cela, les forces britanniques avaient réussi la prise de Fort Ticonderoga et leur avancée se faisait sans heurt vers le sud. Bien qu'il nous soit facilement possible de surmonter ce revers, je crains que ces nouvelles soient interprétées à Paris comme encourageantes. Ainsi les Français pourraient-ils bientôt apporter leur soutien aux rebelles. Comme nous le savons tous, la France a encore la perte du Canada sur le cœur, une défaite qui remonte à presque cinquante ans déjà. Depuis, les Français cherchent un prétexte pour appuyer la rébellion et pour nous rendre les coups.

Je dispose également d'un rapport d'une source plutôt sûre qui m'informe que le général Sir William Howe souhaite soumettre Philadelphie, soit par mer, soit par terre. Une flotte adéquate de plus de 200 vaisseaux aurait été déployée près de New York. Elle doit servir au transport de troupes ou de ravitaillement, lorsque l'attaque sera décidée.

L'agent du gouverneur soumet respectueusement ce rapport. »

Presque trois mois plus tard, un autre envoi fut fait par Brown :

« *Votre excellence,*

Voici un rapport bref et général, mais beaucoup plus encourageant que mon dernier envoi. Depuis que Philadelphie nous est acquise, le Congrès continental a dû se réorganiser à York, en Pennsylvanie. Les Britanniques ne sont pas gênés par les rigueurs de l'hiver et, à Philadelphie, les vivres ne manquent pas. Les rebelles ont accumulé revers sur revers et croulent dans la misère quelque part à l'ouest. Ils ont épuisé leurs fonds et ne peuvent plus payer leurs troupes, les vêtements manquent et un profond sentiment d'impuissance ronge leur moral. Ils ont bien tenté de redonner espoir à leurs troupes en exagérant la portée de petits gains à Trenton, à Princeton et à Jersey, ce qui est normal puisque c'est là les seules victoires dont peut se vanter leur soi-disant commandant en chef.

L'agent du gouverneur soumet respectueusement ce rapport. »

Thomas Brown avait conscience des changements majeurs dans la stratégie britannique. Le sergent Baker et lui discutèrent des problèmes qui gangrenaient les relations entre les officiels britanniques de Floride. Tout comme à Savannah, les corps exécutifs étaient confus et minés par les divisions idéologiques. Brown savait que l'existence de ses Rangers était au cœur de leurs disputes. La jalousie et l'inaction militaire des officiels britanniques les amenaient à mépriser Brown et ses Rangers. En dépit de ses détracteurs, Brown avait l'appui total du major Furlong, son tuteur des premières heures, et du gouverneur Tonyn, car ces deux hommes pouvaient prendre le mérite de ses succès et utiliser les renseignements recueillis par son service, tout en étant irresponsables de ses actions plus ou moins répréhensibles.

Le colonel Augustine Prevost, le très rigide et formel commandant suisse, n'avait pas la même vision des Rangers et de leur chef. Avec son frère George et son fils James Mark, tous deux officiers dans les troupes régulières, il méprisait profondément les opérations peu structurées des Rangers et s'était objecté avec acharnement contre la nomination de Brown, décidée par le gouverneur Tonyn, au grade de lieutenant-colonel. Prevost n'avait jamais reconnu les accomplissements des Rangers et n'avait pas transmis à Brown les éloges que Sir William Howe voulait lui adresser.,Il rapporta plutôt à Sir William qu'« il y a maintenant quatre compagnies distinctes au sein des Rangers et leurs services sont peu sûrs. Cette force est incontrôlable et anarchique. »

Le gouverneur Tonyn obtint copie de ce message et s'empressa de donner l'heure juste à Sir William à propos de Brown. Il lui affirma que cet homme était un gentleman de bonne éducation, qu'il venait d'une famille réputée et fortunée et qu'il dirigeait d'une main assurée ses Rangers, et cela, toujours au risque de sa vie. Il lui garantit que ces commandos agissaient avec son autorisation et assuraient depuis longtemps le ravitaillement de Saint-Augustine en y faisant parvenir des vivres et d'autres ressources. Plus de trois mille têtes de bétail avaient été expédiées depuis la création de l'organisation milicienne, avait-il dit, et Brown avait remporté un immense succès à recruter des Indiens sous l'égide du Roi. Il lui rapporta également à tort que Brown avait personnellement mené à bien la prise de Fort McIntosh.

Dans l'ensemble, Brown était heureux de son statut et percevait, dans un avenir rapproché, les grandes responsabilités qui incomberaient à ses Rangers de la Floride.

Livre III

1778-1785

CHAPITRE 31

La stratégie des Britanniques au Sud

1778

Au début du printemps 1778, il y eut une réunion de la plus haute importance à Saint-Augustine : six officiels, choisis avec soin, se rassemblèrent autour de la petite table de l'antichambre du gouverneur. Étaient présents un général de brigade nommé McPherson, qui avait été envoyé par le quartier général de Sir Henry Clinton, le gouverneur Tonyn, Augustine Prevost, qui avait été tout récemment promu au grade de général de brigade, et deux officiers, dont l'un était le frère du général, George. Thomas Brown était lui aussi du nombre, mais il lui fut interdit d'amener avec lui d'autres membres des Rangers de la Floride.

Cette réunion eut lieu presque deux ans après la Déclaration d'indépendance ; toute l'assistance était donc consciente des développements décourageants des colonies. Bien que les Britanniques eussent pris New York et Philadelphie, ils furent incapables de prendre Saratoga et d'ainsi isoler la Nouvelle-Angleterre du reste du continent. De plus, les gouverneurs royaux avaient été chassés de Norfolk, de Savannah et de Charles Town : malgré leurs efforts, ils ne purent empêcher les citoyens de changer de camp.

Le gouverneur Tonyn présidait l'assemblée. Tous se turent lorsqu'il se leva et s'éclaircit la voix.

« Messieurs, je voudrais d'abord vous annoncer que, après de nombreux échanges de courrier, il a été décidé que le général, Sir Henry Clinton, sera désormais le commandant en chef des armées en Amérique. C'est sur son initiative que nous nous rassemblons aujourd'hui. Cette réunion a pour but de faire le point sur la situation des colonies et de partager avec vous certaines décisions qui furent prises à Londres. Je n'ai pas à vous rappeler que, étant donné l'importance de l'information, tout ceci doit rester secret.

Vous savez tous que nous avons connu de grands succès dans les colonies du nord, mais nous devons aussi reconnaître que la situation là-bas est dans une impasse. Le ralliement de la France aux rebelles a grandement compliqué la situation et il est à prévoir que la France n'en restera pas là. Nous avons développé une stratégie avec le général McPherson, qui est arrivé ce matin de New York, et j'aimerais vous en faire part. »

Le gouverneur appréciait visiblement son rôle. Il fit une pause pour boire une gorgée d'eau dans un gobelet d'argent. Tous réagissaient au suspense de différentes manières : McPherson, conscient d'être le messager d'une nouvelle capitale, s'enorgueillissait de son importance, tandis que Prevost devenait de plus en plus impatient devant tant de longueurs et de ronds de jambe. Il désapprouvait la présence de Brown : c'était d'ailleurs pour le calmer qu'on avait autorisé ses aides à prendre place autour de la table. Ceux-ci adoptaient la même attitude que leur chef. Quant au commandant des Rangers, il tentait d'oublier sa position d'infériorité.

Tonyn regarda un à un les hommes autour de la table, puis continua : « Cette situation, pénible à bien des égards, est sur le point de changer. Nous sommes appelés, messieurs, à jouer un rôle important pour assurer une victoire rapide et complète de l'armée britannique. Londres a décidé que notre point central d'action serait New York. Nous devrons, autant que possible, vaincre les révolutionnaires installés dans la région, préserver notre contrôle sur la mer et continuer de convaincre les citoyens de rester loyaux envers la Couronne.

L'armée britannique, quant à elle, concentrera son action dans les colonies du sud. Depuis longtemps, je défendais cette mesure, enfin prise. Il va de soi que cette décision a reçu le complet support des gouverneurs Wright et Campbell, qui sont impatients de retrouver leur poste. Notre premier souci sera de reprendre Savannah, d'où nous pourrons ensuite reprendre Charles Town. Il nous sera dès lors possible de mettre sous pression Washington, en le tenant en étau entre nos forces de New York et nos positions acquises dans les Carolines. Ces positions nous permettront aussi d'empêcher les rebelles de recevoir de l'aide de l'étranger. Cela résume en gros la stratégie de notre gouvernement. S'il y a des questions, le général McPherson ou moi-même sommes à votre disposition pour y répondre ».

En négligeant les règles de préséance qui auraient voulu que Prevost s'adresse en premier à Tonyn, le général de brigade posa directement sa question à McPherson : « Sir, jusqu'à quel point le général Clinton est-il prêt à fournir les forces navales et terrestres nécessaires pour la prise de Savannah ? »

— Son Excellence m'a assuré qu'une force adéquate serait assignée, quitte à ralentir de façon temporaire l'action dans les colonies du nord. Nous misons sur le fait que beaucoup de Loyalistes, une fois qu'ils auront vu notre puissance, se porteront volontaires pour nous aider. Il a été estimé qu'il faudra environ deux mille hommes pour prendre Savannah et cinq mille pour prendre Charles Town. Si cela est nécessaire, d'autres hommes pourront se joindre à ces contingents.

— Quel rôle donnera-t-on aux troupes, pour l'instant réduites, qui sont en position en Floride ? Par le passé, elles ont résisté aux pressions constantes des forces rebelles ; nos troupes régulières se sont conduites de façon héroïque, mais je dois avouer que leur succès est en grande partie dû à l'absence d'un commandement unifié chez l'ennemi.

— La majeure partie de nos troupes gagnera Savannah par la mer, mais elles ne pourront parvenir à Savannah si les troupes rebelles s'installent dans les marais bordant l'accès à la ville. Une attaque terrestre simultanée sera donc nécessaire. À ce propos, je dois faire un rapport au général Clinton sur les forces qu'une telle attaque terrestre pourrait nécessiter : il y a dans les Caraïbes des unités qui pourraient être utilisées.

Brown remarqua que Prevost n'avait pas mentionné l'action des Rangers, qui avaient largement contribué à la défense de la Floride, mais il décida de ne pas soulever ce point. Il se remémorait la géographie tortueuse des canaux allant de la mer jusqu'à

Savannah, un entrelacs de ruisseaux qui devraient être traversés. Si les rebelles avaient vent de l'attaque et décidaient de défendre ce passage, la bataille se révèlerait extrêmement meurtrière.

Il y eut un silence pendant lequel chacun considéra les implications futures de la nouvelle. Ce fut le gouverneur qui rompit le silence en s'adressant à Brown : « Commandant, avez-vous des questions ou des commentaires ? »

— Oui, Sir. Jusqu'à quel point serons-nous libres de demander de l'assistance aux tribus indiennes ? Quelle récompense pouvons-nous leur promettre ?

— Je vais tenter de répondre à cette question. Ce sujet n'a pas été traité dans les instructions que j'ai reçues, mais je recommanderais chaudement que l'on tire tout le parti possible des bonnes relations qui existent entre Sa Majesté et les autochtones. S'ils comprennent que leur intérêt est de coopérer avec nous, ils doivent être impliqués dans cette entreprise.

Brown préféra ne pas revenir sur le sujet des récompenses, mais posa une autre question au général McPherson : « Sir, qu'est-ce qui a été préconisé pour la prise de Charles Town ? »

— Nous pensons, pour le moment, éviter cette ville et concentrer notre action sur Savannah. Ensuite, nous pourrons lancer une attaque par la mer et par la terre, en nous appuyant beaucoup plus sur nos forces armées dans cette seconde phase de l'opération. Un long siège est à envisager, qui demandera des forces considérables pour isoler Charles Town du reste du continent.

Brown envisageait un rôle beaucoup plus important des Rangers dans la première opération, où l'appui des populations indiennes locales serait nécessaire. Il pensa immédiatement à l'importance d'Augusta, mais décida de ne pas poursuivre la conversation : il aurait de meilleures chances de faire valoir ses idées dans un échange privé avec le gouverneur Tonyn, qui entretenait visiblement des relations directes et personnelles avec le général Clinton.

La conversation dura entre les autres hommes une bonne heure, ce qui donna l'occasion au général McPherson d'élaborer certains points de détail. Le général Clinton, positionné à New York, superviserait l'opération et enverrait une force navale de New York à Savannah. Il semblait toutefois que la date de l'opération restait encore flottante : tous demandèrent que l'action ne débute pas avant octobre, lorsque la température dans le sud serait plus propice et les opérations militaires dans le nord, moins probables. Brown considérait que ces mois tampons permettraient de recruter des Indiens, de rallier des colons incertains et de préparer les Rangers à des opérations plus au nord.

Au début de 1778, le capitaine Chesley Bostick fut nommé dans les forces continentales et assigné au Fort Howe sur la rivière Altamaha. Thomas Brown fut au fait de cette nomination bien avant que Bostick ne fût entré en poste. Il demanda au sergent Baker une discussion en privé.

« Sergent, je vous donne un ordre formel : il est interdit de tuer Chesley Bostick, pour l'instant capitaine de la milice de Géorgie. Je peux vous renseigner sur lui : il est retors et lâche et il a été nommé à Fort Howe. Si vous êtes informé de ses déplacements, je veux aussi en être informé. S'il est capturé, je veux qu'il me soit amené sur-le-champ. Est-ce clair ? »

C'était clair, mais Baker ne comprit pas vraiment les raisons qui motivaient un tel ordre, sachant depuis longtemps le rôle qu'avait joué Bostick dans la torture subie par le commandant. L'histoire était connue de toutes les personnes d'Augusta : on se moquait parfois, mais on n'évoquait jamais le sujet devant Brown.

« Oui, c'est clair, Sir. Je transmets les ordres à nos gens. »

Peu de jours après, le sergent Baker reçut la nouvelle de l'entrée en fonction de Bostick au Fort Howe. Brown ordonna immédiatement une attaque anticipée du fort. Avec 110 hommes, des Rangers et des Indiens, il traversa la rivière Altamaha en amont, en prenant soin de ne pas éveiller l'attention des gens du fort. De nuit, il commanda à ses hommes d'entourer le fort. Puis, les Indiens poussèrent de grands cris de guerre tandis que les Rangers donnaient du mousquet par-delà les barricades, évitant toutefois de tuer des hommes. Il ne fallut pas plus d'une heure pour assurer leur position et prendre vingt-trois prisonniers, mais le commandant et quelques hommes, on ne sait comment, avaient réussi à s'enfuir. Les Rangers prirent les armes et les munitions, mirent feu au fort et se retirèrent. Bostick écrivit plus tard dans son rapport qu'ils avaient dû plier devant « les forces largement supérieures de "Burnfoot" Brown ». Revenus à Savannah, les agents de Brown racontèrent que Bostick s'était enfui sous le coup de la terreur, abandonnant le fort et ses hommes à une poignée d'adversaires. Une enquête fut ouverte : Bostick fut rétrogradé et condamné à payer une amende de 10 livres.

Comme on pouvait s'y attendre, Prevost minimisa l'importance de l'attaque. Tonyn, cependant, considéra que la destruction du fort découragerait le recrutement américain, diminuerait les opérations militaires sur la frontière ouest de Géorgie et serait une très bonne publicité pour les actions britanniques jusqu'en Caroline du Sud.

En mars, Thomas Brown écrivit un autre rapport :

> « *Votre Excellence,*
>
> *Les efforts des rebelles pour former une alliance avec la France relèvent du subterfuge et de l'artifice. En effet, il est évident que l'armée rebelle ne veut pas et ne peut pas se battre et que la France espère un miracle pour que ses possessions canadiennes et certaines terres à l'est du Mississippi lui soient rendues. Grâce à la supériorité de notre flotte en Atlantique, ils ont été contraints d'attaquer de petites îles dans les Caraïbes. Comme je l'ai déjà écrit, nos troupes, bien approvisionnées, ont passé un hiver sans problème à Philadelphie, à New York et à Newport. Il y a peu d'espoir pour qu'une autre incursion vers Montréal ou Québec ait lieu. Washington est occupé à approvisionner le peu de troupes qui lui reste et à minimiser le grand nombre de désertions. Il est maintenant considéré comme un commandant frileux et peu efficace par John Adams et les autres, qui sont désormais de retour à Philadelphie.*
>
> *Lorsque nous aurons sécurisé le sud et que nous monterons vers le nord, avec l'aide, nous l'espérons, de nos amis indiens, ce mouvement causera une division dans les troupes nordiques, affaiblissant la force rebelle.*
>
> *L'agent du gouverneur soumet respectueusement ce rapport.* »

Au printemps 1778, les chefs américains à Philadelphie et dans les États du sud réalisèrent que l'impasse au nord risquait de mener à une activité britannique plus intense au sud. Les déprédations des Rangers de Floride devenaient insoutenables pour les Géorgiens. Les révolutionnaires étaient également inquiets des activités incessantes de la flotte britannique au large de la Géorgie : les raids d'approvisionnement en nourriture et en esclaves, qui avaient pour proies des villages et des plantations sans défense, étaient continuels. Les chefs de Géorgie considérèrent que la destruction du Fort Howe montrait leur propre faiblesse ; ils se doutaient bien que ce coup d'éclat n'était que la première phase d'une opération militaire plus large.

Les appels pour plus de protection de la part de Savannah devenaient plus insistants. La flotte britannique avait quitté New York, pour une opération probable dans le sud. Tout convainquit le général Washington que les fréquentes rumeurs d'attaque britannique sur Charles Town et sur Savannah étaient fondées. La Géorgie serait fatalement la première cible, attaquée à partir des possessions britanniques de la Floride. Washington envoya donc le général Benjamin Lincoln pour remplacer le général Robert Howe comme commandant des forces continentales du sud. Il commanda à Howe de se rendre en Géorgie pour assurer la défense de l'État. Pour stimuler le support aux libéraux, il prescrivit que toute personne capable d'enrôler quinze volontaires ou plus pourrait piller les propriétés des Tories en Floride et obtiendrait au moins le grade de lieutenant dans la milice géorgienne. Il offrit aussi deux cent cinquante hectares de terre libre à chaque famille qui s'installerait au sud de la rivière Altamaha ou dans l'est de la Floride, mais personne ne fut preneur.

De plus, pour répondre à la menace britannique, Washington envoya quelques centaines d'hommes de plus sous les ordres du général Howe pour défendre Savannah. Il y avait désormais dans les environs deux mille Continentaux, s'ajoutant à la milice de la Caroline du Sud, commandée par le colonel Andrew Williamson, et au contingent de Géorgie, commandé par le gouverneur John Houstoun, récemment nommé. Cette force était complétée par les unités navales du commodore Oliver Bowen, qui comptaient cinq vaisseaux de guerre, deux voiliers et huit embarcations plus petites, maniées par des rameurs. C'était une force formidable. Les révolutionnaires manquaient cependant, comme le mentionna le général Howe dans son rapport, de souliers, de couvertures et d'abris adéquats. Ils ne pouvaient contribuer à l'effort de guerre qu'en apportant de chez eux les armes et le peu de munitions qu'ils avaient. Depuis huit mois, les troupes n'avaient pas été payées, ce qui amena le Congrès continental à mettre à la disposition de la milice de Géorgie 600 000 $. Bien que l'inflation ait rendu ce montant dérisoire, l'octroi de l'argent fut la reconnaissance symbolique du rôle important que ces hommes jouaient dans la zone tampon entre les forces britanniques de Floride et les colonies du nord.

Les Britanniques savaient que le moral était faible dans les troupes continentales et que cela entraînait de nombreuses désertions. Les punitions pour les déserteurs étaient de plus en plus sévères. Brown, dans un rapport, raconta qu'en une seule journée il y eut dix condamnations pour désertion : sept hommes furent fusillés, un homme fut pendu, les deux autres furent condamnés à cent coups de fouet. Un fermier, qui avait déserté et était rentré chez lui, avait été condamné à quatre cents coups de fouet ; les troupes firent un tollé quand l'homme mourut des suites de son châtiment.

Elijah Clarke et sa milice se sentaient désormais bien organisés et bien entraînés : ils étaient prêts à combattre et étaient impatients de le faire. Elijah vint à Savannah avec deux cents volontaires, adéquatement approvisionnés et armés. Il offrit ses services, préférablement pour une incursion au nord de la Floride. L'État de Géorgie, pour éviter d'être encore confronté à des compétitions entre ses officiers, avait placé à la tête de ses contingents le gouverneur John Houstoun. Bien que le gouverneur n'eût aucune expérience militaire, Elijah Clarke voulut bien se mettre sous ses ordres dans l'espoir d'être directement impliqué dans la lutte contre les Britanniques.

Lorsque Clarke rencontra le gouverneur Houstoun et son détachement de Géorgie, il se rendit compte que ses troupes étaient les seules aptes à combattre dans les régions chaudes et infestées par la malaria de la côte. Dix hommes occupaient une petite tente, une seule cantine devait servir six hommes et quinze hommes se partageaient une bouilloire. Peu de soldats avaient des munitions en quantité suffisante et aucun médecin n'était disponible : les hommes étaient grandement découragés. Elijah, convaincu de la supériorité de ses volontaires, voulut plus d'actions concrètes. « Il ne servait à rien », disait-il, « d'attendre autour de Savannah pour répondre à une hypothétique attaque des Britanniques ». Il persuada les autres chefs de Géorgie de la facilité de défendre Savannah avec une troupe de mille hommes, s'ils étaient convenablement déployés. La ville était entourée de marais et de terres marécageuses, ce qui rendait toutes attaques terrestres difficiles, voire même impossibles ; une invasion par mer serait facilement repoussée par une artillerie bien placée et on pouvait, si nécessaire, couler les bateaux dans le plus grand des canaux.

On en vint à un consensus : la meilleure stratégie était d'attaquer durement la Floride. Tous les chefs réalisèrent que, pendant les premiers mois de la guerre, même si l'armée continentale possédait deux fois plus d'hommes, il avait été impossible de franchir la rivière St. Marys et d'entrer en Floride, encore moins de prendre Saint-Augustine. Les Géorgiens étaient toutefois convaincus qu'il était possible de corriger les erreurs du passé : leur nombre garantirait leur victoire.

Comme on pouvait s'y attendre, le vieux débat entre le général Robert Howe et les chefs provinciaux quant aux prérogatives de commandement reprit. Juste après son arrivée à Savannah, le général Howe se mit à dos les Géorgiens en refusant de les rencontrer en uniforme, ne voulant les recevoir qu'en habit civil. Mettant de l'avant sa carrière militaire et son statut de commandant continental, il réclama le commandement suprême et refusa de servir sous les ordres du gouverneur Houstoun, trop jeune et trop peu expérimenté. Au même moment, le commodore Bowen affirma que ses vaisseaux faisaient partie de la force navale : il était donc seul maître à bord. Le colonel Williamson, commandant la milice de Géorgie, se garda d'entrer dans le débat, mais refusa de se plier aux ordres des autres chefs. Pour éviter l'impasse et pour ne pas répéter les erreurs du passé, ils se mirent d'accord pour garder chacun leur indépendance. Ils devraient toutefois se consulter étroitement avant le déclenchement des opérations les plus importantes.

Brown avait informé le gouverneur Tonyn de ces dissensions, mais aussi de la grande puissance qu'avaient réunie les continentaux et la milice de Géorgie. On eut peur que les colons au sud de l'Altamaha, impressionnés par une force d'invasion si grande, changent d'allégeance, d'autant plus que la loyauté des Creek et des Séminoles était incertaine. Le premier devoir du gouverneur était de défendre Saint-Augustine : il ordonna donc aux Rangers de rester en contact avec les troupes ennemies, de les ralentir par des escarmouches, mais d'éviter l'affrontement direct. Brown approuva ce choix, car les recommandations du gouverneur allaient dans le sens de ses pratiques habituelles.

Le gouverneur Tonyn avait rarement fait appel aux troupes régulières de Saint-Augustine. Il avait presque toujours maintenu la pression sur les Whigs et défendu la Floride grâce aux Rangers et à une petite troupe de Loyalistes de Géorgie et de Caroline, recrutée presque entièrement par Thomas Brown. Cette stratégie, autant prudente que souterraine, satisfaisait parfaitement le général Augustine Prevost, qui n'avait jamais réclamé de rôle plus important pour ses soldats. La situation allait cependant changer.

CHAPITRE 32

La dernière invasion de la Floride

MAI 1778

Le courant de la rivière Altamaha devenait plus fort à l'approche de la mer. Elijah Clarke et Aaron Hart, assis sur la rive sud, discutaient des régions baignées par la rivière et de ses principaux affluents, l'Ocmulgee et l'Oconee. La rivière prenait sa source à 350 kilomètres au nord-ouest du lieu où ils se trouvaient, soit mille quatre cents kilomètres au-dessus d'Augusta. Les eaux qui passaient lentement devant eux avaient irrigué des territoires appartenant encore aux Creek et aux Cherokee. Les abords de la rivière étaient certes colonisés par les Blancs, mais seulement sur une quarantaine de kilomètres, de leur position jusqu'à la mer. Il leur était difficile d'admettre que seule cette petite partie de l'État leur appartenait réellement.

« Quelle tristesse de penser que les Rangers contrôlent presque toute cette partie de la Géorgie qui s'étend d'ici jusqu'à la Floride. Le temps est venu de les en déloger, une fois pour toutes », dit Clarke.

— Ils n'ont jamais eu de succès dans leurs opérations sur les côtes, dit Aaron prudemment, mais si cette expédition est un échec, les Rangers et les soldats loyalistes peuvent se rendre jusqu'à Savannah.

— Oui, mais maintenant, le général Howe est là avec ses mille continentaux. Si Houstoun et Williamson viennent avec leurs milices de Géorgie et de Caroline du Sud, nous serons assez forts pour aller jusqu'à Saint-Augustine.

Le Conseil de Géorgie et le gouverneur avaient autorisé Elijah Clarke et sa milice de deux cents hommes à cheval à passer sur la rive nord de la rivière Altamaha. Ils y attendirent les ordres jusqu'à la dernière semaine de mai. Alors, le général Howe et ses

Continentaux les rejoignirent sur le lieu du fort détruit, qui avait jadis été nommé en l'honneur du général. Ils avaient tous ensemble traversé la rivière sans rencontrer d'opposition. Ils patientèrent là encore un autre mois l'arrivée du gouverneur Houstoun et du colonel Williamson, qui devaient convoyer un renfort de mille hommes issus de la milice. Le contingent de Géorgie apparut enfin sur la rive nord de la rivière le 4 juillet et les hommes de Caroline du Sud les suivirent une semaine plus tard. Pour l'instant, ils avaient tous traversé la rivière et avaient monté leur camp sur la rive sud.

Le général Howe invita tous les autres chefs et leurs aides à se réunir dans sa vaste tente. Il parla le premier :

« Je voudrais d'abord souhaiter la bienvenue au général Houstoun, au colonel Williamson, au capitaine Clarke et aux autres. Puisque nous sommes désormais tous présents, il est important de prendre connaissance de nos forces respectives et de décider du moyen le plus efficace pour coordonner notre mouvement vers le sud. Je dois dire que je n'ai jamais participé à une opération militaire avec quatre commandements indépendants, mais c'est l'entente qui fut prise et je la respecterai.

Tout le monde se rappellera que notre plan initial était de réunir nos forces à Fort Howe et de prendre Fort Tonyn, qui est situé par-delà la rivière St. Marys en Floride. Cette opération devrait être facile si l'on considère l'ampleur de nos forces. Ensuite, nous devons nous rendre le plus rapidement possible à Saint-Augustine, qui, il faut le savoir, sera férocement défendue par les Britanniques. Si nous pouvons diminuer leurs forces avant la prise de Saint-Augustine et ainsi démontrer notre supériorité, il est fort possible qu'ils capituleront sans s'engager dans un affrontement direct. Notre approvisionnement sera assuré par voie maritime, à partir de Charles Town et de Savannah. »

Elijah leva la main pour demander la parole et commença à parler sans qu'on l'y ait invité :

« Général, nous nous rappelons tous ce que nous avions décidé, mais je vois d'ici certains problèmes dont il faut parler. Mes hommes et moi sommes ici depuis six semaines, attendant l'arrivée des autres. Nos provisions sont presque entièrement consommées et il semble que les autres milices n'aient pas tellement de surplus. Mes hommes sont combatifs et ils s'entraînent depuis trois ans pour se battre contre les Anglais, mais ce pays est mauvais pour eux et plusieurs sont malades. Nous pouvons, à la rigueur, nous approvisionner en nourriture ou manger de l'herbe, mais j'aimerais savoir ce que vous comptez faire pour contrer la maladie.

— J'ai le même problème avec mes hommes, répondit le général Howe. Ils tombent comme des mouches. Je propose que nous écoutions d'abord le rapport du médecin du régiment avant de continuer nos discussions militaires. Je vous cède la parole, Dr Masterson.

Le Dr Masterson se leva, s'éclaircit la voix, jeta un œil aux notes qu'il avait prises et commença :

« Nous n'avons pas reçu l'approvisionnement escompté en ipéca, en piments Jalapeños, en mercure d'eau et en autres médecines purgatives traitant la malaria, la typhoïde, la phtisie, la fièvre jaune et les autres maladies débilitantes. Les troupes qui viennent d'arriver n'ont pas non plus apporté ce qu'il nous faut. Chaque jour, des soldats tombent malades, et nous n'avons rien pour les soigner. Savannah nous fait dire que les médicaments arrivent. Je ne sais pas ce qui se passera s'ils n'arrivent pas. Je vous prie d'excuser ce rapport somme toute très négatif. »

Une fois le docteur assis, les quatre chefs principaux discutèrent. Ils en vinrent à la résolution de poursuivre le plan établi à Savannah et d'avancer. Ils décidèrent toutefois d'envoyer un message urgent à Savannah avec l'ordre de faire acheminer les médicaments nécessaires en amont de la rivière St. Marys, pour qu'ils soient disponibles après leur prise du Fort Tonyn. Houstoun et Williamson annoncèrent qu'ils auraient encore besoin de plusieurs jours pour être fin prêts, mais Howe et Clarke affirmèrent que leurs hommes avaient assez attendu. Il fut donc arrêté que Howe et Clarke lanceraient l'opération sur le Fort Tonyn le plus rapidement possible et qu'ils attendraient ensuite les autres afin de continuer leur progression.

Thomas Brown travaillait dans la région depuis trois ans, épaulé par des hommes entraînés, aguerris et disciplinés : ses hommes et lui connaissaient tous les chemins et tous les ruisseaux du territoire. Lorsqu'il apprit l'intention des rebelles d'envahir la Floride, il partagea l'information avec le gouverneur et le général Prevost. Il y eut alors une vive discussion pour savoir lequel des deux hommes prendrait le commandement suprême et serait crédité d'une autre victoire sur les Américains. La majorité de l'armée régulière britannique fut stationnée autour de Saint-Augustine pour défendre la ville, mais on envoya aussi des renforts à Fort Tonyn, où le premier choc entre Américains et Britanniques devait avoir lieu. Personne n'empêcha Brown de défier les ordres de ses supérieurs qui spécifiaient qu'il fallait attendre que les Américains soient en Floride pour les attaquer. Les Rangers, utilisant les stratégies des Amérindiens, talonnèrent les envahisseurs à chaque occasion lors de leur difficile passage dans les marais et les forêts de pins qui les menait en Floride.

Brown, suivant les ordres du général Prevost, brûla Fort Tonyn et l'abandonna aux Américains. Il déploya ensuite ses trois cents Rangers pour arrêter l'avancée des troupes rebelles. Le gouverneur avait précédemment promis aux hommes de Brown des provisions et un appui militaire, en soulignant le fait que ce furent les Rangers qui avaient permis d'assembler les provisions. Le général Prevost refusa de remplir la promesse à moins que Brown et ses Rangers se placent sous le commandement de son fils, le major James Mark Prevost. Tonyn, après avoir épuisé tous ses arguments, demanda à Brown « d'abandonner son formalisme » et de se plier au commandement des officiers réguliers. Sans quitter son poste, Brown donna sa démission : il ne pouvait accepter une telle censure, un tel déni des services qu'il avait rendus. S'il acceptait, il ne serait plus dès lors ni un gentleman, ni un homme de parole et il trahirait la confiance que ses Rangers avaient en lui. Il lui était impossible, disait-il, « de se placer sous les ordres d'un quelconque sous-officier britannique ». Il rappela au gouverneur que le Roi lui-même avait approuvé le statut d'indépendance des Rangers. Tonyn transmit la réponse de Brown au général Henry Clinton, qui avait toutes les chances de prendre le parti de Prevost. Ne recevant aucune aide des Britanniques, Brown montra à ses hommes comment se nourrir des pousses tendres du palmier ; les Rangers se rendirent vite compte que le mets était « meilleur que les choux ».

Le major Prevost déploya ses hommes à vingt kilomètres au sud des forces de Brown, en un lieu que connaissaient bien les Rangers, soit Alligator Creek. Comme ils n'avaient jamais été les bienvenus à Fort Tonyn, les Rangers avaient utilisé ce lieu de passage pour établir leur camp. Ils y avaient creusé un fossé et élevé des protections en terre, que les hommes appelaient la Batterie de Brown. Le major Prevost envoya l'ordre aux Rangers de le rejoindre, mais Brown n'envoya que la moitié de ses hommes à Alligator Creek où ils consolidèrent les défenses. L'autre moitié des hommes continua à harceler l'ennemi sur les ailes et à l'arrière.

Lorsque les Américains découvrirent les restes fumants de Fort Tonyn, Elijah fit cette annonce à ses hommes : « On dirait que ' Burnfoot ' Brown a laissé son empreinte. »[*]

Les hommes s'amusèrent du jeu de mots. Il ajouta ensuite : « Montrons-lui comment de vrais hommes des bois se battent. »

Clarke eut l'autorisation du général Howe de se diriger vers le sud avec ses hommes, qui formaient une cavalerie compétente et bien organisée. Ils eurent pour mission de débusquer les Rangers et de les contraindre dans un lieu. La troupe des Continentaux devait les suivre et, grâce à leurs forces combinées, attaquer les Britanniques. Les éclaireurs de Clarke découvrirent assez rapidement que les Britanniques avaient monté leur camp à Alligator Creek. Pour retarder les Américains, Brown et ses hommes leur faisaient une lutte d'arrière-garde. Brown se replia ensuite sur la rive sud du ruisseau, à la Batterie de Brown, occupée par les grenadiers du major Prevost. La Batterie était protégée d'un côté, par de denses broussailles et, de l'autre, par un abattis formé d'arbres coupés et couchés de manière à créer un obstacle pour l'ennemi, une difficulté de passage.

---

[*] Il y a ici un jeu de mot entre Burnfoot, « Piedbrûlé », et « laisser son pied », qui veut dire en anglais laisser son empreinte (N.d T.).

Environ neuf cents soldats britanniques se préparaient à la charge et Brown dépêcha une partie des Rangers sur les ailes de l'armée ennemie. Les cavaliers de Géorgie eurent beaucoup de peine à franchir l'obstacle des broussailles et des arbres couchés. Lorsque Clarke leur commanda de traverser le ruisseau, ils le trouvèrent trop profond et trop large. À mi-traversée, ils durent rebrousser chemin en raison des rafales de tirs ennemis, du bruit et des cris des troupes britanniques et amérindiennes. Ce furent des chevaux à moitié noyés qui regagnèrent la rive. Clarke fut touché à la taille et plusieurs Américains furent tués ou blessés. Howe et ses Continentaux s'étaient abstenus d'entrer dans la bataille et le général donna rapidement le signal de la retraite. Le major Prevost se mit à leur poursuite, mais fut découragé de continuer sa chasse à cause d'une escarmouche avec le capitaine James Jackson. Il commanda à ses hommes de faire demi-tour et, lorsqu'il s'aperçut que les Britanniques s'étaient éparpillés dans les bois environnants, il ordonna à tous les hommes de se regrouper près de la rive sud du ruisseau.

Au conseil de guerre qui suivit cet épisode, le général Howe informa le groupe que seulement 350 de ses hommes étaient aptes au combat : une grande partie de l'armée était malade, il n'y avait aucun support militaire sur lequel ils pouvaient compter et ils manquaient de chevaux pour transporter les munitions et les provisions. Il affirma qu'il n'était pas responsable des longs délais précédant l'opération et il rédigea une liste de huit bonnes raisons pouvant expliquer, selon lui, l'échec de la mission.

Lorsque tous ses officiers eurent signé cette déclaration, le général Howe ordonna à l'armée de se retirer du côté géorgien de la rivière. Cela fut là la dernière tentative, infructueuse et ridicule, des Américains pour tenter d'envahir l'est de la Floride, mais ce ne fut que la première d'une série de rencontres entre Thomas Brown et Elijah Clarke. Au terme de cette confrontation, plus du tiers des forces américaines était décimé ou incapable de se battre. Cette défaite du printemps 1778 découragea les troupes américaines et conforta les troupes britanniques dans leur idée de préparer une contre-offensive en envahissant à leur tour le nord.

Il était important de reprendre Savannah et Charles Town pour deux raisons stratégiques majeures : pour convaincre les chefs européens que l'Angleterre mettait au pas les rebelles et pour s'assurer de bases où ancrer les affrontements finaux avec les rebelles. Cela devait se faire avant que les Américains ne puissent profiter de l'argent, des armes et des soldats que la France leur avait promis en février. Si les Britanniques prenaient la Géorgie et la Caroline du Sud, ils pourraient empêcher l'approvisionnement des armées continentales du nord. Il était logique de s'attaquer en premier à Savannah, car les Britanniques avaient de fortes positions en Floride, les Rangers étaient efficaces et les supports des Américains dans les terres géorgiennes semblaient vacillants. La victoire serait assurée si l'Angleterre pouvait devenir maîtresse de la mer.

Les Britanniques réalisèrent que Savannah était presque imprenable par la mer : la ville ne pouvait être prise qu'après un siège épuisant en hommes et en force. Les autorités militaires étaient cependant disposées à perdre du temps et des hommes pour s'assurer d'une position si importante. Durant les mois d'été, on élabora une stratégie : Prevost attaquerait par le sud de la Géorgie avec deux mille hommes tandis que le général Clinton enverrait de New York par la mer une force d'appui considérable, commandée par le lieutenant-colonel Archibald Campbell. Au même moment, le surintendant aux Affaires indiennes, John Stuart, et Thomas Brown inciteraient les Creek et les Cherokee à appuyer la cause des Britanniques. Les Whigs ne devaient être ni punis ni maltraités : on leur offrirait une amnistie complète s'ils affirmaient leur loyauté envers la Couronne et reniaient leur allégeance aux Continentaux.

Le général Prevost fit des pressions pour que Brown, en tant qu'officier inférieur, ne participe pas à l'élaboration du plan, mais le gouverneur Tonyn n'en tint pas compte et invita le chef des Rangers à toutes les réunions pour le remercier d'avoir été, pendant presque une année, le principal défenseur de cette stratégie, avant même qu'elle ne soit décidée par Londres. De plus, les informations que livrait Brown étaient toujours excellentes et il était devenu beaucoup plus efficace dans ses relations avec les Indiens que ne l'était Stuart, qui se faisait vieux et qui rechignait à quitter son bureau de Pensacola.

À ce moment, parvint la décision du général Henry Clinton : le lieutenant-colonel « provincial » Thomas Brown et les Rangers de Floride devaient obligatoirement se placer sous les ordres du général Prevost. Brown réalisa cependant que les décisions des hauts gradés avaient rarement d'impact. Sachant qu'Elijah Clarke était encore à Savannah avec sa milice, Brown décida d'envoyer une partie de ses Rangers à 250 kilomètres en amont de la rivière, dans le comté de Wilkes, leur recommandant d'être le plus visible possible. Ils détruisirent les propriétés de vingt colons fidèles aux Whigs et plusieurs d'entre eux furent tués pendant les attaques. Ces déprédations causèrent la consternation dans les milices de Géorgie : plusieurs hommes insistèrent pour être relevés de leurs fonctions ou désertèrent pour retourner sur leur ferme vivre avec leur famille.

Lorsque cette action fut connue à Saint-Augustine, le général Prevost la condamna fermement et, une fois de plus, fit appel au général Clinton. Le major James Mark Prevost obtint le grade de lieutenant-colonel et le général Clinton décida que tous les officiers seniors et provinciaux seraient mis sous la tutelle d'un officier de l'armée régulière de même rang. Les jours de liberté totale pour Brown touchaient à leur fin. Celui-ci décida de garder ses distances vis-à-vis du général Prevost pendant le siège de Savannah, préférant assister le colonel Campbell et ses troupes qui venaient de New York par la mer.

Le 8 septembre, Thomas Brown envoya un rapport à l'aide de camp du gouverneur Tonyn :

> « *8 septembre 1778*
> *Si Son Excellence possède déjà cette information, il n'est pas nécessaire de le déranger. Dans mon précédent rapport, j'avais mentionné la possibilité d'une alliance entre les révolutionnaires et le gouvernement de France. Cette désastreuse entente est désormais chose faite. Depuis plusieurs semaines, la France fournit aux révolutionnaires de petites*

quantités d'armes, de munitions, de tentes, de vêtements et d'argent. Ils opèrent dans les ports du New Hampshire. Ce qu'on appelle le Congrès continental a cependant réalisé qu'il n'obtiendrait pas grand-chose de son allié français. Le mois dernier, Newport a été attaqué par une force composée de rebelles et d'une grande armée française, commandée par le Comte d'Estaing. Il y eut dissension entre les chefs. L'armée britannique est arrivée, comme une tempête, et a forcé le retrait des Français aux Indes orientales : les forces rebelles ont été presque totalement détruites. Il est amusant de noter que certains officiers français ont été autorisés à se joindre aux rebelles, mais leur valeur est faible, voire complètement méprisable. Ainsi, l'un, un enfant du nom du Marquis de la Fayette, obtint le grade de général de division à dix-neuf ans ! Un autre, un mercenaire allemand, se fait appeler Baron von Steuben, est tout au plus un instructeur militaire.

Comme le général Clinton a obtenu le commandement suprême, il a abandonné Philadelphie pour concentrer ses forces sur New York : il utilise la ville comme base pour défendre le Canada et attaquer les forces rebelles. Bien que je ne commente jamais ce qui se passe dans cette région, dont les événements vous sont plus familiers qu'à moi, j'émettrais l'hypothèse que nos forces décideront sans doute de quitter Pensacola pour attaquer la Nouvelle-Orléans.

Le lieutenant-colonel Thomas Brown soumet respectueusement ce rapport. »

Thomas Brown était revigoré à l'idée que des actions énergiques seraient entreprises contre les rebelles et, à cause de cela, il tut son mécontentement lorsque les hauts gradés britanniques offrirent l'amnistie aux Whigs. Il possédait un dossier accablant sur presque toutes les familles de colons installées sur la frontière de la Géorgie et il considérait qu'il ne revenait pas à Londres, mais à lui, de déterminer leur sort. Les Rangers étaient les hommes du Roi, habilités à pénétrer sur les fermes et dans les jardins des colons pour leur demander des comptes, et aucun supérieur n'était obligé de savoir comment ces rencontres se finissaient réellement. Les raids commandés par Brown devinrent de plus en plus violents :

plusieurs familles whigs décidèrent de quitter leurs terres et de se réfugier à Savannah ou de se retirer plus au nord de la Géorgie. En octobre 1778, les Whigs de Géorgie ne détenaient plus qu'une toute petite partie du territoire, de la rive ouest de la rivière Savannah jusqu'à la côte, ne s'avançant sur les terres que de 40 kilomètres au plus.

CHAPITRE 33

Quash Dolly, l'esclave

JUIN À DÉCEMBRE 1778

Ce ne fut que tard en novembre que le colonel Augustine Prevost se dirigea vers le nord par voie de terre et que le lieutenant-colonel Campbell se mit en route par voie de mer de New York avec sept vaisseaux de guerre et plusieurs navires de transport pour les 3500 hommes qui devaient participer à l'attaque de Savannah. Les chefs américains furent prévenus de l'attaque, mais ils comptaient sur les défenses naturelles de Savannah, les marais et les étendues d'eau, pour repousser l'assaut. Le général Howe commandait désormais cinq cents Continentaux, en majorité les hommes qui avaient survécu à l'invasion de Floride auxquels s'étaient ajoutés 150 hommes de la Caroline du Sud restés fidèles. De plus, le capitaine Elijah Clarke et ses hommes se rendirent à Savannah et le gouverneur Houstoun enrôla d'autres troupes disponibles en Géorgie. La force assemblée semblait suffisante, d'autant plus que l'attente ne devait pas être trop longue et que le général Howe s'était assuré de la coopération de Charles Town en cas de siège prolongé.

Comme beaucoup de personnes doutaient de leur allégeance, les deux adversaires prirent des décisions fermes qu'ils diffusèrent dans chaque camp adverse. Le principal problème était de décoder la masse d'informations reçues.

On ordonna aux Rangers de la Floride d'obtenir le plus de renseignements possible à propos des forces et des mouvements des Whigs. Brown possédait des informateurs à Savannah : certains étaient membres de l'armée américaine, d'autres étaient des commerçants ou de simples citoyens, mais tous vouaient une loyauté indéfectible à la Couronne. Brown put donc renseigner les Britanniques sur les différentes unités militaires. Il les informa aussi que les habitants de Savannah considéraient leur ville comme imprenable. Brown connaissait parfaitement la région de Savannah ; il s'inquiéta cependant de la facilité avec laquelle la ville pouvait être défendue. D'autant plus décourageante était la nouvelle que les trois commandants des forces britanniques n'avaient pu s'entendre sur la supériorité de l'un d'eux : le commandement restait donc fragmenté et incohérent.

Les premières nouvelles de l'expédition qui parvinrent à Brown furent celles de l'arrêt et de la retraite de Prevost causés par le petit détachement d'un fort de la côte. La nouvelle fit naître chez Brown des sentiments nuancés : il était content que son adversaire politique et militaire connaisse l'échec, mais il était inquiet du retard que cela allait donner à l'opération. Cette retraite était de mauvais augure. Si l'on ajoutait à cela le fait que les Américains semblaient déterminés à défendre Savannah, la situation était peu reluisante : Brown craignait que toute « la stratégie britannique au sud » ne soit rendue inopérante. Comme Brown était à toute fin utile un acteur indépendant, il décida de rester dans la région de Savannah pour aider la flotte britannique de New York qui devait, selon le plan établi, mouiller au large de l'Île Tybee, à vingt-cinq kilomètres environ de Savannah.

Quash Dolly tenta de refouler ses larmes et d'ignorer les élans de douleur qui, comme des vagues désordonnées, brisaient son corps. Elle désirait intensément poser le balai-brosse et retourner s'allonger sur son grabat, dans sa case, située au bas du chemin sablonneux qui menait à la maison des maîtres. En se disant cela, elle réalisa soudain que ce n'était pas son désir le plus cher. Non, son désir le plus cher était d'éviter à l'avenir de se faire battre par le contremaître et de se venger de tant de souffrances. Elle avait bien mis des chiffons à sa taille, mais ils n'empêchaient pas le sang de couler sur ses jambes. Elle savait que les autres femmes remarquaient le sang séché sur ses pieds, mais elles ne pouvaient pas voir les profondes entailles sur son dos.

Un jour, il y a longtemps, elle avait porté le nom de Quanimo, mais elle était incapable de se souvenir quand. Bien qu'elle fût une esclave, elle avait jusqu'à maintenant vécu dans un luxe relatif. Sa famille appartenait à un veuf, Quintus Swanson, qui avait été instituteur en Angleterre avant d'accepter de déménager à Savannah pour devenir le secrétaire du gouverneur James Wright. Lorsque l'on fonda l'État de Géorgie, l'esclavage avait été interdit. Il devint cependant rapidement évident que l'absence de main-d'œuvre à bon marché nuisait à la Géorgie dans sa compétition commerciale avec la Virginie et les Carolines. Sous la pression des exploitants, le gouvernement royal de Géorgie avait finalement permis l'esclavage en 1750. La traite devint un marché florissant : en l'espace de quelques années, le marché d'esclaves de Savannah obtint un roulement de 260 nouveaux esclaves par jour.

Quand M. Swanson était arrivé à Savannah en 1776 et qu'il s'était présenté à Sir James, il fut surpris et troublé de se voir proposer une petite propriété à l'est de la ville et deux esclaves noirs adultes pour s'occuper de lui. Le gouverneur n'avait pas écouté les réserves qu'exprimait Swanson à propos des esclaves : il avait en effet milité contre l'esclavage en Angleterre et décida de redonner, aussi vite que possible, la liberté au couple d'esclaves noirs mis à sa disposition.

La propriété était charmante ; elle lui rappela les petits cottages de la côte anglaise. Ses murs épais, recouverts de chaux et de petits coquillages, conservaient une fraîcheur agréable. Elle était située très loin de la ville, près des marais. La vue sur une mer d'herbages balancée par le vent et entrecoupée de canaux cachés, impossibles à franchir à marée haute, l'enchanta. Il prit l'habitude d'y pêcher la truite d'eau salée et, parfois, le flet.

Une semaine après son installation, un soldat arriva avec le couple d'esclaves. Il fut surpris de découvrir que le couple était accompagné par une toute petite enfant, se cachant dans les jupes de sa mère.

Le soldat s'adressa à lui : « Ce papier indique que leurs noms sont Cato et Phebe, mais la petite n'a pas encore de nom. Ils appartenaient à un homme du nom de Joseph Dolly qui habitait sur l'Île Ossabaw. Comme il est mort en laissant des taxes impayées, ils furent mis en vente. Ils sont dans le pays depuis six ans et connaissent donc quelques mots anglais. »

Une fois le soldat parti, Quintus ne sut pas quoi faire. Il comprit toutefois qu'il devait donner aux esclaves un endroit où s'installer et du travail. Il leur donna le nom de famille de leur ancien propriétaire et, avec grandeur d'âme, résolut de leur apprendre la langue du Roi. Il décida aussi de mettre en valeur les talents qu'ils pouvaient avoir et de s'enquérir au plus vite des procédures juridiques pour leur redonner leur liberté. Il apprit que le couple avait appelé leur enfant Quanimo, du nom de sa grand-mère paternelle.

Parce qu'il se sentait coupable de posséder d'autres êtres humains ou parce qu'il désirait exercer ses talents d'instituteur, Quintus décida que Quanimo, alors âgée de six ans, recevrait une bonne éducation. En tant qu'assistant personnel du gouverneur, il ne se sentait pas obligé de respecter la loi qui interdisait d'apprendre à un esclave à lire ou à écrire, sous peine d'une amende de 15 livres. Il possédait une petite bibliothèque dont il était très fier et il prenait plaisir à donner des leçons à la petite fille à raison d'une heure par jour, lorsqu'il ne voyageait pas en compagnie du gouverneur. L'ardeur de la petite à apprendre et son désir d'être avec lui le surprirent et le charmèrent. Elle apprit très vite. Après un an ou deux, M. Swanson ne pensa plus à libérer ses esclaves, tellement il appréciait les services qu'ils lui rendaient. Il était très fier de Quanimo : elle était désormais capable de lire les livres de la bibliothèque.

Quintus Swanson mourut en mars 1775 et sa propriété fut vendue aux enchères. À leur grand malheur, les esclaves furent vendus séparément. Ils se quittèrent dans les larmes, mais avec, au fond d'eux, l'espoir qu'un jour, ils se retrouveraient. Lors de la vente aux enchères, Quanimo remarqua qu'un homme valait environ 45 livres, une femme, 25, et un enfant assez vieux pour quitter ses parents, 10. Elle ne put savoir si le même homme acheta ses deux parents. Elle pleura en silence lorsqu'elle réalisa qu'elle ne reverrait plus sa mère ni son père. Quand elle fut conduite au centre de l'estrade, les hommes de l'assistance se laissèrent aller à quelques commentaires grivois : la petite, disaient-ils, n'était pas en âge de travailler, mais elle pouvait servir à de multiples autres usages… Elle ne sut jamais combien on l'acheta : les propos du commissaire-priseur n'étaient que cacophonie. Le long moment que durèrent les enchères lui laissa par contre supposer que son prix avait approché celui d'un adulte. À ce moment, Quanimo décida de ne jamais montrer qu'elle connaissait parfaitement l'anglais.

Bien que cela ne fût pas nécessaire, on la menotta avec des bracelets de fer à trois autres esclaves. Le convoi fut ensuite attaché à un chariot et on leur ordonna de suivre. Ils arrivèrent bientôt au port et embarquèrent sur un bac d'une longueur de 10 mètres et d'une largeur de 4 mètres. Le bateau contenait déjà une douzaine de tonneaux vides. Les grains de riz qui parsemaient le plancher de l'embarcation révélaient le contenu des tonneaux, probablement vendu au marché de Savannah. Des esclaves, huit selon ce qu'elle pouvait voir, transportaient des marchandises sur le vaisseau, obéissant aux ordres secs d'un autre homme de couleur.

Dès que le chargement fut terminé, le bateau quitta le quai et les hommes ramèrent pour atteindre le milieu de la rivière où la marée, plus sensible, aida à la manœuvre. Les hommes ramaient en cadence. Lorsque le vent d'ouest se levait, on montait une voile carrée. Les trois nouveaux esclaves furent utilisés en remplacement des rameurs fatigués, mais Quanimo fut préservée de cette corvée. Elle resta assise près du gouvernail, appuyée sur un tonneau, et écouta attentivement ce que disait son nouveau propriétaire, Mordecai Singleton, au navigateur noir qu'il appelait Big William. Leur destination finale était la plantation Hopewell, sur la rive nord de la rivière Ogeechee. Pendant tout le voyage, elle ne bougea que pour se retirer derrière les tonneaux afin de satisfaire ses besoins naturels. Elle observa les hommes lorsqu'ils buvaient de pleins godets d'eau qu'ils tiraient d'un tonneau posé près du mât, mais elle s'abstint de demander à boire. Puisqu'elle ne travaillait pas, elle considérait qu'elle n'y avait pas droit.

Lorsque le bateau arriva finalement à destination, tard en après-midi, un grand nombre d'esclaves étaient là pour les accueillir. La femme du propriétaire, Elizabeth, et un contremaître blanc, Andrew Perkins, qui s'adressait avec déférence au propriétaire et qui semblait doux et gentil, étaient aussi présents. M. Mordecai montra à Perkins les quatre nouveaux esclaves, demanda que les marchandises soient débarquées et se dirigea vers la maison en compagnie de sa femme. Une fois le propriétaire parti, l'attitude de Perkins devint tout autre : il insultait les esclaves, donnait des ordres en criant et demandait des choses excessives. Il ordonna ensuite aux nouveaux esclaves de s'avancer.

Il les observa en marchant lentement autour du petit groupe, en tapotant chacun avec le bout de son fouet. Enfin, il se décida à parler : « Quels sont vos noms, sacrés enfants de putains ? ». L'un après l'autre, les esclaves répondirent. Lorsque Quanimo eut dit le sien, il se fâcha : « C'est un nom de sauvage, ça ? »

« Sais pas, bégaya-t-elle, c'est seulement nom moi. »

Perkins réfléchit une seconde, puis dit : « Il te faut un nom court, comme tous les autres. À partir de maintenant, on t'appellera Quash ».

Quanimo apprit plus tard que c'est sous ce nom qu'elle fut inscrite au registre de la plantation et que, désormais, son maître et tous les autres esclaves l'appelleraient par ce nom.

Quash apprit vite les lois qui régissaient les esclaves en Géorgie et les règlements de la plantation : les esclaves devaient avoir une permission écrite pour quitter la plantation ; un groupe de sept esclaves ou plus devait être accompagné d'un homme blanc pour se déplacer ; il leur était interdit de porter une arme à feu ou d'acheter de l'alcool ; ils ne pouvaient rien acheter ou vendre ; ils ne pouvaient se réunir à plusieurs, ni jouer du tambour, de la trompette ou de tout autre instrument qui pouvait être un moyen de communication entre esclaves. Certaines de ces règles n'étaient pas appliquées, comme la loi interdisant les attroupements ou la musique, mais elles pouvaient être renforcées à tout moment. On faisait clairement sentir aux esclaves qu'ils bénéficiaient d'un traitement de faveur. Certains des meilleurs musiciens parmi les esclaves étaient par ailleurs utilisés lors des fêtes des maîtres sur la plantation.

On donna un lit à Quash dans l'une des plus petites cases, où deux femmes et cinq enfants vivaient déjà. L'espace qui lui était dévolu se réduisait à quatre clous au mur et une maigre paillasse remplie de paille de riz. Il y avait, derrière la case, un bosquet de palmiers nains, où tous faisaient leurs besoins. Sarah, une femme d'âge moyen, était originaire du Sierra Leone, et Ida, une fillette un peu plus âgée que Quash, pensait qu'elle venait du Ghana. Elles étaient toutes les deux sur la plantation depuis quatre ans et elles travaillaient aux champs ou dans le grand jardin.

Quash prit la décision de ne pas parler de ses expériences passées, même aux femmes avec qui elle partageait sa case pour se fondre le plus possible dans le groupe. Bien que leurs dialectes natals fussent différents, tous les esclaves communiquaient entre eux en dialecte Gullah, dialecte très répandu chez les esclaves de la côte. C'était un langage en formation que les esclaves provenant de l'ouest de l'Afrique utilisaient comme langue véhiculaire. Le Gullah était un mélange entre l'anglais, le français et les expressions les plus usuelles de leur terre natale. On y avait intégré un nombre croissant de mots anglais, mais on les prononçait avec un accent chantant, qui les rendait presque incompréhensibles aux Blancs. Même les maîtres et leurs invités, particulièrement ceux qui travaillaient étroitement avec les esclaves, utilisaient des mots de ce langage. On disait « tote », pour dire « porter », « goober » pour « arachide », « gumbo » pour « okra », « yam » pour « pomme de terre sucrée » et « cooter » pour dire « tortue ».

La plupart des travailleurs étaient illettrés. Il y avait bien un vieil homme qui pouvait lire — ou réciter de mémoire — quelques passages de la Bible. Big William était capable d'écrire : il inscrivait péniblement les noms dans le cahier de travail que lui avait donné le propriétaire de la plantation.

Pour la première fois de sa vie, Quash tenta de se familiariser avec la culture de sa race. Elle savait que ses parents, comme ceux de Big William, venaient du Sénégal ; elle avait parlé leur langue maternelle alors qu'elle était petite, mais sa mère l'avait encouragée à utiliser l'anglais le plus souvent possible. Quash se rendit rapidement compte que les femmes méprisaient et craignaient le contremaître, mais respectaient beaucoup Big William, qui les défendait et les aidait à combler leurs besoins primaires. Elles conseillèrent rapidement à Quash de rester la plus discrète possible en présence des Blancs.

On parlait souvent de Big William entre esclaves parce que celui-ci contrôlait tous les aspects de leur vie. À cause de techniques de production semblables en Afrique, en Virginie et en Géorgie, les producteurs de riz savaient combien de terre un travailleur sain était capable de semer, de cultiver ou de récolter par jour. On disait de ces travailleurs qu'ils avaient une « charge pleine », étiquette que portaient environ huit esclaves adultes sur dix. Le système était en quelque sorte flexible, mais en général, le travailleur à « charge pleine » était assigné à une parcelle de terrain qu'il semait, désherbait et dont il récoltait le riz. Des parcelles plus petites étaient attribuées aux enfants et aux adultes plus vieux ou plus faibles. Selon leur force et leur habileté, on attendait d'eux qu'ils fassent les trois-quarts, la moitié ou seulement le quart du travail exigé d'un homme à « charge pleine ». Les bons esclaves pouvaient se reposer lorsque la tâche de la journée ou de la semaine était terminée et approuvée par l'accompagnateur. Les esclaves travaillaient en groupe pour défricher de nouveaux terrains, creuser des canaux, construire des digues, battre le riz ou cultiver le maïs.

Le premier matin, Quash accompagna les autres femmes pour travailler aux champs de riz. C'était le temps des semences, qui durait de mars à mai. Big William l'attendait. Il demanda à voir ses paumes et dit qu'elles étaient aussi douces qu'une peau de bébé. Il la classa dans la catégorie « demi-tâche » à cause de sa faiblesse apparente et de son inexpérience. Le travail était harassant : on pataugeait pieds nus dans 15 centimètres d'eau, toujours courbé, prenant les pousses de riz dans un sac sur son dos pour les planter en terre.

Les plus grands champs de riz se situaient dans un des larges méandres de la rivière Ogeechee, protégé des eaux salées. Lorsque la marée montait, deux fois par jour, la pression, par un jeu de canaux, permettait à l'eau douce de parvenir aux terres surélevées où le riz était planté. De larges barrières de bois, séparant la rivière des canaux, contrôlaient les arrivées d'eau. De plus petites barrières, en bois ou en terre, étaient utilisées pour empêcher l'eau d'accéder aux plus petits canaux drainant d'autres parties de la plantation. L'eau de la rivière servait soit à nourrir les pousses, soit à noyer les mauvaises herbes. Parfois, on faisait sécher les champs pour désherber entièrement la parcelle de terre à l'aide de houes. Chaque plant de riz dans un champ était sous la responsabilité d'un travailleur : on savait ainsi qui blâmer en cas de mauvaise récolte ou de mauvais entretien de la terre. C'est pourquoi Quash se sentit très vite la propriétaire du carré de terre qui lui avait été assigné.

Big William supervisait deux accompagnateurs, chacun en charge d'une moitié du champ. Les autres employés travaillaient à défricher de nouvelles terres, à construire des digues d'irrigation, à tracer des sillons dans des champs secs, à couper le bois et à faire paître les animaux, à cultiver le maïs, les pommes de terre et les autres légumes sur les terres hautes de la plantation. Certains étaient même charpentiers, forgerons ou maroquiniers.

Pendant les premiers jours, Quash travailla près de Sarah et d'Ida, dont les parcelles de terre étaient deux fois plus grandes que la sienne. Malgré leurs lourdes tâches, elles l'aidèrent à planter les pousses, pour que toutes trois puissent travailler ensemble dans le champ. Quash devait souvent se relever pour soulager la douleur de son dos, ce qui lui faisait craindre à chaque moment qu'un accompagnateur ou que le contremaître s'aperçoive de son travail irrégulier. Très sociable, Sarah se trouvait toujours disposée à répondre à toutes les questions, ses sujets de conversation préférés étant les autres femmes. Quash apprit que deux femmes plus vieilles qu'elle s'occupaient des trente-deux enfants en bas âge de la plantation et que trois femmes âgées étaient en charge de la cuisine du soir et du bon approvisionnement en pain, en pommes de terre, en riz et même en viande pour les repas du matin et du midi. Deux autres femmes aidaient le jardinier, trois travaillaient dans la maison du maître et, enfin, quatre femmes étaient désormais trop âgées pour sortir de leur case ou pour travailler.

Quash ne put cacher sa surprise en apprenant qu'un médecin et ses assistants venaient souvent de Savannah aussi bien pour soigner les esclaves que les membres de la famille du maître. Cela l'étonna moins lorsqu'elle comprit que, pour Mordecai Singleton, les esclaves étaient sa plus importante possession, la source de sa richesse et de son prestige. En fait, tous les esclaves mis ensemble valaient vingt fois plus que la terre qu'ils cultivaient.

Les semailles durèrent deux mois. Les équipes passaient de champ en champ. Il ne fallut pas plus de deux semaines à Quash pour prendre le rythme des autres femmes ; elle ne se relevait plus aussi souvent pour soulager la douleur de son dos. Elle fut même très fière lorsque Big William, un matin, appela le groupe des femmes, la regarda et lui dit : « Tu seras désormais un travailleur à charge pleine ». À partir de ce moment, sa parcelle de terre fût aussi grande que celles des autres femmes.

Quash Dolly était une fille mince de taille moyenne, noire comme ses grands-parents africains, toujours discrète et modeste. Elle ne savait pas que son maintien comme son attitude la démarquaient des autres. Elle semblait conserver sa dignité, même lorsqu'elle pataugeait pieds nus dans l'eau et dans la boue, avec sa longue jupe passée entre ses jambes et attachée à sa ceinture. Bien qu'elle fut jeune, un peu plus de 17 ans, elle travaillait bien et était respectée des autres esclaves.

Un jour, elle aperçut le maître Mordecai et sa femme, Elizabeth, venant à cheval à la rencontre de Big William. Ils semblaient observer avec attention les femmes, qui, se sentant épiées, redoublaient d'ardeur et de soin au travail et évitaient de tourner la tête vers le petit groupe. Alors que les esclaves quittaient le champ cet après-midi-là et qu'ils marchaient ensemble vers les cases communes, Big William fit signe à Quash de s'approcher. Elle pensa tout de suite qu'elle avait commis une erreur et se remémora illico son travail de semence, essayant de se rappeler s'il pouvait y avoir quelque chose de blâmable dans son travail.

Big William, contre toute attente, lui dit : « La M'dame dans g'ande maison veut un t'availleu', peut-êt' toi le faire. »

Elle essaya de trouver une réponse adéquate à la nouvelle, mais elle réalisa vite que ce n'était pas nécessaire. Il avait déjà pris sa décision. Elle ne s'était jamais approchée de la grande maison, mais elle avait discuté avec Maggie, l'esclave mulâtre qui s'occupait de la cuisine et du ménage de la famille du maître. Maggie était traitée avec grand respect : elle vivait en effet sur la plantation Hopewell depuis vingt ans et s'était personnellement occupée des parents de Mordecai avant que son père, Archibald, ne meurt et que sa mère, devenue veuve, ne s'installe à Savannah.

Maggie l'envoya chercher plus tard le même après-midi, peu après le coucher du soleil. Elle fit comprendre à Quash qu'elle n'était pas étrangère dans le choix de la jeune fille. Elle expliqua tout à Quash : trois femmes vivaient habituellement dans la maison. Elles s'occupaient de la cuisine, du ménage et des soins généraux de la famille. Le jeune couple avait récemment eu beaucoup de visites et Miss Elizabeth avait décidé qu'il manquait quelqu'un pour aider à la cuisine et au service.

Maggie demanda à Quash si elle possédait quelques vêtements propres qu'elle n'avait pas portés aux champs : « Oui M'dame, mais peut-êt' t'op petits » ; « Vas les che'cher ».

Lorsque Quash déballa le paquet qu'elle était allée chercher, Maggie s'étonna : « Les as-tu volés ? »

— Non M'dame, avant moi veni' ici, mon maît'e donner à moi.

— Range-les, je te donne'ai des miens pou' la cuisine.

Maggie réfléchit quelques instants, puis décida de ne plus poser de questions.

Quash travaillait principalement à la cuisine. Le travail était moins difficile que dans les champs, mais le travail en plein air, qui lui permettait d'apprécier les saisons, la camaraderie entre les travailleurs, les musiques rythmées, qui aidaient le temps à passer, et les jours courts où, son travail terminé, elle pouvait pêcher dans la rivière ou dans les grands canaux, lui manquaient. Elle devait désormais être dans la maison des maîtres sept jours sur sept, au moins une heure avant que l'on ait réellement besoin d'elle et tard le soir pour terminer la vaisselle du repas.

En peu de temps, puisqu'elle comprenait parfaitement bien l'anglais, elle connut tout ce qui se passait dans la plantation. Il n'était pas difficile d'obtenir ces informations : Singleton et sa famille discutaient librement de ces sujets, même en présence des esclaves. Cette pratique la rendit perplexe au début, puis tout devint clair : ils considéraient que toutes les esclaves, sauf Maggie, étaient trop ignorantes pour comprendre quoi que ce soit à leurs conversations trop compliquées pour elles. Par ailleurs, que des esclaves connaissent leurs affaires personnelles n'avait aucune importance.

Mordecai Singleton avait récemment hérité de trois mille cinq cents hectares de plantation près de la rivière. Il devait ce legs aux relations politiques de feu son père et aux lois de Géorgie qui encourageaient la colonisation et la culture intensive du territoire, particulièrement du territoire en bordure de la rivière.

Mordecai avait de nombreux amis à Savannah qui se faisaient un plaisir d'accepter ses fréquentes invitations à dîner et à passer une nuit sur la plantation, qui était l'une des terres les plus près de la ville. Ils suivaient à cheval les sentiers et s'enfonçaient dans les bois pour chasser le cerf, l'oie, le canard ou la caille pendant les mois d'automne et d'hiver. La pêche était bonne pendant toute l'année. Lorsqu'un banquet se préparait, on demandait à Big William de pêcher au filet des rougets, de cueillir des boisseaux d'huîtres et de cuire une partie des mets sur des braises à l'extérieur.

Quash trouvait que les fêtes en petits groupes étaient les plus intéressantes. Les invités s'installaient alors dans ce que l'on appelait le grand hall, où une grande table extensible pouvait accueillir huit à seize convives. Il arrivait fréquemment qu'elle serve à ce genre de dîners. Elle était toujours impressionnée par les différentes personnalités des invités de Singleton. Elle avait entendu le jeune maître rappeler les allégeances passées de son père, comme il avait été fidèle et loyal envers la Couronne et particulièrement inquiet de la montée en faveur du parti whig dans les régions côtières. Elle fut troublée d'entendre son maître blaguer à propos de la condamnation des Fils de la Liberté à Savannah et de l'ancienne allégeance de son père, qui, disait-il, faisait des toasts à la santé du Roi dans la salle à manger. Lorsqu'elle servait de jeunes gens venus de Savannah, il était maintenant plus courant d'entendre toutes sortes de toasts : aux héros qui noyèrent le thé britannique dans le port de Boston, au général Washington, à l'indépendance des colonies.

Par fidélité envers les autres esclaves et pour son propre intérêt, Quash tentait d'entendre les instructions du contremaître qui concernaient les esclaves de la plantation. Singleton ne s'intéressait pas vraiment aux détails concernant la production de céréales et la gestion des champs, qui relevaient de la responsabilité, comme tous le savaient, de Big William. Les lois de la colonie prescrivaient cependant que tout groupe de nègres fut sous la responsabilité d'un Blanc : Perkins remplissait donc ce rôle. C'est lui qui prenait, en dernier lieu, les décisions sur, par exemple, le logement des esclaves, la répartition de la nourriture, les récompenses et les punitions et la possibilité d'être soigné. Quash remarqua que Singleton gardait un relevé précis de toute dépense et de tout apport de la ferme. Il aimait montrer qu'il connaissait le travail des champs et exigeait de Perkins des rapports détaillés. Le jeune maître semblait parfaitement connaître les quantités que donneraient les récoltes à venir et que réaliserait chaque champ : il disait souvent qu'un esclave devait en moyenne produire dix barils de riz — c'était d'ailleurs, Quash le savait pour l'avoir entendu, Big William qui l'avait appris au maître.

L'un des plus grands regrets de Singleton — il le disait fréquemment à sa femme — était le départ, l'hiver précédent, de William Overton, le contremaître de confiance qui avait travaillé avec son père pendant quinze ans et qui avait finalement économisé assez d'argent pour acheter une petite ferme bien à lui près de la frontière de la Floride. Le nouveau contremaître, Andrew Perkins, avait déjà été trouvé coupable de mentir à deux reprises et on le soupçonnait de commettre de petits larcins et, plus sérieusement, d'avoir volé le vieux pistolet du maître, qui avait disparu un jour après la chasse. Quash était convaincue que ce serait la seule récolte que superviserait Perkins : elle pressentait que Singleton le congédierait après la fin de la moisson en septembre.

Perkins était rusé et retors. Il semblait posséder deux personnalités totalement différentes. Lorsque le maître ou un membre de sa famille était présent, il était calme, bien éduqué et déférent et il s'adressait avec fermeté et politesse aux esclaves. Cependant, en dépit de tous ces efforts pour faire une bonne impression, il demeurait un homme foncièrement déplaisant. Grand et mince, il avait un long nez aquilin, semblable à un crochet surmontant une fine moustache dégarnie. Sa laideur s'illustrait toutefois particulièrement avec sa bouche. Il avait manifestement, dans ses jeunes années, reçu un coup violent sur la lèvre supérieure. Démesurée, elle pendait sur le côté gauche du visage, ce qui faisait paraître le reste particulièrement grotesque. Perkins était conscient de cette disgrâce et il avait pris l'habitude de garder l'une de ses mains devant sa bouche pour, soi-disant, se gratter le nez ou lisser sa moustache. Cette habitude l'aidait aussi à dissimuler ses dents croches et noircies par la constante mastication de tabac et par un manque flagrant de propreté.

Lorsqu'il n'était pas en présence de ses employeurs, Perkins harcelait presque continuellement les gens dont il avait la responsabilité, convaincu que la peur et l'humiliation augmentaient la productivité. Les esclaves de la plantation n'appréciaient pas les changements introduits par Perkins. L'homme le plus inquiet de ces modifications, celui qui les ressentait le plus cruellement, c'était Big William. Comme il était des leurs, Big William avait gagné la confiance des esclaves grâce à son dur travail, son intelligence et sa capacité de travailler de façon harmonieuse avec les autres dans la constante proximité qu'obligeait la plantation. Perkins n'était là que depuis quelques semaines lorsque Singleton rejeta sa demande de changer de superviseur. La réponse fut limpide : « William sera chef superviseur tant et aussi longtemps que je posséderai cette terre. Vous devrez vous entendre. »

Quash aimait bien son travail dans la maison. La plantation Hopewell était reconnue pour le soin qu'on y portait à l'alimentation des esclaves : une terre suffisante était d'ailleurs réservée uniquement à cet usage. Au contraire des autres plantations, Hopewell possédait un moulin à canne où l'on produisait de grandes quantités de mélasse et où l'on faisait pousser assez de pommes de terre douces pour nourrir chaque personne, esclaves compris, pendant toute l'année. Tout le monde sur la plantation savait que la ration par esclave par semaine était d'un boisseau de maïs, d'un litre de mélasse et d'au moins deux livres de porc, que l'on remplaçait parfois par le double de bœuf. On ajoutait à ces rations des navets, des pommes de terre douces, des gumbos et des pois, cultivés dans le grand jardin central. Pendant la saison des moissons, les esclaves bénéficiaient même d'une ration supplémentaire de riz. L'élément important du régime des esclaves était le porc, qui fournissait la graisse nécessaire et donnait du goût aux plats de légumes. Quash avait récemment entendu Singleton dire à Perkins d'augmenter la ration de porc à trois livres par semaine, mais les esclaves ne recevaient toujours que leurs deux livres réglementaires.

Alors que Quash lavait la vaisselle du petit-déjeuner, Perkins entra dans la cuisine au moment où elle commentait le manque d'une livre de porc. Les femmes discutaient en Gullah, mais, comme il avait été élevé sur la côte, Perkins connaissait le dialecte aussi bien que Quash comprenait le langage que le jeune homme utilisait pendant les repas. Elle ne fut pas surprise lorsque, plus tard cet après-midi-là, il l'envoya chercher, ordonnant qu'elle fût amenée à sa demeure.

Elle fut rassurée de voir que Big William était également présent dans la pièce. Perkins l'interpella : « Petite garce, tu m'accuses de voler de la nourriture et tu le fais dans la maison, où tout le monde peut t'entendre. »

— Non, Sir, je n'ai pas fait (ce qui, à une oreille ignorante aurait sonné comme « Nonsanépfai »).

— Et maintenant, tu me mens. Et ne crois pas que je ne t'ai pas vue faire l'importante avec les autres nègres. Ce n'est pas tolérable. Tu mérites une leçon dont tu te souviendras.

Il se tourna vers William : « Donne-lui dix coups de fouet sur le dos dont elle se souviendra. »

Quash n'avait subi le fouet qu'une fois auparavant, lorsque, enfant, son père l'avait punie pour un vol de papier et d'une plume pour écrire dans la bibliothèque de M. Swanson. Il l'avait, au préalable, sermonnée sérieusement en lui répétant que la punition n'était que la matérialisation de son amour pour elle et de son souci de lui donner une éducation parfaite. Big William, au contraire des accompagnateurs qu'il dirigeait, n'était jamais armé d'un fouet dans les champs. Il n'avait pas besoin, à la différence de ses aides, de pendre un fouet sur son épaule pour faire sentir son autorité. Ils étaient parfois autorisés à utiliser leur fouet pour, par exemple, faire rentrer dans leur case des travailleurs rétifs ou inattentifs, mais la correction réelle devait obtenir l'aval du contremaître. Quash savait que Perkins ordonnait une punition, de dix coups ou plus, pour plusieurs esclaves par mois et qu'il assistait toujours personnellement au châtiment. Les autres sanctions comprenaient le retrait des temps libres une fois la tâche accomplie, la mise sous fer, l'incarcération dans des conditions horribles et même la pendaison. C'est l'esclave convaincu de crime contre l'homme blanc qui était pendu et, dans ce cas, les fonds coloniaux dédommageaient le propriétaire de la perte de son bien.

Quash n'avait jamais entendu quelqu'un dire qu'il avait été fouetté par Big William. Ce dernier lui dit de se tourner, de remonter son vêtement pour montrer son dos et de s'appuyer sur le mur. Elle tressaillit lorsque les lanières de cuir du fouet résonnèrent, mais elle ne gémit qu'une fois lorsque le bout d'une lanière s'enroula autour de sa taille et vint frapper le bout de son sein droit. Bien que Perkins se fût placé assez près du spectacle — elle entendait sa lourde respiration — pour superviser la punition, elle avait l'impression que Big William adoucissait ses coups. Lorsque la séance fut terminée, elle se rhabilla et se dirigea vers l'extérieur. « N'oublie pas de la fermer, lui dit Perkins, ou tu connaîtras ta douleur. »

Quash en déduisit qu'elle pouvait se retirer. Elle ne leva pas les yeux du sol, ne dit pas mot et se contenta d'acquiescer de la tête avant de se glisser par la porte. Comme elle s'éloignait, elle entendit des voix s'élever dans la nuit. Elle se sentit mieux la semaine suivante lorsqu'elle apprit que les esclaves recevaient finalement leurs trois livres de porc.

Tout le monde savait dans les plantations que certaines des jeunes femmes, en particulier celles qui accomplissaient des travaux ménagers, pouvaient servir aux plaisirs sexuels des propriétaires ou de leur fils devenus adultes. En retour, elles obtenaient des privilèges : un approvisionnement plus important en nourriture, un meilleur logis ou même une ou deux breloques. Le jeune monsieur Singleton n'avait pourtant jamais usé, à ce qu'on savait, de ce droit, que ce soit avant ou après la mort de son père. Même Quash, qui était très attirante, n'avait jamais senti chez son maître un tel désir.

Après sa punition dans la demeure de Perkins, c'est Big William qui la consola. Ils couchèrent ensemble plusieurs fois, utilisant habituellement comme chambre une remise située derrière la boutique du forgeron. Elle le trouvait séduisant, mais elle réalisa vite que ces amourettes ne deviendraient jamais une relation stable. Bien qu'ils fussent encore sans enfant, Big William et sa femme étaient mariés depuis un an et paraissaient unis dans une bonne entente. Que Quash donne naissance à un enfant n'aurait pas été un problème, mais elle fut soulagée de ne jamais tomber enceinte.

Un après-midi, alors que les Singleton étaient de sortie à Savannah, elle profita de leur absence pour feuilleter un livre dans leur bibliothèque. Se sentant surveillée, elle leva les yeux pour apercevoir Perkins. Elle fit semblant d'épousseter les tablettes et replaça les livres en ordre avant de se retourner pour quitter la pièce. Il se mit alors en travers de la porte. La seule solution était de s'arrêter et d'attendre qu'il bouge. Il la lorgna pendant un moment, puis dit : « Tu essaies de faire semblant que tu sais lire ? »

Elle répondit, dans le dialecte Gullah, qu'elle faisait seulement son travail en nettoyant la maison.

Il l'observa quelques instants, puis lui ordonna : « Lorsque tu auras fini ici, tu viens chez moi. »

Elle regarda le sol sans répondre. Il quitta la pièce. Quash prit conscience de sa situation désespérée : il était impossible de désobéir ouvertement à un ordre du contremaître, et elle se doutait qu'il aurait été vain de consulter Big William ou sa maîtresse, même s'ils avaient été présents à la plantation. Elle s'attarda au travail et prit ensuite, avec réticence, le chemin du retour. Perkins était assis sur son balcon. Il lui fit signe de venir vers lui. Lorsqu'elle arriva à la maison, il était rentré à l'intérieur, laissant la porte ouverte. Elle l'entendit crier : « Allez, entre », et elle obéit. Il referma la porte et ils se retrouvèrent face à face. Perkins avait dans sa main droite un fouet court.

Elle demanda finalement : « Que voulez-vous de moi ? »

D'une voix étouffée, il lui répondit : « Je veux flatter la même chatte que Big William flatte dans la remise. »

Elle recula vers la porte en refusant de la tête, mais Perkins l'attrapa par l'avant-bras et l'assit de force sur ses genoux. Il la poussa ensuite sur le sol en la menaçant du bout de son fouet. Sans qu'elle pût se défendre, il l'entraîna vers son lit et lui fit violence, ravageant son jeune corps. Selon ce qu'il disait et criait, il semblait que son plaisir venait principalement de la douleur qu'il provoquait. De façon étrange, ce qui parut à Quash plus déplaisant que la douleur provoquée par ses assauts, par son bras replié sous elle ou par la violence de son étreinte, fut l'odeur fétide de l'haleine de Perkins. Lorsqu'il glissa hors du lit pour prendre son fouet, elle se tourna sur le dos et mit ses mains derrière sa tête. Il se fatigua finalement de la battre et se laissa tomber dans une chaise. Perkins n'empêcha pas Quash de se lever, ce qu'elle fit avec difficulté. Elle se réajusta et s'en alla sans qu'il émette une objection ou un commentaire.

Lorsqu'elle fut de retour dans sa case, les autres femmes l'aidèrent à nettoyer et à bander ses plaies, comprenant rapidement ce qui s'était passé. Elles firent demander l'une des sages-femmes, qui conseilla à Quash de rester au lit pendant au moins une journée après l'arrêt des saignements. Lorsque Mme Singleton revint, la sage-femme lui dit que Quash avait une sorte de maladie et qu'il était préférable qu'elle ne s'approche pas des enfants. Maggie fit en sorte qu'elle ait seulement des tâches faciles à faire dans la cour ou dans le jardin jusqu'à ce que ses plaies soient cicatrisées et qu'elle redevienne présentable. Bien qu'elle fût encore faible et que le travail, même léger, fit saigner ses plaies, elle s'astreignait à travailler plusieurs heures par jour. Elle craignait encore le contremaître qui se plaçait souvent sur son balcon pour la lorgner et la surveiller lorsqu'elle allait ou revenait de la maison des maîtres. Un après-midi, Big William l'attendit pour lui dire combien il regrettait cette maladie. Elle fut surprise et presque déçue qu'il ne soit pas plus au courant de sa mésaventure ; elle se rappela alors que c'était la saison du battage et qu'il était particulièrement pris par le travail des champs.

Comme elle s'approchait de lui, il lui sourit et dit : « Je suis content que tu ailles mieux et que tu sois de retou' dans la maison »

— Oui, je vais mieux, répondit-elle.

— Ap'ès la nuit, tu viend'as avec moi ?

— Je ne peux pas.

— Si c'est pou' le chiffon, ça me dé'ange pas.

Quash décida de dire à Big William ce qui était arrivé, bien qu'elle fût inquiète de sa réaction.

Après un moment de silence, il déclara : « Si touche toi une aut'e fois, lui mo't. »

Quash ne pensait pas que Big William voulait vraiment tuer Perkins, mais elle n'en était pas sûre. Elle s'inquiétait surtout du sort de Big William : on ne pardonnait jamais à un esclave noir de s'en prendre physiquement à un superviseur blanc, peu importe s'il avait de bonnes raisons ou une bonne réputation. Elle tenta de le calmer, mais Big William répondit : « Y va savoi'. »

Peu de jours après, Big William lui assura qu'elle n'avait plus à craindre un autre assaut de Perkins. Les deux hommes avaient dû discuter, car on sentait entre eux une tension extrême.

Lorsque Quash fut parfaitement rétablie et qu'elle reprit son service à la maison, elle fut encore plus intéressée par les événements qui avaient lieu en dehors de la plantation. M. Mordecai reçut de plus en plus les jeunes hommes de Savannah, qui n'étaient jamais prudents dans leurs propos, en particulier après les multiples toasts qu'ils avaient faits pendant le repas. Lorsqu'elle servait à la table ou qu'elle attendait à la porte, alors que personne ne faisait attention à elle, elle avait tout loisir pour écouter les conversations. Il devint évident que les Américains prévoyaient une attaque britannique sur Savannah, mais les jeunes hommes n'étaient pas inquiets, car ils croyaient que Savannah pourrait repousser n'importe quel assaut venu de la mer. Ils comparaient les marais et les terres marécageuses, défenses naturelles de Savannah, aux terres inondées et aux rivières qui avaient arrêté les Américains dans leur effort pour prendre Saint-Augustine. Elle connaissait tous les endroits du marais que les jeunes hommes décrivaient : là des fusils, là des troupes, plus à l'ouest vers l'Île Skidaway, pour empêcher les Britanniques de parvenir à Savannah. Elle commença à se demander s'il n'était pas possible de monnayer ces informations pour accéder à ses propres désirs.

Lorsque Big William arriva dans la cuisine, les autres femmes se retirèrent. Elle lui parla de l'armée britannique qui s'approchait de Savannah et lui rappela qu'elle avait vécu dans les marais.

Il l'écouta et dit : « Les Anglais se'ont plus bons. »

Il y avait quelques plantations au sud de Savannah que Thomas Brown et ses Rangers ne connaissaient pas parfaitement. Une partie de ses hommes étaient d'anciens esclaves qui avaient accompagné leurs maîtres à Saint-Augustine et s'étaient fait accorder la liberté selon la loi britannique. Les officiers de Brown s'efforçaient toujours de recruter les meilleurs hommes. Ceux qui avaient connu la vie sur les plantations étaient particulièrement bienvenus, car leur rôle était de rassembler l'information nécessaire. Brown avait généralement de très bonnes relations avec les esclaves, ce qui lui permettait de rester toujours en contact avec les importantes plantations de la côte, dont certaines employaient plusieurs centaines d'esclaves. En utilisant ces sources et d'autres, Brown était capable de dresser une carte politique de la région et de connaître les propriétaires d'allégeance Tory, loyaux envers la Couronne. Ses hommes avaient l'ordre de ne pas s'en prendre à ceux-ci. Quant aux autres, ils étaient soumis à une pression de plus en plus accablante qui les poussa à restreindre ou à dissimuler leur support aux Whigs et à éviter tout contact avec ceux qui s'opposaient à l'occupation britannique.

Hopewell, qui n'était pas loin de Savannah, n'avait jamais été attaquée par les Rangers. Le vieux monsieur Singleton avait été un ami très proche du gouverneur Wright et s'était toujours montré très coopératif lorsqu'il s'agissait d'obtenir des informations, même après la prise de Savannah par les Whigs. Mais la situation avait changé après sa mort. L'un des Rangers noirs avait informé Brown de l'implication du jeune Singleton avec les Fils de la Liberté. Lorsqu'il se rendit dans la région côtière, Brown décida de visiter Hopewell : ses hommes, une vingtaine, et lui installèrent leur campement sur la berge de la rivière, plusieurs kilomètres en amont de la plantation.

C'était une semaine avant Noël. Brown s'était assis près du petit feu et mangeait des venaisons préparées pour son expédition. À la brunante, l'un de ses hommes s'approcha de lui et attendit, à une certaine distance, qu'il le reconnaisse : c'était un vieux noir qui avait choisi son nom, Liverpool, à cause du port où il était arrivé en Amérique. Il avait travaillé pendant plusieurs années dans les plantations de riz avant que son maître ne se rende à Saint-Augustine et il avait conservé de nombreux amis dans la région. Brown le regarda enfin et lui demanda : « Qu'est-ce qu'il y a, Liverpool ? »

— Le supe'viseu' en chef de Hopewell veut vous voi'.

— Que veut-il ?

— Sais pas, Sa', mais ça êt'e un bon homme qui s'appelle Big William.

— Qu'il vienne alors.

— Il est là.

Liverpool se retourna et fit signe de la main : Big William sortit de l'ombre et s'approcha de Brown. Il lui dit, sans plus d'introduction, qu'il avait des informations qui pourraient être utiles.

Brown décida de lui poser quelques questions pour connaître l'intelligence et la fiabilité de l'homme.

— Sais-tu combien il y a d'esclaves sur la plantation ?

— Oui, Sa', il y a mille vingt-huit là, capab'es de t'availler.

— Combien de riz produisez-vous ?

— Cette année, plus que cinquante boisseaux à l'hecta'e, pou' à peu p'ès cent cinquante hecta'es.

Pour tester l'esclave, Brown lui demanda, comme s'il ne le savait pas, combien il y avait de kilos dans un boisseau : « Qua'ante cinq, Sa'. »

Big William n'était pas du tout empêtré : il répondait rapidement aux questions et était visiblement familier avec les opérations agricoles de la plantation. Brown lui demanda ensuite : « Et les Singleton, reçoivent-ils beaucoup de monde à Hopewell ? »

— Oui, Sa', su'tout en hive', pou' la chasse.

— Qui vient ?

— Bien, le gouve'neu' et d'aut'es hommes de Savannah.

— Viennent-ils ensemble au même moment ?

— Non, Sa', ils viennent pas ensemble.

Il y eut une longue pause au bout de laquelle Brown demanda : « Pourquoi es-tu venu me voir ? »

— Une femme de la cuisine a entendu les B'itanniques veni' à Savannah.

— C'est peut-être vrai, mais qu'est-ce que cela a à voir avec moi ?

— Vous t'availler avec B'itanniques, elle peut-êt'e aider.

Brown, sceptique, réfléchit pendant quelques minutes, puis demanda : « En quoi une femme esclave pourrait-elle m'aider ? »

— Elle élevée dans les ma'ais : connaît chemin de l'océan à la ville.

Brown fut immédiatement intéressé. Il savait que les forces américaines, confiantes en leurs défenses, s'étaient préparées avec minutie à recevoir les Britanniques et qu'ils avaient déployé des troupes et de l'artillerie sur un marécage, éloigné de quatre kilomètres de la ville, barrant la voie d'accès principale pour parvenir à la ville. Tout le monde savait que les forces de Campbell avaient quitté New York six semaines auparavant et que le colonel Prevost, malgré une pause près de la rivière St. Illa, se dirigeait maintenant vers le nord. Brown dit : « Amène-la-moi. » Sans gêne, Big William répondit : « Elle veut quelque chose. »

— Quoi, pour l'amour de Dieu ?

— La liberté.

CHAPITRE 34

Les Britanniques prennent Savannah

L'esclavage n'avait jamais été un sujet facile parmi les Rangers de la Floride. Brown savait que, sur la grande majorité des plantations en Géorgie et en Floride, les esclaves constituaient souvent plus de la moitié de la valeur de la propriété. Bien que le gouvernement britannique ait depuis longtemps rendu illégale la traite d'esclaves dans les ports de Liverpool ou d'Afrique, on tolérait que les colons conservent les esclaves qu'ils possédaient, qu'ils les vendent ou qu'ils les achètent comme bon leur semblait. Si Brown avait aidé des esclaves à devenir libres, même s'ils appartenaient à un propriétaire Whig, il savait que plusieurs Tories considéreraient ce geste comme un suicide économique.

Brown donna enfin sa réponse : « Si elle est utile, elle sera libre, même si je dois l'acheter moi-même. Confie-la à Liverpool et garde le secret sur cette rencontre. »

Quash rencontra Brown avant le lever du jour le lendemain matin. Le commandant lui demanda tout de suite quel type d'informations elle pouvait lui fournir.

Elle mit de côté toute sa gêne et s'adressa à Brown, à sa grande stupéfaction, dans un anglais parfait : « Mes parents étaient la propriété du secrétaire du gouverneur, Quintus Swanson, dont la maison était située à l'est de Savannah, près de la route qui mène à l'Île Tybee. J'ai grandi dans cette maison, j'y ai appris l'anglais et j'ai passé mon enfance dans les marais. Je n'ai jamais parlé ainsi depuis que j'appartiens à M. Singleton, mais je travaille dans la maison des maîtres avec trois autres femmes. Je servais le dîner dimanche dernier et j'ai entendu les jeunes hommes de Savannah parler du marais où je fus élevée. Ils ne font pas attention à nous, esclaves, mais j'ai tout entendu. Les révolutionnaires savent que les Britanniques sont en marche, et le général Howe est en train de consolider les défenses autour de la voie principale, qu'il croit être le seul accès à la ville. Je connais une manière de contourner ces défenses. »

Pendant qu'elle parlait, Brown l'observait attentivement. Bien que son visage portât des traces de coups, elle était magnifiquement belle, droite et fière, et elle possédait une contenance qu'il n'avait jamais vue chez aucun nègre. Son apparence et son maintien exceptionnels le poussèrent à rester sur ses gardes. Il lui demanda : « Pourquoi me dis-tu cela ? »

— Parce que M. Swanson m'a bien traitée et parce qu'il faut que je me soustraie à l'emprise du contremaître d'Hopewell, M. Perkins. Lorsque j'ai parlé à Big William de ce que j'avais entendu, il m'a suggéré de m'adresser à vous.

Brown demanda au sergent Alonzo Baker d'apporter la carte de la région côtière. On pouvait y voir en effet qu'il y avait un pont presque imprenable là où la voie d'accès principale était coupée par des eaux profondes, à deux kilomètres de la ville. Cette position, située à environ vingt kilomètres de la mer, n'était qu'à dix kilomètres de l'emplacement où les Britanniques comptaient débarquer ; aucune autre route ne menait à Savannah. Lorsqu'on lui montra la carte, Quash dit que son ancienne maison se situait dans les environs de l'endroit stratégique, mais qu'il y avait un chemin de traverse que n'utilisaient pas les Blancs et qui pouvait permettre à l'armée d'éviter le pont afin de gagner Savannah. Toutefois, il fallait traverser les ruisseaux à marée basse.

La nuit suivante, Brown, quatre rameurs et Quash Dolly s'embarquèrent dans un large et rapide canoë pour descendre la rivière Ogeechee, pour ensuite remonter les terres jusqu'à l'Île Tybee. Là, ils espéraient rencontrer le colonel Campbell et lui transmettre les informations qu'ils possédaient. Lorsqu'ils passèrent devant la plantation Hopewell, Brown conseilla à Dolly de se coucher sur le plancher du bateau et de ne pas regarder. Pour le reste du voyage, elle avait prévu une cape dont elle s'était coiffée pour cacher son visage. Elle se détournait lorsqu'ils passaient proches du rivage, où des gens pouvaient l'apercevoir. Ils savaient tous que la nouvelle de sa disparition allait vite se répandre et que le système établi pour récupérer les esclaves en fuite était rapide et efficace.

Quash ne ressentait aucun remords. Sans prendre en compte la personnalité des propriétaires ni les bons ou mauvais traitements subis dans les plantations, tous les esclaves étaient convaincus que leur situation s'améliorait sous l'égide des Britanniques. Quash tenta d'établir une comparaison entre le traitement qu'elle reçut chez M. Swanson et ses expériences récentes chez les Singleton. Elle savait que les anciens esclaves qui s'étaient installés à Saint-Augustine ou sur la côte atlantique étaient bien traités par les Britanniques. Certains portaient même les armes et l'uniforme et pouvaient donc se battre aux côtés des Tuniques rouges. Surtout, ce qui préoccupait Quash au plus haut point était l'idée qu'elle pourrait sans doute obtenir sa liberté, comme l'avait promis Thomas Brown.

Alors qu'elle restait à attendre dans un camp provisoire installé sur la plage, cachée sous un escarpement, Brown envoya quelques hommes sur la route de Savannah pour faire la topographie des marais et pour se renseigner sur la position des troupes ennemies. La nuit était froide et un crachin, poussé par un fort vent, s'infiltrait dans leur abri. Les hommes envoyés par Brown étaient habitués à franchir les lignes ennemies, déguisés en fermiers, en pêcheurs, en commerçants ou même en soldats de l'armée continentale. Puisqu'il était un ancien esclave, Liverpool était l'un des plus efficaces espions des Rangers. Astucieux et éloquent, il possédait le laissez-passer que l'on donnait aux serviteurs fidèles pour qu'ils fassent les courses de leurs maîtres. Au moment où la flotte de Campbell arriva près de Savannah, deux jours avant Noël, Brown possédait déjà un rapport étoffé pour son commandant.

Leurs plans furent garants d'un succès inespéré. Les forces britanniques accostèrent le 29 décembre et Brown fit un compte rendu détaillé du déploiement des forces whigs sous le commandement du général Robert Howe, du gouverneur John Houstoun et du colonel George Watson. Les Britanniques lancèrent une fausse attaque contre un important contingent de l'armée américaine, alors que la réelle force de frappe attendait la marée basse et la nuit pour suivre silencieusement Quash Dolly dans les sentiers étroits et secrets des marais. Ensuite, les troupes britanniques purent s'introduire en silence tout en passant inaperçues dans la ville.

Au lever du jour, la panique gagna les habitants de Savannah et les forces censées les défendre. Plusieurs officiers et soldats désertèrent leur poste et tentèrent de s'enfuir. Ni le général Howe, ni aucun de ses subalternes ne savaient ce qui s'était passé, mais le mot courut rapidement qu'une femme esclave avait conduit l'armée britannique à travers les marais. Les Britanniques capturèrent 423 Américains, en tuèrent à peu près une centaine et une trentaine d'hommes périrent noyés en tentant de fuir à travers les marais alors que la marée montait. Les pertes britanniques furent mineures : seulement sept hommes furent tués. Les Britanniques prirent toutes les armes et toutes munitions que possédait la ville : quarante-cinq canons, 637 pistolets et mousquets, une grande quantité de poudre, des cartouches et des balles.

Malgré tous ses efforts, le colonel Campbell fut incapable de contrôler ses troupes qui ravagèrent la ville prise. Ils pillèrent les magasins, violentèrent les femmes et éventrèrent des soldats, même lorsque ceux-ci s'étaient rendus. Le général Howe, avec les troupes qui lui restaient, se retira plus au nord de la rivière Savannah, la traversa pour gagner la Caroline du Sud et envoya des ordres pour que les troupes continentales s'y regroupent.

Brown fut très déçu des atrocités commises par les Tuniques rouges victorieuses. Bien qu'il ne pleurât pas les malheurs des Américains, il réalisait qu'il serait maintenant deux fois plus difficile de gagner à la cause des Britanniques les habitants qui avaient survécu. Pendant l'attaque, il resta près de Quash Dolly et la protégea du conflit. Il fit en sorte que tout le monde sache le rôle important qu'elle avait joué dans la victoire et elle fut bientôt traitée comme une héroïne. Le colonel Campbell ne donna aucune compensation à son propriétaire, Mordecai Singleton, et donna des ordres pour qu'elle embarque sur le premier bateau britannique en partance pour Nassau. De plus, il lui offrit comme récompense un montant de cinquante livres et le papier officiel qui lui donnait sa liberté.

Le commandant britannique considéra que l'assistance de Brown lui était indispensable. Le Ranger avait même dressé pour lui une liste complète et précise des commerçants et des propriétaires de plantations dans la région ainsi qu'une description exhaustive de leurs possessions et de leur degré de loyauté envers le Roi. Sans mettre de côté sa subjectivité, Brown informa également ses supérieurs de l'hypocrisie de certaines conversions tardives. Brown examina la liste des prisonniers géorgiens et pointa ceux qui devaient être relâchés, ceux qui devaient être mis sous les verrous et dont les biens devaient être confisqués. Il donna les noms des hommes qui avaient auparavant violé leur promesse d'allégeance au Roi et qui devaient être exécutés pour trahison. En même temps qu'il jouait au juge suprême à Savannah, il préparait des plans pour envahir Augusta, située à deux cents kilomètres en amont de la ville prise.

Recruté par le général Howe pour la défense, en apparence sans difficultés, de Savannah, Elijah Clarke et soixante des hommes de sa milice campaient au nord de Savannah, près de la rivière. Surpris comme tout le monde lorsque des coups de feu résonnèrent au centre de la ville, Elijah leva ses hommes et se joignit à la bataille. Il était évident que les Britanniques maîtrisaient la situation, mais la milice de Géorgie se jeta néanmoins dans la mêlée assez longtemps pour que trois hommes d'Elijah fussent tués et neuf, blessés. Ils parvinrent assez facilement à ne pas être faits prisonniers et rejoignirent les autres Américains dans une retraite désordonnée.

Les Britanniques choisirent de ne pas poursuivre le général Howe et ses troupes qui purent, dès lors, gagner la Caroline du Sud,en traversant dans un ordre presque parfait la rivière à un endroit nommé Sister Ferry. Le capitaine Clarke et ses hommes demandèrent à monter la garde et regardèrent le grand ferry rempli de troupes, de chevaux, du reste des armes et des munitions traverser plusieurs fois la rivière. La pensée de rentrer à la maison avec ses hommes effleura Elijah, mais, avant de se faire, il décida de demander une permission officielle et d'attendre de voir la stratégie du général Howe. Il trouva le général dans sa tente, bizarrement entouré d'un seul lieutenant et de deux sergents. Après que le lieutenant eut obtenu du général un entretien pour Clarke, Elijah s'approcha de la tente en faisant résonner ses bottes. Il demanda la permission d'entrer, ce qu'on lui accorda d'une voix étouffée.

Le général était assis sur un tabouret militaire, les coudes sur les genoux. Il était livide et ses yeux, rougis : avait-il pleuré ? Il regarda Elijah sans parler. Elijah eut le sentiment que le général ne le reconnaissait pas : « Général », dit-il, « Je suis le capitaine Elijah et je suis venu prendre vos ordres. »

Le général le regarda d'un air las et lui répondit finalement : « Pour l'amour de Dieu, quittez la Géorgie. »

— Mais, mon général, nos familles habitent en amont de la rivière et nous ne pouvons pas les abandonner ! Nous avons vu ce que les Britanniques ont fait aux habitants de Savannah.

— Que voulez-vous, capitaine ?

— Rentrer à la maison, Sir, et continuer à nous battre.

— Vous pouvez aller où vous voulez, mais les Britanniques sont trop forts désormais. Nous ne pouvons plus les battre. J'ai envoyé des ordres jusqu'à Sunburry pour que toutes les troupes nous rejoignent en Caroline.

— Eh bien, mon général, je vois d'ici que nous aurons assez d'hommes pour nuire sérieusement aux Tuniques rouges lorsqu'elles s'attaqueront à Augusta.

— J'ai aussi donné l'ordre aux troupes d'Augusta de traverser la rivière.

Clarke rougit de colère et de honte de savoir que toute la colonie était abandonnée. Après un long moment, sans rien dire, il força le général à fixer le sol honteusement. Il recula et dit d'un ton méprisant : « Merci, Sir, nous rentrons à la maison. »

Aaron Hart attendait Clarke non loin et le rejoignit vite :
« Qu'est-ce qui ne va pas, capt'aine ? »

— Ce salaud de général a perdu Savannah et maintenant il leur donne toute la Géorgie.

Et il raconta toute la conversation et conclut : « Howe et ses Continentaux étaient à Savannah depuis trois mois et en savaient moins sur les marais que Campbell, qui apprit tout cela d'une négresse en deux heures ».

— Qu'allons-nous faire maintenant, capt'aine ?

— Nous rentrons à la maison. Je ne me battrai plus pour un politicien ou un officier sans courage. Je crois que Dooly, Twiggs et moi pouvons compter sur à peu près deux cents hommes pour continuer à nous battre. Je ne pense pas que les Tuniques rouges ou les Rangers de ' Burnfoot ' peuvent nous battre sur notre propre territoire, dans nos marais et nos collines.

Ce qui restait du gouvernement de l'État se rassembla à Augusta pour considérer le probable abandon du reste de la Géorgie aux Britanniques. Un Conseil exécutif condamna le général Howe et accorda, par vote, sa confiance au général Benjamin Lincoln, nouvellement nommé comme commandant des départements du sud des États-Unis. Ils transférèrent la capitale dans le comté de Wilkes et prirent les autres décisions nécessaires. Pour reconstituer les défenses de l'État, ils nommèrent Clarke colonel et Twiggs et Dooly lieutenants-colonels ; ils supervisaient désormais les milices des comtés de Burke et de Wilkes.

Les Britanniques rencontrèrent peu d'oppositions dans leur marche triomphante à travers l'État. Les troupes du colonel Campbell attendirent un mois avant de s'avancer jusqu'à Augusta, au nord de la rivière Savannah. Ils ne perdirent, dans cette remontée, pas un seul soldat. Les dragons britanniques parcouraient la campagne, dans un rayon de 60 kilomètres autour de la rivière, pour réquisitionner autant de denrées que possible et pour s'assurer de la loyauté des habitants. Campbell, pour prouver sa bonne foi, donna des ordres stricts pour que les villages des Quakers soient épargnés. Il croyait que les Indiens et les Loyalistes de l'arrière-pays en Géorgie et en Caroline du Sud se rallieraient au drapeau britannique s'ils étaient traités correctement et qu'ainsi, toute opposition aux forces du Roi disparaîtrait.

Plus de 1300 nouveaux Loyalistes vinrent des fermes et des bois du nord de la Géorgie pour prêter serment au Roi. On constitua dès lors vingt nouvelles milices, qui eurent comme tâche de protéger les territoires britanniques en Géorgie des attaques menées à partir de la Caroline du Sud. À dire vrai, il y avait désormais seulement douze États. Les représentants britanniques saluèrent le colonel Campbell comme le premier commandant militaire à avoir « arraché une rayure et une étoile du drapeau rebelle du Congrès ». Il sembla évident que les Tuniques rouges se dirigeraient ensuite vers Charles Town dans l'espoir de contrôler la Caroline du Sud. Les commandants britanniques croyaient qu'il suffirait d'un coup d'éponge pour assurer des bases solides aux futures attaques contre la Caroline du Nord et la Virginie.

CHAPITRE 35

Le guêpier

1779

Ethan Pratt avait vu les Quakers, les Morris et d'autres voisins prêter allégeance à la Couronne parce qu'ils pensaient que la guerre était finie et que la Déclaration d'indépendance n'avait servi à rien. Avec les autres familles qui habitaient les zones reculées de la frontière, les Pratt tentaient d'éviter tout alignement avec les Tories ou les Whigs.

Sachant que Campbell avait remonté la rivière avec plus de cinq cents hommes, les chefs de la milice de Géorgie durent accepter la dure réalité : ils ne prirent aucun mesure pour défendre Augusta. De sa demeure dans le comté de Wilkes, Elijah Clarke rassembla cependant le plus d'hommes disponibles, utilisant à cet effet des listes rédigées par Aaron Hart. Il réunit à peu près 180 hommes. Ce fut Dooly, avec l'accord de Clarke, qui parla le premier : « Messieurs, toutes les troupes continentales ont fui en Caroline du Sud. Il paraît que le général Howe a démissionné et qu'il doit comparaître devant la Cour martiale. Le général Lincoln commande désormais les hommes qui ne furent ni tués ni pris à Savannah. Son quartier général est établi à Purysburg. »

Quelqu'un cria : « Mais où c'est Purysburg ? »

— C'est de l'autre côté de la rivière, répondit Dooly, en Caroline du Sud, quelque 60 kilomètres au nord de Savannah. Le général Lincoln a appelé les milices des Carolines et de Virginie à se battre contre l'avancée des Britanniques vers Charles Town.

— Pourquoi ne nous joignons-nous pas à lui ?

C'est alors qu'Elijah Clarke prit la parole pour la première fois : « Nom de Dieu, nous n'abandonnerons pas la Géorgie ! Je préférerais mourir plutôt que de me mettre sous les ordres d'un autre général qui ne connaît rien à la guerre d'escarmouches. »

Tout le monde approuva ces propos. Dooly continua : « Nous avons deux choses à faire maintenant. La première est de convaincre nos voisins de nous rejoindre dans notre lutte et de ne pas céder aux Britanniques. La deuxième est de se diviser en petits groupes, de surveiller tous les sentiers qui mènent à l'arrière-pays des comtés de Wilkes et de Burke et de tuer autant de Tuniques rouges qu'il est possible. »

Elijah ajouta : « Il faut se partager les territoires que nous connaissons le mieux. Chacun de nous doit étudier le territoire qui lui est attribué et déterminer comment il est possible d'interdire ce territoire, à l'aide d'un ou de deux hommes, aux importuns qui pourraient tenter de s'infiltrer. »

Aaron Hart remarqua : « Comme si c'était notre sanctuaire. »

« Je ne vois pas ce que tu veux dire, répondit Elijah. Je comparerais plutôt la chose à un guêpier : celui qui osera s'y aventurer vivra pour le regretter ou mourra. »

Les hommes furent enflammés par l'image. Ils commencèrent dès lors à examiner les cartes qu'ils avaient utilisées pour leur entraînement. En l'espace de quelques heures, ils avaient délimité un territoire assez grand, comprenant plusieurs forts ainsi qu'un réseau de sentiers les reliant entre eux. Ils constatèrent qu'ils étaient protégés par la topographie des lieux : des ruisseaux difficiles à franchir, des marais et des collines constituaient le territoire. En abattant quelques arbres, il était facile de rendre impraticables les sentiers dont ils n'avaient pas besoin. Elijah résuma les décisions qui avaient été prises et ajouta : « O. K., c'est parfait, mais il faut s'assurer de deux choses : d'abord que les Tuniques rouges, Thomas Brown et ses sauvages sachent que s'ils osent revenir par ici, ils rencontreront leur mort, tous sans exception. Puis, il faut se rappeler que ces forts ne sont pas là uniquement pour nous cacher : il faut s'en servir pour attaquer aussi longtemps que nous serons capables de nous battre. La ferme de Dooly et la mienne se situent à l'extrême frontière du territoire que nous avons délimité et nous pourrons utiliser mon fort comme lieu de rassemblement. Nous serons capables de nous rendre rapidement soit à nos fermes, soit dans la direction d'Augusta ou encore, soit de l'autre côté de la rivière, en Caroline. Mais surtout, nous serons aussi capables de revenir vite pour frapper. »

Le territoire d'Elijah prit le nom de « Guêpier ».

Les chefs de Géorgie commencèrent à rallier à leur cause les hommes de l'arrière-pays. Leur première tâche fut de convaincre les colons que la révolution n'était pas terminée et qu'elle n'était pas mise en échec. Ils utilisèrent autant l'encouragement que l'intimidation pour parvenir à cette fin. Les commandants des milices émirent des édits dans le nord de la Géorgie : tous les propriétaires devaient jurer allégeance au gouvernement continental, à défaut de quoi leurs biens leur seraient confisqués. Un certain nombre de colons renièrent leur récente alliance avec la Couronne. Cela ne satisfit cependant pas Elijah Clarke et ses supporters les plus fervents, car ils voulaient donner une bonne leçon à ceux qui restaient fidèles aux Britanniques.

L'un des traîtres aux Whigs, Zachariah Timmerman, était un riche propriétaire terrien à qui John Dooly avait personnellement conseillé de renoncer à son allégeance avec la Couronne. Il se rendit immédiatement à Augusta pour se mettre sous la protection du colonel Campbell. Les Britanniques répandirent la nouvelle de l'attitude de Timmerman et le placèrent sous la bonne garde d'un caporal nommé MacAllister, l'un des protégés du général. Une semaine n'était pas écoulée lorsque les Américains organisèrent une expédition punitive. Ils pénétrèrent dans le camp, tuèrent MacAllister, l'éventrèrent et le décapitèrent. Puis, ils firent sortir de force Timmerman à l'extérieur de la ville où ils le pendirent en plaçant un écriteau sur sa poitrine avec la simple mention « Justice ». C'était un pense-bête pour les Whigs frileux, mais le nom de MacAllister devint le cri de bataille des Britanniques furieux.

Le général Prevost, agissant à Savannah comme gouverneur, s'intéressait peu à Augusta. Sachant que Brown avait des intérêts dans la région, il interdit cependant aux Rangers de la Floride d'agir au nord de la rivière Savannah. Brown fut forcé d'obéir. Cela voulait toutefois dire que les Britanniques se privaient de l'appui des Creek et des Cherokee de la région et allaient à l'encontre des promesses faites à Emistisiguo par John Stuart. Toutes les forces britanniques se concentraient désormais sur Charles Town. Privés d'assistance, le colonel Campbell et ses cinq cents hommes maintiendraient avec difficulté leur pouvoir sur Augusta si les révolutionnaires décidaient d'attaquer par l'ouest.

Le colonel Clarke était impatient de reprendre Augusta, mais il réalisait que les milices de Géorgie n'étaient pas suffisantes. Il envoya Aaron Hart demander de l'aide au général Lincoln. La réponse du général était prévisible : son rôle était de défendre Charles Town, rôle qui monopolisait l'ensemble de ses troupes. Il reconnaissait toutefois l'importance stratégique d'Augusta, car les Britanniques utiliseraient certainement la ville comme base pour rejoindre la côte de la Caroline du Sud. Il promit d'envoyer 1200 hommes de Charles Town vers la Géorgie. Ces troupes seraient commandées par le général John Ashe, originaire de la Caroline du Nord. Ce général était inexpérimenté, mais influent sur le plan politique dans son État ; il désirait à tout prix prouver sa valeur militaire.

Ces plans durent être retardés, car le lieutenant colonel John Boyd de l'armée britannique s'était déplacé de la Caroline jusqu'en Géorgie avec sept cents hommes. Il avertit de sa présence le colonel Campbell et commença à terroriser les familles loyales aux Whigs de la région. Le général Lincoln reçut un rapport écrit : « Comme des bandits de grand chemin, ils s'approprient toutes les terres, harcèlent les habitants et massacrent comme bon leur semble tous ceux qui s'opposent à leurs demandes exagérées. »

Lincoln envoya des ordres à Clarke : ils devaient rallier le plus de Géorgiens possible à leur cause. Il envoya aussi pour aider les milices à se défendre contre les soldats pillards de Boyd et du colonel de la Caroline du Sud, Andrew Pickens.

Lorsque Campbell ordonna à Boyd et à sept cents hommes, dont plusieurs avaient été recrutés parmi les Tories locaux, de détruire la milice de Géorgie, les forces britanniques installèrent leur campement sur une ferme à Kettle Creek. Ils y massacrèrent les animaux et firent paître leurs chevaux. C'était une ferme prospère avec une plantation de canne à sucre entourée d'un marais. Les colonels Clarke, Dooly et Pickens, accompagnés de 350 hommes, suivaient le détachement grâce aux feux que les soldats laissaient derrière eux. Lorsqu'ils s'aperçurent que leur cible s'était installée sur cette ferme, ils l'encerclèrent. Dooly avait pris l'aile droite et Elijah Clarke, l'aile gauche, chacun avec 100 hommes, tandis que Pickens avançait droit devant avec les hommes restants. Au lever du jour, les Américains lancèrent une attaque simultanée. Boyd fut touché mortellement, et le reste des troupes britanniques s'enfuit en traversant le ruisseau. Clarke passa à gué le ruisseau sous les feux croisés : son cheval fut touché et s'abattit sous lui. Il évita de peu la noyade, néanmoins, il fut rapidement sur ses deux pieds pour vider le champ de bataille et célébrer la victoire.

Après la débâcle de Savannah, la victoire de Kettle Creek était réconfortante et le récit fut colporté à travers toutes les colonies. L'impact psychologique fut certain et bienvenu : cette victoire arrivait au moment où tout le monde croyait que les Britanniques étaient invulnérables et que la révolution dans le sud était vouée à l'échec. Plusieurs Whigs renièrent leur allégeance à la Couronne et rentrèrent dans leur foyer. Cela fut très encourageant pour le général Lincoln, qui envoya, pour reprendre Augusta, le général Ashe et qui commença même à songer à reprendre Savannah des mains des Britanniques.

La plupart des hommes de Boyd retournèrent en Caroline du Nord, mais deux cents parvinrent à Augusta, où ils durent subir les sarcasmes des troupes régulières de Campbell. Dans la bataille, cent britanniques avaient été tués et soixante-quinze avaient été faits prisonniers, dont cinq étaient d'anciens Whigs que connaissait le colonel Pickens. Ils furent pendus comme punition pour leur traîtrise. Les Américains perdirent neuf des leurs et vingt-trois furent blessés ou capturés. Parmi les captifs, il y eut un petit homme du nom de Stephen Heard, qui avait été un grand propriétaire terrien et un politicien en vue du parti whig à Savannah. Lorsque le colonel Campbell apprit les pendaisons qui eurent lieu à Kettle Creek, il décida d'exécuter Heard en public pour montrer le pouvoir de la justice britannique. Heard possédait une énorme esclave du nom de Mammy Kate. Cette dernière apprit que son maître était à Savannah et qu'on s'apprêtait à le pendre. Elle remplit un grand panier avec des vêtements, des tartes et des gâteaux pour soudoyer les Britanniques, entra au campement et obtint un droit de visite pour donner à son maître des vêtements décents pour ses dernières heures. Voulant offrir un spectacle de qualité, les Britanniques acceptèrent que Mammy s'occupe de son maître. Elle se rendit à la prison, cacha son maître dans le panier sous des vêtements, fit une forme ressemblant à un corps humain sur la paillasse du prisonnier, mit le panier sur sa tête et sortit d'Augusta. De retour à la maison, Heard donna sa liberté à Mammy Kate et lui offrit une maison entourée d'une petite terre sur sa plantation.

Peu de temps après, le général Ashe parvint sur la rive opposée à Augusta avec sa grande armée de Caroline du Nord. Le colonel Campbell abandonna la ville et se dirigea en aval de la rivière vers le Ferry Hudson pour y rejoindre le gros des troupes britanniques. Il fut surpris de constater que l'armée était elle-même dans une position délicate. Les Britanniques occupaient toujours Savannah, mais le général Prevost avait renvoyé une bonne partie de ses hommes à Saint-Augustine. Le général Lincoln avait profité de cette faiblesse pour marcher sur Savannah et il était maintenant juste de l'autre côté de la rivière en Caroline du Sud. Par ailleurs, l'armée d'Ashe semblait s'avancer aussi vers Savannah par le nord.

Bien qu'il fût très bien accueilli par les hommes de la milice géorgienne lorsqu'il avait traversé la rivière Savannah pour prendre Augusta, le général Ashe leur fit très clairement sentir qu'il n'était pas disposé à écouter les suggestions de Clarke ou de Twiggs sur la manière de déployer ou d'utiliser ses troupes. En utilisant une carte approximative, le général Ashe décida d'établir son campement dans un pré un peu au nord de Briar's Creek. Les troupes ennemies, s'ils voulaient les attaquer, seraient obligées de franchir, au sud, le ruisseau et, à l'est, de traverser la rivière

Savannah. L'endroit avait aussi l'avantage d'avoir de grands champs au nord et à l'ouest qui pouvaient fournir les troupes en bois et en approvisionnement. Pour couronner le tout, l'espace offrait également une bonne latitude pour les manœuvres.

Lorsque le colonel Clarke proposa son aide, le général Ashe répondit platement : « Dites à Clarke que je prendrai position sur la rivière en amont des Britanniques, ce qui les empêchera de retourner à Augusta. J'ai étudié les cartes et je suis désormais familier avec la région qu'ils occupent. Je peux ainsi faire face à tous nouveaux mouvements. Les forces de la milice peuvent se joindre à moi si elles le désirent. Je les informerai du moment où je prévois descendre vers le sud pour rejoindre l'armée de Campbell. »

Il était évident qu'Ashe et son équipe étaient trop confiants. Ils voulaient en venir à une confrontation directe avec ces Britanniques qu'ils méprisaient tant. L'ambition d'Ashe était de se montrer égal, voire supérieur au commandant des milices qui s'étaient battues à Kettle Creek.

Entre-temps, le colonel Campbell apprit que Thomas Brown était dans la région et, sans consulter le général Prevost, envoya chercher le commandant des Rangers. Alors qu'une forte pluie s'abattait sur la tente, ils discutèrent ensemble du déploiement des forces militaires et Campbell demanda son avis à Brown : « Colonel, dit le Ranger, mes hommes et moi connaissons bien la région. Il y a près du campement d'Ashe un gué qui, j'en suis sûr, est bien gardé à l'heure qu'il est, mais qui ne peut être utilisé quand l'eau est basse. Si la pluie continue, les terres basses de Briar's Creek seront inondées. Donnez-moi le temps de vérifier la situation ; je vous donnerai des nouvelles demain matin ». Dès que son tête-à-tête fut terminé, Brown alla trouver Newota.

Les fortes pluies continuèrent. Lorsque les eaux de Briar's Creek commencèrent à gonfler, le général Ashe fut de plus en plus convaincu que les Britanniques ne tenteraient rien avec cette détestable température, car ils n'essaieraient certainement pas de traverser le ruisseau qui sortait de son lit.

CHAPITRE 36

« Pas de quartier ! »

MARS 1779

Ethan Pratt se réveilla d'un sommeil agité dans son étroit lit, qui était placé dans l'un des coins les plus éloignés du foyer. Dans la lumière pâle des charbons encore incandescents, il pouvait voir son fils, Henry, couché sur une paillasse posée directement sur le sol, presque en dessous de son propre lit, et sa femme dormant près du mur opposé. Quand l'avait-il rejointe dans son lit pour la dernière fois ? Il avait peine à s'en souvenir. La forte pluie s'était calmée, mais il pouvait encore entendre les gouttes frapper le toit. Il se déplaça silencieusement, essayant de respecter le sommeil de chacun. Epsey était revenue à la maison après le coucher du soleil la veille. Elle avait passé presque toute la semaine auprès d'une femme habitant à mi-chemin entre leur maison et Wrightsborough. Cette dernière avait accouché après plusieurs jours de travail difficile. Epsey avait eu peu de sommeil pendant cette semaine, s'occupant soit de la femme, soit des besoins de la famille, qui comptait six enfants. Ethan et Henry n'avaient pas eu la chance d'être seuls ensemble depuis longtemps, mais le plaisir avait été assombri par l'impossibilité d'aller à l'extérieur. En effet, pendant les deux derniers jours, la pluie les avait confinés à la maison. Ils étaient tous les deux impatients de voir revenir Epsey.

Alors qu'Ethan traversait la petite pièce pour se placer près du feu, le sol de terre battue lui rappela qu'il n'avait jamais vraiment mis la touche finale à la construction de leur maison. Il ranima le feu en y plaçant deux ou trois petites bûches et, rapidement, l'air frais de mars sembla un peu moins froid. Il s'assit à la table et observa le vacillement timide des premières flammes. Il était désormais parfaitement éveillé, encore habillé de sa longue robe de nuit, et il pensait aux travaux qui l'attendaient en cette journée. Il avait fini de retourner toute la terre défrichée et il décida de la herser, puis d'en aplanir la surface grâce à un billot de bois avant de tracer les sillons pour planter. Pour quelques jours encore, pendant que les champs sécheraient, il aurait le loisir de passer du temps dans son atelier, activité qu'il considérait presque comme des vacances.

La table à laquelle il était assis mesurait deux mètres de long, fruit d'un magnifique travail dans l'érable dur ; seuls le dessus et les angles des planches avaient été aplanis, mais les morceaux étaient assemblés avec une telle dextérité qu'aucun espace n'apparaissait. Elle était entourée de six chaises, nombre choisi davantage pour donner une beauté symétrique à l'ensemble que pour remplir les besoins de la famille. Ethan tirait toujours une certaine fierté des commentaires des visiteurs sur son ameublement. Les chaises étaient entièrement faites de chêne blanc, tout comme les sièges, qui avaient été tressés avec des bandelettes d'écorce, devenues solides et polies par l'usage. Toutes les parties avaient été rabotées, puis grattées, pour enfin être assemblées alors qu'elles possédaient encore des degrés d'humidité différents pour leur assurer un ajustement parfait. En effet, les barreaux et les lattes des dossiers plus secs prendraient de l'ampleur alors que les pattes et le cadre du dossier, plus verts, se contracteraient en séchant.

Un petit pot de graisse, à l'embouchure étroite d'où sortait une mèche, était posé sur la table. Epsey et Ethan utilisaient cette lampe ou alors des chandelles faites de cire d'abeille ou de suif lorsqu'ils avaient besoin de clarté supplémentaire, ce qui était très rare, car ils allaient habituellement au lit dès qu'il faisait noir et, pendant la journée, ils n'utilisaient aucune source de lumière autre que celle provenant de la porte ou des volets ouverts. Toutefois, comme les fenêtres avaient été bouchées avec du papier ciré, matériau beaucoup plus abordable que le verre, la lumière du jour n'éclairait que faiblement l'intérieur du logis. Un rouet et un métier à tisser étaient placés dans un coin. Des crochets étaient fixés tout le long du mur de la porte sur un billot à peu près à la hauteur de la tête sur lesquels Epsey et lui accrochaient habituellement tous leurs vêtements. Les crochets qui surplombaient son lit portaient un long manteau noir, une veste de daim, un chapeau en raton laveur, un chapeau plat à larges bords et un gilet de corps fait par Epsey qui lui descendait jusqu'aux genoux.

Le large foyer de pierre occupait plus de la moitié d'un mur, à droite de l'entrée. On y faisait toute la cuisine. En utilisant deux crochets pivotants, il était facile de placer les marmites près du feu et de les retirer pour les poser sur la margelle du foyer. Il y avait quatre clous de chaque côté de l'âtre. Ethan les avait fixés dans le mortier du mur, entre les pierres, et l'on pouvait y suspendre les instruments de cuisine tels le soufflet, le fer à repasser, le gril, les pinces, la poêle à frire, la poêle en fonte, le pot, le pot à café, la cuvette et les machines en étain pour fabriquer des chandelles. Une planche pour faire le pain était appuyée sur le mur et une étagère prolongeait les lignes de l'âtre sur les deux murs l'encadrant. L'une supportait une douzaine de livres, proprement rangés en trois piles. L'une des piles était surmontée par une énorme Bible, car Epsey pensait que c'était un sacrilège de mettre ce livre sacré sous un autre volume. Il y avait, sur cette même étagère, une lampe qu'ils n'avaient utilisée qu'une fois lorsqu'ils avaient brûlé de l'huile bénie lors de leur installation en Caroline du Nord.

Quelques lourdes tasses blanches ainsi que plusieurs bols et assiettes avaient été empilés sur l'autre étagère.

Une baratte de bois était placée près du foyer. C'était un contenant de forme cylindrique qui pouvait accueillir à peu près deux gallons de lait. Le cylindre était monté sur un support pivotant de sorte qu'il pouvait être facilement manipulé. Ethan avait aussi apporté de l'atelier quelques outils d'ébéniste pour pouvoir travailler de façon plus confortable pendant les mois froids d'hiver. Son établi de cordonnier était toujours dans la pièce et servait parfois de siège lorsqu'il ne réparait pas de souliers.

La maison des Pratt avait peu changé depuis sa construction et son aménagement, soit lorsque sa femme et lui considéraient cette maison comme un abri temporaire en attendant d'en construire une plus vaste avec des planchers de bois, des fenêtres de verre, un large balcon à l'avant et une réelle chambre. Selon leur plan, cet abri aurait dû ensuite servir d'entrepôt ou de toit pour protéger les animaux.

Peu après le lever du jour, Ethan transporta du pain et de la viande du garde-manger à la table et se servi un verre de lait. Il s'apprêtait à commencer son repas lorsqu'il entendit un bruit de sabots dans la cour. Le sentier s'arrêtait à sa maison : les gens qui passaient par là venaient donc nécessairement pour le visiter. Il éteignit la petite flamme qu'il avait allumée sur la table, prit son manteau et le revêtit le plus silencieusement possible afin de ne pas réveiller Epsey et Henry. La maison sombre n'était éclairée que par la lumière vacillante de l'âtre et c'était ainsi qu'il l'aimait.

Il prit son fusil de chasse de sur son support en panache de chevreuil et fit basculer la petite ouverture qu'il avait pratiquée dans la porte. Il fut soulagé en reconnaissant le visiteur : c'était le sergent Randolph qui était sous les ordres du colonel Elijah Clarke. Ethan fut toutefois surpris : depuis leur désaccord après l'attaque de Big Elk, Ethan et le chef de la milice ne s'étaient presque plus adressé la parole. Ethan s'était plusieurs fois porté volontaire après les razzias commises par les Indiens, mais c'était toujours sous le commandement de Twiggs ou de Dooly. Bien qu'il fût maintenant prêt à s'engager pour la révolution, il ne s'était pas enrôlé comme milicien et il continuait son travail en paix sur sa terre isolée. Il appuya son fusil contre le mur et ouvrit la porte. Il s'avança sur l'étroit balcon, à peine assez large pour accueillir les deux chaises que sa femme et lui apportaient de l'intérieur pendant les plus chauds après-midi. « Sois le bienvenu, Randolph. Cherches-tu des mets faits maison ou seulement un endroit pour te sécher ? »

Les autres miliciens aimaient bien se moquer de Randolph, car il n'était pas particulièrement intelligent. Il était incapable de participer à l'échange de mots d'esprit des hommes et restait muet et abruti, tout en souriant à tout hasard. Il semblait en constante recherche du sens réel et sérieux des répliques. Toute sa vie était dévouée à remplir les ordres que lui donnait Elijah Clarke et il s'enorgueillissait d'entretenir une telle relation avec son commandant.

— Non, j'ai déjà mangé et je suis habitué à la pluie, répondit-il. Le colonel veut que je sois de retour le plus vite possible.

— Qu'est-ce qui t'amène donc à cette heure aussi matinale ?

— Il y a eu une réunion hier soir et ils veulent que tu transmettes un message au général Ashe. Celui-ci a établi son camp, avec ses deux mille hommes, sur cette rive de la rivière Savannah. Quelqu'un au Ferry Burton nous a informés que les Britanniques se déplaceraient peut-être vers le nord et nous avons vu des troupes sur certains sentiers.

Ethan pouvait voir l'impatience de son interlocuteur à le quitter, mais il demanda : « Pourquoi Clarke et les autres veulent-ils que ce soit moi qui apporte le message ? Ne pouvaient-ils le faire eux-mêmes ? »

— En fait, ils pensent que tous leurs hommes doivent rester à Augusta et en amont de la rivière, puisque Ashe est descendu au sud et qu'il n'a laissé aucun de ses hommes que nous pourrions envoyer. Il se trouve également que tu es l'un des seuls à bien connaître Briar's Creek et les marais qui le bordent ; tu sais aussi comment agir lorsque les eaux montent. Nous ne pensons pas que les Britanniques peuvent traverser le ruisseau en ce moment, mais peut-être peux-tu dire au général que des Tuniques rouges rôdent dans le coin et qu'il se pourrait que son camp soit leur cible.

Ethan posa encore de nombreuses questions, puis répondit : « Dis au colonel que je partirai bientôt et que j'amènerai Kindred avec moi. »

Le sergent réfléchit un moment, puis exprima le fond de sa pensée : « Selon ce que j'ai entendu des propos que Kindred répand à Wrightsborough, je ne suis pas sûr de son allégeance. »

Ethan était parfois irascible et parla avec colère : « Kindred ne nous trahirait jamais. Il a signé un texte qui critiquait le *Tea Party* de Boston et il a émis quelques doutes sur l'intérêt d'être déloyal à la Couronne, mais c'était il y a longtemps. C'était avant qu'il ne voie ce que les Britanniques et leurs alliés indiens ont fait à nos familles et à nos maisons. J'amènerai Kindred avec moi. »

Ethan alla ensuite sur le côté de la maison et revint les bras chargés de gâteaux de maïs et de porc frit. Le sergent les accepta, fit faire demi-tour à son cheval et se dirigea vers la forêt. Mais avant d'y pénétrer, il revint sur ses pas pour livrer un dernier message : « Le colonel a dit que seul le général devait obtenir ces informations, personne d'autre. Le mot de passe est ' Haut les cœurs ' ». Il s'en disparut enfin.

Lorsqu'il rentra à la maison, Epsey était levée et Ethan lui expliqua qu'il devait transmettre un message au général des Continentaux qui avait installé son campement en aval du ruisseau qui traversait leur ferme. Ethan s'était habillé, avait préparé un petit baluchon pour la route et avait vérifié son fusil et ses munitions. Il pensa ensuite à Kindred. Ethan pouvait comprendre les remarques désobligeantes du sergent. Lui aussi s'inquiétait des longs moments que son ami passait avec les Indiens. Plus d'une fois, Kindred avait critiqué la colonisation sauvage des terres indiennes et les mauvais traitements, comme il les appelait, infligés par les commerçants de Wrightsborough aux Indiens. Il se rappela alors avoir croisé, alors qu'il se rendait chez Kindred, trois soldats britanniques. Lorsqu'il l'avait questionné, Kindred avait donné une explication floue : les soldats s'étaient perdus et cherchaient le sentier qui les mènerait à la voie principale pour descendre au sud, à Savannah.

Les préparatifs de son départ avaient pris à Ethan une heure. Il sella son cheval et chevaucha les deux kilomètres qui le séparaient de la propriété des Morris en se disant que son jeune ami serait heureux de l'accompagner dans cette intéressante et importante aventure. Mais lorsqu'il trouva Kindred et lui expliqua sa mission, sa réponse fut étonnante : « J'ai beaucoup de travail et je ne crois pas que tu aies besoin de moi. »

« Tu n'es pas obligé de venir si tu ne le veux pas, Kindred, dit Ethan, mais j'aurai besoin de quelqu'un à envoyer comme messager aux chefs de la milice d'Augusta. »

Kindred discuta avec Mavis et donna finalement son accord, mais sans enthousiasme. Les deux hommes se mirent rapidement en route à travers la forêt, se dirigeant vers le sud-est. Il était peu probable de rencontrer d'autres hommes blancs sur ce sentier, mais c'était leur route préférée pour accéder à la rivière et ensuite pour se rendre à Savannah. Ils suivirent le sentier étroit qui longeait plus ou moins le ruisseau, choisissant toujours le bon embranchement pour ne pas descendre vers l'eau ni se diriger trop au nord vers les autres fermes. Tracés par des générations d'Indiens, ces sentiers n'auraient pu être mieux dessinés par un arpenteur professionnel. Le sentier cheminait la plupart du temps sur une butte, évitait les fourrés et redescendait pour traverser les plus petits ruisseaux à l'endroit où ils étaient guéables. Les hommes avançaient le plus vite possible, poussant leur cheval au trot ou au pas forcé. Dans le meilleur des cas, ils ne pourraient parvenir au campement d'Ashe qu'avant le milieu de l'après-midi.

Lorsqu'ils s'étaient mis en route, Ethan avait cédé le passage à Kindred pour qu'il passe en premier dans l'étroit sentier, avec l'idée que son ami serait flatté de la confiance dont il le gratifiait. Ethan était un chef naturel : ses larges épaules, son large visage rougeaud, ses cheveux blonds, son calme et sa maîtrise de lui-même révélaient ses dons de commandement. Il était un bon conteur et aimait raconter des histoires de la *frontier*, parvenant même à faire naître les rires en racontant ses propres maladresses ou erreurs. Les hommes, par respect ou par prudence, ne le mettaient jamais au centre de leurs blagues. Le jeune ami d'Ethan bénéficiait aussi de cette aura : les hommes ne se moquaient pas, en sa présence du moins, de son caractère efféminé et de ses relations avec les Indiens. L'admiration qu'avait Kindred pour Ethan était connue de tous.

Kindred chevauchait avec facilité, aidant l'animal à s'adapter au relief changeant du sentier grâce à une légère pression sur les rênes ou à un mot murmuré. Ethan remarqua la fluidité de ses mouvements : ils ressemblaient à ceux de Newota qui les avait parfois accompagnés à la chasse au chevreuil ou au dindon. Ethan admirait également sa connaissance de la forêt. Kindred connaissait non seulement le nom de tous les arbres les plus communs, mais aussi l'appellation de tous les arbustes et plantes. Kindred était modeste et ne révélait pas volontiers son savoir. Toutefois, lorsqu'une question sur les plantes ou sur les animaux était posée, Mavis et lui étaient toujours heureux de partager leurs connaissances avec les Pratt ou avec les autres familles du voisinage.

Malgré l'intimité de leur relation, une froideur s'était installée entre les deux hommes. À peine arrivé dans la région, Kindred s'était lié d'amitié avec les Quakers vivant à Wrightsborough. D'ailleurs, son prénom, d'origine quaker, le prédisposait à des relations étroites avec ces colons de la première heure qui refusaient le droit de vie ou de mort sur un autre être humain, valeur que Kindred partageait. Ni Kindred ni Ethan n'avaient vraiment de temps pour s'occuper de religion, bien qu'ils sentissent l'héritage religieux légué par leurs ancêtres venus d'Angleterre et d'Écosse. Ethan n'avait pas pris les armes de gaieté de cœur : ce furent les atrocités commises contre leurs voisins par des renégats Creek qui le décidèrent.

Ethan et Epsey avaient parlé de la relation de Kindred avec Newota, qui étaient tous deux plus jeunes et plus immatures qu'eux, qui partageaient un goût pour le grand air et qui admiraient la culture de l'autre. Les rares fois qu'Ethan rencontra Newota, il s'était intéressé au mode de vie des familles Creek et avait été impressionné par sa vaste connaissance des bois. Newota était bien éduqué et respectueux. Il complimenta d'ailleurs Ethan sur ses dons d'agriculteur et de charpentier et il se montra intéressé à apprendre, autant qu'il le pouvait, le maniement des outils des Blancs.

Toutefois, une chose troublait Ethan. Récemment, il avait abordé le sujet de manière générale avec Kindred. Comme leurs points de vue divergeaient, ils ne s'en étaient pas reparler depuis. Ethan était convaincu qu'il était préférable pour les colonies d'obtenir l'indépendance complète, tandis que Kindred, quant à lui, n'était pas sûr que le but réel de l'armée continentale fût de former une nation indépendante. Kindred semblait convaincu qu'une réconciliation était possible, une fois que les colons seraient débarrassés des lourdes taxes punitives imposées par Londres et qu'ils obtiendraient une réelle représentation au Congrès colonial.

Ils chevauchaient maintenant côte à côte sous d'énormes arbres. Les chênes, les pins, les peupliers et les noyers leur offraient leur ombrage. Ils pouvaient voir quelques cornouillers et autres espèces tolérant l'ombre pousser au pied de ces géants, recevant la lumière blafarde que laissait passer le manteau de feuilles. Ethan suggéra de mettre pied à terre pour se reposer quelques minutes. Lorsqu'ils se remirent en selle, Ethan décida d'aborder la question qui le troublait : « Kindred, le sergent Randolph semblait douter de ta loyauté lorsque je lui ai dit que tu viendrais avec moi. Il avait entendu l'une de tes conversations à Wrightsborough et avait mal compris certaines choses que tu as dites. »

Il y eut un silence tandis que les chevaux continuaient à suivre le sentier. C'était la première semaine de mars et seuls les conifères et quelques chênes avaient leur feuillage vert, alors que les branches retenaient encore les feuilles brunes et légères de l'hiver. Le fût de certains arbres avait un diamètre de plus d'un mètre et certains poussaient en jumeaux. Le bruit des sabots était presque totalement assourdi par un tapis mouillé de feuilles et d'aiguilles. Ethan avait poussé son cheval un peu en avant de Kindred. Il prit quelque instants avant de s'apercevoir qu'il chevauchait seul. Il s'arrêta et remarqua Kindred à une dizaine de mètres, arrêté, regardant le sol.

Ethan lui cria : « Eh, que se passe-t-il ? »

Kindred ne répondit pas, mais branla légèrement la tête. Ethan fit demi-tour et le rejoignit : « Tu te sens mal ? »

— Je me sens très bien, mais j'ai quelque chose à te dire.

— Quoi ? Nous devons quand même nous dépêcher un peu.

Kindred regarda Ethan d'un air contrit : « Je savais que les Britanniques montaient ici, mais je n'allais pas avertir Ashe ».

— Comment le savais-tu Kindred ?

— Newota a quitté le village il y a deux jours pour conduire Prevost et ses troupes jusqu'au campement d'Ashe.

— Tu savais et tu ne l'as dit à personne ?, s'exclama Ethan aussi furieux que troublé.

— Je ne suis pas en charge de la protection du territoire. Les Britanniques tentent de travailler avec les Indiens, de les protéger et de défendre leurs terres. Newota m'a demandé de l'accompagner, mais j'ai refusé. J'ai promis de ne rien dire à personne.

— Nom de Dieu, Kindred, que vas-tu faire maintenant ?

— Je ne sais pas. Tu m'as presque forcé à venir avec toi. Je crois que je vais rentrer à la maison.

Il y eut un moment de silence gêné, puis Ethan reprit la conversation : « Non, tu dois venir avec moi. Je ne veux pas que tu rencontres Newota et les Britanniques et que tu nous mettes encore plus en danger. Nous arrangerons cela entre nous lorsque nous rentrerons. Pour l'instant, nous tenterons seulement d'éviter tout bain de sang. Tu restes avec moi et, lorsque nous parviendrons au campement, laisse-moi parler. »

— Ethan, répondit Kindred, je n'aurais pas essayé de retrouver Newota, mais je ne crois pas qu'il soit nécessaire que nous discutions de cette affaire plus longuement. Tu sais ce que j'en pense. Je peux comprendre que les colonies du nord puissent se sentir trahies et exploitées par le Roi. Leurs gouverneurs royaux sont corrompus et violents, mais le gouverneur Wright, tu le sais, nous a toujours traités comme il faut. Lorsque les Whigs l'ont chassé de Savannah, nos vies sont devenues encore plus difficiles qu'avant. Maintenant, nous sommes encerclés par la guerre ; nos propres voisins se querellent. Les colons veulent retirer de plus en plus de terres aux Indiens et ils utiliseront tous les moyens pour y arriver. Je veux vivre en paix. Je veux que nos enfants puissent grandir sans qu'on ait à tuer des Indiens ou des Britanniques.

Ethan réalisa alors que les choix politiques de son voisin s'expliquaient par son attachement aux Indiens et par sa nature pacifique. Il fut toutefois surpris d'entendre un si long discours qui ne traita ni de plantes ni d'animaux sortir de la bouche de Kindred.

Il voulut répondre, mais Kindred lui coupa la parole : « Je te remercie de comprendre mes préoccupations et de me faire confiance malgré tout. Pour être franc, je ne crois pas que ce voyage soit vraiment utile. Toi et moi connaissons la région presque aussi bien que Newota. Le colonel Prevost sera incapable de faire remonter la rivière Savannah par ses troupes et de les faire traverser Briar's Creek par cette pluie. Le niveau de l'eau est probablement à 80 centimètres au-dessus de la normale près du campement d'Ashe. Je crois qu'il a choisi un bon emplacement. »

Ethan ne pouvait nier la vérité ; il savait que ce que Kindred disait était vrai. Il choisit de ne pas répéter leurs propos sur les buts à long terme des colons. Finalement, leur différend se résumait à une appréciation différente de ce qu'étaient en mesure d'accomplir des chefs désignés à distance par Londres. La situation était désormais telle que les commandants les plus convaincus des deux côtés ne pouvaient plus reculer, ayant commis, chacun à leur tour, des atrocités abominables envers des populations innocentes et sans défense. Ethan se rappellerait toujours ce qu'Elijah Clarke avait fait aux squaws et aux enfants dans le camp de Big Elk et lui-même avait enterré les corps mutilés des femmes et des enfants de colons qu'il connaissait personnellement.

« Eh bien, peut-être as-tu raison à propos de la décision d'Ashe, mais il est évident que le colonel Clarke est préoccupé. De plus, comme tu le sais mieux que moi, les forces de notre milice ne peuvent rejoindre Ashe puisque le sentier en aval est désormais inondé. Le sentier que nous suivons est à peu près le seul que peut emprunter quelqu'un pour atteindre les troupes de la Caroline du Nord. Bien que Ashe soit en quelque sorte isolé, il est protégé sur trois côtés par l'eau. Dès lors, je crois que ses troupes sont en sécurité, comme tu le dis. »

Ils chevauchèrent ensuite sans dire un mot. Après quelques heures, ils entendirent des voix et les rumeurs d'un grand campement. En approchant, Ethan se prépara à crier le mot de passe qui leur garantirait un passage sûr. Ils furent surpris d'apercevoir des tentes avant même d'être interceptés.

La tente du général était facilement identifiable. Plus grande que les autres, elle était précédée d'un toit de tissu pour protéger l'occupant du soleil et de la pluie et elle était surveillée par plusieurs soldats. Ces hommes regardèrent s'approcher les deux cavaliers habillés de vêtements artisanaux et rudes et coiffés de chapeaux mous. Ils ne semblaient pas appartenir à l'armée.

Ethan parla en premier : « Nous portons un message du colonel Elijah Clarke pour le général Ashe. »

Un sous-officier portant deux galons à son épaule s'approcha d'eux, tendit la main en disant : « Donnez-le-moi, je le porterai au général. »

« Ce n'est pas un message écrit, répondit Ethan. Nos ordres sont de délivrer le message au général en personne. » Ethan sentit que le sous-officier le jugeait, voire le méprisait. Tout le monde savait qu'Elijah Clarke était pour ainsi dire analphabète, qu'il était à peine capable d'écrire son propre nom. Pour les hommes qui servaient sous les ordres de Clarke, ce handicap n'avait plus d'importance, bien que les autres membres des milices les insultaient et se moquaient d'eux fréquemment à ce propos, se prenant au jeu de la compétition qui régnait forcément entre les milices. Ethan ressentit fortement le mépris de la douzaine d'hommes qui les entouraient. Il prit cependant le parti d'attendre patiemment que quelqu'un rompe le silence. Il remarqua que les soldats n'étaient pas armés : leurs armes étaient empilées avec ordre à l'entrée des tentes et cinq petits canons, alignés les uns à côté des autres, avaient été laissés là où le hasard avait voulu qu'on dételle les chevaux qui les avaient tirés.

Le caporal parla enfin : « Attendez ici. » Il s'éloigna, mais ne se rendit pas à la tente du commandant. Il se dirigea plutôt vers la troisième tente à droite de celle-ci. Après quelques minutes d'attente, un lieutenant sortit de la tente et se dirigea vers Ethan et Kindred : « Dites-moi le message, j'informerai le général lorsqu'il sera disponible. »

Ethan ne voulait pas contrevenir aux instructions du colonel Clarke. Il répondit donc de façon assurée que, malgré l'urgence du message, il attendrait que le général soit disponible. Le lieutenant approuva immédiatement de la tête et se rendit à la tente du commandant. Il fut rapidement de retour et ordonna à Ethan d'attendre sous un arbre. Les deux hommes descendirent de cheval et s'assirent sur les larges racines de l'arbre pendant plus d'une heure. Le soleil se couchait lorsque le général Ashe daigna finalement sortir de sa tente. Il portait un maillot de corps en laine à manches longues et des pantalons bleus de militaires retenus par des bretelles en cuir. Il ne portait pas de chapeau : Ethan put ainsi remarquer que ses cheveux étaient dégarnis sur le dessus de sa tête, mais qu'ils les portaient très longs dans le cou. Ils étaient coiffés de manière à cacher, en vain, sa calvitie naissante. Il était évident que sa tête et son visage ne s'exposaient que rarement au soleil, car il n'avait pas la peau foncée à la nuque comme les hommes qui passent leurs journées à l'extérieur. Ashe montra son mécontentement de voir des fermiers s'introduire dans son campement : « Que veut Clarke ? »

— Sir, il veut seulement que vous sachiez que, selon une source sûre, des troupes britanniques se dirigent vers votre campement et tenteront peut-être de traverser le ruisseau.

— C'est stupide. Même s'ils avaient formé ce plan, ils ne pourraient jamais traverser la rivière Savannah ou Briar's Creek : les terres basses sont complètement inondées.

Ethan dit au commandant que des forces britanniques avaient été aperçues la veille juste au-dessus du Ferry Burton, à seulement 60 kilomètres de son campement, et qu'ils se dirigeaient vers le nord-ouest. Il fut interrompu par un geste ample d'Ashe. Ce dernier lança un commentaire qui semblait s'adresser davantage à ses propres hommes qu'à Ethan : « Je comprends les inquiétudes de votre commandant. Mes propres hommes ont observé des mouvements de forces ennemies au sud, juste de l'autre côté du marais, mais ils ne peuvent en aucun cas traverser pour nous attaquer. Ce sont probablement des éclaireurs qui sont maintenant rentrés à leur base pour dire à Prevost qu'il est impossible de nous attaquer : nous sommes trop puissants et trop bien situés. Par mesure de précaution, j'ai fait mettre des vigies dans cette section.

Vous pouvez, si vous le voulez, passer la nuit au campement et retourner demain pour dire au colonel Clarke que notre position est sûre, que nous sommes en pleine possession de nos moyens et que nous attendons les renforts, selon les ordres du général Lincoln. »

— Général, dit Ethan, nous allons vous obéir, mais je voudrais ajouter que la route la plus usuelle pour se rendre d'Augusta à votre campement est inondée : deux mètres d'eau la recouvrent. La seule façon de vous attaquer est de passer par la rive nord du ruisseau en venant de l'aval, c'est-à-dire en suivant la route qui nous a menés à vous.

— Cela confirme seulement ce que je vous disais : il est impossible de nous attaquer, répondit le général.

Le général se détourna d'Ethan et de Kindred ; la conversation était terminée. Ils le regardèrent entrer dans sa tente, puis abreuvèrent et nourrirent les chevaux. Ils se préparèrent pour la nuit en se roulant dans les couvertures qui étaient toujours accrochées à leur selle.

Lorsque le soleil se leva, ils étaient déjà debout, trempés par la pluie. Ils décidèrent de prendre leur repas en compagnie des troupes de la Caroline du Nord avant de rentrer. Comme ils mettaient les mors aux chevaux et se préparaient à monter en selle, ils entendirent le bruit de tambours, qui semblaient venir de l'aval du ruisseau. Surpris, ils regardèrent autour d'eux. Le général et ses officiers sortirent de leur tente. « Nom de Dieu, qu'est-ce que c'est ? », cria un colonel. Personne ne répondit. Tout le monde regarda en direction du sentier. Bientôt, quelque chose de rouge bougea, puis plusieurs formes rouges se firent voir : « Ce sont les Britanniques ! »

Ce fut la panique. Tout le monde se précipita vers les fusils et les canons. Après quelques instants, réalisant qu'ils seraient incapables de se défendre, ils se précipitèrent vers la forêt et les marais pour fuir les troupes qui chargeaient. Comme leurs chevaux étaient prêts et sellés, Ethan et Kindred attendirent de voir s'ils pouvaient être utiles en quelque manière que ce soit, mais ils réalisèrent assez rapidement qu'il n'y avait aucun espoir. Le général et les autres officiers ne firent aucun effort pour rassembler les hommes et se joignirent même à la débandade. Les officiers avaient un avantage sur les simples soldats : ils connaissaient les cartes de la région.

Une nuée de balles siffla aux oreilles d'Ethan et de Kindred. Ils se mirent à cheval et foncèrent vers la forêt, laissant leur couverture et leur fusil derrière eux. Ethan cria à Kindred d'éviter le ruisseau, vers lequel la plupart des fuyards se dirigeaient. Ils se retrouvèrent vite seuls. Ils se trouvaient à plusieurs centaines de mètres du campement, mais ils entendaient encore les coups de fusil et les cris de victoire lancés par les Britanniques. Ils entendaient aussi les cris de douleur des hommes qui recevaient des coups de sabre ou de fusil ou encore, ceux des hommes emportés par le ruisseau, où beaucoup d'Américains croyaient trouver la survie. Leur route fut ensuite barrée par une large et profonde étendue d'eau calme. Ils comprirent qu'ils ne pourraient pas aller plus loin à cheval ; ils les relâchèrent donc aussitôt. Les deux amis étaient de bons nageurs. Ethan entra dans l'eau pour rejoindre un monticule qu'il voyait sur l'autre rive. Il entendait les Britanniques venir de leur côté. Il remarqua que Kindred ne le suivait pas et fit demi-tour.

« Ethan, je suis désolé, je suis touché à la jambe droite et je ne peux pas nager, dit-il. Je vais me cacher dans les bosquets de sorte que tu pourras venir me chercher lorsque les Britanniques se seront éloignés. Si je suis découvert, je me rendrai et ferai de mon mieux pour m'en sortir comme prisonnier. Je connais le colonel Prevost et je peux compter sur l'aide de Newota. »

Ethan examina la blessure, qui saignait seulement un peu. La balle était entrée dans l'os de la hanche, mais n'était pas ressortie. Il pensa que l'os était brisé, ce qui expliquait les difficultés de mouvement de Kindred. « Viens, dit-il, je vais t'aider à traverser. L'autre rive n'est pas si éloignée. Tu vois cet arbre sur le monticule, c'est là que nous allons ». « Non, c'est impossible, répondit Kindred, et puis, il sera plus facile de nous cacher si nous ne sommes pas deux. Ça ira. »

Ethan devait prendre une décision. Il ne pouvait faire autrement que de laisser Kindred derrière lui. En effet, il connaissait l'entêtement de Kindred, mais il savait aussi qu'ils devaient bouger vite s'ils ne voulaient pas rejoindre la troupe des prisonniers. Il aida Kindred à se cacher sous les branches d'une espèce de magnolia, qui, comme son compagnon lui fit remarquer, se nommait grandiflora. Après avoir couvert Kindred de feuilles mortes pour le cacher complètement, Ethan s'élança dans l'eau et gagna l'autre rive. Il n'eut que le temps de ramper jusqu'au monticule : les Tuniques rouges arrivaient. Il resta couché sur le sol, partiellement caché sous des branches tombées. Pris d'inquiétude et de culpabilité, il observa les Britanniques qui s'approchaient de la cachette de Kindred. Il pria pour qu'ils ne le trouvent pas.

À ce moment, Kindred rampa hors de sa cachette, les mains en l'air et dit : « Je me rends. Je ne suis pas armé. Amenez-moi au colonel Prevost ». Le chef des troupes triomphantes empoigna Kindred, le jeta ventre à terre et attacha ses mains derrière son dos. Kindred resta couché et ne dit mot.

« Tu es l'un des derniers, dit le commandant, et nous attraperons bientôt ceux qui ne se sont pas noyés. »

Un autre homme, qui semblait aussi être le chef, bouscula le premier homme : « Caporal, dit l'homme furieux, avez-vous oublié les ordres du colonel et les miens ? Nous avons dit aucun prisonnier. Ces bâtards de rebelles ne méritent pas un tel traitement. Le soldat qui oubliera MacAllister et ramènera un rebelle vivant sera privé de ration de rhum pour un mois. »

Il donna un coup de pied à Kindred et enfonça ensuite sa baïonnette dans le dos du captif. Il mit son pied entre les deux omoplates pour s'aider à retirer l'arme, puis l'enfonça de nouveau dans le corps, là où il pensait que le cœur se trouvait.

Ethan, ressentant la lame comme si elle s'enfonçait dans son propre dos, faiblit et posa sa tête sur le sol. Il se sentit paralysé. Il entendit ensuite des ordres : « Fouillez les alentours. Vérifiez toutes les cachettes possibles. Si vous trouvez des rebelles ou si vous en voyez qui nagent, tirez ». En faisant bien attention de ne pas se faire découvrir par les Britanniques, Ethan rampa derrière un énorme arbre où les soldats ne pouvaient le voir. Là, il aperçut un trou dans le chêne, profond d'à peu près 90 centimètres et large de 45 centimètres, dans lequel il fut capable de se glisser pour se cacher.

Ethan Pratt revoyait encore et encore l'officier britannique enfoncer sa baïonnette dans le corps de son ami sans défense, gisant sur le sol, les mains attachées dans le dos. Dans le tronc de l'arbre, il grelottait sans pouvoir se contrôler, craignant pour sa propre vie et se demandant comment il avait pu abandonner Kindred, blessé et sans défense, sous les feuilles du magnolia. Ne savait-il pas que son ami était confiant et naïf et qu'il avait des tendances politiques qui le pousseraient à sortir de sa cachette et à se rendre ?

Malgré sa peine et sa culpabilité, il ne pouvait oublier le danger dans lequel il se trouvait. Il était si facile de finir comme son ami ; cela ne prendrait pas cinq minutes. Il n'avait ni pistolet, ni fusil. Il possédait bien un couteau, qu'il gardait toujours à sa ceinture, mais c'était une arme insignifiante. Les dragons, bien armés, motivés, voire obnubilés par la haine et par le désir d'obéir aux ordres, seraient sans pitié avec lui.

Il savait que sa piste était facilement repérable, même par un avocat de Savannah ; c'était peu dire des hommes qui passaient leur vie dans les bois et les marais de Géorgie et dont la survie dépendait de leur connaissance et de leur interprétation des signes et des sons. Lorsque les Britanniques découvriraient sa piste sur le bord de l'eau, ils en déduiraient facilement qu'il était caché sur le monticule ou qu'il nageait encore en descendant le courant. Si lui-même était en train de chasser un animal blessé, il conclurait tout de suite qu'il se terrait sur le monticule.

De l'eau coula de ses longs cheveux jusque sur son manteau en peau de daim. Il avait perdu son chapeau, mais il était heureux de constater que les lanières de cuir l'avaient aidé à garder ses mocassins, même lorsqu'il avait nagé. Son gilet artisanal rugueux ne lui apportait aucune chaleur et semblait, au contraire, l'étreindre d'un vent glacé. Sa main droite se crispa sur un petit sac, attaché par une lanière à son cou, qui contenait un silex, de la poudre et des balles, maintenant inutiles puisqu'il avait, dans sa fuite, oublié son fusil au campement.

La tempête hivernale reprenait de temps en temps, brouillant la surface du marais de légères gouttes d'eau. Même le grand arbre mugissait lorsque les rafales de vent frappaient son faîte. La cachette d'Ethan était à peu près sèche parce que l'arbre était planté sur un monticule qui protégeait les larges racines profondément enfouies de l'humidité fatale à cette espèce. Année après année, les feuilles mortes et les branches tombées avaient nourri la butte d'humus, augmentant ainsi peu à peu la hauteur du refuge. Ethan se raccrochait à ces pensées : il vivait, travaillait et chassait dans ces bois et le long de ce ruisseau et de ces marais qui constituaient la frontière sud de ses terres.

À l'intérieur de l'arbre, l'espace n'était pas très grand ; c'était de la dimension approximative de la tente portative pour deux personnes que l'on attribuait aux soldats. Le choc de la mort de Kindred et la peur des Tuniques rouges faisaient cependant préférer à Ethan ce réduit aux grands espaces naturels qu'il affectionnaient habituellement.

Cependant, une autre chose le troublait, une chose qu'il ne définissait pas vraiment, mais qui, tranquillement, prenait le pas dans son inconscient sur la peur et sur la peine. L'eau autour de lui était à peu près deux mètres au-dessus du niveau normal des eaux de Briar's Creek, lorsque celui-ci reçoit les eaux normales des sources souterraines et des petits torrents pour se gonfler légèrement et se jeter dans la rivière Savannah, puis dans la mer. Bien qu'ils fussent capables de nager pour de courtes distances, les animaux sauvages devaient trouver des refuges pour survivre à ces inondations périodiques. Les opossums, les ratons laveurs, les lynx et les écureuils trouvaient refuge dans les arbres ; les daims dormaient habituellement sur des buttes et les lapins et renards construisaient leurs terriers dans un endroit assez élevé pour leur éviter la noyade et assez éloigné des berges pour avoir le temps de regagner leur abri lorsque les eaux montaient. Ethan faisait la liste des habitats des divers animaux pendant que ses yeux s'habituaient à la noirceur. Il pouvait désormais distinguer l'intérieur rude de l'abri, les fibres de l'arbre noircies d'humidité et de terre qui disparaissaient dans une noirceur opaque lorsqu'il levait les yeux.

Il parcourut du regard toutes les parois, recouvertes d'une épaisse couche de toiles d'araignée, en apparence impénétrable. Il entendit un léger bruit qui venait du sol de son abri. Une onde de terreur parcourut son corps, son squelette se tordit et, par un réflexe irrépressible, il recula prestement jusqu'à l'entrée. Ethan était courageux et, qui plus est, il connaissait la nature et ses créatures, mais il fut à ce moment propulsé dans l'un des pires cauchemars de son enfance : à moins de 80 centimètres de lui, se tenait une énorme vipère, de cette espèce qui est l'une des plus dangereuses de la région.

Le serpent n'avait pas l'habitude de s'enfuir devant l'humain ; il préférait souvent attaquer plutôt que de reculer. Ethan savait cela par expérience, mais aussi parce que c'était l'un des sujets préférés de discussion entre les colons de la frontière. Les histoires que l'on racontait étaient souvent exagérées — on amplifiait la taille de la bête et les circonstances dramatiques de la rencontre —, mais la plupart du temps vraies. Il était facile de reconnaître ce type de vipère. Le serpent à bouche de coton, que Kindred nommait un peu pompeusement l'*agistrodon piscivorus,* est l'un des seuls serpents d'eau qui nage avec son dos à moitié émergé et le cou légèrement sorti à la surface de l'eau. Il possède une large tête avec des yeux non pas arrondis comme les autres serpents d'eau, mais en amande, comme ceux des chats, à la pupille verticale. Ce sont des yeux comme ceux-là que fixait maintenant Ethan. Il savait que le serpent avait, entre les narines, un petit trou qui l'aidait à sentir les différences de chaleur et à ainsi repérer ses proies. Le reptile semblait pour l'instant endormi, encore dans son hibernation. Il n'était pas encore assez énervé pour donner un signe d'alerte. L'ouverture de sa bouche laissait voir des parois cotonneuses où étaient fixées les glandes produisant un poison beaucoup plus mortel que celui des serpents à tête cuivrée ou des crotales. Il n'y avait rien, dans le refuge, qui puisse servir à tuer la bête : sa seule chance était de rester tranquille et immobile. Heureusement, cela constituait également sa seule chance de se préserver des ennemis de l'extérieur armés de baïonnettes qui, il les entendait, n'étaient pas très loin.

Ethan tenta de contrôler les battements rapides de son cœur. Il pensait, dans sa panique, que le bourdonnement dans ses oreilles pourrait, en résonnant sur les parois, éveiller l'intérêt de la vipère. Il se rendit vite compte que cette peur était stupide. Le serpent restait immobile, lové dans un nid de fibres de bois, qui semblait être son lieu d'hibernation. Ethan commença à mesurer ses chances de survie, tentant de se mettre dans la peau de ses poursuivants. Il savait, par expérience, qu'il était extrêmement désagréable de nager dans les eaux calmes et parfois assez profondes du marais qui séparaient sa butte de l'endroit où gisait le corps de Kindred et où ses meurtriers étaient encore à discuter.

Comme les stratèges n'avaient pas prévu une attaque autour d'une vaste étendue d'eau, ni les Tuniques rouges ni les révolutionnaires ne possédaient de bateau. Par ailleurs, les Britanniques avaient parcouru en marche forcée plus de 80 kilomètres avant de lancer leur attaque. Seuls les hommes de la milice locale semblaient savoir, comme les animaux, comment faire face à la transformation du ruisseau en un torrent puissant qui débordait à cause des fortes pluies. C'était cette connaissance du terrain qui avait permis à Ethan et à Kindred de se rendre jusqu'au futur et funeste champ de bataille.

« Regardez, sergent, on voit les traces d'un autre de ces animaux puants ; il est entré dans l'eau. » Le sergent ordonna à deux hommes de vérifier s'il existait un passage à gauche ou à droite pour franchir le marais. Des hommes s'avancèrent également dans l'eau pour avoir une vision par-delà le grand arbre. Lorsqu'ils revinrent, ils dirent n'avoir vu personne sur la petite île. « Il s'est noyé, dit le sergent, ou alors, il est trop lâche pour que nous nous soucions de lui. A-t-on idée, si l'on est courageux, de laisser son compagnon pour sauver sa propre vie ! Il n'est pas nécessaire de nager pour le trouver. Nous sommes bien assez mouillés comme ça. Déployons-nous. Nous débusquerons peut-être d'autres salauds sur la route du retour au camp. »

La patrouille retourna vers le gros des troupes, puis ce fut le silence, seulement troublé par l'ondulation lente de l'eau.

Ethan resta sur sa butte presque quatre heures, attendant que tous les Britanniques se soient dirigés en aval vers la rivière Savannah dans une marche triomphale. Il pataugea ensuite vers la berge où Kindred reposait. Il n'avait pas à nager, le niveau de l'eau s'était abaissé de presque 30 centimètres. Sa première tâche fut de transporter le corps ravagé de Kindred vers les hauteurs pour l'enterrer. Il creusa la tombe de son ami avec une baïonnette brisée, se faisant péniblement un chemin à travers l'entrelacs de racines et dégageant la terre mouillée avec les mains. Pendant toute l'heure que dura le travail, il murmura une prière, qui était à la fois une expression de sa colère, de sa peine et, surtout, de sa culpabilité. Il ne pouvait chasser de son esprit les propos du sergent britannique et la raison évoquée pour cesser la battue. Ensuite, il retourna au campement abandonné et dévasté où, quelques heures plus tôt, il avait tenté de prévenir le général Ashe. Il s'efforça de ne pas regarder les douzaines de corps de soldats continentaux. Il sentit confusément qu'il devrait les recouvrir de quelque manière, mais il réalisa que cela lui serait impossible. Il vérifia cependant qu'aucun n'avait survécu. Il fut bizarrement content et étonnamment soulagé de réaliser que les Britanniques avaient été minutieux dans la décapitation et l'éviscération de leurs ennemis.

Il trouva des biscuits secs et durs sous une tente effondrée dont les toiles avaient été fendues par un sabre ou une baïonnette, mais, malgré sa faim, il ne put manger au milieu de tant de morts. Il enveloppa les biscuits dans une pièce d'étoffe et commença sa longue route vers la maison. Après s'être suffisamment éloigné du champ de bataille, il s'assit près d'un petit ruisseau et mangea la moitié de ses provisions.

Sur la piste que Kindred et lui avaient suivie la veille, Ethan se sentait lâche et criminel. Il était faible et confus. Tout lui semblait différent et il eut peine à reconnaître les balises habituelles, que n'importe quel homme familier avec les bois gardait dans sa mémoire de façon instinctive. Tout lui semblait changé : un passage à gué, un énorme arbre tombé en travers de la route que l'on devait contourner, une pente boueuse et difficile, un amas de pierres... Au début, il crut que cette bizarrerie était due à la différente perspective qu'avaient un homme à cheval et un homme à pied, pour ensuite penser que tout cela s'expliquait par le fait qu'il allait en direction inverse. Lorsqu'il se retourna pour scruter le paysage qu'il connaissait bien, il ne reconnut rien. Il dut se raisonner, se convaincre qu'il ne s'était pas trompé de chemin. Il regarda sa boussole portative pour s'assurer qu'il se dirigeait bien dans la bonne direction : il suivait le bon sentier sur la rive nord de Briar's Creek. Il sentit qu'une personne différente habitait son corps.

Plus il avançait, plus son esprit devenait clair. Le sentier avait vraiment subi des changements. Il avait, depuis son passage avec Kindred, été piétiné par des centaines de soldats britanniques. Après à peu près 20 kilomètres de marche, il découvrit l'endroit où Newota, après les avoir fait traverser la rivière, avait emprunté le sentier pour se rendre au campement des Continentaux. À partir de cet endroit, Ethan reconnut le sentier qui lui était familier et se sentit plus stable, en parfaite maîtrise de son jugement.

Il était cependant rempli d'émotions contradictoires, certaines resurgissant d'un passé lointain. Il souffrait cruellement du meurtre violent de Kindred et il réalisait qu'il lui serait désormais impossible de rester en dehors du conflit. Par le passé, il s'était refusé à prendre cette décision en grande partie parce qu'il ne voulait pas se mettre sous les ordres d'Elijah Clarke. Puisque les deux hommes ne s'entendaient pas, il était d'ailleurs fort probable que Clarke aurait refusé de l'intégrer à sa milice. Il avait été surpris que Clarke ait recours à lui pour délivrer le message à Ashe, mais Ethan savait que cette décision était en grande partie motivée par le fait qu'il connaissait mieux que tout autre les environs de Briar's Creek. Peut-être même qu'Aaron Hart et John Twiggs n'étaient pas non plus étrangers à ce choix. De plus, il était impossible pour Clarke de savoir à quel point le message était urgent.

Ethan avançait de façon régulière, faisant des enjambées longues et souples, s'arrêtant seulement une fois la nuit tombée pour sommeiller à l'abri d'un rocher en contrebas du sentier. Lorsqu'il parvint à la propriété des Morris, il alla vers la maison, s'arrêta en chemin, fit demi-tour et et se dirigea plutôt vers sa propre demeure. Il reviendrait après s'être préparé à apprendre l'affreuse nouvelle à Mavis. Il ne fut pas surpris de voir qu'Epsey l'avait senti venir de loin et qu'elle l'attendait. Elle le regarda de près, mais attendit qu'il parle en premier. Il se laissa tomber sur l'une des chaises et elle s'installa en face de lui. Ethan raconta ce qui s'était passé depuis les deux derniers jours où il avait quitté la maison. Elle gémit doucement lorsqu'il lui raconta la mort de Kindred, demanda s'il s'était arrêté pour prévenir Mavis et proposa d'aller avec lui pour annoncer la mauvaise nouvelle.

Ethan prit un bain et changea ses habits. Puis ils marchèrent tous les deux jusqu'à la maison des Morris. Ethan raconta à Mavis ce qui s'était passé. Elle fut abasourdie et commença à pleurer doucement. Il eut une forte envie de la prendre dans ses bras pour la consoler, mais il fut content qu'Epsey le fasse avant lui. Après quelques minutes, Mavis demanda à Ethan quelques précisions sur la mort de son mari. Il répondit de façon aussi précise que possible, ne mentionnant pas qu'il aurait dû ignorer les objections de Kindred et le transporter contre son gré de l'autre côté de l'eau. Il termina son discours en assurant que Kindred avait reçu un enterrement décent.

Mavis resta silencieuse pendant quelques instants, puis elle dit : « Peut-être vous êtes-vous rendus compte à quel point il était proche des Indiens. »

Elle fit une pause, les regarda tous les deux et continua : « J'ai entendu Kindred et Newota discuter de la présence des troupes continentales. Kindred encourageait Newota à conduire les troupes britanniques jusqu'à un gué permettant de traverser Briar's Creek, mais il avait décidé de ne pas s'impliquer personnellement. Il était de plus en plus amer à propos de cette guerre, mais il n'était pas assez fort pour faire un choix. Il était déchiré : il voulait que la violence cesse, que les nations indiennes qui habitent de l'autre côté de la rivière soient respectées, parce qu'il appréciait beaucoup Newota, mais il était aussi rempli d'admiration et de respect pour toi, Ethan. »

Epsey proposa à Mavis de faire un baluchon et de venir habiter avec eux pendant quelque temps, mais Mavis refusa l'invitation :

« J'ai toujours été à l'aise pour vivre ici seule et j'aimerais être seule pour décider de ce que je ferai. Je vous dirai si j'ai besoin de quelque chose. »

Ethan et Epsey revinrent à la maison. Lorsqu'ils approchèrent de leur demeure, Ethan décida d'aller voir les bêtes. Il fit lentement le tour à pied de ses terres, prenant le temps de réfléchir aux événements. Il tenta de se débarrasser des mensonges qui embarrassaient sa vie, mais en fut incapable.

Ethan avait toujours été un homme méthodique, fier de sa vision logique des problèmes complexes, réticent à exprimer ses sentiments ou à révéler les processus qui expliquaient ses décisions. Même Epsey ne pouvait pas dire qu'elle savait ce qu'il pensait lorsqu'ils étaient face à des situations transitoires où ils devaient trouver de nouvelles solutions. Des années de mariage lui avaient appris qu'Ethan prenait en compte ses désirs, mais elle savait aussi qu'elle n'entendrait parler d'un sujet qu'une fois qu'il aurait pris une décision. Elle ne savait pas que tout cela était dû à une volonté farouche de ne pas révéler ses incertitudes aux autres : il tenait à préserver sa réputation d'homme confiant et calme pendant les crises. Il était naturellement enclin à limiter ses ambitions pour qu'un échec ne révèle pas sa faiblesse ou son incapacité. Il abordait les épreuves difficiles étape par étape, et seulement après avoir considéré une à une toutes les possibilités. Ethan détestait sentir son indépendance restreinte : il avait dès lors une aversion naturelle pour l'association avec des personnes ou des groupes. Bien qu'il ne partageât pas les croyances religieuses des Quakers de Wrightsborough, il partageait avec eux un même esprit de pensées et un même goût pour la neutralité dans le conflit opposant les Whigs et les Tories. Il réalisait maintenant qu'il avait utilisé cette proximité avec les Quakers pour justifier son manque d'engagement pour l'un ou l'autre parti et pour rester tranquille sur sa ferme.

Les mots du sergent britannique lui revinrent en mémoire : « A-t-on idée, si l'on est courageux, de laisser son compagnon pour sauver sa propre vie ! ». Ethan essaya de se rappeler les raisons qui l'avaient fait abandonner Kindred ; il sentait bien que tout ce qu'il s'était dit alors n'était que prétexte. Il n'y avait pas de doute : il s'était lancé dans l'eau avec un certain sentiment de soulagement, s'étant convaincu que Kindred resterait caché sous les feuilles et qu'ils survivraient tous les deux. Il aurait pu tirer son compagnon blessé jusqu'au petit îlot : la jambe serait restée immobile et aurait flotté dans l'eau. Sa cachette dans l'arbre était assez grande pour deux. Ils auraient attendu là le départ des troupes britanniques et ils n'auraient pas été ennuyés par les soldats pendant leur retour à la maison.

Finalement, Ethan fut en mesure de saisir correctement sa situation présente et de décider de ce qu'il ferait désormais. Lorsqu'il rentra à la maison, après le coucher du soleil, il était déterminé à se rendre à Augusta, où se trouvait, à ce moment-là, le quartier général de la milice de Géorgie. Il était prêt à se mettre sous les ordres d'Elijah Clarke. Le souvenir de la baïonnette britannique plantée dans le dos de Kindred avait diminué les images atroces des meurtres et des scalps faits au campement de Big Elk.

CHAPITRE 37

Ethan Pratt va en guerre

À la maison, Epsey fut surprise d'entendre Ethan dire qu'il allait se joindre aux milices d'Elijah Clarke. Il savait qu'elle était farouchement opposée à la violence et qu'elle considérait le meurtre d'un autre être humain comme un péché mortel. Elle sentait d'ailleurs le trouble d'Ethan lui-même, car il répugnait à violer l'un des principes les plus forts de leur vie commune. Elle s'abstint cependant de tous commentaires.

Tôt le lendemain matin, Ethan monta le cheval qui leur restait et se rendit à Wrightsborough, où il apprit que Clarke se trouvait toujours à Augusta. Il chevaucha les 60 kilomètres le séparant de là dans un état d'excitation, ne sachant pas quelle réaction il provoquerait lorsqu'il proposerait ses services à un homme de caractère qu'il avait ouvertement critiqué lors de leur dernière rencontre. Il connaissait la réputation grandissante de Clarke : c'était un commandant militaire efficace, exigeant envers ses hommes et autoritaire. Ethan était prêt à accepter sa position inférieure dans les rangs de la milice, mais il ne pouvait accepter l'avilissement. Lorsqu'il arriva à Augusta, il se dirigea vers l'endroit le plus visité en ville, le poste de traite de McKay. Ce poste était devenu le haut lieu des membres restants du gouvernement de Géorgie. Clarke et les autres chefs de milices utilisaient deux pièces dans le vaste édifice blanc comme quartier général lorsqu'ils n'étaient pas dans les forêts du comté de Wilkes.

Il y avait plusieurs hommes sous le porche lorsque Ethan arriva ; il salua ceux qu'il connaissait déjà et demanda : « Où puis-je trouver Elijah Clarke ? »

L'un des hommes lui répondit : « Je pense que vous cherchez le colonel Clarke. Si c'est le cas, il est à l'intérieur, dans l'arrière-salle. »

Ethan entra dans l'édifice et marcha jusqu'à la table où se trouvait Clarke. Le commandant y discutait avec John Twiggs et un autre milicien du nom de William Few. Clarke leva la tête et sembla surpris de voir Ethan. Il ne se leva pas, mais s'éloigna de la table avec sa chaise et dit : « J'imagine que vous étiez à Briar's Creek. »

Ethan eut l'impression que Clarke lui faisait des reproches pour ce qui s'était produit. Il ne répondit pas et attendit que le colonel continue : « J'ai eu un peu d'informations à propos de cette foutue bataille, mais je n'ai parlé à personne qui y était. Ashe et la majorité de son état-major se sont enfuis jusqu'au promontoire Matthew et ont traversé la rivière Savannah le soir même. Désormais, ils se cherchent des prétextes, mais les faits demeurent : la moitié de ses hommes ont péri noyés ou massacrés. »

Surpris qu'Ashe ait réussi à fuir et ne sachant pas ce qu'il avait raconté, Ethan donna une description détaillée des événements, n'oubliant pas le refus du général d'entendre leurs avertissements. Il parla également des défenses inexistantes du campement, du repli désordonné des troupes continentales et des pertes sévères. Enfin, il mentionna la reddition de Kindred et son meurtre et expliqua comment il avait pu fuir à travers les marais.

Clarke resta silencieux pendant toute la narration : c'était la plus cuisante défaite des colons dans la région. Puis, il parla : « Eh bien, nous avons fait notre possible pour informer Ashe de ce que nous savions. Je me doutais bien qu'il mentait en narrant les événements. Ce salaud nous a fait perdre tous les gains que nous avions obtenus à Kettle Creek et, en plus, il nous prive des chances que nous avions d'attaquer Savannah. Prevost va se déplacer vers Augusta dans peu de temps. »

Il changea de position sur sa chaise et ajouta, parlant surtout à ses deux amis : « Nous nous battons depuis bientôt trois ans et je ne crois pas que Washington ait gagné la bataille. Les Britanniques contrôlent New York, Philadelphie et, désormais, presque toute la Caroline et la Géorgie, sauf cette petite région où nous sommes. »

« Sans oublier le Canada et Newport », ajouta Twiggs.

Il y eut un silence gêné. Ethan regarda directement Clarke et dit : « Je voudrais vous parler un instant. »

Clarke ne répondit pas, mais Twiggs et Few sortirent et fermèrent la porte derrière eux. Elijah attendit qu'Ethan parle. « J'ai décidé de joindre la milice, si vous avez besoin de moi. »

Les deux hommes se fixèrent ; aucun des deux n'était prêt à baisser les yeux. Clarke interrompit finalement le silence : « Monsieur Pratt, je n'ai aucun doute sur vos habilités de chasseur, d'homme des bois et de cavalier, mais il y a quelques petites choses qui me dérangent. Je n'ai jamais eu de preuves tangibles de votre volonté de combattre les Britanniques et je sais d'expérience que vous n'aimez pas le sang ou recevoir des ordres. »

Ethan rougit et tenta de se contrôler. Il dit enfin : « Il y a une différence entre tuer des soldats ennemis et massacrer des femmes et des enfants. Mais laissons le passé derrière. Je veux vous aider à chasser les Britanniques de Géorgie ; je veux protéger nos familles d'eux et des Indiens. En ce qui concerne ma capacité à recevoir des ordres, je suis décidé à obéir comme n'importe quel autre milicien ; je vous en donne ma parole. »

Fort de sa supériorité, le colonel s'adressa à Ethan comme à une nouvelle recrue : « Pratt, je dois vous dire que, sur les deux côtés de la rivière, nous n'avons pas plus de deux cents hommes aptes et motivés à se battre. Nous devons faire face à des troupes britanniques puissantes en aval et au nord en Caroline. De plus, ce fumier de Brown et ses Rangers nous donnent partout du fil à retordre. Nous passons le plus clair de notre temps à protéger nos familles ou à nous cacher dans les bois. Nous sommes encore à préparer nos troupes pour le combat. »

« Je suis prêt à me préparer avec les autres », répondit Ethan.

Le colonel demanda à Ethan de patienter le temps qu'il prenne sa décision. Il revint finalement vers lui et lui dit : « Vous pouvez vous présenter au capitaine William Few. Je crois qu'il sera content de vous compter parmi ses hommes. »

Les deux hommes ne se serrèrent pas la main et n'eurent aucun contact physique. Ils se firent un signe de la tête pour sceller leur accord.

Ethan trouva Few et se présenta à lui selon les ordres de Clarke. Au contraire du colonel, Few était un homme éduqué ; il connaissait les bonnes manières et parlait doucement et poliment. Il attendait de ses hommes qu'ils se conduisent de la même façon. Few donna à Ethan un manuel d'infanterie britannique qui contenait beaucoup de notes marginales et de passages biffés, particulièrement ceux qui traitaient du combat en formation. Il dit ensuite à Ethan qu'il pouvait retourner sur ses terres pour chercher ses affaires personnelles et dire adieu à sa famille. Il passerait ensuite tout son temps libre avec la milice.

« Comme vous, la plupart de nos hommes possèdent encore une maison et y retournent dès qu'ils le peuvent. Ces hommes habitent dans la région autour d'Augusta que nous sommes capables de défendre. Vous serez le seul qui vient de la région colonisée par les Quakers. Il est important de préserver nos avant-postes pour montrer aux Indiens et aux colons dont la loyauté vacille la puissance des Whigs dans la région. Les miliciens qui retournent sur leur ferme sont nécessaires pour obtenir des informations ; ils tentent de couvrir la plus grande région possible. Ils collaborent également en produisant de la nourriture, qui est distribuée aux hommes qui se consacrent entièrement à la milice. À moins que nous soyons en mission, ces miliciens à temps partiel se réunissent deux ou trois fois par semaine pour s'entraîner et pour échanger des informations. Notre prochaine rencontre est samedi. »

— Je m'étais préparé pour rester, répondit Ethan, et je ne comptais pas rentrer chez moi avant une semaine au moins. J'ai l'intention de passer tout mon temps avec la milice pendant que j'étudie le manuel et que j'apprends tout ce qui me sera utile. Je possède un bon fusil et quelques munitions. Je prévois échanger mon cheval contre une monture plus rapide lorsque j'en aurai l'occasion. Ma terre est prête à être ensemencée et ma femme peut s'occuper des bêtes en attendant que je les vende. Je viendrai aux réunions, je cultiverai la terre et je serai disponible n'importe quand, selon vos besoins.

Le capitaine Few sembla satisfait de la réponse d'Ethan et dit : « Avec le peu d'hommes encore à notre disposition, il y a du travail pour tout le monde. Peut-être pouvez-vous me suivre pendant quelques jours pour prendre le pouls du camp et pour observer comment les différents groupes travaillent ensemble. Le colonel peut vous aider à trouver une bonne monture et l'argent pour la payer si vous en ressentez le besoin. »

« Merci, mais je m'occuperai moi-même de combler mes besoins. »

La subvention du gouvernement était depuis longtemps dépensée. Chaque nouvelle recrue devait donc fournir sa propre couverture, ses vêtements, son cheval, sa selle, ses armes et ses munitions. Ethan s'aperçut que tous les hommes cherchaient de la nourriture pour compléter les petites quantités de tabac, de sucre, de sel, de maïs sec et de viande qu'on leur donnait. Ils étaient tenus de se déplacer rapidement et ne possédaient donc pas de tentes ni d'ustensiles de cuisine, sauf les plus rudimentaires. Les commandants distribuaient de toutes petites quantités de poudre, alors que les hommes fournissaient les balles, habituellement faites d'un mélange de plomb et d'étain, mélange qu'ils créaient à partir de chandelles, d'assiettes, d'ustensiles et de tout ce qui pouvait contenir du métal mou. Les milices des deux camps étaient habillées de la même manière (cela provoquait d'ailleurs souvent la confusion). La plupart des hommes quittaient leur famille et leur maison pour de courts séjour et ne recevaient pas de salaire pour leur service militaire. Dans le passé, les hommes qui voulaient se porter volontaires plus longtemps avaient été incorporés dans les troupes continentales régulières de Géorgie et étaient maintenant sous les ordres des généraux Lincoln et McIntosh. Elijah Clarke et les autres chefs de la milice devaient obéir aux ordres de ces officiers supérieurs, mais les miliciens ne se sentaient pas tenus d'obéir aux ordres qu'ils désapprouvaient. Leur engagement militaire était fragile et pouvait être rompu par des obligations familiales, même lorsque leur détachement était au combat.

Ethan fit des efforts pour tout connaître des coutumes et des tactiques des milices de Géorgie. Il fut surpris d'apprendre que les hommes étaient réunis en groupes aux relations assez souples. Le capitaine Few semblait retirer du contentement à donner une instruction spéciale à Ethan : il se réjouissait des progrès fulgurants de l'homme de la frontière, qui était plus fort et plus grand que tous les hommes de sa compagnie. Ethan apprit à travailler en étroite collaboration avec les autres hommes dans les marais et les forêts ; il apprit également comment fonctionnait le réseau de communication qui assurait l'intervention rapide de la milice lorsque celle-ci était nécessaire.

Sous les ordres du capitaine Few, la troupe avait comme principal mandat d'améliorer leurs habilités à se battre, de consolider la défense des familles et des propriétés qui étaient dans leur district, de frapper violemment tout intrus osant s'introduire sur leur territoire et de faire quelques raids à l'extérieur de leur district contre les Britanniques postés en aval de la rivière. Toutes ces responsabilités revenaient aux milices qui étaient restées au nord de la Géorgie, puisque toutes les autres troupes continentales s'étaient concentrées sur la rive opposée de la rivière en Caroline du Sud. Pendant les jours qu'il passa avec la milice, Ethan chevaucha, campa et aida à établir les stratégies grâce à sa connaissance et à son expérience d'homme des bois. Il devint un combattant convaincu, mais cela ne l'empêchait pas de profiter des moments d'accalmie, comme Clarke et Few d'ailleurs, pour retourner chez lui pour de brèves visites. Il se porta volontaire pour une longue expédition vers le sud. Cette expédition faisait partie de toute une série de mesures, bien souvent sans impacts physiques réels, mais très importantes sur le plan psychologique, car elles devaient fatiguer les troupes britanniques autour de Savannah.

Ethan ne vit pas Mavis pendant des semaines ; il ne passa d'ailleurs que quelques jours dans sa propre maison. Il fut incapable de reparler, même avec Epsey, des événements. Il était même incapable d'exprimer les sentiments qu'il avait éprouvés pendant ou après son engagement militaire. Il savait qu'il aurait dû rendre visite à Mavis dès que possible et lui offrir son aide pour qu'elle soit bien, mais il n'eut jamais vraiment l'intention de le faire. Certaines de ses excuses étaient rationnelles : il était nécessaire de faire un rapport rapide à Elijah Clarke du combat de Briar's Creek et urgent de s'enrôler dans les milices. Cela ne l'avait toutefois pas empêché de revenir à la maison pour s'occuper des champs et des bêtes. Après tout, Epsey avait promis de s'occuper de Mavis et de l'aider à rester sur sa terre ou à déménager à Wrightsborough chez des amis lorsqu'elle l'aurait décidé. Une autre raison expliquant sa mauvaise volonté était le fait qu'il ne voulait pas apprendre que Mavis partageait l'hostilité de son mari pour les milices américaines. Il était aussi très préoccupé par ce qu'elle allait décider de faire. Désormais veuve, resterait-elle au nord-est de la Géorgie, déménagerait-elle à Savannah pour trouver refuge auprès des Loyalistes ou rejoindrait-elle la famille Bartram à Philadelphie ?

Mavis occupait presque toujours ses pensées. En vérité, ce n'était pas seulement ses allégeances politiques ou ses plans futurs qui le préoccupaient. Il se plaisait souvent à se rappeler chaque rencontre qu'ils avaient eue durant les dernières années. Son cœur avait bondi la première fois qu'il l'avait vue, alors qu'elle avançait doucement sur le chemin qui conduisait à sa demeure. Elle était un mélange intriguant de jeunesse, de naïveté, d'intelligence aiguë et de soif d'apprendre toute chose concernant la vie à la *frontier*. De plus, elle semblait inconsciente de sa beauté, ce qui était charmant. Très vite, entre eux, une intimité sans gêne et sans complications s'était créée : elle parlait franchement de ses sentiments profonds. Il se rappelait la manière qu'elle avait de le fixer jusqu'à ce qu'il détourne les yeux. Son corps frémissait encore en se rappelant le chaud après-midi de printemps alors qu'ils s'étaient allongés, Kindred, Mavis et lui, sur le haut-fond d'un ruisseau. Mavis avait étiré son bras pour toucher le sien et avait caressé ses cheveux en faisant quelques remarques sur sa chevelure blonde et touffue. Mavis et Kindred avaient ri de ses tics nerveux et de ses rougeurs de gêne.

Après ce moment, Ethan avait essayé de saisir toutes les occasions pour être seul avec elle, mais cela était difficile, car ils faisaient souvent les choses à trois : chevaucher, explorer les marais et les forêts et même, partager leurs repas ainsi que les tâches de la ferme. Il était convaincu que ni Kindred ni Epsey ne se doutaient de la violence de ses sentiments envers Mavis et qu'ils ne voyaient rien de mal dans les badinages, en apparence innocents, de Mavis.

Ethan espaça ses visites chez lui. Et quand il revenait, il retrouvait toujours Epsey saine et sauve, satisfaite de sa vie seule avec le petit Henry. En plus de s'occuper extrêmement bien des animaux, elle s'était même rendue à Wrightsborough pour vendre du maïs et les deux dernières chaises qu'avait faites Ethan pour acheter des biens de première nécessité. Ethan et Epsey réalisèrent combien ils avaient été bien avisés de construire leur maison en cet endroit. L'endroit était isolé — personne n'y passait — et la terre était considérée comme appartenant aux Quakers, communauté que les deux adversaires avaient décidé de protéger des plus violents assauts. Même dans l'état de déchirement où était la région, aucune famille de Wrightsborough n'avait subi de pertes. Ethan n'était donc pas surpris de l'autonomie de sa femme.

Tard dans le mois de juin, après avoir discuté de leur situation présente, Ethan demanda à Epsey des nouvelles de Mavis. Epsey répondit qu'elle avait décidé de déménager à Wrightsborough pour vivre au sein de l'une des familles quakers. Elle y avait une chambre en échange de menus travaux ménagers.

Il ne commenta pas la décision de Mavis. Il toussa et se retourna pour cacher sa déception. Il ne resta pas pour la nuit. Prétextant qu'on avait besoin de lui à la milice, il se mit en route pour retourner à son campement.

CHAPITRE 38

Les Britanniques prennent la Géorgie

JUIN 1779

Elijah Clarke avait surestimé les forces et les ambitions des Britanniques : la défaite d'Ashe à Briar's Creek ne leur donna pas des ailes. Londres et le Congrès continental furent heureux que la situation militaire se stabilise en Géorgie : les politiciens et les miliciens de Géorgie tenaient la région d'Augusta, tandis que les Britanniques gardaient Savannah et le reste de la Géorgie. Le lieutenant-colonel Prevost établit son quartier général à Ebenezer et commanda les troupes britanniques sur le terrain pendant que son père, toujours prudent, prit les fonctions de gouverneur de l'État conquis alors que le gouverneur James Wright faisait le long voyage de retour, de Londres à Savannah.

Les miliciens de Géorgie reçurent un entraînement militaire intensif : on les envoyait souvent en patrouille et on les renseignait constamment, dans des réunions formelles et informelles, sur l'ennemi britannique. Ils apprirent que le noyau dur des Tuniques rouges était formé d'un corps d'élite, d'une infanterie et d'une cavalerie extrêmement bien entraînés ; peu de ces hommes avaient été jusqu'à maintenant déployés en Géorgie ou dans les Carolines. Les chefs de la milice américaine étaient presque toujours élus par les troupes, et les compagnies étaient formées sur la base d'une admiration, d'une confiance et d'une motivation communes. C,est pourquoi les miliciens furent surpris d'apprendre que les officiers britanniques étaient nommés à leur poste, même ceux qui commandaient aux milices locales. Ces dernières rassemblaient des Américains restés loyaux envers la Couronne, engagés pour de longues périodes ou volontaires pour de courtes missions.

Ethan réalisa que la campagne au sud était divisée : souvent des frères s'enrôlaient dans des milices ennemies ou alors, les pères s'opposaient aux fils. La ferveur des engagements était variée. Plusieurs voulaient seulement qu'on en finisse pour pouvoir servir à nouveau leurs intérêts personnels : ceux-là étaient souvent attirés par le parti le plus fort économiquement ou politiquement dans leur région. Comme Ethan, certains de ses compagnons s'intéressaient peu à la politique, mais avaient été poussés à l'engagement par les horreurs perpétrées contre leurs amis, leur maison, leur famille : ils étaient là pour se venger. Il devenait clair, plus la guerre s'éternisait, qu'il serait impossible de rester neutre ; plusieurs familles changeaient de région pour rejoindre des localités où l'on partageait leur manière de penser.

Les hommes dans la compagnie d'Ethan, lorsqu'ils ne les méprisaient pas tout simplement, se moquaient des politiciens qui rôdaient autour d'Augusta et des campements militaires. Ces politiciens tentaient de se tailler une place plus grande au sein du gouvernement de l'État en usant de leur popularité ou de leur argent. Être élu à un poste politique semblait à Ethan l'un des buts les plus dérisoires de la vie. Les Quakers de Wrightsborough n'avaient pas plus son estime : ils tentaient de faire le plus de profits grâce au conflit, sachant que leur vie et leurs propriétés seraient respectées. Malgré la petitesse de sa sphère de connaissances et d'influence, Ethan fut convaincu que l'issue du conflit reposait sur les épaules des hommes qui désiraient se battre et qui, si nécessaire, n'hésiteraient pas à donner leur vie pour leurs idées. Il avait déjà décidé qu'il serait l'un d'eux.

Les miliciens avaient peu d'informations sur les implications plus générales de la guerre, mais ils comprenaient plus ou moins que les colonies du nord vivaient dans un état léthargique, que les Britanniques contrôlaient l'ensemble des ports et que Charles Town était un enjeu important. Aaron Hart leur apprit que les troupes professionnelles des Britanniques et des Allemands, extrêmement habiles à utiliser les armes modernes, battaient habituellement les forces continentales. George Washington avait apparemment décidé de ménager son armée et de ne pas s'engager dans des affrontements directs ; cette stratégie valait également pour les milices lorsqu'elles faisaient face à des troupes supérieures en force. Bien qu'ils fussent tous d'accord sur l'importance de leur survie pour défendre leur territoire, la plupart des miliciens convaincus bouillaient d'impatience à l'idée d'aller au combat pour démontrer leur valeur personnelle et leur courage militaire. Ils apprirent que leur rôle serait d'attaquer rapidement, de planifier des embuscades lors des déplacements des troupes ennemies et de résister pour infliger le plus de pertes à l'ennemi. Il était aussi de leur devoir de harceler les troupes britanniques et de les attaquer par surprise à un moment favorable. Certains des cavaliers qui servaient sous les ordres de Clarke s'étaient déjà révélés d'excellents combattants. Infatigables, audacieux et rapides, ils avaient vécu en compagnie de leur arme la majorité partie de leur vie d'adulte et étaient étroitement liés à leurs camarades par des liens de parenté ou d'amitié. Ils montaient de bons chevaux, ce qui leur permettait d'être toujours en mouvement et d'être toujours imprévisibles, même pour eux-mêmes parfois.

La nouvelle d'une victoire des rebelles avait un impact important sur les citoyens de la région, comme lorsqu'on apprit la victoire de Washington dans de brèves escarmouches à Tenton et à Princeton en 1777. Le support général de la population était important pour les milices ; ainsi, ils étaient en mesure de savoir tout ce que faisait l'ennemi. Leur victoire à Kettle Creek avait été l'événement déterminant pour gagner la faveur des colons hésitants, bien que cette bonne opinion ait été largement mise à mal par le désastre de Briar's Creek.

En n'oubliant pas l'exemple donné par Lord Dunmore en Virginie, Thomas Brown encouragea ses supérieurs à promettre la liberté à tous les esclaves africains qui se battraient avec les Tuniques rouges. En juin 1779, le général Henry Clinton publia un édit qui garantissant la liberté « à tout Nègre qui déserterait le camp des rebelles », ce qui provoqua l'angoisse et la colère des propriétaires de plantation, même ceux qui supportaient la cause des Tories. Beaucoup d'esclaves répondirent à l'appel et commencèrent à venir des régions côtières vers Savannah pour offrir leurs services comme soldats ou, simplement, pour se mettre à charge. Bien que certains d'entre eux combattaient héroïquement, la plupart des esclaves n'étaient pas habitués à se servir d'armes. On les plaça donc dans des camps d'esclaves surpeuplés, où ils ne bénéficiaient même pas des soins médicaux qu'ils avaient sur les plantations. Ces gens se révélèrent extrêmement sensibles aux maladies des Blancs. Thomas Jefferson estima que 90 pour cent des esclaves qui s'étaient enfuis des plantations de Virginie étaient morts de la variole, de la syphilis ou du typhus. Le gouverneur Dunmore de Virginie et le général William Howe à Boston savaient dès 1775 que les Européens étaient à peu près immunisés contre la variole : ils encourageaient ceux qui étaient infectés à se rendre chez les Américains, qui, n'ayant pas été exposés à la maladie dans leur enfance, étaient facilement contaminés. En fait, les Américains utilisaient le même procédé en envoyant des esclaves infectés, transportant des couvertures et des vêtements saturés par le virus, se faire enrôler chez les Britanniques.

Lorsque William Few réunit Ethan Pratt et les autres membres de son groupe près de Wrightsborough à la fin du mois de juin 1779, c'était pour leur brosser un tableau bien sombre de la situation à Savannah. Le surintendant aux Affaires indiennes, John Stuart, était mort l'année précédente et le gouverneur Wright et les dirigeants de Londres avaient décidé de mettre en poste à sa place Thomas Brown pour superviser les nations Creek, Cherokee et Catawaba et plusieurs petites tribus de la région côtière. Il ne faisait aucun doute pour les chefs britanniques et pour les chefs révolutionnaires que Brown était désormais l'homme le plus familier avec les Indiens et qu'il était l'homme blanc le plus influent dans les tribus : il préconisait depuis longtemps la participation des Indiens pour défendre la cause du Roi.

Les miliciens avaient intercepté un message, qu'ils considéraient comme authentique, disant que la première action de Brown serait de coordonner l'attaque par les Creek des propriétés des Whigs, offrant des paiements en argent et des récompenses pour chaque scalp ramené. Clarke annonça aussitôt qu'ils détruiraient un nombre égal de propriétés tories, mais, en fait, le message se révéla un faux : il n'y eut aucun signe d'une campagne de terreur organisée pour détruire les maisons des colons.

Hart résuma parfaitement la situation : « La plupart de ces familles ont tenté de rester en dehors du conflit, cherchant qui allait l'emporter pour leur livrer leurs propriétés. Les chefs britanniques ont décidé d'appliquer une politique de bienveillance envers les colons indécis, et Brown a dû se plier à cette politique. La meilleure chose que nous puissions faire est de rallier le plus grand nombre de colons à notre cause et de laisser les autres tranquilles. »

Bien que les propriétés des Morris et des Pratt fussent dans une région isolée, tout le monde à Wrightsborough savait qu'il n'y avait eu aucune attaque de la part des Indiens ou des Rangers dans le territoire de la communauté quaker. Les Frères dévots en déduirent que cette situation était due à leurs ardentes prières, mais certains de leurs chefs savaient qu'ils étaient protégés par ordre spécial du gouverneur Wright, qui devait bientôt rentrer de Londres. Mavis travaillait comme bonne à la ville depuis la mort de son mari. Elle fut surprise de rencontrer un jour Epsey et Henry, alors âgé de sept ans, dans une rue de la ville. Mavis remarqua que le jeune garçon ressemblait énormément à son père et elle eut beaucoup de difficulté à détacher son regard de ce grand garçon aux cheveux blonds attachés, comme ceux d'Ethan, en queue de cheval.

Epsey se justifia : « Depuis plusieurs mois, Ethan passe la plupart de son temps au service militaire et il s'est très peu occupé des champs, des vaches, des cochons ou des moutons. J'ai vendu tout ce que j'ai pu, excepté notre vache à lait, et je prévois déménager en ville jusqu'à la fin des hostilités. »

Mavis cacha sa surprise et répondit : « Je serais ravie de vous aider jusqu'à ce que vous trouviez un endroit pour rester. »

— Oh, j'ai déjà rendu visite au Frère Joseph Maddock, et il m'a promis de nous aider à nous installer dans une famille quaker comme logeurs jusqu'à ce que mon mari revienne.

— As-tu déjà déménagé tes choses ?, demanda Mavis.

— J'ai apporté mon rouet et mon métier à tisser ; je les ai mis dans la grange de Maddock. Nous retournerons chercher le reste des biens dont nous aurons besoin. J'ai engagé un homme pour tirer la charrette.

Lorsque Mavis demanda, d'un air détaché, des nouvelles d'Ethan, Epsey répondit simplement qu'il était quelque part dans les Carolines, se battant avec les autres hommes pour la Géorgie. Elle précisa qu'il était sous les ordres du capitaine William Few, mais ne dit pas qu'elle n'avait pas eu de nouvelles de lui depuis plusieurs semaines.

Bien qu'elles eussent été voisines pendant sept ans, les deux femmes se sentaient mal à l'aise lorsqu'elles se rencontraient. Après cette rencontre fortuite, elles s'évitèrent inconsciemment.

De retour sur la ferme, Epsey commença à préparer son déménagement à Wrightsborough. Elle avait déjà divisé, en pensée, leurs possessions en trois catégories : les choses qu'on laisserait derrière, les choses de plus de valeur qu'on transporterait à la ville pour être vendues et les biens qu'elle et Henry utiliseraient. Joseph Maddock avait consenti, en échange d'un prix conséquent, à envoyer un homme pour l'aider au déménagement. Tous les animaux avaient déjà été vendus, sauf le cheval et leur meilleure vache à lait, qui avait récemment donné naissance à un petit. Epsey décida de déménager la vache et son petit à Wrightsborough pour les vendre, mais elle choisit de garder le cheval qu'elle pourrait envoyer aux écuries du village. Ainsi, Henry et elle pourraient facilement revenir sur la ferme et Ethan l'utiliserait au retour de la guerre.

Henry était très excité à l'idée de s'installer dans une nouvelle maison en ville et l'aida avec enthousiasme à faire les paquets. Le temps approchait où la charrette arriverait : Epsey décida d'aller dès maintenant chercher la vache dans les pâturages pour qu'elle puisse être attachée derrière la charrette.

— Henry, je vais chercher la vache. Veux-tu venir avec moi ou désires-tu rester ici et continuer à ranger les outils de ton père ? Je serai de retour d'ici une heure.

— Je vais rester, maman. Je crois que je sais ce dont papa aura besoin lorsqu'il rentrera.

Epsey sourit et commença sa longue marche à travers les champs. Elle parvint à une section clôturée d'à peu près un hectare qui comprenait un grand espace herbeux et quelques arbres faisant de l'ombre. C'était l'endroit où Henry, alors bébé, et elle avaient accompagné Ethan lorsqu'il avait décidé de transformer le bois en pâturage. Elle se rappelait combien ils avaient été complémentaires, à la fois l'un pour l'autre et dans leur attitude face à la vie. Il était désormais un homme différent, obsédé par la violence. Presque par habitude, elle dit une prière afin que Dieu transforme son mari, qu'il lui rappelle que le Sauveur est un Prince de Paix. Elle ne trouvait aucune bonne raison à cette violence qui avait si profondément changé leur vie.

Bien que la vache fût complètement apprivoisée, elle se montra réticente. Epsey voulut la mettre en laisse et l'amener jusqu'à la grange, où elle la séparerait de son petit et où elle la trairait pour procurer lait dont Henry et elle aurait besoin. Epsey tentait de l'acculer dans un coin, mais elle n'était jamais tout à fait capable de passer la corde par-dessus les cornes taillées du mammifère. Comme elle poursuivait la vache dans le pâturage, elle entendit des éclats de voix provenant de la maison. Elle en déduisit que l'homme et la charrette étaient arrivés en avance, mais après quelques minutes, elle commença à s'inquiéter, car elle distinguait plusieurs voix, certaines apparemment gonflées de colère ou d'excitation.

Epsey renonça à attraper la vache et se dirigea aussitôt vers les champs et la maison. Elle entendit le bruit de chevaux détalant et aperçut ensuite une colonne de fumée. Elle fut alors prise de panique et courut aussi vite que possible, sa longue jupe repliée entre ses jambes et serrée fortement contre son ventre. Elle comprit rapidement que la maison et les autres bâtiments étaient en flammes, mais elle ne voyait aucun mouvement autour de la maison. Elle aperçut du coin de l'oeil un petit groupe d'hommes à cheval disparaître sur le sentier qui menait à la propriété des Morris. Elle put dénombrer deux hommes blancs et plusieurs

Indiens. Epsey découvrit le corps de son fils près d'une corde de bois, scalpé et horriblement mutilé.

Pendant de longs instants, elle resta assise sur le sol, serrant le corps sans vie d'Henry, se rendant à peine compte que ses vêtements étaient maculés de son sang. La douleur, l'étonnement et la rage l'habitaient tout entière. Elle en voulait à cette guerre ainsi qu'à tous ceux qui étaient responsables de cette violence. Elle réalisa soudain qu'elle incluait Ethan dans les gens qu'elle abhorrait pour ces actes monstrueux.

Après un long moment, elle fut capable de contrôler sa peine. Elle se leva et se demanda ce qu'elle devait faire. Tout ce qui avait de la valeur dans la ferme avait été volé et les hommes avaient tiré sur tous les biens qu'elle avait entassés dans la cour pour être chargés sur la charrette. D'abord, elle prit une couverture pour couvrir tendrement le corps d'Henry ; ensuite, elle utilisa une longue pelle pour creuser une tombe. Elle creusa profondément la terre pour empêcher que les animaux sauvages ne violent la dernière demeure de son fils. Elle pria longuement et érigea une petite croix pour marquer l'emplacement de la tombe. Elle prit alors conscience de son dénuement et décida de se rendre à Wrightsborough aussi vite que possible, d'abord pour se mettre en sûreté, puis pour avertir les autres de la présence d'ennemis dans la région. Elle marcha lentement autour des restes de la maison encore fumants pour essayer de dénombrer le nombre d'assaillants en comptant les différentes empreintes. Elle était convaincue qu'il y avait au moins trois hommes blancs et de nombreux Indiens, mais les empreintes des mocassins ne pouvaient pas être différenciées les unes des autres.

Comme ils avaient pris son cheval, Epsey ne pouvait transporter les choses que sur son dos. Elle pensa ensuite à la vache, retourna au pâturage, la mit en laisse et la ramena à la maison. Elle fit un paquet des objets les plus nécessaires, les plaça sur le dos de la vache et marcha les 12 kilomètres qui la séparaient de la ville.

Une semaine plus tard, le capitaine James Grierson des Rangers arriva au quartier général des Britanniques à Savannah et se rendit auprès du colonel Thomas Brown pour lui faire son rapport. Avant qu'il n'ouvre la bouche, Brown l'attaqua : « J'ai entendu dire que vous attaquiez et détruisiez les propriétés aux alentours de Wrightsborough. Vous êtes en violation évidente des directives de Londres et de mes propres ordres. »

Grierson fut pris de court par cette condamnation inhabituelle et répliqua : « Bien que j'aie toujours été en désaccord avec cette mesure, j'ai essayé de garder mes hommes hors du territoire des Quakers. »

— Niez-vous l'information que j'ai reçue personnellement de Joseph Maddock ?

— Sir, il y eut une exception à l'est de la rivière Ogeechee et la propriété visée n'appartenait pas aux Quakers, mais à un certain homme nommé Pratt, qui est milicien sous les ordres d'Elijah Clarke et se bat contre nos troupes en Caroline. Je comptais seulement brûler la ferme, mais certains Cherokee cessèrent d'obéir aux ordres et tuèrent un garçon. Nous avons inspecté les environs : nous n'avons trouvé personne.

— C'est le même nom que Joseph Maddock m'a donné, mais il ne savait rien de cet homme. Je devrai faire un rapport au gouverneur ; ce que vous m'avez dit a intérêt à être vrai.

Après le départ de Grierson, Brown considéra que sa politique générale de s'attaquer uniquement aux membres de la milice américaine n'avait pas été violée. Il voulait punir les traîtres et leur famille aussi durement que possible, mais il se devait d'agir différemment avec les militants révolutionnaires convaincus et les autres qui pourraient, un jour ou l'autre, joindre les forces des Loyalistes. Il lui fut facile de confirmer l'information sur Ethan Pratt en consultant son carnet. Il fut convaincu de pouvoir calmer les angoisses du chef des Quakers et il ne sentit pas le besoin de faire un rapport. En fait, il décida de faire en sorte que tout le monde sache que les Rangers étaient responsables de l'attaque pour que les colons reçoivent un message clair.

Il n'était pas dans la nature d'Epsey de rester oisive. Elle loua donc rapidement un petit hangar près de sa nouvelle maison, dans lequel elle plaça son rouet et son métier à tisser et commença à tisser des étoffes et à faire des robes et des chemises. Elle n'avait aucun mal à vendre ce qu'elle produisait. Ses fabrications les plus populaires étaient en cuir souple et doux, technique qu'elle avait apprise dans la cordonnerie d'Henry à Hillsborough. Epsey s'intégra facilement dans la vie religieuse des Quakers et participait aux projets de la communauté avec les autres femmes. Elle pleurait Henry, s'inquiétait pour son mari et priait avec ferveur et dévotion pour que la vie de son homme soit épargnée et pour qu'il ne tue personne. Elle lui avait écrit une lettre lui annonçant la mort de son fils et lui racontant la manière dont les Rangers avaient saccagé leur maison.

Presque six semaines plus tard, Ethan arriva à Wrightsborough. Epsey et lui fêtèrent leurs retrouvailles par une brève étreinte.

— Je suis venu aussi vite que possible, dit-il, nous étions en Caroline du Nord lorsque j'ai reçu ton message.

— Eh bien, de toute façon il n'y avait rien à faire.

— Comment vas-tu ?

— Aussi bien que possible. Je me garde occupée en filant et en tissant, et les Frères se sont occupés de moi.

— Je leur en suis reconnaissant ». Puis, après un bref silence, il ajouta : « Es-tu retournée là-bas ? »

— Non, je n'en ai pas ressenti le besoin et je ne voulais pas y aller seule.

— Je voudrais y retourner et je voudrais que tu viennes avec moi.

Ils se rendirent ensemble à la ferme et Epsey montra immédiatement la tombe à Ethan. Ils la couvrirent minutieusement de pierres et élevèrent une stèle permanente, où Ethan grava le nom et l'âge d'Henry. Bien qu'Ethan fût gentil avec elle et attentif à ses besoins, Epsey avait de la difficulté à reconnaître l'homme qu'elle avait connu avant la mort de Kindred. Même son apparence semblait différente : le fermier décontracté était devenu un milicien sérieux, méfiant et convaincu. Il s'était endurci, se montrant incapable de pardon, alors qu'il jurait de se venger des Rangers de Brown, utilisant même des mots grossiers qui la choquèrent profondément. Ethan était de toute évidence impatient de retourner au combat. Il laissa donc Epsey à Wrightsborough et quitta rapidement la ville avant la tombée de la nuit.

Après cette brève visite, elle eut rarement des nouvelles d'Ethan, mais elle pouvait suivre ses déplacements par les informations qui parvenaient à Wrightsborough sur les troupes du capitaine William Few. Epsey apprit par un rapport qu'Ethan avait obtenu le grade de lieutenant et qu'il était désormais l'aide de camp du capitaine Few.

CHAPITRE 39

D'Estaing et les Américains
attaquent Savannah
OCTOBRE 1779

En juillet 1779, Thomas Brown envoya ce rapport au gouverneur Tonyn :

« *Votre Excellence,*

Après notre déplacement vers Charles Town, presque toutes les troupes rebelles ont été repoussées en Caroline du Sud, mais le gouvernement de Géorgie, comme les dirigeants se nomment pompeusement, est toujours à Augusta. Ils sont cependant divisés, et les deux parties sont à couteaux tirés parce que le général Washington a ordonné au général de brigade Lachlan McIntosh de revenir en Géorgie pour se placer sous les ordres du colonel Lincoln. Le Congrès continental refuse de discuter avec les politiciens et s'en remet totalement à Lincoln, qui ne bouge pas de sa maison à Purysburg en Caroline du Sud. On dit qu'il est tellement gros, le poids de trente pierres, qu'il peut à peine se déplacer, à pied ou à cheval.

Les rebelles tentent de trouver quelques avantages à leur nouvelle entente avec les Européens. Un comte polonais s'est rendu à Charles Town et se déplace aujourd'hui dans l'ouest de la Caroline, tandis que le Comte d'Estaing a fait débarquer des troupes sur la côte sud. Toutefois, ces mouvements prendront fin dès que nous déciderons de renvoyer nos troupes vers le sud.

J'ai appris que le gouverneur Rutledge a demandé au vice-amiral d'Estaing et à sa flotte d'attaquer Savannah. Selon lui, la ville n'est défendue que par mille hommes, qui se rendraient rapidement s'ils étaient confrontés à une force supérieure. D'Estaing suit, par ailleurs, les ordres qui lui ont été donnés de concentrer ses forces sur les Indes orientales. L'arrivée de l'hiver et les besoins de son armée feront en sorte qu'il aura besoin de retourner en France pour se réapprovisionner et pour chercher de nouvelles troupes. Dès lors, je crois que nous n'avons rien à craindre des Français.

> *L'agent du gouverneur soumet*
> *respectueusement ce rapport. »*

Deux heures avant le lever du jour, le 4 septembre, le colonel Thomas Brown était toujours assoupi sur un lit étroit dans le quartier des officiers, un bâtiment de deux étages au centre de Savannah. Il était resté éveillé jusqu'à minuit, discutant avec le sergent Baker et trois autres chefs des Rangers. L'un d'eux était le chef Sunoma, un Indien de quarante ans qui était l'appui le plus sérieux de Brown chez les Creek. Les Rangers avaient été assignés à la tâche monotone et inutile de surveiller la côte et les abords de la ville. Thomas Brown fut brusquement tiré de son sommeil par un craquement presque inaudible du plancher. Il vit Baker dans la pièce et demanda : « Que se passe-t-il ? »

— La flotte française est arrivée au large de l'Île Tybee juste après le coucher du soleil hier ; ils ont déjà envoyé quelques hommes à terre. Notre petit contingent a abandonné son poste et s'est retiré vers la ville. Nous avons compté huit bateaux, dont une frégate, mais d'Estaing a une immense armada sous ses ordres, comprenant même des bateaux pour transporter des troupes.

— Eh bien, d'Estaing a dû changer d'idée. C'est un homme orgueilleux qui recherche la gloire. Le général Lincoln nous attaquera sûrement à partir de Charles Town. S'ils arrivent à se rejoindre et à établir un siège, nous ne serons pas capables de défendre la ville. Nous devons redoubler notre surveillance jusqu'à Ossabaw Sound pour savoir où les troupes françaises vont débarquer. Faites-moi vos rapports en personne.

En l'espace de quelques minutes, Brown avait averti le général Prevost du débarquement des Français. Il fut surpris de l'attitude calme et respectueuse de Prevost, lui qui avait, par le passé, toujours méprisé les Rangers de la Floride. Il supposa que ce nouvel état d'esprit était dû à l'attitude conciliante du gouverneur Wright.

« Il est possible que ce soit une feinte, dit Prevost. D'Estaing prévoit peut-être de se diriger vers le nord pour venir en aide à George Washington en Virginie ou au New Jersey. Nous devons cependant nous préparer d'abord à un siège, puis à une double attaque des Français et des Continentaux. Selon vous, quel sera leur prochain mouvement sur la côte ? »

Brown, surpris et content que Prevost s'intéresse à son avis, répondit : « Sir, je crois que la ville est leur cible, mais nous n'en serons certains que dans quelques heures. Ils devront déployer leurs troupes autour de la ville pour nous couper de tout approvisionnement et pour empêcher les renforts d'arriver. Ensuite, ils attendront probablement Lincoln et ses Continentaux avant de poser les termes d'une reddition. Cela nous donnera un répit de quelques jours, mais il est évident que nous ne sommes pas prêts pour une confrontation directe. »

Prevost était un homme intelligent et un tacticien aguerri ; il savait qu'il était devant une décision difficile : « Lorsque le temps viendra, nous devrons soit nous battre, soit nous rendre. Comme vous le savez, nous disposons pour l'instant d'un millier d'hommes et, une fois les marais franchis, la ville est sans défense. Ensemble, d'Estaing et Lincoln peuvent regrouper quatre fois plus d'hommes et être encore capables de défendre Charles Town. Nous devons faire au mieux avec les forces que nous avons. Nous pouvons commencer par concentrer notre artillerie selon les informations qui nous parviendront, mais nous possédons peu de tranchées ou d'abattis pour protéger nos positions. »

Prevost parlait calmement, comme s'il s'adressait à lui-même. Il se tourna alors vers Brown et l'intimité de ses propos et de son ton disparut. Il ordonna brusquement : « Nous nous rencontrerons à huit heures demain matin. Vous me donnerez un rapport complet sur les activités de la flotte française. »

Avant de faire débarquer ses troupes, le comte d'Estaing avait envoyé au général Lincoln un messager rapide pour l'avertir qu'il se proposait de prendre Savannah avant deux jours. Il ajoutait, comme si cela n'avait été qu'un détail, qu'il apprécierait la participation des troupes américaines basées à Purysburg et à

Charles Town, s'ils étaient disposés à participer à l'opération. Thomas Brown avait un espion sûr du nom de James Curry au quartier général de Lincoln, situé à 40 kilomètres de Savannah, qui l'informa immédiatement par écrit du plan établi.

Le lendemain matin, Brown, frais et dispos, apprit la triste nouvelle au gouverneur Wright et aux officiers supérieurs, devant lesquels il ne pouvait s'empêcher d'être mal à l'aise. Il avait toujours su qu'ils ne le considéraient pas comme un égal. Le général Prevost et presque tous les autres commandants britanniques lui avaient bien fait sentir qu'il était un officier de mauvaise réputation, qui commandait des sauvages et des miliciens se conduisant comme des voleurs plutôt que comme des gentlemen. Il fut content de parler en premier.

Brown regarda la salle et dit alors, avec un calme étudié : « Nous avons aperçu trois douzaines de bateaux français, dont deux sont équipés de cinquante canons et dont onze sont des frégates. Plusieurs bateaux transportant des troupes sont au plus près des côtes, et des barques à fond plat sont mises à la disposition des troupes ; ces barques proviennent vraisemblablement de la Caroline. Il ne fait aucun doute que leur cible est Savannah. Nous savons aussi que le général Lincoln et l'armée continentale se préparent à se diriger vers Savannah. »

Le gouverneur Wright ne dit pas un mot, mais fit signe au général Prevost, qui était bien préparé. Il regarda quelques notes, puis donna ses ordres de façon claire et confiante : « Je veux que l'on ferme les batteries de la côte. Il faut placer les fusils dans des endroits fixes et transférer les canons et les munitions à l'intérieur de la ville. Nous déplacerons nos quatre petits navires d'artillerie en amont de la rivière. Là, nous les dépouillerons de leurs armes ; nous les coulerons ensuite dans le canal juste avant la ville. Nous devons aussi établir une barrière en amont pour empêcher que les Français nous envoient des bateaux enflammés. Je veux que toutes les balises et que tous les autres indices soient retirés pour que les Français ne puissent trouver l'entrée du canal. J'ai préparé une carte qui montre où chacune des compagnies sera placée : nous concentrerons nos efforts sur la ville et sur le côté qui fait face à la Caroline. »

Les officiers se penchèrent au-dessus de la table. Ils reçurent leurs ordres et furent étonnés du nombre d'hommes qui leur était alloué à chacun. Ils semblaient considérer que la ville était difficile à prendre. Prevost se tourna ensuite vers l'ingénieur en chef Moncrief : « Major, chaque groupe d'hommes coupera des troncs et des gerbes pour faire leur propre abattis. Je vous mets en charge de construire des tranchées appropriées pour les hommes ainsi que des redoutes pour les canons. »

Moncrief blêmit et bégaya une réponse évasive : « Mais, Sir, je ne dispose que de trente hommes. »

Prevost s'adressa à Brown : « Combien d'esclaves pouvez-vous trouver dans les prochains jours ? »

Brown réfléchit pendant quelques secondes, puis répondit : « Sir, avec votre permission et celle du gouverneur, je peux enrôler tous ceux qui travaillent dans les plantations de riz des alentours, ce qui nous ferait un contingent de quatre cents hommes. »

— Permission accordée. Dites-leur aussi d'apporter des pelles et des pioches. J'y pense : le colonel Maitland a huit cents hommes à Beaufort. Envoyez l'un de vos meilleurs hommes pour l'informer de la situation et de l'avance supposée de Lincoln vers le sud. Faites-lui dire qu'il doit nous joindre le plus vite possible. S'il peut gagner Savannah avant que la route ne soit coupée, cela doublerait nos hommes.

— Sir, le messager sera à destination ce soir. J'ai avec moi un homme qui connaît un chemin par la côte, où il est peu probable qu'il soit intercepté par l'armée continentale.

Comme ils se préparaient tous à quitter la pièce, le général leva sa main et ajouta : « Vous êtes tous conscients de la situation délicate dans laquelle nous nous trouvons. Même dans les meilleures circonstances, si nos canons sont placés, si les tranchées sont creusées et si les troupes de Maitland arrivent à Savannah, les forces ennemies seront quand même deux fois plus nombreuses que les nôtres. D'Estaing est un homme habile et ambitieux. Il a été terriblement efficace aux Indes orientales. La prise de Savannah lui assurera une renommée mondiale ; il sera donc prêt à de nombreux sacrifices pour obtenir la victoire. »

Le général fit une pause assez longue pour donner la chance aux autres d'intervenir, puis il ajouta : « Je veux que mes ordres soient transmis de façon efficace et calme. Les Britanniques et les Allemands ont, par le passé, vaincu les forces supérieures des Français et des Américains. Je compte énormément sur votre sang-froid et sur celui des troupes que nous avons l'honneur de commander. »

Brown fut impressionné par la préparation minutieuse du général. De plus, il fut motivé par ses dernières paroles. Surtout, ce qui le ravit au plus au point, ce fut d'être traité comme un égal et d'être chargé de grandes responsabilités en présence des autres officiers. Pour une raison ou pour une autre, il songea longtemps aux propos du général sur l'ambition et sur le désir de gloire de d'Estaing. Il espérait que ces traits de personnalité pousseraient le général à ne pas attendre les renforts américains venant de Charles Town. Il croyait fermement que les troupes françaises demanderaient la reddition dès leur débarquement.

Peu de jours après l'arrivée des Français, leur artillerie était déjà prête à commencer un bombardement en règle de la ville. Ils avaient aussi quadrillé les marais de tranchées, se rapprochant de plus en plus des lignes britanniques. Lorsque les troupes américaines arrivèrent à la rivière et complétèrent l'encerclement de Savannah, les Britanniques réalisèrent que leur situation était désespérée.

Dans une réunion, Brown informa les chefs de l'armée qu'une violente dispute était née entre les deux officiers américain et français. C'était un conflit de personnalité qui découlait des caractères différents des deux généraux : Lincoln préconisait un lent et méthodique resserrement de l'étau dans un siège classique alors que d'Estaing voulait une attaque combinée des deux armées pour prendre la ville en une journée pour qu'il puisse rentrer en France le plus vite possible. La décision finale était dans les mains de d'Estaing, que supportait entièrement le flamboyant général polonais, le Comte Casimir Pulaski.

Les Britanniques avaient besoin de temps : Wright et Prevost mirent en œuvre une série de tactiques qui leur permettraient de gagner ce temps nécessaire, tout en continuant de déployer leur plan initial. Brown réussit à faire parvenir le message à Maintland, qui se mit immédiatement en route par la côte, se dirigeant vers Savannah. Quatre cent vingt esclaves furent amenés des plantations environnantes ; ils furent mis sous les ordres de Moncrief et commencèrent à creuser les tranchées nécessaires. Une centaine de canons, de calibre six à dix-huit, furent descendus des bateaux et mis sur des buttes surplombant la rivière ; des défenses furent rapidement érigées autour de chaque batterie. Malgré toutes ces protections, il était évident que les troupes américaines et françaises l'emporteraient dans un siège classique. Lincoln traversa la rivière au Ferry Zubly et Lachlan McIntosh vint d'Augusta pour se joindre à lui. Ils étaient prêts pour une attaque combinée. Le colonel Elijah Clarke et une centaine de miliciens, incluant la compagnie de William Few, étaient avides de se battre. Ils se mirent donc sous les ordres du colonel McIntosh.

D'Estaing envoya un message exigeant la reddition sur un ton arrogant, ignorant les prérogatives du gouverneur Wright et ne mentionnant pas les forces américaines : « Sir : le Comte d'Estaing ordonne à Son Excellence le général Prevost de se rendre aux armes du roi de France. Il l'avertit qu'il sera entièrement responsable pour les événements et les malheurs que pourrait entraîner un refus de sa part. La supériorité des forces assemblées contre lui, autant sur mer que sur terre, rend toutes tentatives de défense vaines et inutiles. »

Il poursuivait en relatant les faits d'armes glorieux des forces françaises à la Grenade et le mettait en garde : les Britanniques subiraient le même sort, particulièrement s'ils essayaient de détruire la ville ou les bateaux français stationnés dans le port.

Les chefs britanniques se réunirent et décidèrent de prolonger le processus le plus longtemps possible. Ils attendirent quelques heures puis envoyèrent un message évasif : « Sir : je suis honoré de la lettre de Votre Excellence qui contient une demande de reddition aux armes de Sa Majesté le Roi de France. J'ai attendu l'avis du gouverneur civil du Roi pour y répondre. Votre Excellence ne sera pas surprise si les troupes britanniques et moi-même refusons de nous rendre sur une lettre générale qui ne fixe pas les conditions de la reddition. Si vous avez, Sir, quelques propositions, militaires ou civiles, qu'il ne serait pas pour moi déshonorant d'accepter, vous pouvez les énoncer et je donnerai ensuite ma réponse. En attendant, je vous donne ma parole que rien dans cette ville ou sur la rivière ne sera détruit sur mon ordre ou sous ma supervision. »

D'Estaing répondit le jour même : « Sir, vous savez que les conditions de la reddition doivent être fixées par les assiégés. Je serai heureux de donner mon assentiment aux demandes que je pourrai accorder. J'apprends toutefois que vous continuez à creuser des tranchées. Cela a très peu d'importance, mais je dois insister pour que vous cessiez cette activité pendant les pourparlers. »

Il ajouta comme post-scriptum : « J'informe Votre Excellence que je n'ai pu refuser l'aide de l'armée des États-Unis, qui s'est jointe aux forces du Roi. »

Les Britanniques furent stupéfaits par ces derniers mots : d'Estaing devrait en effet se reposer grandement sur les forces américaines pour l'assaut final. La réponse de Prevost fut écrite dans le but de gagner du temps : Maitland traversait la rivière à ce moment-là, sous le couvert d'un brouillard épais, ce qui lui avait permis de ne pas être aperçu par les Français.

« Sir, comme l'affaire est d'importance et comme elle demande de grandes délibérations, un moment de discussion semble nécessaire. Je propose donc une trêve de vingt-quatre heures des hostilités à partir de maintenant. Je demanderais aussi à Votre Excellence de retirer les colonnes que vous avez placées près de Savannah en dehors de la portée de mes canons. Si vous ne le faites pas, je penserai qu'il est de mon devoir de répondre à cette attaque manifeste. »

D'Estaing, n'ayant rien à perdre et étant convaincu de sa victoire, accorda le délai demandé. Une fois le délai expiré, comme les huit cents hommes de Maitland étaient déployés et comme ses défenses étaient prêtes, Prevost informa d'Estaing de son intention de défendre la ville : un coup de canon une heure avant le coucher du soleil donnerait le signe du début des hostilités.

Les Français et les Américains avancèrent leurs mortiers et leurs petits canons et, pendant deux semaines, ils étendirent leurs tranchées autour de Savannah. Ils coupèrent complètement la ville de l'extérieur dans la première semaine d'octobre. Prevost demanda à Lincoln et à d'Estaing que les femmes et les enfants soient autorisés à quitter la ville. D'Estaing refusa : « C'est avec regret que nous remplissons les devoirs de notre fonction. Nous sommes chagrinés du sort que rencontreront les victimes de votre attitude et des rêves que vous vous étiez faits. »

Les officiers de d'Estaing firent pression sur lui afin qu'il mette fin à cette aventure le plus vite possible. Ils avaient estimé, selon les dires d'un ingénieur, que cela prendrait un autre dix jours avant que les tranchées parviennent aux lignes britanniques. Le général français avait depuis longtemps dépassé le temps qui lui avait été alloué dans l'ouest de l'Atlantique : il appréhendait les ouragans automnaux et craignait une possible attaque de la flotte britannique stationnée à New York.

On attribua à Thomas Brown et à cinquante de ses hommes un emplacement à l'extrémité droite de la ligne de combat. Brown était content de voir que, dans les ordres écrits, son groupe portait le nom de « Rangers du Roi ». Brown ne recevait plus de nouvelles de son informateur le plus important, James Curry, adjudant-chef dans l'armée du général Lincoln, qui était toujours au courant des décisions prises en haut lieu. Aux alentours de minuit, le 7 octobre, Curry se présenta en personne à Brown : il avait quitté les lignes américaines et avait franchi les défenses serrées de la ville. Il était en possession de la stratégie complète qu'avaient établie Lincoln et d'Estaing. L'attaque était prévue dans quarante-huit heures exactement, au lever du jour, avec trois mille hommes. Les Américains tenteraient une feinte pendant que le Comte d'Estaing conduirait personnellement la vraie attaque.

Mais, à cause de la confusion, l'attaque massive commença bien après le lever du jour, une fois le brouillard matinal levé, alors que les troupes américaines et britanniques étaient parfaitement visibles. Les Britanniques avaient disposé leurs canons de façon à repousser leurs adversaires avec des boulets, des mitrailles et des chaînes ; la ligne fut renforcée par les mousquets de soldats allemands bien entraînés. D'Estaing fut gravement blessé dans les feux croisés et le Comte Pulaski délaissa ses propres troupes pour prendre en charge les troupes françaises. Il fut désarçonné en arrivant sur la ligne de front. Les Américains chargèrent sur toute la ligne comme il avait été planifié, mais furent incapables de faire fléchir les défenses britanniques.

Finalement, après une heure et demie de combat, les alliés demandèrent un cessez-le-feu pour enterrer leurs morts et pour retirer les blessés du champ de bataille, ce qu'ils obtinrent. Pendant ce temps, un retrait général fut ordonné. Les Britanniques avait gagné une victoire totale. Le général Lincoln et le général McIntosh retournèrent à leurs anciennes positions. D'Estaing, blessé par deux fois, gagna la France avec sa flotte, mais ils essuyèrent un terrible ouragan une semaine après leur départ. L'héroïque Comte Pulaski mourut en mer de la gangrène qu'avait provoquée de la ferraille dans sa hanche.

Thomas Brown recueillit rapidement autant d'informations qu'il lui était possible et fit un rapport à ses supérieurs : ce fut la bataille la plus meurtrière de l'histoire de la guerre d'Indépendance. Des 1200 hommes tués ou blessés, 469 étaient américains, 640 français, tandis que les Britanniques ne perdirent que 100 hommes. Brown apprit aussi que désormais, avec l'approbation entière de George Washington, le général Lincoln s'occuperait uniquement de la défense de Charles Town.

Le chef des Rangers avait des raisons particulières d'être ravi. Non seulement les Britanniques avaient gagné la bataille, mais également, pour la première fois, Thomas Brown avait été traité avec respect, comme un égal et comme un élément important de la défense de Savannah. Les informations qui provenaient de son réseau d'informateurs indiens et de sa milice se révélaient fiables. De plus, la révélation du plan d'attaque des Français par l'espion James Curry avait été déterminante pour contrer l'attaque finale. Il prévoyait que les forces britanniques pourraient maintenant se déplacer sans peine vers Augusta. Il pourrait alors devenir sans trop de problèmes le commandant du nord-est de la Géorgie.

Chez les Américains, le découragement était roi ; les accusations fusaient. Augusta n'était désormais plus défendue que par une poignée d'hommes : le général Lincoln avait déplacé ses troupes vers Charles Town et le support pour les rebelles en Géorgie devenait de plus en plus mince. Moins de 150 milices vivaient encore en Géorgie, le rayon d'action de chacune s'étendant à un petit territoire dans le nord de l'État, laissant le reste aux forces tories. Il y avait six petits forts dans la région, que les milices utilisaient ou abandonnaient selon ses besoins. Dans chaque fort, les miliciens prenaient grand soin de disposer convenablement les avant-postes et de maximiser l'utilisation du petit nombre d'hommes pour repousser les incursions. Les détachements d'éclaireurs, toujours en mouvement, et plusieurs centaines d'Indiens sous les ordres de Brown décidèrent de concentrer leur attention sur d'autres parties du territoire, celles qui n'étaient pas sous surveillance des Américains. Il y était facile d'accumuler un butin et de convaincre les colons faibles ou hésitants d'appuyer la cause tory.

La région bien délimitée du « Guêpier » était le seul endroit où les politiciens de Géorgie pouvaient encore se rassembler pour de brèves sessions de travail ; ils maintenaient ainsi une présence révolutionnaire en Géorgie. Leur but premier était cependant de rester en vie et de protéger leurs acquis devant la forte pression des troupes de Brown et des colons loyalistes. La cause de la révolution devenait en effet de plus en plus faible. Les politiciens étaient également divisés en deux camps opposés. Cette opposition, due en grande partie à leur ancien appui à Button Gwinnett ou à Lachlan McIntosh, était, comme le disait Aaron Hart, une comédie politique.

George Walton et les autres Loyalistes fidèles à Gwinnett écrivirent une lettre au Congrès continental en prétendant parler au nom de l'Assemblée de l'État. Ils ont demandé que McIntosh soit destitué de son poste en Géorgie et relocalisé ailleurs. La contrefaçon fut découverte et Walton fut publiquement blâmé par l'Assemblée de Géorgie. Toutefois, le lendemain matin, cette même Assemblée le nomma au poste de chef de la justice. Le Dr George Wells, qui avait été le témoin de Button Gwinnett durant son duel avec McIntosh, fut élu par l'Assemblée pour « être complètement en charge de toutes les transactions dans toutes les affaires publiques, en remplacement du gouverneur ». Ces oppositions politiques rendirent inévitable un autre duel, celui entre l'ami de McIntosh, le capitaine James Jackson, et le gouverneur en poste, George Wells. Après la mort de Wells, Stephen Heard fut nommé gouverneur. Stephen Heard était l'homme qui avait été condamné à être exécuté à Augusta et sauvé par Mammy Kate, la grosse esclave de la maison qui l'avait fait sortir de prison en le cachant dans le panier qu'elle portait sur la tête.

Thomas Brown décida de résumer les événements de 1779 :

« Votre Excellence,

Les rapports peu nombreux que je vous ai adressés pendant la dernière année révèlent le manque d'activité dans le nord des colonies. Sir Henry avait dit que Philadelphie n'offrait pas d'importance stratégique et nos forces l'ont sagement abandonnée. Il semble que les rebelles n'aient pas tiré la même conclusion à propos de Charles Town, qu'ils semblent déterminés à conserver, bien que le port n'offre pas d'avantages : il est sensible aux marées et il est étroit. En plus, ils possèdent peu de fusils.

Washington reste cloîtré dans son camp, attendant apparemment l'armée et la flotte françaises pour défier nos troupes. Bien que la flotte de d'Estaing ait patrouillé le long des côtes, sa seule action majeure fut la débâcle de Savannah, qui rappelait étrangement son échec à Newport. Les commandants des rebelles se contentent de préserver leurs forces et d'observer avec inquiétude ce qui se passe au sud. Je crois qu'ils ont raison d'être inquiets.

L'agent du gouverneur soumet respectueusement ce rapport. »

CHAPITRE 40

De New York à Savannah

Le « Guêpier » s'agitait d'une activité exceptionnelle. Il était en effet rare de voir tous les chefs de la milice au même endroit. Elijah Clarke, John Twiggs, John Dooly, Benjamin, William Few et James Jackson s'y trouvaient. Habituellement, ils étaient dispersés dans la région, où ils étaient encore capables de se déplacer sans encombres. Elijah avait convoqué tous les chefs disponibles à une rencontre pour discuter d'une demande faite par le général Benjamin Lincoln ; il fut toutefois surpris de les voir tous présents. Assis sur des pierres ou sur des billots sous un large chêne rouge, ils faisaient face au colonel Andrew Williamson, un chef respecté de la milice de Caroline du Sud, qui avait apporté le message du général. Comme tout le monde s'y attendait, Aaron Hart s'était assis tout près, quoique légèrement en retrait, du colonel Clarke.

« Messieurs, commença Williamson, le général Lincoln vous envoie ses salutations. Il vous remercie pour votre présence à Savannah et exprime son admiration pour la façon dont vous préservez cette partie de la Géorgie. »

Pour montrer une distance avec le général, Elijah interrompit Williamson : « Colonel, aucun de nous n'a réussi quoi que ce soit à Savannah et nous avons perdu trente-trois hommes courageux. Par ailleurs, tout le monde se rappelle ici que le général voulait abandonner l'État il y a quelques mois et qu'il ne nous aida en rien à préserver cette partie de territoire. »

— Ce qu'il voulait alors et ce qu'il veut maintenant, c'est que nous nous battions tous ensemble pour préserver la liberté. Il ne veut pas que nous soyons divisés, car l'union fait la force.

— Que veut le général maintenant ?, demanda Elijah.

— Nous possédons des informations sûres selon lesquelles Clinton et sa flotte ont quitté New York avec au moins trois mille hommes, dont des cavaliers, à bord. Ils semblent se diriger vers Savannah pour ensuite attaquer Charles Town. S'ils parviennent à prendre Charles Town, les Tuniques rouges pourront ensuite se concentrer sur la portion de territoire que vous détenez, la prendre et monter vers le nord à travers les Carolines et la Virginie. Nous devons donc les empêcher de prendre Charles Town. Pour cela, nous avons besoin de toute l'aide disponible.

James Jackson leva la main droite et Clarke lui donna la parole : « Le général McIntosh nous a déjà parlé de ce problème et nous sommes d'accord avec la stratégie qu'il préconise. Il semble stupide de concentrer toutes les forces continentales à Charles Town en délaissant les régions que nous tenons ici et dans les Carolines, où nous nous battons contre les Britanniques sur nos terres. »

Williamson connaissait déjà les arguments du débat qui faisait rage depuis plusieurs jours au quartier général de Lincoln. Il décida d'éviter ce sujet en révélant tout de suite l'objet de sa mission : « Le général Washington nous a ordonné de défendre Charles Town, et le général Lincoln est d'accord avec lui. »

Elijah se leva, marcha quelques instants en rond et répondit ensuite fermement : « Il m'importe peu que tous les généraux de l'armée soient d'accord. Nous ne quitterons pas nos collines et nos marais, nos terres et nos familles pour aller nous promener avec quelques milliers de Continentaux dans les rues de Charles Town. Ça ressemble trop à un autre moyen détourné pour nous faire abandonner la Géorgie. »

Après avoir attendu quelques secondes pour être certain qu'Elijah avait bien fini de parler, Aaron Hart ajouta : « Il semble que le général Washington ait appris quelque chose des Britanniques lorsqu'ils se sont retirés de Philadelphie alors qu'ils contrôlaient l'océan. Charles Town est encore plus inutile que Philadelphie. J'ai parfois attendu une semaine ou deux qu'une livraison de marchandises traverse ses bancs de sable et son canal étroit. Nous devons plutôt concentrer nos efforts à conserver

Augusta, Ninety Six et des endroits semblables, où nous pouvons nous battre sur la terre ferme. Ils devront se démener comme des diables s'ils veulent prendre nos positions. »

— Nous conserverons Augusta, répondit Williamson, parce que le général Lincoln considère que les Britanniques utiliseront cette position pour attaquer Charles Town. En fait, il m'a demandé de prendre le commandement d'Augusta : j'apporterai donc des renforts à votre défense.

— Et qu'en est-il de la variole ?, demanda Jackson.

— Quelle variole ?

— Nous avons entendu dire qu'il y avait la variole et d'autres maladies à Charles Town, que tout le monde fuit la région.

— Il y a eu quelques malades, répondit Williamson, mais rien d'inquiétant.

— Ce n'est pas ce qu'on a entendu, dit Elijah.

Williamson considéra qu'il avait fait de son mieux. Il savait que de longues et pénibles discussions n'aboutiraient à rien, alors il répondit : « Colonel Clarke, je vous laisse réfléchir à la demande du général Lincoln. Il voudrait que vous fassiez appel aux hommes capables de défendre Charles Town : ils pourront s'enrôler dans l'armée régulière ou être des volontaires. C'est la seule solution que nous entrevoyons pour empêcher les Britanniques de prendre les deux États. Une fois que les Britanniques seront capables de faire débarquer des troupes supplémentaires, la victoire sera de leur côté. Ils se déplaceront alors vers l'ouest, vers ce territoire, puis vers le nord, vers la Virginie. »

— Nous y penserons, répondit Elijah, et nous verrons si nos hommes veulent passer Noël à Charles Town. Nous les laisserons partir s'ils le désirent. De toute façon, nous vous aiderons pour la défense d'Augusta. Vous et vos troupes fraîches serez les bienvenus en Géorgie.

Tous les hommes rirent de façon polie et Williamson retourna bientôt d'où il était venu.

Au même moment, le lieutenant-colonel Banastre Tarleton se tenait sur le pont du navire amiral du général Henry Clinton.

C'était un bâtiment de guerre superbe qui, pensait-il, devait être moins sensible à la houle que les plus petits vaisseaux formant le gros de l'armada.

Malgré cette stabilité, Tarleton avait été pris de violentes nausées pendant les deux derniers jours. Il était maintenant assis sur la base tournée de l'un des mâts avec un seau plein de vomissure à ses pieds. Il avait quitté sa cabine et s'était rendu sur le pont dans l'espoir que le vent froid et la bruine allégeraient son malaise, mais le seul fait de regarder la mer en prévoyant quand la prochaine vague viendrait faire tanguer le navire avait empiré son mal d'estomac. Il se rassurait en se disant que son poste, relativement isolé, l'empêchait d'être un spectacle déplorable pour les hommes d'équipage.

Une violente tempête hivernale avait retardé l'avancée de la flotte. L'armée approchait maintenant du lieu de débarquement près de Savannah avec trois semaines de retard. Le capitaine du navire les avait informés d'une pression accrue au baromètre et le personnel de l'armée, en grande partie malade, attendait impatiemment une accalmie. Ils n'avaient pas, jusqu'à maintenant, pensé aux futures manœuvres militaires, car ils s'étaient concentrés sur leur misérable état personnel. Il leur avait semblé presque impossible que les navires survivent à un tel traitement ; ils s'étonnaient de la bonne tenue des officiers navals et des marins, qui vaquaient à leurs occupations comme si la mer était d'un calme plat. Pendant de brefs moments de visibilité, on avait envoyé des messages pour s'assurer que la flotte ne s'était pas dispersée : la destination commune de tous les bateaux les avait aidés à conserver un même cap. La nouvelle la plus préoccupante pour Tarleton était la disparition presque complète de tous ses chevaux, qui, bousculés en tous sens dans les cales des bateaux cargos, s'étaient brisé le cou ou les pattes ; certains, transportés sur le pont, furent emportés par des lames immenses.

Le jeune officier prit de longues respirations et tenta de penser à des choses agréables de son récent passé. Il était né en 1754. Son père était un riche commerçant de Liverpool en Angleterre et Tarleton avait passé le début de sa vie comme étudiant, n'ayant pas vraiment de but dans la vie. Lorsqu'il avait entendu parler de la rébellion en Amérique, il avait décidé de faire une carrière militaire. Son père lui avait donc acheté une position comme cornet, le plus bas rang dans la cavalerie. Au début de 1776, il s'était porté volontaire pour servir dans les colonies sous les ordres de Lord Cornwallis. Il s'était rapidement illustré grâce à ses courageux exploits et à sa vive ambition.

En 1776, dans une attaque en Amérique, il avait été assez rusé pour capturer le général de division Charles Lee qui était l'un des plus hauts officiers à avoir trahir le Roi au profit des révolution-naires. Mis en confiance par ce succès, Tarleton attaqua le général Francis Lighthouse Lee dans une taverne près de Vallée Forge. Cet illustre chef américain avait échappé de peu à la capture. Tout le monde savait que Tarleton était le favori de Lord Cornwallis, qui, pour récompenser ses exploits, lui avait accordé le grade de capitaine, lui faisant sauter le statut de lieutenant, et, moins de huit mois plus tard, il lui accordait le titre de lieutenant-colonel, alors qu'il n'avait pas encore vingt-quatre ans. Tarleton avait peine à croire à un avancement aussi rapide, mais il pensait qu'il le méritait amplement.

Après une heure ou deux sur le pont, Tarleton vit surgir de la cale un officier d'ordonnance : il se mit sur ses pieds et s'appuya sur le mât pour se donner de la stabilité et de la contenance. On lui dit que les officiers supérieurs se rassemblaient au quartier général. Après quelques instants en position verticale, il se sentit capable de marcher jusqu'au bord du bateau qui faisait face au vent. Il regarda autour de lui pour vérifier qu'il n'était vu par personne et vida le contenu de son seau dans la mer. Lorsqu'il se rendit au quartier général, il trouva le général Henry Clinton, Lord Cornwallis et les autres assemblés autour d'une petite table, analysant une carte de Savannah et de la mer environnante. Cornwallis parlait : « Nous débarquerons le gros de nos troupes à l'Île Tybee ; les autres utiliseront les plages qui s'y prêtent dans les environs. Les plus petits navires peuvent remonter la rivière Savannah, où le gouverneur et le général Prevost nous accueilleront. À cause des délais, il est évident que les rebelles sont parfaitement au courant de nos déplacements et de notre cible, mais ils ne peuvent pas faire grand-chose. Comme vous le savez tous, je considère Charles Town comme extrêmement vulnérable si elle est attaquée à la fois par mer et par terre. La ville est bien défendue, mais nous avons tout le temps nécessaire pour faire un long siège, qui sera, à la longue, à notre avantage. Je compte sur le fait que Lincoln comprendra cela et abandonnera la ville pour sauvegarder son armée. Lorsqu'ils se déplaceront vers l'ouest, ils seront alors sans défense face à notre armée.

Il sera important d'encercler la ville le plus vite possible pour empêcher les rebelles de prendre la fuite. Lord Cornwallis s'occupera des opérations au sud et à l'ouest ; les dragons de Tarleton traverseront la rivière Cooper pour interdire à tout approvisionnement ou à tout renfort de se rendre dans la ville et pour empêcher les rebelles de quitter le siège par le nord. Je sais que vous êtes parfaitement au courant de cette stratégie que vous m'avez aidé à élaborer. Y a-t-il des questions ? »

Tarleton attendit que les officiers plus âgés interviennent, puis, après un long silence, il prit la parole : « Votre Honneur, j'ai appris que la plupart de mes chevaux sont morts pendant la tempête : il sera donc nécessaire de me procurer d'autres montures dressées avant que nous puissions obéir à vos ordres. »

— Je suis conscient de ce problème, mais nous ne pouvons pas retarder l'opération. Vous pouvez réquisitionner tous les chevaux disponibles à Savannah et vous en procurer d'autres dans notre progression vers la Caroline du Sud. D'ailleurs, nous ne confisquerons pas seulement des chevaux. Nous pouvons nous attendre à un tollé de la part du gouverneur Wright et du général Prevost lorsque nous leur annoncerons que nous amenons leurs hommes et de l'approvisionnement avec nous à Charles Town.

— Mais, Sir...

— Colonel, ce ne sera pas la première fois que la cavalerie va à la guerre avec des chevaux de trait. Ce sera une bonne façon pour vos hommes de commencer l'année.

Tarleton fit un effort pour partager le rire général et décida de ne pas poursuivre la discussion.

CHAPITRE 41

Le retour de Brown à Augusta

MARS 1780

Thomas Brown était fier des réalisations de ses Rangers ; il était aussi particulièrement content du fait que, en tant que surintendant aux Affaires indiennes, il pouvait les enrôler plus massivement. Durant les derniers mois, il avait pu envoyer huit cents Creek pour défendre Pensacola contre les Espagnols. Il avait également aidé à la coordination des activités des Indiens dans le nord et dans le sud grâce à son réseau de communication avec les Britanniques au Fort Detroit, près des Grands Lacs. Ses hommes avaient même intercepté un message du gouverneur de Virginie, Patrick Henry, destiné aux Espagnols du Golfe de Mexico ; cette information avait permis aux Britanniques de remporter une victoire importante. Entre-temps, en Floride et en Géorgie, il était désormais le chef incontesté des milices tories, même James et Daniel McGirth ainsi que James Grierson le reconnaissaient comme chef. Ils comprenaient tous l'importance du mouvement de Clinton contre Charles Town, bien que le but ultime de Brown restât la prise d'Augusta. La décision de Lincoln de renforcer la défense de la ville en envoyant les troupes du colonel Williamson montrait d'ailleurs que les rebelles aussi saisissaient l'importance stratégique de la ville.

En mars, le colonel Brown fut surpris et intrigué de recevoir un message scellé de la part de Williamson qui lui demandait une rencontre privée et secrète. Les arrangements furent vite pris et les deux hommes se rencontrèrent en secret à deux kilomètres d'une taverne à New Goettingen, à deux cents mètres de la route principale sur une butte dominant la rivière Savannah. Là, Williamson expliqua qu'il croyait que les Britanniques contrôleraient bientôt l'ensemble de la Géorgie et des Carolines. Il espérait que les deux États ainsi que la Floride resteraient sous la tutelle de l'Angleterre, même si les colonies du nord devenaient indépendantes.

Brown fut stupéfait, mais il approuva et ajouta qu'il croyait qu'une telle victoire dans le sud entraînerait forcément les autres colonies. Il partageait l'opinion de Williamson : dans la pire des éventualités, il prévoyait que l'Angleterre et les colonies du sud resteraient liées.

Williamson se balança un moment sur ses jambes, regarda Brown et annonça qu'il avait toujours eu une loyauté naturelle pour la Couronne : peut-être pourrait-il livrer Augusta aux Britanniques si les circonstances s'y prêtaient.

Brown tenta de camoufler son émotion : « Qu'entendez-vous par circonstances appropriées ? »

— Je voudrais être en mesure de servir le Roi, dit Williamson et il ajouta avec quelques hésitations : mais pas dans une position de subordonné.

— Sir, quel est votre statut dans la milice ?

— Je suis colonel.

Brown regarda l'homme dans les yeux, puis répondit : « Je vais voir ce que je peux faire ».

Brown obtint en quelques jours l'approbation du général Prevost et offrit à Williamson le rang qu'il demandait dans l'infanterie britannique, prenant en compte que Williamson était en réalité un lieutenant-colonel dans la milice. Le traître accepta l'offre. Augusta fut abandonnée et le lieutenant-colonel Brown et quatre cents hommes prirent la ville sans rencontrer de résistance. À trente ans, Brown avait réalisé sa plus grande ambition. Il y avait presque cinq ans qu'il avait été enduit de goudron et couvert de plumes. Williamson informa les Britanniques que John Dooly était également prêt à se rendre avec sa milice. Brown et le gouverneur Wright, de nature pessimiste, furent convaincus qu'il n'y aurait plus de résistance. Cornwallis était tellement convaincu que la Géorgie était sécurisée qu'il envoya quelques troupes de Savannah jusqu'à Saint-Augustine.

Comme les milices de Géorgie avaient été refoulées dans le nord-est sauvage de l'État et comme la plupart des miliciens s'étaient rendus à Charles Town pour la protéger, Thomas Brown pouvait commencer à se venger de tous ceux qui, dans le nord de la Géorgie, avaient été responsables de sa torture et de son humiliation à Augusta. Il était parfaitement au courant des directives du gouverneur Wright sur le respect qu'on devait accorder aux colons pour favoriser la loyauté envers la Couronne, mais il était persuadé qu'il encourageait aussi la loyauté en intimidant les révolutionnaires obstinés.

La première tâche de Brown comme commandant de la région du nord fut de confisquer toutes les propriétés des Whigs et d'ordonner à tous ceux qui avaient aidé la révolution de quitter l'État, au risque de perdre leur liberté. Il organisa des attaques sur les propriétés de toutes les familles qui avaient soutenu l'indépendance, étant particulièrement dur envers tous les appuis de la milice de Clarke. Wrightsborough demeurait l'exception, un espace sacro-saint parce qu'il était habité surtout par des Quakers pacifiques qui avaient nommé leur ville en l'honneur du gouverneur. James Grierson était toutefois particulièrement haineux envers tous les Géorgiens qui avaient soutenu la révolution ; Brown modérait avec difficulté la férocité de ses attaques. Grierson outrepassait parfois ses instructions et participait aux méfaits des Indiens avec les femmes et les enfants des colons traîtres envers la Couronne. Il épargnait à contrecœur les habitants de Wrightsborough.

Les Rangers arrêtaient les hommes et les interrogeaient violemment. Ils emprisonnèrent à Augusta quarante-deux hommes soupçonnés d'être des révolutionnaires. Cependant, des troupes de bandits dévastèrent le sud et l'ouest de l'État, volant tout ce qu'ils pouvaient voler, disant qu'ils prenaient là leur compensation pour les pertes dues au conflit. Certains d'entre eux étaient des colons chassés de leurs terres, mais la plupart étaient des vagabonds qui n'avaient jamais possédé de ferme et qui ne s'étaient jamais engagés dans la guerre. Malgré les initiatives du gouverneur Wright et les efforts des membres restants du gouvernement de

Géorgie, le non-droit l'emporta et les actes de violence devinrent quotidiens. Toutes les familles, excepté les plus braves, quittèrent leurs maisons. Les femmes et les enfants des Whigs se réunirent dans les forts éparpillés du « Guêpier » ou déménagèrent dans l'ouest des Carolines.

CHAPITRE 42

La prise de Charles Town

MAI 1780

Comme les forces de Washington étaient toujours inactives et comme New York était en apparence sécurisée, les Britanniques étaient libres de prendre Charles Town. Ils avaient assemblé plus de six mille hommes, tandis que l'appel urgent du général Lincoln à travers tout le territoire jusqu'en Virginie avait échoué à rassembler assez de forces rebelles pour défendre le dernier bastion américain dans le sud. Il y avait de fortes rumeurs sur la variole à Charles Town : peu de miliciens était intéressés à obéir aux ordres ou à répondre à l'appel d'un général nordiste. Même certains soldats des troupes continentales régulières avaient déserté, laissant derrière eux une force conséquente, mais complètement démoralisée ; ils rapportèrent chez eux l'épidémie de variole. Lincoln écrivit à Washington : « Il n'y a ici qu'une poignée de miliciens. Leur irresponsabilité me surprend : ils tentent par tous les moyens d'éviter la ville. Il n'y a pourtant rien à craindre de la variole. »

Le général Clinton fut extrêmement satisfait des avancées de ses troupes. Il était convaincu que la stratégie britannique était la meilleure tactique pour gagner d'autres victoires. La prise de Charles Town donnerait le rythme pour les derniers mois de la guerre. La position forte de New York garantissait la suprématie au nord ; l'avancée du général de division Charles Cornwallis et de toute la force de frappe de l'Angleterre à travers les Carolines et la Virginie entraînerait une confrontation finale avec les forces continentales. Il pouvait aussi compter sur le lieutenant-colonel Banastre Tarleton pour punir fermement les dernières milices qui ravageaient encore la région sud. La prise de Charles Town était la tâche première de toute l'armée britannique sous ses ordres.

Avec l'autorisation écrite du général Clinton, Tarleton et ses hommes se rendirent rapidement à Savannah et dans les environs pour confisquer tous les chevaux disponibles. La nouvelle se répandit et la tâche fut ardue. Les chevaux, parce qu'ils peuvent être déplacés, furent rapidement cachés ou conduits dans des lieux en dehors de la ville. Lorsque les Britanniques commencèrent à se déplacer lentement vers le nord le long de la côte pour préparer leur attaque, la plupart des dragons de Tarleton avaient de mauvais chevaux ou se déplaçaient à pied. Ils rencontrèrent deux embuscades sur la route, ce qui leur permit de se procurer d'autres chevaux. Lord Cornwallis donna à Tarleton une tâche importante : fermer tous les accès existants sur le territoire au nord de la rivière Cooper, le seul endroit d'où pouvaient venir l'approvisionnement ou les renforts, et le seul lieu par où les assiégés pouvaient s'enfuir.

Même avant le départ du général Clinton de New York, George Washington avait été préoccupé par la perte probable de Charles Town. Avec ses aides, il étudia les meilleures cartes du port et décida qu'il fallait à tout prix empêcher les navires ennemis d'approcher la ville. Le Congrès continental envoya quatre frégates armées de 112 canons pour défendre Charles Town. Ces renforts arrivèrent tard en décembre ; les Français envoyèrent peu après deux bateaux équipés de quarante-deux canons, et la Caroline du Sud, quatre navires avec cent six canons. Le commandant naval était le commodore Abraham Whipple, originaire du Rhode Island. Comme premières manœuvres, un duel verbal éclata entre le commodore et ses propres généraux ; il en résulta qu'aucune stratégie définitive ne fut mise sur pied pour utiliser au maximum la flotte.

Une force britannique de trois navires de ligne et de quatre frégates débarqua tous ses canons sur des barges et les fit traverser les hauts-fonds au large de Charles Town, puis remit les canons sur les bateaux et atteignit l'étroit canal qui menait à la ville. Plutôt que de faire face à cette force ennemie, le commodore Whipple décida de positionner deux frégates américaines dans le port, de transférer les batteries des autres bateaux sur le rivage et de couler ces bateaux dans l'espoir de pouvoir bloquer le canal et de forcer les navires britanniques à passer sous le Fort Moultrie où ils seraient pilonnés avant d'avoir atteint Charles Town. C'est ce que firent les Britanniques le 8 avril, mais leurs bateaux passèrent sous le feu ennemi sans qu'ils ne perdent plus de vingt-sept hommes et sans que les bateaux, sauf sept, ne fussent endommagés. Cette même nuit, 750 hommes des forces américaines terminèrent leur marche forcée de mille kilomètres à partir de la Virginie, traversèrent la rivière Cooper et rejoignirent les troupes de Lincoln. Il y eut une vive joie chez les habitants de Charles Town : toutes les troupes continentales disponibles au sud étaient maintenant réunies pour défendre leur ville.

Lorsque les forces britanniques arrivèrent de Savannah, le général Clinton ordonna aux troupes sur terre d'encercler la ville et d'attaquer vivement l'ouest, là où les fortifications étaient les plus importantes. Les Américains avaient toujours accès à l'autre côté de la rivière Cooper. Le premier avril, les Britanniques commencèrent une stratégie lente et longue, mais inexorable : ils sapaient toutes les défenses de la ville en usant de toutes les techniques du siège. Ce type de stratégie aurait pu permettre à d'Estaing et à Lincoln de prendre Savannah si le Français n'avait pas été si impatient de donner le coup de grâce. La technique du siège était simple, mais souvent coûteuse en temps et en hommes. En premier, ils creusèrent une large et profonde tranchée en parallèle des fortifications, hors de tir de l'artillerie, à environ 1000 mètres des premières défenses. La terre excavée était jetée en avant de la tranchée pour constituer une autre protection pour les hommes et les fusils. Ensuite, on creusa une ou deux plus petites tranchées en forme de zigzag qui s'avançaient vers les fortifications, mais toujours en angle par rapport au tir ennemi. Les avancées de la tranchée, que l'on appelle aussi « sapes », devinrent bientôt la cible des boulets et des mortiers ; les « sapeurs » étaient dès lors toujours en danger.

Après quatorze jours de creusement en zigzag, on commença le travail sur une autre tranchée parallèle, creusée à une distance de 800 mètres des fortifications. Comme la première, elle était large et profonde et protégée par des parapets faits avec la terre excavée.

Cette tranchée était toutefois beaucoup plus près de l'ennemi et le travail des sapeurs devint de plus en plus difficile. Tous devaient garder les avancées des tranchées les plus profondes et les plus étroites possible. Ils se protégeaient des tirs ennemis grâce à des billots ou à des troncs qu'ils plaçaient devant eux. Le travail était souvent fait de nuit. Les Britanniques placèrent une bonne force d'artillerie et d'infanterie dans la tranchée la plus près de l'ennemi pour protéger les sapeurs des sorties ennemies.

Les fortifications de Charles Town étaient protégées par un large fossé de 3 mètres de profondeur, qu'alimentait un petit ruisseau ; on le maintenait plein grâce à une machinerie d'écluses. Le but premier des sapeurs était de briser ces écluses pour que le fossé s'assèche, permettant ainsi aux attaquants de l'utiliser comme dernière tranchée. Malgré la pluie de projectiles que recevaient les Britanniques, les sapeurs arrivèrent à leur fin le 6 mai, presque un mois après que Clinton eut pour la première fois demandé la reddition de la ville. Trois jours après, les Britanniques commencèrent à bombarder la ville et ils mirent feu aux maisons grâce à des projectiles remplis de matière combustible. Les Américains protestèrent de façon officielle ; l'aide de l'amiral britannique envoya sans autorisation une note aux canonniers : « L'amiral et moi-même vous saluons et nous espérons que vous brûlerez cette ville le plus vite possible.Je suggère que vous envoyiez un boulet de 24 livres dans le ventre de toutes les femmes pour voir comment elles mettront bas ». Le message fut largement connu des deux côtés et le général Clinton fit ses excuses. Il arrêta le bombardement en disant : « Il est absurde, peu intelligent et peu humain de brûler une ville que l'on veut occuper. »

Le général Lincoln fut soulagé de voir que les cas de variole avaient disparu, mais il fut aux prises avec un dilemme beaucoup plus sérieux et urgent : devait-il rester et défendre la ville ou sauver ce qui restait de l'armée continentale dans le sud ? Lachlan McIntosh insistait pour que les troupes soient déplacées de l'autre côté de la rivière Cooper, mais le lieutenant gouverneur et les autres politiciens s'y opposèrent fermement : ils mobilisèrent tous les habitants de la ville, menacèrent de détruire les navires et de livrer la ville à l'ennemi. Lincoln décida de surseoir. En l'espace de quelques jours, la question devint cependant brûlante : la cavalerie ennemie était entrée en action.

Deux semaines après le début du siège, le lieutenant-colonel Banastre Tarleton prépara une stratégie pour traverser la rivière. Il savait que le gros de l'armée américaine en charge de la défense des voies d'approvisionnement de Charles Town était posté à Monck Corner, à soixante kilomètres au nord de la ville. Rejoint par le major Patrick Ferguson et ses troupes tories, que l'on appelait les Volontaires américains, Tarleton décida d'attaquer. Se déplaçant rapidement de nuit en silence, les forces britanniques repérèrent les Américains, commandés par le général Isaac Huger. Bien que les Américains se soient préparés à se mettre en marche, ils furent surpris par l'attaque et montrèrent peu de résistance : la plupart d'entre eux s'enfuirent à travers les marais. Quatorze Américains furent tués, dix-neuf sérieusement blessés et soixante-quatre faits prisonniers. Les Britanniques saisirent cinquante wagons pleins à craquer d'armes, de munitions et de denrées. Tarleton fut particulièrement content de pouvoir enfin disposer d'assez de chevaux de guerre pour remplacer les piètres montures avec lesquelles ils avaient engagé le combat.

Dans cette rapide victoire, il fit très peu attention au comportement de ses hommes, qui massacrèrent des hommes blessés et dévastèrent des plantations voisines appartenant à des Whigs en vue. Les dragons pillèrent les plantations et firent même violence aux femmes. Parmi celles-ci, se trouvait Lady Colleton, la maîtresse de l'une des plus belles et des plus grandes maisons des environs. Le major Ferguson fut si révolté qu'il ordonna que les dragons coupables soient mis en rang et fusillés, mais Tarleton intercéda en leur faveur. Les hommes furent donc arrêtés et menés à Charles Town, où ils furent fouettés en public. Cet incident créa un début de rivalité et d'animosité entre Tarleton et Ferguson, deux jeunes officiers extrêmement ambitieux.

Tarleton, faisant facilement sa propre publicité, fut bientôt connu chez les Britanniques comme chez les Américains pour son commandement énergique, ses mouvements rapides et perpétuels et la brutalité qu'il avait acceptée de ses dragons. Ferguson et lui reçurent des renforts et ils purent rapidement occuper les deux rives de la rivière Cooper, coupant complètement Charles Town du monde extérieur.

Le général Clinton ne croyait pas que les Américains se laisseraient enfermer si facilement : il était convaincu que Washington enverrait une grande armée de Virginie pour sauver la ville assiégée. Il ordonna à Cornwallis de surveiller tous les mouvements d'approche de Charles Town. Ce fut Tarleton qui fut chargé de cette mission. Et en effet, une force continentale commandée par le colonel Anthony White avait rejoint 350 hommes sous les ordres du colonel Abraham Bufford, dont les troupes s'étaient déjà enrichies des fuyards de Monck Corner. Ceux-ci étaient sous les ordres du colonel Jamieson et du colonel William Washington, un cousin du commandant en chef. Cette force militaire captura un officier et dix-sept des hommes de Tarleton. Ils établirent leur campement à Lenud Ferry et se préparèrent à ouvrir une voie jusqu'à Charles Town.

Tarleton ne disposait que de 150 hommes sous son propre commandement, mais il n'hésita à charger pas dès qu'il sut où étaient détenus ses hommes. Se déplaçant silencieusement, ses dragons attaquèrent immédiatement, prenant une fois encore leurs adversaires par surprise. Il décrivit plus tard l'attaque : « Les Américains n'étaient pas du tout préparés à une attaque : la résistance et le massacre cessèrent rapidement. Cinq officiers et trente-six hommes furent blessés ou tués. Tous les chevaux, les armes et les vêtements des Américains furent pris. Les colonels White, Washington et Jamieson, avec quelques officiers et soldats eurent recours à leur talent de nageurs pour prendre la fuite, mais plusieurs qui voulurent suivre leur exemple se noyèrent. Les dragons britanniques perdirent deux hommes et quatre chevaux, mais en revenant vers le campement de Lord Corwallis le même soir, plus de vingt chevaux moururent de fatigue. »

Le lendemain matin, le 8 mai, Clinton demanda une reddition inconditionnelle de Charles Town, mais Lincoln voulut préserver son honneur militaire. Les Britanniques commencèrent donc à bombarder de façon intensive la ville de leurs deux cents canons ; ils tirèrent aussi des projectiles inflammables. Le 12 mai, Lincoln demanda un cessez-le-feu et se livra. Lui et ses officiers devaient se constituer prisonniers ; ils seraient bien traités et pourraient servir de monnaie d'échange contre des prisonniers britanniques de rang égal. Tous les autres hommes, plus de 3300, seraient mis au fer sur les bateaux britanniques, ayant toutes les chances de mourir de maladie ou d'épuisement. Un millier de civils, incluant les miliciens volontaires de Virginie et des Carolines, seraient mis en liberté conditionnelle une fois leur nom noté ; ils devaient jurer de ne plus reprendre les armes contre la Couronne. Charles Town fut la plus désastreuse des défaites américaines et l'ultime victoire des Britanniques.

Le général Henry Clinton rentra à New York en laissant le commandement au Lord Cornwallis avec la directive de conserver Charles Town à tout prix et de ne pas laisser la ville sans défense pour monter vers le nord. Il ordonna la libération des civils, avec la condition toutefois qu'ils jurent fidélité à la Couronne britannique et qu'ils appuient activement les forces britanniques. Beaucoup d'Américains jurèrent puis se joignirent ensuite aux forces révolutionnaires sachant fort bien qu'ils seraient exécutés s'ils étaient capturés par les Britanniques.

Chapitre 43

Le triomphe de Cornwallis

Mai 1780

Après la prise de Charles Town et la reddition de l'armée rebelle, Lord Cornwallis était convaincu que tous les citoyens réticents du sud profond comprendraient le caractère inévitable de leur victoire et appuieraient la cause britannique. Il donna comme instructions à ses officiers d'offrir l'amnistie à toute famille qui prendrait partie pour la Couronne, mais d'être durs avec ceux qui restaient fidèles aux rebelles ou qui voulaient rester neutres. C'était une politique sage, mais qui ne fut pas toujours suivie sur le terrain : les soldats devaient en effet obtenir de quoi survivre par la force et étaient souvent alléchés par la rapine ou la vengeance que permettait la guerre. Banastre Tarleton fit peu d'efforts pour retenir la violence de ses hommes contre les ennemis prisonniers ou blessés ou contre leur famille. En Géorgie, la situation était semblable. Le gouverneur Wright essaya d'appliquer les ordres venus de Londres et de gagner les colons à la cause britannique, mais Thomas Brown et ses Rangers gouvernaient désormais à Augusta et ridiculisaient, en privé, les ordres de Wright, qui prônaient la clémence envers les colons de Géorgie. Brown considérait que ses hommes et lui étaient sous les ordres du général Prevost, qui était retourné à Saint-Augustine et s'intéressait peu au nord de la Géorgie.

Malgré l'incertitude entourant les termes de la reddition, plusieurs citoyens vinrent à Augusta pour jurer allégeance au Roi. Même Henry Laurens, président du premier Congrès continental, et deux régiments de la Caroline du Sud voulurent prêter allégeance. Brown leur accorda l'amnistie en les menaçant toutefois de pendaison s'ils se parjuraient. Il envoya leur nom à Charles Town. Il envoya également à la ville les armes de ceux qui avaient refusé de se joindre aux troupes britanniques dans le combat.

À toutes fins utiles, le Congrès américain raya de ses cartes la Géorgie et la Caroline du Sud. Le gouvernement de la Caroline du Sud en déroute se rencontrait dans une cache forestière. Ils choisirent comme commandant en chef d'une armée presque inexistante un commerçant du nom de Thomas Sumter, qui avait une expérience militaire réduite. Sumter commença à recruter des hommes, étant bien entendu que chaque milicien devait fournir son propre cheval, son arme, ses vêtements et sa nourriture. C'était un commandant fier et ambitieux : ses miliciens montreraient bientôt aux Britanniques que la Caroline du Sud n'avait pas baissé les bras.

Le capitaine Few, le lieutenant Ethan Pratt et une vingtaine d'hommes avaient établi leur campement dans l'un des forts les plus reculés du « Guêpier ». La nouvelle de la prise de Charles Town était le principal sujet de conversation. Ils avaient relayé l'ordre d'Elijah Clarke d'assembler le plus d'hommes possible et de se joindre à lui. Leur dernier appel n'avait eu qu'un faible écho. Ils réalisèrent vite que plusieurs de leurs hommes étaient passés du côté des Britanniques ou avaient juré de ne plus porter les armes révolutionnaires. Il était facile de comprendre la raison qui motivait de tels actes : il ne semblait plus y avoir d'espoir pour l'indépendance. Lorsque Few et ses hommes se rendirent au campement central du Fort Freeman, à quarante kilomètres en amont d'Augusta, ils réalisèrent que les autres compagnies avaient souffert de la même épreuve. Il y avait au total 140 miliciens, tous découragés par les perspectives à venir.

Clarke regarda le petit groupe et dit : « Il semble que beaucoup d'hommes soient cloués au lit par la maladie ou par leur femme. »

Il y eut un rire gêné et le commandant continua : « Pourquoi ce crétin de général s'est caché à Charles Town et a vendu ses hommes, je ne le sais pas. Nous aurions été avec eux que nous aurions aussi obéi à ses ordres. Peu importe. Maintenant, ce gros porc a perdu le sud et nous devons décider de ce que nous allons faire. Je propose de traverser la rivière pour nous joindre aux milices de l'ouest de la Caroline : ils vont continuer à défendre leur État. »

Il n'y eut pas de réponse, bien qu'un murmure inquiet parcourût la foule. Clarke regarda l'un après l'autre ses chefs de compagnie. Finalement, James Jackson prit la parole : « Colonel, comme vous pouvez le voir, il ne nous reste pas beaucoup d'hommes ; la plupart d'entre eux ont amené avec eux femmes et enfants. Ceux-ci ne sont pas prêts à se rendre, mais qu'arrivera-t-il à nos familles si tous les hommes se rendent dans le nord ? »

Clarke était visiblement énervé lorsqu'il répondit d'une voix basse et vibrante : « Merde, nous pouvons laisser assez d'hommes pour garder les entrées de notre territoire et prendre le reste pour aller combattre ces foutues Tuniques rouges. »

Il regarda autour de lui un moment et puis demanda : « Combien d'entre vous sont prêts à aller avec moi en Caroline ? »

Ethan leva la main immédiatement, puis regarda les autres : seuls les chefs de compagnie et une trentaine d'hommes se portaient volontaires. Peu de ces hommes avaient une famille à défendre.

Aaron Hart tenta de minimiser la gêne que créait un tel résultat : « Il est clair que nous sommes tous prêts à continuer de nous battre, mais il faut se demander si nous voulons nous battre ici ou en Caroline. Il faut aussi savoir ce que nous allons faire de nos familles. Nous devons également nous poser la question si nous voulons nous séparer ou rester ensemble. Je fais confiance au colonel pour qu'il apporte des réponses à ces questions et je suis prêt à le suivre où il le décidera. »

Après quelques instants, Clarke reprit la parole : « Je n'ai pas changé d'avis sur la protection de la Caroline, mais cela ne veut pas dire que nous ne pouvons pas aussi protéger nos familles. Je vais envoyer quelques hommes dans la Vallée Watauga pour voir ce que les milices là-bas préparent et comment nous pouvons les aider. La plupart d'entre nous resterons ici tant que nous ne saurons pas ce qu'il faut faire. Amenez vos familles et défendez-vous lorsque Brown attaquera. Les hommes qui ne se présentent pas lorsque je les appelle m'enragent : nous ferons passer le mot que tout homme qui n'a pas voulu se joindre à nous sera considéré comme un traître et pendu. »

Aussi vite qu'ils le purent, les Britanniques fortifièrent Charles Town, Savannah, Augusta et Port Royal, de sorte que la Floride et les deux colonies du sud furent dès lors considérées comme britanniques. Le général Clinton rentra à New York et Cornwallis le remplaça à Charles Town. Il ordonna au major Patrick Ferguson et Banastre Tarleton de détruire sans états d'âme toutes les poches de résistance restantes. Les chefs des milices de Géorgie et de Caroline décidèrent de ne pas s'opposer aux troupes britanniques et de se réfugier dans l'ouest.

Cornwallis donna la permission à Tarleton de poursuivre le colonel continental Abraham Buford et son armée américaine avec l'ordre d'abandonner la poursuite si elle ne s'avérait pas fructueuse. Comme à son habitude, Tarleton ne vit qu'une option : une marche forcée à un rythme infernal. Il commandait 270 hommes et possédait un canon de trois livres. Beaucoup de chevaux périrent dans l'aventure. Le 29 mai, lorsque les forces britanniques se trouvèrent à 40 kilomètres de leur cible, Tarleton envoya un message à Buford demandant sa reddition, gonflant le nombre des poursuivants. Buford rejeta la demande et plaça ses 450 hommes en position de combat à quelques kilomètres de la frontière de la Caroline du Nord dans un lieu nommé Waxhaws.

Bien que la force britannique fût déployée sur plus de deux kilomètres et que les chevaux tirant le canon et les autres fussent épuisés, Tarleton n'hésita à ordonner la charge pas dès que les Américains furent en vue. Le cheval de Tarleton fut tué et le cavalier fut blessé, puis il perdit connaissance. Croyant qu'il était mort, ses hommes massacrèrent tous les ennemis blessés avec leur baïonnette. Trois cent trente-six Continentaux furent tués ou faits prisonniers ; Buford réussit à prendre la fuite. Seuls cinq britanniques furent tués et douze, blessés. Tarleton reprit vite ses esprits. Il devint le plus grand héros des Britanniques et l'ennemi le plus scélérat des Américains. Par la suite, les Américains prirent comme cri de bataille « Comme Tarleton », lorsqu'ils massacraient les troupes britanniques.

Cet abandon des règles d'honneur de la guerre était extraordinaire, car les Tuniques rouges, sauf les officiers, étaient habituellement des Américains restés fidèles envers la Couronne d'Angleterre qui s'étaient engagés aux côtés des Britanniques lorsque cette force était devenue dominante dans le sud. Ils étaient aussi profondément et sincèrement attachés à leur maison et à leur famille, autant que les révolutionnaires ; ils méprisaient les miliciens continentaux et libéraux et les considéraient comme des traîtres. Les condamnations fusaient d'un camp comme de l'autre. Pendant les mois d'escarmouches sanglantes, les vols et les atrocités commis dans le sud engendrèrent une haine de plus en plus incontrôlable envers les Tories et les révolutionnaires : toute retenue fut abandonnée dans la passion des batailles et l'on ne fit plus grâce aux blessés après une confrontation.

Thomas Brown avait sous ses ordres James et Daniel McGirth ainsi que James Grieson, mais ses guerriers les plus efficaces restaient les Creek et les Cherokee, qui ravageaient les régions frontalières et qui s'attaquaient aux colons. Brown n'était pas entraîné pour commander des forces si disparates et ne faisait pas vraiment d'efforts pour contrôler la violence qu'elles déchaînaient.

Le Parlement britannique adopta un acte officiel qui demandait aux officiers d'épargner les Whigs qui s'étaient rendus et qui respectaient leur parole, sous peine de rétrogradation. Cornwallis se plia de mauvais gré à l'ordre. Le général apprit rapidement que Thomas Brown demandait aux Whigs qui s'étaient rendus, non pas de rester neutres, mais de participer activement à la guerre. Il décida de ne pas sévir. Beaucoup d'hommes qui s'étaient rendus considéraient les pratiques de Brown comme une violation manifeste des termes de la reddition. Clarke tenta, par la persuasion et l'intimidation, de les gagner à sa cause. Ethan Pratt, tous les commandants et une troupe de miliciens sous les ordres de Clarke ne s'étaient jamais rendus : ils étaient désormais mieux organisés qu'avant, constamment en alerte et presque toujours au courant de ce que planifiaient les Tories.

C'était une force étrange, autonome, ayant peu de contacts avec les Continentaux de George Washington. Les commandants américains n'étaient au courant d'aucune de leurs actions et ils les apprenaient une fois qu'elles étaient terminées. Sauf à de rares exceptions, le Congrès ne leur avait jamais fourni d'armes, de chevaux, d'uniformes ou quelque autre bien que ce soit. Ces hommes du sud trouvaient ce dont ils avaient besoin sur le territoire même où ils opéraient. La plupart du temps, ils se déplaçaient en petits groupes. Ils étaient capables de monter à l'attaque rapidement et de vite trouver refuge dans les caches secrètes et bien défendues du « Guêpier ». Leur plus grand avantage et leurs plus précieuses possessions étaient les magnifiques chevaux dont ils ne se séparaient jamais.

Croyant que la guerre en Géorgie était terminée, Cornwallis ordonna à Brown de restreindre ses activités militaires pour se concentrer sur la surintendance aux Affaires indiennes. Brown fut affligé par cette décision et écrivit une lettre au général en exagérant les problèmes qu'occasionnait la survivance de milices rebelles en Géorgie et en mettant en valeur ses exploits passés au combat et dans la collecte d'informations. Il souligna le fait qu'il avait enrôlé plus de soldats chez les Indiens que John Stuart dans toute sa carrière : son ascendant sur les Indiens, disait-il, était en grande partie dû à son commandement militaire. Cornwallis répondit que ses ordres ne se discutaient pas, mais il fit marche arrière : il laissa à Brown son commandement militaire et lui ordonna de continuer sa répression des milices américaines.

Se sentant encore vulnérable, Brown recueillit le plus d'informations possible sur les forces respectives des Whigs et des Tories dans les États du sud, puis il envoya ses rapports à ses supérieurs à Savannah et à Saint-Augustine. En Virginie, influencés par la proximité des provinces du nord, les Whigs étaient beaucoup plus nombreux que les Tories. La Caroline du Nord était, à part égale, divisée entre les Tories et les Whigs. Avec l'avancée des forces britanniques en Caroline du Sud, la loyauté envers la Couronne gagnait du terrain sur l'allégeance révolutionnaire, tandis que la Géorgie était presque entièrement gagnée à la cause du Roi. À Londres, les dirigeants britanniques prévoyaient de prochains pourparlers de paix. Ils présumaient que les deux États seraient rattachés à la Floride et feraient partie de l'Angleterre ; de son côté, le Congrès continental ne considérait plus ni la Géorgie ni la Caroline du Sud comme des États défendant la cause de l'indépendance.

En juillet 1780, alors qu'ils revenaient de l'une de leurs expéditions contre les Indiens et les troupes de Brown en Géorgie, Clarke et Dooly décidèrent de convoquer une autre réunion à l'un des forts du « Guêpier ». Ils souhaitaient trouver un moyen pour être plus efficaces dans leur lutte contre les forces de Lord Cornwallis. Pendant que le mot d'ordre circulait, ils décidèrent de rendre visite à leur femme et à leur famille.

Thomas Brown avait assigné à la demeure de la famille Dooly l'un de ses meilleurs combattants creek et cet espion fit immédiatement un rapport lorsqu'il vit Dooly revenir chez lui. Pendant la deuxième nuit, alors qu'il dormait, Dooly fut sauvagement agressé par cinq Tories qui le tuèrent à la hache dans son lit. Ils avaient ordre de ne pas toucher à la femme et à la famille de Dooly, mais ils avaient l'autorisation de prendre tout ce qu'ils voulaient dans la maison. Ils trouvèrent une cruche de whisky mais aucune nourriture excepté quelques grains de maïs. Ils décidèrent donc de se rendre à une demeure voisine pour célébrer le succès de leur mission et assouvir leur faim.

Malheureusement pour eux, ils choisirent la maison de Nancy Hart. Ils lui demandèrent de leur préparer un repas. Nancy et son mari, Benjamin, étaient venus de Caroline en Géorgie avec les Clarke. Elle avait démontré une grande force de caractère après la mort de son mari dans l'attaque des milices en territoire indien. C'était une rude veuve de la frontière. Elle avait deux filles et toutes trois s'étaient jointes à Hannah Clarke pour organiser une vie plus sûre pour les femmes de la frontière, car elles étaient souvent laissées à elles-mêmes. Elles avaient établi un système de communication pour s'avertir mutuellement lorsqu'un danger menaçait et elles avaient déterminé un refuge commun pour attendre le retour de leur mari. Nancy connaissait bien les carabines et avait insisté pour que chaque femme qui restait dans sa maison connaisse le maniement des armes à feu. Elle adorait participer aux conversations grivoises des hommes et faisait même ses propres blagues, souvent accompagnées d'un mouvement de ses cheveux roux ou d'un regard en coin. Elle avait été pendant longtemps une révolutionnaire active ; quand elle en avait l'occasion, elle revêtait des vêtements d'homme et accompagnait les milices dans leurs attaques de l'ennemi.

Après être entrés bruyamment dans la maison, les Tories posèrent leurs armes contre le mur et commencèrent à boire. Nancy commença par dire qu'elle n'avait pas de nourriture, mais finit par révéler : « J'ai bien un vieux dindon, mais il est trop dur, même pour les dents des Tories ». L'un d'eux tua le dindon et lui ordonna de le nettoyer et de le préparer pour le repas. Nancy donna son accord et demanda à sa fille, en lui faisant un clin d'œil, d'aller à la source pour prendre de l'eau. Les Tories ne firent pas attention à la femme, qui comprit vite en écoutant leurs propos qu'ils venaient de tuer son voisin. Les hommes commencèrent à se méfier lorsque la fille ne revint pas avec l'eau. Ils demandèrent à Nancy de l'appeler.

Nancy repoussa le moment d'appeler sa fille le plus longtemps possible. Elle recula jusqu'au mur et prit un fusil, puis elle avertit les Tories de ne pas bouger. L'un d'eux se mit à rire et s'avança vers elle. Elle tira avec calme une balle entre ses deux yeux et prit un autre fusil. Elle louchait tellement qu'il était difficile de dire où elle regardait. Sa fille revint enfin en criant que les voisins se dirigeaient vers la maison. Lorsqu'un Tory tenta de s'échapper à travers le jardin, Nancy le tua aussi, d'une balle dans le dos. Elle força ensuite les autres à se coucher par terre pour éviter tout autre débordement. Les trois derniers furent pendus lorsque les Whigs arrivèrent.

CHAPITRE 44

La milice de Géorgie en Caroline

Elijah assista à la cérémonie simple de l'enterrement de John Dooly dans son jardin, puis poursuivit son plan de rassembler tous les hommes valides de Géorgie : il réussit à réunir deux cents hommes. Malgré la volonté de Clarke d'aller à l'ouest de la Caroline, seulement une centaine d'hommes étaient prêts à le suivre.

Le lieutenant-colonel Thomas Brown méprisait Elijah Clarke, qu'il considérait comme l'un de ses plus farouches ennemis et comme la dernière menace à la domination britannique dans le sud. C'était Clarke qui encourageait les Whigs relâchés sur parole à se parjurer et à prendre les armes contre la Couronne. Brown n'avait jamais été capable d'avoir un espion fiable dans les milices géorgiennes, mais les éclaireurs indiens pouvaient le renseigner sur leurs mouvements. Dès que les Géorgiens traversèrent la rivière Savannah, Brown envoya la nouvelle à Lord Cornwallis : Clarke se dirigeait vers les montagnes à l'ouest de la Caroline en compagnie d'une « foule colorée » et on devait l'éliminer.

Cornwallis avait sécurisé la Géorgie et presque toutes les Carolines et se préparait à entrer en Virginie pour attaquer l'armée de George Washington. Il avait déjà dépêché le major Ferguson pour protéger son flanc à l'ouest. Il envoya à celui-ci le rapport de Brown avec l'ordre d'intercepter la petite troupe de Clarke pour ensuite s'attaquer aux hommes des bois de la Vallée Watauga, qui se faisaient appeler les hommes par-delà la montagne.

Alors qu'Elijah Clarke se battait pour rassembler quelques douzaines d'hommes prêts à se battre pour la révolution, le major Ferguson avait trop de volontaires, des hommes pour la plupart avides de se joindre au parti des gagnants. Il avait choisi deux mille des meilleurs hommes pour servir sous ses ordres. Ferguson était un jeune homme brave et arrogant. Il était déjà célèbre pour avoir amélioré la culasse des fusils, ce qui permettait de charger et de tirer plusieurs fois dans une minute. Deux fois blessé, il était l'un des favoris du général Clinton, mais il n'était ni dans l'estime ni dans la confiance de Cornwallis, qui préférait de loin Banastre Tarleton. Cornwallis assigna Ferguson à la tâche ingrate d'inspecteur des milices en 1780, avec la directive de s'intéresser particulièrement aux régions frontalières des Carolines, territoire sans grande importance. Ensuite, Ferguson s'employa à entraîner une milice tory presque incontrôlable, bien qu'il attendait de ses officiers qu'ils expliquent chacune de leurs décisions. Les miliciens savaient que les rebelles choisissaient leurs chefs, tandis que les officiers des Tories étaient toujours choisis selon la hiérarchie militaire. Ferguson était d'une discipline stricte et avait peine à comprendre le refus de ses troupes de se plier aux usages de l'armée britannique. Dans un moment d'optimisme, il définit ses hommes ainsi : « Ce sont d'excellents hommes des bois, des tireurs infaillibles, soucieux de l'économie de leurs munitions, souffrant de la faim sans rien dire et durs à l'ouvrage. Ils se soucient peu de dormir sous une couverture, de leurs vêtements, d'avoir des rations de rhum ou des autres plaisirs de la vie ». Il gagna la réputation d'être ouvert à la discussion avec ses hommes, mais il ne les comprit jamais vraiment et il fut incapable de les rassembler en une compagnie cohérente.

Les rebelles par-delà la montagne étaient des pionniers farouchement indépendants, réfractaires à toute contrainte imposée à leur liberté personnelle. Ils étaient des hommes des forêts et des collines, plus habitués à pointer leurs fusils sur un ours, un daim ou une dinde que sur un autre homme. Leur premier réflexe avait été de se garder d'intervenir dans le conflit entre les Whigs et les Tories, mais désormais, depuis que Cornwallis étendait son contrôle sur l'ouest de la Caroline, ils avaient dû prendre position dans les conflits de l'est, des « terres plates ». Ils étaient décidés à ne pas laisser les Tuniques rouges contrôler leur région. Ils furent ravis d'apprendre qu'Elijah Clarke, qui était originaire de cette région de la Caroline et connaissait bien les habitants de la Vallée, avait envoyé un mot au colonel Isaac Shelby annonçant que ses miliciens et lui voulaient se joindre à eux.

En public et en privé, le major Ferguson avait souvent exprimé son mépris pour ses adversaires rebelles dans l'ouest. Se déplaçant pour remplir sa mission dans cette région, il commit la grave erreur d'envoyer aux hommes de la Vallée Watauga un avertissement : « Si les hommes ne cessent pas immédiatement leur opposition à l'armée britannique, je traverserai les montagnes, je ferai pendre les chefs et je ravagerai leur pays par le feu et le fer ». Les hommes par-delà la montagne comprirent le message. Dès lors, ils ne doutèrent plus de ce qu'ils devaient faire. Ils se joindraient aux Géorgiens près de Ninety Six, ils harcèleraient les Tuniques rouges et montreraient à leurs concitoyens que la guerre n'était pas perdue.

Lord Cornwallis avait assez de contrôle dans les Carolines pour recevoir de fréquentes informations : il savait que le général de division Horatio Gates approchait de la Caroline du Sud avec une petite armée continentale. Le commandant américain ne se fit pas d'allié chez ses subordonnés lorsqu'il déclara publiquement qu'il avait hérité d'une « armée sans force, d'un fonds militaire sans le sou et d'un département sans cohésion, avec un climat qui encourageait la mollesse ». Gates s'était gagné l'estime des Britanniques en devenant un héros militaire américain à Saratoga ; ses mouvements inquiétaient beaucoup les Britanniques.

Pendant ce temps, Ferguson chassait les forces combinées des milices d'Elijah Clarke et d'Isaac Shelby. Il ne doutait pas que les Tuniques rouges gagneraient le combat contre cette racaille locale. Au début d'août, il y eut une escarmouche à Cedar Springs, où deux douzaines de Tuniques rouges perdirent la vie. Shelby et Clarke suivaient la stratégie qu'ils s'étaient fixée : infliger le plus de pertes possible à l'ennemi tout en gardant une force absolument mobile.

Clarke et Shelby avaient pu démontré encore une fois aux forces britanniques qu'elles étaient vulnérables. Réconfortés par cette brève rencontre, les deux hommes commencèrent dès lors à chercher un endroit propice pour une autre escarmouche et ils apprirent, dans les jours qui suivirent, qu'une force de deux cents Tories était à Musgrove Mill pour protéger un gué sur la rivière Enoree. Ils décidèrent de les attaquer avec deux cents hommes choisis parmi les miliciens à cheval. Malheureusement, leurs éclaireurs furent repérés et les forces britanniques furent tout de suite mises en alerte. Au même moment, un partisan du voisinage les informa qu'une force de trois cents cavaliers commandée par le colonel Alexander Innes était venue en renfort. Clarke et Shelby savaient qu'ils ne pourraient pas avoir le dessus sur une force aussi grande, dont deux cents hommes étaient des soldats réguliers bien entraînés. À cause de leurs chevaux épuisés, il était aussi impensable de se retirer.

Au désespoir, ils décidèrent d'appliquer une ruse classique : attirer les Britanniques vers leurs positions défensives. Les rebelles élevèrent en catastrophe des monceaux de billots disposés en cercle sur quatre cents mètres de terre surélevée. Les troupes de Shelby prirent la droite et les hommes de Clarke la gauche, avec quatre-vingts hommes placés derrière la ligne de combat en réserve. L'un des vétérans de la milice de Géorgie, le capitaine Shadrach Inman, avec deux douzaines d'hommes, traversa la rivière. Ils firent semblant d'arriver sur les troupes britanniques par hasard et se retirèrent en vague pour attirer l'ennemi dans leur piège. Les Britanniques, enthousiastes dans leur poursuite, ne comprirent que trop tard, lorsque les rebelles se couchèrent devant les mousquets et les baïonnettes, l'ampleur de la force ennemie. Les soldats réguliers de l'armée britannique soutinrent le feu malgré de lourdes pertes et attaquèrent à la baïonnette pendant que les miliciens rechargeaient leurs fusils.

La troupe de Shelby commença à plier, alors Clarke ordonna à quarante hommes à cheval qu'il tenait en réserve d'aller l'aider. Les hommes de la montagne et les Géorgiens firent retentir leur cri de guerre indien et chargèrent. Bien que le cheval de Clarke fût tué et qu'il fût lui-même gravement blessé par des coups d'épée aux épaules et au cou, il ne céda pas un centimètre.

Des cinq cents Tories, soixante-trois furent tués, quatre-vingt-dix furent blessés et soixante-dix, faits prisonniers. Seuls quatre rebelles furent tués et sept, blessés. Les miliciens furent consternés de découvrir le corps de Shadrach Inman troué de sept balles. Shelby dit plus tard que le cri de guerre et la charge bruyante de Clarke et de ses troupes, qui avaient forcé l'ennemi à se retirer, l'avaient grandement impressionné.

Presque tout de suite après le combat, alors que les rebelles célébraient leur victoire et faisaient des plans pour attaquer Ninety Six, ils furent avisés de quitter le champ de bataille et de se mettre à couvert. Les Britanniques avaient remporté l'une de leurs plus grandes victoires à Cadmen, en Caroline du Nord. Avec deux mille hommes sous ses ordres, Lord Cornwallis avait attaqué le général de division Horatio Gates et les milices peu expérimentées de Virginie et de la Caroline du Nord. La plupart des trois mille Américains présents avaient pris la fuite lors de l'attaque, sans avoir tiré un seul coup de fusil. Deux cents cinquante furent tués, huit cents blessés et un millier d'entre eux faits prisonniers. En fait, Gates et sept cents survivants abandonnèrent les femmes et les blessés et s'enfuirent à 300 kilomètres au nord vers Hillsborough en Caroline du Nord. Ils firent ce trajet en trois jours : ce fut la plus rapide et la plus longue retraite militaire de toute l'histoire.

Après avoir nettoyé le champ de bataille à Cadmen, Banastre Tarleton et ses dragons apprirent que le général Sumter était dans les environs avec une troupe de huit cents hommes, des soldats continentaux expérimentés qui avaient fait prisonniers des Britanniques et pris des chariots d'approvisionnement. Tarleton commença sur-le-champ une poursuite fiévreuse avec ses dragons et une centaine d'hommes de l'infanterie légère. Les deux forces militaires s'avancèrent sur des voies parallèles sur les deux rives de la rivière Catawba, les poursuivants avaient un léger retard de 20 kilomètres. Lorsque Tarleton traversa enfin la rivière sur des bateaux réquisitionnés, son infanterie était trop épuisée pour l'attaque. Comme à son habitude, la cavalerie refusa de ralentir le rythme. Tarleton choisit les meilleurs des soldats, permit à soixante d'entre eux de chevaucher à l'arrière de ses dragons et continua la chasse. Croyant qu'il était en parfaite sécurité, Sumter établit son campement à Fishing Creek, donna la permission à ses hommes de se baigner et de visiter les plantations avoisinantes et puis se retira dans sa tente pour s'offrir une longue sieste.

Tarleton n'hésita pas à attaquer, même si ses 160 hommes devaient faire face à une force cinq fois supérieure. Encore une fois, les Britanniques furent sans pitié. Les rebelles perdirent seulement 40 de leurs cinq cents hommes, qui furent tués ou capturés ; le général Sumter réussit à s'enfuir, à moitié vêtu, sur un cheval sans selle. Après les défaites pitoyables de Camden et de Fishing Creek en 1780, le général Washington ordonna à toutes les forces américaines encore présentes de se protéger elles-mêmes contre l'avancée des Britanniques.

Le major Ferguson était impatient de surpasser Tarleton et il jura à ses hommes devant Dieu qu'il détruirait les troupes des Géorgiens et des hommes par-delà la montagne. Les chefs des milices étaient, de la même manière, déterminés à garder leurs troupes en vie : ils se séparèrent donc et retournèrent à leur quartier général dans la Vallée Watauga et en Géorgie, de l'autre côté de la rivière Savannah. De retour dans la région du « Guêpier » qu'il connaissait bien, Elijah Clarke eut comme première tâche d'éviter tout combat entre ses hommes et les Rangers de Thomas Brown pour préserver intacte leur cache et pour guérir ses blessures.

Brown apprit rapidement le retour de Clarke en Géorgie et il décida de planifier une attaque contre les forts de la milice. Pendant une semaine, ses meilleurs éclaireurs indiens essayèrent de pénétrer la région du « Guêpier » et ils y réussirent quelquefois. Grâce à une observation méticuleuse et discrète des mouvements, ils furent capables d'identifier la position des avant-postes et les diverses routes qui donnaient accès à la région. Trois escadrons de Rangers, chacun composé de vingt-cinq hommes, furent choisis et entraînés ; ils prirent connaissance des cartes et les apprirent par cœur. Pendant ce temps, Aaron Hart avait été informé par sa concubine indienne que des éclaireurs indiens maraudaient dans la région.

Alerté par ce danger potentiel, le colonel Clarke renforça la garde aux points d'entrée du territoire et plaça dans les avant-postes des hommes des bois expérimentés dont la tâche était de se débarrasser de tous les intrus. Ils restèrent en alerte pendant six jours, sans qu'aucun incident ne soit rapporté ; ils en déduisirent que l'information de Hart était fausse. Mais avant le lever du soleil du septième jour, le dimanche, les trois escadrons des Rangers avancèrent ensemble pour pénétrer le territoire. Le résultat fut désastreux pour eux : dix-huit hommes furent tués, douze furent grièvement blessés et capturés, et les autres en réchappèrent à peine. Après un procès expéditif, Clarke ordonna qu'on pende tous les hommes capturés.

Thomas Brown abandonna toute idée d'envahir le « Guêpier ». Il tut la raison personnelle qui motivait tant d'efforts, même à ses plus proches collaborateurs. Alonzo Baker, qui était désormais adjudant, sentait cependant depuis longtemps l'impatience qui habitait son commandant lorsqu'il recevait des nouvelles des Fils de la Liberté ou de leurs familles. Brown conservait d'ailleurs toujours ces renseignements, écrits dans un langage crypté, dans un compartiment de sa ceinture. Brown avait analysé chacune de leurs attaques, avait décelé les raisons de leurs succès ou de leurs échecs et avait partagé ces informations avec ses supérieurs, sans que ceux-ci n'y voient là une forme de critique.

La première raison qui expliquait l'efficacité de Brown était son réseau d'espions, qui s'intéressait autant à ce qui se passait dans les quartiers des Tuniques rouges que dans les conseils de la force continentale. James Curry, qui avait trahi le général Lincoln et dont les informations avaient été cruciales dans la défense de Savannah, n'était pas le seul espion au service de Brown à Charles Town. Il y avait aussi des gens fidèles qui lui envoyaient des rapports réguliers sur les activités des généraux britanniques. Brown était de plus en plus conscient du conflit de personnalité qui l'opposait à Lord Cornwallis ; bien que Cornwallis se soit rétracté et ait abandonné l'idée d'ôter à Brown le commandement militaire des Rangers, il appréciait les Britanniques et avait peu de respect pour les forces irrégulières.

La victoire militaire assurée, Cornwallis croyait que le meilleur moyen pour terminer la guerre dans le sud était de convaincre les familles incertaines des avantages que pouvait avoir une allégeance à la Couronne. Sur ce point, Brown et lui s'accordaient, mais les deux hommes avaient un vif désaccord quant à la méthode à employer pour convaincre les rebelles. Cornwallis lisait de façon large les politiques britanniques et exigeait déjà des rebelles repentants une implication active pour le Roi ; cependant, les attaques des Rangers contre les colons avaient attiré l'attention de Londres. Brown croyait qu'il fallait accorder des récompenses uniquement aux Tories assez loyaux pour prendre les armes contre la révolution, les autres devaient être maîtrisés par la peur d'un châtiment violent. Il y eut quelques cas connus de violence abusive et personne ne crut Brown qui prétendait être incapable de contrôler ses hommes. Sans consulter le commandant des Rangers, Corwallis donna l'ordre d'exclure tout Indien des combats ou de toute attaque qui pouvait concerner un colon blanc.

L'adjudant Baker apporta l'information à son commandant, accompagnée du rapport d'un espion qui annonçait que Cornwallis projetait de revenir sur sa décision concernant le commandement militaire de Brown à Augusta. Le chef des Rangers décida de se rendre à Charles Town, où il demanda un entretien avec le général. Il dut attendre deux jours avant qu'un aide de camp ne vienne le chercher dans sa chambre à la taverne et ne le conduise au quartier général. Là, il présenta Baker comme son aide, mais on lui répondit que personne d'autre que lui n'était autorisé dans la salle pendant son « interrogatoire ». Brown réfléchit quelques instants sur le sens de ce mot pendant qu'on le faisait encore attendre. On l'introduisit enfin dans une vaste salle décorée que, comme le savait Brown, le général Benjamin Lincoln avait aussi utilisée. Deux autres officiers supérieurs et plusieurs aides entouraient Lord Cornwallis, qui fit seulement un signe de la tête à Brown sans se lever de sa chaise. Brown rendit la salutation et resta debout, tentant de conserver sa dignité malgré l'inconfort de sa situation : tout le groupe l'observait comme s'il était une attraction de foire.

Corwallis rompit le silence gênant : « Que puis-je faire pour vous, Sir ? »

Tout le monde, et surtout Brown, remarqua que le général ne l'appelait pas par son grade.

— Votre Excellence, je suis venu pour offrir mes respectueuses salutations à mon général, pour l'informer des développements en Géorgie et pour lui donner un bref compte rendu des activités des Rangers.

— Comme vous le savez sûrement, répondit Cornwallis, je reçois régulièrement des rapports du gouverneur Wright, qui, je crois, connaît parfaitement ce qui se passe dans son propre État. De plus, j'ai reçu de nombreux rapports faisant état d'actes illégaux de la part de vos hommes, qui ont attaqué des familles sans défense en Géorgie et en Caroline du Sud. Ces violences vont contre mes directives et contre les lois universelles de Dieu et des hommes. Il serait en effet intéressant de vous entendre justifier les actes perpétrés sous vos ordres.

Même si Brown savait que Cornwallis ne le considérait pas comme un officier, il fut surpris de cette attaque directe et personnelle devant autant de témoins. Pendant quelques instants, sa confiance en lui-même céda le pas au même sentiment d'inconfort et d'incertitude qui l'avait fait quitter cette ville et commencer une nouvelle carrière à Saint-Augustine.

Brown commença à parler, tout d'abord en bredouillant, puis en expliquant avec assurance l'organisation des Rangers et en narrant leurs exploits les plus admirables. Il prit soin d'être bref, de minimiser son propre rôle, de mettre souvent en valeur le général Prevost et de bien expliquer le réseau d'informateurs qui s'étendait jusqu'à la Floride, au sud, au Mississippi, à l'ouest, et jusqu'aux Grands Lacs, au nord. Il prit comme exemple l'information qui avait permis aux Britanniques d'être au courant des plans des Français et des Continentaux, ce qui avait provoqué leur défaite à Savannah.

Il pouvait voir que ses paroles produisaient un grand effet sur son public ; personne ne dit mot lorsqu'il fit une brève pause. Brown décida donc de continuer : « Tous mes hommes sont des volontaires qui ont quitté leur famille et qui se sont engagés sans recevoir de paie. Leurs maisons ont été brûlées, leur femme violée, leur propriété volée par des criminels rebelles ; il devient dès lors difficile parfois de les contrôler, Sir, dans leur désir de vengeance. Un autre de mes problèmes est que la moindre escarmouche le long de la frontière est volontairement amplifiée et grandement exagérée par les Whigs, qui veulent toujours salir la réputation des hommes du Roi et qui espèrent convaincre les commandants continentaux d'accorder plus d'attention au sud. »

Ce rapport était en grande partie exacte, mais Brown n'hésita pas à ajouter volontairement un mensonge, dont il se disculpa en se disant que, vu les circonstances, il était nécessaire. Il considérait en effet que sa stratégie dans l'arrière-pays corrigeait les erreurs du Parlement. « Les Rangers ont des ordres stricts : ils doivent se plier à vos instructions et éviter d'agresser les colons qui ont renoncé à la rébellion et qui ont montré leur loyauté envers la Couronne. Nous considérons qu'il est important de convaincre les colons hésitants de la bonne volonté et de la droiture des Britanniques. Ils doivent savoir que la victoire finale sera pour nous. Nous appliquons une politique qui prévoit que seuls les hommes qui refusent de se plier à un tel serment soient punis. J'ai préparé une liste de tous les colons du nord de la Géorgie et de la plupart des colons de Caroline avec ma propre estimation de leur loyauté ; je la laisserai à vos subordonnés pour que vous puissiez la consulter. De plus, Sir, nous ne permettons à aucun Creek ou Cherokee de participer au combat, mais nous les utilisons pour envoyer des messages, pour collecter de l'information et pour empêcher que les Indiens se joignent aux rebelles. »

Même Lord Cornwallis fut impressionné par ce discours, surtout par l'engagement fervent de Brown dans la cause des Loyalistes et son parti pris favorable aux décisions du général sur la façon de traiter les familles whigs. Tous les subordonnés dans la salle savaient que le Lord considérait Brown comme un tireur fou qui persécutait de façon excessive les colons et qui avait recruté des Indiens, des prisonniers et d'autres malfrats pour servir dans les Rangers. C'est pour ces raisons qu'il avait décidé, quelques semaines auparavant, de retirer ses prérogatives militaires à Brown et de le remplacer.

Il y eut encore un moment de silence, puis Brown conclut : « Votre Excellence, c'est un fait connu : la magnifique armée britannique a obtenu des succès retentissants à travers toutes les Carolines, mais il reste quelques poches de rébellion dans le nord de la Géorgie et dans la Vallée Watauga. Je sais que le colonel Tarleton et le major Ferguson ont la responsabilité de détruire ces poches de résistances, mais je crois que mes Rangers, surtout mes éclaireurs indiens, peuvent les aider à déterminer les mouvements de ces chefs rebelles et lâches. Presque toutes les familles de colons vivent en paix sur leur ferme et sont tenues par leur serment de loyauté envers la Couronne, mais Elijah Clarke et quelques autres hors-la-loi se cachent dans les bois et les marais. Plusieurs de ces hommes se sont parjurés et mes Rangers les poursuivent sans relâche. Votre Excellence, je vous demande humblement de ne pas dissoudre le corps des Rangers, qui est l'une des sources d'information les plus structurées jamais vues, mais je me plierai bien sûr à votre volonté. »

Cornwallis fut convaincu. Il se leva, marcha autour de la table, puis fit un signe de tête amical au chef des Rangers : « Colonel, laissez-moi vous remercier pour ce rapport très édifiant. Je suis convaincu que les derniers rebelles se joindront bientôt à nous lorsque nous nous déplacerons vers le nord pour mettre fin à cette affreuse rébellion contre la Couronne. »

Brown sortit du quartier général, sourit et fit signe de la tête à Baker qui l'attendait ; les deux hommes retournèrent sur-le-champ à Augusta. Ils s'étaient fait accompagner par quatre éclaireurs, deux Blancs et deux Indiens, qui les suivaient toujours à une certaine distance. Baker ne rompit pas le silence et attendit respectueusement que Brown lui raconte son entretien, ce qu'il fit en termes lumineux : « Lord Cornwallis m'a traité avec grand respect ; pas un des hommes n'a osé dire un mot pendant tout le temps où j'étais dans la salle de commandement. Il était clair que le Lord voulait entendre notre rapport et il fut très élogieux sur le rôle que jouèrent les Rangers dans la victoire de Savannah. Il fut particulièrement satisfait d'entendre que nous étions déterminés à chasser tous les rebelles de la région d'Augusta. »

Baker en déduisit que le colonel n'avait pas mentionné les pertes subies lors de leur tentative avortée de prendre les quartiers généraux de la milice de Géorgie. Il demanda : « Qu'avait-il à dire à propos de ses ordres selon lesquels il ne faut pas harceler les colons en aucune manière ? Et sur l'implication des Indiens dans les combats ? »

— Je ne suis pas sûr que nous soyons en parfait accord sur ces questions, mais je crois qu'il comprend mon point de vue.

Baker comprit qu'il ne devait pas s'étendre sur le sujet et ils commencèrent à discuter du meilleur moyen de mettre fin à la menace que posaient les miliciens, qui, pour certains, étaient encore actifs à l'ouest de la rivière Savannah.

« Nous avons appris de la mauvaise manière combien il est difficile d'attraper un lâche comme Elijah Clarke, qui n'a pas assez de courage pour se tenir debout et se battre. Lui et sa bande d'escrocs savent seulement se battre cachés et tirer dans le dos », dit Brown.

Le sergent acquiesça d'un signe de tête : il avait déjà et souvent entendu ce discours. Brown y ajouta cependant une dimension nouvelle : « Ces hors-la-loi n'ont aucune loyauté : ils ne servent pas la révolution et ne sont sous les ordres d'aucun supérieur. Ce qu'ils veulent, c'est défendre leur propriété et voler celle des autres. Nous ne pouvons pas les empêcher de piller les Tories sans défense, mais nous pouvons faire en sorte que tout ce qu'ils possèdent n'existe plus lorsqu'ils rentreront à la maison. »

Baker chevaucha en silence pendant quelques minutes et demanda enfin : « Mais qu'en sera-t-il des ordres du général de ne pas attaquer de civils ? »

— Par Dieu, ce ne sont pas des civils. Et il est évident que leurs familles sont aussi coupables qu'eux de trahison. Lorsque j'ai discuté avec Lord Cornwallis en personne, je ne l'ai pas senti prêt à défendre des personnes de cette sorte. Je suis sûr qu'il accepte ces instructions de Londres de mauvais gré : ces parlementaires ne savent rien de ce qui se passe ici.

Malgré sa réponse désinvolte, Brown réfléchissait sérieusement à la question ; il se demandait comment il ferait en sorte que son plan paraisse acceptable à l'autorité britannique. Puis, il eut une illumination : « Nous allons demander une déclaration de loyauté de tous les membres des familles des hommes de Clarke. Même si les hommes ne sont pas présents parce qu'ils sont au combat ou cachés, nous exigerons que la femme ou le fils adulte fasse une déclaration pour toute la famille. Si l'un d'eux refuse, nous confisquerons sa propriété. »

— Qu'est-ce que cela veut dire ?

— Cela veut dire que nous confisquerons les propriétés de ceux qui n'ont pas payé leurs impôts ou de ceux qui ont trahi la Couronne. Puisque je suis le commandant du nord de la Géorgie et le surintendant aux Affaires indiennes, j'écrirai l'ordre moi-même, dans des termes qui satisferont Son Excellence. Ensuite, nous pourrons agir selon les circonstances.

Il réfléchit encore un bref moment, se sourit et dit : « Un bon nombre des propriétés des miliciens se situent à l'extérieur de la région qu'ils surveillent ; nous choisirons certaines de ces propriétés et nous demanderons à nos amis indiens d'apprendre à ces familles des leçons qu'ils n'oublieront pas de sitôt. Comme tu le sais, nous connaissons le nom de tous les hommes qui ont pris les armes contre nous : il ne nous reste qu'à décider qui sera un meilleur exemple pour les autres. »

Ils chevauchèrent encore un moment en silence, puis Brown ajouta avec un regard rusé : « La vie d'un planteur en Géorgie ne sera pas mauvaise après la guerre. Je crois que je vais revisiter Brownsborough et voir si je peux remettre la propriété sur ses pieds. »

De retour à Augusta, Brown se démena pour accomplir rapidement son plan, mais il avait fait une trop bonne impression sur Cornwallis. Le général était convaincu que les Rangers étaient une puissante force de frappe, surtout dans les étendues sauvages qu'habitaient les derniers rebelles et que ces rebelles du sud, absolument démotivés, cesseraient bientôt leurs vaines activités. Il donna donc l'ordre à toutes les troupes régulières stationnées à Augusta de se rendre dans les Carolines. Le chef des Rangers protesta, mais sans résultat.

CHAPITRE 45

L'attaque d'Augusta

SEPTEMBRE 1780

Malgré la situation décourageante de la Virginie jusqu'aux Carolines, et des Carolines jusqu'à la Géorgie et la Floride, Clarke et ses hommes n'étaient pas prêts à reconnaître qu'ils étaient vaincus. Ils se rappelaient souvent entre eux combien ils avaient été efficaces avec les hommes par-delà la montagne. Ils développèrent bientôt un certain sentiment d'invincibilité, convaincus qu'ils gagneraient toujours, surtout lorsqu'ils pouvaient se battre selon leurs propres règles et leurs propres tactiques. Même si le cou et l'épaule de Clarke n'étaient pas complètement guéris et qu'il était toujours inapte au combat, il devint de plus en plus décidé à organiser une attaque contre les forces de Brown à Augusta. Deux hommes dans la ville, restés fidèles à la révolution, lui apprirent que les troupes régulières avaient quitté Augusta et que la ville n'était défendue que par 150 Rangers et quelques Creek. Réalisant sa position vulnérable, Brown avait envoyé des éclaireurs pour recruter des Indiens, en les alléchant avec des promesses de pillages.

Clarke décida que le temps était venu pour tenter une attaque : il aurait besoin de tous les hommes disponibles pour parvenir à vaincre les fortifications. Il ne pouvait soutenir un long siège comme celui que les Britanniques avaient établi autour de Charles Town, car il avait trop peu d'hommes. De même, un long siège grugerait toutes leurs réserves en plus de permettre aux Britanniques d'envoyer des renforts de Ninety Six ou d'un autre fort. Sa connaissance de la loyauté des anciens rebelles qui avaient juré allégeance à la Couronne après avoir offert leur vie à la révolution était au moins aussi bonne que celle de Brown. Il savait quel homme avait été libéré sur parole et quel homme n'avait jamais été capturé par les Britanniques. Il envoya un message à certaines familles : toutes les familles whigs qui ne viendraient pas à Soap Creek dans le comté de Wilkes seraient condamnées à mort. Pour protéger le secret, le but de la réunion ne fut pas dévoilé avant que les deux cents hommes ne fussent assemblés à la mi-septembre.

Thomas Brown, rapidement au fait que Clarke tentait de lever une grande armée, fut content du retour de ses éclaireurs indiens, qui apportaient la nouvelle du recrutement d'un millier de Creek et de Cherokee. Ceux-ci se dirigeaient vers Augusta en compagnie du surintendant adjoint, David Taitt, qui avait passé la plus grande partie de sa carrière à Pensacola sous les ordres de John Stuart. Bien que les Indiens fussent plus intéressés par les biens qu'ils pouvaient voler que par le combat avec les milices géorgiennes, la présence de Taitt, à qui les Creek faisaient confiance, leur parut un heureux présage. Cependant, alors que la grande troupe était à trois jours de marche d'Augusta, Taitt tomba malade et sembla devenir fou. Les Indiens décidèrent de retourner à Coweta Town dans le sud-ouest de la Géorgie, où ils restèrent après la mort et l'enterrement de Taitt. La plupart des Indiens retournèrent vers leurs terres et seuls 250 braves décidèrent de se mettre sous les ordres de Brown.

Clarke, qui était faible à cause de la fatigue et de la perte de son sang, était tout de même capable de monter en selle. Il harangua l'assemblée des miliciens de Géorgie et quelques recrues supplémentaires de la Caroline du Sud : « Messieurs, nous avons cet enfant de chienne où nous le voulions : il est prisonnier d'Augusta sans troupes régulières pour le défendre. Ils ne connaissent pas notre force, mais ils semblent croire que nous sommes tous des lâches, que nous nous sommes éclipsés pour nous cacher. Non seulement nous détruirons le monde de Brown et de Grierson, mais nous sauverons notre monde par la même occasion. En effet, nous vivons tous sous le coup d'une peine de mort et aucun de ces Tories, aucun de leurs sauvages n'hésitera à nous massacrer dans notre sommeil, comme ils l'ont fait pour John Dooly. Il y a une autre raison pour prendre Augusta : l'entrepôt de fusils, de vêtements, de couteaux, de biens de première nécessité et de rhum ; Brown utilise ces denrées pour payer ses sauvages des agressions qu'ils commettent contre nos femmes et nos enfants.

Je veux vous dire deux choses : premièrement, je ne pourrai pas vous accompagner dans la bataille, mais je peux me tenir sur mon cheval et je serai avec vous. Deuxièmemeent, il ne sera peut-être pas possible de conserver la ville une fois que nous l'aurons prise. Ce que je veux, c'est que Brown et Grieson soient pendus pour leurs actes afin de montrer que la guerre n'est pas terminée. Je veux aussi vous voir heureux des prises que nous ferons dans l'entrepôt. Le colonel Cruger commande désormais la garnison de Ninety Six et il sera à Augusta dans l'espace de quelques jours. Nous quitterons alors Augusta pour savoir s'il est capable de défendre les deux villes au même moment. »

Le colonel Clarke était convaincu de tout ce qu'il avait dit dans son discours ; il était euphorique à l'idée d'enfin éliminer son ennemi. Les miliciens se mirent tout de suite en route sur les 80 kilomètres de sentiers bien connus qui les mèneraient jusqu'à Augusta. Lorsqu'ils arrivèrent à destination, deux heures avant le lever du jour, sans être détectés, Elijah sépara ses forces en trois groupes. Brown et ses 250 hommes furent pris par surprise. La confusion était totale parce que les hommes de Brown n'avaient pas l'habitude de défendre une position fixe et parce qu'ils ne s'attendaient pas à voir une attaque de rebelles qu'ils croyaient dispersés et démoralisés. La milice de Géorgie fut la première à entrer dans le combat : ils rencontrèrent à quatre kilomètres de la ville un campement d'Indiens creek. Les Indiens tirèrent quelques salves, puis se réfugièrent au poste de traite de McKay, où ils savaient que le gros des troupes tories campait.

Lorsque le colonel Brown entendit des coups de feu, il ordonna que les soixante-dix prisonniers américains et l'entrepôt soient mis sous bonne garde et, en compagnie du major Grierson, se dépêcha de gagner le poste de traite. Quand il se rendit compte qu'il avait affaire à une importante force milicienne, il envoya immédiate-ment un messager pour prévenir le colonel Cruger à Ninety Six, bien que la ville fût à 120 kilomètres d'Augusta. Son message n'était toutefois pas alarmiste, car il avait confiance dans l'aide des Creek. Brown et ses hommes furent bientôt encerclés par l'ennemi. Les Rangers étaient des hommes intrépides et courageux et ils furent capables de soutenir l'attaque pendant toute une journée. Le poste de traite était trop petit pour contenir toutes les forces tories. C'est pourquoi Brown ordonna de construire de petites défenses en terre autour du bâtiment. Lorsque la nuit fut tombée, il fit renforcer ces défenses en ajoutant des troncs d'arbres taillés en pic et dirigés contre l'ennemi. Cinquante Creek, armés de mousquets, furent placés derrière ces barricades.

À la mi-journée, les miliciens avaient gagné le centre de la ville, s'étaient débarrassés des gardes et avaient libéré les prisonniers whigs. Ils avaient aussi mis la main sur le contenu de l'entrepôt et y trouvèrent deux petites pièces d'artillerie. Puisque aucun des miliciens ne savait comment se servir de « fusils de fort », les deux canons furent inutiles. Pendant la nuit, les rebelles entourèrent le poste de traite de leurs propres tranchées. Le bâtiment était isolé, loin de toute source d'eau ou d'approvisionnement, et Clarke empêchait la sortie de quiconque en tirant de façon régulière sur le poste et sur les tranchées. Les Indiens furent chassés de leur barricade et les survivants s'empressèrent de ramper jusqu'au poste déjà bondé. La première journée, les pertes furent lourdes des deux côtés. Brown fut touché par une balle qui lui traversa les deux hanches. Les tirs s'espacèrent pendant la nuit, alors que les deux adversaires faisaient le point sur leur situation respective et élaboraient des stratégies. Les Rangers prirent toutes les planches, les couvertures et les matelas qu'ils pouvaient trouver et les installèrent sur les fenêtres, laissant de petites ouvertures pour pouvoir tirer. On dit aux meilleurs tireurs des Rangers d'économiser leurs munitions, mais de tuer tous les Whigs qu'ils pouvaient apercevoir de leur tour d'observation au deuxième étage.

Le lendemain matin, les attaquants se retirèrent pour permettre aux blessés d'être soignés ; ils laissèrent juste assez d'hommes pour maintenir le siège. Les tirs espacés se poursuivirent toute la journée, les deux commandants tentant de faire le moins de pertes possible. Un médecin britannique compétent soigna la plaie de Brown, mais le commandant refusa d'enlever ses bottes jusqu'à ce que ses jambes, trop enflées, le fissent trop souffrir. Bien qu'il fût dans les affres de la douleur et qu'il fût acculé dans un coin, Brown refusa de considérer la reddition et il se prépara à un long siège. Il ordonna à tous les hommes de conserver leur urine dans des pots de grès. Une fois l'urine froide, il supervisa son rationnement et prit même la première gorgée, jugeant le breuvage satisfaisant. Certains hommes émirent le vœu de ne boire que leurs propres mixtures, mais Brown fut intransigeant : ils burent bientôt une tasse pleine tirée d'un pot commun.

Le siège continua. À la fin de la seconde journée, Clarke, entendant les cris des hommes blessés et voyant les piles de cadavres qui avaient été poussés hors du poste pendant la nuit, demanda à Brown de se rendre. Brown refusa et traita Clarke de salaud de traître : il serait tenu pour responsable pour cette attaque illicite utilisant des miliciens que Brown lui-même avait libérés sur parole avec le serment de ne plus se battre. Clarke avait ses propres problèmes. À ce point-ci de la lutte, certains de ses hommes avaient pénétré à l'intérieur de l'entrepôt et avaient commencé à se partager les biens destinés aux Indiens. Ils s'étaient largement imbibés de rhum, pendant que Clarke tentait désespérément de garder les autres hommes à leur poste. Ne sachant pas que Brown était en péril, le colonel Cruger ne s'était pas dépêché pour lui apporter son secours, mais il quitta finalement Ninety Six, laissant assez d'hommes pour garantir sa défense. Il s'approchait maintenant d'Augusta en compagnie de cinq cents hommes, dont cent dragons.

Clarke avait déjà perdu vingt hommes, tués ou blessés. À cela s'ajoutaient encore vingt hommes environ, qui avaient tout simplement déserté en emportant des biens volés. Il ne lui restait que 140 hommes, alors que Brown disposait d'une centaine de Rangers de la Floride, d'une centaine d'Indiens et qu'il pourrait désormais compter sur l'aide du colonel Cruger. Lorsque Clarke le vit approcher, il ordonna de lever le siège. Il libéra sur parole ses prisonniers tories et commença sa retraite, mais un contingent de l'armée de Cruger avait traversé la rivière en amont pour encercler la ville par l'ouest et ce contingent, aidé des Rangers et des Indiens, attaqua la milice de Géorgie. Cruger dit alors : « Qu'on envoie des patrouilles à cheval pour reprendre ces traîtres de rebelles ; qu'ils soient pendus, peu importe où, qu'ils ' pendent aux arbres ' pour leur récompense. Nous pouvons mettre fin à cette rébellion en pendant tous les parjures qui ont profité de notre bienveillance et qui se sont ensuite retournés contre nous ». Trente-trois rebelles de la milice de Géorgie furent capturés, incluant Chesley Bostick.

Brown était incapable de bouger de son grabat où il gisait dans le poste de traite, mais il avait maintenant l'occasion de se venger de ceux qui l'avaient tourmenté cinq années auparavant. Il regarda la liste des prisonniers et sélectionna treize hommes, dont il ne pouvait oublier les noms. Il affirma qu'il suivait les instructions de Cruger et du gouverneur Wright : ces hommes avaient tous été capturés et libérés sur parole ; ils s'étaient parjurés en prenant les armes. Conséquemment, ils étaient condamnés à mort. L'adjudant Baker reçut la liste et l'examina. Il savait que plusieurs de ces hommes n'avaient jamais été capturés et n'avaient donc jamais été libérés sur parole. Il ne fut pas surpris de ce fait, mais il s'étonna de ne pas voir Bostick sur la liste. Lorsque Baker quitta Brown pour aller chercher les condamnés, Brown demanda à parler au chef Sunoma et lui donna un petit morceau de papier plié où il n'y avait qu'un nom d'écrit.

Le chef des Rangers resta couché sur le dos à regarder le plafond sans une parole, sans un changement d'expression, pendant que les condamnés étaient pendus un à un à la balustrade de l'escalier. Lorsqu'il fut informé de l'événement, le gouverneur Wright dit que ces pendaisons « auraient sans doute un bon effet ». Ces hommes se révélèrent cependant les plus chanceux. Les Indiens avaient perdu soixante-dix des leurs. Ils demandèrent la garde des prisonniers. Sunoma livra aux Indiens l'un des hommes blancs, qu'ils torturèrent longuement, tuèrent et scalpèrent.

Une semaine après que le colonel Cruger eut aidé Brown à sauver Augusta, les deux commandants se mirent finalement d'accord sur la formulation du rapport qu'ils enverraient à Lord Cornwallis : ils décrivirent leurs exploits respectifs dans des termes flamboyants et exagérèrent les forces qu'ils avaient dû vaincre. Maintenant que le rapport était terminé et signé, les deux hommes partageaient une bouteille de rhum sur la véranda du poste de traite.

C'était la première fois que Cruger rencontrait le commandant des Rangers et il trouva que ce dernier était l'homme le plus intéressant qu'il eût jamais rencontré. Brown était toujours incapable de marcher sans béquilles à cause de sa blessure aux deux hanches, mais il tenait toutefois à rester informé ; plusieurs hommes, Blancs et Indiens, vinrent lui faire leurs rapports. Cruger avait entendu certaines de leurs discussions et il savait que les hommes de Brown le respectaient profondément. Brown avait des relations particulières avec chacun d'eux, leur demandant toujours où en était leur guérison, s'informant de leur famille dans le sud de la Géorgie ou en Floride et les félicitant pour leur bon travail. Cruger était intéressé de savoir comment Brown arrivait à être si informé sur la région autour d'Augusta. Il semblait connaître le nom de chaque colon, le statut de sa famille, son degré de loyauté envers la Couronne et s'il avait ou non été capturé par les Britanniques et libéré sur parole. Ces derniers colons semblaient mis dans une catégorie particulière : ils étaient automatiquement condamnés à mort si on les trouvait en possession d'une arme ou en train de participer à des actions rebelles, comme ce fut le cas des douze prisonniers que Brown avaient condamnés à la pendaison après la fin du siège. Brown regarda par-dessus son verre de rhum, qu'il buvait minutieusement à petites gorgées, et dit : « Colonel, j'apprécie vraiment la bonne collaboration qui s'est établie entre vos hommes et les miens. C'était particulièrement courtois de votre part de me laisser la direction des opérations pour détruire les rebelles. »

Cruger, qui avait été surpris des bonnes manières et de la distinction de son hôte, répondit : « Ce fut un plaisir d'unir mes forces aux vôtres. Il était tout naturel que vous fussiez en charge des opérations sur ce territoire qui vous est si familier. Comment jugez-vous la loyauté des habitants désormais ? »

Brown était toujours impatient de montrer l'efficacité de ses moyens de renseignement. Il pouvait tout aussi bien faire ce genre de rapport sur la situation autour de Ninety Six, mais il décida de concentrer sa réponse sur la rive géorgienne de la rivière Savannah. Il tira un bout de papier de sa poche, l'examina pendant un bref instant et exposa la situation : « Tout le long de la rivière Savannah du côté de la Géorgie, il y a 564 hommes dont nous gardons la trace depuis quelques années. Deux cent cinquante-cinq de ces hommes sont sous mes ordres ou dans d'autres compagnies loyalistes ; il y en a 42 qui sont prisonniers à Charles Town et 21 qui sont sous les verrous à Savannah ; 49 sont des rebelles sans famille et trop lâches pour se battre pour une cause. Finalement, nous ne savons pas où sont les 57 autres, qui peuvent être morts ou qui ont peut-être quitté le pays. Le reste, 140 hommes, sont sous les ordres de Clarke et doivent être capturés ou tués. La plupart d'entre eux ont des familles, mais il est interdit, selon les ordres de Lord Cornwallis et les miens, de les rudoyer sévèrement. »

Il regarda Cruger qui souriait légèrement, puis reprit : « Bien sûr, nous ne pouvons pas toujours contrôler les Creek et les Cherokee : ils ont parfois des réactions violentes lorsqu'ils rencontrent des gens qui ont tenté de prendre leurs terres. »

— Combien d'hommes de Clarke ont été libérés sur parole par les troupes britanniques ?, demanda le général.

— Seulement une poignée, répondit Brown après quelques hésitations, ont déjà été capturés par les Britanniques ; la plupart de ces hommes ne sont donc pas des parjures. Cependant, j'ai ordonné qu'ils soient traités comme des traîtres à la Couronne. Ils sont tous susceptibles d'être pendus si nous les attrapons. Ils le savent et ne se livreront pas.

Lord Cornwallis fut mécontent de l'attaque d'Augusta, qui avait été élaborée par des hommes qu'il avait lui-même libérés sur parole lors du siège de Charles Town. Même si les rebelles avaient été repoussés et même s'ils avaient souffert d'importantes pertes, ils avaient démontré de façon évidente que son hypothèse sur la fin de la guerre dans le sud était fausse : la guerre n'était pas finie. Le général oublia désormais toute convenance dans ses rapports avec les citoyens de Géorgie et des Carolines. De manière pratique, il permit à ses officiers d'utiliser la tactique qu'il savait que Brown utilisait toujours : la conscription forcée. Il publia ses directives : « Tout milicien qui a porté les armes ou qui a été libéré sur parole et s'est ensuite joint aux forces ennemies sera pendu sur-le-champ. » La neutralité passive n'était donc plus possible pour les colons libérés sur parole : ils devaient collaborer avec les Tories.

CHAPITRE 46

Quatre cents hommes dans la Vallée Watauga

SEPTEMBRE 1780

Elijah Clarke vivait l'un des moments vides de sa vie : ses hommes avaient essuyé une défaite embarrassante et, pour la première fois, leurs ennemis étaient peut-être assez forts et assurés pour pénétrer leur cache. En plus, il était affaibli physiquement, souffrant toujours des plaies infligées par le sabre, dont certaines s'étaient encore infectées.

Après leur retraite rapide hors d'Augusta, Clarke et le noyau dur de ses miliciens se rassemblèrent dans un lieu nommé Dennis Mill, où ils avaient réussi à faire venir leur femme et leurs enfants. Même s'ils furent inquiétés par la récente bataille, les familles accueillirent Elijah comme un sauveur. Il ne savait pas trop quoi faire d'eux : peu d'entre eux avaient une maison et ces dernières seraient fatalement attaquées, soit par les Indiens, soit par les troupes tories. Les Cherokee occupaient le nord ; les Creek, l'ouest de l'autre côté de la rivière Oconee et Brown et ses Rangers partiraient d'Augusta au sud pour attaquer les propriétés des miliciens. La situation était claire : la violence faisait rage dans le nord-est de la Géorgie, les hommes de Brown étaient avides de gains et on ne pouvait pas compter sur les autres forces continentales ni sur les autres milices. Clarke réunit tous ses lieutenants pour discuter de leur situation désespérée. Ils décidèrent de façon unanime d'abandonner leurs propriétés et leurs biens en Géorgie. Clarke envoya quelques hommes sûrs pour visiter les propriétés des familles manquantes, avec le mot d'ordre de les rejoindre immédiatement ; ils ne devaient pas révéler leur destination et ils devaient apporter des tentes, des couvertures et toute la nourriture qu'ils pouvaient transporter, sur leur dos ou sur leurs animaux.

Ethan se porta volontaire pour se rendre à Wrightsborough chercher sa propre femme et toutes les autres qui voudraient venir. Lorsqu'il arriva à Wrightsborough, il se rendit par politesse chez Joseph Maddock, qu'il trouva à sa demeure. Au lieu de l'inviter dans la maison, Maddock rejoignit Ethan devant sa demeure, sous l'ombre d'un énorme magnolia, où plusieurs chaises étaient disposées en demi-cercle.

— C'est ici que je rencontre habituellement nos Amis qui viennent discuter des affaires du village. Dites-moi, Frère Pratt, comment allez-vous ? Je crois savoir que vous avez participé à des combats dans le nord.

— Je vais très bien, répondit Ethan. J'ai eu de la chance, mais j'ai vu beaucoup d'hommes souffrir. Je crois savoir que ce village a été épargné par la guerre.

— Oui, nous avons été chanceux. Plusieurs de nos familles ont déjà déménagé à Savannah, la plupart dans l'espoir de gagner la Pennsylvanie. Seulement la moitié de nos Frères viennent aux réunions hebdomadaires. Les dirigeants britanniques semblent être au courant que notre foi nous interdit tout acte de violence et le gouverneur a ordonné de nous ménager. Votre propriété a été la seule attaquée. Encore une fois, laissez-moi vous exprimer ma peine pour la perte de votre fils. Puis-je vous demander ce qui vous amène à Wrightsborough ?

— Je suis venu rendre visite à ma femme et aux femmes de deux autres miliciens, Mme Hume et Mme Houstown.

— Vous ne rendez pas visite à Mme Morris ?

— Non, seulement aux femmes que les maris m'ont chargé de rencontrer.

Maddock dit à Ethan où les femmes vivaient et lui proposa de l'accompagner, mais Ethan préféra y aller seul. En premier lieu, il alla voir Epsey ; ils se saluèrent d'une brève étreinte.

— Ethan il fait bon de vous, euh de te, voir, dit Epsey d'un sourire gêné. Dis-moi, comment vas-tu ? Qu'est-ce qui t'amène dans le coin ?

— Tu as l'air bien, Epsey. Je vais bien moi aussi. Nous sommes allés dans les Carolines, mais nous sommes revenus au comté de

Wilkes. Je suis venu te voir et voir deux autres femmes pour vous avertir de la situation et pour savoir ce que vous comptez faire. Le colonel Clarke et les autres officiers ont décidé que nous devrions déménager les troupes et nos familles dans la Vallée Watauga, dans les montagnes de l'ouest, et y rester jusqu'à la fin de la guerre. Nous allons réunir tout le groupe et voyager ensemble.

Il fit une pause pour voir sa réaction, mais Epsey attendait visiblement d'entendre l'avis de son mari. Ethan continua : « Richard Hume et Bryan Houstown m'ont demandé de faire le même message à leur femme et de leur recommander qu'elles se joignent avec leurs enfants au groupe. Je les escorterai au retour si elles décident de venir. »

Epsey remarqua qu'Ethan ne l'avait pas incluse dans son discours. Elle attendit encore. Ethan reprit la parole : « Je voudrais que tu viennes avec nous, à moins que tu crois préférable de rester avec les Quakers. »

Depuis la mort de leur fils, Ethan se posait des questions sur les sentiments d'Epsey à son endroit. Son aversion pour la guerre et la violence avait toujours été évidente ; il pouvait comprendre que ces principes n'avaient pu être que renforcés pendant son séjour à Wrightsborough. Il se demandait parfois s'il devait se sentir coupable pour la tragédie de leur famille. Il s'attendait donc à ce qu'elle trouve une bonne raison pour rester auprès des Quakers jusqu'à la fin de la guerre. Il ne lui en voudrait certainement pas.

Elle était en parfaite maîtrise d'elle-même et répondit calmement : « Les Quakers sont des gens bien ; ils sont fortement attachés à la paix. Malgré cela, je préfère partir avec les autres femmes et les enfants. Je peux peut-être leur être utile : ce sera un voyage difficile. »

Ethan lui prit la main et lui dit : « Je te remercie de cette décision ».

Epsey se joignit à Ethan alors qu'il visitait les autres femmes, qui prirent toutes deux la suggestion de leur mari comme un ordre. Ethan passa la nuit à la taverne, et le petit groupe, incluant quatre enfants, se mit en route tôt le lendemain matin pour rejoindre les autres familles. Ils ne firent aucune allusion à Mavis avant d'avoir quitté le village. C'est Epsey qui lui donna des nouvelles : « Mavis s'est bien intégrée ici et se joint souvent aux activités des Quakers. »

Il ne fallut que trois jours pour rassembler quatre mille personnes dans le « Guêpier ». La plupart d'entre elles étaient des enfants. Les chefs de milice les convainquirent que leur situation n'était pas désespérée. Pour se rendre à destination, ils devaient traverser presque quatre cents kilomètres de territoire tory et les montagnes, pour ensuite redescendre dans la Vallée Watauga. Clarke expliqua que cette région de l'ouest de la Caroline du Nord avait été, pendant presque toute la guerre, neutre : il était impossible aux Britanniques et aux Tories d'y pénétrer. Avant de venir en Géorgie, Clarke avait voulu se rendre dans cette vallée avec sa famille. Pour lui, il ne faisait aucun doute que le colonel Isaac Shelby et les hommes par-delà la montagne les accueilleraient à bras ouverts.

Comme Epsey faisait partie du groupe des femmes, Ethan obtint la permission du capitaine Few d'accompagner Clarke. C'était la première fois qu'il était directement sous les ordres du colonel et il se sentit un peu mal à l'aise. Sa tactique se résumait à rester le plus discret possible et à ne pas se faire remarquer par le commandant, ce qui ne fut pas difficile étant donné le grand nombre d'enfants, de femmes et de miliciens qui le suivirent dans sa traversée de la rivière Savannah en direction de l'ouest de la Caroline. Il y avait un nombre réduit de chevaux ; presque toutes les bêtes étaient utilisées pour convoyer la nourriture. Seuls les femmes les plus faibles et les petits enfants étaient autorisés à monter. Les miliciens qui précédaient et suivaient le long défilé étaient aussi à dos de cheval, afin qu'ils puissent avertir rapidement d'un danger et qu'ils puissent repousser toute tentative d'agression. Comme ils avançaient à un pas lent, les chevaux ne furent pas surmenés et leur réserve de paille fut bientôt plus importante que les réserves de nourriture pour les humains.

Brown fut rapidement averti par ses éclaireurs de leur déplacement et de leur traversée de la rivière. Il comprit qu'ils abandonnaient leurs propriétés de Géorgie. Dès lors, Brown fut obsédé par l'idée de leur capture et de leur mort. Cependant, son devoir était de protéger Augusta et de s'occuper des territoires à l'ouest et au sud ; ses hommes étaient d'ailleurs plus intéressés par les biens laissés dans le camp rebelle que par un combat avec les hommes expérimentés de Clarke. Il envoya un message à Lord Cornwallis, l'incitant à demander à ses hommes à l'ouest de la Caroline de trouver et d'anéantir Elijah Clarke et son imposante milice,. Le général ordonna au major Patrick Ferguson de remplir cette mission.

Bien qu'ils fussent poursuivis par les troupes britanniques et par les éclaireurs indiens, les Patriotes et leur famille leur échappèrent en utilisant les sentiers forestiers menant par le nord aux régions montagneuses. Ils y rencontrèrent cependant une tempête hivernale. Le groupe commençait à manquer de nourriture et ils avaient encore les crêtes des montagnes à traverser. Clarke ordonna que tout le maïs restant fut donné aux enfants : les adultes se nourriraient de racines, de glands et de noix, qu'ils pourraient trouver dans la forêt. Comme ils parvenaient à la région montagneuse et qu'ils pataugeaient dans plusieurs centimètres de neige, ils rencontrèrent une petite compagnie commandée par le capitaine Edward Hampton, qui leur procura un peu de nourriture et qui les informa que les milices de Caroline rassemblaient une armée pour attaquer Ferguson.

À cause de ses plaies encore purulentes et parce qu'il était le seul à connaître les chemins qui menaient à la Vallée, Clarke décida de rester avec le groupe. Comme ils n'étaient plus menacés par les troupes britanniques, il décida d'envoyer le capitaine William Candler et trente miliciens par-delà la montagne. Le lieutenant Ethan Pratt se porta immédiatement volontaire pour faire partie des éclaireurs. Ethan s'était bien battu pendant le siège d'Augusta, mais il désirait se confronter aux troupes britanniques régulières. Cela constituerait également, pensait-il, un soulagement de ne plus être sous le commandement direct de Clarke. Après avoir passé plusieurs heures avec les Géorgiens, le capitaine Hampton était impatient de se remettre en route. Ethan demanda donc à un autre milicien d'avertir Epsey de son départ.

Après avoir voyagé pendant onze jours et parcouru quatre cents kilomètres, Clarke mena les femmes et les enfants par-delà les crêtes des montagnes à travers Sam Gap, où ils purent enfin voir la vallée fertile et calme. Epsey et quelques autres femmes demandèrent à s'arrêter pour prier avant de traverser la rivière Nolichucky et d'être accueillies par les familles hôtes. Des cabines et des tentes furent rapidement mises sur pied pour ceux qui ne pouvaient trouver refuge dans les maisons déjà existantes. Ils devaient rester en cet endroit jusqu'à ce que la guerre prenne fin dans le nord de la Géorgie. Les hommes de l'escorte prévirent de rester deux semaines pour construire des logements. Ils décidèrent ensuite de se joindre à la milice par-delà la montagne dans leurs expéditions à l'ouest de la Caroline.

Les colonels Brown et Grierson, qui s'étaient jusque-là légèrement modérés, étaient désormais totalement libres d'affirmer leur domination sur la Géorgie. Le seul territoire échappant à leur loi fut le village quaker de Wrightsborough, encore personnellement protégé par le gouverneur. Puisqu'il était le surintendant aux Affaires indiennes et le commandant militaire incontesté de la région, Brown ordonna de dévaster la campagne, de brûler tous les champs qui n'avaient pas déjà été brûlés sur plus de cent plantations qu'on soupçonnaient appartenir à des hommes ayant participé à l'attaque d'Augusta. Les bâtiments, les terres, les moissons et le bétail furent confisqués et donnés aux Rangers. En cela, il faisait semblant de respecter une décision prise par Cornwallis pour quelques propriétés spécifiques aux alentours de Charles Town. Les Rangers exécutèrent trois miliciens capturés et les Indiens eurent toute liberté pour profaner leur cadavre et pour les scalper.

Fort de l'appui des officiels britanniques du sud-est, Brown se fit construire un autre entrepôt, où il plaça de nombreux cadeaux pour récompenser les Indiens, qui pullulaient désormais à Augusta. Il donna tout l'approvisionnement nécessaire à ses partisans pour qu'ils reconstruisent et remettent en marche leurs nouvelles propriétés. Commandant incontesté de tous les Rangers et de tous les Indiens, il était particulièrement satisfait des développements de son système de communication qui prenait une grande expansion géographique et qui devenait de plus en plus efficace.

CHAPITRE 47

Les hommes par-delà la montagne

SEPTEMBRE 1780

Le lieutenant Ethan Pratt et les autres Géorgiens se regroupèrent autour du capitaine Hampton après un souper au pied d'une montagne de l'ouest de la Caroline. Ils étaient avides d'informations quant à la situation militaire dans les Carolines. Hampton était fier des progrès qu'ils avaient faits dans le recrutement de troupes patriotes.

Ethan posa une question logique : « Qui est le commandant en chef des hommes par-delà la montagne ? »

— Eh bien, répondit Hampton après quelque hésitation, nous avons trois groupes différents et chacun de ces groupes a un commandant, élu par ses hommes.

— Qui sont-ils ?

— Le colonel Shelby, le colonel Sevier et le colonel McDowell. Nous disposons au total de sept cents hommes. Presque tous ces hommes sont ici, sauf ceux que nous avons laissés pour défendre nos familles contre ces maudits Cherokee.

— Et comment s'y prennent-il pour prendre une décision finale ?, poursuivit le lieutenant Pratt.

— Ils ont tous le même but, répondit le capitaine Hampton impatiemment, ce sont de proches amis et ils prennent leurs décisions ensemble. Ils ont, par exemple, décidé que nous prenions la route demain matin tôt pour rejoindre des hommes de la Caroline du Nord et de la Virginie. Ces forces devraient être plus que suffisantes pour donner une bonne correction à Ferguson.

Deux jours plus tard, à un endroit nommé Quaker Meadows, ils rejoignirent le colonel William Campbell, qui était accompagné par quatre cents hommes de Virginie, et le colonel Benjamin Cleveland, en compagnie de trois cent cinquante soldats de la

Caroline du Nord. L'une des premières décisions que les colonels prirent fut de contacter le général continental Horatio Gates pour lui demander d'envoyer un général comme commandant en chef. Sans attendre la réponse, ils se mirent d'accord pour faire le point chaque jour sur les stratégies à adopter. Ils commencèrent à se mettre à la poursuite de Ferguson tard en septembre.

Ferguson, quant à lui, cherchait Elijah Clarke. Il apprit cependant que les Géorgiens étaient arrivés à destination et que les hommes par-delà la montagne avaient rassemblé une grande puissance pour le chasser de l'ouest de la Caroline. Il envoya un message à Lord Cornwallis demandant du renfort et décida de se rapprocher du campement du général à Charlotte. Pour recruter plus de Tories, il fit publier un appel public en Caroline :

> « Si vous ne voulez pas être envahis par une horde de barbares qui, par leur cruauté manifeste et leur mépris de la loi, révèlent leur lâcheté et leur manque de discipline, si vous ne voulez pas être acculés au mur, volés, assassinés et voir vos femmes et filles, dans quatre jours, violées par la lie de l'humanité, en bref, si vous désirez rester en vie et porter fièrement le nom d'homme, prenez les armes dès maintenant et joignez-vous à mon contingent.
>
> Pour que vous sachiez à quoi vous en tenir, je vous informe que les hommes de l'autre côté ont franchi les montagnes. Si vous choisissez de ramper pour toujours devant cette bande de bâtards et de laisser vos femmes vous mépriser et se détourner de vous pour trouver de vrais hommes, dites-le sur-le-champ.
>
> Pat. Ferguson,
> Major du 71e régiment »

Des copies de cet odieux message circulèrent chez les Patriotes. Ceux-ci en furent à la fois choqués et amusés. Ethan et les autres miliciens de Géorgie réalisèrent que l'argument pouvait être pris dans les deux sens : tous les hommes, à ce compte, pouvaient être traités de « barbares » et de « bâtards » et être accusés de maltraiter lâchement les femmes. Pendant que les hommes se moquaient, les colonels s'occupaient de choisir leurs meilleurs cavaliers pour affronter Ferguson.

Deux autres commandants au sud étaient aux prises avec un problème politique de commandement. Les miliciens de la Caroline du Sud avaient déjà élu Thomas Sumter comme commandant en chef et il portait le grade de général de brigade. Quelques semaines plus tard, le gouverneur de la Caroline du Nord, John Rutledge, accorda, pour des raisons politiques, le même grade à James Williams, de qui ses troupes se méfiaient parce qu'il avait par le passé utilisé son pouvoir pour s'enrichir. Il se vantait aussi d'être un héros, ce qui était un mensonge. Lorsque Williams entra en poste, une grande délégation d'officiers se présenta devant le gouverneur à Hillsborough pour l'informer que les hommes refusaient de se mettre sous ce commandement. Rutledge céda sous la pression : Sumter dirigerait l'ensemble des troupes de la Caroline du Sud.

Alors que les forces conjointes de Géorgie et de Caroline cherchaient Ferguson, le général de brigade Williams vint au campement et se présenta comme un officier supérieur. Il décréta que seules les troupes miliciennes de Virginie et de Caroline du Nord avaient comme mission de poursuivre les forces britanniques ; les autres devaient se mettre sous son commandement et attaquer Ninety Six, où, tout le monde le savait, Williams avait des intérêts financiers. Après une vive discussion — on l'accusait de ne penser qu'à son profit et de vouloir éviter le combat —, la plupart des hommes décidèrent de suivre les autres miliciens dans leur recherche de Ferguson. Lorsque Williams se rendit compte que sa force se réduisait à une soixantaine d'hommes, il décida de suivre, lui aussi, les poursuivants de Ferguson. Les colonels se rencontrèrent à Cowpens, à une réunion stratégique où Williams ne fut pas admis ; on l'autorisa cependant à se joindre au reste de l'armée dans une position de chef. Bien qu'ils s'y opposassent farouchement, le capitaine Candler et ses trente miliciens de Géorgie furent placés sous les ordres de Williams. Pour conserver une apparence de structure militaire, le général Williams accorda des promotions à Candler et à Pratt. Comme l'avait suggéré Ethan, les hommes sanctionnèrent cette décision par un vote. Il y avait 910 hommes au total dans l'armée rebelle, dont cinquante à pied. Sans avoir trouvé un vrai commandant en chef, les colonels décidèrent de déléguer à Shelby la coordination de l'armée des 440 hommes par-delà la montagne et des 470 miliciens de Virginie, des Carolines et de Géorgie.

En octobre, Thomas Brown écrivit un rapport pour le gouverneur Tonyn sur les activités rebelles dans les colonies du nord :

« Votre Excellence,

Je suis forcé d'admettre, encore une fois, qu'il ne se passe pas grand-chose dans les colonies du nord. La déception occasionnée par la prise de Newport par l'armée française de 5000 hommes commandés par le général Jean Baptiste de Vimeur fut facilement effacée. En fait, selon mes informations, le général Clinton avait déjà décidé d'abandonner Newport pour être en mesure de défendre New York. Cela permit aussi de donner des renforts aux troupes de Lord Cornwallis. Son Excellence fut satisfait de la débâcle de l'armée du général Horatio Gates à Camden en août ; ce général avait pris Saratoga : ce fut la seule victoire des rebelles dans le nord. J'ai eu des informations selon lesquelles le général Benedict Arnold a décidé de renoncer à défendre la cause perdue des rebelles et à retourner dans son ancienne alliance avec les Britanniques. Si cela s'avère vrai, le Roi disposera de l'un des plus efficaces stratèges militaires.

Je suis sûr que Votre Excellence partage ma fierté : nos actions en Géorgie, dans les deux Carolines et en Virginie sont glorieuses. Si nous pouvons conserver le contrôle de la mer, les rebelles et leurs alliés français ne pourront éviter la défaite.

L'agent du gouverneur soumet
respectueusement ce rapport. »

CHAPITRE 48

Ethan à la montagne King

OCTOBRE 1780

Les rebelles savaient que Ferguson était l'un des meilleurs fusiliers de la force britannique ; il avait fait en sorte que tout le monde sache qu'il était l'inventeur d'une « arme à feu » se chargeant par la culasse, qui était robuste, qui était inaltérable par l'humidité et qui pouvait être chargée rapidement, même en étant couché. Les Américains espéraient ne pas avoir à l'affronter sur la montagne King. Ferguson était un chef déterminé, petit de taille, mais fier et extrêmement confiant en ses forces, à tel point qu'il s'exposait dangereusement et inutilement pendant le combat. C'était un Écossais populaire et charismatique. Il n'avait dès lors aucun problème à recruter des volontaires tories dans les provinces du sud, recrutement dont il avait la charge. Il était décidé à se mesurer à Elijah Clarke et aux autres traîtres, mais il se montra plus prudent lorsqu'il reçut un rapport, inexact d'ailleurs, qui faisait état de trois mille miliciens de la Géorgie, de la Vallée Watauga, de la Virginie et des Carolines. Il décida de se diriger vers Charlotte et de se rapprocher du général Cornwallis, dont il avait demandé l'aide.

Lorsque l'armée de Ferguson gagna le campement de la montagne King, il ordonna à ses hommes de se mettre au repos pendant que son aide, le capitaine Abraham DePeyster, et lui gagnaient le sommet de la montagne. Le sommet était étroit et rocheux et sa forme imitait à peu près celle d'une empreinte. C'était un endroit désert, d'environ deux kilomètres d'est en ouest, entouré de pentes abruptes cachées sous les arbres.

Sans que l'on demande son avis, DePeyster dit : « Selon les cartes, nous venons à peine de dépasser la frontière de la Caroline du Nord et sommes à peu près à 90 kilomètres de Charlotte. Si nous faisons une marche forcée, nous pouvons y être en une journée. »

Ferguson répondit avec un petit sourire : « Nous n'allons pas à Charlotte. Nous resterons au sommet de cette montagne et nous verrons si la racaille rebelle est assez stupide pour monter ces pentes abruptes pour nous attaquer. J'ai reçu tout à l'heure un rapport selon lequel ils ne seraient pas beaucoup plus nombreux que nous. Et je ne dis rien de l'entraînement et du courage qui nous avantagent. Ils ont l'habitude de battre en retraite rapidement lorsqu'ils rencontrent une résistance ; par ailleurs, ils craignent les baïonnettes. Nous avons amplement de vivres pour quatre à cinq jours et j'ai envoyé un message par deux courriers à Lord Cornwallis pour lui demander des renforts, qui devraient nous rejoindre avant que nous ayons besoin d'eux. Ensuite, nous les attaquerons de tous les côtés : notre but sera de détruire tous ces restes de résistance dans le sud. En les attendant, nous nous reposerons et nous préparerons pour cet engagement que j'espère final. »

DePeyster commença à faire des objections, bien qu'il sût que Ferguson était avide de gloire et qu'il ne se replierait pas sous l'aile protectrice de Cornwallis, même si cette position était la plus stratégique. Tous les hommes dans l'armée de l'ouest connaissaient et encourageaient la rivalité qui régnait entre leur commandant et le lieutenant-colonel Banastre Tarleton. Ce dernier avait été victorieux dans des batailles importantes et avait gagné une réputation de grand commandant, mais aussi une réputation de sévérité et de cruauté envers les révolutionnaires. Le capitaine DePeyster commença à organiser le déplacement des troupes sur le sommet de la montagne, où ils établirent rapidement un campement dont l'avantage était la visibilité qu'il donnait sur l'ensemble de la campagne environnante. La première tente montée fut celle du major Ferguson où Virginia Sal, l'une de ses nombreuses maîtresses, le rejoignit aussitôt. Comme d'habitude, ce fait fut, chez les hommes, le sujet de nombreuses blagues scabreuses, mais teintées de respect : ils étaient pour la plupart fiers des exploits de leur chef avec les femmes.

Lorsque DePeyster lui demanda ce qui devait être fait pour le parapet de défense, Ferguson répondit qu'il n'était pas nécessaire. Il croyait en effet qu'ils seraient capables de repousser tout ennemi avant qu'il n'ait atteint la crête. Les hommes pouvaient toujours commencer à ramasser des pierres et des troncs, mais ils devaient attendre la journée suivante pour les disposer. Même s'il considérait que cette construction n'était pas indispensable, il pensa que cela occuperait les hommes pendant le temps libre créé par l'attente de renforts et de la bataille. Il était extrêmement confiant, car leur position était, selon lui, imprenable, et parce qu'elle leur permettait d'avoir une vision panoramique de tous les lieux aux alentours. Il leur suffisait d'attendre les hommes envoyés par le général Cornwallis. Il était évident que Ferguson méprisait ses adversaires.

Le même jour, c'est-à-dire le 7 octobre, les colonels rebelles se demandaient quelle direction prendre. Leurs hommes, exténués, commençaient à devenir difficiles à contrôler ; certains menaçaient même de retourner chez eux pour défendre leur famille. À Cowpens, ils rencontrèrent un riche Tory, le menacèrent de mort et obtinrent finalement son consentement pour tuer toutes ses vaches et pour moissonner un champ entier de maïs, denrées que les hommes consommèrent immédiatement. Heureusement, comme l'armée se dirigeait à l'est vers Charlotte, les hommes arrêtèrent deux autres Tories, qui les informèrent que Ferguson était en route pour rejoindre Cornwallis et le gros de l'armée.

Shelby donna aux captifs un choix clair : soit ils étaient mis à mort sur-le-champ, soit ils les informaient sur les allées et venues de Ferguson. Ils préférèrent la vie et répondirent : « Il est à seulement quelques kilomètres d'ici ; il a probablement déjà gagné la montagne King où il a l'intention d'établir son campement. »

Les Tories, qui semblaient mitigés au sujet de Ferguson comme officier de commandement, expliquèrent aussi que le major voulait se mettre en valeur et qu'il était facile de l'identifier au milieu de ses troupes. Il aimait porter des chemises de chasse multicolores sur sa tunique et donner des ordres après avoir soufflé dans un sifflet d'argent, qu'il portait sur une chaîne autour de son cou. Ils dirent également aux rebelles que les Britanniques étaient au nombre de 1100 ; Ferguson avait harangué ses troupes en disant : « Je serai sur la montagne King. Je serai le roi de la montagne et Dieu lui-même ne pourra m'en déloger. »

Ils ajoutèrent, avec délectation, que Ferguson voyageait avec plusieurs maîtresses. Les colonels apprirent aussi que Ferguson était en réalité un Écossais et qu'il était le seul citoyen britannique sur la montagne. Appelés les Volontaires américains, tous ses hommes étaient des colons restés loyaux envers la Couronne qui rêvaient de se battre contre leurs voisins, qu'ils considéraient comme des traîtres. Cette bataille allait opposer les frères entre eux.

Certains des rebelles connaissaient bien l'emplacement choisi par Ferguson, car en temps de paix, ils y avaient chassé et ils s'y étaient promenés avec leur famille. Ils expliquèrent donc la topographie des lieux aux colonels. Sachant que la montagne King était à moins de 12 kilomètres du lieu où ils se trouvaient, les colonels de Virginie proposèrent d'établir un campement là où ils se trouvaient pour reposer les troupes et pour nourrir les chevaux, mais les chefs des hommes par-delà la montagne exigèrent que l'on avance immédiatement le plus rapidement possible. Ils poussèrent dès lors leurs neuf cents cavaliers sans répit, inquiets du fait que Ferguson puisse réellement rejoindre les forces de Cornwallis. Ils ne possédaient pas de wagons, ni de chariots ni aucune bête pour porter leur matériel : chaque homme transportait avec lui ce dont il avait besoin. À midi, la pluie cessa et la visibilité s'améliora. Lorsqu'ils furent à environ six kilomètres de la montagne King, les colonels furent surpris de constater que la montagne n'était en fait qu'une petite colline, d'une élévation d'une centaine de mètres, entourée d'une forêt fournie, mais dégarnie au sommet. Ils pouvaient voir la forme générale du sommet et certains des miliciens pouvaient décrire le côté opposé, impossible à observer de leur position.

Sans prendre le temps d'élaborer une stratégie complexe, chaque colonel reçut la responsabilité d'une partie de la montagne. Les hommes se mettraient en position, à une certaine distance de la cible, puis ils s'avanceraient ensemble jusqu'au pied de la montagne, en évitant le plus possible d'être repérés par les éclaireurs ennemis. Ils devraient rester absolument silencieux lorsqu'ils seraient à portée de tir et se retiendraient de tirer jusqu'au moment où le colonel Campbell et ses hommes donneraient le signal d'attaque. Ensuite, tout le monde se battrait comme des Indiens, en se cachant derrière les arbres et en avançant tranquillement vers le sommet de la montagne. Comme à l'habitude, leurs cibles premières seraient Ferguson et les officiers tories.

Durant l'après-midi de ce samedi-là, on proposa une dernière fois aux lâches de quitter l'armée. Tous les fusils furent astiqués pour enlever toute l'humidité accumulée pendant les dernières pluies. Les Patriotes placèrent une bande de carton sur leur chapeau pour qu'on puisse les distinguer de l'ennemi, qui mettait généralement une branche de pin sur les siens. Le général Williams et les miliciens de Géorgie eurent la responsabilité du côté nord de la montagne. Ethan conseilla à ses hommes de monter la pente abrupte en restant le plus près possible du sol, de rester cachés le plus longtemps possible et d'attendre les premiers tirs du côté sud de la montagne pour commencer à tirer.

Alors qu'il se déplaçait pour prendre sa position, Ethan était déchiré par des émotions contradictoires. Il gardait toujours en son cœur de la rancœur envers le gouverneur Tryon pour l'exécution injuste de son frère Henry ; il se rappelait aussi douloureusement du meurtre de Kindred et il accusait encore Thomas Brown et ses Rangers du meurtre de son fils. Toutefois, il n'était pas assez idiot pour croire que ces événements étaient représentatifs des actions de tous les officiers britanniques et de tous les dirigeants à Londres. Les morts qu'il pleurait encore étaient injustifiées. La cruauté des Britanniques se comparait cependant à la cruauté des rebelles : la pendaison expéditive des prisonniers britanniques, le massacre des squaws et des enfants au camp de Big Elk. Les Whigs comme les Tories étaient coupables d'horreurs. Il savait, par ailleurs, en se fiant aux conversations qu'il avait entendues, qu'aucun des miliciens qui l'entourait n'était prêt à épargner la vie d'aucun Tory dans la bataille qui allait venir.

Sa vie tranquille de paisible citoyen loyal à la Couronne en Géorgie lui avait procuré des heures de sécurité et de plaisir en compagnie de sa femme ; il n'était d'ailleurs pas non plus particulièrement avide d'« indépendance » ou de « liberté », puisqu'il s'était toujours considéré libre et indépendant. Aucune de ses expériences personnelles ne le prédisposait à s'engager pour une cause ou pour une autre. Seulement, la neutralité était devenue impossible à vivre et il ne doutait pas qu'il avait pris la bonne décision. Il avait offert sa vie pour un avenir incertain, de sorte que son sacrifice était en quelque sorte déjà fait, même s'il n'était pas encore mort. Il sentait que chaque jour de vie était un présent offert.

D'autres pensées traversaient son esprit. Bien qu'il se fût déjà battu dans des escarmouches, Ethan ne savait pas encore quelle serait sa réaction en cas de danger menaçant sa propre vie pendant l'attaque contre les Britanniques. Il avait déjà tiré sur des Tuniques rouges à Cowpens et pendant le bref siège d'Augusta, mais ces confrontations avaient été relativement impersonnelles : il faisait partie d'une troupe de tireurs visant un groupe indistinct d'ennemis. La bataille à venir le mettrait en présence de cibles humaines spécifiques et l'un des deux soldats devrait mourir. Bien que le désir de compenser sa lâcheté d'avoir abandonné Kindred et de montrer son courage dans le danger fût probablement sa raison première pour escalader la montagne, il se défit de toute la culpabilité qu'il pouvait ressentir à tuer un autre être humain en plaçant les Britanniques dans la catégorie des non-humains ne méritant pas la pitié. Il pourrait ainsi appuyer sur la détente sans hésitation et sans remords. De toute façon, il ne pouvait échapper à cette bataille, que tout le monde pressentait sanglante et lourde en victimes pour les deux parties adverses. Le général de brigade Williams, essayant peut-être de redorer son blason, prit la tête de son petit contingent dans la longue montée de la petite colline. Essayant de garder un espace de deux ou trois pas entre lui et ses hommes à droite et à gauche et se déplaçant d'arbre en arbre, Ethan approcha du sommet arrondi de la montagne. Les hommes s'arrêtèrent lorsqu'ils aperçurent la tête des soldats britanniques. Après quelques minutes d'attente, ils entendirent les premiers coups de feu provenant du côté sud. Ethan était étrangement calme lorsqu'il s'avança avec les autres miliciens un peu plus haut sur la pente et se prépara à tirer sur les troupes britanniques à une distance encore honnête. Au début, il n'y eut que peu de répliques : l'effet de surprise était complet. Les tirs britanniques étaient clairsemés et semblaient toujours atteindre les arbres placés plus haut que les miliciens. En rechargeant son arme, caché derrière un arbre, Ethan comprit qu'il y avait peu de danger pour lui et pour ses camarades : les Britanniques concentraient leurs tirs sur le côté sud de la montagne.

Bien que cela ne semblât pas nécessaire, le général Williams se déplaçait constamment et criait des ordres à ses hommes. Il était à moins de vingt pas d'Ethan lorsqu'une balle emporta le haut de sa tête. Les hommes proches de lui retinrent leur premier élan instinctif de vouloir aller lui porter secours, réalisant qu'ils ne pouvaient plus rien pour lui. Comme il était le suivant dans la ligne de commandement, Ethan cria : « Montons encore un peu » et s'élança vers un arbre à quelques distances du sommet de la montagne.

Le major Ferguson, qui était en train de se reposer dans sa tente en compagnie de Miss Sal, fut complètement pris par surprise lorsque l'attaque commença, convaincu qu'il faudrait encore un autre jour pour que les rebelles atteignent la montagne, élaborent une stratégie, disposent leurs troupes et lancent l'attaque. Il comprit assez vite que les remparts de pierres et de troncs construits par ses hommes seraient de peu de secours si les balles venaient de tous les côtés. Il se rappela alors ce qu'il avait dit à ses hommes : le courage et le fer froid des épées et des baïonnettes seraient une défense adéquate contre les lâches qui les attaqueraient. Ses hommes s'accroupissaient derrière les piles de pierres et de bois et il se précipita vers eux pour mener le combat. Il leur cria de répondre par leurs tirs à l'attaque ; ils chargèrent donc à la baïonnette sur le côté sud de la montagne et sur la pente, forçant les miliciens de Virginie à se retirer au pied de la montagne. Deux fois encore, les Volontaires américains de Ferguson repoussèrent en partie leurs assaillants, mais chaque fois le bruit du sifflet d'argent de Ferguson les força à retourner sur la montagne pour défendre le campement contre des tirs provenant d'un autre côté.

Lorsqu'un groupe de Tuniques rouges fut revenu au campement après avoir souffert de lourdes pertes, ils tentèrent de lever le drapeau blanc, mais Ferguson accourut et le déchira. Enfin, les miliciens cachés dans le feuillage épais du côté nord parvinrent au campement britannique. Ethan, dans les parages, vit Ferguson, le groupe des officiers et le reste des hommes assemblés au centre de l'étendue déserte, tentant de construire des défenses en tirant des chariots, des wagons et des tas de troncs et de pierres. Ferguson ne semblait pas avoir peur : il sauta sur son cheval et courut en tous sens pour rallier ses hommes et leur donner des ordres grâce à son sifflet d'argent. Lorsqu'il vit les rebelles sortir de la forêt, il sortit son épée et chargea, suivi d'une douzaine d'autres cavaliers. Ethan voyait parfaitement le commandant britannique, désormais à découvert ; il s'avança alors dans un endroit dégagé, leva son fusil et visa la poitrine de Ferguson.

Ferguson mourut sur le coup. Son pied droit resta pris dans l'étrier et son corps fut tiré par son cheval sur les pierres pendant une certaine distance, puis il tomba sur le sol. Ethan vit les derniers soubresauts du cadavre, alors qu'une autre fusillade commençait.

Le capitaine DePeyster, désormais commandant, comprit que la situation était sans espoir et fit lever le drapeau blanc. Cela eut cependant peu d'effet sur les assaillants, car soit ils ne savaient pas ce que signifiait un drapeau blanc, soit ils voulaient se venger du massacre de leur famille. Ou encore, ils entretenaient une haine trop forte envers les Tories pour être magnanimes dans la victoire ; après tout, ce commandant les avait traités de « barbares », de « lâches », de « bande de bâtards ». DePeyster lança son épée sur le sol et cria au colonel Campbell : « C'est injuste ! ». Campbell, qui commandait désormais les rebelles, conseilla à DePeyster de descendre de cheval et d'ordonner à ses hommes de s'asseoir sur le sol et d'enlever leur chapeau pour indiquer qu'ils se rendaient.

Un groupe d'hommes par-delà la montagne entoura le corps de Ferguson et lui vola son pistolet, son épée, son sifflet d'argent, son chapeau et tous ses habits. Des officiers participèrent même à la violation du corps de cet homme qui, par ses mots durs, avait attisé une haine féroce. Ils apprirent que Ferguson avait deux maîtresses au campement ; l'une fut retrouvée morte dans la tente du commandant, tuée par une balle perdue. Certains se réjouirent de blagues grossières devant le corps de la malheureuse. Puis, on enveloppa son corps ainsi que celui de Ferguson dans une peau de bœuf, face à face, et on les enterra dans une petite tombe. La milice donna sa liberté à l'autre maîtresse et à neuf autres femmes du camp, qui prétendaient être des femmes d'officiers ou de soldats. Les favorites avaient été bien traitées par Ferguson, qui leur faisait chevaucher de belles montures, scellées à l'anglaise, et leur avait fourni des vêtements luxueux pris aux colons.

Les Américains avaient tué 323 Tories, certains de sang-froid après leur capitulation. Ils en avaient également blessé sérieusement 163 et avaient fait prisonniers 698 hommes. Eux-mêmes n'avaient subi que de minces pertes, soit 28 hommes tués et 62 autres blessés. Ethan et ses compatriotes ne furent pas émus du fait que, excepté Ferguson, tous les morts furent des Américains qui supportaient la cause tory. Après avoir fouillé les bois pour débusquer les hommes manquants, les Patriotes quittèrent l'emplacement, laissant aux chiens errants, aux loups et aux vautours les corps des morts britanniques. Le lendemain matin, c'est-à-dire le dimanche, les familles de certains Tories des environs parvinrent au champ de bataille. La scène les horrifia et ils chassèrent les bêtes sauvages en tentant désespérément de retrouver leur mari ou leur fils.

Laissant derrière eux un petit contingent pour enterrer leurs propres morts, les hommes par-delà la montagne et les autres miliciens commencèrent à marcher avec les prisonniers le long de la rivière Broad vers Gilbert Town, ville qui était sur la route pour retourner dans la Vallée Watauga. Une troupe spéciale fut formée pour exécuter les prisonniers trop faibles ou trop malades pour continuer la route. Lorsqu'ils arrivèrent à un champ de pommes de terre sucrées, les rebelles le dépouillèrent de toute sa récolte et mangèrent toutes les pommes de terre crues : ils n'avaient pas mangé depuis trois jours. Il n'y en avait pas assez pour partager avec les prisonniers, mais le soir suivant, ils lancèrent aux Tories du maïs cru et des citrouilles.

Sous la pression des rebelles les plus convaincus, le colonel Campbell ordonna que l'on juge en Cour martiale les prisonniers, ce qui eut lieu six jours après la bataille. Trente-six des accusés furent trouvés coupables de meurtre ou d'autres crimes graves. Sous une pluie battante, dix d'entre eux furent pendus devant Sevier ; les autres furent sauvés par l'intervention des hommes par-delà la montagne qui arrêtèrent les exécutions. L'un des prisonniers sauvés informa les rebelles que Tarleton était à leur poursuite. Les rebelles se dirigèrent donc vers l'ouest jusqu'à ce qu'ils croisent la rivière Catawba, qui à cause des récentes pluies était en crue. Fatigués et inquiets du sort de leur famille, les miliciens de Géorgie et de Caroline du Sud ne désiraient pas s'engager dans une autre bataille ; ils décidèrent donc de retourner dans la Vallée Watauga, tandis que quelques hommes conduiraient les prisonniers en Virginie. Ni Ethan Pratt, ni aucun autre officier ne protesta contre le mauvais traitement infligé aux prisonniers.

La victoire sanglante de la montagne King fut un point tournant pour les Américains dans la guerre révolutionnaire. Lorsque le général Cornwallis apprit l'issue de la bataille, il comprit qu'il n'était pas capable de protéger l'ouest de la Caroline et d'avancer rapidement en Virginie. Il décida de replier ses troupes au sud à Winnsborough et d'établir éventuellement son camp à Ninety Six. Le message qu'il envoya à Londres décrivit les assaillants de Ferguson comme « non pas des soldats, mais des sauvages. »

Ethan Pratt et les autres miliciens de Géorgie accompagnèrent les colonels Sevier et Campbell dans leur retour à la Vallée Watauga, où le colonel Clarke vint à leur rencontre. Sa fragilité apparente, son teint pâle et son bras gauche encore bandé inquiétèrent grandement les Géorgiens. Elijah les rassura en disant qu'il allait très bien et que sa guérison était en bonne voie, mais Aaron Hart, qui se tenait juste derrière lui, secouait tristement la tête. Lorsqu'on leur donna la permission de se disperser, Ethan alla trouver Epsey, qui vivait avec deux autres femmes et trois enfants dans l'une des tentes montées pour désengorger les maisons des familles de la Vallée Watauga.

Epsey fut soulagée de retrouver Ethan et fut d'autant plus heureuse d'apprendre qu'il était sain et sauf, mais elle ne montra aucun intérêt pour les récits de bataille des miliciens.

— Que feras-tu maintenant, Ethan ?

— Je crois que je continuerai à obéir aux ordres, mais je crois aussi que nous resterons quelque temps dans les Carolines. Selon ce que je sais, les Britanniques contrôlent tout en Géorgie.

— Cela veut dire que les familles devront rester ici, je pense.

Ils se dirent au revoir et Ethan retourna vers les autres miliciens pour réintégrer son contingent. Epsey le rappela et il se tourna vers elle : « Ethan, je suis toujours inquiète pour toi, et je prie tous les jours pour que tu ne sois pas tué ou blessé et pour que nous retournions rapidement chez nous. »

Ethan revint sur ses pas, prit les mains d'Epsey dans les siennes et dit : « Epsey, tu me manques. J'ai les mêmes espoirs que toi. »

CHAPITRE 49

Le général Nathanael Greene

Les miliciens de Géorgie se déplacèrent dans l'ouest de la Caroline, apparemment sans but, ne restant pas plus d'une ou deux nuits dans un même endroit. Ils étaient toujours intéressés par les opérations militaires du sud et leurs officiers les tenaient au courant des derniers développements quand ils en étaient informés. Le général Horatio Gates, méprisé par certains pour s'être rapidement enfui à Cadmen, s'était déplacé vers le sud, à Charlotte, où, au début de décembre, il attendit d'être relevé de son commandement. Le colonel Sevier se rendit au quartier général des Continentaux et revint en Caroline du Sud avec des informations à moitié vraies, à moitié déduites sur la situation générale des deux forces.

Il raconta à ses auditeurs que le général Washington connaissaient deux sérieux problèmes : les défections au nord et les batailles dans le sud. Le général avait dû faire face à une vague de défections, qui étaient restées presque impunies et qui commençaient à devenir une habitude pour ces soldats démotivés et à peu près inactifs. Après la mutinerie de certaines milices au New Jersey, Washington décida de créer un exemple de discipline : il organisa pour les meneurs une sorte de loterie où les gagnants fusillaient les perdants.

Selon ce que les hommes du sud pouvaient savoir, les deux forces continuaient dans le nord leur opposition, mais ne se sortaient jamais d'un certain statu quo : les dirigeants britanniques et américains ne semblaient pas avoir de stratégies pour sortir de cette impasse. Il semblait que toute l'action se passait au sud : c'est là qu'étaient nécessaires les meilleurs commandants continentaux. Washington était face à un dilemme : le général Howe s'était rendu dans la bataille de Savannah, le général Lincoln avait capitulé à Charles Town et le général Gates, à cause de la défaite de Camden, avait perdu la Caroline du Sud.

C'était une source de grande fierté pour les miliciens de savoir que leur victoire à la montagne King était le plus bel exploit militaire des derniers mois. Les troupes régulières des Continentaux pouvaient sans doute l'égaler. Sevier disait que la tâche du prochain commandant en chef dans le sud ne serait pas de remporter une importante victoire, mais seulement de garder Cornwallis occupé pour qu'il ne puisse monter vers le nord et rejoindre l'armée de Clinton, qui tenait New York.

Quelques semaines plus tard, les miliciens apprirent que Washington, à la surprise de ses plus proches collaborateurs, s'était intéressé à Nathanael Greene, un Quaker, un ancien forgeron et un marchand du Rhode Island. En 1775, l'assemblée de l'État avait usé de son autorité pour donner à Greene, un simple soldat inexpérimenté à l'époque, le grade de général de brigade. Il était rapidement devenu le préféré de George Washington : les deux chefs et leur femme étaient de proches amis. Pendant les retraites répétées des forces continentales de New York, du New Jersey et de Philadelphie, Greene put apprendre à déplacer rapidement une armée et à sauver ses hommes malgré une défaite. Pendant deux ans, il fut intendant général, s'occupant de transmettre les ordres malgré le chaos et d'approvisionner l'armée continentale. Il demanda ensuite un poste comme officier de terrain et Washington l'approuva, le recommanda même comme commandant de l'armée du sud. Greene, lorsque le Congrès nomma à cette charge Gates, donna sa démission. Au lieu d'accepter la démission de Greene, Washington ordonna au général de trente-huit ans de se rendre à Charlotte pour y remplacer Gates : le Congrès accepta cette décision. Le commandant en chef dit à Greene : « Il faut là-bas créer une armée, qui, pour le moment, n'a pas encore pris forme. »

Lorsque le général Greene entra en poste, il invita tous les chefs de la milice à venir le rencontrer. Ceux-ci furent grandement impressionnés par sa personnalité et comprirent rapidement qu'il avait un défi énorme à relever. La défaite de Gates à Camden avait été désastreuse : beaucoup des survivants avaient déserté pour retourner sur leurs terres. Seuls dix-neuf cavaliers, soixante artilleurs et 1480 soldats d'infanterie étaient disponibles, et moins d'un millier de ceux-ci étaient des Continentaux. Le reste formait une milice peu sûre : ils ne se battaient que lorsqu'ils en avaient envie et la plupart d'entre eux considéraient que le seul intérêt à se battre était la possibilité de piller la campagne. Greene dit aux miliciens que le seul fait encourageant pour cette armée continentale démotivée était la victoire de la montagne King, mais qu'il espérait lui aussi accomplir d'aussi grands exploits.

Les commandants réunis firent un résumé de la situation dans le sud. Les Britanniques tenaient la place forte de Charles Town et avaient établi de nombreux points de surveillance dans les terres pour renforcer leur contrôle de la côte atlantique ; ils prenaient comme bases Savannah et Saint-Augustine. Ils disposaient d'au moins huit mille hommes dans les États du sud, dont 2500 étaient des vétérans sous les ordres de Cornwallis à Winnsboro. Ces hommes étaient capables de former rapidement une force de frappe efficace. Les Britanniques contrôlaient aussi la rivière Santee et ses affluents ainsi que les forts à Ortangeburg, à Ninety Six et à Augusta, mais un nombre important de soldats était nécessaire pour garantir la protection de ces positions.

La guerre dans les autres régions du sud était une partie de cache-cache : on prenait et on perdait des parties de territoire sans grande importance. Les renseignements sur les mouvements des ennemis étaient primordiaux ; par ailleurs, la discrétion était importante pour les plus petites troupes. Plus Cornwallis se déplaçait avec ses troupes vers le nord en s'éloignant de Charles Town, plus la ligne d'approvisionnement devenait longue et vulnérable. Les deux forces devaient d'ailleurs se battre pour des vivres de plus en plus rares. Les denrées étaient de moins en moins disponibles à cause des pillages répétés des fermes par les deux armées : les colons avaient appris à cacher leurs biens et trouvaient vain de faire de nouvelles plantations. Les commandants expliquèrent à Greene que le sentiment d'hostilité s'était accru : des querelles sanglantes naissaient entre voisins et au sein même des familles — père contre fils, frère contre frère. La politique de liberté sur parole (les prisonniers étaient relâchés en échange d'une promesse de neutralité) avait été abandonnée : les chances de survie des uns dépendaient donc du meurtre des autres.

Le général Greene sembla très intéressé de savoir ce qu'il pouvait demander des chefs de milice ; il considérait en effet que leur tactique était la bonne et se proposait de l'adopter. Ses hommes seraient mobiles, camperaient rarement deux nuits au même endroit et ils se déplaceraient à la tombée du jour et pendant la nuit. Greene comprit rapidement qu'il devait s'appuyer sur les milices locales qui, souvent sans qu'on leur en ait donné l'ordre, continuaient à harceler les Tories dans les Carolines et en Géorgie. Tant de déserteurs changeaient facilement de camp que Greene dit : « Nous combattons l'ennemi avec des forces britanniques et ils combattent avec les forces de l'Amérique. » Il décida de rester en amont des rivières où l'eau était assez basse pour permettre une traversée facile et il envoya Daniel Morgan, un général expérimenté, avec une grande partie de l'armée vers le sud pour qu'ils traversent la rivière Broad et se dirigent vers Ninety Six et Augusta. Morgan avait l'ordre de remonter le moral des Whigs, de harceler les Britanniques et de préserver ses propres hommes : c'était la stratégie habituelle de Greene. Le général Francis Sumter boudait parce qu'on avait négligé de le consulter et Morgan décida d'aller de l'avant sans lui. L'hiver de 1780-1781 fut une période noire pour les révolutionnaires.

Ethan Pratt était relativement peu au fait de ces derniers développements, mais il essaya de se renseigner sur les progrès de la révolution et de comprendre son propre rôle dans cette guerre historique. Il était parfois surpris du plaisir qu'il avait à servir dans la milice. Il s'occupait attentivement de sa jument et de ses armes et apprit à les utiliser le mieux possible. Sa vie, relativement physique, semblait pleine grâce au sentiment d'accomplissement qu'il ressentait à remplir au mieux ses fonctions sans avoir à se préoccuper d'une ferme, d'une famille ou de gagner sa vie. La camaraderie chez les hommes était très satisfaisante ; il était lui-même respecté de ses officiers supérieurs et des hommes sous ses ordres. Il y avait des moments de danger, des voyages rapides, des secrets, mais également beaucoup de temps libres.

Clarke, toujours plus ou moins affaibli par ses blessures, était incapable de lever le bras gauche ; il n'y avait pas dès lors de commandement central depuis la bataille de la montagne King. Dans son désir de continuer le combat contre les Britanniques, Ethan s'était porté volontaire pour servir sous les ordres du major James Jackson. Son nouveau commandant n'avait que vingt-deux ans, mais il était ambitieux et savait conserver un sang-froid admirable. Il avait déjà donné de nombreuses preuves de sa conviction patriotique et de son courage lors de l'affaire des barges de riz à Savannah et, plus tard, dans les marais du sud de la Géorgie.

Avec d'autres chefs de la milice de Géorgie, Jackson reçut en janvier 1781 un message du général Daniel Morgan, qui avait établi son campement à Cowpens sur la rivière Pacolet, à environ deux cents kilomètres au nord d'Augusta :

« *Aux réfugiés de Géorgie,*

Messieurs, j'ai entendu parler de votre souffrance, de votre attachement à la cause de la liberté, de votre galanterie et de votre aptitude au combat. J'ai conçu l'idée que vous pourriez sans doute me joindre dans le combat. Jugez de mon étonnement lorsque je compris que vous vous étiez dispersés, sans commandement en chef, et que vous ne participiez plus à l'effort général pour le bien public. Le souvenir de vos exploits passés et l'espoir de nouveaux lauriers devraient vous empêcher d'agir ainsi. Vous vous êtes gagné une réputation étonnante ; pourquoi la mettre en péril pour obtenir des gratifications moins intéressantes ?

Vous devez savoir qu'il vous est impossible, dans l'état présent des choses, de vous défendre ni de nuire sérieusement à l'ennemi. Laissez-moi vous encourager, au nom de votre gloire passée et de votre amour pour votre pays, à vous joindre à moi et à vous mettre sous mes ordres et sous ma discipline. Je ne vous demanderai pas de vous mettre en danger ou de vous soumettre à de trop grandes difficultés, mais de m'épauler dans mon entreprise. S'il s'avérait possible de former des détachements, il me fera plaisir de vous offrir cette tâche, si elle convient mieux à vos désirs. Mais il est absolument nécessaire que vous m'informiez de votre situation et de vos déplacements pour que je puisse les diriger, ainsi nous agirons pour le bien commun. Je suis, messieurs, avec mes sentiments les meilleurs, votre dévoué serviteur, Daniel Morgan. »

Il mit de l'emphase sur la phrase « S'il s'avérait possible de former des détachements, il me fera plaisir de vous offrir cette tâche » et sur le fait que les compagnies auraient une relative indépendance. Les hommes du major Jackson et un bon nombre de Géorgiens répondirent à l'appel et se mirent sous les ordres de Morgan. Les hommes de Jackson et les autres qui avaient de bonnes montures furent placés sous les ordres du cousin du commandant en chef, le colonel William Washington, qui avait été deux fois blessé dans des échauffourées avec les troupes de Banastre Tarleton, mais qui n'avait pas encore connu la victoire. Il était avide de se montrer apte à la bataille.

Les Géorgiens informèrent leur nouveau commandant que Thomas Brown avait recruté 250 nouveaux voyous pour sa milice dans leur État natal, dont une centaine terrorisait les habitants de la campagne près de Ninety Six. C'était une troupe désorganisée et bigarrée avec peu de chevaux, extrêmement brutale avec les familles qu'elle identifiait comme ses cibles. Le colonel Washington se prépara à les trouver et à les attaquer ; des éclaireurs connaissant le pays conduisirent rapidement ses 280 cavaliers au camp des Tories, qui ne se doutaient de rien, près du magasin de Hammond. Washington permit au major Jackson et à ses hommes de participer au massacre de leurs malheureux ennemis. Jackson imposa peu de limites à ses hommes et Ethan se joignit à l'attaque avec ferveur et plaisir. Leurs ennemis étaient considérés comme des hors-la-loi et des criminels, qui ne méritaient même pas d'être traités comme des soldats. Seuls quelques-uns réussirent à s'échapper, les autres furent tués, blessés ou faits prisonniers ; les Patriotes ne subirent aucune perte.

Avec l'influence d'Elijah Clarke, les chefs de la milice de Géorgie demandèrent à Morgan d'envoyer une expédition au sud dans leur État, mais Greene ordonna à Morgan de rester plus près de son armée de telle sorte qu'ils puissent joindre leurs deux forces s'ils devaient faire face à une forte attaque britannique. Pendant ce temps, Cornwallis décida de s'avancer plus au nord et d'entrer en Caroline du nord pour attaquer Greene, mais il ne pouvait pas le faire sans exposer son flanc sud à l'armée de Morgan et aux forces de la milice de la Caroline du Sud. Tarleton croyait tellement en la défaite qu'il ordonna que toutes les femmes quittent le camp. Onze jours de pluie rendirent la traversée des rivières difficile et la communication entre les divers chefs presque impensable. Tarleton risqua, comme à son habitude, la vie de ses hommes et de ses chevaux en leur ordonnant de traverser des rivières en crue pour rejoindre plus vite Morgan. Celui-ci pressentit le danger d'être pris en étau entre Tarleton et Cornwallis. Alors qu'il était encore à Cowpens, il prépara ses troupes à remonter la rivière pour trouver un gué sur la rivière Broad, mais il décida ensuite qu'il était préférable de confronter les troupes de Tarleton après l'arrivée du major Jackson et de ses hommes expérimentés, retour qui devait avoir lieu après la bataille du magasin de Hammond.

Morgan avait lui-même été un milicien et il était parfaitement au fait de leurs forces et de leurs faiblesses. Il savait qu'ils étaient de très bons tireurs, qu'ils rechargeaient rapidement leurs fusils, mais qu'ils refuseraient de se mettre en ligne de bataille devant un contingent de Tuniques rouges armé de baïonnettes. Il plaça ses six cents hommes de la régulière en une ligne de bataille orthodoxe ; il surprit James Jackson et les autres officiers lorsqu'il ordonna à trois cents miliciens de Géorgie et de Caroline de se placer à six cents mètres avant la ligne et lorsqu'il ordonna à cent vingt autres miliciens, pris parmi les meilleurs tireurs, de se placer encore un peu plus à l'avant. Ceux-ci seraient les premiers à se battre contre les dragons de Tarleton. Il donna aux miliciens un seul ordre : « Tirez deux fois sur les officiers et les sergents qui arriveront dans votre ligne de mire ; ensuite, repliez-vous derrière les troupes régulières et restez-là en renfort. » Morgan voulait qu'ils sachent qu'ils ne devraient pas essuyer une charge à la baïonnette.

Le lieutenant Ethan Pratt était dans la seconde ligne de miliciens, sous les ordres de Jackson, en compagnie d'à peu près la moitié de la milice. Les autres miliciens étaient à deux cents mètres en avant d'eux. Tous regardèrent le général Morgan chevaucher jusqu'au devant de la ligne de front en ce froid petit matin du 17 janvier. Il parvint devant la milice qui, la première, essuierait l'attaque des Britanniques. Il cria aux hommes : « Je veux voir lesquels d'entre vous méritent le titre d'hommes courageux, sont-ce les hommes de Caroline ou ceux de la Géorgie ? » Il revint ensuite en arrière pour exhorter les troupes régulières à être à la hauteur de leur réputation.

Tarleton attaqua ; sa cavalerie fit une pause, puis revint temporairement sur ses pas lorsqu'elle rencontra le tir de la première milice. Ensuite, l'infanterie britannique forma une ligne de bataille, s'avança en tirant du mousquet avec peu d'effet. Leur but premier était de faire une charge à la baïonnette, mais leurs espoirs vacillèrent lorsque les tireurs de Géorgie et de Caroline tirèrent leur seconde salve et se retirèrent dans un ordre parfait. Les Britanniques subirent de lourdes pertes, mais ils crurent que les lignes américaines faiblissaient. Ils s'avancèrent donc, mais rencontrèrent la deuxième ligne de miliciens où se trouvait Ethan Pratt. Ils rechargèrent rapidement, tirèrent encore sur les Tuniques rouges mystifiées et se retirèrent. Les hommes de Tarleton chargèrent de façon plus concertée, ce qui permit au colonel Washington de commencer le tir sur leur flanc laissé à découvert. Les Britanniques rompirent leurs rangs et chargèrent, mais les Patriotes les attendaient debout, sans quitter leurs positions, dans une discipline sans faille et très efficace. Les Tuniques rouges gagnèrent la sécurité des bois, alors que certains cavaliers de Tarleton refusaient d'obéir à son ordre d'attaquer. La milice de Géorgie, sous le commandement de James Jackson, se joignit alors à la bataille pour aider les Continentaux à avoir raison d'un groupe héroïque d'Highlanders écossais, qui se battirent jusqu'à la mort.

Les Américains remportèrent une grande victoire : 110 Britanniques furent tués et 702 furent faits prisonniers, ainsi que 60 esclaves noirs. Douze Américains furent tués et soixante autres furent blessés. Cowpens fut une bataille cruciale : Cornwallis y perdit le quart de ses soldats et ce fut la fin du statu quo entre les deux armées. Greene conduisit son armée en Virginie en traversant la rivière Dan, laissant Cornwallis dans les Carolines avec une armée grandement handicapée.

En février 1781, Thomas Brown fit le point sur la situation :

« *Votre Excellence,*

J'aimerais vous informer que le général Nathanael Greene a usé de tous les moyens de sa ruse pour empêcher les efforts que Lord Cornwallis faisait pour détruire l'armée rebelle. Il n'a finalement laissé aucun homme dans le sud de la Virginie. Après un certain nombre de batailles avec les rebelles, qui ont été lourdes de pertes, j'émets l'hypothèse que le nombre d'hommes dont dispose Greene s'élève à 2500, dont 600 sont des miliciens mal équipés ; quant à Lord Cornwallis, il dispose à peu près du même nombre d'hommes, mais deux mille sont des soldats réguliers expérimentés.

Le général rebelle Daniel Morgan a obtenu quelques succès au détriment de nos hommes, mais il s'est maintenant retiré dans sa Virginie natale. L'un de ses aides, qui est maintenant en notre pouvoir, m'informe que le vieil homme se remet actuellement d'une sciatique et d'une crise d'hémorroïdes. Le pays est grandement dévasté et les vivres sont rares pour les deux armées : les soldats se nourrissent de bœufs de trait ou de tout ce qu'ils peuvent trouver. Ce même informateur m'apprend que les milices sont particulièrement touchées par ce dénuement : plusieurs hommes n'ont pas de chaussures et laissent des traces sanglantes sur les sentiers gelés ; ils sont contraints à manger des peaux, des os et des ordures pour rester en vie.

L'armée de Sa Majesté a désormais établi son campement à Hillsborough, en Caroline du Nord, et nos forces sont en sécurité à Charles Town, à Augusta, à Ninety Six et dans les autres forts. Cependant certaines milices rebelles, dont celles de Francis Marion, de Thomas Sumter et d'Andrew Pickens, ravagent la campagne. Les chefs des milices de Géorgie et de Caroline, qui sont à toute fin utile de la racaille, ont demandé à Greene de retourner au sud, mais je crois que la menace rebelle dans cette région a été complètement annihilée.

Ce rapport est respectueusement soumis par l'agent du gouverneur. »

CHAPITRE 50

Les Géorgiens portent le combat
dans leur État natal

Après un séjour de quelques semaines en Virginie, les chefs des milices de Géorgie et de Caroline commençaient à devenir nerveux. Ils finirent par convaincre leur officier supérieur, le général Andrew Pickens, de rencontrer le général Greene et de l'encourager fortement à ne pas abandonner leurs États aux Britanniques. Leur argument le plus fort était que l'armée ennemie était près de l'inanition : ils avaient épuisé les ressources de la campagne environnante. Aidé par un renfort de deux mille hommes, la plupart issus de la milice de Virginie et qui s'étaient joints à l'armée en mars, Greene décida de retourner en Caroline du Nord et de se diriger vers le campement de Cornwallis à Hillsborough. Cornwallis comprit qu'il ne pouvait plus rester inactif et prépara une attaque contre les anciennes troupes de Morgan, qui étaient désormais sous les ordres du colonel Otho Holland Williams, qui représentaient à peu près un tiers de la puissance de Greene.

Il y avait de plus en plus de discordes au sein des troupes continentales régulières ; les miliciens du sud, qui avaient admiré Morgan, trouvaient Williams arrogant, peu sensible à leurs besoins et incapable de flatter leur fierté d'être des volontaires. La bataille était inévitable et Williams réalisa qu'il manquait de soldats d'infanterie ; il ordonna donc aux miliciens de Caroline du Sud et de Géorgie d'envoyer leurs chevaux chez eux. Ils menacèrent aussitôt de donner leur démission et le colonel fut forcé de retirer son ordre. Deux jours après cet événement, pour éviter de se battre contre des troupes britanniques supérieures en nombre, Williams se dépêcha de franchir à gué Reedy Fork Creek avec ses troupes régulières. Il ordonna ensuite aux milices, déjà épuisées, et à certains tireurs de Virginie de couvrir ses arrières lorsque les Britanniques se seraient regroupés pour l'attaque.

Lorsque les troupes de Williams furent en un lieu sûr, le général Andrew Pickens se rendit au quartier général pour informer le général Greene que lui et ses hommes quittaient l'armée pour retourner sur leurs terres, plus au sud. Durant deux mois, ils avaient servi avec loyauté les forces continentales pendant l'une des périodes les plus mouvementées de la guerre. Comme l'armée continentale venait d'accueillir des renforts suffisants qui portaient le nombre d'hommes à 4500, le général Greene approuva leur décision. Il dit à Pickens que les milices de Géorgie et de Caroline pourraient peut-être avoir comme but de reprendre Ninety Six.

Cornwallis avait moins de deux mille hommes dans son armée désormais et tous avaient vécu pendant les dernières six semaines avec de pauvres rations. Néanmoins, les deux armées étaient prêtes pour une confrontation. Greene décida de disposer ses forces à Guilford Courthouse, région qu'il connaissait très bien. Il se rappela la stratégie qu'avait adoptée Morgan à Cowpens et mit les miliciens de la Caroline du Nord sur la ligne de front ; il commanda ensuite à ses troupes régulières dans les deuxième et troisième rangs de tirer sur tous les fuyards. Certains miliciens engagèrent le combat, ne serait-ce que pour tirer une salve, mais les Britanniques s'avancèrent avec force et les miliciens abandonnèrent leurs armes et tous leurs bagages pour fuir. Cornwallis les poursuivit dans les épais fourrés et, lorsque le combat à main nue fut à son paroxysme et que la victoire fut déjà gagnée pour ses hommes, il ordonna de jeter des mitrailles dans la mêlée.

Les Britanniques eurent finalement le dessus. Greene battit en retraite pour préserver le reste de son armée, qui était la seule armée continentale du sud. À Londres, un commentateur déclara : « Lord Cornwallis a construit son armée avec des chaussures et des vivres et s'est construit lui-même grâce à son armée. » L'armée britannique retourna ensuite lentement vers Wilmington et gagna ensuite Charles Town, où elle reçut des vivres et d'autres biens en provenance de bateaux britanniques. Elle se dirigea ensuite, encore une fois, vers la Virginie. Pendant ce temps, Nathanael Greene déplaça presque sans encombres ses troupes vers le sud. Les deux armées se croisèrent à distance, les Continentaux suivant une route plus à l'ouest.

Elijah Clarke reposait sur un matelas dans une petite maison près de la frontière de la Caroline du Nord, son visage était trempé de sueur malgré le froid. Sa femme, Hannah, était assise sur une chaise près du lit et l'observait avec inquiétude. Elle se leva, s'approcha du matelas et ajusta son oreiller.

— Nom de Dieu, femme, laisse-moi en paix, s'exclama-t-il.

— Lige, tu as été très malade, une fièvre de cheval ; nous sommes contents que tu te portes mieux, même si cela ne change rien à ta manière de parler et d'agir.

Il sourit légèrement : « Je crois que je n'ai pas été un très bon patient, mais je ne peux tolérer qu'on fasse attention à moi alors qu'il y a tant à faire. Depuis combien de temps suis-je ici ? »

— Cela fait quelque temps. Nous avons pensé que tu perdrais ton bras. Tu es ici depuis deux semaines maintenant. Ta fièvre s'est calmée, mais ton épaule ne semble pas vouloir guérir : son état est pire qu'au début.

— Eh bien, je serai sur pied dans un jour ou deux, peu importe ce que tu dis.

Hannah comprit que c'était une perte de temps de continuer d'argumenter avec lui ; elle lui donna donc à boire et sortit de la maison. À l'extérieur, elle rencontra Aaron Hart et lui fit part de leur conversation.

— Aaron, il doit prendre du repos.

— Est-il capable de monter à cheval ?

— Non, mais il pourrait voyager en litière si c'était nécessaire.

— Le général Andrew Pickens nous a informés qu'il mettait à la disposition du colonel sa maison en Caroline du Sud, où il y a des serviteurs. Cette maison a l'avantage d'être éloignée des combats. Peut-être pouvons-nous le convaincre de se rendre là-bas.

Hannah réfléchit pendant quelques minutes : « La seule façon dont nous pouvons le convaincre de se rendre là-bas est de présenter la chose comme un service qu'il rendrait au général Pickens en gardant sa maison. Même s'il ne nous croit pas, cela lui donnera un prétexte pour lui-même. »

Il ne leur prit pas plus qu'une semaine pour faire le voyage. Elijah reçut des soins appropriés et prit beaucoup de repos. Pour la première fois, l'infection se résorba et sa blessure commença à guérir.

Lorsque Thomas Brown apprit le lieu où se trouvait Clarke, il appela le major James Dunlap et mit sous ses ordres soixante-quinze dragons expérimentés. Il leur ordonna de se rendre le plus rapidement possible à la plantation de Pickens avec l'ordre de capturer Clarke et de le conduire à Augusta pour qu'il soit exécuté en place publique.

La température était meilleure et Elijah commença à se sentir mieux ; il décida alors de rejoindre ses hommes de l'autre côté de la rivière Savannah avant le dimanche de Pâques. La première information qu'il reçut fut que Dunlap conduisait des opérations de pillage chez les colons qui s'opposaient encore aux Britanniques. Il ne savait cependant pas la destination finale de Dunlap. Après quelques jours en compagnie de ses hommes, Clarke décida de se rendre au quartier général de Pickens pour le remercier de son hospitalité, pour l'informer qu'il était en état de se battre et pour lui demander si les miliciens de Géorgie pouvaient avoir comme mission de poursuivre Dunlap et ses dragons.

Lorsque Clarke arriva, il trouva Pickens fulminant de colère et de découragement. Avant que Clarke ait pu ouvrir la bouche, le général lui cria : « L'enfant de chienne a brûlé ma maison et tout ce que je possédais ! »

Son contremaître lui avait rapporté le matin que Dunlap était venu à la plantation, qu'il avait demandé qu'on lui livre Clarke et qu'il s'était mis en colère lorsqu'on lui avait appris le départ de Clarke. Dunlap ferma les yeux lorsque ses dragons pillèrent la demeure et ordonna ensuite de brûler tout, même les fondations.

Malgré les efforts louables de Pickens pour que Clarke ne se sente pas coupable de cette histoire, les deux hommes savaient que cette attaque était due à l'inimitié personnelle entre Thomas Brown et Elijah Clarke.

Clarke était sûr que Dunlap allait retourner à Augusta pour prévenir Brown de l'échec de sa mission ; il envoya des pisteurs pour surveiller tous les sentiers. Il apprit rapidement que Dunlap et ses hommes campaient à Beattie Mill. Un peu avant le lever du jour, la milice de Clarke entoura le bâtiment du moulin et commença à tirer sur le petit groupe. Vers midi, un drapeau blanc apparut : Dunlap cria que trente-quatre de ses hommes étaient morts et que lui et ses compagnons étaient prêts à se rendre. Lorsqu'ils sortirent du moulin et jetèrent leurs fusils sur le sol, Clarke les fit aligner le long du bâtiment et ordonna leur exécution. Clarke n'était pas encore capable de participer au combat : il dirigea les manœuvres de la selle de son cheval. Tous, les rebelles comme les Loyalistes, le tinrent cependant responsable du massacre. À partir de ce moment-là, l'expression « une parole de Géorgie » devint proverbiale : elle signifiait l'arrêt de mort.

CHAPITRE 51

Une victoire à Augusta

JUIN 1781

Alors que les armées continentale et britannique se déplaçaient vers le nord, les chefs de la milice de Géorgie décidèrent de concentrer leurs actions plus près de leurs propres terres : les miliciens dispersés commencèrent donc à rétablir leurs forts dans la région relativement sécurisée du « Guêpier ». Comme leurs familles étaient en sécurité dans la Vallée Watauga, ils pouvaient défendre plus facilement leur propre pays. Cornwallis avait réquisitionné tous les hommes disponibles pour attaquer Greene ; Elijah Clarke, quant à lui, était convaincu que, s'il réussissait à enrôler assez d'hommes, il serait facile de prendre Augusta. Il envoya James Jackson et Ethan Pratt pour présenter son idée à Greene.

Ils trouvèrent le quartier général de l'armée continentale à environ soixante-dix kilomètres de Charles Town, dans les terres. Ils furent presque immédiatement introduits auprès de Greene, qui avait invité le général Pickens à la réunion. Pickens trouva l'idée de Clarke excellente. Après un moment d'hésitation, Greene donna son accord : une menace à la fois sur Charles Town et sur Augusta mettrait les Anglais devant un dilemme difficile. Greene garderait ses hommes là où il avait déjà établi son camp, mais il envoya Pickens et le lieutenant-colonel « Cheval-rapide Harry » Lee pour aider les Géorgiens ; Lee dirigerait les opérations pour la prise d'Augusta.

Ethan Pratt tenta de cacher sa fébrilité, car il était enthousiaste à l'idée d'attaquer Augusta, qui était défendue par les Rangers de la Floride. Le colonel Thomas Brown était le commandant en chef et le major James Grierson était son adjoint. Ethan et les autres miliciens prirent le ferme engagement de ne laisser aucun des deux chefs militaires en vie ; un petit groupe prit même certaines précautions pour s'assurer que, si Augusta était prise et les deux chefs faits prisonniers, ils ne survivent pas.

Après l'arrivée de Pickens et de Lee au « Guêpier », les officiers et les chefs de la milice se mirent d'accord sur la stratégie à adopter pour prendre Augusta. Pour empêcher les renforts britanniques de venir en aide aux assiégés par le nord de la rivière Savannah, ils prirent en premier le Fort Galphin, à une quinzaine de kilomètres de la ville. Ils mirent ensuite la main sur de grandes réserves de vivres, dont ils manquaient cruellement. Lorsque toutes les routes et tous les sentiers menant à Augusta furent sous leur contrôle, Lee envoya un message à Thomas Brown pour l'informer de l'immense force révolutionnaire qui se dirigeait contre lui et lui demanda sa reddition. Le colonel Brown refusa de répondre au message et même d'en prendre connaissance.

La base de Brown était à Fort Cornwallis, dans le centre d'Augusta. C'était un fort bien défendu : Brown disposait en effet de 250 Rangers, de 250 Creek, de 50 Cherokee et d'environ 200 esclaves. Connaissant les préparatifs faits par les Continentaux, Brown avait demandé des renforts à Savannah et à Ninety Six, mais les milices de Géorgie avaient intercepté les messages.

Le 22 mai, les Américains commencèrent leur offensive en attaquant un avant-poste à un kilomètre en amont de la ville. Ce poste, du nom de son commandant, le major Grierson, était sans importance et les Américains eurent le dessus après une bataille enlevée. Le major Grierson et la plupart de ses hommes réussirent à s'échapper en franchissant un ravin et se réfugièrent à Fort Cornwallis. Quarante-cinq Tories blessés furent faits prisonniers et Lee ne put empêcher les hommes de Clarke de les mettre à mort. Les Américains se dirigèrent ensuite vers Fort Cornwallis. Ils ne possédaient que deux faibles pièces d'artillerie, un vieux canon de cinq livres et un de six livres pris à Grierson, alors que les Britanniques disposaient de huit bons canons. Le major James Jackson et ses hommes abordèrent la ville par le sud, alors que Pickens et Clarke s'avancèrent par le nord-ouest.

Comme il ne pouvait attaquer le fort à partir du sol, Lee décida de construire une tour pour placer le canon de six livres ; de ce promontoire, il serait en effet plus facile de tirer sur les défenseurs ennemis. Un mur carré de billots intercalés, caché derrière des bâtiments, fut rempli de terre et de pierres. Ils construisirent ensuite un autre carré qu'ils placèrent sur le premier et qu'ils remplirent de la même façon. Pendant ce temps, Lee ordonna à ses troupes de creuser des tranchées autour du fort.

Lee demanda encore une fois à Brown de se rendre. Cette fois-ci, Brown daigna répondre au message : ce fut un refus immédiat mais poli, où le colonel s'excusait de ne pas avoir répondu au précédent message, croyant qu'il venait d'Elijah Clarke, pour lequel il n'avait aucun respect. Lee informa Greene de cet échange en mentionnant qu'il était d'accord avec Brown. Selon ses propres mots, Brown était un « officier vigilant, résolu, énergique et intelligent ». Il rappela à Greene le meurtre du major Dunlap et de ses hommes par la milice de Clarke, acte qu'il qualifia de « saccage, d'assassinat, d'action injustifiée ».

Après une semaine de siège, Brown commença des raids nocturnes contre les Américains, mais ils furent sans effets. Enfin, le 2 juin, le canon de six livres fut placé sur le dessus de la tour achevée et commença à bombarder les assiégés.

Brown envoya un Écossais, en prétendant qu'il était un déserteur, pour qu'il gagne la confiance des Américains et qu'il parvienne à brûler la tour. Malheureusement pour lui, Lee se méfia et le fit mettre en prison. Brown fit alors creuser en secret un tunnel sous les maisons entre la tour et le fort : grâce à ce stratagème, il parvint à brûler tous les bâtiments, sauf une maison occupée par les hommes de Lee. Sous celle-ci, il fit placer une charge explosive puissante. Lee envoya un petit contingent pour examiner l'intérieur du bâtiment : il ne comprenait pas pourquoi toutes les autres maisons avaient brûlé et pas celle-là. Lee se méfia et ordonna qu'on n'occupe pas entièrement cette maison, laissant seulement quelques hommes sur place. Cette nuit-là, comme Brown pensait que la maison serait pleine d'Américains, il fit exploser la charge : six hommes seulement périrent. Lee somma Brown de se rendre, ce à quoi Brown répliqua en faisant défiler les prisonniers américains sur le parapet du fort, pour montrer qu'ils seraient tous tués si Lee tentait un assaut. L'un de ces prisonniers, un vieil homme du nom de John Alexander, était le père de James et Samuel, deux capitaines de milices qui avaient comploté pour tuer Brown et Grierson une fois le fort pris.

Brown était cependant dans une impasse : il n'avait pas d'autres solutions que de négocier de bons termes de reddition. Il choisit une jeune et belle femme du nom de Sophronia Cowan, lui confia ses intentions et l'envoya tard dans l'après-midi avec un drapeau de messager ; elle avait l'ordre de ne parler à personne sauf au colonel Lee. À la grande surprise des Rangers et sous les objections virulentes des miliciens de Géorgie, tous les termes furent acceptés tôt le lendemain matin. Le siège durait depuis quatorze jours. Le colonel Lee déclara : « La défense justifiée et distinguée faite par la garnison leur a gagné le droit à tout le respect militaire qu'ils méritent ». Cet accord de paix porta bien vite le nom de « la Paix de Sophronia ».

Selon les termes de l'accord, tous les officiers britanniques seraient envoyés à Savannah, avec leurs Indiens et tous les hommes considérés comme des prisonniers de guerre. Les médecins britanniques et américains soigneraient les blessés des deux camps sans faire de différence. Les défenseurs du fort auraient l'honneur de marcher au rythme des tambours, l'arme à l'épaule. Le faux déserteur écossais devait être traité comme un soldat loyal et non pas exécuté comme un espion. Brown et Grierson obtinrent également un traitement de faveur : ils seraient traités avec respect et bénéficieraient d'une garde armée pour garantir leur sécurité. De même, ni eux ni leurs hommes ne seraient placés sous la garde d'Elijah Clarke.

Alors que Grierson et les autres sortaient du fort et empilaient leurs armes, Brown fut immédiatement conduit au quartier général de Lee ; les deux hommes discutèrent de la bataille et de la mise en œuvre des termes de reddition. Lee informa Brown que Miss Cowan se reposait dans une pièce voisine puisqu'elle était restée éveillée toute la nuit. Durant cette bataille, 33 Américains furent tués, 28 furent blessés, tandis que les Britanniques essuyèrent des pertes deux fois plus importantes. De plus, l'ensemble de leur armée était désormais prisonnière. Les deux hommes commencèrent une longue discussion portant sur la conduite générale de la guerre, sur les batailles passées et sur les circonstances présentes. Lee admira la connaissance qu'avait Brown de tout ce qui se passait en Amérique ; il fut d'ailleurs surpris de constater que Brown entretenait probablement des relations personnelles et secrètes avec le général Nathanael Greene. Avec une certaine fierté, le chef des Rangers décrivit l'étendue de son réseau d'informations, qui couvrait encore la région entre la Nouvelle-Orléans et les Grands Lacs, entre le Canada et la Floride.

Alors qu'ils mettaient fin à leur entretien, un capitaine entra précipitamment dans la pièce et informa Lee que le major Grierson avait été pris, torturé, forcé de signer une longue confession et enfin pendu. Il supposait que les coupables de ce forfait étaient probablement un groupe mené par les frères Alexander, car les deux fils et le père avaient disparu. Lee était furieux et gêné que les termes de reddition ne fussent pas respectés. Par vigilance, Brown fut placé sous bonne garde dans les quartiers personnels de Lee. Le lendemain matin, Brown fut escorté vers Savannah par une troupe d'hommes armés sous les ordres d'un colonel sûr. Ses instructions écrites stipulaient que si Brown subissait quelque dommage, « les lauriers acquis par les armes américaines seraient entachés par le meurtre d'un noble soldat, qui s'en remit à son ennemi sur sa parole ». Lorsque le général Greene apprit la mort de Grierson, il écrivit à Lee : « C'est une injure aux armes des États-Unis et une violation des droits de l'humanité ». Il offrit une récompense de cent guinées à quiconque capturerait les coupables.

Comme la plupart des miliciens méprisaient Grierson et Brown et qu'ils les considéraient comme des ignobles criminels, la récompense ne fut jamais réclamée. Dans les jours suivants, la confession de Grierson parvint à James Jackson. Lee et Pickens refusèrent de la lire et ordonnèrent à Jackson de ne pas divulguer son contenu. On confia la garde des esclaves et des cadeaux destinés aux Indiens à un capitaine rebelle nommé John Burnett ;

on sut plus tard qu'il avait pris la marchandise, avait traversé le Kentucky et l'Ohio, avait suivi le Mississippi jusqu'à Natchez, où il avait tout vendu, puis disparu. Ce fut une autre source de gêne pour les officiers américains.

Peu de temps après, Lee et Pickens reçurent l'ordre de rejoindre Greene à Charles Town ; James Jackson resta à Augusta pour commander les troupes. Les hommes ne furent pas surpris d'apprendre que Sophronia Cowan suivait le colonel Lee. Les Britanniques tenaient désormais Ebenezer, Charles Town, Savannah et la région côtière entre cette ville et la Floride. En l'espace de trois mois, les troupes de Jackson encerclèrent et prirent Ebenezer, sans que l'on subît de grandes pertes dans les deux camps. Les frères Alexander se joignirent bientôt aux troupes de Jackson ; Ethan Pratt et les autres Géorgiens les traitèrent comme des héros.

Brown parvint à Savannah et fut libéré sur parole. Il se rendit aussitôt à Charles Town pour demander un échange contre un officier de rang comparable pour pouvoir continuer à se battre. Il fut également capable de négocier l'échange de l'adjudant Alonzo Baker, qui avait toujours été son plus fidèle confident et conseiller. Alors qu'il se trouvait à Charles Town, il apprit que les messages qu'il avait envoyés à Cruger avaient été interceptés, que plusieurs centaines de Creek étaient à une quarantaine de kilomètres d'Augusta lorsqu'il donna sa reddition et que les Britanniques avaient décidé d'abandonner Ninety Six sans se battre.

Il avait bon moral lorsqu'il retourna à Savannah. Le gouverneur Wright lui dit que l'empereur d'Autriche et l'impératrice de Russie s'étaient proposés comme médiateurs pour mettre un terme à la guerre. Selon le gouverneur, un règlement légal, appelé *uti possidetis*, donnerait la Géorgie, la Caroline du Sud ainsi que la Floride aux Britanniques, si un accord de paix intervenait à Savannah et à Charles Town, encore aux mains des Anglais. Wright avait demandé que les troupes britanniques reprennent Augusta, pour que l'État entier puisse demeurer britannique, mais les stratèges avaient décidé que la possession des ports était suffisante pour garantir que l'ensemble de l'État soit attribué à l'Angleterre. Optimiste, comme à son habitude, Wright disait qu'il y avait 7800 habitants dans l'État, presque tous loyaux envers la Couronne ou pouvant être gagnés à la loyauté. Brown avait une autre vision de la situation, mais il ne contraria pas le gouverneur. Il continua son combat contre les forces rebelles et obtint 10 740 livres pour aider les Rangers.

George Washington était aussi au courant de l'offre de l'Autriche et de la Russie et il ordonna à Greene de monter un semblant de gouvernement pour montrer à Paris que les Britanniques ne possédaient pas l'ensemble de l'État. Le major James Jackson avait impressionné le général Greene. Ce dernier le fit donc nommer colonel et le mit en charge du contingent officiel de l'État de Géorgie. Cette force comprenait les hommes qui s'étaient battus sous les ordres de Greene dans les Carolines, certaines milices et d'autres soldats dont la loyauté était douteuse. Jackson recommanda que l'on nomme Ethan Pratt au grade de capitaine et cela fut fait.

Utilisant la constitution de 1777 comme guide, une élection rapide fut organisée dans les régions contrôlées par les forces américaines, puis les délégués se réunirent à Augusta. La façon dont eurent lieu les élections fit en sorte que les hommes de la frontière détinrent une plus grande influence que l'élite plus cultivée de la côte. Ils firent d'Augusta leur capitale et choisirent comme gouverneur un ancien délégué au Congrès continental, le docteur Nathan Brownson. Elijah Clarke fut élu délégué et fut nommé à un comité chargé de gérer les terres qui avaient été confisquées. Et comme les Creek et les Cherokee étaient toujours sur le sentier de la guerre et supportaient massivement Brown et ses Rangers, Clarke décida qu'il était d'abord nécessaire de défendre les terres à la frontière contre les attaques et qu'il pourrait ensuite se mettre sous les ordres du colonel Jackson ou du général « Anthony le Fou » Wayne, qui venait d'être nommé commandant des forces continentales du sud, après sa victoire à Yorktown.

Sachant que le plus grand danger venait des Indiens creek, le gouverneur Brownson envoya un message à Emistisiguo et aux « Chers amis de la nation creek » pour les informer de la défaite des Britanniques et pour leur demander de ne plus se laisser berner par les mensonges mielleux de Brown visant à prendre les armes contre les Américains. « Nos frères de Virginie ont entendu dire que vous aviez abreuvé vos tomahawks à notre sang. Ils nous font dire qu'ils ont aiguisé leurs épées et nettoyé leurs fusils ; ils n'attendent qu'un mot de nous pour rendre vos femmes veuves et transformer vos villages en fumée. Nous leur avons répondu que nous croyons que la nation creek désire toujours être notre amie et notre sœur et que le sang versé fut l'erreur de jeunes hommes trop entreprenants, trompés par les mensonges de Brown. » Il leur demanda de signer une alliance, mais le lien tissé entre Thomas Brown et les Indiens était trop fort pour qu'il soit dissous par d'étranges messages de Géorgiens qu'ils ne connaissaient pas.

CHAPITRE 52

Ethan et Mavis

AOÛT 1781

À Ebenezer, Ethan Pratt demanda au major Jackson une permission de quitter le camp et de se rendre à Wrightsborough.

« Capitaine Pratt, vous savez que vous pouvez quitter le camp quand vous le désirez, mais j'aimerais savoir quel est le but de votre voyage ? »

— Le chef quaker Joseph Maddock a envoyé un message aux familles résidant dans la Vallée Watauga disant que le gouverneur Wright a protégé les terres des Quakers contre Thomas Brown et les Tuniques rouges. Peu de maisons ont été endommagées ou détruites et il veut que je fasse le point sur les propriétés qui n'appartiennent pas aux Quakers. Je dois l'aviser de ceux qui ne veulent pas conserver leurs terres. Trois autres hommes de cette région sont aussi dans la milice et ils m'ont demandé de les représenter pour qu'ils puissent conserver leurs propriétés. De plus, ma femme m'a fait parvenir deux lettres venant de veuves que je dois transmettre à Maddock.

— Je ne crois pas que votre démarche donnera quelque chose. Le gouverneur a donné la permission à Brown de prendre toutes les propriétés appartenant aux familles de miliciens. Il a d'ailleurs attribué la plupart des terres à ses Rangers. Seule l'issue de la guerre déterminera qui sera propriétaire de ces terres.

— C'est vrai pour la plupart des régions, mais Maddock dit qu'il y a eu un ordre spécial qui a protégé les propriétés à Wrightsborough ; les propriétaires doivent cependant s'adresser à lui s'ils entendent conserver leurs fermes. Je crois que ma propriété est la seule qui fut détruite.

— Je comprends le motif de votre voyage, mais si les Britanniques conservent Savannah et la Géorgie, je crois qu'aucun de nous ne sera plus jamais propriétaire.

— Vous avez probablement raison, Sir, mais je suis le messager de cinq autres personnes et je dois y aller. Je devrais être de retour dans quelques jours, bien avant que nous ne soyons prêts à attaquer Savannah.

Alors qu'il approchait de Wrightsborough en cet après-midi d'août, Ethan se posait des questions sur ses motifs réels pour revenir dans son village. Le fait qu'il voulait conserver sa parcelle de terre le différenciait des autres membres de la milice, qui avaient généralement renoncé à la leur. À ses yeux, l'abandon de leur terre semblait être un signe de découragement. Ce qui le motivait surtout, c'était qu'il ne voulait pas faire don de sa terre aux Quakers, ni à Thomas Brown et à ses Rangers. Il essaya de ne pas penser à Mavis, mais il ne pouvait s'empêcher de se demander si elle était toujours chez les Quakers ou si elle s'était rendue à Savannah pendant la période où les Britanniques avaient été en contrôle de tout l'État. De toute façon, son affaire avec Maddock ne prendrait pas beaucoup de temps et il voulait retourner auprès de son contingent le plus vite possible.

C'était l'une de ses rares visites dans sa ville depuis que la guerre avait commencé. Il fut surpris, lorsqu'il s'approcha des maisons, de l'aspect inchangé des choses. Wrightsborough était une oasis dans cet État qui avait été dévasté par les raids des Whigs et des Tories et des bandes de bandits sans contrôle. Il se proposa de s'arrêter à la seule taverne de l'endroit, d'y passer la nuit, de voir Maddock au matin et de partir immédiatement. Il espérait pouvoir boire un verre de bière et prendre un peu de nourriture, mais lorsqu'il parvint à la taverne et se nomma, l'aubergiste lui tendit une enveloppe en lui disant que la lettre était arrivée pour lui il y a quelques jours.

Ethan regarda l'enveloppe et reconnut immédiatement l'écriture soignée, légèrement penchée vers l'arrière, de Mavis ; il avait en effet eu l'occasion de se la rendre familière en lisant les centaines de pages du journal d'herboriste qu'elle tenait pour

Kindred et elle. Il oublia la bière et le repas, quitta la taverne et s'éloigna pour être seul. Il ouvrit la lettre et déplia l'unique feuillet. Bien que ce fût déjà la nuit, il y avait encore assez de lumière pour lire. Ses mains tremblèrent lorsqu'il lut le message simple de Mavis :

> « *Ethan, le Frère Maddock m'a dit que tu viendrais peut-être à Wrightsborough. Je sais que ta maison a été brûlée, mais Newota m'a dit que les Indiens ont mis un signe sur la maison de Kindred pour la protéger. Je voudrais retourner là-bas pour prendre quelques affaires, dont le rouet que tu m'as fabriqué. J'habite chez les Flemming, mais ils n'ont pas de charrette. Je ne veux pas te déranger, mais j'espère que tu pourras faire le voyage avec moi. Avec toute ma reconnaissance, Mavis.* »

Il essaya de contrôler l'émotion qui montait en lui ; il pensa très fort à Epsey, qui vivait dans la Vallée Watauga avec les femmes et les enfants des autres miliciens. Il était sûr qu'elle approuverait cette aide apportée à leur ancienne voisine. Ethan demanda à l'aubergiste de s'occuper de son cheval, de prévenir Joseph Maddock de son arrivée et de réserver une vieille charrette à deux roues, qu'il utiliserait le lendemain pour se rendre à la propriété.

Le lendemain matin, Ethan se rendit à la maison de Maddock aussi tôt qu'il lui semblait décent et cogna à la porte principale. Il fut ensuite conduit dans une pièce à l'avant de la maison, qui servait visiblement de bureau. Un grand bureau à cylindre était couvert de piles de papiers bien ordonnées et le contenu des petits espaces de rangement était particulièrement bien disposé. Il sembla à Ethan que son hôte s'était enrichi pendant la guerre et que son influence auprès du gouverneur en était accrue. Cette pièce était la plus luxueuse qu'il avait vue dans une maison d'un Quaker. Maddock se montra important, assuré et quelque peu condescendant lorsqu'il fit signe à Ethan de s'asseoir.

— Frère Pratt, je suis heureux de vous voir en pleine forme. Je suppose que vous êtes ici pour répondre aux nombreux messages que j'ai envoyés aux hommes qui possèdent une propriété dans notre région.

Ethan fut soulagé que la conversation en vienne tout de suite aux affaires et il répondit : « Je suis content de pouvoir à nouveau vous rencontrer. Je suis en effet venu en réponse à vos lettres, que plusieurs de mes compagnons de milice ont également reçues. Voici de brèves lettres de trois d'entre eux et une de la veuve Abrams, qui, comme vous pourrez le constater, espère un jour revenir dans la région avec ses enfants. J'aimerais les informer de ce qu'il adviendra de leurs terres. Une autre veuve, qui habite désormais à l'ouest de la Caroline, ne veut conserver aucun titre de propriété dans cette région, comme vous le lirez dans sa lettre.

Maddock fit un signe d'acquiescement, examina les différents papiers et répondit : « Parfait, ces papiers devraient faire l'affaire. Nous avons décidé de préserver les terres de toutes les veuves qui voudraient revenir dans la région. Pourriez-vous transmettre à chacune mes profondes condoléances ? J'ai été personnellement très attristé de la mort de votre fils. Le gouverneur décidera lui-même de l'attribution des terres abandonnées, mais il me demande conseil. Je ne crois pas que je pourrai obtenir des compensations pour ceux qui décident de ne pas revenir. »

Ethan remercia grandement Maddock et se prépara à partir, mais son hôte lui demanda : « Visiterez-vous votre propriété ? »

— Oui, bien que je sache que la maison a été brûlée.

Maddock fit un signe de tête sans rien ajouter et Ethan lui dit au revoir.

À l'écurie où il avait réservé la charrette, Ethan en choisit une avec une suspension basse et des roues rapprochées pour être sûr de passer dans les sentiers étroits. La charrette avait un siège sur le dessus et une caisse assez longue. Il monta ensuite sur la charrette et mena le cheval jusqu'à la maison des Flemming.

Il était encore à une vingtaine de mètres de la maison lorsque la porte s'ouvrit et Mavis sortit en courant, se jeta sur lui, lui prit les mains, planta son regard dans le sien et s'écria : « Ethan, c'est la meilleure chose qui me soit arrivée depuis des années ! Je priais pour que tu viennes. As-tu apporté cette charrette pour moi ? Peut-on réellement aller à la ferme ? Je serais si heureuse de la revoir ! Ethan, pourquoi rougis-tu ? »

Il réalisa que son cœur battait la chamade et que son visage était chaud ; il bredouilla : « Oui, j'ai eu ton message et je voulais voir ma propre ferme : il n'y a donc pas de problèmes, je peux t'amener. »

Il regarda autour de lui pour voir si quelqu'un avait pu assister à leurs retrouvailles, mais il ne vit personne : « Devrais-je parler à Flemming ? »

— Ils sont allés à la salle de réunion, mais je suis restée ici pour t'attendre. Je prends mon bonnet et mon écharpe, et je suis prête.

Cela ne prit pas plus de deux minutes et ils étaient déjà sur la route. Mavis pétillait encore et commença à poser des questions en rafales sur la vie d'Ethan depuis qu'il l'avait quittée, sans attendre ou presque les réponses. Ethan fut étonné de voir combien elle était au courant de la guerre. Il se rappela ensuite que Joseph Maddock était très informé, informations qu'il adorait transmettre aux familles quakers lors de leurs réunions. Il réalisa soudain qu'il parlait lui aussi sans arrêt et qu'il n'avait pas été aussi heureux depuis des années. La charrette suivait les cahots de la route. Il ne mentionna Epsey qu'une fois pour dire qu'elle et les autres femmes se portaient bien chez les habitants par-delà la montagne, mais que trois de leur époux avaient été tués. Dans un commentaire qui semblait d'égale importance, Mavis raconta que Newota était venu la visiter plusieurs fois et qu'ils possédaient un moyen de se transmettre des messages. Il passait le plus clair de son temps avec le chef Emistisiguo, qui communiquait fréquemment avec un Indien nommé Sunoma, qui faisait partie des Rangers.

Ethan rougit de nouveau, cette fois-ci de colère, en se rappelant ce que les Rangers de Thomas Brown avaient fait à son fils, Henry.

En s'approchant de la propriété des Morris, ils pouvaient voir que tous les champs avaient donné cette année de mauvaises herbes, mais que la maison n'avait pas été touchée. Ethan vit un petit paquet de plumes et de fourrure accroché à la porte et en déduisit que là était le signe indien qui avait empêché la destruction de la maison. La conversation abordait maintenant presque exclusivement le sujet de Kindred, mais il n'y avait aucune gêne, aucune morbidité dans leurs propos. Alors qu'ils chargeaient le rouet, l'outillage du foyer qu'Ethan avait fabriqués, quelques cahiers de notes et certains autres objets qu'elle avait laissés derrière elle, Mavis parlait des choses agréables et intéressantes qu'ils avaient faites tous les trois ; elle ne semblait se rappeler que les moments heureux. Ils fermèrent la porte et se dirigèrent vers la charrette. À ce moment-là, Mavis prit la main d'Ethan et le força à s'arrêter. Elle le regarda dans les yeux et lui dit avec une mine grave : « Tu sais qu'il était comme un frère pour moi. »

Il s'était proposé d'aller voir sa propre propriété, mais il décida d'attendre un peu, d'attendre d'être seul. Alors que la charrette rebondissait et dansait sur le sentier, il observa le bord dentelé du bonnet de Mavis, le tissu bon marché, mais propret, de sa robe, ses souliers abîmés, ses longs cils et le profil de son visage. Mavis sentit le regard d'Ethan et se rapprocha de lui. Il fut empli d'un sentiment de tendresse, mais aussi d'une excitation sexuelle, qui leur était révélée par ses pantalons ajustés. Mavis n'était pas d'une nature timide : elle le regarda dans les yeux sans tenter de cacher son propre émoi. Il sembla que les années qu'ils avaient passées à se désirer mutuellement resurgissaient. Ni l'un ni l'autre n'avaient fait l'amour avec une autre personne que leur conjoint et ils ne s'étaient même jamais déclaré leur flamme. Il sembla que l'éclair le frappait lorsqu'elle laissa sa main descendre jusqu'à sa cuisse. Ethan leva les rênes et cria « Whoa » au cheval, plus fort qu'il ne le voulait. Sans dire un mot, il descendit de la charrette, passa de l'autre côté du véhicule et lui tendit les bras. Il sentit à peine son poids alors qu'il la transportait un peu plus loin du sentier. Il trouva un endroit sous un grand pin blanc et la déposa doucement sur un lit profond d'aiguilles. Ce lit était plus mou que leurs matelas de tête de maïs et beaucoup plus grand.

Plus tard, ils retournèrent à la charrette, la main dans la main. Lorsqu'ils revinrent au sentier, le cheval, qu'ils avaient oublié, broutait tranquillement l'herbe. Mavis regarda Ethan et dit : « Je n'oublierai jamais cet endroit. »

— Je m'en souviens dès maintenant, répondit-il avec un sourire en la transportant encore une fois dans la forêt.

CHAPITRE 53

Cornwallis se déplace vers le nord

SEPTEMBRE 1781

Comme l'avait demandé le gouverneur Tonyn, Thomas Brown fit un compte rendu de la situation militaire en septembre 1781 :

« *Votre Excellence*

Je suis extrêmement honoré d'avoir été choisi pour faire un résumé des divers rapports venus des colonies du nord. Si je peux me permettre, je ne ferai que très peu état de la situation dans le sud, que vous connaissez sans doute aussi bien que moi. Je dirai qu'il y eut quelques discussions orageuses entre les commandants pour savoir où l'on devait poster l'armée de Lord Cornwallis qui, bien que souvent victorieuse, est maintenant totalement épuisée. Le général Clinton croit que toutes nos forces devraient être mises ensemble pour affronter l'armée rebelle et l'armée française, qui semblent dirigées désormais par des officiers français. Nous disposons de nombreux hommes à Chesapeake, 5500, qui sont sous les ordres du général Benedict Arnold, général qui nous honore maintenant de ses services ; si les troupes stationnées à New York et en Virginie le rejoignaient, la victoire serait assurée. Comme Charles Town et Savannah sont désormais sûres, Lord Cornwallis préfère se joindre à l'armée d'Arnold et se battre en Virginie. Après s'être battu dans quelques escarmouches avec l'enfant-soldat général Lafayette, il s'est rendu à Williamsburg, mais, selon mes dernières informations, il prévoit se rendre dans la péninsule de Yorktown, où il peut facilement se défendre et être approvisionné par la flotte britannique. Il y a certaines rumeurs qui viennent des Indes orientales selon lesquelles le Comte de Grasse pourrait déplacer sa flotte vers le nord, mais nous avons vu par le passé que la priorité des Français va aux Caraïbes. De toute façon, nous avons une force navale supérieure à New York, qui peut être utilisée si nous en ressentons le besoin.

Il sera intéressant de constater si Washington est effectivement bien préparé, après maintenant trois ans d'inertie : tentera-t-il une attaque au nord, même si la plupart de ses hommes et de ses officiers seront français ? Les Américains préfèrent concentrer leurs actions sur New York et les Français, sur Chesapeake ; ils se demandent tous ce que fera de Grasse avec sa formidable armada. Il semble que, sur terre, les Français aimeraient descendre se battre dans le sud, alors que les Américains préféreraient rester dans un statu quo.

             L'agent du gouverneur soumet
             respectueusement ce rapport. »

Le combat pour la possession de la Géorgie s'intensifiait. Les innocents, effrayés et sans défense, déménageaient dans des régions contrôlées par des troupes militaires. Les Géorgiens fidèles aux Whigs se sentaient plus en sûreté dans les environs d'Augusta tandis que les Tories furent forcés de se grouper à Savannah. Quelques-uns allèrent se réfugier chez les Quakers de Wrightsborough, dont le territoire était encore protégé, malgré un certain mécontentement chez les partisans des deux côtés face à leur neutralité.

Alors qu'il tentait d'encercler Charles Town avec le gros de ses troupes, le général Greene ordonna à James Jackson de recruter de nouveaux hommes parmi les Géorgiens. Il devait ensuite se diriger en aval de la rivière vers Ebenezer pour planifier une nouvelle attaque de Savannah. Jackson disposait de peu d'hommes et manquait cruellement de vivres, alors que le général britannique Alured Clarke pouvait compter sur sept cents miliciens loyalistes, deux cents soldats allemands et une centaine de soldats britanniques, assistés de quatre cents esclaves, dont certains portaient les armes, pour défendre la ville. Brown et ses cinq cents Rangers reçurent l'ordre d'aider à la défense des environs de Savannah, de garder la ville approvisionnée en vivres et de harceler les rebelles chaque fois que cela était possible. Il devint clair que, avec leurs deux forces à l'extérieur de la ville, le combat se déclencherait entre Brown et Jackson. Ethan, déçu de ne pas avoir tué le chef des Rangers à Augusta, trouva que là était l'occasion de parvenir à ses fins.

En novembre 1781, après avoir reçu un message du général Nathanael Greene, le lieutenant-colonel Jackson rassembla ses officiers et encouragea ses chefs à transmettre la nouvelle à leurs hommes. Le capitaine Pratt fut flatté d'avoir la primeur de l'annonce. Regardant souvent le message qu'il tenait à la main, Jackson raconta que la flotte française, sous le commandement de l'amiral de Grasse, était arrivée dans la baie de Chesapeake en septembre, qu'elle avait chassé la flotte britannique hors de New York et avait ensuite débarqué 3500 hommes, qui étaient placés sous les ordres de Lafayette. En l'espace de deux semaines, les forces alliées avaient encerclé Yorktown et la soumettaient à un bombardement intensif. Sans espoir de secours venant de la mer, Cornwallis et ses sept mille hommes, qui faisaient face à une force de seize mille Français et Américains, s'étaient rendus le 19 octobre 1781.

Les troupes géorgiennes se réjouirent bruyamment de la nouvelle, mais Jackson les avertit que les Britanniques tenaient encore New York et qu'ils savaient tous que la guerre faisait toujours rage en Caroline du Sud et en Géorgie, où les Anglais contrôlaient les ports.

Le général Greene estimait que les batailles menées dans le sud par lui et par les autres généraux avaient été décisives dans la défaite de Cornwallis et de l'armée britannique. Il écrivit à un ami : « Nous avons secoué tous les buissons des Carolines et de Géorgie et le général Washington est venu seulement pour attraper l'oiseau. » Le commandant en chef envoya un message à son commandant quaker en Caroline du Sud : « Le général Washington désire non seulement offrir ses meilleures salutations au général Greene, mais aussi, par souci d'équité et de justice, le voir couronné des lauriers qu'il a si vaillamment gagnés. »

Thomas Brown se sentit obligé d'expliquer la défaite de Yorktown et envoya ce rapport au gouverneur Tonyn :

« *Votre Excellence,*

Les rebelles tentent de présenter les événements de Yorktown comme une victoire décisive de l'armée rebelle. C'est un mensonge, comme tout analyste clairvoyant s'en rendra compte. C'est une petite défaite de l'une de nos armées, mais cette défaite n'est pas à mettre au compte des rebelles. Après que ses troupes eurent complètement dominé les leurs dans les Carolines, le général Cornwallis décida de terminer sa suite ininterrompue de victoires en se rendant à son camp d'hiver sur la péninsule de Yorktown. Cette péninsule pouvait être bien défendue et son armée pouvait être protégée du côté de la mer par la flotte britannique. Bien que Washington préférât une attaque contre New York, Rochambeau voulut attaquer Lord Cornwallis. Malheureusement pour Son Excellence, le Comte de Grasse décida d'abandonner son action dans les Caraïbes, se mit d'accord avec Rochambeau et déplaça toute sa flotte (au moins deux douzaines de navires) vers la baie de Chesapeake.

Au début de septembre, il y eut une bataille navale et l'amiral Thomas Graves décida de retourner avec notre flotte à New York pour faire réparer les bateaux endommagés, ce qui laissa Lord Cornwallis sans la protection nécessaire. Une force terrestre, d'une ampleur inimaginable, composée principalement de Français, et bien outillée en matériel de guerre, établit le siège et les Britanniques, peu nombreux, durent se rendre. Cependant, le général Clinton tient encore fermement New York et il est évident que les bateaux français vont bientôt quitter la région et que notre force navale pourra reprendre le contrôle sur la région côtière qui va d'Halifax jusqu'à Pensacola.

J'ai obéi à vos ordres et envoyé un grand nombre de Rangers indiens pour attaquer les Espagnols à Pensacola, qui commencent à souffrir cruellement de notre blocus naval.

L'agent du gouverneur soumet

respectueusement ce rapport. »

Toutefois, l'analyse que fit Brown devant l'adjudant Alonzo Baker fut sensiblement différente : « La perte de l'armée de Cornwallis est plus une défaite politique que militaire. Bien que le roi George réitère que cela ne changerait rien à son action dans la guerre, le premier ministre North et les autres souffrent grandement de l'élargissement du conflit à la France et à l'Espagne. On doit admirer George Washington parce qu'il a réussi à faire survivre l'armée continentale ; ses liens avec les Français se sont révélés plus fructueux que prévu. Londres s'est déjà mise à la table de négociation avec ses adversaires de Paris : le contrôle du Canada, ✗ de la Floride, de Gibraltar et de l'ouest de l'Amérique est en jeu. Nous nous battrons pour conserver les ports et nous tenterons d'échanger New York contre Charles Town et Savannah : c'est la seule solution si nous voulons conserver les deux États. »

Pour les hommes sur le terrain dans le sud, qu'ils fussent britanniques ou américains, peu de choses avaient changé après Yorktown.

CHAPITRE 54

Mavis se dirige vers le nord

SEPTEMBRE 1781

Mavis se tenait à la fenêtre lorsqu'elle vit Newota venir vers la maison des Flemming, chevauchant sans selle et tirant un poney derrière lui. Il faisait un temps clair et frisquet, et le paysage était éclairé par un quartier de lune pâle. Elle s'était mise à son poste d'observation juste après minuit et il restait probablement encore une bonne heure avant le lever du jour. Habillée chaudement, elle prit un petit paquet, se faufila par la porte et rejoignit le jeune Indien. Sans un mot, il prit le petit paquet et l'aida à grimper sur le pinto. Il portait une large cape multicolore autour des épaules, mais elle pouvait toujours voir ses jambes nues. Elle pensa un instant à Kindred et à son désir d'être aussi peu sensible au froid de l'hiver que Newota.

Elle avait été déchirée par un dilemme depuis qu'elle se savait enceinte. Quand elle l'apprit, elle fut d'abord remplie de joie à l'idée de porter l'enfant d'Ethan, mais elle fut ensuite apeurée de la réaction possible des Quakers devant une femme manifestement coupable d'adultère. La punition la plus bénigne aurait été l'humiliation publique du pilori sur la place. Elle avait eu connaissance d'autres cas où les femmes avaient été fouettées ou alors plongées dans l'eau jusqu'à ce qu'elles perdent connaissance. Ces mauvais traitements entraînaient souvent un accouchement prématuré ; ces morts étaient considérées comme un juste tribut payé au Seigneur. Elle n'avait pas d'amis pour lui venir en aide ; elle se souvint alors de Newota : peut-être pourrait-il l'amener dans son village pour qu'elle y accouche.

— Je vous suis reconnaissante d'être venu.

— Je suis heureux de pouvoir vous rendre service. Je dois cependant savoir où vous désirez aller.

Avec sa franchise naturelle, elle répondit : « Newota, bien que je ne sois pas mariée, je vais avoir un enfant, dans à peu près cinq mois. Je ne peux pas rester chez les Quakers. J'ai besoin d'un endroit sûr où je pourrai rester jusqu'à l'accouchement. »

— Vous seriez la bienvenue dans ma nation, mais le village a été détruit : nous sommes obligés de nous déplacer constamment pour éviter les raids. Ma mère a été tuée et moi-même je dois rester avec le chef Emistisiguo, qui voyage aussi tout le temps. Je pourrais vous mener à Savannah, mais il y a des menaces de siège. Saint-Augustine est une autre solution. Prenez votre décision et j'obéirai.

Mavis réfléchissait à ce choix depuis trois à quatre semaines déjà et elle était arrivée à la conclusion qu'aller dans le village de Newota était la meilleure solution. La route jusqu'à Saint-Augustine était longue et la ville était sous domination britannique. Elle n'y connaissait personne, mais la stabilité du lieu pouvait être un avantage étant donné les circonstances. Puis, sans presque y penser, elle demanda : « Connaissez-vous la Vallée Watauga ? »

— Oui, je suis allé porter des messages à des chefs indiens dans cette région plusieurs fois.

Elle descendit de cheval et fit quelques pas sur le sentier. Elle préférait être du côté américain et savait qu'elle serait bien accueillie, même si certaines femmes pourraient se douter que son enfant était un bâtard. Elle ne serait cependant pas humiliée physiquement et elle se sentait capable de faire face au discrédit. Lorsque la guerre serait terminée, elle pourrait trouver un endroit où demeurer. Elle pourrait peut-être vivre de son talent d'artiste et d'écrivaine ayant une bonne connaissance de la biologie. Elle pourrait toujours travailler comme bonne. De toute façon, son enfant pourrait mener une bonne vie.

Elle revint près de Newota : « Je veux aller dans cette vallée. »

Il fit un signe de la tête et fit prendre aux poneys la route du nord à l'embranchement.

Après avoir dirigé des troupes de Pennsylvanie à Yorktown, le général de brigade « Anthony le Fou » Wayne fut nommé commandant continental de l'armée de Géorgie en 1782. Dès lors, toutes les troupes régulières et la moitié des milices lui obéissaient. Cette promotion ne voulait rien dire parce que l'engagement de la plupart des hommes de Caroline du Sud sous ses ordres se terminait dans les deux prochaines semaines. Par ailleurs, Elijah Clarke et ses hommes n'étaient pas présents, car ils étaient encore en raids contre les Indiens. Clarke disposait désormais d'une force importante et il avait détruit la plupart des villages cherokee à l'est des Appalaches. Wayne occupa la plupart de son temps à rattraper les déserteurs, à armer des esclaves et à enrôler tous les Tories qui voulaient bien changer de camp. Il fit des efforts spéciaux pour encourager les mercenaires allemands à déserter les rangs britanniques ; quelques-uns répondirent à son appel et reçurent la récompense importante de deux guinées. Malgré tous ses efforts, Wayne ne disposait que de 130 hommes ; ils se limitaient donc à intercepter les Indiens et les autres Tories qui tentaient d'approvisionner Savannah.

Il écrivit : « L'action que nous avons menée en Géorgie se révèle plus difficile que les travaux imposés aux enfants d'Israël. Ils devaient faire des briques sans paille, mais nous, nous devons trouver des provisions, du fourrage et toutes les autres choses nécessaires à la guerre sans argent, nous devons construire des bateaux, des ponts, etc. sans matériel, sauf les quelques souches d'arbres que nous trouvons, et, ce qui est encore plus difficile, nous devons transformer des Tories en Whigs. Toutefois, nous sommes parvenus à chasser l'ennemi de notre territoire. Il ne reste que Savannah aux mains des Anglais, mais il est impossible de prendre la ville sans l'apport de nouvelles troupes. »

Les Creek tentaient de survivre en restant les alliés des Britanniques. Un petit groupe de ces Indiens qui se rendait à Savannah fut intercepté par un contingent américain sous les ordres du major John Habersham. Il prétendit qu'il faisait partie des Rangers et, par cette ruse, put les faire prisonniers. Il attacha leur chef à un arbre et le découpa lentement pièce par pièce. Il relâcha ensuite les autres et leur ordonna de se diriger vers l'ouest pour faire courir le bruit que Savannah était inaccessible, mais les

Indiens ne furent pas impressionnés. Quelques semaines plus tard, le chef Emistisiguo et trois cents Creek, après une marche de 700 kilomètres, attaquèrent le général Wayne et ses hommes. La bataille fut sans vainqueur, mais le chef et dix-sept de ses hommes trouvèrent la mort, alors que douze Indiens furent capturés. Quelques survivants retournèrent dans leur patrie, mais la plupart des autres, Newota y compris, se dirigèrent vers Savannah.

Le général Wayne mit les prisonniers sous la garde d'éclaireurs cherokee et, le lendemain matin, il apprit que dix des prisonniers avaient lentement été tués et deux avaient été relâchés. Ces deux derniers devaient leur liberté aux informations qu'ils avaient données : un rendez-vous était prévu entre les Indiens, Thomas Brown et quelques Rangers à un gué de la rivière Ogeechee, une heure après l'aube dans deux jours. Wayne envoya immédiatement chercher le colonel Jackson, lui donna l'information et lui commanda de capturer Brown.

« Selon notre informateur, il n'aura qu'une douzaine d'hommes avec lui, mais je veux que vous en ameniez trois fois plus. Il s'approchera de la rivière par l'ouest et s'inquiétera lorsqu'il ne verra pas les Creek. Vous devrez le prendre par surprise et montrer aux Rangers dès le début de l'engagement qu'ils sont encerclés par une force supérieure. »

— Général, j'ai sous mes ordres un capitaine Pratt qui connaît bien les lieux, puisqu'il a une propriété dans cette région.

— Je préférerais que vous capturiez Brown, mais s'il met vos hommes en danger, vous pourrez agir comme bon il vous plaira.

Ethan fut empli d'excitation lorsque le colonel Jackson expliqua à ses troupes ce que l'on attendait d'eux. Il assura à Jackson qu'il connaissait parfaitement le gué en question et dessina sur le champ un plan du sentier que les Rangers utiliseraient probablement pour s'y rendre. Il se rappela avoir été celui qui avait tiré dans la poitrine de Patrick Ferguson et il espéra qu'il serait l'heureux homme qui mettrait fin à la vie de cet être misérable, qui fut le dernier à voir son petit garçon en vie.

Il fut déçu lorsque Jackson avertit : « Le général Wayne veut que les Rangers soient faits prisonniers, si possible. Nous avons besoin d'eux pour qu'ils nous donnent des renseignements sur la défense de Savannah ; Brown peut aussi devenir une très bonne monnaie d'échange. Nous les encerclerons et nous montrerons l'ensemble de notre force à mon signal pour qu'ils prennent conscience que toute résistance relèverait du suicide. »

Ethan émit une objection : « Sir, ces gens n'ont jamais montré aucune pitié lorsqu'ils étaient en présence de victimes innocentes. Je vous conjure de laisser nos hommes se venger. »

— Je sais que vous et vos hommes avez les mêmes sentiments pour Brown que ceux que vous aviez pour Grierson. Nous pourrons les tuer s'ils ne se rendent pas.

Ethan et les autres acquiescèrent, puis il ajouta : « Brown et ses Rangers sont des hommes des bois expérimentés et ils détecteront rapidement le danger. Lorsque nous nous déploierons, je veux que l'endroit soit net, pas de traces sur le sentier qui pourraient révéler notre présence. »

Les Rangers furent à l'heure au rendez-vous. Le colonel Brown était à la tête de huit hommes, dont cinq étaient des Indiens.

Jackson cria : « Halte ! Vous êtes encerclés et trente fusils sont braqués sur vous ».

Comme il avait été convenu, tous les Géorgiens sortirent des fourrés, mais ils prirent soin de garder leurs corps à couvert derrière un arbre ou un autre moyen de protection. Brown regarda rapidement autour de lui, comprit que la moitié des fusils le visait, donna un ordre à voix basse et leva les mains.

Cela ne prit pas dix minutes pour que tous les Rangers fussent désarmés. Les miliciens attachèrent leurs mains derrière leur dos et les placèrent tous au centre de leur cercle, gardant leurs fusils levés, méfiants et vigilants. Jackson retint ses hommes avec difficulté. Brown regardait calmement autour de lui, le visage impassible, ne s'attendant à aucune pitié.

Le colonel Jackson s'adressa à lui : « Vous n'avez pas le droit de porter des armes : vous avez été libéré sur parole à Augusta. »

— J'ai respecté la promesse faite au colonel Lee et au général Pickens. Je suis allé de Savannah à Charles Town, où j'ai été échangé contre le général de brigade Felix Thompson, qui avait été capturé à Guilford Courthouse. J'ai les papiers officiels avec moi dans mon sac de selle si vous voulez les voir.

Jackson discuta un bref moment avec Ethan et les autres officiers, puis demanda à Brown : « Comment expliquez-vous vos crimes contre des innocentes femmes et contre des enfants lors de vos raids contre des familles de colons ? »

— Colonel, vous savez qu'il y a eu des actes de violence condamnables commis par les deux armées pendant la guerre. J'ai seulement tenté d'obéir aux ordres que m'avaient donnés mes supérieurs qui, la plupart du temps, furent approuvés par le Roi et le Parlement.

Incapable de se retenir plus longtemps, Ethan s'avança, regarda Brown dans les yeux et demanda : « Est-ce que ces instructions vous autorisaient à attaquer une maison à Wrightsborough, à brûler tous les bâtiments et à tuer sauvagement un petit garçon ? »

— Je n'ai jamais donné d'ordre ou mon accord pour aucune opération à l'intérieur des limites du territoire quaker.

Ethan se pencha en arrière comme pour prendre son élan et frapper Brown, mais il se retint et dit : « Vous êtes un menteur effronté, vous méritez de mourir ».

Brown perdit de façon momentanée sa belle prestance ; il rougit et se débattit en vain dans ses liens : « J'ai dit la vérité. Vous pouvez faire de nous ce que vous voulez ».

Après quelques hésitations, Jackson s'adressa à Ethan : « Je crois me rappeler que Grierson parlait d'une ferme à Wrightsborough dans sa confession », puis se tournant vers Brown, il l'interrogea : « Saviez-vous que Grierson avait commis ce crime ? »

— Le colonel Lee m'a dit que le major Grierson avait signé une confession écrite, soutirée par la torture, avant d'être lâchement exécuté alors qu'il était un prisonnier sans défense. Je n'ai pas vu cette confession, mais je peux affirmer que nos hommes avaient l'ordre strict des commandants militaires ainsi que du gouverneur James Wright de ne pas violer l'immunité du territoire quaker. Je dirai seulement que je n'ai personnellement jamais outrepassé cette consigne ou autorisé l'un de mes subordonnés à la violer.

Ethan regarda Brown, qui soutint son regard sans vaciller. Convaincu que l'homme disait la vérité, Ethan haussa les épaules et se détourna, enragé, mais aussi soulagé : il venait de se débarrasser de sa haine contre le commandant des Rangers et de l'obligation qu'il s'était donné de le mettre à mort.

Tout en restant vigilants, le colonel Jackson et ses hommes escortèrent les Rangers jusqu'au quartier général de Géorgie, où Brown fut conduit, fusil dans le dos, auprès du général Wayne.

Si l'on excluait le bref échange qui eut lieu sur le bord de la rivière, Brown n'avait pas dit un mot depuis qu'il était prisonnier : il semblait totalement maîtrisé. En réalité, il pensait au moyen de sauver sa vie et de rendre plus reluisante la situation désespérée des Britanniques à Savannah. Il était au fait des décisions récentes prises à Londres : le Parlement avait décidé d'arrêter de financer la guerre contre les Américains. Il savait, par ailleurs, que le nouveau commandant en chef britannique, Sir Guy Carleton, avait reçu l'ordre secret d'abandonner Savannah et Charles Town. Il pouvait seulement espérer que les rebelles ne connaissaient pas ces décisions stratégiques.

Utilisant toute sa force de persuasion, Brown fit un rapport exagéré des défenses de Savannah. Il affirma en effet que les Américains l'emporteraient, mais seulement après un long siège et il convainquit le général Wayne de le relâcher sur parole près de la ville pour qu'il puisse aider à la reddition. De retour auprès du gouverneur James Wright et du colonel Alured Clarke, il fit un compte rendu de ce qui lui était arrivé et informa les officiers britanniques de l'idée qu'avaient les Américains qu'il faudrait un long et dur siège pour faire tomber la ville. Les rebelles ne savaient pas que les forces britanniques avaient décidé d'abandonner Savannah. Ils élaborèrent ensemble des conditions de reddition généreuses pour se protéger et pour protéger les Loyalistes. Brown les livra à Wayne et à d'autres dirigeants politiques assemblés à leur quartier général. Pensant qu'ils avaient gagné une grande victoire et qu'ils pourraient récolter de la gloire sans perdre d'autres hommes, les chefs géorgiens acceptèrent ces conditions de reddition extrêmement généreuses. En plus de leur volonté de mettre fin au conflit, ces dirigeants savaient que tous les marchands, tous les financiers et toute l'ensemble de la richesse de Géorgie se trouvaient à Savannah. Ils avaient donc bon espoir que ces conditions généreuses inciteraient les Tories à rester à Savannah et à être loyaux envers leur nouveau pays.

Les marchands qui décidèrent de quitter la ville bénéficièrent d'un délai de six mois pour faire leur inventaire. Les Géorgiens furent cependant déçus de voir 3100 Blancs et 3500 Noirs quitter la ville ; la plupart gagnèrent Jamaica ou Saint-Augustine. Parmi eux, se trouvaient les esclaves du gouverneur‑Wright et de plusieurs importants propriétaires terriens. Le colonel James Jackson et ses hommes acceptèrent la reddition de la ville en juillet 1782 : les troupes britanniques se dirigèrent alors vers Charles Town ou New York.

CHAPITRE 55

Enfin en sûreté

DÉCEMBRE 1782

Laissant seulement une force de deux cents hommes sous les ordres du colonel Jackson pour défendre la Géorgie, le général Greene ordonna à Wayne et à toutes ses troupes régulières de venir le rejoindre à Charles Town, où les Américains entrèrent enfin dans la ville en décembre 1782, quatorze mois après la reddition de Cornwallis à Yorktown.

Thomas Brown, bien qu'il se pliât aux ordres de Londres, était particulièrement déçu de l'abandon de la Géorgie. Pour dissuader les Américains de se tourner vers la Floride et pour renforcer les liens des Britanniques avec les nations autochtones, Brown multiplia les menaces : il laisserait de nombreux Rangers dans la région au sud de la rivière Altamaha. À cause de ces propos, Jackson ne voulait pas désarmer ses hommes, mais après quelques mois, les Rangers et les Indiens reçurent l'ordre de se retirer à Saint-Augustine. Le gouverneur Tonyn envoya un message officiel à Savannah disant qu'il n'y aurait plus d'attaque britannique sur le territoire de la Géorgie.

Lorsque Thomas Brown revint à Saint-Augustine, le gouverneur Tonyn lui fit l'honneur d'un accueil officiel ; il lui rappela qu'il était toujours surintendant aux Affaires indiennes et qu'il avait de nombreux défis à relever. Le gouverneur donna à Brown une liste des habitants de la région : 2400 Blancs, 3600 Noirs et plusieurs milliers d'Indiens qui étaient venus se réfugier là, dans cette oasis. Les Indiens faisaient confiance aux Rangers et aux troupes britanniques. Pendant des années, Brown avait visité leurs villages, les avait traités avec équité et les avait convaincus que les Britanniques étaient les seuls à pouvoir freiner l'expansion de la colonisation de leurs terres. À cette occasion, il rencontra des délégations de Creek, de Cherokee, de Choctaw, de Mohawk, de Seneca, de Delaware, de Shawnee, de Manjoe, de Tuscarora, de Tatanou et d'autres tribus. Ils renouvelèrent leurs liens de fidélité et Brown ainsi que les officiers britanniques leur rendirent les honneurs appropriés, les remercièrent pour leur loyauté et tentèrent de les rassurer sur leur avenir. Ils leur distribuèrent également des présents et les encouragèrent à rentrer chez eux et à défendre leurs terres de chasse. Ces Indiens reçurent une promesse de protection perpétuelle du Roi, qui ferait de Saint-Augustine la capitale américaine de son vaste empire.

Désormais assurés de leur pouvoir à Savannah, les Américains élirent un nouveau gouverneur de Géorgie, John Martin. Ce gouverneur rencontra le colonel James Jackson à la taverne Chez Tondee, où ils examinèrent ensemble la carte du sud de la Géorgie.

— Même si nous avons la promesse des dirigeants britanniques qu'ils respecteront la frontière entre la Géorgie et la Floride, dit le gouverneur, nous savons qu'il ne faut pas faire confiance à ce fumier de Thomas Brown. Nous ne pouvons savoir ce que lui et ses traîtres d'Indiens feront : ils sont bien capables de mener des raids jusqu'aux portes de Savannah.

— Comme toutes les troupes régulières britanniques ont maintenant quitté le territoire de la Géorgie, dit Jackson, je crois que mes hommes sont capables de faire tenir tranquilles les bandes de maraudeurs. J'aimerais prendre une cinquantaine d'hommes et faire une tournée d'inspection jusque par-delà la rivière St. Illa : je veux être sûr que tout est calme là-bas. De plus, cela donnera un message fort de notre pouvoir dans l'État.

Deux heures plus tard, le capitaine Ethan Pratt était l'un de ces soldats réunis devant les baraquements militaires. Le colonel Jackson annonça en premier que les hommes qui désiraient rentrer dans leur foyer étaient libres de le faire, mais précisa qu'il avait besoin de quelques hommes pour l'accompagner dans une expédition au sud qui pourrait prendre quelques semaines. Sachant qu'Epsey était toujours dans la Vallée Watauga et n'osant pas retourner voir Mavis à Wrightsborough, Ethan se porta volontaire.

L'expédition fut sans fait marquant, mais les officiers considérèrent que l'absence, dans cette région, d'Indiens sympathiques à la cause des Américains était un signe. Les tribus considéraient visiblement encore les Américains comme des ennemis. Après avoir consulté ses hommes, le colonel Jackson décida de retourner à Savannah.

CHAPITRE 56

Ethan retourne à Augusta

De retour à Savannah, les cavaliers apprirent que leur femme et leurs enfants avaient quitté la Vallée Watauga et retournaient dans leur maison en Géorgie. Le colonel Jackson permit aux hommes dont les femmes revenaient de les rencontrer à Augusta, où tous devaient se rendre.

Ethan Pratt était déchiré lorsqu'il reçut la permission de quitter son poste. Il était content de la fin des combats, de la victoire des Américains et de retrouver sa ferme, mais il se sentait un homme différent d'avant. Son service militaire avait été satisfaisant et agréable : sa vie active de milicien allait être remplacée par les devoirs d'un fermier sans le sou, dont la maison était détruite. Il faudrait reconstruire de nouvelles installations, replanter les céréales et refaire son cheptel. Il était un homme changé, qui ne se sentait plus en harmonie avec les allégeances pacifistes de sa femme et de ses voisins quakers. Il pensa cependant qu'il serait capable de retourner à cette vie tranquille et d'oublier la cruauté des batailles qu'il avait menées.

Démis de ses fonctions militaires, Ethan chevaucha avec une douzaine d'hommes sur le sentier parcourant la berge ouest de la rivière. Il était désormais âgé de trente-sept ans, mais il se sentait beaucoup plus vieux. Il essaya de penser à ce que serait sa vie lorsqu'il retournerait avec sa femme sur leur ferme pour commencer à reconstruire sa propriété. Ce rêve était sans grandes joies. Il possédait une terre dont deux personnes pouvaient s'occuper, mais il n'était pas assez riche pour acheter des bêtes ou de l'équipement. Bien qu'il pût utiliser des esclaves, il n'avait ni les moyens d'en acheter, ni l'envie. Il pouvait compter sur deux sources d'apport financier, mais il ne voulait pas y recourir. Joseph

Maddock l'aiderait sûrement à reconstruire sa ferme s'il était prêt à hypothéquer   lourdement sa propriété. L'autre solution était l'aide que proposerait sans doute le gouvernement de Géorgie, qui trouverait des moyens pour encourager les milliers de citoyens à rester dans l'État pour reconstruire une nation indépendante. Il était évident que James Jackson aurait un rôle dans ce type de décisions et il lui avait déjà promis son soutien. À ce moment, et comme souvent d'ailleurs, Mavis se glissa dans ses pensées. Il décida de ne plus penser à Wrightsborough, car il ne pouvait contrôler ses émotions. Il pria, à sa manière et sans grande ferveur, pour que son désir d'elle s'efface.

Lorsque les hommes parvinrent à Augusta, ils trouvèrent la femme d'Elijah Clarke, Hannah, en charge des femmes et des enfants. La ville avait presque entièrement été détruite par les batailles répétées : il ne restait que six maisons. La plupart des familles vivaient donc dans des tentes ou dans d'autres types d'abris temporaires. Certaines femmes avaient déjà retrouvé leur mari et étaient parties en leur compagnie, mais il restait encore une cinquantaine de femmes et leurs enfants à attendre l'arrivée de leur époux. Lorsque Ethan demanda à Hannah si Epsey était présente, elle lui répondit qu'Epsey avait décidé de ne pas faire le voyage avec le groupe et qu'elle lui avait laissé une lettre expliquant probablement le motif de son absence. Ethan s'éloigna un peu et commença à lire la brève note :

> *« Cher Ethan,*
>
> *Après avoir beaucoup prié, j'ai décidé avec une certaine tristesse de ne pas retourner en Géorgie. J'ai appris la mort de mon père et la maladie de ma mère : elle a besoin de moi. Tu sais, comme je suppose, que Mavis Morris a donné naissance, il y a quelques mois, à un garçon. Je ne te fais pas de reproches, mais je ne crois pas que nous devrions continuer notre vie commune. Je te souhaite la meilleure des chances, Epsey. »*

Un frisson lui parcourut le dos et ses mains se mirent à trembler. Il lit le mot une seconde fois. Il se sentit gêné, coupable et plein de remords. Il alla se promener près de la rivière et regarda l'eau ; il ne savait pas quoi faire. Son esprit était envahi par des images contradictoires : sa vie à Philadelphie, Mavis, il ne savait où, en train d'élever un enfant, sa ferme où il cultiverait sa terre seul. Il ne connaissait personne avec qui partager son dilemme ou à qui il pourrait demander conseil. Il réalisa soudain qu'il lui faudrait plus de temps pour arriver à une décision. Il décida qu'il était nécessaire pour lui de retourner au sein du petit groupe d'hommes qui continuaient à défendre la liberté de cette terre. Bien qu'il fût démis de ses fonctions par le colonel Jackson et que la journée fût avancée, il remonta sur son cheval et se dirigea vers Savannah.

Lorsque Ethan croisa Briar's Creek, là où le ruisseau se jetait dans la rivière Savannah, il prit la direction de l'aval sur ce sentier qu'il connaissait bien et qui menait à un endroit guéable par le cheval. En approchant du lieu où le général Ashe avait subi sa défaite mémorable, il fut envahi par les souvenirs de ses derniers jours avec Kindred. À l'époque, le niveau d'eau était au moins deux mètres plus élevé qu'aujourd'hui et le gué, presque sec aujourd'hui, était un torrent boueux. Arrivé au gué, il réalisa que, s'il continuait sa route, il pouvait visiter sa propriété sans passer par Wrightsborough et sans que personne ne le voie. Il savait que sa maison n'existait plus, mais, puisqu'il n'avait pas de raisons pour se rendre de toute urgence à Savannah, il convint de faire une brève visite pour voir si ses champs et ses barrières avaient survécu à la guerre.

Sans toucher aux rênes, il laissa son cheval suivre le sentier. Il pensa encore à Mavis. Il avait pensé, avant de lire la note d'Epsey, qu'elle vivait toujours avec les Flemming à Wrightsborough. Connaissant Mavis, il n'était pas surpris qu'elle ait décidé de cacher sa condition et il comprenait pourquoi elle avait quitté le village des Quakers. Il était cependant incapable d'imaginer comment et pourquoi elle s'était rendue dans la Vallée Watauga.

Il était désormais sur le sentier qui menait à leurs propriétés. Presque à contrecœur, il se rappela des moments où Epsey aurait pu deviner son intérêt pour Mavis ; il admirait Epsey pour son attitude toujours calme et respectueuse. Même lorsque l'amitié naissante des deux familles avait été heureuse et sans soucis, il aurait dû se douter que cette proximité entre Mavis et lui faisait souffrir sa femme. Perdu dans ses rêveries, il réalisa qu'il venait juste de passer devant le grand pin qui avait joué un rôle si important dans sa vie.

Il dépassa la propriété des Morris et se dirigea vers les ruines de sa maison. Après s'être recueilli sur la tombe d'Henry, il se promena dans le jardin. Puis, il s'assit sur une large pierre à l'intérieur des fondations de la maison. Ces ruines lui rappelèrent son enfance à Philadelphie et sa première rencontre avec Epsey, lorsqu'il nettoyait les décombres de la maison brûlée des voisins. Les yeux à moitié fermés, il pouvait se rappeler exactement tous les détails de son ancienne maison : l'endroit où les lits se trouvaient, la paillasse où dormait son fils, entre leurs deux lits. Il dessella sa jument, la massa du mieux qu'il put et transporta ses bagages là où l'atelier se tenait auparavant. L'enclume, la forge et les outils n'étaient plus là, mais la meule brisée gisait sur le sol.

Ethan eut un sommeil agité. Le lendemain matin, il s'éveilla avant le lever du jour et commença à explorer sa terre. Même si les champs n'avaient pas été labourés et bien que les barrières demandassent des soins, il fut rassuré de constater que les forêts et les marais étaient tels qu'il se les rappelait. Plus le jour avançait, plus ses idées devenaient claires. Il semblait évident que sa terre était le lieu où il devait être ; il savait mieux désormais ce que sa vie dans cette nouvelle nation serait et il avait l'ardent désir de contribuer à la formation de ce nouveau pays.

La décision qu'il avait à prendre n'était pas facile. Il s'assit sur un tronc couché, sur les bords de Briar's Creek. Il eut une vision très claire de Mavis, une vision de jeunesse, de beauté, d'exubérance. Il se rappela tendrement leurs premières et innocentes séductions qui avaient, de façon inexorable, mené à la consommation passionnée de leur amour sous le grand pin. Il désirait ardemment voir son fils et partager la responsabilité de son éducation. Il se leva et se dirigea vers la maison.

Alors qu'il passait devant le pâturage, il fut envahi par des souvenirs qu'il partageait avec Epsey. Il ne se souvenait que des bons côtés : sa patience, son honnêteté, sa capacité à endurer les mauvais moments sans se plaindre et son travail acharné dans la maison et dans les champs, où elle l'avait suivi pendant dix ans. Il pensa à la proximité qu'ils avaient ressentie lors de la naissance de leur fils unique. Il admit qu'elle avait été plus forte que lui dans les moments de crise et dans les tragédies personnelles. Il n'avait jamais eu de doute sur sa loyauté.

Il fit une pause, baissa la tête et dit une prière en demandant la sagesse et le courage de prendre une décision. Puis, il retourna à la maison ; il se sentait revigoré. Il fit ses bagages, sella son cheval et monta la jument. Il regarda avec satisfaction sa propriété et chevaucha le long du sentier si familier. Il ne doutait plus désormais de son avenir : il chevauchait vers le nord pour retrouver la femme qui le partagerait avec lui.

Épilogue

Le traité de Paris fut signé en septembre 1783 et ratifié en mai. la Grande-Bretagne et l'Amérique avaient fait la paix, mais il fallut attendre la fin de novembre pour que les troupes américaines remplacent les Britanniques à New York. Cela se passa presque dix ans après les premiers coups de feu à Lexington et près de trois ans après la reddition de Cornwallis à Yorktown. La paix eut comme conséquence le départ de 100 000 Loyalistes : la plupart quittèrent avec un sentiment de persécution vers le Canada, l'Angleterre, la Floride ou les Caraïbes.

Ne réalisant pas que l'Europe était aussi aux prises avec des problèmes importants, les habitants des anciennes colonies ne comprirent pas pourquoi l'Angleterre accepta de céder la Floride aux Espagnols. En juin 1784, le colonel Brown et le gouverneur Tonyn accueillirent le gouverneur espagnol Vicente Manuel de Zespedes à Saint-Augustine. Les tensions entre les deux gouverneurs étaient inévitables, mais le nouveau dirigeant politique s'attacha à Brown, qui devint un ami personnel et un confident de la famille Zespedes. Le dernier affront que fit le chef des Rangers à la Géorgie fut d'être le dernier soldat britannique à quitter le territoire en 1785. Par de longues conversations et par son intervention directe, il convainquit les officiers espagnols qu'ils pouvaient utiliser les Creek et les Cherokee en Géorgie pour s'opposer à l'avancée par l'ouest des Américains. Le plus efficace des chefs indiens fut le métis Alexander McGillivray, le chef des Upper Creek, qui détestait les colons blancs de Géorgie et avait de forts liens avec les Britanniques.

Thomas Brown aida les Espagnols et les Indiens à signer des traités d'entraide mutuelle et de commerce, minant ainsi les efforts des Américains de se lier aux Indiens grâce à la prospérité de la nouvelle nation. Il suggéra également aux dirigeants espagnols d'empêcher la libre circulation sur le Mississippi à toute personne qui entretenait des liens avec l'État de Géorgie. Le lien commercial qui unissait Elijah Clarke au gouverneur de Géorgie, Samuel Elbert, le motivait à agir ainsi. Le gouvernement de Géorgie envoya une plainte officielle à Londres pour blâmer le comportement de Brown, ce qui n'eut pas les effets escomptés. Brown intensifia ses efforts pour gagner le chef McGillivray et les autres chefs indiens à la cause des Espagnols ; les Indiens étaient incités à n'offrir aucune collaboration à cette nouvelle nation qui se donnait le nom d'Amérique.

Les Espagnols donnèrent aux Britanniques dix-huit mois pour quitter la Floride, Tonyn et Brown se rendirent à St. Marys au moment où le délai venait à expiration en juillet 1785 et ils ne quittèrent pas l'Amérique avant novembre. Il y avait dix ans, les Fils de la Liberté avaient couvert Brown de goudron et de plumes à Augusta. Le gouvernement britannique donna à Thomas Brown dix lotissements de terre en Floride, ce qui lui faisait une propriété de 1000 hectares. Il reçut également une pension annuelle à vie de 500 livres et une large plantation sur l'Île St. Vincent, à une centaine de kilomètres à l'ouest de la Barbade. Il est certain que Brown s'amusa du fait que, en 1812, une autre guerre éclata entre l'Amérique et la Grande-Bretagne.

La Géorgie avait souffert des longues années de guerre depuis la Déclaration d'indépendance en 1776 et des trois changements de gouvernement. Le gouverneur informa le Congrès continental qu'Augusta était complètement détruite et que Savannah, auparavant florissante, ne comptait plus que huit cents habitants.

Bien que les fonds et les vivres fussent rares, les hommes qui avaient contribué à gagner la liberté obtinrent les terres que les Tories avaient abandonnées. Le colonel Clarke, qui considérait que l'indépendance donnait le droit aux Américains de ne pas respecter les accords britanniques avec les Indiens, commença à étendre le territoire colonisé aux dépens des Indiens. Contraint par les mesures nationales du Congrès continental, il tenta de négocier de nouveaux traités avec les Cherokee et les Creek. Il pressurisait les chefs indiens tout en leur disant que la nouvelle nation avait construit des bateaux immenses et serait bientôt capable de faire venir les denrées désirées par les Indiens. Les Creek furent méfiants, mais deux des chefs, Tallasse King et Fat King, achetés à prix d'or et couverts de cadeaux, cédèrent de larges morceaux de territoire. Bien que les autres chefs autochtones de Géorgie ne reconnussent pas ces traités, les dirigeants de l'État affirmèrent qu'ils étaient légaux.

Elijah Clarke, qui siégeait encore au comité distribuant les terres, poursuivait sa carrière de chef militaire. Son fils et lui reçurent des quantités de plus en plus grandes de terres, à tel point que leurs terres sujettes aux taxes foncières, payées dans deux comtés, s'élevèrent bientôt à 191 hectares. Le comité classa les certificats donnés aux vétérans, chacun recevant en moyenne au moins 19 hectares. Deux mille neuf cents hommes étaient restés en Géorgie pour se battre ; 694 s'étaient enfuis de Géorgie, mais avaient participé activement à la guerre ; 555 ne servirent pas l'armée, mais furent enrôlés comme hommes de dernière minute ; 200 soldats continentaux étaient venus des autres États pour aider la Géorgie et 9 hommes reçurent des terres pour avoir servi dans la marine. La plupart des soldats révolutionnaires se déplacèrent vers l'ouest. Le colonel James Jackson ordonna que l'État construise des forts sur des terres non attribuées pour protéger les colons. En 1838, les derniers Indiens de Géorgie, à peu près 12 000, furent rassemblés par les troupes fédérales et reconduits aux frontières de l'État. Les survivants de ce long périple, qu'on appela « la Route des larmes », s'installèrent finalement en Oklahoma.

Lorsque Ethan Pratt revint à Wrightsborough, on l'avisa que son commandant désirait le voir. Le colonel Jackson demanda à Ethan de venir s'installer à Savannah, de continuer à servir l'armée sous ses ordres et de le seconder dans d'autres affaires publiques et privées. Tout le monde savait que Jackson offrait un avenir brillant à Ethan, mais celui-ci avait pris la décision de retourner sur sa ferme, d'élargir le plus possible ses terres, d'élever une famille et, peut-être, de participer au développement politique du nord de la Géorgie. Les deux hommes continuèrent à entretenir une relation étroite d'amitié, qui fut profitable pour tous deux. Alors que Jackson devenait membre du Congrès, sénateur, puis gouverneur de son État, Ethan élargit ses terres, englobant l'ensemble du territoire qui avait été avant la propriété des Pratt et des Morris, et devint représentant à l'Assemblée de Géorgie.

Cela fit jaser à Wrightsborough lorsqu'il décida de remplacer sa maison par une demeure en pierres. Pour ce faire, il utilisa des roches des collines avoisinantes. La maison fut construite selon le plan des maisons de Pennsylvanie et était assez grande pour loger sa nombreuse famille. Elle fut utilisée par plusieurs générations, devenant, des centaines d'années plus tard, la plus vieille demeure de tout l'État.

Pendant plusieurs années encore, les esclaves permirent aux propriétaires terriens d'accumuler des richesses et d'étendre leurs terres. L'esclavage fut considéré comme une institution et approuvé par l'État. Thomas Jefferson, qui était lui-même propriétaire d'esclaves, déclara que c'était « un mal nécessaire » pour assurer la supériorité blanche et pour perpétuer le mode de vie américain. Pendant plus d'un demi-siècle, des batailles judiciaires et militaires éclatèrent, toujours pour des questions terriennes. Les méfaits provoqués par l'esclavage et par ses conséquences nuiraient encore 150 ans à la nation.

Pour obtenir une copie
de notre catalogue,
veuillez nous contacter :

Par téléphone au (450) 929-0296
Par télécopieur au (450) 929-0220
ou via courriel à
info@ada-inc.com